Als der Schreiner Arnold Reinelt eines Tages seine Werkstatt nach getaner Arbeit verlassen will, bemerkt er den jungen Mann, der sich schon ein paar Augenblicke lang draußen herumgedrückt hat.

Arnold nimmt dessen Zögern wahr, der Fremde sieht sich dauernd um, so, als hätte er vor irgendetwas Angst, er traut sich aber schließlich doch, an der Holztür anzuklopfen. Der Unbekannte senkt den Blick, als er seine Bitte unbeholfen vorträgt: ob der Schreiner vielleicht eine Kleinigkeit zu essen übrig habe, er würde es gern abarbeiten, wenn das möglich wäre. Er wäre ihm sehr dankbar.

Arnold kann ein leises Misstrauen nicht verbergen, wer ist der Mann? Ein Dieb? Ein Deserteur? Womöglich ein Jude? Er hat ihn in Bad Orb noch nie gesehen. Der Schreiner trifft eine folgenschwere Entscheidung, bittet ihn herein, gibt ihm Brot und Butter. Arnold mag ihn, irgendwoher kommt dieses Gefühl. Schließlich fragt er ihn einfach: „Du bist Jude, nicht wahr?" Der Gast nickt und sieht Arnold zum ersten Mal an: „Ja, ich bin Jude. Was nun?"

Es ist Frühling im vorletzten Kriegsjahr 1944, als die Geschichte von Arnold und Jakob und all den anderen beginnt.

Angelika Loos

EIN
GETEILTER
MANN

Roman

*Bibliografische Information der Deutschen Nationalbibliothek:
Die Deutsche Nationalbibliothek verzeichnet diese Publikation
in der Deutschen Nationalbibliografie; Detaillierte bibliografische Daten sind im Internet über dnb.dnb.de abrufbar.*

*„Wo aber Gefahr ist,
wächst das Rettende auch.“*

Friedrich Hölderlin, *„Patmos“*-Hymne

1

In Frankfurt

„Um Himmels willen, was war das?" Amalie stand in ihrer Küche und versuchte, sich wieder zu beruhigen. Ihr Herz klopfte wild, sie spürte es bis zum Hals an der Schlagader, wo die Verbindung zum Kopf ist. Es hatte im Stockwerk über ihr einen kurzen ohrenbetäubenden Aufprall gegeben, aber es passierte Gott sei Dank nichts weiter. Es war sicher nur ein Topf oder ein anderes schweres Gerät in der Kochecke gewesen, irgendetwas Massives musste auf den Boden geknallt sein. Wenn ein Sprengkörper auf die Erde krachte, das war viel lauter. Ganz bestimmt. Sie war nur erschrocken.

Heinrich, ihr Mann, war zu ihr in die Küche geeilt, instinktiv, um sie zu beruhigen. Er kannte seine Frau, sie war so ängstlich geworden seit den nächtlichen Bombardements.

Er hatte sie zitternd und völlig aufgelöst vorgefunden, in den Arm genommen, obwohl er es eigentlich eilig hatte, er musste zur Arbeit.

Amalie schluchzte leise vor sich hin. Sie hielt es bald nicht mehr aus, sie war das reinste Nervenbündel, jeden Tag, sie traute sich kaum noch vors Haus, irgendjemand musste doch einkaufen, im Schrebergarten gießen, kochen für die Tochter, den Sohn, den Mann. Am liebsten würde sie abhauen aufs Land, nach Bad Orb zu ihrer Mutter. Einmal wieder ruhig durchschlafen!

Nur vierzig Kilometer von Amalies und Heinrichs Heimatort Bad Orb entfernt, waren die Häuser der großen Stadt Frankfurt am Main zu schaurig-schwarzen Gerippen gebombt worden.

Heinrich sagte, als die beiden vor dem vertrauten Holzkohleherd standen, vor dem Steinspülbecken, dem fest montierten eisernen Fleischwolf: „Malchen, du kannst es nicht vor mir verstecken, ich versteh dich, wirklich, ich fürchte mich auch manchmal, wenn's laut wird, das ist der Krieg. Ich glaub, es wäre am besten, wenn du ein, zwei Wochen raus zu den Orbern fährst, deine Mutter freut sich. Du wirst mir hier sonst noch krank vor lauter

Aufregung. Nimm die Emma mit, die Schule ist sowieso geschlossen. Wir zwei Männer kommen auch mal so zurecht."

*

An das Großstadtleben in Frankfurt, von der in diesem vorletzten Kriegsjahr nicht mehr viel übrig geblieben war, hatte sich Amalie Döpfner, geborene Reinelt, gewöhnt, als es sie nach der Hochzeit mit Heinrich dorthin verschlagen hatte. An Fliegeralarm und Bombenteppiche aber würde sie sich nie gewöhnen. Amalie lebte seit Kriegsbeginn in ständiger Angst, am schlimmsten war es, wenn die Kinder nicht in der Wohnung waren, auf dem Weg zur Schule, draußen beim Spielen. Heinrich hatte sie durchschaut: Sie wollte tatsächlich weg aus der Stadt, nach Hause, nach Bad Orb, in die Geborgenheit bei ihrer Mutter, wenigstens die Kleine würde sie mitnehmen. Heinrichs Frau wollte es aber nicht zugeben, ihren Mann nicht enttäuschen.

Amalie lebte mit ihrem geliebten Ehemann Heinrich und dem Erstgeborenen, Sohn Heinz, und der Tochter Emma im Frankfurter Gallusviertel. Das Mädchen war 1944, als am Himmel über ihrer Stadt immer öfter die Bomber der britischen Royal Airforce Luftangriffe flogen, vierzehn Jahre alt. Sie galt als munteres BDM-Mädel, obwohl es in ihr drin an diesen düsteren Kriegstagen oft verschattet aussah, sie war Aufbauschülerin, strebte den Mittelschulabschluss an. Heinrich hatte zugestimmt, als sie ihren Vater deswegen angebettelt hatte, es kostete zumindest kein Schulgeld.

Emma und ihr großer Bruder hatten Glück im Unglück, denn sie lebten auch in der schweren Zeit in relativer Geborgenheit mit den Eltern in der Gegend nahe Rebstock und Galluswarte – kein vornehmes Viertel war das, aber es hatte schöne Bürgerhäuser in der Schloßborner Straße. An den Hauswänden wucherte der Efeu bis in den vierten Stock hoch, in dem Emma im „kleinen" Zimmer auf der Sofa-Couch schlief. Die Nachbarn hielten es miteinander aus, und sie hielten zusammen.

Emmas Vater war Oberpostangestellter, was ihn ein bisschen stolz machte. Er fühlte sich durch und durch als Herr im Haus, da-

bei war er ein Mann von sanftem Gemüt und mit gutem Herzen.
Tochter Emma sagte hinter vorgehaltener Hand, wer in Wirklichkeit das Heft in der Hand hielt: dass ihre Mutter stets ihren
Willen bekam, manchmal nicht sofort, „aber mit ein bisschen
Diplomatie schafft Mama es meistens zu kriegen, was sie sich in
den Kopf gesetzt hat".

Emma war drei Jahre jünger als ihr Bruder, der bald Achtzehnjährige hätte mit aller patriarchaler Unterstützung zum Stammhalter heranwachsen sollen, aber Heinz hatte das Gymnasium nicht
geschafft, ging schließlich in die Lehre beim selben Telegraphenamt wie einst sein Vater. Der war es dann auch zufrieden.

Als der Krieg in Frankfurt angekommen war, als Bomben vom
Himmel fielen und Häuser in die Luft flogen, war Amalie von
Anfang an ständiger Furcht ausgesetzt. Vor dieser Unumgänglichkeit der grausamen Wirklichkeit, vor der anhaltenden Bedrohung, auch wenn es still war. Sie wünschte, sie könnte ihre
komplette Familie mit aufs Land nehmen, „nach Hause", sagte sie. Heinrich und Amalie stammten beide aus Bad Orb, dem
harmlosen Kurort, aber ihr Mann musste zur Arbeit, war als Telegraphenvorarbeiter ein „unersetzlicher Mitarbeiter" und vom
Dienst in der Wehrmacht freigestellt. Er „kämpfte an der Heimatfront", bei der Post, auf dem Fernamt, allerdings nicht in der
Vermittlung, die überließ er diesen Fräuleins vom Amt, die den
ganzen Tag Stöpsel in Löcher steckten. Außerdem war Heinz,
der Sohn, nicht weit weg. Das mit der Lehrstelle, wo Heinrich
selbst den heutzutage wichtigen Beruf gelernt hatte, das war
ein echter Glücksfall gewesen. Obwohl Heinz schon mehr als
siebzehn Jahre alt war, hatte er die Einberufung bislang nicht
bekommen. Die Hoffnung: Vielleicht war er auf der Behörde
vergessen worden, das wäre ein Himmelsgeschenk.
Seit im Juni 1940 die ersten Bomben aus der Luft auf Frankfurt gefallen waren, zitterte Amalie allein beim Gedanken an die
Bunker, ihr Mann bot im Keller eisern den Angriffen die Stirn.
„Was willst du denn machen, wenn hier eine Bombe einschlägt,
dann ist doch sowieso alles kaputt, dann kannst du froh sein,
wenn du noch lebst", hatte sie ihren Heinrich angefleht mitzu-

kommen in den Luftschutzkeller. Er war Beamter und ein Sturkopf obendrein.

Bis eines Tages ein besonders starker Angriff geflogen worden war, einer, der unvergesslich bleiben würde. Alle, die ihn überlebt hatten, konnten nur unter Mühen davon erzählen. Die Häuser der Schloßborner Straße waren getroffen worden, manche waren schwer beschädigt, andere leicht am Dach, oder sie hatten keine Fensterscheiben mehr.

Nur ein Doppelhaus stand gänzlich unberührt vom Bombenhagel, Heinrich hatte unfassbares Glück gehabt. Es war das Haus, in dem er mit Heinz im Keller gesessen hatte, beide vor Angst schlotternd. Sie hatten es überstanden, Else und Emma waren im Bunker gewesen. Emmas Vater war danach ein anderer Mensch, fand nur langsam zurück zur alten Zuversicht.

Heinrich hatte ihr gut zugeredet, ihr mehrfach versichert, dass sie sich keine Sorgen um ihre beiden Männer machen müsste, „jedenfalls keine wegen sauberer Wäsche oder deiner guten sparsamen Mittagessen", das hatte er lachend gesagt. Amalie schämte sich, dass sie so ein Feigling war, hatte es versteckt hinter künstlicher Heiterkeit und gespieltem Optimismus.

Jetzt war sie wirklich am Ende ihrer Kräfte. Heinrich hatte recht: Sie musste ohne ihn zu ihren Leuten aufs Land. Sie würde sonst verrückt werden.

Schließlich sollte es losgehen. Obwohl es nur eine kurze Fahrt nach Bad Orb war, packte Amalie Butterbrote für sich und Emma ein, dazu selbst gemachten Apfelsaft. Im Zug essen, das mochten die zwei. Tagsüber, dachte Amalie, wird ja hoffentlich keiner auf den Zug schießen.

Weder Amalie noch ihr Mann, geschweige denn die beiden Kinder ahnten, dass sie bald hautnah dabei sein würden, wenn die Chronik ihrer Familie an einen Wendepunkt gelangte.

2

Der Fremde, der Freund

Arnold verschloss an diesem Tag guten Gewissens schon zu Mittag die Tür seiner Schreinerei. Er hatte für die Kommode der Postbotin, Frau Wendler, zwei neue Schubladengriffe gedrechselt, das war schnell gegangen, und viele Aufträge gab es nicht in diesen Tagen. Auf dem Heimweg würde er noch bei ihr vorbeigehen und die Griffe anschrauben. Dann konnte er sich gemächlich der nächsten Aufgabe widmen, denn heute wurde seine Schwester Amalie erwartet, das Malchen, die mit ihrer Tochter Emma aus Frankfurt heraus zu ihnen nach Bad Orb kommen wollte, ihre beiden Männer, der Heinrich und der Sohn Heinz, würden in Frankfurt bleiben. Sie mussten das Haus hüten und ihren Verpflichtungen nachkommen. Amalie fürchtete sich so entsetzlich vor den nächtlichen Bomben, soweit Arnold es verstanden hat, hatte ihr Mann sie aufs Land geschickt, damit sie wieder ein bisschen zur Ruhe kam.

Arnold knöpfte das karierte Arbeitshemd auf und ging damit, es lose in der Hand haltend, zu dem Blechwaschbecken in der hinteren Werkstattecke, das normalerweise zum Reinigen von Pinseln und zum Auswaschen von Lappen diente. Mit der ungeliebten Kernseife und dem eiskalten Wasser wusch er sich die Achselhöhlen, den Bauchnabel und den Hals. Er trocknete sich mit dem Ärmel seines gebrauchten Hemdes ab und entnahm seinem „Vorratsschrank", Friedas geerbtem, aber ungeliebtem alten Küchenbüfett, ein frisch gestärktes weißes, eigentlich für den Sonntag, heute für den Empfang der Gäste.

Als er sich umdrehte, sah er vor dem Fenster einen äußerst gut aussehenden jungen Mann stehen, der ärmlich gekleidet war, die Jacke war für den trotz Sonnenschein recht kühlen Frühlingstag zu dünn, die Hände rieb er sich unentwegt, als wollte er sie wärmen. Eigentlich sah er aus wie ein Strauchdieb, ziemlich abgerissen. Mit einem merkwürdig lauernden und gleichzeitig friedlich wirkenden Blick schien er auszuspähen, ob jemand in dem Raum war, vor dem er sich herumdrückte. Er schien irgendetwas vorzuhaben, sich aber nicht zu getrauen, den Plan in die Tat umzusetzen.

Hastig zog Arnold sein gutes Hemd über. Er fragte sich, ob der Mann vor der Tür ein Einbrecher war, als sich der Unbekannte dazu aufraffte zu klopfen. Arnold vergewisserte sich kurz, dass Hammer und ein Holzstock in Reichweite lagen, falls er sich verteidigen musste, sah in den Spiegel, den er dieser Tage wieder in den Kleiderschrank vom Bauern Niedl setzen sollte, er selbst machte gegen den Kerl vor der Tür einen recht ansehnlichen Eindruck. Egal, Arnold ging zur Tür, um zu öffnen.

Als sich ihre Blicke zum ersten Mal trafen, wussten sie in einem Winkel ihres Bewusstsein bereits, was mit ihnen geschehen würde. Arnold erkannte Jakob, er spürte, ebenso wie der Fremde, dass er ein Geheimnis mit ihm teilen würde, in diesen Zeiten ein tödliches.

Arnold lässt den jungen Mann eintreten, die Nichte Emma und die Schwester, auf die er sich irgendwie immer freut, vergisst er für den Moment.

„Verzeihung, dass ich einfach so anklopfe, ich will auch nicht lang stören." Arnold antwortet erst mal nicht. Der andere wirkt schüchtern, und er spricht zögerlich weiter, der Mann in dem weißen Hemd vor ihm schaut misstrauisch. „Bitte, Sie können mir glauben, ich führe nichts Böses im Schilde. Ich stecke in Schwierigkeiten und weiß nicht weiter, ich will nur fragen, ob Sie vielleicht eine Kleinigkeit zu essen übrig hätten oder vielleicht sogar eine Arbeit, mit der ich es abgelten könnte. Ich komme aus Frankfurt, ich habe schon beim ersten Bombenangriff auf meine Stadt alles verloren, Sie wissen sicher, dass das die Engländer waren. Die Familie, die Wohnung, alles, sogar die Papiere, so schnell kamen wir nicht raus, das Haus brannte lichterloh. Und seither versuch ich, mich durchzuschlagen zu Verwandten – eher zu Geistesverwandten, andere hab ich wohl nicht mehr. In Frankfurt gibt's jetzt nirgendwo einen Ort für mich, und meine letzte Bleibe bei einer Freundin der Familie in der Dachkammer . . .", nur wenig will der schöne Unbekannte preisgeben, er sagt es mit einem Hauch von Stolz in der Stimme und ohne erkennbare Verzweiflung, er beschreibt seine Lage nüchtern. Den Rest des letzten Satzes lässt er trotzdem weg.

Er klingt beim genaueren Hinhören sogar ein bisschen überheblich, die Bitte kommt mit einem drängenden Unterton, als hätte der Mann eine Gegenleistung zu bieten, vielleicht ist es auch nur die Angst vor der Aussichtslosigkeit seiner Bitte.

Arnold will ihn sofort, er würde ihm stehenden Fußes folgen in die Einöde, in den Urwald, in die Gefahr. Doch es gelingt ihm, die Form zu wahren, das hat er sein Erwachsenenleben lang gelernt.

Der junge Mann hat Mut, das imponiert Arnold. Einfach einen Unbekannten um Essen fragen und um Arbeit, er muss wirklich ziemlich am Ende sein, er kann schließlich nicht wissen, ob der Schreiner Freund oder Feind ist.

Arnold will ihn nicht wieder wegschicken, dafür gefällt er ihm zu gut. Er bittet den Fremden herein, er bietet ihm seinen einzigen Hocker als Sitzplatz an. Noch hat Arnold nicht geantwortet. Schweigend holt er aus dem Stoffbeutel zwei Scheiben Brot, und auch die Butter in der Dose auf dem Fensterbrett stellt er auf die Werkbank vor den Gast hin, nur etwas Salz in einem Holzschüsselchen kann er dazu anbieten.

„Ich danke Ihnen", der seltsam vertraut erscheinende junge Mann lächelt Arnold dankbar an und beginnt mit eleganten schmalen Händen äußerst wohlerzogen die Butter auf das Brot zu streichen und das Salz darauf zu streuen. Arnold sieht ihm zu und lächelt den Mann freundlich an. Allmählich legt sich das innere Zittern, eine Mischung aus Angst vor einer enttäuschenden Wahrheit, wer weiß, was der Schöne vorhat, und einer ungeduldigen Vorfreude auf etwas, das Arnold noch nicht erlebt hat. Ohne Hast isst der andere Mann, bis Arnold nun doch das Wort ergreift.

„Kann es sein, dass Sie auf der Flucht sind? Vor der Polizei, oder sogar vor den Nazis? Will jemand Sie in ein Lager schicken oder ins Gefängnis stecken?" Arnold ist fast erschrocken über seine eigene Unverblümtheit und verunsichert. Er hat das

Gefühl, mit der Tür ins Haus gefallen zu sein. Der andere schaut auf den Boden. Arnold sieht ihm an, dass in seinem Inneren Aufruhr herrscht. Angst, Hoffnung, hastiges Suchen nach einer Ausrede für die Bettelei und noch etwas, das Arnold nicht entschlüsseln kann, spiegeln sich in dessen Gesicht. Und, Arnold kann es nicht leugnen, sein fein geschnittenes Gesicht hat etwas, das ihn anzieht. Als hätte der Mann etwas vor, etwas ganz anderes als einen Raubüberfall.

Arnold geht einen Schritt weiter: „Du bist Jude, nicht wahr? Du kannst es ruhig zugeben. Ich hab nichts gegen Juden." Das Du ist ihm gerade ziemlich leicht über die Lippen gekommen, nicht dass der junge Mann denkt, er wolle ihn herabwürdigen. Er entschuldigt sich. „Ist mir so rausgerutscht, ich wollte Sie nicht kränken." Fast unmerklich hebt der andere die Augen, sieht Arnold mit einem Blick an, der dem Schreiner durch Mark und Bein geht.

„Nicht nur das. Du hast recht, ich bin wirklich ein Jude", antwortet der fremde Mann, „da ist aber noch was anderes. Ich habe den Eindruck, dass ich etwas Verbotenes mit dir teile?" Ein Fragezeichen ist am Ende des neugierigen Satzes.

Ganz selbstverständlich hat der Fremde das Du übernommen, das Arnold zu spät aufgefallen war, als er selbst es gleich verwendet hat. Arnold versteht nicht sofort, was der junge Mann sagen will, dann die Einsicht: Das ist einer wie er selbst. „Ja, kann sein", sagt er. Entschuldigend zuckt er mit den Achseln, die Bastion fällt, er gesteht: „Du hast mich durchschaut, du bist der Erste. Wir sind wohl beide so, ein bisschen anders als der Durchschnittsmann." Noch nie hat er das so offen zugegeben, schon gar nicht gegenüber einem, den er nicht kennt. „Aber wie kommt es, dass du es bis hierher geschafft hast, und wie kannst du hier sein, fragt dich denn niemand, warum du nicht an der Front bist, den Juden sieht man dir ja nicht an?"

„Und du? Gleich zwei Fragen, kaum dass wir uns kennenlernen. Du bist doch auch nicht an der Front. Hier weiß niemand etwas von deinem Geheimnis, das stimmt doch? Wie heißt die Frau, die mitspielt und dich unter ihrem Rock versteckt?" Die Antwort kommt wie aus der Pistole geschossen.

Sie erkennen sich immer, die Männer, die andere Männer begehren, und ganz besonders in solcher Zeit. Arnold muss lächeln, wie schnell fasst er nun ein unbegründetes Vertrauen zu diesem ungewaschenen Kerl, der gute Manieren zu haben scheint und jetzt, wo er sich anscheinend sicherer fühlt, eigentlich recht unverfroren auftritt.

Arnold antwortet unbesonnen: „Marie heißt sie, es ist ein Freundschaftshandel, ich schütze sie vor einem scheußlichen Kerl, mit dem ihre Eltern sie verkuppeln wollen. Die sind kurz vorm Ruin, und ohne einen Verlobten wie mich, der ein gutes Handwerk beherrscht, könnte Marie schlecht Nein sagen zu dem Grobschlächtigen. Meine allerbeste Freundin ist sie, seit ich in der Volksschule neben ihr gesessen habe. Wir stehen uns nah, hatten es immer fröhlich miteinander, haben als Kinder viel zusammen gespielt. Eine Zeit lang hat sie noch gedacht, sie könnte mich irgendwann rumkriegen, aber sie weiß Bescheid und freut sich beim Dorffest trotzdem über ihren schmucken Tänzer.“

„Gut, das ist gut. Das Gute mit dem Nützlichen zu verbinden. Ich hab die Hoffnung nicht ganz aufgegeben, dass mir auch so was einfällt, wie ich mich verbergen und dennoch etwas als Ausgleich geben kann. Ich will nicht unverschämt sein. Danke für das Essen, ich geh besser gleich wieder. Aber vorher will ich dir noch sagen, dass du so etwas wie eine kleine Hoffnung in mir geweckt hast.“ Nachdenklich betrachtet der junge Mann seine abgekauten Fingernägel, bevor er weiterspricht. „Natürlich habe ich keine Ahnung, wie das aussehen könnte, aber wir könnten uns vielleicht gegenseitig beschützen?“

Arnold ist sich der uneinschätzbaren Bedrohung und der Gefahr bewusst, die hinter dem Vorschlag des Mannes lauert, dessen Namen er noch nicht mal weiß. Wie meint er das, sich gegenseitig beschützen? Bisher hat er ganz gut ohne eine Vertuschungsgeschichte gelebt, Maries Verlobung mit ihm hatte bislang gereicht, und er hatte sich ferngehalten von diesem „anderen Ufer“, wo der Volksmund die Männer und Frauen ansiedelt, die ihrem eigenen Geschlecht zugetan sind.

Er schiebt die hinderlichen Gedanken weg, verweigert sich dem mulmigen Gefühl, der Angst vor diesem Fremden, wer weiß, was der wirklich will? Vielleicht hat der ja auch jemanden umgebracht oder was geklaut? Wäre es für ihn nicht besser, wenn er ihn einfach wegschickte? Er könnte ihm ja etwas zum Essen mitgeben, damit er es nicht ganz so schwer hat.

Arnold hasst das anklopfende Misstrauen, ein unangenehmes Gefühl ist das. Er verbietet es sich selbst, verbannt es aus seinem Herzen. Er will der sein, der Vertrauen einflößt und Vertrauen hat. Also probiert er es von Neuem, er schaltet die hinderlichen Vorbehalte aus, die sind sowieso mehr Gewohnheit als durchdachte Entscheidung nach dem jahrelangen „Erlernen“ der Vorurteile gegen Juden, Zigeuner, gegen Männer und Frauen seines Schlages. Er kennt es nur so, schon immer waren die Menschen, die „anders“ waren, ausgeschlossen worden, wurden verfolgt, manchmal getötet. Heutzutage schickt man sie ins Lager. Die guten Christen sind ganz groß in so etwas.

Nachdenklich und ein wenig ängstlich beantwortet er den kühnen Vorschlag des Mannes, der ihm jetzt schon nahesteht, das spürt Arnold, den Grund kann er nicht genau bestimmen. „Ja, warum eigentlich nicht?“, sagt er. „Ein Versuch wäre es wert. Wir wollen einander beschützen, es wird uns Mut abverlangen, das weißt du. Ein schöner Gedanke ist es trotz alledem. Ich bin übrigens noch hier zu Hause und werde wohl auch bleiben, ich habe eine Behinderung. Ich kann vor dem Feind nicht wegrennen.“ Während er das sagt, hebt Arnold das linke Hosenbein an, zieht einen der handgestrickten Wollsocken aus und zeigt Jakob die Spuren seiner lange zurückliegenden Verletzung. Vom großen Zeh fehlt die Spitze, die zwei daneben sind halb weg, da ist ihm vor vielen Jahren ein mit neuen Eisen beschlagener schwerer Ackergaul draufgetreten und nicht wieder runtergegangen, die Zehen waren völlig zermatscht gewesen, keine Aussicht auf Rettung.

„Na ja, sieht nicht so schön aus, aber vielleicht rettet mir mein Fuß sogar das Leben, wenn sie nicht am Schluss noch die Krüppel an die Front zerren.“ Der Besucher grinst über das ganze Gesicht: „Was hab ich für ein Glück, dass dieses Pferd zur rechten Zeit auf dem richtigen Fuß stand. Ich hoffe, du verstehst, wie ich das meine.“

Da gibt es auch für den Schreiner nicht mehr viel zu überlegen. Langsam nimmt Arnold die Butter und das Salzfässchen von der Werkbank, stellt alles wieder zurück an seinen Platz, wendet sich nicht ab, sieht dem immer noch Namenlosen tief in die Augen. Als er sich zur Fensterbank umdreht, spürt er dessen Blick im Nacken, auf seinem Hintern, auf seinem muskulösen Rücken. Und dann: das raue Flüstern an seinem Ohr: „Was meinst du, sollen wir es gleich hier tun? Oder sollen wir einander von Liebe sprechen? Obwohl, das wäre etwas verfrüht." Das Unverfrorene gefällt Arnold, der Mann ist kein bisschen genierig, ein echter Kerl ist das.

Arnold will alles, was der andere ihm so unverhohlen anbietet. Aber er hält sich zurück, geht etwas mehr auf Distanz. Er hat Angst davor, sich in seine Hände zu begeben. Was wäre, wenn der Mann ihm nur was vormachte und mit seinem Wissen zur nächsten Dienststelle rennen würde, um sich freizukaufen? Noch hat er – theoretisch – eine Wahl, Arnold kann versuchen, alles abzustreiten. Was weiß er denn über den Schönen? Er sieht wirklich fantastisch aus. Die fast schwarzen Haare, die markanten Wangenknochen, die drahtige Figur, dazu tiefblaue Augen. „Gott sei Dank, die Schwarzhaarigen haben meist braune. Da lässt sich der Jude schlechter leugnen", so was schießt ihm durch den Kopf.

„Warte noch ein bisschen, ich weiß ja nicht mal, wie du heißt. Ich bin Arnold, freut mich, dich kennenzulernen, lieber . . . Lass uns erst mal überlegen, wo wir dich überhaupt unterbringen könnten. Es soll doch alles ganz selbstverständlich wirken, findest du nicht?"

„Was könnte natürlicher sein als das, lieber Arnold? Ich heiße Jakob." Er sieht Arnold mit dem Schalk im Nacken an und gibt ihm einen Kinderkuss auf den Mund.

Es gelingt Arnold nicht so richtig, jetzt schon alle Vorbehalte abzuwerfen, so gern er das möchte. Hat Jakob wirklich die Wahrheit gesagt? Es kommt dem Schreiner eigenartig vor, wie kann einer so charmant und offenherzig sein, wenn er solches Grauen erlebt hat? Ist er wirklich so mutterseelenallein auf der

Welt? Könnte er gar ein Spitzel sein? Wer hätte ihn schicken sollen und warum? Mit den soliden, logischen Fragen beruhigt er sich selbst.

Jakob hat ihn schon wieder in Ruhe gelassen und reagiert besonnen, indem er sich erst einmal richtig vorstellt. „Ich heiße Jakob Rosenberger, aus bekannten Gründen lass ich die Rosen weg, also Jakob Berger. Hab keine Angst vor mir, ich tu dir wirklich nichts. Und wenn irgendwann doch, dann ganz sicher etwas Schönes, das dir gefällt."

Jakob mag den Schreiner. Er ist ihm sympathisch, es gibt keinen Grund, den jungen Mann zu provozieren, also hört er damit auf, Arnold auf die Schippe zu nehmen, er wollte ihn ja nur ein bisschen necken. Vielleicht haben sie sogar eine Chance zusammen. Vielleicht leben sie länger als diese Irren in Berlin, als dieser böse widerliche Diktator und seine Helfer, die, wüssten sie von dieser neuen Verbindung, ihre Vernichtung betreiben würden.

Jakob sagt auch: „Du hast recht. Verzeih mir, lass uns erst mal ein bisschen kennenlernen. Ich schlage vor, wir bleiben beim Sie in der Öffentlichkeit, und du stellst mich deinen Leuten als einen flüchtigen Bekannten vor, vielleicht gibt es bei euch einen Cousin mit einem besten Freund oder etwas anderes in der Art, jedenfalls einen, der untauglich für den Einsatz an der Front ist, zum Beispiel wegen einer Verletzung nach den ersten Einschlägen in Frankfurt, oder ein Mann, der bei der Rückkehr sein Zuhause in Trümmern vorfand und jetzt bei dir in der Werkstatt nachgefragt hat, ob er aushelfen kann, wo doch alle Männer weg sind. Ich kann auch so tun, als wäre ich nicht mehr ganz klar im Kopf oder so was in der Art, ich ein Irrer, warum nicht?"

Arnold hält erschrocken die Hand vor den Mund. „Bloß nicht, die Irren werden auch abgeholt, sie müssen in die Heilanstalt, die kommen da lebendig nicht wieder raus."

Sie verabredeten sich für den Nachmittag. Sie würden sich später wieder in der Schreinerei sehen, Arnold wollte ihn dort zurücklassen und ihm Decken und Kleidung zum Wechseln mitbringen, das fiele nicht auf heute, weil ja der Besuch aus Frankfurt auch frische Wäsche bekam. Jakob war ihm dankbar, sagte, und das meinte er aufrichtig: „Hab erst mal vielen Dank, für heute ist der Tag seit Langem wieder mal ein guter Tag für mich. Der Himmel, so es ihn gibt, hat mir dich geschickt. Vielleicht darf ich ja doch noch ein Weilchen am Leben bleiben."

Er traut sich auch, sich Arnold noch einmal zu nähern. Jakob legt die Hand an Arnolds Wange, sanft fordert er von ihm den Blick in die Augen, Arnold gewährt die Annäherung, obwohl ihn eine Schüchternheit befällt, die er so gar nicht von sich kennt. Er wird rot. Mein Gott, wie blau Jakobs Augen sind! Mit süßer Zögerlichkeit legt er den Arm um seinen Schützling, vielleicht sein Geliebter schon bald, bis der andere seinen freien Ellenbogen mit der Linken umfasst und Arnold in die Umarmung zwingt, ein sanfter Druck nur, nichts Gewaltsames, sehr männlich ist das. Auch der Kuss ist so.

Bevor Arnold die Tür, diesmal von außen, abschloss, hatte er die Vorhänge vor den beiden Fenstern zugezogen und den Kasten mit dem Geld unter den Arm geklemmt. „Und führe uns nicht in Versuchung", hat er gedacht. Der schöne Untermieter könnte genauso gut ein Dieb sein wie ein frommer Jude, so wirklich glauben wollte er das aber nicht, dazu gefiel er Arnold viel zu gut.
Er hatte ihm ja auch versprochen, sobald wie möglich wiederzukommen, wenn es dunkel war. Musste ja nicht gleich jeder was mitkriegen, man würde nur rumtratschen.

Im Augenwinkel meinte Arnold, eine Bewegung wahrgenommen zu haben. Vorsichtig drehte er sich um. Es war nur der Schatten eines Unerkannten an der Wand gewesen, auf der anderen Straßenseite in einigen Metern Entfernung, ein Schatten, der für ein paar Sekunden in grotesker Verzerrung über die weiße Rückwand des Hauses schräg gegenüber geflogen war.
„Da war nichts", sagte er zu sich selbst. Ganz langsam kam sein Herzschlag wieder in den ruhigen Takt.

Jakob blieb allein zurück. Als er hörte, wie sich der Schlüssel im Schloss der Werkstatttür drehte, ging es wieder los. Mit aller Kraft versuchte Jakob, gegen die unkontrollierbare Panik anzukämpfen, die ihn fast unmittelbar erfasste. Eingesperrt sein, das war ihm unerträglich. Eingeschlossen war er sowieso, dafür brauchte es nicht mal ein Schloss. Er redete sich selbst gut zu. Und zum ersten Mal seit Langem wagte er ein Stoßgebet zum Himmel: „Vertrauen, Herr gib mir Vertrauen!" Der Himmel schwieg wie immer. Wenn nur die Angst nicht wäre. Er schloss die Augen, bis er spürte, wie auch sein Herz allmählich in einen ruhigen, gleichmäßigen Takt überging. Der Herr hatte ihn erhört. Jakob schüttelte den Kopf, Unsinn, das hat er ganz allein geschafft.

3

Die „Mädchen" aus der großen Stadt

Pünktlich zum Mittagessen saß der Schreiner Arnold mit zum Spaß rechts und links aufgestelltem Besteck und demonstrativ umgebundener Serviette um den Hals am Esstisch des Elternhauses und forderte: „Hunger, bitte gebt mir Essen!!", rief er aus, schon öffnete sich die Tür, und seine Mutter betrat mit einer großen Schüssel voll Kartoffelsalat das Wohnzimmer mit dem gedeckten Tisch. „Also weißt du, benimmt man sich so, wer hat dir das nur beigebracht? Schließlich haben wir Gäste." Die folgten Frieda auf dem Fuß, Emma sauste auf Arnold zu, der abwehrend die Hände hob.

„Du bist schon viel zu groß zum Herumwirbeln und Kichern." Also gut, die Nichte beschränkte sich auf eine freundschaftliche Umarmung, sie freute sich sehr, ein paar Tage bei ihrem Lieblingsonkel verbringen zu dürfen, zu Hause in Frankfurt hatte sie sich nicht mehr wohl gefühlt, dauernd hatten die Leute Angst, und im Bunker war man zwar sicher, aber sie schlief kaum noch wegen der Sirenen in der Nacht.

Auch Arnolds Schwester, das Malchen, wurde liebevoll von ihrem Bruder begrüßt, bekam einen Kuss auf die Wange gedrückt und wurde aufgefordert, sich an der Tafel niederzulassen und mit ihm und seiner Mutter „das Brot zu brechen". Arnold fragte noch, ob der Großvater im großen Haus nebenan schon versorgt war. Maria und Sophie, Emmas Cousinen, hatten dem Opa gute Suppe gebracht, ihm beim Löffeln geholfen und ein bisschen mit ihm geredet. Jetzt saß er wieder am Erkerfenster im Lehnstuhl, paffte seine Pfeife und schien zufrieden, was hatte er doch für goldige Enkelmädchen.

Arnold fühlt sich ungeheuer beschwingt, er ist bester Laune, sonst würde er nicht solchen Unsinn reden, „das Brot brechen", man könnte grad meinen, er sei auf einmal fromm geworden. Er ist aufgedreht, könnte alle umarmen, das muss der berühmte, der siebte Himmel sein. „Nun übertreib nicht gleich", denkt er, ich kenne den Kerl doch noch gar nicht richtig, wer weiß, was da noch dahintersteckt, es ging jetzt doch reichlich schnell mit dem Küssen." Es sind gemischte Gefühle, die ihn umtreiben. Er ist verknallt, keine Frage, aber er traut dem Objekt seiner Begierde nicht hundertprozentig über den Weg, trotz der unschuldigen blauen Augen. Kein Wunder, wem kann man denn vertrauen in solcher Zeit. Arnold kennt niemanden, der frei von der Leber weg sagt, was er wirklich denkt. Ganz selten kommt es vor, dass eine der Frauen auf „die Nazis" schimpft, die ihre Söhne und Männer in den Krieg geschickt haben, was soll nur aus uns daheim werden, hatten sie gejammert. Dann waren sie wieder ruhig gewesen und hatten gehofft, dass niemand aus der Nachbarschaft etwas von ihrem Ausbruch mitgekriegt hat.

Arnold war noch nie wirklich verliebt gewesen, so viel Gelegenheit gab es in Orb ja nicht, ab und zu mal ein bisschen Gucken, ein paar zweideutige Blicke mit einem der uniformierten Soldaten-Wachmänner vom StaLag IX-B, dem Gefangenenlager.

Nie hätte Arnold sich getraut, hier im Ort etwas mit einem Mann anzufangen. Es hätte ihn, wenn sie ihn erwischt hätten, den Hals gekostet. In Orb gab es seines Wissens keine heimlichen Treffpunkte für die Männer von seiner Art, in Frankfurt inzwischen sicher auch nicht mehr, es war zu gefährlich. Wer erwischt wurde, teilte das Schicksal der Juden, kam ins Lager oder wurde gleich zum Tod verurteilt.

Aber er hatte schon immer eine große Sehnsucht, die er stets hatte unterdrücken müssen. Er wollte das Unaussprechliche mit einem, den er nicht nur begehrte, sondern auch liebte.

Manchmal hatten die Männer vom Lager Ausgang und streiften durch Orb, landeten dann im *Café Müller*, der Bäcker schickte jemanden zum Bierholen, wenn es irgendwo in einem Gasthaus in dem Städtchen welches gab. Die Leute der Lagermannschaft gaben sich dann besonders männlich, prosteten sich zu und lachten laut, übertrafen sich gegenseitig im Soldatengebaren.

Herr Müller sah zu. Und beobachtete aufmerksam. Arnold war per Zufall mitunter zur gleichen Zeit in dem Lokal, dann wusste er nicht, wohin mit sich selbst und seinem beherrschten, zurückgehaltenen Begehren. Das eine Mal, als er den Blick eines strohblonden jungen Mannes mit wasserblauen Augen und kräftigen Armen gestreift hatte, war etwas aufgeblitzt. Arnold hatte schnell weggesehen und kurz danach das Café verlassen. Hoffentlich hatte keiner was bemerkt, das war Arnolds größte Angst gewesen.

Inzwischen sah man die Wachmänner kaum noch in der Stadt, es gab keinen Ausgang mehr, zu viele Gefangene.

Das Lager war vor langer Zeit ein Kindererholungsheim gewesen. Nach dem Ersten Weltkrieg hatte es viele hungrige, arme Kinder gegeben, die krank und mager waren. Ab 1920 hat ein Mann, ein Veteran dieses mörderischen Krieges namens August Jaspert, im Verbund mit der Frankfurter Kinderhilfe aus den Hütten am alten Schießübungs- und Bombenabwurfplatz das Erholungsheim für solche Jungen und Mädchen eingerichtet, dort hatten sie genug zu essen bekommen, waren an der frischen Luft, bekamen wieder rote Bäckchen. Danach mussten sie alle wieder nach Hause in die Ärmlichkeit der Städte.

Das Gelände war 1939 an die Wehrmacht übergeben worden. Ein großes Standortlager errichteten die Soldaten an der Wegscheide, Gefangene wurden dort bei miserabler Versorgung wie die Tiere gehalten, schlimmer noch. So wurde zumindest gemunkelt, selten fand einer aus der Kurstadt, der hätte berichten können, den Weg dorthin, obwohl es nur viereinhalb Kilometer zum Lager waren. Die Russen, die Bolschewiken, also Untermenschen, wurden am schlechtesten behandelt, hieß es, viele verhungerten angeblich, den Polen erging es nicht viel besser. So war das im Krieg, keiner hätte sich getraut zu protestieren. Und sich dem Lager richtig zu nähern, war sowieso verboten für die Zivilen, bei den seltenen Gelegenheiten, wenn die Soldaten in den Ort kamen, hatte Arnold sie gesehen.

Er hatte sich Gott sei Dank keine Blöße gegeben, wenn ihm einer von ihnen gefiel. Es war ihm peinlich, deshalb hatte er niemandem davon erzählt, nicht mal Marie, aber er fand das zackige Gebaren, die schneidigen Uniformen, die akkuraten Haarschnitte, die markigen Sprüche, das heldenhafte, unbesiegbare Getue der Männer, die in Arnolds Fantasievorstellung so wunderbar in Reihen stehen und salutieren konnten, bedauerlicherweise ziemlich attraktiv. Als er so etwas mal zu sehen bekommen hatte, als die Burschen durch Bad Orb marschiert waren in Reih und Glied, mit dem Trommler vorneweg, da hatte er wegsehen müssen, nicht nur, damit niemand was merkte, auch weil er genau gewusst hatte, dass es nicht recht war, was er empfand, sie alle hätten ihn, ohne zu zögern, gleich mitgenommen ins Lager, vielleicht sogar gleich erschossen. Es war ihm bewusst: Das waren die, die das Böse bedienten. Es waren Männer, die das Morden gelernt hatten, die Gewalt ausübten, andere Männer straften, verspotteten, schlugen, quälten, verhungern ließen, erschossen. Sie hatten eingetrichtert bekommen, wie man auf Mitleid verzichtet, waren im Lauf der Zeit roh geworden. Sicher wollten nicht alle so sein, so herzlos, so unberührbar, aber wussten die denn, was sie wollten? Uniformen hin oder her.

Amalie lacht mit ihrem Bruder über seinen Scherz, so kennt sie ihn gar nicht, ein Ernster ist er sonst, und Arnold bemerkt ihren prüfenden Blick. Schnell verbietet er sich selbst den Überschwang, nimmt sich zurück, versteckt das Hochgefühl hinter Geschäftigkeit, verteilt Kartoffelsalat auf die entgegengehaltenen Teller. Er möchte viel lieber sein Glück zeigen dürfen, gerade hier, wo ihn gewiss keiner verraten würde. Sie lieben ihn ja alle, hier sitzen sie mit ihm am Tisch, aber es brächte sie vielleicht in Not, besser, sie wissen von nichts.

„Wie geht's Marie? Ich hab sie noch nicht getroffen, seit wir angekommen sind. Aber wir sind ja noch nicht lang da", fragt Amalie vorsichtig ihren Bruder.

Arnold schaut von seiner Bratwurst auf, die nun neben dem Kartoffelsalat platziert ist. „Na ja, so wie immer, eigentlich geht es Marie ja meistens gut, sie ist eine Frohnatur. Natürlich macht auch ihr der Krieg zu schaffen, sie hat immer Angst, dass die Bomber die Apfelbäume auf der Schafswiese erschießen. Ich geh nachher zu ihr, wir wollen ein bisschen spazieren gehen, und vielleicht gibt's ein Törtchen beim *Café Müller*, heute scheint ja auf einmal die Sonne so schön. Nun erzähl du doch bitte, wie das in Frankfurt war mit dem Angriff. Es muss furchtbar gewesen sein. Hier hört man nur bruchstückhaft im Radio was davon und kann nicht beurteilen, ob das so alles stimmt."

Emma ist ganz aufgeregt, sie will dem Onkel so viel erzählen von Frankfurt, dass sie was gesehen hat, was Schreckliches: Da lag eine tote Frau auf der Straße, die hat jemand erschlagen, so sah es aus. Vielleicht war sie auch von selber umgefallen, vor Hunger vielleicht, allzu dünn hatte sie ausgesehen. „Einer", sagt Emma, „hat nachgeguckt, ob die Frau zu retten ist. Der Mann, der danebenstand, hat die Frau abschätzig betrachtet und den Freund angeschnauzt. Und dann hat er gesagt: ‚Schau dir die doch an, das ist keine Deutsche, die hat ganz dunkle Haare, wer weiß, wo die rausgekrochen ist.'" Emma hatte sich nicht getraut, was zu sagen, war noch einen Moment an dem Ort geblieben, bis ein größerer Pritschenwagen angefahren kam und ein Mann in Uniform ausstieg, der hatte den Puls der Frau gefühlt, ihr – endlich – die erloschenen Augen geschlossen und in die Runde gefragt, ob jemand die Tote kenne, weiß jemand, wer das ist? Als niemand antwortete, hat er dem Fahrer zugerufen: „Also gut, die kommt mit uns, wir werden schon ein Grab für sie richten." Sie hatten die Frau mit dem schwarzen Haar auf die Ladefläche gehoben. Emma konnte sich keinen Reim darauf machen, also schaute sie dem abfahrenden Laster hinterher, bis er nicht mehr zu sehen war. Dabei betete sie für die Unbekannte. „Lieber Gott, bitte lass sie zu Dir in den Himmel kommen, auch falls sie eine Jüdin ist, sie kann ja nichts dafür." Die umstehenden wenigen Frauen und ein alter Mann seien in verschiedene Richtungen weggegangen, der Alte habe noch gemeint: „Geh heim, Mädchen, das ist nichts für deine Augen."

Arnold hat Emma zugehört, er ist erschüttert. So etwas passiert mitten in der Stadt am helllichten Tag? Unfassbar! Das junge Mädchen sieht so unglücklich aus. Er versucht, seine Nichte zu trösten. „Du hättest ihr nicht mehr helfen können, das ist das Schlimme am Krieg, die Leute sterben, auch solche, die keinen Krieg wollen, niemandes Feind sind. Wir sind doch alle nur ganz normale Leute, die eigentlich in Ruhe leben wollen. Oder will vielleicht einer von euch irgendwelche Russen, Polen oder Juden erschießen? Ich will das nicht und du, Emma, ganz gewiss gar nicht."

„Bist du jetzt mal ruhig. Wenn das draußen einer hört!" Das kommt von Frieda, doch sie sieht ihren Sohn an und nickt ihm zustimmend zu. „Es ist eine bittere Zeit, so ein Durcheinander, wer soll da noch durchblicken, warum wir wo einmarschieren und was wir erobern. Seid gewiss, irgendwann ist der Spuk vorbei, hoffentlich kommt dann kein anderer Schreihals, der den Saustall wieder aufräumt, sondern ein Engel, der uns aufrichtet." Die letzten Sätze hat Frieda ganz leise vor sich hin gesprochen. Arnold hat es trotzdem gehört, er blickt in die Gesichter der Tafelrunde, erkennt auf allen dreien Einverständnis.

Und doch bekommt er es mit der Angst zu tun, um Jakob fürchtet er und auch um sich selbst, wenn sie ihn erwischen, wie er dem Juden hilft und dass er den Schönen vielleicht sogar liebt, dann sind sie alle verloren. Was ist, wenn es immer so weitergeht, wenn keine Rettung für ihr geschundenes Land, ihre verstörten Seelen auf dem Weg zu ihnen ist? Der „Führer" ist noch nicht so alt, wie lange sollen wir den noch ertragen?

Jetzt heißt es überleben, das muss gelingen! Oh Gott, ihm wird himmelangst, Arnold kann es nur mühsam verbergen, denkt sich lieber in das Gefühl zurück, das er beim ersten Kuss empfunden hat. Es wird gut gehen, ganz bestimmt, sei ein Mann, Arnold!

Amalie berichtet dann, was in Frankfurt geschehen ist, Gott sei Dank wurde bisher niemand ernsthaft verletzt, ihr „Wunder"-Haus war ohne Schrammen stehen geblieben. Trotzdem wird sie vom Erzählen ganz verzagt, sie sorgt sich um den Heinz, mit seinen nun bald achtzehn Jahren muss er womöglich im letzten Moment noch in den Krieg. Dann käme er bestimmt gleich an die Front. Sie erschrickt bei dem Gedanken, er ist doch noch ein halbes Kind.

Als Bub hatte Heinz die zwei Tage Hitlerjugend in der Woche überstanden, indem er meistens nichts sagte und versuchte, andächtig dem zu erlernenden Un- und Wahnsinn zuzuhören. Doch lesend hatte er mithilfe der Bücherei seinen Geist geformt und das selbstständige Denken gelernt. An der Grenze zum jungen Mann hatte er insgeheim die wahren Ziele dieses todbringenden Rudels der Hitler-Gläubigen erkannt. Er verachtete die Nazis, doch er musste an sich halten, wenn der sogenannte Diensthabende Führer vor Ort mit leuchtenden Augen vom Glanz des deutschen Volkes schwadronierte, von dessen natürlicher Überlegenheit. Zu Hause hatte er seiner Mutter davon erzählt und sich darüber lustig gemacht, während es Amalie angst und bange geworden war: Wenn er solche Sachen offen aussprach, nicht auszudenken.

Heinz hielt eisern die Klappe in den ungeliebten Stunden, zog auch mal schweigend und würdig blickend das NS-Banner am Mast hoch. Er machte halt mit, weil er musste. Aber er hatte keine Lust auf Fahnenschwingen und Trommelwirbel, auf Rassenkunde und Führeranbetung und sah auch keinen Sinn darin.

Außerdem: Eine Wiese war für ihn eine Wiese, Schluss, aus, fertig. Von wegen Feld der Ehre, auf dem ein echter Mann den heldenhaften Soldatentod freudig strahlend sterben durfte! Was für ein Wahnsinn!

Seine Wiese war der Fußballplatz gewesen, als Torwart der „Speuzer", das war schon was, worauf er stolz gewesen ist. Den Traum vom Fußball-Erfolg als Torhüter freilich hatte der verdammte Krieg zunichtegemacht. Immerhin hatte Heinz schon einmal eine Erwähnung im Sportteil der Zeitung gegefunden, als er den schier sicheren Trefferball des Gegners gerade noch rechtzeitig gehalten hatte.

Dabei war er stets eher der Zarte gewesen, Emma war viel robuster, fühlte sich deswegen aber manchmal zurückgesetzt, weil die Eltern ihr mehr zutrauten, muteten sie ihr auch hin und wieder zu viel zu, dachten nicht an sie, wenn es um Vergünstigungen ging. Heinz bekam zum Frühstück Rührei und in den Tee Traubenzucker wegen seiner Blutarmut. Emma bekam die restlichen Bratkartoffeln vom Abend zuvor, sie maulte zwar, aber eigentlich, wenn sie ehrlich war, mochte die kleine Schwester die Aufgebratenen viel lieber als die glibbrigen Eier.

Amalie ist in ihre eigene Gedankenwelt abgetaucht, als sie bei ihrer Mutter am Esstisch sitzt, endlich kann der Geist ein wenig zur Ruhe kommen. Sie macht sich einfach zu viele Sorgen um ihre Kinder, sie kann ja nichts tun. Der elende Krieg, sie nimmt sich vor zu beten, dass ihr Sohn nicht mehr an die Front muss. Nicht dass es ihr so geht wie der armen Frau Schneider im fünften Stock: Ihr Seppi war gefallen, mit achtzehn, der würde nicht mehr heimkommen, nicht mal im Sarg, und er war doch noch so jung gewesen. Amalie hatte ihn schon als Kind auf dem Schoß sitzen, wenn er bei Heinz zum Spielen zu Besuch war, das ganze Haus hat mit Seppis Mutter getrauert, die ihr Kind verloren hatte.

Als die anderen am Tisch Amalies und Emmas Erzählungen gehört haben, ist es erst mal still in der Runde. Frieda schüttelt stumm den Kopf, was soll nur werden? „Der Krieg dauert nicht mehr lang, ist bestimmt bald vorbei“, sagt Arnold. Mehr Hoffnung als Glaube ist das.

Amalie erzählt auch von ihrem Mann, von Heinrich, der anscheinend endlich vernünftig geworden ist, nachdem er mit Mühe und Not noch mal davongekommen war, und dass er mit den Männern aus der Nachbarschaft, dem Kress und dem Weindl, inzwischen wenigstens in den Bunker geht – „Er hat es versprochen – das macht es mir ein bisschen leichter, aus der Stadt zu euch aufs Land wegzulaufen.“

Die Tischrunde hat viel zu bereden, sie sind sich einig, dass sie den Krieg nicht wollen, sie sind heimlich dagegen, gegen das, was die mit den Juden machen. Was eigentlich genau? Das mit den Juden ist nicht recht, aber so etwas sprechen sie nur hier zu Hause aus. In Orb weiß man jedenfalls nur, dass von den Gefangenen einige abtransportiert wurden, in ein anderes Lager, nach Buchenwald.

„Die Juden in Bad Orb sind jedenfalls alle verschwunden, wohin, das mag sich keiner ausmalen“, sagt Frieda. „Man hört Schlimmes, aber vielleicht sind das nur Gerüchte, das hofft man ja immer, nicht wahr?“

Einer von ihnen ist gerade erst angekommen.

Arnold hatte sich entschuldigt, war vom Tisch aufgestanden und kurz darauf auf dem Weg zum Dachboden, um nach den eingelagerten Kleidungsstücken seines Vaters zu suchen, der brauchte sie ja nicht mehr, vielleicht war das eine oder andere passend für den Schönen, merken würde das bestimmt niemand, dass der Dominikus eine ähnliche Manchesterhose (er hatte es immer halb englisch ausgesprochen: „Mänschesterhos") gehabt hatte, wenn Jakob sie tragen würde.

Frieda rief ihrem Sohn gleich nach, er solle doch bitte, wenn er schon da oben war, die Betten im leer stehenden und jetzt als eine Art Gästezimmer dienenden ehemaligen „Bürozimmer" seines Vaters beziehen. Das „Büro" lag auch im Dachgeschoss, war durch eine dicke Holzwand vom sorgfältig sortierten Speicher abgetrennt. Emma und Amalie hatten jeweils ein Bett für sich, ein weiteres stand auch noch an der Wand. Es diente als provisorisches Sofa. Arnold überlegte, ob und wie er es in die Werkstatt bringen könnte, verwarf den Gedanken aber gleich, das wäre zu auffällig.

Er entnahm dem Kleiderschrank auf dem Dachboden drei Leintücher, drei Kissen- und drei Bezüge für die Plumeaus, die er noch schnell nebst Kissen aus der abgeschrabberten Truhe mit dem Bauernzierrat herausnahm. Voluminös bepackt, trug er das Bettzeug ins Bürozimmer, zog die Leintücher über die Matratzen, klemmte die Ecken in Krankenhausfaltung darunter, überzog Kissen und Decken mit den blau-weiß karierten Hüllen. Das Bettzeug für Jakob verstaute er erst mal in der Truhe. Nun musste ein Schlafplatz für ihn gefunden werden.

Dann rannte Arnold schnell runter, damit er auch noch etwas von dem Vanillepudding mit selbst gemachtem Himbeersirup abbekam.

4

Das glücklichste Paar der Welt

In Amalies ehemaligem Elternhaus hatte Arnold vor der Ankunft seiner Schwester und deren Tochter Emma noch einiges zu tun. Erst wollte er nach dem Großvater sehen, mit seinen neunzig Jahren lebte der alte Mann im Nachbarhaus allein, aber viel mehr als im Sessel sitzen und Pfeife rauchen konnte er nicht mehr, ein paar Schritte zum Haus raus und zwischen den Räumen im Erdgeschoss, das ging noch. Die drei Treppen hinunter auf die Holzbank vorm Haus schaffte er auch ganz gut. Die Sophie und die Maria, Großvaters Enkelinnen, gingen jeden Tag hin und brachten ihrem Opa sein Essen. Sophie war noch in Emmas Alter, die Verständigere war Maria, sie war sechzehn, musste manchmal schon ganz schön ran, ihrer Mutter helfen, war sie doch die Erstgeborene, und das Pflichtjahr hatte gerade begonnen.

Seit Arnolds vierzehn Jahre älterer Bruder Otto im Osten vermisst wurde, musste Arnolds und Amalies Schwägerin Katrin, die Tochter von ihrer aller Großvater, sich und ihre beiden Mädchen allein durchbringen. Am Abend halfen die Enkelinnen dem Opa Josef beim Zubettgehen und auch morgens nach dem Aufstehen.

Obwohl Josef nicht viel Abwechslung hatte, war er meistens guter Laune, war freundlich und erzählte ganz wach von früher, als er jung gewesen war und die Apfelernte und die Mosterei überwacht hatte. „Wie soll ich euch das erklären, aber das war unser einziges Vergnügen", sagte er immer, „aber ihr könnt mir glauben, wir hatten unsern Spass." Mit zwei s.

Mit den jungen Dingern hatte er geschäkert, und es war richtig lustig geworden, wenn sie den ersten Most verkostet hatten, manchmal ein bisschen zu ausgiebig. Mit seinen schneeweißen Haaren und dem Schnurrbart war er der reinste Bilderbuchopa. Alle Jüngeren nannten ihn Großvater. Auch der Schreiner Arnold Reinelt, er hatte seine beiden „richtigen" Großväter nicht mehr kennengelernt.

Arnolds Vater hatte es mit dem Weinanbau versucht, dafür hatte er ein echtes Händchen gehabt. Nun ruhte Dominikus schon seit vielen Jahren auf dem Gottesacker. Nun ja, er war bei Arnolds Geburt auch schon weit über vierzig gewesen. Die einundzwanzigjährige Frieda hatte der Vater zügig geheiratet, „weil ich meine drei künftigen Kinder noch aufwachsen sehen will". Prompt kam erst mal ziemlich schnell die kleine Amalie, ein Achtmonatskind – „weil das erste Kind meistens ein bisschen früher kommt als die späteren", hatte Amalie Emma erzählt, mit einem verschmitzten Lächeln im Gesicht. Emma hatte den Witz nicht gleich verstanden.

Ein Jahr nach der kleinen Amalie lag schon wieder ein Säugling in der Familienwiege, die vor Jahrzehnten die Mutter der Babys in den Schlaf geschaukelt hatte. Der neue Sohn, der auf den Namen Otto getauft wurde, war ein drolliges Kindchen, das alle anstrahlte. Und kurz vor Dominikus' sechsundfünfzigstem Geburtstag erblickte vierzehn Jahre später überraschend noch der Nachzügler Arnold das Licht der Welt, wie groß war die Freude über den ganz besonders niedlichen Jungen mit der kräftigen Stimme gewesen.

Erst mit sieben, als Arnold „schon Verstand hatte", wie Frieda meinte, hatte sie seiner Schwester und ihm erzählt, dass sie, die zwanzig Jahre jünger war als ihr äußerst ansehnlicher Gemahl, gleichermaßen schweren wie euphorischen Herzens den Geschiedenen und dazu auch noch Evangelischen geheiratet hatte. Das war eigentlich verboten in der katholischen Kirche, die Frau eines geschiedenen Mannes war eine Ehebrecherin und zur Hölle verdammt! Evangelische waren Ketzer, so hatte sie es gelernt.

Doch Frieda war unsterblich in Dominikus verliebt gewesen, schon im ersten Augenblick, als er auf der Wiese zu ihr gerannt war, was hätte sie tun sollen? Frieda gestand ihren Kindern, dass sie sich geniert hat und dass sie auch eifersüchtig gewesen ist auf die erste Frau, aber solange niemand Genaues von dieser Frau wusste, war es für Frieda erträglich gewesen, und Dominikus war Frieda ein guter und treu sorgender Ehemann geworden.

Seine Geschiedene, die war wohl eine Halbseidene gewesen, abgehauen war sie mit einem anderen, hatte Dominikus, der aus dem Ersten Weltkrieg Gott sei Dank unversehrt zurückgekehrt war, einfach sitzen gelassen. Als er nach Hause zurückgekehrt war, hatte er die Wohnung leer vorgefunden, alle Möbel waren weg gewesen. Niemand hatte ihn bei dem Kriegsnachzittern, der nachlassenden Angst, den Albträumen, dem Aufschrecken in der Nacht im Arm gehalten, keine Frau war an seiner Seite gewesen für ein wenig Zuversicht.

Als er Frieda kennenlernte, stand sie gerade auf ihres Vaters Schafsweide und hatte einen Rechen in der Hand. Dominikus ist damals spontan eilig über die Wiese zu ihr gelaufen, er hatte Frieda vom Weg aus eingehend betrachtet, und als er vor ihr zum Stehen kam, hat er sie direkt gefragt, ob er sie später zum Spazierengehen abholen dürfe, vielleicht sogar auf ein Glas Wein? Er sah so gut aus, Frieda spürte so ein Ziehen im Bauch bei seinem Anblick, und sie dachte gleich: „Den will ich heiraten." Schon ein Vierteljahr danach hatte sie mit dem geschiedenen, evangelischen und so viele Jahre älteren Mann mit dem komischen Vornamen vor dem Altar der katholischen Kirche gestanden und sich einen Wimpernschlag lang gefragt, ob die Ehe denn auch gültig wäre vor Gott, auch wenn manches nicht so war, wie es sich normalerweise gehörte. Dann war sie nur noch glücklich gewesen, nachdem der frischgebackene Ehemann ihr vor allen den Hochzeitskuss gegeben hatte.
Dominikus hatte sich als Einziger in der Gegend an den Versuch herangetraut, Weintrauben anzubauen, einfach weil er bei aller Tatkraft ein Träumer war. Die Apfelbäume sollten an ihrem Platz bleiben. In gebührendem Abstand zu ihnen schlug Dominikus lange Holzpflöcke in den Boden, spannte Seile, künftige Rankhilfen dazwischen, baute alles wieder ab, weil zu wenig Platz für die benötigte Menge an Pflanzen entstand. Also noch mal von vorn: Pflöcke in den Boden, Seile, Rankhilfen, diesmal im Zickzackmuster, das hatte reichen müssen. Er hatte ein Händchen für seine jungen Reben, sie wuchsen und wuchsen und sollten im Herbst prächtige Trauben hervorbringen.

Bevor es mit dem Weinanbau losgegangen war, hatte Dominikus alles genau vorbereitet und einen Brief an einen erfolgreichen Winzer in Alzenau geschrieben, in dem er um den Kauf neuer Riesling-Pflanzen angefragt hatte. Der Mann hatte auch prompt geantwortet und ihm bereits angezüchtete Rebstöcke angeboten. An einem Sonntag hatte Dominikus die vorgezogenen ersten Reben dort abgeholt. Ein Tagesausflug, dachte er. Riesling würde er anbauen, der sollte besonders gut sein.

Der Weinbauer hatte ihm im Eilverfahren die Grundlagen des Weinbaus mit auf den Rückweg gegeben, hatte von „Organen des Rebstocks" gesprochen, von den Sorten, wie man pflanzt und Reben vermehrt und schneidet, düngt und vor Schädlingen bewahrt, auch davon, dass es nützliche Insekten und andere kleine Tierchen gibt, die die Weinpflanzen schützen. Vor allem hatte der Winzer Dominikus erklärt, wie ein Weinberg angelegt wird.

Mit dem Pferdewagen vom Milchbauern Karlheinz Acker hatte Friedas Ehemann die Fahrt angetreten, wollte am frühen Abend wieder bei ihr in Orb sein. Wegen der Fütterungs- und Ruhepausen für den etwas älteren Hengst hatte er dann doch einen ganzen Tag gebraucht und darüber hinaus bis in die Nacht. Frieda war schon ein bisschen unruhig geworden und sehr erleichtert gewesen, als ihr Mann von seiner „Reise um die halbe Welt" schließlich wieder bei ihr am Küchentisch saß und von seinem Abenteuer erzählte.

Es war Dominikus ungeheuer wichtig gewesen, von jedem künftigen Jahrgang mindestens zwei Flaschen so zu lagern, dass sie, wenn's sein musste, auch Jahrhunderte überstehen konnten. Er hatte einen großen Plan, der weit über sein eigenes Leben hinausreichte: Dominikus hatte in seinem Testament festgelegt, dass seine Familie über die Generationen hinweg die guten Weine aufbewahren und pflegen sollte, sodass die gesamte Sippe dereinst am Jüngsten Tag dem Herrgott etwas mitbringen konnte in die Ewigkeit, etwas, was noch Zeugnis ablegte, wenn die Welt untergegangen war, wie schön sie einst gewesen war und was für wundervolle Früchte sie hervorgebracht hatte.

Dominikus hatte manchmal gesagt: „Der liebe Gott hat mir so viele gute Dinge geschenkt, eine sehr hübsche, liebe Frau und eine bildschöne Tochter, einen vielversprechenden Sohn und zum Schluss, so spät noch, das kleine Kerlchen, das mir sogar ähnlich sieht, da muss ich dem Himmel doch zeigen, was ich daraus gemacht habe. Natürlich weiß Er auch so alles von mir, aber Er freut sich bestimmt, wenn Er mal selber schmecken kann, wie ein guter Wein auf der Zunge liegt."

Damit sich seine Nachkommen an seine Auflagen hielten, hatte Dominikus bestimmt, dass der kleine Weinkeller Gottes, den er im mittlerweile versiegelten Gewölbe des höhlenartigen ehemaligen Kuhstalls eingerichtet hatte und den alle den „Geheimraum" nannten, gut verschlossen blieb und der Schlüssel dazu von Generation zu Generation weitergegeben werde. Derjenige, der beides erben würde, sollte schriftlich und mit Brief und Siegel versprechen, dass er niemals einen anderen reinlassen, niemals eine der Flaschen leeren und gut auf den Wein achten würde, damit er erhalten blieb. Zu gern gab er sich der Illusion hin: ein Wein für die irdische Ewigkeit.

Eine Ausnahme legte er aber fest: Wenn es „ein Fest der Liebe" gäbe, dann, und zwar nur dann, dürfe die Familie den alten Kuhstall aufsuchen und eine Flasche des „Herrgottsnektars öffnen und das Glas auf die größte Macht der Welt, die Himmelsmacht, die Liebe erheben". Dominikus bedachte auch, dass derjenige wiederum von seinen Nachkommen dieselbe Sorgfalt einfordern solle: wenn er dies alles versprach, sollte er dem Erbe das Haus vermachen, den zierlichen Weinberg und die Schafswiesen, wo die alten Apfelbäume mit den Früchten für den Äbbelwoi standen.

Dominikus lebte glücklich mit Frieda, die ihn schon bald Minkus genannt hat, sie fand, die Abkürzung passe besser zu seinem leicht „piratenmäßigen" Äußeren, Dominikus, das würde sich ja anhören, als wäre er ein Mönch, und das sei er ja nun wahrlich nicht. Sie sagte: „Minkus und ich, wir sind das glücklichste Paar der Welt."

Gewissenhaft hat das „kleine Kerlchen", das auf den Namen Arnold getauft worden war, nach dem Tod seines Vaters, der sich viel zu früh auf den Weg in den Himmel gemacht hatte, vor dem Bad Orber Magistrat mit „Brief und Siegel versprochen“, sich an Minkus' Vorgaben zu halten.

Der Ältere, der Otto, hatte keine Lust auf Weinberg und schmutzige Stiefel gehabt, seine waren schon damals blank gewienert, er lachte laut, als er seinen viel jüngeren Bruder beobachtete, wie der schon als kleines Kind so sorgfältig die kleinen Ästchen der Weinreben mit feinem Draht an den Haltestangen befestigte, wenn er dem Vater half. Otto lernte Automechaniker, das Handwerk konnte er später beim Militär gut gebrauchen.

Arnold richtete sich, als er aus den Kinderschuhen fast gänzlich herausgewachsen war, in einem leer stehenden, aber geräumigen Holzschuppen mit vier Fenstern eine Werkstatt ein. Bevor die Bretterhütte zum Abstellraum für Rechen, Schaufeln oder auch Stoffballen und anderes Überflüssiges geworden war, hatte sie einem Schuster, dann einem Drechsler als Werkstatt gedient. Einer war bald nach dem Ersten Weltkrieg gestorben, der Drechsler hatte sein Handwerk aufgegeben, er sei in die Stadt gezogen, hatte es geheißen.

Ein Vermieter war nicht auszumachen gewesen, also hatte Arnold den verwaisten Schuppen ausgeräumt, ein neues Türschloss eingebaut, manches vom Inventar verschenkt und teilweise aufbereitet. Die Drehbank hatte er behalten und sich das Schreinern mithilfe eines zerfledderten Lehrbuchs, das er hinter einem alten Holzregal gefunden hatte, selbst beigebracht.

Arnold liebte es, schöne Dinge zu gestalten und herzustellen, schon als Kind hatte er lieber das Teeservice abgemalt, das er zuvor auf der bestickten weißen Tischdecke auf dem Wohnzimmertisch schön arrangiert hatte, als sich mit den Lausbuben im Ort zum Kräftemessen im Schlamm zu wälzen. So war es keine Frage gewesen, wer sich um des Vaters Auftrag kümmern würde, wenn der nicht mehr war. Der kleine Weinkeller Gottes würde unter Arnolds Hand keinem Fremden offen stehen. Niemand sollte den Wein trinken, ja nicht einmal einen Blick sollte einer darauf werfen dürfen.

Arnold hatte es sich zur Aufgabe gemacht, das Zeichnen und Schönschreiben bis zur Perfektion zu erlernen, um den ehrwürdigen Flaschen zu den schmuckvollen Etiketten zu verhelfen.

„Heutzutage, wo alles drunter und drüber geht, hat keiner mehr die Zeit und Muße, stundenlang am Küchentisch zu sitzen und Schildchen für die Flaschen zu malen, aber früher war das eins meiner Hauptvergnügen. Ihr habt halt eine andere Abwechslung, mir macht das immer noch Freude", pflegte er zu den Töchtern seines großen Bruders, Maria und Sophie, zu sagen, wenn sie den Onkel mit seinem Hobby aufzogen.

Mit der „anderen Abwechslung" meinte er die Filmaufführungen im *Olympia*. Maria und Sophie schluchzten mit Zarah Leander in *„Heimat"* und schwärmten für Willy Fritsch und Dieter Borsche. Wenn Sophie beschreiben wollte, wie fantastisch der Kinoabend gewesen war, sagte sie eigentlich immer dasselbe in abgewandelten Worten: „Was war's so schön, was ham wir geheult."

Frieda hatte lang um ihren Mann getrauert. Arnold vermisste seinen Vater bis in die Gegenwart, er war ihm äußerlich sehr ähnlich geworden, in der Art von Humor und wie er den Kopf hielt, wenn er was überlegte, auch wie er im einzigen Wohnzimmersessel saß, die Beine übereinandergeschlagen, den linken Arm auf der Lehne aufgestützt, der Kopf in der Hand ruhend, genau wie Minkus.

Nur sein Vater hatte bereits früh eine Ahnung von Arnolds Geheimnis gehabt, eigentlich war er sich seiner Sache sicher, wollte den Jungen aber nicht in Verlegenheit bringen. „Du bist schon recht, so, wie du bist", hat er einmal zu seinem Sohn gesagt. Und: „Mach dir keine Sorgen, auch du findest deinen Platz in der Welt."

*

Nun ist es so weit. Arnold hatte, ohne lang zu überlegen, eine Entscheidung getroffen, die ihn den Kopf kosten konnte. Wie gern würde er ihm sagen können, dass er endlich den Platz gefunden hat, den ihm sein Vater verheißen hat.

Das frisch bezogene Plumeau duftet nach etwas Blumigem, seine Mutter hatte ein bisschen Rosenwasser auf ein Taschentuch geträufelt und zur Wäsche gelegt.

Arnold schwankt zwischen froher Erwartung, Zweifel und Misstrauen, Sehnsucht und Angst, ein böses Durcheinander. Das ist normal, wenn man verknallt ist, denkt er. „Ich lass mich nicht ausnutzen, das versprech ich mir und dir." Wenn Arnold durcheinander ist, redet er mit Dominikus, als wäre der Vater im Raum und könnte ihn hören.

37

5

Herrn Müllers Café

Arnold fuhr sich mit dem Kamm durch das nur wenig hellere Haar als das von Jakob, versuchte wie immer, die fast schwarze Haartolle mit Wasser zu glätten, er fand, er sah mit der großen Locke über dem Auge viel verwegener aus, als er war. Wie sich wohl Jakobs Haar anfühlte? Ob er das jemals anfassen durfte, darüberstreichen, es durchwühlen mit beiden Händen und dann noch den Körper berühren?

Er ließ die Träumereien nur ungern sein, prüfte nur kurz mit der rechten Hand die Weichheit seiner Linken, dann umgekehrt, waren seine großen kräftigen Handwerkerpranken nicht zu grob für das, was er sich mehr als alles andere ersehnte? Er möchte mit diesen rauen Händen Jakob über den flachen Bauch streicheln, doch nie würde er ihm blutige Kratzspuren zufügen wollen.

Vernünftig wie er war, wollte er jetzt zunächst einmal das Praktische klären. Als Erstes machte er sich nach einem kurzen „Bin so in einer Stunde noch mal da", das er, schon in der Tür stehend, in den Flur nach hinten seiner Mutter zurief, auf den Weg zu Marie, weit war es ja nicht.

Arnold klingelte an der weiß lackierten Tür des Backsteinhauses im Quellenring. Marie öffnete fast sofort und begrüßte ihn mit dem freundlichen Kuss auf die Wange, der einer Verlobten gerade so zugestanden wurde von den Nachbarn, die gern hinter der Gardine lauschten. Arnold gewährte ihn der Schulfreundin und erwiderte ihn unbekümmert. In der Seele liebte er Marie wirklich, das war nicht gespielt, aber es war anders. Sie war seine engste Vertraute, seit sie sechs Jahre alt waren, hatten sie keinen Tag ohne einander verbracht, immer hatten sie sich alles erzählt, hatten Ostereier geteilt, die aus Zucker, die Pausenbrote und das Märchenbuch, Freud und Leid, Geheimnisse vor allem.

Marie liebte Arnold und wusste manchmal nicht so recht, ob sie auch in ihn verliebt war, so gern hatte sie ihn, er war der einzige Junge, jetzt Mann, vor dem sie sich nicht scheute, auch nicht genierte, mit ihm im Badeanzug am See auf dem Handtuch zu liegen, der mit ihr über heimliche Dinge redete, ohne sie auszulachen.

Sie weiß noch, als sie zum ersten Mal das Blut am Oberschenkel gesehen hatte und erschrocken gewesen ist. Arnold hatte sie im Arm gehalten und gesagt, das Malchen hätte das auch, die war ja auch viel älter, Frauen hätten das fast das ganze Leben lang. Marie solle ihre Mutter fragen, die wüsste Bescheid. Die hatte ihrer Tochter dann eine Stoffbinde gegeben und leider gar nichts erklärt, nur dass das jeden Monat kommt, ein paar Tage dauert, wieder von selbst aufhört. Wenn es nicht kommt, käme stattdessen ein Kind, so ungefähr neun Monate später, das sei Frauenschicksal, die Frauen würden die Kinder kriegen, allerdings nur wenn sie verheiratet waren. Die Mutter hatte sich bekreuzigt und ein „So Gott will" hinzugefügt.

Arnold hatte sich mit Marie verlobt, als sie ihn darum gebeten hat. Sie wollte auf keinen Fall den Matthes heiraten, diesen grobschlächtigen Kerl, der sich für die NSDAP aufstellen lassen wollte und dem leider zu spät einfiel, dass schon längst niemand mehr zur Wahl gehen konnte, weil man keine Wahl hatte. Er wurde rot, als Marie ihm das bewusst hochnäsig vor Augen führte, als er beim Antrittsbesuch am elterlichen Kaffeetisch saß. Matthes war das peinlich gewesen, aber es änderte nichts daran: Er lief wie alle anderen dem Führer hinterher.

Maries Eltern hätten dessen Mitgift gut gebrauchen können. Sie aber hat zu Hause verkündet, sie würde Arnold heiraten oder gar nicht, der könne sie, wenn es sein musste, auch gut ernähren, sie wolle trotzdem einen Beruf lernen, Schneiderin zum Beispiel, wenn „das alles" vorbei war, vielleicht einen eigenen Laden aufmachen. Das war zur Beruhigung der Mutter, des Vaters, nie im Leben würde Marie eine Schneiderin werden. Ihr Traum: In Frankfurt oder München studieren, am liebsten Philosophie. Arnold würde sie nicht hindern. Laut sagte sie spöttisch: „Und unsere Kinder werden auch nicht hinken. Bei Arnold war der Gaul schuld, nicht Frieda und auch nicht Dominikus. Schluss jetzt damit, den Matthes heirate ich nicht!"

Bei der Reichstagswahl im März 1933 hatte die NSDAP in Bad Orb noch 838 Stimmen bekommen, die SPD stand noch zur Wahl, sie lag bei 650, und die Konservativen in Bad Orb hatten sich mehrheitlich für das Zentrum mit 1092 Stimmen entschieden. Es gab noch die KPD, die nicht schlecht abgeschnitten hatte mit 412 Stimmen. Und dann waren da noch die 51 Stimmen für die Kampffront Schwarz-Weiß und 20 für die DVP gewesen.

Doch jetzt war alles anders, die Nazis waren an der Macht, kontrollierten jedes und alles. Es gab nur noch eine Partei. Die Mädchen mussten genauso zum Reichsarbeitsdienst wie die Buben, die zum Schuttwegräumen nach Frankfurt gekarrt wurden, die Mädchen halfen bei Ernte und Schlachtung auf dem Land im „Pflichtjahr", in Lazaretten oder Kinderheimen.

Marie und Arnold waren froh, dass sie einander hatten, sie gaben einander Halt, als es immer bedrohlicher und undurchsichtiger wurde in ihrem Heimatland.

„Ich muss mit dir was besprechen, Marie, es ist wichtig. Es ist was passiert, das nicht nur uns beide betrifft, es nimmt mir den Atem vor lauter Freude und vor lauter Angst, und es ist himmlisch und furchtbar zugleich, ich hab keine Ahnung, wie es ausgehen wird." Marie antwortet nicht darauf, sie will sich lieber nicht vorstellen, dass sie den Freund womöglich doch noch zu den Truppen gehen lassen muss.

Marie ist klug. Sie holt Arnold erst mal ganz ins Haus, lässt ihn nicht vor der Tür stehen. „Komm nur rein, es ist niemand da. Mama ist im Garten bei den Bohnen, wo mein Vater jetzt genau ist, weiß ich nicht, jedenfalls nicht im Haus." Arnold will trotzdem lieber draußen mit ihr reden, er braucht Luft, und die Sonne scheint inzwischen schon wärmer.

„Lass uns rausgehen, über die Brücke und dann mit unserem Schlenker ins *Café Müller*, die haben heute Streuselkuchen, ich lad dich ein." Für Marie klingt er jetzt normal, so wie immer, wer denkt an Streuselkuchen, wenn er in den Krieg muss. Sie holt schnell den Strohhut, der sie unglaublich jung und lieblich aussehen lässt, die Lippen sind gleich viel röter. Ein schönes Paar sind sie, wenn man sie zusammen betrachtet: der breitschultrige große Mann mit dem dichten dunkelbraunen Haar und den ausgeformten Gesichtszügen und Marie, die etliche Monate jüngere rotblonde Schönheit mit der zarten rosigen Haut, den großen blauen Augen, die alles andere als sanftmütig, dafür neugierig und listig in die Welt schauen.

Arnold blickt sich um, als sie über die Wiese gehen. Dass nur ja keiner sie belauschen kann. Es kostet ihn Überwindung: Gleich muss er Marie sagen, dass genau das geschehen ist, wovor sie sich irgendwie gefürchtet hatten. Ihrer beider Leben wird sich vielleicht ändern, und das nur wegen eines Gefühls, von dem er nicht einmal weiß, ob es wirklich erwidert werden wird. Der Mann in seinem Schuppen ist ein Fremder, einer, der Arnolds Herz zum Stolpern, sein Blut in Wallung bringt, unkontrolliert und unaufhaltsam. Er muss sich nur die blauen Augen und den schwarzen Schopf des Unbekannten vorstellen. Arnold spürt einen Schwall von Unkontrolliertem durch seine Seele schwurbeln, er erblickt glasklar die Todesgefahr, die von der Liebestollheit ausgeht. Er will Marie aber auch nicht im Stich lassen, und er hat Angst um sie wie um ihn.

Kann er dem unbekannten Jakob vertrauen, noch ist er ihm gänzlich fremd, er ist nicht mal ein Geliebter. Nur in seinem Kopf spricht Arnold vertraut mit ihm, stellt sich vor, wie sie miteinander tuscheln, vom eigenen Leben erzählen, sich Liebe schwören, dann ist er für einen Augenblick voller Zuversicht. Doch in Wirklichkeit ist das Einzige, was Arnold mit Bestimmtheit über den anderen weiß, die in der aktuellen Situation bittere Wahrheit: Sein Angebeteter ist Jude, und er liebt Männer, zwei Gründe in seinem Land, den Schönen und ihn selbst zu quälen und sogar zu töten.

Arnold ist sich dessen bewusst, dass er diesem Mann eigentlich schon jetzt ausgeliefert ist: Instinktiv hatte dieser Jakob Arnolds stummes Begehren sofort wahrgenommen, was würde ihn hindern, Arnolds Geheimnis zu verkaufen? Rettung gegen Verrat einzutauschen? Ob Jakob so etwas zuzutrauen wäre? Nicht mal dazu kann sich Arnold etwas Reales vorstellen. Wenn Jakob zum Beispiel erwischt würde, wenn sie ihn befragen, ihm Folter, Schmerz, Tod androhen würden. Was würde Jakob dann tun, um sich zu retten? Verrat begehen? Und wäre das nicht sogar verständlich?

Andererseits – auch Arnold weiß um die verbotenen Dinge in Jakobs Leben, auch er hält ein Pfand in Händen, das über Leben und Tod entscheiden könnte.

Dennoch erklärt er Marie, nach einigem Zögern, was ihn umtreibt: „Weißt du was, Marie, es fällt mir schwer, glaub mir, das, was ich dir jetzt sagen oder vielmehr gestehen muss, ist von großer Bedeutung für unser Leben, bitte glaub mir, ich kann nichts dafür. Es soll keine Sekunde ein Abwenden von dir sein, ich würde dich nie allein lassen, ich hoffe auf dein Verständnis und bitte um dein Vertrauen und sogar um deine Hilfe."

Je mehr Marie weiß, desto mehr bringt er auch sie in Gefahr, das wird ihm klar, als es schon heraus ist. Arnold könnte sich selbst in den Hintern beißen.

Er guckt verunsichert, er hat sich verheddert in seinem „Geständnis", er will noch mal von vorn anfangen, die Gedanken vorher besser sortieren.

Marie ist viel zu fix im Kopf und bringt die Sache auf den Punkt: „Du hast dich verliebt, stimmt doch, oder? Irgendwann musste das ja passieren, dass einer von uns beiden jemandem begegnet, den er so liebt, wie wir uns lieben, den wir aber auch noch körperlich wollen, du weißt schon, mit dem wir uns das Unaussprechliche wünschen." Marie nimmt es klarsichtig und gefasst auf, und sie fängt sich überraschend schnell, das Herz muss nur noch hinterher: „Nun können wir erst wirklich herausfinden, ob wir stark genug sind. Unsere Freundschaft hält das aus, oder? Wo hast du ihn kennengelernt?"

Arnold ist erleichtert und wird ruhiger, das Gespräch lässt sich gut an. Nicht sofort ist ihm bewusst, was Marie da offen ausgesprochen hat. Sie hat nach ihm gefragt, nicht nach einer Frau. „Du hast also wirklich eingesehen, dass ich ein Mann bin, der Männer begehrt, oder? Einfacher wäre es, wenn ich ,normal' wäre, tut mir leid für dich. Aber mach dir keine Sorgen, wenn es hart auf hart kommt, heiraten wir, du musst dich nicht fürchten

vor dem Matthes, gegen mich hat der keine Chance." Da muss
Marie doch lachen, das vertreibt die Schwere für ein paar Momente.

Schnell drückt Arnold seine alte Freundin an sich, soll es ruhig
einer von den Nachbarn sehen, sie verstehen sich ja wirklich gut,
das ist nicht vorgetäuscht. Ein glückliches Paar, seht nur.

Arnold weiht die Freundin ein, berichtet von der Begegnung
mit dem schönen schwulen Juden am späten Vormittag, wie er
zu Hause Theater gespielt hat, wie er heimlich ein drittes Bettzeug bezogen hat, das er wieder in die Truhe gelegt hat, wie er
ganz unkonzentriert seiner Nichte bei ihrer grausigen Geschichte zugehört hat – als er eine kurze Zusammenfassung rasch in
seinen Redeschwall einbaut, ist Marie erschüttert: „So was passiert in Frankfurt am helllichten Tag?" – , was soll er jetzt nur
machen? Er muss den Mann verstecken, er kann nicht ewig in
der Werkstatt eingesperrt bleiben, wer weiß, wann das Politische, der Krieg endlich vorbei ist, das kann noch ein paar Jahre
dauern.

„Marie, am besten vergisst du alles ganz schnell, ich will nicht,
dass dir wegen mir was passiert." Arnold weiß nicht mehr aus
und ein, obwohl noch gar nichts ausgesprochen, gewagt, erlebt
worden ist.

„Dass das noch lang geht, glaub ich zwar nicht, es ist ja jetzt
schon so viel kaputt, und so viele Menschen sind tot, es ist nicht
mehr viel da zum Verteidigen, aber wir müssen für deinen jüdischen Liebhaber und Fahnenflüchtigen einen wasserfesten
sicheren Lebenslauf erfinden, er braucht eine neue Lebensgeschichte, die erklärt, warum er nicht irgendwo im Schlamm liegt
mit seinen Altersgenossen oder in einem Gefangenenlager und
warum er hier ist. Was er als Allererstes braucht, ist ein ruhiger Ort zum Schlafen." Das ist Marie. In ihrer bodenständigen
Art fasst sie zusammen, was zu tun ist. Sie zeigt Arnold einmal
mehr, dass sie zu ihm hält. Statt ihn zu trösten, sucht sie gemeinsam mit ihm nach Lösungen. Arnold ist begeistert von Marie.

Und dann sagt sie noch etwas, das Arnold sehr berührt und
das ihn dazu bringt, Marie noch einmal seiner Art von Treue zu
versichern, dass er immer zu ihr halten will, das vergisst er ihr

sein ganzes Leben lang nicht. Sie sagt: „Es ist nun auch endlich klar, dass ich nicht in dich verliebt bin, wie man verliebt in den ist, der einen überall anfassen darf, bei dem man es schön findet, wenn er an den Busen greift und einen mit der Zunge küsst. Ob der aber, falls ich so einen auch mal treffe, sich so für mich, verstehst du, für mich innen drin, in meinem Herzen, in meiner Seele, so interessiert, dass er mich je so kennenlernt, wie du und ich uns kennengelernt haben, das wird sich noch weisen müssen. Ich bin dankbar für den Freund, der du für mich bist und hoffentlich, nein, gewiss, auch bleibst. Alles klar?" Arnold nickt erleichtert. „Alles klar, dann lass uns mal zum Großvater gehen. Ich hab vorhin an ihn gedacht. Wir könnten ihn fragen. Er wäre dann ja auch nicht so allein die meiste Zeit. Vielleicht lässt er den Jakob irgendwo in dem großen leeren Haus übernachten, am besten unterm Dach, da sind die Lukenfenster zu hoch, als dass man von unten reingucken kann. Essen könnte man ihm vielleicht in Form einer seeehr großen Portion für den Großvater zukommen lassen, nach ein paar Tagen, wenn wir eine Geschichte haben, darf Jakob dann wieder raus auf die Straße. Marie, ich dank dir, ich weiß nicht wie ich's dir je werde vergelten können."

Sie kommen an Wiesen vorbei, die unbeschwerten Frühling vorgaukeln dank der ersten summenden Bienen, der knospenden Blüten von Haselnuss und Birke, ein paar Käfer flitzen mit blitzschnell ratternden Flügeln vorbei, es ist endlich wohlig warm geworden, noch längst nicht heiß und drückend. Es hat etwas Jubelndes, dieses Bild vollkommener Harmonie. Was wäre wunderbarer, als frei zu sein in dieser unbeeinflussbaren Natur.

„Und was ist jetzt mit Streuselkuchen, den hast du mir versprochen." Sie halten sich an den Händen, als sie zum *Café Müller* laufen, so wie früher auf dem Schulweg. Es fühlt sich fast ein bisschen so an, als gingen sie einem spannenden Abenteuer entgegen, sie waren sich des guten Ausgangs gewiss. In diesem kurzen Ausschnitt der Ewigkeit ist alles gut.

Sie betreten die Lokalität am Ende der Orber Hauptstraße. Das Haus hatte früher der jüdischen Familie Friedmann gehört, sie waren bei den Ersten gewesen, die weggingen, das Gebäude hatten sie hinter sich gelassen, nur das Nötigste mitgenommen, sogar das Auto, eines der wenigen Familienfahrzeuge in Bad Orb, ließen sie gut sichtbar vorm Eingang stehen, damit es so aussah, als wären sie nur eben mal nicht zu Hause. Eine Nachbarin, Frau Maier, hatten die Friedmanns gebeten, abends die Vorhänge zuzuziehen und das Licht anzumachen. Um zehn sollte sie es wieder ausschalten, sie hat den freundlichen Leuten den Gefallen gern getan, schließlich war man nie sicher vor Einbrechern, gerade wenn das Haus eine Zeit lang leer stand.

Als sie abends in der zweiten Woche nach Erfüllung ihrer Hauswartpflicht zum Hinterausgang rausgegangen ist, da haben sie die gute Frau erwischt. Zu dem Zeitpunkt hatten sich die Friedmanns schon nach England durchgeschlagen. Sie hatten gerade noch rechtzeitig gemerkt, was auf sie zukam. Die „glaubhaft ahnungslose" Frau Maier kam schnell wieder raus aus dem Büro der Gestapo. Sie hat ihre Nachbarn dann nie mehr gesehen, sie seien mit unbekanntem Ziel verreist, sagten die Männer nach dem Verhör zu ihr.

Das Haus haben später Fremde ausgeräumt, all die schönen Möbel und das Geschirr, haben sie rausgeschleppt und auf einen Lastwagen verfrachtet, der dann damit davonfuhr.

Weil daraufhin keiner Anspruch erhob auf das Haus, hatte es der Magistrat „vorläufig" unter seine Verwaltung genommen und es dem stets loyalen Herrn Müller, dessen Name auch seinen Beruf bezeichnete, zu einer geringen Pacht überlassen.

Das Café war im großzügigen Erdgeschoss mit der früheren Familienküche eingerichtet worden, und Herr Müller durfte einziehen und Kuchen und Brötchen, Schnecken und süße Stückchen backen. Das Brotbacken überließ er dem Bäcker, der das in Orb schon machte, solange Herr Müller denken konnte.

In die drei Zimmer im ersten Stock zog der künftige Caféhausbesitzer selbst ein, seine Möbel reichten gerade mal für das Wohn- (Büfett, Sofa, ovaler Tisch, zwei hübsche Holzstühle) und das Schlafzimmer (Bett, Nachttisch, Kleiderschrank). Im dritten Raum ließ er von dem jungen Reinelt Regale aus dem günstigsten Holz einbauen, hier sollte ein Lagerplatz für die Backsachen entstehen. In die Ecke kamen zwei große Holzkisten für das Mehl, die bekamen schwere Deckel, damit die Käfer und anderes Getier keine Chance hatten.

Das Café war bald eingerichtet, Herr Müller hatte runde Kaffeetischchen und passende eher zierliche Stühle herbeigezaubert. Er war mit seinem kleinen Transporter nach Frankfurt gefahren, hatte sich dort, wie er stolz erzählte, „inspirieren lassen". Dort habe er sich erkundigt, wo es „französische Bistrotische" gäbe und die wenigen Anzeigen in der Zeitung durchforstet.

Schließlich musste er nur um die Ecke gehen. Er kaufte der Kurverwaltung ausgemusterte, jedoch gut erhaltene filigrane Holzstühle ab, die zwar nicht nach Bistro aussahen, aber erstens sehr günstig waren und zweitens nicht zu viel Platz einnahmen. Arnold hatte ein bisschen geschmirgelt und gefeilt und ihnen mit farblosem Lack den letzten Schliff verpasst, danach war Arnolds Lackvorrat am Ende. Jetzt standen sie je zu viert um vier runde Tischchen herum. Woher Herr Müller die hatte, hat er vergessen zu erzählen, sie seien zufällig in Frankfurt zu haben gewesen. Sonst erzählte Herr Müller gern auch das kleinste Detail. In diesem Fall behielt er die ganze Geschichte für sich.

Friedas Kommentar: „Der wird sie schon nicht geklaut haben."

Herr Müller belauschte gern, was seine Gäste miteinander besprachen, Herr Müller war stets freundlich, er achtete genau auf alles, fehlte hier ein Kaffeelöffel? Möchte das Fräulein vielleicht lieber Blümchenkaffee als echten, wegen des Herzklopfens?

Er war aufmerksam, beobachtete, verwickelte in Gespräche, die die Partei betrafen, prahlte von des Führers Erfolgen, als wären es seine eigenen, merkte auf, wenn einer Zweifel anmeldete, und fragte manchmal ganz seltsame Sachen, worauf der Befragte keine Antwort wusste, weil er nichts wusste oder nicht recht überlegte. Das war Herrn Müller am angenehmsten, dann konnte er seiner Fantasie Raum lassen.

6

Verschwörung

Bevor Marie und Arnold das Café betreten, erinnern sie sich gegenseitig daran, nicht zu laut zu reden, am besten das Thema ganz auszulassen, und wenn die Sätze doch dringend ausgesprochen werden wollen, sollen sie lachen und ein fröhliches Gesicht machen, als würden sie sich lustige Geschichten erzählen.

Sie wählen einen Tisch am Fenster, möglichst weit weg von der Theke, allerdings kann keiner sicher sein, dass nicht irgendwo ein gut getarntes Abhörgerät hängt.

Herr Müller begrüßt das attraktive Paar mit einem freundlichen und unnötig servilen Lächeln. „Streuselkuchen und Tee? So, wie immer?", fragt er Arnold. „So, wie immer, ja bitte. Wenn Sie heute noch einen Klacks Sahne drauf hätten, falls ihr welche habt." Natürlich gibt es keine Sahne, woher denn? Was für eine vermessene Idee.

Als das Gewünschte vor ihnen steht, beugen sie sich ein bisschen näher zueinander, Marie scheint etwas Spannendes zu erzählen, sie klopft aufgeregt mit dem Stiel des Teelöffels auf den Tisch, Arnold gibt glaubwürdig ein Verschlucken zum Besten, während seine Freundin hastig sagt: „Wenn wir bezahlt haben, gehe ich zuerst. Wir treffen uns dann bei euch zu Hause, ich nehm die Bettdecke mit, du Leintuch und Kissen, am besten in einem Kartoffelsack oder so. Damit gehst du schnurstracks zum Großvater rüber. Ich komm dann gleich nach." Arnold schnappt nach Luft. Laut sagt er, zu Marie und entschuldigend zu Herrn Müller gewandt. „Der Kuchen ist so gut, der wollt wohl zu schnell in meinen Magen. Da ist doch glatt ein Krümel in der falschen Gurgel gelandet, was?" Er nimmt einen Schluck aus der Teetasse, kann sich gerade noch beherrschen, dass er den kleinen Finger nicht abspreizt. Marie beendet das Geklopfe mit dem Teelöffel und rührt damit in der Tasse herum, obwohl gar kein Zucker darin ist.

Das fällt Herrn Müller sofort auf. Das gibt ihm zu denken.

Sie essen ihren Kuchen, sie trinken ihren Tee, Arnold bezahlt für beide, nachdem er Marie höflich gefragt hat, ob sie noch etwas möchte. Die antwortet unbefangen: „Nein, lass mal, das sparen wir uns fürs nächste Mal. Ich muss heim, das Federbett für meine Mutter holen, wir kriegen Besuch, deine hat eins übrig, das will sie uns leihen."

Auch das hat Herr Müller interessiert vernommen.

Marie gibt ihrem Verlobten einen kleinen Abschiedskuss auf die Wange und sagt noch „Bis später", dann ist sie aus der Tür.

*

Marie hat beim Großvater geklingelt, doch der hat nichts gehört. Versuchsweie probiert sie, ob sich die Tür auch so öffnen lässt. Aber der Eintritt bleibt ihr verwehrt. Arnold ist noch nicht da, sie muss erst mal auf ihn warten. Er hat einen Schlüssel für das Haus, den anderen haben Maria und Sophie bei sich, weil Opas Gehör zu oft versagt, wenn sie ihm sein Essen bringen.

Marie ist kurz davor, ungeduldig zu werden, als Arnold mit seinem Rucksack endlich auftaucht.

Leise schließt er die Tür auf, er will Josef nicht erschrecken. Marie stellt den Sack mit dem Federbett gleich unter der Treppe ab, damit niemand von der Straße auf die Idee kommt zu fragen, was drin ist. Arnold hatte Kissen und Leintuch in seinem Rucksack verstaut, mit dem er immer die Kartoffeln holt, gut ausgeschüttelt hat er den vorher, und noch ein altes Handtuch reingelegt, auch ein kleines Stück Seife, damit sich der „ungewaschene Kerl" fein machen kann. Die Kleidungsstücke will er später vorbeibringen, natürlich nur, wenn Jakob beim Großvater einziehen darf. Darum wollen die beiden den alten Mann jetzt bitten.

Marie und Arnold treten leise mit ihrer Last in den Flur, wollen den Josef nicht überrumpeln. Sie stellen den Rucksack im Eingangsquadrat auf den Boden neben der Tür, gehen die drei Stufen zur Verlängerung des mit Linoleumboden ausgelegten Ganges hoch und klopfen an Großvaters Wohnzimmertür. Er reagiert nicht, vielleicht ist er in seinem Ohrensessel eingeschlafen und hält ein Nickerchen.

Marie drückt vorsichtig die Türklinke herunter, sie kommt sich sowieso wie ein Eindringling vor, wie ein ungebetener Gast. Sie ist die Einzige, die – noch – nicht zur Familie gehört. Arnold räuspert sich: „Guten Nachmittag, Josef." Das lässt den in dem braunen Ledersessel Dösenden die Augen öffnen, und sogleich erstrahlt das Gesicht des Alten in seinem warmen Lächeln. Gütig sieht er damit aus, Marie hatte ihn auf Anhieb gerngehabt. Dem lieben Großvater würde nicht mal einer von der Nazi-Truppe eine Lüge oder einen Betrug zutrauen, geschweige denn eine Intrige.

Hoffentlich hat er genauso viel Mut wie Strahlkraft.

„Da ist ja der Arnold mit seiner Liebsten, wer hätte das gedacht, dass ihr mich so bald schon wieder besucht, ihr wart ja erst am Sonntag da." Arnold zieht sich einen Stuhl vom Esstisch näher zu Josefs Sessel am Fenster. „Ja, da hattest du Geburtstag, weißt du nicht mehr?"

„Doch, doch, ich bin kein bisschen senil, ich hör halt nicht mehr so gut. Selbstverständlich weiß ich, wann mein Geburtstag ist, aber meinst du vielleicht, dass ich den noch so wichtig nehm, dass ich dauernd dran denk? Jedenfalls schön, euch schon wieder zu sehen, wie geht's euch? Wann wollt ihr es denn nun wagen mit der Hochzeit? Darüber haben wir ja noch gar nicht gesprochen."

Einen kurzen Moment halten die beiden Verschwörer inne, erschrecken, bei der direkten Frage. Jetzt müssten sie lügen oder zumindest herumdrucksen. Was soll man da sagen?

Mit dem Unvermögen, offen zu sprechen, steigt zumindest in Marie plötzlich ein heftiger Zweifel am Gelingen ihres Planes auf. Sollen sie wirklich einen so alten Mann mit einer so großen Bürde belasten? Käme ihm einer dahinter, dass er den Juden versteckt, Josef könnte sich gegen rein gar nichts mehr wehren. Es ist ein Sicherheitsrisiko, wer weiß, ob sein Kopf noch schnell genug ist, sich schlagfertig eine kluge Antwort auszudenken, wenn einer Fragen stellen und Vermutungen äußern würde, wenn einer was entdeckt hätte.

Wieder ist es Marie, die die Sprachlosigkeit durchbricht und die Situation herumreißt. Es ist gerade gut, dass sie nicht so eng mit dem Opa ist wie Arnold, da kann sie leichter an seinen Nutzen denken, daran, mit welcher ungeheuerlichen Bitte sie zu ihm gekommen sind.

„Wo du gerade von ‚wagen‘ sprichst: Wir wollen dich etwas fragen, etwas, das du unter gar keinen Umständen jemandem verraten darfst, auch nicht Sophie und Maria, deiner Tochter schon gar nicht. Wir versprechen dir, dass wir beide eine andere Lösung suchen werden, wenn du unsere Bitte ablehnst, das würden wir verstehen.“

Als Josef den Schwager seiner Tochter mit mehr Neugier als Bedenken anschaut, fasst sich Arnold ein Herz. Josef ist jetzt gespannt, was die zwei von ihm wollen, es scheint etwas Ernstes zu sein. „Nur heraus damit“, sagt er.

Zögerlich erzählt Arnold von Jakob, dass der am Morgen bei ihm vor der Werkstatt gestanden und um Arbeit gegen Obdach und Kost angefragt hat, dass er ein junger Mann sei und in Frankfurt ausgebombt worden ist. Spontan erfindet er, dass Jakob momentan anscheinend nicht gut hört, was wohl von dem Knall eines Einschlags oder von einer Explosion kommt, sie hätten noch nicht viel gesprochen, Arnold sagt: „Vielleicht muss er deshalb nicht dienen, aber im Moment hat er kein Dach über dem Kopf.“ Der junge Mann sei jedenfalls derzeit gänzlich mittellos, und er sei Arnold recht verängstigt vorgekommen.

Schon ist ihm die Idee rausgerutscht und Wahrheit geworden, der Anfang von Jakobs neuer Lebensgeschichte.

„Wir wollten dich fragen, ob du dir vorstellen könntest, ihn eine Weile bei dir wohnen zu lassen. Vielleicht in einem der Dachzimmer.“ Josef bleibt stumm, denkt sich irgendwas, Marie kann nicht einschätzen, was. Er ist erst einmal still, auch Arnold spricht nicht weiter, nicht dass er sich verrennt, Marie bedeutet ihm auch, dass er jetzt besser mal ruhig ist.

„Und warum darf ich nichts davon erzählen? Was ist gefährlich daran?“, fragt Josef schließlich und: „Du musst mir schon alles sagen, damit ich das wirklich entscheiden kann. Irgendwas ist da doch nicht ganz koscher, oder?“

Da fühlt Arnold sich ertappt, vor lauter Verliebtsein hat er nicht richtig nachgedacht, was genau er erzählen kann. Arnold sucht Maries Blick, wie er es immer tut, wenn er nicht weiterweiß. Er verlässt sich viel zu sehr auf die Freundin, das muss er sich abgewöhnen. Vielleicht fällt ihm das leichter, wenn er endlich tun darf, was er sich immer verboten hat. Also Flucht nach vorn. „Josef, auch wenn du nicht mein echter Großvater bist, trotzdem bist du der Einzige, dem ich so was anvertrauen würde. So viel kann ich dir jetzt schon sagen: Ich hab ihn wirklich erst heut morgen kennengelernt, er heißt Jakob Berger, das sagt er wenigstens, und dass er keinen Platz zum Wohnen und nichts zu essen hat, seine Kleidung sieht alt und abgetragen aus. Er erschien mir glaubwürdig." Arnold macht eine Pause.

Dann fährt er fort: „Ich denke, er ist auf der Flucht vor der Gestapo, das hat er zwar nicht direkt gesagt, aber er sah sich manchmal um, als er bei mir in der Werkstatt stand, guckte auch nervös aus dem Fenster. Ich weiß, ich sollte ihm nicht helfen, es ist verboten, aber er tut mir leid, er ist doch auch nur ein Mensch."

Dass er den Mann, der hinter vorgezogenen Vorhängen in der Schreinerei ausharrt, dass er diesen Fremden, diesen Juden sicherheitshalber eingeschlossen hat, damit er nicht wieder wegläuft und, das gesteht Arnold gerade wenigstens sich selbst ein, dass er ihn behalten will, dass er verrückt nach seinem Körper ist, ihn liebkosen, in ihn eindringen, mit ihm seine Unschuld verlieren, ihn für sich haben, ihn lieben will, das alles lässt er weg. Das braucht der Großvater nicht zu wissen.

„Er ist also ein Jude, nicht wahr? Du hast recht, mein Lieber, so einer ist auch nur ein Mensch." Josef hält einen Moment inne, der alte Mann sieht so aus, als müsste er schwer mit sich ringen, um eine Entscheidung zu treffen. „Wenn ich's mir genau überlege – und das muss ebenfalls unter uns bleiben, und zwar für immer –, eigentlich will ich dir gestehen, dass es mich in den Fingern juckt. Ich hätte schon Lust dazu, so was zu machen. Ich denk bereits eine ganze Weile darüber nach, wie ich wenigstens ein bisschen widerständig werden könnte, ich wollt, ich wär jünger, ich kann euch gar nicht sagen, wie mir das Nazi-Pack auf die Nerven geht mit ihren gestriegelten Haaren, den scheußlichen Uniformen, dem Gespreize, den Lügen über unseren sicheren Sieg, vor dem uns Gott bewahren möge, das Gebrüll dieses sogenannten Führers, der nichts weiter als ein skrupeloser Diktator ist, wie die Hundskerle die normalen Leute schikanieren, ach, was reg ich mich denn auf, es lohnt sich nicht, über sie zu schimpfen, besser man betet um ihren baldigen Untergang und hilft dabei, so gut man kann." So viel hatte der alte Josef schon lang nicht mehr am Stück gesagt.

Im Haus nebenan, bei seiner Tochter schon gar nicht. Josef hoffte auf Katrins Naivität, die hatte nie ein abfälliges Wort gegen die NSDAP und ihre Anhänger geäußert. Arnolds großer Bruder Otto, Katrins Mann, war Mitglied und hatte es geliebt, flammende Lobreden am Esstisch zu halten, die Enkelinnen verdrehten die Augen und ihr Großvater, wenn er mal dort zu Mittag aß, ebenfalls. Jetzt war der Überzeugte in Russland an unbekanntem Ort, selbst schuld, der Trottel. Insgeheim dachte Josef manchmal daran, wie es wäre, wenn der Otto verschollen bliebe, und was wäre, wenn er wiederkäme und keiner wollte mehr was hören von reinem Blut und deutscher Herrenrasse?

Wahrscheinlich würde man Katrins Mann in den Kerker sperren. Arbeit würde ihm auch keiner mehr geben wollen.

„Also gut, dann bringt ihn mal her, das Zimmer auf dem Dachboden kann er haben, er soll sich erst mal nur da oben aufhalten, es gibt ja auch das kleine Bad, ihr wisst, das war mal für Kurgäste gedacht, mit Klo und Brause und Waschbecken, das kann er benutzen, muss halt schauen, dass er nicht zu viel Wasser verbraucht, nicht dass uns der Herr von den Wasserwerken draufkommt, wenn ich nach Jahren plötzlich dreimal so oft bade wie sonst, wer weiß in welchem Korps so einer strammsteht. Am besten bringst du mir deinen Jakob Berger heute noch, aber erst, wenn es dunkel ist und die Leute von der Straße weg sind. Kerzen hab ich noch, die sind nicht so hell wie Elektrischlicht. Fürs Essen müsst ihr sorgen, möglichst unauffällig. Er soll sich erst mal ein bisschen einleben und ausruhen, er hat's bestimmt nötig. Dann sehen wir weiter. Verflucht, dass ich nicht mehr richtig kann, wie ich will, ich tät mit euch ins Gefecht ziehen, aber jetzt bin ich zu alt für so Sachen, ich werd mir dafür was einfallen lassen, Geschichten halt, die man den Neugierigen erzählen kann, Misstrauische gibt es in unserem Orb genug. Und du bist sicher, dass er mir nicht an die Gurgel will?" Arnold ist erschrocken, als Josef das in den Raum wirft. „Ich denke schon, er wird froh sein über das Dach über dem Kopf. Aber du hast schon recht, man kann nicht vorsichtig genug sein, ich kenn ihn ja auch nicht viel besser als du. Aber er macht zumindest einen guten Eindruck, ein Mordbube scheint er nicht zu sein."

Marie umarmte wortlos den alten Mann, seine wachen Augen leuchteten angriffslustig. Arnold hatte Tränen in den Augen. „Danke", stammelte er, „vergelt's Gott, wenn es einen gibt, ich versprech dir, das wird dir auch hier auf Erden gelohnt werden, ich werd an deiner Seite sein, wenn du mich brauchst."
„Du weißt schon, dass du dazu wahrscheinlich schon bald Gelegenheit haben wirst, so alt, wie ich bin, da kommt schon was, ein neuer Sarg vielleicht, den du machen könntest. Der alte ist nicht mehr gut." Der Alte hatte einen Altenwitz gemacht, er fühlte sich in einer ihm selbst fremd gewordenen Form beschwingt. „Mach dir keinen Kopf, Junge", sagte er zu Arnold. „Ich freu mich höllisch, dass ich wieder einmal eine Rolle spiele, ich hab so lange aus dem Fenster geguckt, im Sessel gesessen und an mein tote Frau gedacht. Wisst ihr, die Lotte hatte Leidenschaft, die sie netterweise mit mir geteilt und genossen hat. Und außerdem haben meine Enkelinnen wenig Jugend in dieser wahnsinnigen Zeit, wo die Deutschen alle verrückt sind. Da muss was getan werden. Damit sie auch mal ihre Ruhe haben, wenn sie im Kino sind."

Allzu viel Lebenszeit blieb ihm nicht mehr, dessen war sich Josef bewusst. Doch darüber jammern, dazu hatte er weder Zeit noch Lust. Jetzt hatte er Wichtigeres zu tun, und er konnte es sogar von seinem Sessel aus machen. Er war gewillt, sein Ziel mit Konsequenz und Siegesgewissheit und reinem Herzen zu verfolgen. Er hatte schließlich einen Menschen zu retten. Oder waren es sogar zwei?

7

Im Versteck

Eines von zwei kleinen Zimmern haben sie besuchsbereit hergerichtet, sie haben Vorkehrungen für eine Verdunkelung getroffen, damit kein Bomber ihre Stadt sehen kann, wenn er in Richtung Frankfurt unterwegs ist. Und damit in der Nacht kein Lichtschein den Unsichtbaren verrät. Das haben sie zuallererst gemacht, als es noch einigermaßen hell war. Dann hat Marie den Staub vom Bettrahmen, der Kommode und zwei gepolsterten Stühlen aus stabilem Eichenholz mit einem feuchten Lappen abgewischt, das Leintuch auf der Matratze glatt gezogen, das Kissen und das Daunenbett aufgeschüttelt, eine leere Weinflasche hat sie hier oben gefunden, die hat sie mit frischem Wasser gefüllt, einen Porzellanbecher dazugestellt, eine Thermosflasche enthielt den aufgewärmten Rest von der guten Hühnersuppe, die der Großvater zu Mittag bekommen hatte. Einen Suppenteller, einen Essteller und ein Frühstücksgedeck sowie Besteck hatte sie in einem der unbelegten Fächer in dem schmalen Kleiderschrank untergebracht. Zum Schluss hatte Marie dem Jakob noch ein Körbchen mit Graubrotscheiben, einem hart gekochten Ei und einem Apfel hingestellt. Ein Pappschildchen hatte Marie schnell mit einer stilisierten Blüte verziert, nur die äußeren Linien waren zu sehen, daneben hatte sie „Herzlich willkommen" geschrieben.

Eines hat sich Marie fest vorgenommen: Sie will diesen Fremden mögen, wie viel leichter wäre dann das Verstecken, das Heimlichtun. Er soll ihr zweiter bester Freund werden, keiner darf im Dreigestirn das fünfte Rad am Wagen sein, sie hofft, dass sich alle in Zuneigung und Respekt begegnen werden. Abwarten liegt Marie nicht, die Geschäftigkeit lenkt nicht richtig ab von der Neugier und der Nervosität. Hoffentlich ist er einer, dem sie vertrauen und den sie gernhaben kann.

Sie hat Angst, das lässt sich nicht leugnen. Die Abenteuer-Euphorie, die sogar den Großvater vorhin erfasst hatte – endlich kann er den Bösen „zeigen, was 'ne Harke ist", so hatte er's ausgedrückt –, das Hochgefühl hält an und trägt Marie, und doch wird ihr allmählich wolkiger. Marie hatte sich erst trotzig stark gefühlt in dem Wissen, jemandem Gutes zu tun und gleichzeitig ihrem Widerstand gegen die Machthaber in ihrem Heimatland Ausdruck zu verleihen, da war es noch sonnenlichter Frühlingstag gewesen, das Ganze hatte was von Heldentum, Mut und Hoffnung.

Aber jetzt? Arnold hat sie vor über einer Stunde hier zurückgelassen. Irgendein unbestimmtes Schaudern hält sie zurück, ihm jetzt schon zu folgen. Zu Hause hatte Arnold seine Abwesenheit beim Abendessen mit einer Bitte Maries um Hilfe beim Aufhängen eines Regalbretts in ihrer Schlafkammer entschuldigt, als Lohn stünde ein Kuss und das Abendbrot in Aussicht. Marie hatte bei ihren Leuten daheim leichte Übelkeit vorgegeben und sich erst in ihr Zimmer zurückgezogen, dann auf einen Abendspaziergang mit dem Verlobten rausgeredet, danach ginge es ihr sicher besser, hat sie daheim gesagt.

Gleich würden Maria und Sophie kommen, den Opa beim Zubettgehen unterstützen, Gott sei Dank muss niemand rauf zum Dachboden. Das ehemalige Ess- und jetzige Schlafzimmer ist seit zehn Jahren wie die Küche und auch das Bad im Erdgeschoss gegenüber vom Wohnzimmer mit dem Fensterplatz. Der kleine Umbau und das Umräumen hatten stattgefunden, nachdem Josef vor ein paar Jahren die Treppen nicht mehr sicher hochkam. Unten, ebenerdig, konnte er noch ein paar Schritte allein gehen, langsam zwar, aber er hatte ja Zeit.

Marie ist auf einmal ganz bang ums Herz. Die Erkenntnis, dass es nur eines falschen Wortes am verkehrten Ort bei der passenden Person bedarf, um zwei, wenn nicht drei Familien ins Verderben zu stürzen, schnürt ihr das Atemkorsett zu. Sie muss sich den Kopf halten, oh Gott, jetzt kann sie nicht mehr umkehren, nicht mehr zurück in das Gefühl der Geborgenheit, der Sicherheit, auch wenn es eine ständige Illusion ist in diesen Zeiten. Die Fluchtinsel zerstört, auch die Gewissheit, dass es irgendwo Trost gibt. Alles Vertrauen wird bestimmt enttäuscht werden, die Zuversicht ist dahin, wem kann sie noch glauben, wo schon der enge Kreis um die Familie sich als Gefahrenquelle erweisen könnte. Sie spürt ein körperliches Unbehagen, wenn sie sich vorstellt, dass Menschen die Kräfte ihres Geistes einsetzen, um anderen zu schaden und sie der Hölle eines KZs zu überantworten.

Allein des Großvaters Schwiegersohn, der Otto, könnte mit seinem Glauben an die natürliche Überlegenheit des deutschen Volkes ihrer aller Untergang in Gang setzen. Darf man so einem den Soldatentod, Gefangenschaft und Leid wünschen? Weil er anders denkt als man selbst?

Und was, wenn sie selbst vor die Wahl gestellt würde? Verrat und Leben oder Schweigen und Tod? Würde sie stark genug sein, für den Mann zu lügen, den sie nicht begehrt, den sie trotzdem von Herzen gern hat und der sie auf seine Weise liebt, der sie aber nicht heiraten kann, weil er anders ist? Würde sie die Kraft haben, auf ein Leben in Freude, mit Kindern vielleicht, zu verzichten, stattdessen unberührt von Leidenschaft und eines Mannes Liebe in den Abgrund zu schauen, zu wissen, dass es keine Wahl mehr gibt, dass es zu Ende ist.

Was hatten sie sich nur gedacht?

Marie wird aus ihren verzagten, völlig mutlosen Gedanken gerissen, als sie unten die Stimmen von Sophie und Maria erkennt, sie schäkern mit dem Greis, der heute einen äußerst beschwingten Eindruck macht, man hört sie mit ihm durch den Flur schlurfen, immer schön langsam, Schritt für Schritt, die Jüngere sagt: „Nun lass ich dich mal los, Großvater, du musst noch mal zurück ins Wohnzimmer, da steht dein Abendbrot auf dem Tisch, das kannst du ja auch im Bademantel essen. Dann musst du nur noch mit dem Stock, vergiss den ja nicht, hörst du, ins Bett marschieren, na ja, vielleicht nicht gerade marschieren, lass dir Zeit. Sei nicht bös, wenn wir jetzt schon verschwinden, heute gibt's Kino, und wir würden so gern hingehen." Josef hat sie dann wohl entlassen, sicher hat er ihnen ein paar Groschen zugesteckt für die Eintrittskarten.

Marie hört die Haustür zuschlagen, die Mädchen sind unterwegs.

Marie holt noch eine Schachtel Streichhölzer aus ihrem Beutel, für die Kerze, damit Jakob sich Licht machen kann, sie überlegt, ob sie nur drei Hölzer in der Schachtel lassen soll. Sie kennt Arnolds neuen Freund ja noch nicht. Entweder . . . oder! Sie legt das volle Päckchen neben die Kerze. Schließlich kann man auch mit einem Streichholz und einer Kerze einen Dachstuhl anzünden, der Mann wäre allerdings ganz schön dumm, wenn er das machen würde. Schließlich hätte der Ärmste dann schon wieder kein Dach mehr über dem Kopf.

„Vertrauen, Marie, nur Mut", redet sie sich selbst gut zu. Sie schwingt sich ihren Beutel über die Schulter, schaut noch kurz bei Josef in die gute Stube und verlässt das Haus in Richtung Werkstatt, dort soll sie den Geliebten ihres Bräutigams zum ersten Mal treffen. Sie muss nun doch ein Grinsen auf ihr Gesicht lassen, kaum ist sie im Freien, ist oft alles wieder gut, Marie fühlt sich draußen immer gleich viel unbeschwerter, wenn sie Kummer hat. Dann trägt ihr freier Geist sie durch die Welt, die Zeit.

„Wir geben ein seltsames Trio ab, ich und meine zwei Männer. Zwei hab ich jetzt, wie eine Femme fatale." Sie muss schmunzeln bei der Idee. Wenn sie ehrlich ist, es fühlt sich aufregend und kribbelig an, und das macht sie siegesgewiss. Am nächsten Baum klopft sie dreimal auf dessen Holz. Möge es gelingen!

*

Es fing schon langsam an, dunkel zu werden, der blühende Frühlingstag neigte sich dem Ende zu, die Hoffnung erwachte, dass in dieser Nacht kein Flugzeug mit tödlicher Ladung über Bad Orb fliegen würde. Arnold schickte ein Stoßgebet ins All: Mach, dass das Schicksal die Leidenschaft ins Leben lässt und dass es nur noch Liebe gibt, bitte!

Arnold lauschte. Drinnen war es still, vielleicht war er vor Erschöpfung eingeschlafen, Jakob war einen schweren Weg gegangen heute, er hatte das Betteln lernen müssen, er hatte die Furcht beiseite geschoben und sich einem Unbekannten überantwortet, allesamt Mutproben. Doch er hatte sein Gesicht gewahrt, seinen

Stolz ebenfalls. Arnold bewunderte den Mann, den männlichen
Mann, den begehrenswerten. Er hatte am Morgen das Aufleuchten in dessen Augen gesehen, Arnold fieberte dem Kommenden
entgegen.

Arnold klopft sacht an seine eigene Werkstatttür, will Jakob
nicht erschrecken. „Keine Angst, ich bin's, Arnold", das spricht
er im Flüsterton, während er aufschließt. Jakob kommt erleichtert hinter der Kreissäge hervor.

Arnold ist froh, ihn zu sehen: „Ich hab schon befürchtet, dass
du durchs Fenster geflüchtet bist." Jakob nickt. „Wenn du nicht
der Gastgeber wärst, hätte ich das womöglich gemacht." Wo
hätte er denn hinsollen, er sei doch schon am Ziel. Er sagt das zu
Arnold, der davon ganz gerührt ist. „Und glaub mir, es ist nicht
die Werkstatt, was ich mit dem Ziel meine."

Arnold fummelt den Docht an der Petroleumlampe heraus, hält
ein Streichholz daran, das gedämpfte warme Licht verbirgt sein
errötendes Gesicht, macht ihn schön, viel weicher, ein bittersüßer zärtlicher Prinz mit breiten Schultern, festem Hinterteil,
einem echten Kinn. Jakob sagt: „Ich glaube, wir sollten die Vorhänge noch zu lassen. Wer weiß . . ." Unvollendet bleibt der
Satz, als er Arnold, wie schon am Morgen, mit seinen behaarten,
geschmeidigen Armen umfasst. Arnold erwidert freudig den zuckersüßen, alles Düstere auslöschenden Kuss, will nicht davon
lassen.

Jakob fragt mit einer scheuen Zurückhaltung: „Hast du schon
mal?" Arnold öffnet die Augen nicht, als er verneinend den Kopf
schüttelt, das ist ihm peinlich. Ttrotzdem gibt er Jakob eine Antwort. „Du kannst mit mir machen, was du willst. Lehre mich,
dich zu lieben, sodass es für immer gilt. Wir haben eine freie
Stunde, ungefähr." Noch sind Arnolds Augen geschlossen. Er
sieht nicht das amüsierte und begehrliche Aufscheinen in Jakobs
Blick.

Der fühlt sich seit langer Zeit endlich wieder einmal wie ein
richtiger Mann, kein verängstigter, unterwürfiger, er ist in ihrer
beider Spiel der Lehrer, nicht der gequälte Untermensch. Jakob
darf der Starke sein für eine Stunde und ein Liebender.

Als Jakob Arnold noch einmal küsst, als ob es das letzte Mal im Leben wäre, öffnet er Arnolds Gürtel, dann dessen Hosenknöpfe, die oberen Knöpfe des weißen Hemdes, das Arnold noch immer anhat, zerrt es dem Geliebten über den Kopf. Dann entledigt er sich hurtig seiner eigenen Kleidung, ohne dabei mit dem Streicheln und Küssen und Beißen aufzuhören und Arnolds dichten dunklen Haarschopf zu durchwühlen, ein bisschen grob, aber das ist Absicht, das entfacht die Lust, er geht in die Knie, Arnold verliert seine Unschuld, den halb unterdrückten Lustschrei kann er nicht zurückhalten. Jakob legt ihm die Hand über den Mund. Sei still, mein Liebster! Küsst ihn, entlässt den Geliebten schließlich aus seiner Umarmung.

Schmerz und Leid, Unheil, Krieg, Gefahr, verschwunden sind sie im völligen Gegenwärtigsein. Und es ist ganz weit weg, das Böse.

Als sie wieder halbwegs anständig aussahen, alles wieder zugeknöpft, die Hemden glatt gestrichen, die Haare gekämmt waren, öffneten sie die Vorhänge. Jakob hatte sich vorher noch über die Kreissäge gebeugt, damit es aussah, als würde er arbeiten, falls um die Zeit noch zufällig einer vorbeikam und reinschaute.

Der Herr Müller vom Café zum Beispiel, der in etwa 50 Meter Entfernung auf der anderen Straßenseite stand und zu gern gewusst hätte, warum da drüben die Vorhänge zu waren. Als sie aufgezogen wurden, wandte er der Werkstatt aber gerade den Rücken zu, sah sich nach der jungen Frau um, die er weiter oben am Hang gesehen hatte. Er war sich sicher, dass es das Fräulein Marie gewesen war, die da oben entlangging. Warum die in der Abendstunde hier herumgeisterte?

Marie hatte ihn schon vorher bemerkt. Während Herr Müller noch rätselte, ging sie auf ihn zu und lenkte ihn durch leises Summen und ein freundliches „Guten Abend, Herr Müller, auch noch unterwegs?“ von allzu viel Interesse an den Vorgängen in Arnolds Werkstatt ab. Herr Müller sah sich gezwungen, Marie entgegenzugehen, ließ das Häuschen mit den beiden Liebenden hinter sich. Marie erklärte Herrn Müller, dass sie ihren Verlobten abholen wolle, er warte sicher schon, das machten sie manchmal, ein bisschen plaudern vorm Abend daheim.

Da blieb Herrn Müller nichts anderes übrig, als ihr freundlich
auf Wiedersehen zu sagen und sich dann zu trollen, er sei auf
dem Heimweg, sagte er noch im Weggehen, woher er kam, behielt er für sich. Er konnte ja schlecht zugeben, dass er mal wieder seiner Neugier an anderer Leute Privatleben frönte. Er zog
seinen Hut vor Marie.

Er war stets höflich und zurückhaltend und still.

Nach ein paar Schritten und einem kurzen Blick über die Schulter war Herrn Müller aufgefallen, dass jemand in der Schreinerwerkstatt inzwischen die Vorhänge aufgezogen hatte, die vorhin
noch den Blick in den Raum verhindert hatten. Er konnte nicht
erkennen, wer das war, der sie geöffnet hatte, sicher der Bräutigam von Fräulein Marie, der wollte bestimmt ihre Ehre schützen, seine natürlich auch, wenn sie gleich zu ihm hineinginge.
Andererseits: Ihm kam das Ganze irgendwie merkwürdig vor,
wieso waren die Vorhänge überhaupt geschlossen gewesen ...

Sobald der neugierige Cafébesitzer außer Sichtweite war, ent-
spannte sich Marie wieder ein bisschen, überall sah sie schon
Spitzel, die sie auf Schritt und Tritt beobachteten. Vielleicht bil-
dete sie sich das nur ein, schließlich war der Herr Müller eigentlich noch nie unfreundlich gewesen, hatte auch noch nie irgendwelche Fragen gestellt, allerdings tauchte er öfters mal auf, wo
ihn keiner erwartet hätte, plötzlich stand er an einer Ecke, weit
weg vom Café, wo er eigentlich hingehörte, oder er kam einem
auf der Straße wie aus dem Nichts entgegen, als hätte er hinter
der Litfaßsäule gestanden und dahinter nur darauf gewartet, dass
jemand vorbeikommt, der Lust hat, mit ihm ein Schwätzchen
zu halten. Marie glaubt grundsätzlich allzu gern an das Gute im
Menschen. Der Mann kam ihr sehr einsam vor, warum hatte er
noch immer keine Frau, er sah doch gar nicht so schlecht aus,
trotz seine Alters, mit Ende dreißig, müsste er längst unter der
Haube sein.

Ein seltsamer Mann war er auf jeden Fall, er hatte keine Familie, keine Frau, nur das Café, das er sorgfältig, aber ohne erkennbare Leidenschaft betrieb, wieso war der in seinem Alter
eigentlich nicht im Krieg? Hatte er nützliche Freunde? Obwohl,

vielleicht war er doch einfach älter, als er aussah, sein Haar war um die Stirn herum reichlich schütter.

So ganz kann sie sich nicht aus den ängstlichen Gedanken lösen, das mulmige Gefühl hat Marie aber ganz gut im Griff, als sie an der Tür zur Werkstatt klopft. Sie will die zwei lieber nicht bei irgendwas erwischen, sie fühlt sich nicht richtig gewappnet, und sie ist noch zu sehr gewöhnt an Arnold-und-Marie. Auch wenn der Teil mit der Verlobung Tarnung ist, was jetzt auf sie wartet, ist noch einmal schwieriger. Wie den Dritten im Bunde der Familie und der Nachbarschaft erklären?

Arnold öffnet, strahlt Marie an, fällt ihr um den Hals, kann sein Glücklichsein kaum zügeln, geschweige denn verbergen.

„Schon gut, Arnold, nicht so stürmisch, ich gönn's dir ja, das Glück. Wie ich sehe oder besser vermute, habt ihr euch inzwischen besser kennengelernt. Wo ist denn der Mann im Schatten abgeblieben? Arnold, ich muss dir gestehen, ich hab Angst. Wir müssen schnell handeln, wir müssen eine plausible Geschichte erfinden, wir müssen deinen Freund erklären, sonst . . .", sie holt Luft, „sonst können wir alle sterben, das kann passieren, aber das wisst ihr selbst."

Jakob hat die Szene hinter der geöffneten Schranktür beobachtet, eher gehört als gesehen, nur einen schnellen Blick auf diese junge Frau hat er geworfen. Arnold zieht ihn aus dem Dunkel, bugsiert ihn in Richtung Marie.

Jakob verbeugt sich vor Arnolds Verlobter, er will die Situation entschärfen, packt einen Hauch Ironie in den tiefen Diener, wie ein Musketier wedelt er mit der Hand, zieht den unsichtbaren Hut mit der Straußenfeder, beugt ein Knie. Marie spielt ein wenig mit, so recht ist ihr nicht nach herumkaspern zumute. Jakob richtet sich auf, er meint es ehrlich, als er Marie endlich anspricht.

„Arnold hat mir alles erzählt, was ihr zwei schon jetzt für mich getan habt, dir dafür nur danken zu können, beschämt mich, macht mich aber auch froh, dass es in diesem Land noch Leute wie euch gibt, nicht nur Jubelvolk mit Brett vorm Kopf. Mir ist bewusst, dass ich für euch eine zusätzliche Gefahr bin, der

Arnold hat mir schon gesagt, dass ihr zwei euch gegenseitig beschützt. Und nun habt ihr auch noch einen jüdischen Homo am Hals. Weißt du, Marie, auch in Frankfurt war es eine Freundin, die mich lange versteckt hat, nachdem ich gerade noch rechtzeitig abgehauen bin, als sie meine Eltern abgeholt haben, fast ein Jahr habe ich bei ihr in der Einzimmerwohnung verbracht, war wenig auf der Straße, bis ein paar aus dem Haus gefragt haben, was denn ihr angeblicher Bruder in der Stadt mache, die anderen jungen Männer seien doch an der Front. Da hat Marianne aufgegeben, sie hat den Leuten noch erzählt, ich hätte erst vor ein paar Tagen die Einberufung bekommen und müsste dieser Tage einrücken. Dann kam sie nach Hause zu mir zurück, ich habe sie verstanden, und ich wollte sie auf keinen Fall einer Gefahr aussetzen. Und da hab ich meinen Kram gepackt, das bisschen an Kleidung, Marianne hat mir ein paar Mark mitgegeben. Fahr aufs Land, hat sie noch gesagt, da sind die Leute eher mit ihrer Arbeit beschäftigt und froh, wenn ein Mann nicht an der Front ist, sondern im Stall mithilft gegen eine Brotsuppe, einen Haferbrei.

Wir wollten versuchen, in Verbindung zu bleiben. Ich verschwand, trieb mich in der Stadt herum, schlief im Gebüsch und unter schwer zugänglichen Brücken. Bevor ich abfuhr, wollte ich noch mal nach Marianne sehen, heimlich natürlich, aber ich hab sie nicht mehr angetroffen. Wie es schien, wohnte jetzt jemand, den ich nicht kannte, in ihrer Wohnung, ihr Schlafzimmer war leer geräumt. So kam ich denn zufällig hierher und hatte auf einmal so viel Glück." Der Wortschwall war ungehemmt aus ihm herausgeflossen, ohne Punkt und Komma, kaum Luft geholt hat er. Er hat die ganze Wahrheit auf einmal gesagt nach all den Monaten, in denen er gelogen hatte.

Marie ist gerührt, dass Jakob, der Unbekannte, so vertrauensvoll mit ihr spricht, es macht sie stolz, und es beruhigt sie auch.

Arnold hat seine liebste Freundin genau beobachtet, sie wird zu ihnen halten, er umarmt sie, und er sagt etwas wie „Marie, dich würd ich sofort heiraten, wenn ich heiraten tät".

Da wird Marie sehr ernst, sie sagt: „Möglicherweise werden wir sogar diesen Schritt gehen müssen, dass wir heiraten, meine

ich, keine Angst, du musst mir kein Kind machen, irgendwann
ist der Krieg vorbei, dann lassen wir uns wieder scheiden. Aber
vielleicht geht es auch ohne Hochzeit. Ich glaub aber nicht.
Denk dran, an Jakobs neue Lebensgeschichte, die muss hieb-
und stichfest sein."

*

Arnold und Marie erzählten Jakob nun, was sie sich spontan hatten einfallen lassen. Erst mal sollte er ein paar Tage unterm Dach
in Großvaters Haus stillhalten. Josef würde ihn bestimmt am
nächsten Tag erst dann rufen, wenn er sich sicher war, dass keine von den Enkelinnen ihn besuchen oder versorgen käme, dann
könne Jakob runterkommen und mit ihm ein bisschen plaudern
oder Karten spielen, auch Bücher aus Josefs Schrank mit allerlei
Literatur und Reisebeschreibungen – er kam ja nicht raus, also
las er darüber – solle sich Jakob gern mit nach oben nehmen.
Aber erst mal sollte er unsichtbar bleiben, einer von ihnen, Arnold oder Marie oder beide kämen täglich vorbei, brächten Essen, würden beim Erfinden einer plausiblen Biografie für Jakob
helfen, die erklärt, warum er hier und nicht an der Front war, und
sie wollten mit ihm das entsprechende Verhalten einüben.

Als es ganz dunkel war, gingen Marie und Jakob, als Arnold
verkleidet, mit dessen Hut und Arbeitshose, zu Großvaters Haus,
Arnold folgte auf verschlungenen Wegen, wenn er jemanden
kommen hörte, nahm er einen Hauseingang oder eine Mülltonne
zum Dahinterverstecken, bis er ebenfalls dort anlangte.

Josef lag schon im Bett, als Jakob und Marie dort als Erste
ankamen. Er rief Marie zu sich, sie solle dem „jungen Mann"
ausrichten, er würde ihn gern erst am nächsten Morgen zum
Frühstück kennenlernen, er sei jetzt zu müde für die nächtliche
Aufregung. Sie möge ihm ausrichten, dass er sich darauf freue,
am folgenden Tag seine Bekanntschaft zu machen, wenn die
Luft rein sei. Jetzt solle sie ihn gleich nach oben bringen und
ihm alles zeigen.

Arnold, der gerade auch angekommen war, hatte den letzten
Satz noch mitgekriegt. „Danke, Josef, danke, dass du mir, Marie

und Jakob so sehr vertraust, dass du uns hilfst", sagte Arnold, und da musste er dem alten Mann noch schnell ein bisschen auf die Schulter klopfen. Er hielt sich auch nicht zurück, als Josef ihn ein wenig unbeholfen umarmte. Dabei wischte er sich was aus dem Auge, brummelte vor sich hin: „Heutzutage umarmt mich ja keiner mehr, das muss ich ausnutzen."

Marie war dann vorangegangen, hatte die Hand schützend vor die Kerzenflamme gehalten, als sie zu dritt nach oben gestiegen sind. „Warum machst du denn kein Licht?", hatte Arnold gefragt und den Schlüssel aus seiner Hosentasche gefingert. „Weil man die im Dunkeln nicht sieht und weil es romantischer ist", sagt Marie, ohne Zittern in der Stimme diesmal.

Arnold öffnete die Tür, mit großer Geste zeigte er Jakob das kleine Reich, den Schutzraum, den der Freund ab jetzt bewohnen würde. Jakob wusste nicht, wie ihm geschah, zu lang hatte er nun schon geschauspielert, sich souverän und unberührbar gegeben, er hatte gelogen, sich verborgen, gestohlen und betrogen. Nichts hatte ihn auch nur annähernd in die Nähe eines sicheren Lebens geführt. Die Angst war sein ständiger Begleiter gewesen.

Jakob traute dem Frieden nicht so recht, dafür war er zu lang allein unterwegs gewesen. Das Misstrauen saß ihm tief im Gedärm, im Herzen, im Verstand. Eine Nacht nur, einmal wieder in einem warmen Bett richtig schlafen, ohne mit einem Ohr zu lauschen auf Schritte, auf das Hämmern von schweren Absätzen auf hartem Pflaster. Nur zu, sei mutig, Jakob, er musste es wagen.

Immerhin hatte Jakob zum ersten Mal einem Unbekannten gegenüber alles gestanden, sich preisgegeben. Aus einer spontanen Müdigkeit heraus war es gekommen, das ganze Sich-Zusammennehmen, das Verleugnen, das Getue, das Tarnen und Verstecken, er war erschöpft.

Er will so gern daran glauben, dass es wahr ist: Hat er wirklich so wahnsinnig viel Glück gehabt, dass man geradezu meinen könnte, es gäbe doch einen Herrgott, der ihn auf seiner Welt haben will. Er kann es nicht mehr zurückhalten, die Rührung und

die Dankbarkeit zwingen ihn in die Knie, es schüttelt ihn ordentlich durch, er heult hemmungslos. Die beiden anderen lassen
ihn. Richten Dinge her, decken den Tisch ein zweites Mal.

Dann sagt Arnold zu seinem Freund: „Ich wünsch dir eine ge-
tröstete Nacht, schlaf, was das Zeug hält, morgen ist ein neuer Tag, und träum schön von mir. Wir kommen wieder." Jakob
glaubt ihm jedes Wort, will es unbedingt glauben, der Schreiner
ist sicher kein Lügner. Dafür scheint er viel zu unbefangen zu
sein. Aber was ist schon sicher?

Marie macht einen Luftkuss und geht voran. Morgen ist auch
noch ein Tag. Sie haben so viel zu bereden. Arnold und seine
Braut werden zu Hause erwartet.

Als Jakob Maries Abendessen mit großem Appetit verspeist hatte – ein Apfel, endlich mal wieder ein nicht geklauter Apfel! –,
legte er sich in das frische Bett, stand noch einmal auf, wusch
sich unter den Achseln, wusch auch die Liebesdüfte weg, die
Füße bekamen eine gründliche Reinigung mit der nach Zitrone riechenden Seife. Wie lange hatte Jakob keine Zitrone mehr
gesehen! Jetzt war der ungewaschene Kerl, wie Arnold ihn genannt hatte, sauber, lag in einem reinen Bett, er hatte es warm,
er fühlte sich befriedet, er war ruhig, er löschte das Licht. Eine
lang vergessene Empfindung erfasste ihn, die er sich nur ganz
allmählich eingestand: Er spürte den Funken der Hoffnung.

Im Dunkeln zog er den Vorhang vor der Dachluke beiseite.

Als er wieder in den warmen, weichen Daunen lag, sah er
durch das Fenster die Sterne.

8

Der König hinter den Alpen

Der folgende Tag begann für Jakob, als er in den zärtlich anmutenden Stunden der Morgendämmerung dem Frühlingszwitschern der Blaumeisen und Amseln lauschte. Wie er die Tiere beneidete, sie machten einfach weiter, als ob überall Frieden herrschte, sie kannten keine Flak, keinen Beschuss aus der Luft, die doch ihr Lebensraum war. Sie bauten unverdrossen ein Nest, sie paarten sich, sie sorgten für den Fortbestand der Art, wenn die Jungen aus dem Ei schlüpften, fütterten sie unermüdlich die Kleinen, bis die sich schließlich mit ihren Eltern nur knapp unter den Wolken tummelten. Sie kannten keine Angst.

Wenn ich ein Vöglein wär ... das schwirrt dem Gast im fremden Haus durch den Kopf.

Jakob bleibt noch ein wenig in dem wohligen Federbett liegen, genießt, so gut es geht, den selten gewordenen Herzensfrieden, ihm ist wirklich viel geschenkt worden in dieser einen Nacht.

Er nimmt sich vor, zwar vorsichtig zu sein, den anderen aber seine Vorbehalte und Ängste nicht zu zeigen. Was für ein Affront wäre das. Solange Arnold und seine Leute nicht selbst zur Zielscheibe geraten, will er versuchen, an sie zu glauben – und an sich selbst. Aber er hat ihn verlernt, den Glauben.

Schließlich sind von unten Mädchenstimmen gedämpft zu hören, sie sind mehr zu spüren als zu verstehen, das Geplauder klingt aufgedreht, Großvaters Enkelinnen scheinen heute besonders munter. Zwischendrin der brummend-tiefe, aber kräftige Bariton Josefs.

Schnell ist Jakob aus den Federn, das geht jetzt zügig, Gesicht und Hals und die intimeren Stellen kriegen erneut was ab von der guten Seife, er spült sich den Mund aus, er wird vorsichtig nach einer Zahnbürste fragen, derweil muss der Zeigefinger genügen. Der hat es bisher auch getan.

Bereit will er sein, wenn er gerufen wird. Man hört Gerenne und Geschirrgeklapper, der Großvater wird nach dem Aufstehen noch mit Frühstück versorgt, er bekommt's auf den Tisch gestellt, nur den Pfefferminztee macht ihm die Sophie noch schnell, auf das zieselierte Warmhaltestövchen kommt dann die große Kanne dazu. Maria räumt auf in Josefs Wohnzimmer, in dem er den Tag verbringen wird. Das Brot schmieren und sich dann in den Sessel setzen, das schafft er allein.

„Jetzt macht euch aber ab", sagt der Großvater der Mädchen, die Kleine, Sophie, muss in die Schule. Maria hilft der Katrin, seiner Tochter, später beim Kochen, das hat aber noch etwas Zeit. Danach muss die Große zu ihrem Dienst im Lazarett, wo sie ihr Pflichtjahr absolviert, sie ist drei Jahre älter als ihre Schwester. Schließlich verabschieden sich die beiden, und es wird stiller im Haus.

Josef wartet einen Moment, ob er was von oben hört, dann ruft er: „Jakob, Frühstück! Kommen Sie, und helfen Sie mir beim Aufessen." Jakob hatte die Tür seines Zimmers einen Spalt breit geöffnet, hört Josefs Rufen und folgt dieser Aufforderung. Er ist nervös, hoffentlich mag der alte Mann seinen neuen geheimen Untermieter! Er richtet sich innerlich in die Höhe, strafft die Schultern, richtet hastig sein Haar. Dann geht er die Treppe runter zum Wohnzimmer.

Jakob weiß sehr wohl, dass er von ihnen allen vollkommen abhängig ist, und er spürt auch das Ausgeliefertsein, sie können ihn jederzeit anzeigen, jederzeit melden, dann wäre er dran, sie würden ihn ins Lager schicken, dort würde er sterben. So einfach wäre das. Das Vertrauen hat Jakob verlernt, wie den Glauben. Von innen heraus fühlt er dauerhaft die Not, entstanden aus dem ständigen Gewahrsein der Verfolgung, ein Bedrohter ist er. Der Josef, die Marie, der Arnold, alle haben sie ihn in der Hand – wenn sie wollen.

Arnold allerdings, gegen den hat Jakob auch einen Trumpf in der Hand, er weiß etwas, das niemand von dem netten jungen Reinelt wissen darf. Aber er mag den Schreiner ja. Er mag ihn wirklich sehr, er kann sich nicht vorstellen, dass einer von ihnen beiden das kleine bisschen Macht, das jeder bei aller Liebe über den anderen, den Geliebten, hat, jemals ausnutzen und Verrat begehen würde. Vielleicht fängt Vertrauen damit an: dass die böse Tat unwahrscheinlich scheint.

*

Jakob klopfte an Großvaters Tür, öffnete sie scheu, steckte erst nur den Kopf zur Tür hinein, Josef machte einladende Bewegungen mit der Hand, sagte schließlich: „Nur herein, die Luft ist rein, wir sind in einem Hochparterre, da muss einer schon ziemlich groß sein, damit er reingucken kann, und die Mädchen sind schon wieder fort. Sehen Sie es mir bitte nach, dass ich Sie schon mit dem Vornamen gerufen hab. Marie hat ihn mir gestern schon verraten. Und einen ‚Verwandten‘ sollte man eigentlich auch duzen, oder? Was meinst du?"

Jakob ist sofort von ihm eingenommen, der alte Mann scheint auf seiner Seite zu sein, ist ganz natürlich auf ihn zugegangen, nennt ihn Jakob und will Du zu ihm sagen.

Es ist ein Fels, nicht nur ein Stein, der ihm vom Herzen fällt, er entspannt sich. „Natürlich, ich würde mich freuen, wenn wir einander Du sagen, Josef, deinen Vornamen weiß ich von dem Türschild draußen."

Dann hat Josef den Jakob auf dem zweiten Stuhl am runden Esstisch Platz nehmen lassen, sie kamen ins Gespräch. Jakob bat den Älteren, nicht allzu sehr in ihn zu dringen, je weniger er wisse, desto weniger Gefahr bestünde für Josef.

Nur so viel Wahrheit: „Ich bin wirklich obdachlos, meine Eltern wurden abtransportiert, ich glaube, dass sie in ein Lager, ein KZ, gekommen sind. Meine Schwester und mein kleiner Bruder sind hoffentlich in der Schweiz, aber ich hab auch von ihnen keine Nachricht, von keinem. Ich war versteckt in einem hohlen Baum im hinteren Gartenteil, als sie geholt wurden. Wir lebten in einem großen Haus, nicht direkt in Frankfurt. Es brannte aus einem Fenster heraus, als ich es zuletzt gesehen habe. Ich habe mich in Frankfurt bei einer Freundin in ihrer Dachbodenwohnung aufgehalten, Dachböden sind mein Schicksal, wie es scheint", Jakobs zaghafter Versuch zu scherzen. „Ich hab mich fast ein Jahr da oben versteckt, das war nicht leicht, es gab keine Ablenkung, aber wenn ich an manch andere denke, hatte ich Glück. Dann musste meine Freundin fremde Leute aufnehmen, die angeblich ausgebombt waren. Ich ging, ich solle aufs Land, hat sie gesagt. Als ich noch einmal zurückkam, um Kleidung zu holen, war Marianne verschwunden, ich weiß nicht, wohin, keine Ahnung, wo sie jetzt ist. So zerbrechen alle Bindungen, es ist furchtbar. Das alles, weil ich ein Jude bin. Das müssen Sie wissen, bevor Sie sich entscheiden. Doch zuerst einmal: Ich weiß schon jetzt nicht, wie ich Ihnen danken soll." Das war seine gute Erziehung, aber Jakob meinte es auch so, wie er es sagte. Das Duzen hat er schon wieder vergessen.

Josef legt Jakob seine mit Altersflecken gesprenkelte Hand auf die Schulter. „Hab keine Angst", sagt Josef, „in meinem Haus haben die Nazis keine Anhänger, im Gegenteil: Der Mann meiner Tochter, Arnolds Bruder Otto, der war schon so einer, der für die Mistkerle eingetreten ist, aber erstens ist er an der Ostfront Soldat, und zweitens ist es dem bestimmt auch schon vergangen. Das ist kein Spaß, das Kämpfen, und der Soldatentod auf dem Feld der Ehre alles andere als erhebend, da verspürst du keine heroischen Gefühle, und kein Heldengedicht begleitet dich in die Finsternis, da rufst du nach deiner Mutter, da hast du die Hosen voll, nur Angst, Todesangst ist dein Abgesang. Mir tun die jungen Kerle leid, auch wenn sie erst Feuer und Flamme waren, die werden doch verheizt, nicht wahr? Nun bedien dich und iss erst mal, damit du zu Kräften kommst, ein bisschen mager bist du schon."

Josef hat Jakob mit dem Duzen gleich überzeugt, dem kann er vertrauen, der ist im Innern stark genug, auch wenn er gar nicht mehr wegrennen könnte. Jakob fühlt sich ein bisschen wie zu Hause, so heimelig und offen hat schon lang keiner mit ihm gesprochen. Der Großvater-Mann erinnnert ihn an einen Onkel, an dem er sehr gehangen hatte. Vermutlich war er ebenso wie Jakobs Mutter längst tot, daran gab es nur wenig Zweifel.

Als er „tot" denkt, fängt Jakob an zu weinen, er kann's nicht unterdrücken, eigentlich will er immer den Starken markieren, so tun, als ob er unverwundbar sei, aber das Zugewandte dieses Alten, sein unverstelltes Wesen, das ihn anscheinend wirklich ohne Grund als Gast aufnimmt, rührt Jakob in tiefster Seele. So wächst Zuneigung auch aus Dankbarkeit.

Josef lässt den großen Jungen weinen, er schmiert ihm ein Butterbrot, bedeutet dem anderen, dass er nun noch Marmelade draufgeben soll. Unter Tränen nickt Jakob: „Danke, danke, verzeih mir bitte, ich musste gerade an meine Mutter, den Onkel, an meine Familie denken, ich habe es mir verboten, damit das Verzweifeln erst am Schluss kommt, verstehen Sie? Ach, ich weiß nicht, wie ich das beschreiben soll." Josef schaut besorgt und voller Mitleid auf den Gast. „Komm mal her, Junge", sagt er.

Und dann nimmt der alte Josef den viel größeren jungen Jakob in den Arm, obwohl er kaum an ihm hochkommt, und tröstet ihn. „Wir werden dafür sorgen, dass du wieder so ein bisschen ein Gefühl von Familie bekommst, sieh mal, wir haben alle fast so schwarze Haare wie du, ich früher auch, das kriegen wir schon hin. Ich bin froh, noch mal einen Jungen im Haus zu haben, nicht wahr Söhnchen?", das Söhnchen spricht er wie Sehnchen aus, so, wie der Rabbi die Buben manchmal angeredet hatte. Daran fühlt sich Jakob erinnert. Josef sagt noch: „Übrigens, denk dran, Verwandte sagen Du zueinander, das ist normal, dass du das ja nicht wieder vergisst!"

Nach dem Frühstück trug Jakob das Geschirr in die Küche, dort spülte er nur ein Gedeck, seines reinigte er sorgfältig mit Soda, trocknete es ab und stellte es genauso in den Küchenschrank wie die anderen Teller und Tassen. Nach Josefs Anweisung postierte er dessen Geschirr im Spülstein, legte das benutzte Messer dazu, damit „die Mädels nachher noch was zu tun haben", hatte Josef schmunzelnd gesagt. Damit es nicht auffiel, dass noch einer mit am Tisch gesessen hatte, damit Sophie und Maria nicht fragten, wer das gewesen ist, das hatte Jakob schon verstanden.

Jakob durfte sich noch aus dem Bücherschrank ein Buch raussuchen, damit ihm nicht gar zu langweilig wurde da oben, hatte der Großvater gemeint. Und er solle die aus der zweiten Reihe im Schrank nehmen, die seien zwar unsichtbar, aber wesentlich interessanter. Jakob hatte ein dickes Werk, eingeschlagen in einen blauen Papiereinband mit der Aufschrift *„Die Alpen Deutschlands und ihre Menschen"* herausgezogen und wollte es schon zurückstellen, nachdem er den Titel gelesen hatte. „Eine gute Wahl", hatte Josef ihn gebremst. „Blätter mal rein, das wäre bestimmt was für dich." Jakob folgte Josefs Vorschlag, ließ die Seiten durch seine Finger schnippen, der Anfang des ersten Satzes schon machte ihn neugierig: „Der Knabe war klein, die Berge waren ungeheuer . . ."

Er verließ Josef, ging in „sein" Zimmer, das dicke Buch, ein gut getarnter Roman, unter dem Arm, räumte das wenige auf, das noch herumlag, schüttelte das Kissen auf, schlug die Decke dann zur Seite, legte sich aufs Bett und tauchte ein in eine Welt voller Kämpfe und Intrigen, in die Zeit der Religionskriege, in *„Die Jugend des Königs Henri Quatre"*, in dieses verbotene Werk, geschrieben von dem verbrannten Dichter Heinrich Mann. Verboten, verbrannt, verhöhnt, ausgemerzt –, weil es von Freiheit und vom Kampf um sie handelt.

Berge kamen in dem Buch auch vor.

9

Bekenntnis

Einen ganzen Tag lang konnte sich Arnold nicht um Jakob kümmern. Morgens hatte er seinem Handwerk nachzugehen, er reparierte viel geborstenes Holz, das sonst, in den Friedenszeiten, von Ehemännern wieder zurechtgebastelt worden wäre. Bombardements hatte die kleine Stadt bislang nicht erleben müssen, Beschuss durch Granaten und Gewehrsalven verbreiteten aber regelmäßig Angst und Schrecken unter den derzeit überwiegend weiblichen Bewohnern. So manches Fenster war getroffen worden, hier musste ein neuer Holzrahmen her, dort war ein altes Bett zusammengekracht, als sich die sehr viel wiegende Großmutter der Auftraggeber darauf hatte fallen lassen, als sie ausgerutscht war, „vor Schreck bei dem Knall". Abgebrochene Stuhlbeine ersetzte Arnold, und er schmirgelte die fast fertige Kommode mit den drei großen Schubladen für die Küche in Katrins Haus, dann fehlte nur noch der Lack, und der fehlte dauerhaft. Er wollte seine Schwägerin von Bienenwachs überzeugen, doch sie bestand auf Lack, der sei praktischer.

Arnold kam wie immer zum Mittagessen nach Hause, aß mit Mutter, Schwester und Nichte, hielt sich aber beim Zugreifen zurück: lieber was für Jakob stibitzen und „zurücklegen", vielleicht klappte das.

Ein bisschen zerstreut ist er, als er mit Frieda und Emma am Mittagstisch sitzt. Arnold hat keine Idee, wie er Jakobs Versorgung bewerkstelligen soll, ohne jemanden einzuweihen, der das Kochen besorgt. Obst für den Freund herschaffen, das war kein Problem, das ginge, ohne viel Aufsehen zu erregen. Aber was war mit Milch, Eiern, Kartoffeln, die mussten verarbeitet sein?

Emma beobachtet den Lieblingsonkel, der sonst immer mit ihr rumalbert oder ihr von vielen Dingen erzählt, die sie nicht kennt.

Er hat ihr mitunter auch solche Bücher gegeben, die sie eigentlich nicht lesen darf, weil die Autoren angeblich Verräter des Deutschen Reiches sind, die Geschichte der Familie Buddenbrook hatte Arnolds Nichte ganz gern gelesen, obwohl sie nicht alles verstanden hatte. Auch Klassiker durfte Emma lesen, Goethes *„Die Leiden des jungen Werthers"*, von Leidenschaft erfuhr sie da und von Liebe, die in den Tod führt. Sie fürchtet sich vor solcher Liebe.

„Onkel", sagt das junge Mädchen, „ich muss grad an den Werther denken, weißt du, den hast du mir doch geliehen." Arnold wird aus seinen Überlegungen gerissen, reagiert unwirsch. „Was ist damit?" „Warum hat er sich umgebracht? Er hat doch alles gehabt, er war so jung, warum hat er nicht gewartet, bis er älter war, vielleicht hätte er noch einmal jemanden getroffen, den er genauso hätte liebgewinnen können."

„Dann hätte Goethe wohl kaum einen Roman über ihn geschrieben", der Onkel hat jetzt keinen Kopf dafür. Trotzdem will er Emma nicht dumm dastehen lassen. „Werther ist ein ganz besonderer Mensch, seine Art zu lieben ist selten, er ist besonders empfindsam, sieht keine Zukunft ohne die Geliebte, da will er lieber sterben." Arnold hat sich gefangen, er antwortet in ruhigem Ton, sieht sich, als nun Liebender, befugt, über die Befindlichkeit dieser erfundenen Person und deren literarische vergebliche und unerfüllbare Leidenschaft zu sprechen.

Arnold scheut sich auch, zu viel von Leidenschaft zu reden, das Mädchen ist zu jung. Er will sich keine Blöße geben, sie sollen ihm nicht auf die Spur kommen, die müssen nicht wissen, wem sein eigenes Begehren gilt. Wie gern hätte Arnold von Jakob erzählt, von dessen wohlgeformten Schenkeln, zwischen denen er sich hatte ausruhen dürfen vom ersten Mal, davon, wie der andere ihm durch die Haare gestrubbelt und er selbst ganz stillgehalten hat dabei, damit es bleibt. Das Gefühl, ohne den anderen nicht mehr leben zu wollen, das kennt er jetzt.

Emma lässt ihm diese Erklärung nicht durchgehen. „Dann müssten sich ja alle umbringen, die nicht lieben dürfen, wen sie wollen, hab ich jetzt blöd gesagt, aber du weißt, was ich meine."

Arnold will weg von dem Thema, fühlt sich ertappt, will die Gefühle überspielen, er merkt an dem wachsamen, fragenden Blick seiner Schwester, dass es nicht richtig klappt, so gut kennt sie ihn eben.

„Ach, was verteidige ich denn diesen Werther, er ist eine Romanfigur, die hat der alte Goethe sich ausgedacht. Womöglich wollte er einen eigenen Liebeskummer überwinden damit. Was du jetzt grad gesagt hast, dass die Leute sich einfach jemand anderen suchen, das ist sicher eher die Wirklichkeit. Weißt du, Emma, es gibt in echt nicht viele Leute, die so eine Verliebtheit wirklich mal erleben, meist geht das nach ein paar Jahren verloren. Und dann darfst du eins nicht vergessen: Auch heute gibt's Vorschriften, wer wen lieben darf."

Emma sitzt der Schalk im Nacken, sie freut sich immer an den Kabbeleien mit Arnold, der Onkel ist kein bisschen herrisch, wenn er sie korrigiert. Sie lernt von ihm, wie man einen „Disput" führt, sie hat den Begriff in dem einbändigen *„Brockhaus"* zu Hause nachgeschlagen, ihr Onkel hatte das Wort gebraucht und ihr empfohlen herauszufinden, was es bedeutet. „Wo soll denn heut sonst die Bildung herkommen?" Nun weiß Emma, was ein Disput ist, sie will das Wort gleich anwenden. Mit einem theatralischen Seufzer sagt sie in ihrem Schmeichelton: „Du hast recht, ein wahrhaft unnötiger Disput. Lasst uns von den schönen Dingen reden."

Amalie hat ihre gebildete Tochter nie zuvor so gestelzt reden gehört und ist ein wenig erschrocken, in ihr regt sich die Befürchtung, bald nicht mehr mithalten zu können. Das Kind wird erwachsen. Ob sie dann immer noch mit ihrer alten Mama in der Küche sitzen und Törtchen essen will?

Seit die Tochter in Frankfurt auf die mittlere Reife hin lernt, hat Amalie manchmal Komplexe. Emma, so erscheint es Amalie, ist jetzt bereits gebildeter als ihre Mutter.

*

Als Emma in den Aufbauzug der Eichendorffschule gekommen war, hatte sich ihr eine neue Welt eröffnet. Sie hatte immer davon geträumt, zu den „höheren Töchtern" zu gehören, zu denen, die aufs Gymnasium gingen und etwas lernen durften.

Vor allem Schiller war ihre Welt. Seine Werke rührten etwas an in dem jungen Mädchen, sie fand in den Theaterstücken Wörter und Menschen, die ihren eigenen Weg gingen gegen alle Widerstände, das imponierte Emma ungemein. Sie lernte vollkommen freiwillig Johannas Rede vor dem Scheiterhaufen aus der *„Jungfrau von Orléans"*, in einem ausdrucksstarken Vortrag brachte sie ihrer Mutter den Freiheitsgeist Schiller'scher Dichtung nahe. Amalie war stolz auf ihr Kind, übernahm nur zu gern deren „libertäre" Ansichten.

Es war nicht selbstverständlich gewesen, dass Emma ausgerechnet über „Freiheit" so viel lernte. Der Rektor ihrer Schule war ein überzeugter, jedoch zurückhaltender Nazi.

Ihm schien das Äußerliche, das heißt die Fahnen, die schwülstigen, ins Mikrofon geplärrten Reden des „Führers" in der Kino-*Wochenschau* mehr zu imponieren als alles Politische. Er folgte strikt dem Lehrplan, unterließ jedoch weitgehend nationalsozialistische Propaganda.

Bei ihm hatte Emma glücklicherweise nur Geschichtsunterricht. Wenn er morgens in die Klasse kam, streckte er pflichtgemäß den rechten Arm nach vorn und hielt ihn mit der linken Hand fest, auf diese lächerliche Weise, die aussah, als wolle er sich gleich den Arm abschrauben. Dazu schlug er die Absätze zusammen und brüllte mit verbiestert geradeaus gerichteten Glotzaugen: „Heil, Hitler!", worauf die Klasse diesen unerfreulichen Gruß mit äußerst zurückhaltendem Engagement erwiderte. Emma musste manchmal schwer an sich halten, um nicht loszukichern. Der Unterricht bei ihm war mühsam. Mit glänzenden Augen erzählte er eigentlich weniger von deutscher – geschweige denn anderer Länder – Geschichte als vielmehr von deutscher Zukunft. Eine Nation voller blonder und kräftiger Menschen mit gesunden roten Backen würde über kurz oder lang wieder die Erde beherrschen, wie sie es schon einmal getan hätten. Wann das gewesen war, konnte der Herr Direktor nicht datieren.

Die Rückkehr der außerdem blauäugigen Arier an die Schaltstellen der Macht stehe kurz bevor, hatte er verkündet, doch zunächst mussten Kriege geführt werden, Eroberungskriege, und es mussten Maßnahmen ergriffen werden, um den

Vormarsch der arischen Rasse zügig voranzutreiben, so stand es im Geschichtsbuch.

Als die Klara, selbst glücklicherweise blond, pausbäckig und ein bisschen „fest“, wegen Herumgealbere mit ihrer Banknachbarin gerügt wurde, verteidigte sie sich, sie habe die Hilde nur gefragt, wo die Arier denn herkämen, und die habe gesagt, sie kämen aus Indien.

Der Rektor deklarierte dies als Blödsinn, die Inder seien schließlich Neger oder jedenfalls fast. Also lernte Emma sehr viel über die Germanen, über germanische Frauen vor allem, da sie ja in einem Mädcheninstitut waren. Geschichte bestand fast ausschließlich aus den Heldensagen und Erzählungen über hehre Frauen, die besser taugten, deutsche Überlegenheit zu vermitteln als Fakten.

Doch da war noch Fräulein Halberstadt. Sie lehrte Deutsch, die Mädchen lernten Schillers Dramen kennen, sogar Shakespeare im Englisch-Unterricht. Furchtlos stellte sie sich gegen ihren Vorgesetzten und äußerte gegenüber ihren Schülerinnen immer wieder waghalsige Ansichten, die in Emmas Verstand hängen blieben: „Hoffentlich behalte ich nicht recht“, hatte die verehrte Lehrerin einmal gesagt. „Aber ich bin sicher, der Hitler wird ganz Deutschland in Schutt und Asche legen. Der ist größenwahnsinnig und fanatisch, so was hat noch nie etwas Gutes hervorgebracht. Der will die Weltherrschaft, aber wenn er sich an Russland ranmacht, dann ist das das Ende, daran ist schon Napoleon gescheitert, und der war gewiss intelligenter als unser ‚Führer‘.“

Emma hatte die spöttischen Gänsefüßchen beim Wort „Führer“ mitgekriegt und erzählte zu Hause nur ihrer Mutter von solchen Äußerungen, sie hatte Angst gehabt, ihr Vater würde zum Direktor wegen negativer Beeinflussung seiner Tochter gehen. Emma fürchtete, für den Direx könnte das Anlass genug sein, die Lieblingslehrerin anzuzeigen.

Doch so verwunderlich das war, der Nazi-Freund hielt an seiner Untergebenen fest, denn der Herr Direktor mochte zwar das vermeintlich Erhabene des Nationalsozialismus, den Hitler aber mochte er insgeheim nicht so recht.

*

Was nun folgt, hat niemand am Esstisch erwartet. Arnold steht abrupt von seinem Stuhl auf, der dabei fast umgekippt wäre. Erst da wird er sich bewusst, dass er von Friedas köstlichem Linseneintopf nur wenig gegessen hat, ihm war zu viel im Kopf rumgegeistert, eigentlich hat er sich auch jetzt nicht richtig entschieden, denn das Fass – er selbst – ist schier am Überlaufen: Zu empfindlich ist er wieder einmal, kann das gleichermaßen Wunderbare wie Beängstigende nicht für sich behalten, es muss raus, die am Tisch versammelten Menschen sind seine Familie. Jetzt oder nie, lieber schnell will er das hinter sich bringen, irgendwann muss er sowieso mit der Wahrheit herausrücken.

Er stellt sich ans freie Kopfende des ovalen Esstischs, blickt zuerst Emma an, dann Malchen und seine Mutter. „Ich hab euch was zu sagen, ich fürchte mich davor, weil ich was gemacht hab, was verboten ist." Emma schaut erschrocken, ihr Onkel soll was Schlimmes gemacht haben? Was soll das denn sein?

Arnold sammelt sich und erscheint Emma plötzlich sehr ernst, als er sie ansieht und zu ihr als Erste spricht: „Hab keine Angst, mein Mädchen, ich habe keinen umgebracht, aber unser Führer würde mich umbringen lassen, wenn er das wüsste." Dann richtet er folgenschwere Worte an die Runde: „Wer von euch lieber nichts Bedrohliches wissen und sich nicht in Gefahr begeben will, sollte jetzt besser den Raum verlassen und auch nicht an der Tür lauschen, ich würde es verstehen." Frieda legt die Serviette, die ihren Rock bedeckte, neben den Suppenteller, bleibt aber mit einem entschlossenen Gesicht sitzen. Wo käme sie denn hin, wenn sie ihrem Sohn nicht beistehen würde, bei was auch immer? Amalie guckt geschockt und fürchtet schon um die Bestätigung ihres Verdachts: dass Arnold womöglich die Marie doch nicht heiraten will, aber das wäre eigentlich nicht verboten, sie kann sich keinen Reim drauf machen. Emma sieht sich irritiert zu ihrer Mutter um, anscheinend wird's jetzt richtig ernst.

Alle drei Frauen bleiben sitzen, Frieda Reinelt, die Mutter. Amalie Döpfner, die Schwester. Emma, die Nichte, mit ihren fast fünfzehn Jahren schon bald eine Frau.

„Ich erzähle euch jetzt, was seit gestern Morgen passiert ist, was mein Leben verändert hat, was eures auch umkrempeln wird, wenn ihr euch dafür entscheidet, mir zu helfen. Ich kann nichts anderes tun als euch um Verzeihung zu bitten und um Unterstützung beim Durchführen, um eure Liebe und eure Vergebung. Oder wenigstens um eure Verschwiegenheit. Ich konnte nicht anders, glaubt mir. Aber ihr habt natürlich trotzdem die Wahl. Und mich in der Hand mit dem Wissen."

Niemand hatte den Raum verlassen, alle schwankten zwischen Neugier und aufsteigender Furcht. Was soll das? Dann berichtete Arnold von dem Mann in Großvaters Dachzimmer, wie der gestern mit sehnsüchtigem Blick in die Werkstatt geschaut hatte, ob da vielleicht eine helfende Hand, ein guter Mensch anzutreffen wäre. Wie Arnold Mitleid empfunden hatte, ihm Brot, Butter und Salz serviert hatte, weil der Bittsteller nichts außer den Kleidern am Leib dabeihatte, ausgebombt sei er, die Familie ums Leben gekommen. Der Jakob, so heiße er, sei auf der Flucht, doch davon später. Er berichtete, wie Arnold den Großvater überzeugt hatte, Jakob im Dachstübchen wohnen zu lassen, ihn dort zu verstecken, und wie Marie sofort bereit gewesen war, ihm zu helfen, sie sei einfach die Beste. „Jakob ist Jude, wisst ihr, das darf einer ja nicht sein in unseren ‚heroischen‘ Zeiten. Nun kennt ihr auch den Grund, warum er auf der Flucht ist, und vor wem, dürfte euch auch klar sein."
Er erwähnte nicht, dass er den Mann begehrte, ihn nie mehr loslassen, ihn lieben wollte.

Amalie hat sich als Erste wieder im Griff, löst sich aus dem Schock, Marie will er also nicht verlassen, das ist schon mal gut, das wäre auch zu schade, so eine nette Braut.
Arnolds Schwester ist insgeheim schon lang gegen die Nazis, die haben gute Bekannte und sogar ihre Freundin Margarete, die nette Frau Zylla, für Malchen die Gretel, bedroht und wer weiß wohin gebracht.
Amalie musste daran denken, wie sie selbst vor ein paar Monaten total verstört nach Hause gekommen war. Sie hatte erfahren,

dass ihre Freundin in eins der Lager gebracht worden war, die Ärmste hatte sich nicht mal verabschieden können und musste die Tochter allein zurücklassen.

Zuletzt hatten Gretel und ihre Tochter Erika zu zweit im Haus an der Ecke zur Schloßborner Straße gewohnt. Die beiden Frauen, Gretel und Amalie, waren etwa zur gleichen Zeit mit ihren Männern in dieselbe Straße gezogen, hatten sich beim Kinderwagenschieben kennengelernt und angefreundet, nannten sich beim Vornamen.

Jahre später hatte Gretels Mann eine Zeit lang häufig Besuch von Staatsbeamten bekommen, eines Tages kam er nicht mehr zurück von der Wache. Gretel wollte nicht darüber reden, aber Amalie hatte sie mal erzählt, dass ihr Mann, der Rudolph, eine jüdische Mutter gehabt hatte, sie war bei der zweiten Geburt nicht mehr vom Kindbett aufgestanden, der Säugling, ein kleiner Junge, starb ebenfalls. „Wer weiß, was ihr alles erspart geblieben ist", hatte Gretel gesagt.

Erst nach der Hochzeit hatte die „rassisch reine" Margarete erfahren, dass ihr geliebter Rudolph zu den sogenannten „Halbjuden" gerechnet wurde.

Sie hatte gehofft, dass ihr Mann wieder nach Hause käme, er hatte sich nichts zuschulden kommen lassen. Vielleicht war es nur vorübergehend, sie fragte nach, erhielt aber nur die Antwort: „Ihr Mann ist Jude, was fragen Sie da noch?" Schwach nur konnte Gretel protestieren: „Aber er ist doch nur Halbjude, und seine Mutter ist tot." Er hatte auch das verbergen wollen, nur seine Frau hatte es gewusst. Das hatten sie zumindest geglaubt. Heimgekommen ist Gretels Mann nie mehr.

Emma hatte als kleines Mädchen oft mit Erika gespielt, und auch jetzt hätte sie sie jederzeit als ihre Freundin bezeichnet.

„Stellt euch vor, die Mutter von Erika ist weggebracht worden", hatte Amalie an diesem Tag ganz verzagt gesagt. Emma wollte wissen, warum und von wem und wohin. Da musste Amalie berichten, dass Erikas Mutter nun auch als Halbjüdin eingestuft worden und jetzt in einem KZ war, in welchem wusste Amalie nicht, aber bestimmt war es eins, das nicht so schlimm war. Amalie war gegen die KZs, von denen man offiziell nichts wusste, aber es waren inzwischen einfach zu viele, als dass man sie hätte verbergen können.

Sie fand es abscheulich, dass man da ganz normale Leute einsperrte, nur weil sie Juden waren. Angeblich wurden die Menschen dort umgebracht, konnte – oder wollte – es nicht glauben, das Volk der Dichter und Denker, war es wirklich zu so etwas fähig? Aber damals hatte Amalie bereits ein ganz ungutes Gefühl gehabt.

Die Ahnung von Tod, von Gewalt und Düsternis grub sich in Amalies Herz, ihre Gebete in der Maria-Hilf-Kirche wurden nicht erhört, Emmas Mutter hatte Angst, nur Angst, und wünschte sich doch, so viel Mut zu haben, sich vor die Leute zu stellen, die in der Nacht aus den Betten gezerrt wurden, die mitmussten aufs Büro der Gestapo, der alte Buchhalter von nebenan, der zum Kämpfen nicht taugte, war wieder rausgekommen. „Die hatten mich mit jemandem verwechselt", sagte er, als er Amalie auf ihre Frage, was denn los gewesen sei, antwortete. Und noch einmal, ganz eindringlich hat er geguckt. „Das war eine Verwechslung, hören Sie."

Die Nachbarin hatte den durchdringenden Blick in einer Ecke ihres Seelenverstands verstanden, der Mann hatte sie gewarnt, er hatte sie anscheinend für eine Jüdin gehalten mit ihrem schwarzen Zopf. Als Erikas Mutter fortmusste, dachten eigentlich alle Leute in der Nachbarschaft, dass sie wiederkäme, man habe gehört, es gäbe auch Lager, in denen die Leute nur ein paar Wochen umsonst Arbeitsdienst leisten mussten, man würde ihnen sicher nichts tun.

Amalie ging in die Maria-Hilf-Kirche und betete für ihre „halb jüdische" Freundin, die Gedanken sind frei, sagte sie sich. „In meinen Kopf darf mir keiner gucken", hatte sie zu Emma gesagt. Die Gebete wurden ausnahmsweise mal erhört. Frau Zylla kam tatsächlich nach einem halben Jahr wieder. Sie war verstummt, sprach überhaupt nicht über die Zeit im Lager, sie wiederholte immer nur, wie dankbar sie sei, dass sie wieder bei ihrem Kind sein durfte.

Das KZ blieb die lebenslange Wunde, sie heilte niemals richtig, auch wenn Gretel nie wieder daran kratzte.

Amalie spürt einen heftigen Impuls in sich anschwellen. So kann es nicht weitergehen, immer nur beten, das reicht nicht. Das macht die Angst nicht weg. Zu viel hat Arnolds Schwester gehört und gesehen, davor kann sie die Augen nicht länger verschließen.

Allein die Lkws, die sie gesehen hat! Mit Menschen darauf, einige gekleidet im Sonntagsstaat. Die hatte Amalie in Frankfurt aus gebührendem Abstand beobachtet, sie hat sich nicht näher rangetraut: normale Leute, die aus den Häusern geführt worden waren. Amalie hatte ihr Mitleid nicht zeigen dürfen, die Würde der Männer, Frauen und Kinder bewundert, mit der sie ihrem Untergang entgegengeschritten sind, einander stützend und helfend beim Besteigen des Lastwagens. Amalie muss daran denken, dass sie sehr genau gespürt hatte, was mit den Menschen geschehen würde. Am liebsten wäre sie hinterhergelaufen und hätte die armen Leute da wieder runtergeholt, aber was hätte sie denn machen können, die hätten sie gleich mit auf den Wagen gesetzt.

Als die Erinnerung daran Amalie fest im Griff hat und die schier unbändige Wut über das Geschehen damals in ihr nicht zur Ruhe kommt, spürt sie es: Der Zorn macht sie mutig.

Amalie kehrt wieder in die Gegenwart zurück, an den Tisch mit den Verwandten, zur Mutter, zu dem hilfsbereiten Bruder mit dem guten Herzen. Ihre Entscheidung ist klar und eindeutig, sie steht auf und verkündet: „Meine Unterstützung hast du, Arnold, ich kann diese furchtbaren und gewalttätigen Männer sowieso nicht mehr aushalten, die ja nicht nur die Juden umbringen, ohne mit der Wimper zu zucken, auch andere müssen sterben. Die Juden sind Menschen wie wir. Ich hab auch genug vom Angsthaben, vom Duckmäusern und vom Heimlichtun. Meinst du, ich will den Rest meines Lebens daheim hocken und so tun, als würd ich nicht merken, dass das alles längst den Bach runtergeht in unserem ach so überlegenen Volk? Ich würd gern mit dir zusammen überlegen, wie wir den armen Jungen durchbringen, wir brauchen einen Plan."

Amalie setzt sich wieder hin und ist seit langer Zeit zum ersten Mal wieder stolz auf sich selbst, das passiert ihr auch nicht alle Tage.

Emma schmiegt sich an ihre Mutter, das Mädchen sieht sie auf einmal mit anderen Augen. Dass die Frau, die noch immer gelegentlich mit ihr in der Küche ein Törtchen teilt, die ihr hilft beim Auswendiglernen, die für alle sorgt und kocht und putzt und wäscht, die am Sonntag in die Kirche geht und heimlich für die Juden betet, die immer freundlich und umsichtig handelt, für alle ein gutes Wort hat – wo hat die nur auf einmal den Mut her? Emmas Bruder Heinz hatte seine Mutter mal so beschrieben: „Unsere Mama ist nicht nur gut zu uns und zum Vater, die ist vor allem klar im Kopf, die weiß, was richtig, was recht ist, da muss die nicht überlegen, so ist die einfach von selbst." Vielleicht beruht Mamas tapfere Entscheidung wirklich darauf, dass ihre Mutter ganz sicher weiß, was sich gehört, was moralisch und menschlich richtig ist.

Auch Emma will ihrem Onkel helfen, das ist keine Frage, doch sie hat gleichzeitig heillose Angst davor, dass sie erwischt werden könnten, so jung ist sie nun auch nicht mehr, als dass sie die Anzeichen von Gefahr nicht zu deuten wüsste. Wer weiß, wen die Polizisten noch alles irgendwo einsperren. „Ich helf dir auch, Onkel, ich versprech's, nicht bös sein, bitte, aber ehrlich gesagt, ich hab auch ganz schön Schiss."

Frieda hat schon immer zu allem Ja gesagt, was ihr schöner jüngster Sohn ihr angetragen hatte, zum Beispiel die Idee mit der Werkstatt, da hatte er den Weinberg, den Weinkeller und seine Schildchenmalerei und halst sich auch noch eine Schreinerei auf, nun ja, heutzutage war das gar nicht so schlecht, er musste ja auch was verdienen, schließlich hätte er eh nicht zum Militär gekonnt mit dem Fuß. Weil sie es immer so gemacht hat, sagt sie auch heute wieder: „Was soll ich denn schon anderes machen, natürlich helf ich meinem Sohn, aber ich weiß nicht, wie's wird, wenn der Otto wieder da ist, du weißt, der ist für den Hitler. Ihr zwei könnt nicht von mir verlangen, dass ich mich gegen ein anderes meiner Kinder stelle."

Das ganze Ausmaß des tollkühnen Unterfangens ist bei allen noch nicht eingesickert, Arnolds Mutter verdrängt das nebulöse Böse, das ihre Familie bedroht. Sie kann sich die reale Gefahr nicht richtig vorstellen. Sie hat schon mal was gehört vom Gefangenenlager auf der Wegscheide, nur ein paar Kilometer weg von Orb, in dem die Wehrmacht Kriegsgefangene, vor allem russische, wie Tiere halten soll. Sie hat nichts davon mit eigenen Augen gesehen, auch nicht, wie man Juden abtransportiert.

Frieda ist eine gute Frau, sie hilft gern, wenn sie um Unterstützung gefragt wird, aber sie kann sich das ganze Politische wirklich gar nicht zusammenreimen: Was haben die Herren ihres eigenen Heimatlandes davon, neben dem Krieg – in dem ihr Sohn, der Otto, im Kampf um sein Leben fürchten muss – auch noch innerhalb von Deutschland einen zweiten Krieg zu führen gegen manche Menschen, die sich ein bisschen von den Durchschnittsbürgern unterscheiden, und gegen die Juden? Angeblich ließen sie sogar deren Kinder töten und auch kleine Jungen und Mädchen, die geistig oder körperlich nicht so wie andere Kinder sind. Warum das Ganze? Ihr Lebtag hat Frieda nichts davon gewusst, dass sie eine Arierin ist. Erst seit dem Ariernachweis, den sie von der Gemeinde hatte erstellen lassen müssen, weiß sie das. Und? Was war jetzt anders an ihr?

Sie erinnert sich auch nur ungern an die lauten, schreckenerregenden Geräusche, die vom Beschuss durch kleinere Flugzeuge kamen, vom Geratter der Gewehrsalven, dem Dröhnen früher am alten Bombenabwurfplatz in der Nähe von Bad Orb.

Frieda macht sich Sorgen, das Sich-Sorgen-Machen entlastet sie irgendwie, sie weiß selbst nicht, warum. Das alles darf vorerst unscharf bleiben. Frieda schmiedet lieber Pläne für den nächsten Schritt. „Eins nach dem anderen", das sagt sie gern. Arnold mahnt genauso gern zur Vorausschau, das könnte ihnen manches ersparen.

Jetzt geht Frieda erst mal die Küche aufräumen. Mal gucken, was man dem geheimen Gast zum Nachtmahl auf die Seite schaffen kann.

10

Luft anhalten, tarnen, täuschen

Maria und Sophie wundern sich über den ziemlich schweren Suppentopf, den sie heute bei Frieda abholen sollen, normalerweise bringen sie dem Opa mittags nur das Essen, das die Katrin, ihre Mutter, für ihn mitgekocht hat. Zur Nacht, wenn sie ihn „bettfein" machen, haben sie meist Dickmilch, Brot und, wenn vorhanden, auch mal Käse oder ein Stückchen Schinken, ein hart gekochtes Ei für ihn dabei. Heute hatten sie mittags Arnold vorm Haus getroffen, und der hatte die zwei gebeten, noch von dem Linseneintopf mit zum Nachbarhaus zu nehmen, Frieda hätte viel zu viel gekocht, da müssten sie ja tagelang davon essen. Der Großvater hätte dann ja was für abends, das wär doch ganz praktisch für sie, oder? Katrin bräuchte dann auch nichts dazulegen am Abend, und sie kämen ja ohnehin am Haus der Reinelts vorbei.

Also schleppen sie, jeder einen der beiden Henkel in der freien Hand, den nach dem Mittagessen noch immer gewichtigen Pott in der Mitte zwischen sich, die wenigen Meter zu Großvaters Haus hinüber. Für den ist es heute der zweite Gang, das Nachtessen.

Zufällig kommt Herr Müller vorbei, lächelt den Schwestern aufmunternd zu. „Ich wollte, ich hätte auch zwei so hübsche und tüchtige Mädchen, die mir jeden Tag was kochen. Vielleicht macht ihr das ja mal, wenn ich so alt bin wie euer Großpapa, der hat ja wohl ordentlich Hunger heute, was?" Maria und Sophie nicken freundlich zurück: „Beim Onkel und der Oma Frieda hatten sie reichlich was übrig, die Oma hat sich total vertan mit den getrockneten Linsen, dass die vom Kochen gleich so viel größer werden, daran hat sie scheint's nicht gedacht. Aber der Großvater mag so eine Linsensuppe für sein Leben gern, grad wenn sie aufgewärmt ist, auch zum Abendbrot."

Und gleich sind sie hinter der Eichentür des Hauseingangs verschwunden, die immer von selbst zuschlägt. Dadurch ist Herrn Müller der Blick ins Innere von Josefs Haus verschlossen geblieben, zu schade, nun drückt er sich unschlüssig noch einen Augenblick vor den drei Stufen zum Eingang herum. Er lauscht auf unbekannte Stimmen im Haus, er kann nichts verstehen, nichts Ungewöhnliches hören, nur das Gezwitscher der jungen Dinger und das Gebrummel des alten Mannes, er erkennt keine Worte, nur die Stimmen.

Herr Müller ist misstrauisch, er wüsste zu gern, warum vorhin in der Schreinerei die Vorhänge wieder geschlossen waren und dann noch mal am späten Nachmittag, als Herr Müller wie zufällig vorbeigeschlendert war. Kurz darauf wurde mal gelüftet, da war Herr Müller schon an dem alten Schuppen vorbei gewesen, trotzdem hat er verstohlen versucht, einen Blick zu erhaschen. Keine Chance, es war nichts zu sehen gewesen.

Aber er wird erst mal den Mund halten und den Arnold nicht ausfragen, schon gar nicht seine Verwandten, was würden die denn sonst von ihm denken, die schlimmsten Verdächtigungen hätte er zu fürchten. Vermutlich bastelt der Bruder seines besten Freundes Otto – der nun schon eine ganz schön lange Zeit in Russland oder weiß der Henker, wo sonst, unauffindbar ist – an einer Überraschung für seine Liebste. Das ist am ehesten wahrscheinlich, sicher baut der Arnold schon mal an den Möbeln für das künftige traute Heim.

Doch daran kann Herr Müller irgendwie nicht recht glauben. Da ist was im Busch! Der Schreiner ist ja sehr nett und auch nicht gerade auffällig, aber, wenn er es recht überlegt, außer am Sonntag, wenn er mit seiner Verlobten im Café bei ihm sitzt, hat er nur wenig mit ihm gesprochen. Herr Müller weiß eigentlich gar nichts über den Mann, obwohl er mit dem Otto viel zusammen gemacht hat, bevor der an die Front musste. Karten hatten sie gespielt und auch zusammen ab und zu bei Reparaturen, beim Heben und Bewegen schwerer Sachen einander geholfen, aber auch mal beim Badespaß im Sommer am Teich den Tag verbracht.

Schließlich macht Herr Müller auf dem Absatz kehrt und lenkt seine Schritte in Richtung der Schreinerwerkstatt. Mal sehen, ob die Vorhänge schon wieder zu sind.

Im Haus unterm Dach, in dem Zimmerchen mit den Streublumengardinen halten drei junge Menschen derweil die Luft an. Obwohl durch die geschlossenen dicken Vorhänge von außen nichts zu sehen ist, trauen sie sich kaum, sich zu rühren, ein verirrter Lichtstrahl von der einzigen brennenden Kerze, wäre es möglich, dass er einen Schattenumriss zum Fenster hinlenkt? Marie steht der Dachluke am nächsten, hält sich aber für unsichtbar. Sich dessen sicher sein? Keine Spur. Der schöne Jakob hat sich, seinem Flüchtlingsinstinkt folgend, sofort flach auf den Boden gelegt. Von dort unten blickt er fragend zu den zwei anderen. Arnold hat sich rücklings aufs Bett fallen lassen, mit seinem behinderten Fuß kann er nicht einfach in die Hocke gehen, jedenfalls nicht schnell genug.

Eben noch sind sie hurtig nach oben gerannt, als sie die Stimmen der Mädchen draußen gehört hatten.

Am Morgen waren Marie und Arnold auf verschiedenen Wegen zum Großvater gekommen. Marie hatte sich schon ganz früh, kaum dass die Sonne über den Horizont geklettert war, gewaschen und gekämmt, mit leichtem Klopfen ein wenig Rouge auf die Wangen gezaubert. Zu halbwegs christlicher Zeit hat sie sich auf den Weg zu ihm gemacht. Sie hatte einen ausgiebigen Umweg über Wiesen und Felder gewählt, damit einer, falls schon jemand unterwegs war, etwas von Zweigen und Blumen für einen Strauß weiterzutratschen hat.

Marie wollte schon mal anfangen mit der Jakob-Geschichte, zuerst mit dem Großvater, den sie seit gestern duzen darf und den sie ab jetzt nur noch Josef nennt. Sie hatte unterwegs ein bisschen getrödelt, bis sie sicher sein konnte, dass Josef aufgestanden war, sich angezogen, gekämmt und versorgt hatte. Arnold würde sie heute Morgen vermutlich nicht sehen, erst am Nachmittag will er zu der Verschwörergruppe stoßen.

Arnold war dann doch kurz vor Marie überraschend bei Josef eingetroffen, hatte aber nur schnell vorbeischauen wollen auf dem Weg zur Werkstatt, achtsam war er unterwegs gewesen, hatte sich immer wieder umgeschaut, dass er nur ja niemandem begegnete. Aber es hat ihn so sehr gedrängt, seinen Freund noch schnell an sich zu ziehen, seine Lippen auf den geliebten Mund zu pressen, ihm zu zeigen, wie sehr er ihn begehrte. Er musste ihn einfach sehen, bevor der Tag losging.

Der Großvater war im Flur auf Arnold gestoßen, er hatte sich im Sitzen angekleidet. Auf seinen Stock gestützt, war er auf dem mühseligen Weg in die Küche für ein Glas Wasser. Er hatte Durst.

„Geh nur hoch zu deinem neuen Freund, ich hab bis jetzt nichts von ihm gehört, vielleicht schläft er noch, kann man ihm nicht verdenken. Du darfst ihn sicher wecken. Ich komm schon zurecht", hatte er Arnold gleich weitergeschickt, der ihn an dem freien Arm stützen wollte. „Ich sag nur guten Morgen und mach dir nachher deinen Kaffee, genauer gesagt, deinen Muckefuck", sagte Arnold, ehe er die Treppe hochrannte.

Arnold hat angeklopft, aber gleich die Tür geöffnet, als er oben ist. Jakob schlägt die Bettdecke zur Seite, nur seinen Schlüpfer hat er in der Nacht angehabt. Er streckt Arnold beide Arme entgegen, nachdem er den Finger zum Psst-Zeichen vor die Lippen gelegt hatte. Ohne ein Wort zu sagen, entledigt sich Arnold schnell seiner Kleidung, schlüpft für ein paar gestohlene Momente zu Jakob unter die Decke, der Kuss, die Umarmung, die Muskeln, die Pobacken, der straffe Bauch, die starken Schreinerarme . . .

Es ist hastig und schnell und leidenschaftlich gegangen, sie liegen, einander im Arm haltend, noch zwei, drei Minuten im Bett. Dann springt Arnold aus den Laken, kleidet sich ebenso fieberhaft an, wie er vorhin Hemd und Hose abgeworfen hat, und zieht die Leder-Hosenträger hoch. Er eilt zum Bett zurück, gibt Jakob einen Schmatzer auf den Nacken und sagt: „Ich muss los, kann auch erst am späten Nachmittag wieder hier sein. Marie kommt sicher früher als ich, macht euch schon mal Gedanken, wie wir deine Anwesenheit erklären können, dann darfst du auch bald wieder vor die Tür. Vorläufig müssen wir uns eine wirklich gute Geschichte ausdenken. Meine Schwester macht sogar auch mit. Da staunst du, was?" Jakob nickt: „Ich hab schon eine Idee, aber nun hau ab!"

Die letzten Worte hat er Arnold nur halb scherzhaft mit auf den Weg gegeben. Nun sind es schon mehr als drei Menschen, die von ihm wissen. Warum muss sein Hübscher auch gleich alles rumerzählen. Nun, alles wird Arnold gewiss nicht erzählen, aber trotzdem ist das nicht ungefährlich. Er selbst kennt die Leute ja nicht mal, was, wenn Arnolds Mutter und seine Schwester ganz anders sind als der Schreiner, eher so wie der Nazi-Bruder? Oder wenn sie schlicht zu ängstlich sind, um sich auf die Seite eines Juden zu stellen, da müssen sie von der anderen Gefahrenquelle gar nichts wissen, das reicht doch.

Er muss Arnold unbedingt klarmachen, dass er zurückhaltender sein soll, sonst muss er ihn verlassen, trotz allem. Jakob spürt, nachdem er wieder zu Kräften gekommen ist – dank des geklauten Essens, dank des warmen Federbetts, des gesunden Schlafs, dank der Ruhepause und der Momente der Lust –, wie der Überlebenswille erstarkt. Er muss es schaffen, schon allein um seiner verlorenen Eltern und Geschwister willen.

*

Um halb acht abends waren sie zu dritt in der geheimen Kammer zusammengetroffen, und sie haben sich nach den Schreckminuten wieder gefangen. Marie linst durch die Gardinen. Herr Müller ist nirgends zu sehen, er scheint endlich auf dem Heimweg zu sein.

Marie wendet sich zu Arnold: „Sag mal, wieso haben wir eigentlich so eine Angst vor dem Bäcker? Zugegeben, er hat was Duckmäuserisches, so ganz trau ich ihm ja auch nicht über den Weg, aber haben wir wirklich Beweise, dass er die jüdische Familie an der Ecke tatsächlich verpetzt hat? Vielleicht tun wir ihm Unrecht, wär doch möglich, dass wir uns ganz unnötig Gedanken machen. Ich glaub, ich will es mal unvoreingenommen probieren mit ihm, je mehr mir das gelingt, desto größer die Chance, dass er einem vertraut und dass er sich, sofern was dran ist an eurem Verdacht, mal verplappert."

Arnold schüttelt ernst den Kopf. „Ich weiß nicht, ob das hinhaut. Einer wie der Müller, der freut sich doch, wenn er für seine bevorzugte Freizeitbeschäftigung auch noch Geld kriegt. Und rat mal, was der am liebsten macht! Anderen hinterherspionieren, der ist ja auch ganz dicke mit meinem Bruder gewesen, bevor der in den Krieg musste."

Jakob wird unruhig, misstrauisch schaut er zu seinem Geliebten, der sich seiner Sache so sicher ist. Das kann er von sich selbst nicht behaupten.

Jakob zuckt noch immer zusammen, wenn irgendetwas – und seien es auch nur ein paar Worte, eine Meinung – näherkommt, etwas, von dem er spürt, dass es ihn nicht haben will, etwas, das nicht will, dass er am Leben, an diesem Ort, zu dieser Zeit ist. Nachts hat er oft ganz dunkle Momente, da hat er sogar schon einmal gebetet, obwohl er den Gott der Juden längst vergessen glaubt: Lieber Gott, warum hast Du mich nicht gleich, nachdem ich auf der Welt war, geholt, als ich noch nicht wusste, dass es mich gibt, da hätte ich es gar nicht gemerkt, wenn sie mich gleich erwürgt hätten. Jetzt, wo ich auf Deiner Welt bin, spreche, esse, schlafe, zittere vor Angst, da will ich bleiben, aber sie wollen, dass es mich nicht gibt.

Es geht ja auch schon lange nicht mehr um die Religion, ums reine Blut kämpfen sie angeblich, die Mörder seiner Familie.

„Was ist mit deinem Bruder? Ist er ein Getreuer der Braunen?" Arnold schämt sich für Otto, aber er müsste lügen, wenn er was anderes behaupten würde: Sein Bruder ist ein glühender Hitler-Verehrer, er hat begeisert Fahnen geschwungen, ist wie ein aufgetakelter Hagestolz in seiner Uniform herumstolziert und hat gelegentlich die Hacken zusammengeschlagen, dass es nur so knallte. Arnold verschweigt das nicht, als Jakob ihn nach Otto fragt. Auch nicht, dass der Bruder sogar so weit gegangen ist, sich für den Russlandfeldzug freiwillig zu melden. Er hatte außerdem scheinbar ungerührt zugeschaut, wenn am Bahnhof Kriegsgefangene für das Lager StaLag IX-B „angeliefert" wurden, so hatte er es genannt, obgleich er wusste, dass dort manche von ihnen gequält und vielleicht verhungern würden. Dass es ihm gelang, die zerzausten, gedemütigten und zum Teil kranken Männer einfach unter dem Wort „Feind" zusammenzufassen, erleichterte die Abgrenzung von den Menschen, die sie in Wirklichkeit waren. Otto hatte nie darüber nachgedacht, dass die verhärmten Gestalten unter ihrer dünnen Sträflingskleidung genauso aussahen wie er selbst, rasiert, gekämmt und in normaler Kleidung wären sie von einem „guten" Deutschen nicht zu unterscheiden.

Als der Krieg so richtig begonnen hatte, war Otto gleich bei den Ersten gewesen, die eingezogen wurden, so groß und stark, wie er war. Dann hatte er „Hier" geschrien, als sie die Soldaten für die Armee an der Ostfront gegen den am meisten gefürchteten Feind aufstellten. Der Russlandfeldzug war für alle Soldaten mit Todesangst besetzt.

Frieda war in Tränen ausgebrochen: „Bist du verrückt geworden, dich dafür freiwillig zu melden? Denk nur an Napoleon. Und dann die Kälte dort, mein Gott. Was soll das nur werden!"

Der Otto war seit einem halben Jahr nicht mehr zu verorten.

Katrin, seine Frau, Josefs Tochter, lebt allein mit Maria und Sophie in dem großen Haus neben dem kleineren des Großvaters. Sie fühlt sich inzwischen mitunter sehr einsam, obwohl sie die Unabhängigkeit zu schätzen gelernt hat.

Dem unabhängigen Denken hat sie es zu verdanken, dass sie seit einiger Zeit nichts mehr von den Nazis wissen will, die hatten ihr den Mann wahrscheinlich umgebracht und den Krieg würden sie auch verlieren, zu der Überzeugung ist Katrin gekommen. Weiß der Teufel, was die Amerikaner oder irgendwelche anderen Sieger dann mit den Deutschen machen werden.

Katrin trauert um ihren Mann, sie hat wenig Hoffnung, ihn lebend wiederzusehen. Es war viel Leidenschaft zwischen ihnen gewesen, die Mädchen das Ergebnis höchster Lust und echter Liebe. An ein Leben ohne ihn mag sie nicht denken, doch sie wird von Tag zu Tag verzagter.

Katrin ist tüchtig, baut ihr Gemüse selbst an, und die Hühner in ihrem Garten legen viele Eier, da wär sie schön dumm, wenn sie die schlachten würde. Die Eier tauscht sie mal gegen Schinken, mal gibt sie das wenige Geld aus dem Verkauf für Brot aus.

Sie kommen schon über die Runden. Doch oft verbreitet sie mit ihren Ansichten von Verlust, Tod und Niederlage auch reichlich Angst und Schrecken in der Familie. Weil alle fürchten, dass Katrin recht hat. Weil sie alle Angst um ihr Leben haben.

„Ich weiß nicht, was ich der Katrin wünschen soll, sie kommt allein ganz gut zurecht, und sie ist sehr viel reifer geworden, vielleicht ist sie auch nur traurig, ich weiß es nicht." Damit schloss Arnold die Schilderung der Familie seines Bruders.

Als Arnold so ehrlich über Otto sprach, dass sein Bruder Frau und Kinder für seinen Glauben an Führer und Vaterland verlassen hat, da hat Jakob sich wieder gefangen. „Lasst uns an meiner Geschichte arbeiten. Vielleicht ist ja bald alles vorbei, ich glaub nicht, dass das Böse auf Dauer überlebt. So viel Zuversicht muss ich mir und uns einfach gönnen."

Er redet sich selbst gut zu, auch wenn er sein Leben schier nicht mehr aushält.

*

„Wie wär's denn damit: Jemand bastelt mir eine Augenklappe, und ich tu dann so, als wär ich auf einem Auge blind. Ich könnte dann nicht mehr treffen beim Schießen, weil ich nichts mehr räumlich sehen kann. Deshalb: ab an die Heimatfront, als Erntehelfer oder so."

Die beiden anderen überlegen. Marie fällt die Geschichte ein, die sie bei der Milchfrau zwei Kundinnen abgelauscht hatte: Eine hatte erzählt, dass sie Nachricht von der Verleihung eines Tapferkeitsabzeichens an ihren Sohn bekommen habe, der irgendwo in Ostpreußen im Lazarett liege und die Augen verbunden habe. Ihre Gesprächspartnerin wusste zu berichten, dass der Sohn einer Freundin ein solches Abzeichen in Silber bekommen hat, als feindliche Soldaten ihrem Jungen ein Auge weggeschossen haben. Die Mutter, die gerade noch so stolz auf ihr Kind und auf dessen soldatische Auszeichnung gewesen war, hatte nicht gleich antworten können, so sehr hatte es sie geschüttelt vom Tränenbach: „Dann ist meiner, der Hannes, blind, er hat das goldene Verwundetenabzeichen bekommen, dann wird er mich nie mehr anschauen können." Marie hatte ihr Mitgefühl ausgedrückt und versucht, die unbekannte Frau zu trösten: „Aber dann kommt Ihr Sohn bald heim, dann lebt er doch, vielleicht wird das ja wieder mit seinen Augen." Die Frau hatte Marie dankbar angesehen, ja, ja, vielleicht wird das wieder . . .

Arnold greift nach Maries Hand. Sie ist über ihrer Erzählung ganz traurig geworden. Arnold sagt: „Diesen Sohn, Hannes, den hab ich, glaub ich, vom Sehen gekannt, er hat mir gefallen, er war oder ist ein sehr freundlicher und ansehnlicher junger Mann. Hoffentlich lebt er noch und kann sich irgendwann wieder darüber freuen." Arnold und Jakob sehen sich vielsagend an. Sie kehren zurück zu Jakobs Vita.

„Wir müssen bedenken, dass ein Halbblinder noch als Funker oder am Telefon den Kriegsdienst verrichten könnte, das haben wir vergessen", Arnold hat Bedenken. Damit lenkt er die anderen ab vom Unglück der anderen Frau, der Fremden.

Marie ist nun auch wieder dabei. „Wie wäre es mit einer Verletzung an einer Gliedmaße? Heilt die zu schnell? Wir können dir ja nicht den Arm abtrennen. Nein, das geht nicht, es muss was Unsichtbares sein." Jakob sagt mit einem sarkastischen Unterton: „Blödheit, Hirnschaden, das geht auch nicht, weil ich damit vielleicht nicht ins KZ, aber mit Sicherheit in so eine Klinik käme, die man auch nicht lebend verlässt. Bleibt also nur noch Taubheit, vielleicht reicht auch Schwerhörigkeit, das kenn ich zumindest ein bisschen von dem Knall in Frankfurt, da hab ich ein paar Tage nicht richtig gehört und hatte so ein Pfeifen in den Ohren. Ich muss dann halt sehr aufpassen, dass ich mich nicht verrate." Er überlegt. „So ein Abzeichen wär auch hilfreich", fügt er hinzu.

Sie beratschlagen, wie sich schlechtes Hören äußert, zum Beispiel muss Jakob lernen nachzufragen, nicht gleich zu antworten, darum zu bitten, etwas noch mal zu wiederholen, dass einer fast brüllen muss, so laut. Bei einem Knall, egal, woher er kommt, muss er blitzschnell reagieren: Er darf auf keinen Fall zeigen, dass er erschrickt. Obwohl, das könnte man mit einem Trauma erklären, so in die Richtung, dass er ein bisschen zuckt, weil ihn das leise Ploppen, das gerade an die Ohren geklopft hat, an die Explosion in einem Frankfurter Haus erinnert, in dem ein Gasherd eine Wohnung in die Luft gejagt hatte. Jakob war dort zufällig über die Straße gegangen, auf einen Schlag hatte er alles nur noch von sehr weit weg gehört. Aber wer in Bad Orb wüsste schon, was ein Trauma ist?

Arnold ist ein Praktiker, überlegt, wie Jakob seine Rolle erarbeiten kann. „Wie sollen wir das denn üben? Erstens haben wir keine Waffe, und zweitens müssten wir damit irgendwohin, wo uns niemand hört. Das ist gar nicht so einfach." Marie überlegt hin und her, Arnold schlägt vor, es in der Werkstatt mit harten Hammerschlägen auf was Metallenes zu versuchen. „Das kracht ordentlich", sagt er. „Und natürlich die normale Kriegsschießerei, es ist ja auch hier nicht immer so ruhig wie gerade heute und gestern." Marie nickt, ja, das müsste gehen. „Aber das ist nicht mal das Schlimmste, vielleicht passiert so was gar nicht. Viel wichtiger ist, dass du dich nicht gleich rumdrehst, wenn von hinten einer ruft, ‚He, was machen Sie da?' oder auch nur ‚Hallo!', da darfst du nicht reagieren, musst einfach weitergehen." Marie hat sich Jakob zugewandt, der sie bewundernd anschaut. Sie ist so mutig, sie kennt ihn kaum und hilft ihm, ohne zu zögern, ihrem allerbesten Freund und Scheinverlobten zuliebe, den sie schon so lange an ihrer Seite weiß und der ihr jetzt einen Teil seiner Liebe entzogen hat.

Das muss für sie wie ein Faustschlag in die Magengrube gewesen sein, das ist bestimmt so, als hätte man ihr den Boden unter den Füßen weggezogen, noch war das Verlöbnis nicht gelöst. Trotzdem, sie musste auch um sich selbst fürchten. Ohne Arnold ist sie ganz allein, und der ist nun ein geteilter Mann. Der liebt seine Feundin ja, aber eben nicht mit seinem Körper, er begehrt sie nicht. Einmal, das hat er zugegeben, hatten sie es miteinander versucht. Arnold hatte Marie schon ein paar Mal an den Busen gefasst, hat „ausprobiert, ob sich was regt". Er hatte Marie als Erstes geküsst und sie dabei an der Brust gestreichelt. Marie war fast genauso zusammengezuckt wie Arnold. Er hatte sogleich von ihr abgelassen.

Sie hattten zum Schluss alle beide lachen müssen.

Er selbst, Jakob, hat sich mit den Frauen immer gut vertragen. Aber er war nie in eine verliebt gewesen, schon früh wollte er lieber an Männerbrüsten ruhen. Wenn Jakob ehrlich zu sich selbst ist, muss er zugeben, dass er trotzdem mit Frauen – vom Kopf her und in den Lebensangelegenheiten und darin, wie jemand die Menschen betrachtet – meistens mehr anfangen kann als zum Beispiel mit den Männern, die er mal mehr, mal weniger begehrt, auch geliebt hatte, manchmal hatte er sie nach einer Begegnung nicht mehr wiedergesehen. Zwei waren gefallen, das hatte er erfahren, einer der beiden toten Soldaten hatte unvergleichlich küssen können mit seinem rot flammenden Kirschmund.

Ein bisschen lieb hat er die neue Wahlschwester bereits, Marie sieht so wach und zuversichtlich aus, sie hat die Menschen gern, das merkt man gleich. Jakob fühlt sich wohlig eingemummelt in der Zuneigung und der wilden Entschlossenheit der neuen Gefährten. Wenigstens zeitweise.

Sein Warnsystem schießt dennoch dazwischen: Kann er wirklich einen Platz frei halten für die Hoffnung, innendrin in seinem Herzen, da, wo die Resignation, die tödliche Angst sitzen? Schafft er es, das Verbergenmüssen in Schach zu halten, das ihn leicht verraten könnte, wenn einer merkt, dass er zittert. Er weiß eines ganz sicher: Nur wenn er sich darauf einlässt, wenn er damit in Berührung geht, wird er eine Chance haben, nur dann kann er gewinnen, und wenn es nur sein Leben ist.

Arnold steht am Fenster, schaut hinaus in die Dunkelheit. Bad Orb sieht aus, als würde niemand mehr hier leben, die Häuser ringsum sind unbeleuchtet von elektrischem Licht. Ein bisschen Kerzenschein flackert manchmal hinter einer Gardine im Gebäude gegenüber, das würde kein Bomberpilot von seinem Flugzeug aus sehen.

Arnold wendet sich den anderen zu. Jakob sitzt auf dem Boden, mit dem Rücken zum Fenster, scheint in Gedanken versunken.

„Achtung, Jakob, da kommt einer!", ruft Arnold zackig. Jakob zuckt nur ganz wenig und ganz kurz zusammen. Er dreht sich nicht um, er hat nichts gehört. Chapeau! Der erste Täuschungsversuch war erfolgreich.

„Du lernst schnell“, sagt Arnold. „Du wirst die Leute hervorragend hinters Licht führen mit deiner Schauspielbegabung.“

11

Wahlverwandtschaft

Amalie fand in dieser ersten Nacht der Verschwörung immer nur kurz in einen bewegten Schlaf. Emma neben ihr hatte die Ruhe weg, aber was ahnte die Tochter schon wirklich vom Ausmaß der Bedrohung? Emma erfasste sie mehr mit dem Kopf, gespürt hat sie vor allem das Abenteuer. Und das Mädchen war unverkennbar stolz darauf, dazuzugehören und dass sie nicht wie ein Säugling behandelt wurde, dem man die böse Welt vorenthalten muss. Emma schien zufrieden zu sein, und Amalie war gerührt und glücklich darüber: Das lag im Wesen ihrer Tochter, sie war stets bei den Ersten, wenn es darum ging, anderen Menschen zu helfen, außerdem liebte die „Kleine" ihren Onkel Arnold von Herzen.

Amalie liebte ihren Bruder ebenfalls, aber sie fragte sich inzwischen schon auch, ob sie das durchhalten würde. Was ging ihr nicht alles durch den Kopf! Wenn der Otto zurückkäme, bevor die Nazis ein für alle Mal ausgerottet waren, was würden sie ihm denn erzählen dürfen? Der würde bestimmt sofort merken, dass da irgendwas nicht mit rechten Dingen zuging. Ob er gleich dahinterkäme, dass Jakob ein Jude war, das bezweifelte Amalie dann doch, trotzdem machte sie der Gedanke unruhig. Zur Not würde ihr eilfertiger Soldatenbruder den armen Jakob noch dazu zwingen, die Hosen vor Otto runterzulassen. Schließlich hatte sich Otto den braunen Männern gleich angedient.

Ein wenig zu stolz hatte er seine Stiefel gewienert und sich in seiner Militäruniform präsentiert. So hatte sie ihn nie zuvor erlebt, so eitel mit den Haaren, Brillantine hatte er sich reingeschmiert, damit sie glänzten, der Spinner! Amalie schalt sich selbst eine böse Schwester. Wollte sie wirklich, dass der eigene Bruder im Krieg bliebe? Was würde Ottos Frau machen, die hatte lang keinen Mann mehr im Bett gehabt, und Jakob war ein ausnehmend Hübscher. Viel attraktiver als Otto nach Amalies Geschmack, Herr, du meine Güte, was ging da alles in ihrem Hirn spazieren!

Sie einigte sich mit ihrem Gewissen darauf, dass Otto auf jeden Fall unbeschadet und gesund aus dem Krieg zurückkommen sollte, aber erst, wenn Jakob, ebenfalls gesund und dann auch munter, weitergezogen oder nach Frankfurt zurückgekehrt war, weil es keine Nazis mehr gab.

Sie war gespannt, was die drei drüben beim Großvater ausgeheckt hatten. Amalie hatte sich ihre eigenen Gedanken gemacht, sie hat sich schon überlegt, ob Jakob nicht ein Sportskamerad von Heinz aus dem Fußballverein sein könnte. Der wäre dann zwar älter, aber er könnte vielleicht als erfahrener Ersatz-Torwart bei den „Speuzern" durchgehen. Weil der Fußballfreund ihres Sohnes nach seiner Verletzung im Krieg untauglich für den Dienst an der Waffe geworden war und außerdem zu Hause ausgebombt und die Eltern tot waren, durfte Heinz ihn mit Genehmigung der zuständigen Behörde – die vom Kress? – aufs Land zu seiner Oma schicken, damit Jakob bei der Ernte und in der Schreinerei hilfreich und nützlich sein konnte. Die Frauen mussten bis jetzt schließlich sehen, wie sie mit allem allein zurechtkamen, das war manchmal nicht so einfach. Arnold hatte genug mit Schreinern und der Beschaffung von Essbarem zu tun. Auch mit seiner Verlobten. Amalie kicherte in sich hinein bei dem Gedanken, dass ihr Bruder und die Marie sicher schon hibbelig darauf warteten, allein und unter sich zu sein, sie gingen immer häufiger „spazieren", wenn das mal nicht auch zu einem Achtmonatskind führte.

Die Idee mit dem Torwart wollte sie Arnold am liebsten gleich erzählen, aber sie hatte ihn immer noch nicht heimkommen gehört. Vielleicht war sie doch mal eingenickt, sie hatte jedenfalls nichts mitgekriegt.

Amalie hat in dieser Nacht kaum ein Auge zugetan. Sie hat große Angst um ihre Familie, um sich selbst auch, nicht auszudenken, wenn jemand mitbekäme, dass sie, die angesehene ehemalige Amalie Reinelt, dabei hilft, einen Juden zu verstecken. Vor dem Staat! Sie fürchtet sich davor, selbst im Gefängnis der Gestapo oder sogar im KZ zu landen, und sie gesteht sich ein, dass sie inzwischen den Lügen nicht mehr glaubte – die Menschen werden dort getötet, manche erzählen das hinter vorgehaltener Hand, das ist die Wahrheit, daran gibt es für Amalie keinen Zweifel mehr. Sie hat auch einfach Angst, dass sie ihren geliebten Heinrich nie mehr wiedersehen würde, ihren Sohn nicht und ihre Tochter auch nicht, wenn man sie fortbrächte.

Mein Gott, sie hat es klar vor Augen: Genau das ist Jakobs Eltern geschehen, sie sind fortgebracht worden, sie kannten den Zielbahnhof nicht, sie fuhren mit großer Wahrscheinlichkeit in den Tod. Amalie ist vom blanken Entsetzen geschüttelt und heult hemmungslos, Himmel hilf, dass wir und er nicht noch einmal so etwas erleben. Ich muss nach Frankfurt zu meinem Mann. Die Gedanken purzeln übereinander. Zu Heinz, der ist doch immer noch ein Bub. Hoffentlich steht das Haus unbeschädigt da. Verdammte Nazis. Elender Krieg. Wir müssen etwas tun, nur was? Die schießen einen doch gleich tot. Amalie schläft dann doch irgendwann ein, im Schlaf stöhnt sie und wälzt sich unruhig auf dem Federkissen.

Emma wacht von den gequälten Tönen auf, die ihre Mutter in ihrem Bett ausgestoßen hat, sie kann die Laute, die Wörter nicht entschlüsseln.

Emma rüttelt an Amalies Schulter. „Was ist, Mama? Wach doch auf, du träumst nur." Mit betäubtem Blick schält sich Amalie aus den wirren, bösen Traumbildern. „Ist schon gut, mein Muschchen, ich hab schlecht geschlafen, das ist immer so in der ersten Nacht im fremden Bett bei mir." Wann schlief sie schon mal in einem fremden Bett? Sie schaut auf den tickenden Wecker, erst sechs Uhr früh. „Dreh dich noch mal rum und schlaf noch ein bisschen, ich steh schon mal auf und mach Frühstück." Emma befolgt die liebevolle Anordnung ihrer Mutter nur zu gern, sie ist noch müde, zu aufregend war der gestrige Tag gewesen.

Frieda hat das Gefühl, dass sie die ganze Nacht wach gelegen ist und rumgegrübelt hat, wer der Jakob sein könnte. Der arme Kerl kann schließlich nicht die ganze Zeit da oben in der Stube hocken und warten, bis der Krieg vorbei ist, wer weiß, wie lang der noch dauert – und wer ihn gewinnt. Frieda glaubte nicht mehr an den Sieg nach dem „totalen Krieg". Wer danach über Deutschland herrscht, darüber gibt es inzwischen bereits Spekulatioen. Ob die „Sieger" die Juden leben lassen? Auch das ist ungewiss.

*

Frieda hat sich auch den Kopf zerbrochen, ihr ist eine längst verstorbene Tante eingefallen, die sie selbst nur einmal im Leben gesehen hatte, danach nur auf einem Foto, das war schon viele Jahre her, Frieda war ja noch ein Kind gewesen.

Diese Tante Emilie hatte, so war es in der Familie erzählt worden, „Schande über die Familie gebracht". Sie war schwanger geworden, ohne Ehemann. Sie hatte den Namen des Vaters nicht genannt, der Hallodri hatte sie jedenfalls nicht heiraten wollen, als sie in anderen Umständen war. Als „leichtsinnige" Emilie abgestempelt, hatte sie sich, als sie im siebten Monat war, ihrem Goldgräber-Bruder Walter angeschlossen, der an einem Fluss in Kanada nach Edelmetall suchen wollte. Es hieß, er habe nicht mal genau gewusst, wo der Strom zu finden war, der solch unermesslichen Reichtum verhieß. Die Familienlegende erzählt, dass Walter gedacht habe, er müsse nach Amerika. Er habe auch nicht gewusst, dass der Goldrausch Todesopfer zu verzeichnen hatte: Mord, schwere Unfälle, Raub, Diebstahl, das war, so wurde berichtet, an der Tagesordnung. Walter soll entsprechende Warnungen mit einem Lachen in den Wind geschlagen haben. Er habe sowieso schon immer, auch ohne Gold, das Fernweh gehabt und, als es eines Tages tatsächlich losging, seine sündige Schwester mitgenommen. Die beiden hatten für die Überfahrt als „Ehepaar" zusammen einen Platz auf dem Dampfer voller Glücksritter bekommen, das war einfach gewesen, sie hatten denselben Nachnamen. Emilies Kind, ein Junge, war dann als Amerikaner geboren worden, kurz nachdem sie in New York vom Schiff gegangen waren, sie und ihr Bruder zogen den Bub auf. Dann hatte sich die Spur der fernen Verwandtschaft verloren, von den Hiesigen wusste niemand mehr etwas vom Verbleib der Geschwister mit Emilies Bastardkind, das jetzt etwa in Friedas Alter sein müsste, vielleicht auch fünf bis zehn Jahre jünger.

Frieda rechnete vage, der Junge könnte jetzt selbst einen Sohn haben, der ungefähr in Jakobs Alter wäre. Wenn der unbekannte Junge noch in den mittleren 1880er-Jahren geboren worden war, könnte Emilies Enkelsohn zwischen 1916 und 1920 geboren sein, die Geschwister waren jedenfalls nicht mehr zurückgekehrt, deren Eltern hatten ihre Tochter, ihren Sohn, den Enkel nur auf einem inzwischen arg zerknitterten und leicht getrübten Fotografenfoto, das eines Tages aus einem Ort namens San Francisco angeflogen kam, gesehen. Vielleicht ließe sich aus der Geschichte etwas stricken.

Vielleicht könnte Jakob das Kind dieses Bastardkindes sein . . .? Frieda schwirrte der Kopf, das musste sie erst mal mit Arnold besprechen, war das überhaupt richtig gerechnet, könnte diese Geschichte wahr und vor allem glaubwürdig sein? Was war mit Papieren, Pässen, Nachweisen? Und auf welchen Wegen und aus welchen Gründen hätte ein solcher Bub nach Deutschland kommen sollen? Sein Zuhause war in Amerika, außerdem war da kein Krieg.

Frieda tat, was sie immer tat, wenn es ihr zu viel wurde mit dem Überlegen: Sie verließ sich auf ihrer Hände Arbeit: Sie stellte Mehl, Schmalz und Eier bereit, ein bisschen Zucker dazu, die Hefe noch. Bald war sie vertieft ins Kneten, ins Ausrollen und Warmstellen der Hefeklumpen, aus denen sie, als der Teig zu einem Mehrfachen aufgegangen war, drei Zöpfe formte. Sie bespritzte sie mit Zuckerwasser, streute ein wenig Hagelzucker darauf, den sie noch von der Weihnachtsbäckerei aufbewahrt hatte. Sie schob die drei in den vorgewärmten Ofen. Bald roch es frisch und herzerwärmend im ganzen Haus.

Einen der Hefekuchen wollte Frieda nach nebenan zu diesem Jakob und dem Großvater bringen, sie wollte den jungen Mann schließlich auch kennenlernen, wenn sie schon Kopf und Kragen für ihn riskierte.

Amalie betrat die Küche, als Frieda gerade den letzten Hefezopf in den Ofen schob. Dabei hatte sie ihrer Mutter zuvorkommen wollen mit dem Frühstückmachen. Die ältere Frau musste sich doch sicher erst mal von den ganzen Wirrnissen erholen, da hätte sie sie gern ein bisschen verwöhnt, ihr die Versorgung der anderen Hausbewohner abgenommen. Doch es war Frieda, die der Tochter schon mal ein Tasse Malzkaffee auf den Küchentisch stellte und die Keksdose öffnete, die sie aus dem untersten Fach in der Vorratskammer neben dem Backofen geholt hatte. Frieda stellte die Dose vor Amalie ab, schenkte sich selbst einen Muckefuck ein, als sie sich mit einem Seufzer neben ihrer Tochter auf einen Stuhl fallen ließ. „So, Mädchen, jetzt trinken wir erst mal in Ruhe Kaffee, und die paar Plätzchen, die teilen wir zwei unter uns, das müssen die anderen gar nicht wissen, wir können uns auch mal was gönnen, gell?"

Amalie fühlte sich auf einmal geborgen und gut aufgehoben. Sie erkannte in Friedas Geste ihr eigenes Ritual wieder, die heimlichen Törtchen mit Emma, auch das Gefühl der innigen Verbundenheit zwischen Mutter und Tochter. Die Zuversicht kehrte, zumindest für eine paar Momente, zurück. Sie und ihre Mitverschwörer würden es schaffen, irgendwo würde sich ein Weg auftun, der Jakob würde ein Familienmitglied werden. Amalie schmiegte sich in die Gewissheit, dass sich alle zusammen was Großartiges einfallen lassen würden.

12

Amalie, Marie

Es begann ein neuer Tag. Alles war ganz anders als gestern noch. Liebe und Tod. Sein Leben und das der anderen, es hatte etwas Poetisches, da war Größe. Auch Mut. Und Angst und Hoffnung.

Arnold betrachtete seinen schlafenden Freund, der neben ihm zwischen den blau-weiß-karierten Decken und Kissen verschwunden war, nur ein bisschen vom Kopf guckte raus. Schlafen konnte Jakob, so müde war er, dass man ihn kaum wach kriegte. Kein Wunder, dachte Arnold, wann hatte der Liebste wohl das letzte Mal in einem Daunenbett gelegen? Wann hatte er sich zuletzt geborgen gefühlt?

Wann hatte er zuletzt vor lauter Schüttelfrost von Kälte und Angst die Nacht durchwacht? Ihn schauderte beim Gedanken an solches Elend.

Arnold gibt Jakob einen gehauchten Luftkuss und hält den Atem an, als er vorsichtig, ganz leise und ohne Bettdeckengeraschel aus dem gemeinsamen Lager steigt, lautlos mit seinen Kleidern und Schuhen zur Tür schleicht. Auf dem Weg malt er noch schnell mit dem Finger ein Herz in den Staub auf dem Tisch, da hat gestern keiner dran gedacht, den abzuwischen. „Bis bald. A.", schreibt er noch darunter.

*

Arnold eilt sich draußen, zieht sich schnell an und hofft, noch rechtzeitig zu Hause zu sein, bevor die Mädels drüben wach sind. Er weiß nicht, wie spät es ist, aber so ganz weit oben steht die Sonne noch nicht, und von Josef hört er auch nichts.

Bevor er auf Zehenspitzen das Haus verlässt, sieht er aus dem Fenster, ob schon jemand unterwegs ist, dann macht er die Tür nur so weit auf, dass er gerade durch den Spalt passt. „Eigentlich Blödsinn", denkt er, aber er fühlt sich so sicherer. Weit und breit ist niemand zu sehen. Er gelangt ein paar Minuten später durch den Hintereingang in Friedas Waschküche, hört über seinem Kopf gedämpft Stimmen, er erkennt den sanften und immer ein wenig zärtlich klingenden Ton seiner Schwester, den resoluten, praktische Anweisungen gebenden seiner Mutter. Er weiß nichts von der zarten Intimität der beiden Frauen, die sie nur wenige Minuten zuvor miteinander geteilt hatten, als die beiden heimlich die Plätzchen und den Muckefuck genossen haben und vertraut miteinander gewesen waren.

Als Arnold tatsächlich unbemerkt in seinem Zimmer angekommen ist, spürt er, wie etwas von ihm abfällt, wie er endlich mal durchschnaufen kann. Die Ereignisse haben ihn bei aller Schönheit, die sie in sich bergen, ganz schön durchgerüttelt. Er kann sich kaum noch aufrecht halten, sein Herz rast, es fühlt sich an wie nackte Herzensangst. Er möchte so gern zum Himmel flehen, hör auf damit, Gott, mach, dass alles gut wird! Vertreib den bösen Geist, lass die Menschen sein, wer sie sind! Hilf mir, ihn und uns zu retten. Mach, dass es aufhört!!

Er braucht ein Glas Wasser. Die Karaffe steht auf dem Nachttisch, und er trinkt daraus. Er legt sich auf sein eigenes Bett, wälzt sich unruhig hin und her und zerwühlt es ein bisschen dabei, auch damit keiner Verdacht schöpft.

Es reicht, dass sie es wissen: Er versteckt einen Juden, dass er, Arnold, den Mann liebt, das müssen seine Frauen und das junge Mädchen ja nicht auch noch verdauen, die haben schon genug mit all dem anderen, was er von ihnen erwartet, zu schaffen. Arnold ist sich bewusst, dass er seinen Frauen eine riesige Last auf die Schultern gebürdet hat, und er hatte schon Momente, in denen er seine Offenheit bereut hat, immer wieder. Aber er kennt seine Leute, sie wären stocksauer gewesen, wenn sie erst nachträglich von seinem Versteckspiel, von seinem Komplott erfahren hätten.

Angezogen liegt er auf seinem Bett, versucht, sich zu beruhigen, seinen zuversichtlichen, klaren Kopf wieder in Gang zu setzen, von Minute zu Minute schlägt das Herz wieder langsamer. Arnold zählt beim Atmen mit, das beruhigt meistens: auf eins, zwei, drei, vier Luft holen, auf eins, zwei, drei, vier ausatmen. Die Hände hören auf zu kribbeln, in den Ohren rauscht es nicht mehr. Er setzt sich im Bett auf, es geht wieder. Gleich ist er unten bei den Mädels, dann können sie ihren und Jakobs Tag planen.

Als Arnold in die Küche runterkam, wurde er von Frieda erst einmal mit frischem Hefezopf, Blümchenkaffee und einem weich gekochten Ei, „für den Mann im Haus", versorgt. Sie hatten Mühe, wenigstens für ein paar Minuten fröhlich zu tun, gaben sich entschieden und sich des Ernstes der Lage bewusst, der angedeutete entschlossene Blick kannte nur eine Richtung: nach vorn.

Emma stürmte die Treppe herunter, brachte frisches Leben in die Küche. Sie hatte das am Tag zuvor zwar nicht vergessen, aber sie nahm es heute schon nicht mehr so schwer, das Kind vibrierte vor unterdrückter Abenteuerlust, am liebsten würde sie gleich den neuen „Verwandten" besuchen.

Frieda sorgte für Ablenkung, gab dem jungen Mädchen zum Hefezopf die selbst gemachte Marmelade, stellte ihr eine Tasse mit Milchkaffee hin, dann setzte sich Frieda zum Frühstück zu ihrer Enkelin an den Küchentisch, erklärte ihr haargenau, was sie zu tun hatte und was sie auf keinen Fall machen durfte.

Emma wurde ernst, hörte verständig zu, merkte sich vor allem die strikten Anweisungen der Älteren: niemandem etwas erzählen, auch nicht Maria und Sophie und Katrin. So tun, als ob nichts wäre. Wenn Emma eingeteilt wird, um Jakob in seinem Versteck etwas zu essen oder gewaschene Wäsche zu bringen, und unterwegs jemanden trifft, darf sie nichts erzählen, muss so tun, als sei das für den Großvater. Überhaupt: nicht so viel rumplappern wie sonst, damit ihr nichts rausrutscht. Wenn sie etwas vorhat, soll sie vorher Amalie, Arnold oder Frieda fragen. Möglichst nicht zu neugierig sein, nur das Nötigste wissen. Ein braves Mädchen sein, das hilft, einem armen Menschen beizustehen.

„Das machst du doch gern, anderen helfen, das stimmt doch, oder? Das hat mir deine Mama auf jeden Fall so erzählt", hatte Frieda noch gesagt. Außerdem: „Und vergiss nicht, der Jakob muss sich nicht verstecken, weil er was Schlimmes gemacht hat oder weil er ein Verbrecher ist. Es sind Verbrecher, die ihn töten wollen. Je weniger du weißt, desto besser kannst du uns allen helfen, dass ihm nichts passiert. Du gehörst zu unserer Rettungstruppe, wir verlassen uns auf dich, hörst du."

Da war Emma ziemlich stolz auf sich und gelobte, das alles zu befolgen.

Alle vier waren ganz gefühlvoll geworden. Frieda musste ein bisschen weinen, sie war so gerührt, weil sie jetzt eine derart wichtige Aufgabe hatten und weil sie einander hatten und sich aufeinander verlassen konnten. „Jetzt hören wir aber mal auf mit diesem theatralischen Benehmen, jetzt gehen wir daran, unserem guten Willen die entsprechenden Taten folgen zu lassen!" Das war Amalie, die wie immer lieber etwas tun wollte als allzu viel drum herumzureden.

Amalie würde nach nebenan gehen. „Ich hab die zwei Mädchen abgepasst, die sind schon wieder weg vom Josef, man könnte jetzt rüber zu ihm. Meinst du, der Bub ist schon wach?" Arnold beißt sich auf die Zunge, fast hätte er, nicht ohne Stolz, verkündet, dass der Jakob vor einer Viertelstunde noch fest geratzt hatte. Da sagt er lieber: „Keine Ahnung, aber Zeit wird's sowieso, dass er aus den Federn hochkommt."

„Da, nimm den Zopf mit, wenn einer guckt: Der ist für den Josef, alles klar?" Frieda wickelt das duftende Gebäck in die zigmal gewaschene und gestärkte Serviette, die sie von ihrer Großmutter geerbt hat, und packt es in den Einkaufskorb. Ein Glas Stachelbeermarmelade kommt dazu, in ein Stück Zeitungspapier wickelt sie noch rasch ein paar Löffel getrocknete Pfefferminzblätter – „Da kann er sich mal einen Tee machen" –, und zwei Äpfel bekommt er auch noch geliefert. Ein rot kariertes Küchentuch kaschiert das Ganze, damit keiner neidisch wird. Nicht alle können sich so gut selbst über Wasser halten wie die Reinelts mit ihrem Gemüsegarten und dem Hühnerstall, der Schafswiese mit den Apfelbäumen für den Äbbelwoi und den Zwetschgen für Quetschekuche-mit-Kartoffelsupp. Letzteres ist aber noch eine Weile hin, die Pflaumen für den Kuchen gibt es frühestens im August. Hoffentlich leben sie da noch alle, hoffentlich ist bis dahin keiner verhungert, erschossen oder sterbenskrank geworden vor lauter Angst und Mangel und Armut. Vielleicht ist der Krieg aus bis dahin. Das wäre Amalies innigste Hoffnung.

Sie will sich auf den Weg machen, als ihr wieder in den Sinn kommt, was sie mit Arnold zu besprechen hat. Sie zieht ihren Bruder wieder zurück zum Frühstückstisch und bedeutet Frieda, sich dazuzusetzen, Emma darf bleiben, sie verspricht auch, sich nichts zu merken.

„Also, ich hab mir Folgendes gedacht, ich meine, wie wir den Leuten erklären könnten, warum wir einen Gast im Haus haben. Der könnte doch ein verarmter, völlig alleinstehender Sportskamerad von Heinz sein, einer, der außerdem an der Front so schwer an den Ohren verletzt wurde, dass er nur noch wenig hört und dass sie ihn so nicht mehr brauchen konnten. Was meint ihr, ginge das?"

Frieda hält nun auch nicht mehr hinterm Berg. „Nicht schlecht, aber ich find meine Idee noch besser, sei nicht bös, Malchen. Wir könnten auch unsere beiden Geschichten zusammenlegen." Dann schildert sie den anderen Verschwörern ihre Verwandtschaftsgeschichte: der verlorene Sohn der Familie Reinelt, dessen Kind ein Junge und Amerikaner ist, der irgendwo in Ostdeutschland ohne Wissen von den Orbern gelebt hatte und am Rande des Krieges von der Detonation einer Gasleitung fast ganz taub geworden ist. Die Details müsse man noch verfeinern, meinte Frieda. „Da lässt sich was draus machen, der Jakob könnt sogar den Namen behalten. Berger heißen bestimmt auch in New York oder – wie heißt das? In Sankt Francesco? – ein paar Leute. Wenn du ihm gleich die Sachen bringst, kannst du es ihm ja mal vorschlagen und auch den Großvater fragen, was er davon hält."

Arnold sagt, er müsse das alles genau durchdenken und mit Jakob besprechen, innerlich jubelt er, die zwei haben so gute Ideen, da muss einfach was dabei herauskommen. Bedenken hat Arnold aber auch, die Amerika-Geschichte ist zwar ziemlich spannend, aber doch viel zu kompliziert, da muss alles haarklein zueinanderpassen. Der Jakob müsste ziemlich viel auswendig lernen – und fließend Englisch sprechen, außerdem wissen beide nicht, was in Amerika derzeit vor sich geht. Nur dass die Amis in den Krieg gegen das Dritte Reich eingreifen, dabei helfen, das Land in die Knie zu zwingen – hoffentlich gelingt es ihnen.

Er möchte lieber noch mal in Ruhe über Friedas Vorschlag nachdenken. Heute soll Jakob noch nicht vor die Tür, er soll sich erst einmal wieder zusammenrappeln, Mut und Hoffnung schöpfen, Kräfte sammeln, sich zurechtfinden in seinen neuen Umständen.

Amalie wartet, bis vor der Tür keine Stimmen zu hören sind, sie schaut, ob sie durch das Milchglasfenster in der Tür Nachbarn erkennen kann, die auf den Brettern ihrer Gartenzäune lehnen und den anderen Leuten auf der Straße beim Leben zugucken. Vielleicht sind manche auch schon dabei, die Beete im Garten vorzubereiten, für Tomaten, Karotten, vor allem für die Kartoffeln, die sind ein unverzichtbarer Sattmacher.

Aber es ist still draußen, unheimlich still, obwohl sich der Tag allmählich gegen die Nacht durchsetzt. Früher, da hatte es Amalie genossen, wenn es ganz ruhig war, dann war sie selbst richtig tiefsinnig geworden, sie mochte das. Da hatte sie ein Gefühl für die Wahrheit, auch ein Hauch von Trauer war dabei gewesen und von Einsicht und Wahrnehmen. Jetzt macht ihr die Stille Angst, so klingt der Tod, so hört es sich an, wenn niemand mehr antwortet.

Sie nimmt den Korb, tritt vor die Tür. Jetzt sind nur die Stimmen der Vögel zu hören. Waren die eben auch schon da?

*

Amalie läutet beim Großvater, klopft dann, und als sich nichts rührt, drückt sie versuchsweise die Klinke nach unten, die Haustür öffnet sich. Sie ruft in den Flur: „Josef, nicht erschrecken, ich bin's, Malchen!" Der freundliche alte Mann ist aufgestanden, Amalie guckt durch die spaltbreit geöffnete Wohnzimmertür. „Bleib nur sitzen, was meinst du, kann ich schon mal hoch zu deinem Untermieter?"

Nur zu, nur zu, der ist bestimmt schon wach."

Amalie hat ein bisschen Herzklopfen, als sie die Treppe zu Jakobs Refugium hochsteigt. Jetzt geht es los, das große Abenteuer mit dem ungewissen Ausgang. Sie klopft an die Tür, ein großer, ansehnlicher Mann öffnet fast sofort. Er sieht die fremde Frau und zuckt im ersten Moment zurück. Amalie möchte ihm keine Angst machen, er kennt sie ja noch nicht.

Hastig stellt sie sich vor: „Bitte nicht erschrecken! Ich bin die Schwester vom Arnold, Amalie heiße ich. Ich hoffe, Sie haben sich nicht allzu sehr erschrocken. Tut mir leid, dass ich Sie so überfalle. Ich bin hier, weil ich Sie sobald wie möglich kennenlernen möchte. Wir haben schließlich einiges vor, und wir werden es nicht leicht haben, aber wir werden alles tun, damit unsere Pläne und die Geschichten, die wir dafür verbreiten müssen, wirklich aufgehen. Ich hoffe natürlich auch, dass wir das alle zusammen gut überstehen.

Aber nun erst mal: herzlich willkommen in unserer Familie. Von meiner Mutter soll ich ausrichten, dass sie vorab schon mal grüßen lässt, sie ist optimistisch, sagt sie, und das hat sie mir für Sie mitgegeben." Amalie zeigt Jakob den Korb mit Friedas guten Gaben. „Meine Tochter, die Emma, ist zurzeit auch mit mir drüben, sie wittert ein spannendes Abenteuer, ich fürchte, sie unterschätzt die Gefahr, aber sie ist halt noch ein Kind. Gott sei Dank benimmt sie sich meistens noch so, wie man es ihr nahelegt. Sie wissen es ja vielleicht von meinem Bruder, dass wir Reinelts zusammenhalten, und zwar immer, die Reinelts sind so."

Jakob betrachtet die hübsche Frau mit den freundlichen blauen Augen. Sie könnte sehr wohl seine ältere Schwester sein, der sehr dunkelbraune, fast schwarze taillenlange Zopf, dazu die Aquamarin-Augen. Wie seine eigenen, wie alt wird sie sein? Immerhin hat sie einen siebzehnjährigen Sohn, wenn der nach der Mutter kommt, mein lieber Mann, der müsste ziemlich gut aussehen.

Josef ruft von unten, Amalie soll den Gast mit herunterbringen. Noch hat Jakob nichts gesagt, aber er hat sich beruhigt: Offenbar weiß Josef, dass Arnolds Schwester im Haus ist, also zieht er die Tür hinter sich zu und bedeutet Amalie, dass er ihr den Vortritt lassen möchte beim Hinuntergehen.

Josef sah den beiden vom Sofa aus entgegen. Bei ihrer ersten Begegnung wollte er sie aber allein lassen.

„Jetzt erst mal richtig: guten Morgen, Malchen. Ich lass euch jetzt mal allein, geht ruhig ins Wohnzimmer, aber lasst die Gardinen zu, die Vorhänge könnt ihr auflassen, das würde ja auffallen draußen. Jakob, setz dich in die Ecke von der Couch, da sieht man von der Straße aus nicht hin. Ich geh so lang auf die Bank draußen und geb acht, wenn was ist, huste ich ganz furchtbar."

Die Zigarre nahm er mit und die Streichhölzer, steckte beides in seinen Brustbeutel, den er sich umhängen konnte, wenn er irgendwohin gehen wollte und den Stock oder auch mal die Krücken brauchte. „Mein Transporter", sagte Josef dazu, saß nach fünf Minuten auf der grün gestrichenen Holzbank, die einst sein eigener Vater dorthin gestellt hatte. Das Hinsetzen klappte noch ganz gut, mal sehen, wie's mit dem Aufstehen werden würde. Er gab den Genießer, der sich an der Sonne freut, und behielt die Straße und ihre Abzweigungen im Blick. Nichts regte sich. Die Döppenschmitt vom Schuster gegenüber kam mal vor die Tür und leerte den Eimer mit dem Gemüseabfall auf den Kompost links neben dem Eingang, rief „Geht's gut?" und verschwand wieder im Haus.

Sonst ließ sich niemand sehen, an dem schönen Tag waren sicher viele aus dem Ort auf ihrem Feld oder auf der Obstwiese oder auf dem Kartoffelacker am Graben, Unkrautrupfen, Säen, Pflanzen, Umpflügen. Die Leute wussten, dass sie in ständiger Habachtstellung arbeiten mussten, sie lauschten auf das Geräusch dieser übergroßen Metallwespen, manchmal kamen die Flieger ziemlich niedrig angerast, waren schneller da, als man wegrennen konnte. Selten schossen sie auf die Leute, die mit Heugabel oder Spaten in der Hand zu fliehen versuchten oder sich auf den Boden warfen. Letzteres kam Amalie immer unlogisch vor, es war wie Augenzuhalten: Wenn man lang gestreckt auf dem Boden liegt, mit den Händen nur den Kopf schützen kann, ist da nicht genug Platz zum Totschießen in den Rücken? Viel mehr Platz als im Stehen und Rennen. Leider war man auch im schönsten Sonnenschein nicht sicher, ob die Flieger nicht auch mal am Tag ihrer zerstörerischen Aufgabe nachkamen.

Amalie und Jakob fremdelten erst ein bisschen. Versuchten, die Schüchternheit zu überspielen, wie fängt man ein Gespräch an, in dem es um die Rettung des einen und um seine Retterin geht und in dem das Überleben aller und der durchaus mögliche Tod ganz schnell ganz dicht beieinander sein können. Der guten Umgangsformen wegen und weil er nicht gleich mit einer Notlüge anfangen wollte, gab Jakob seinen vollen Namen an: „Rosenberger, Jakob, jetzt nur Berger, Sie wissen schon. Arnold hat bestimmt erzählt, warum ich die Rosen weglasse.“

Amalie bestätigt mit einem ernsten Nicken. „In dem Korb hab ich Ihnen einen Hefezopf, Marmelade und etwas Obst mitgebracht, ich kann ihn in der Küche abstellen, auf dem Tisch. Oder Sie bedienen sich gleich, wenn Sie Hunger haben.“

„Das kann warten, lassen Sie mich Ihnen erst danken, ich weiß nicht, wie ich mich jemals selbst erkenntlich zeigen könnte. Ich bin aber sicher, falls es einen Gott gibt, wird er Sie belohnen.“

In dem Moment passiert etwas gänzlich Überraschendes: Amalie sagt, ohne zu überlegen: „Ach was, machen Sie meinen Bruder glücklich.“ Sie schlägt die Hand vor den Mund. Was ist denn da aus ihr herausgekommen? So etwas hat sie doch nie wirklich bewusst gedacht, sie hat nie ernsthaft in ihrem Kopf glauben wollen, dass Arnold irgendwie anders war, dafür war er viel zu männlich. Trotzdem hat sie manchmal Sorge gehabt und so ein unbestimmtes Gefühl, dass Arnold die Marie doch nicht so liebte wie ein Mann die Frau lieben sollte, die er heiraten will. Er war mit der jungen Frau einfach schon so lange befreundet, da war war eben nichts mehr mit dem Reiz des Unbekannten, des Neuen, schon zu viel Gewohnheit. Damit hatte sich Amalie beruhigt.

Jakob ist perplex, und ihm ist, als käme schon wieder das Monster der Verleugnung, des bösen Vertreibens, der Verachtung und der Männerwut über ihn. Ist Arnold so voreilig gewesen und hat gleich allen alles erzählt, das hätte er mal besser gelassen. Er muss ihm das nächste Mal sagen, dass er vorsichtiger sein muss. Schließlich bekämen sie beide Probleme, wenn diese freundliche Schwester es anderen Leuten weitererzählt.

Doch Amalie lächelt ihn zutraulich an. Sie sagt: „Psst, nicht aufregen, ich hab das doch auch gerade eben erst kapiert, als ich gesehen hab, was für ein schöner junger Mann du bist, vorher hatte ich manchmal so ein wirres Gefühl, das wieder verflog, wenn ich meinen Bruder mit Marie zusammen gesehen habe, die zwei sind ja nett miteinander. Ich hab mir trotzdem schon manchmal Gedanken über meinen Lieblingsbruder gemacht. Der verspürte eben so gar keinen Drang, die Marie zu heiraten. Obwohl er mit ihr verlobt ist. Normalerweise kann das nicht schnell genug gehen, weil man dann endlich . . . Du-weißt-schon-Was machen kann. Entschuldigung, dass ich jetzt einfach du gesagt habe. Lass uns du sagen, wir werden jetzt eh bald miteinander verwandt sein. Ich werde von vielen Malchen genannt. Wenn du magst, kannst du mich auch so nennen, das müssen wir dann vielleicht üben. Wir sind doch noch fremd."

Jakob muss nun lachen, mein Gott, wann hat er zum letzten Mal gelacht? Die Frau ist wirklich unglaublich, da hatte Arnold seine um einiges ältere Schwester ganz gut getroffen in seiner Beschreibung.

„Also gut, Malchen. Schön wär auch eine elegante französische Amélie, was hälst du denn davon?"

Amalie guckt geschmeichelt, meint aber kopfschüttelnd: „Was du dir aber auch ausdenkst, guck mich doch an. Den altmodischen Zopf darf ich nicht abschneiden, das will der Heinrich, das ist mein Mann, nicht. ‚Mir gefällste so, wie de bist', sagt er immer. Ich bring dir ab und zu was zu essen, du kannst mir, wenn du willst, deine Wäsche mitgeben. Arnold hat dir was zum Anziehen rausgesucht vom Dachboden, da sind noch Sachen von unserem Vater. Die darfst du gern haben. Neu sind die aber nicht."

Amalie kommt zum eigentlichen Grund ihres Besuchs. Sie müssten möglichst bald Jakobs Lebenslauf „frisieren". In welchem Teil des Deutschen Reichs kannte er sich aus? Nur in und um Frankfurt? Er sagt: „Hauptsächlich schon. Da bin ich geboren und zur Schule gegangen." Jetzt flüstert Jakob: „Und in die Synagoge." Amalie verfolgt aufmerksam und mitfühlend die zögerlichen Sätze des jungen Mannes, er hatte also einen Glauben. Hatte er ihn immer noch? Nach all dem Schrecklichen? „Ich kenn mich nur ein bisschen in Stuttgart aus und drumherum, in Esslingen, Tübingen. Da hatten wir Verwandte, zwei Cousinen und drei Vettern, die Mädchen in meinem Alter, die Buben nur ein oder zwei Jahre älter. Seit anderthalb Jahren habe ich gar nichts mehr von ihnen gehört, ein Nachbar der Tübinger Verwandtschaft mütterlicherseits, das sind die Hirschbergers mit den zwei Mädchen, hat uns nach Frankfurt geschrieben, dass die Familie im Sommer 38 gerade noch rechtzeitig – das hat er natürlich nicht dazugeschrieben – abgehauen ist. Wohin, weiß ich nicht. Vielleicht sind sie gar nicht mehr am Leben.

Die Rosenbergers sind die Verwandten meines Vaters, sie haben früher ebenfalls in Tübingen gewohnt, wo die abgeblieben sind, möchte ich mir lieber nicht vorstellen, sie waren sehr nett zu mir und meinen Geschwistern, wenn wir sie dort besucht haben."

Amalie ist voller Mitleid mit dem einsamen Freund ihres Bruders.

Jakob starrt stumm vor sich hin, sein charmantes Lächeln ist aus seinem Gesicht gewichen, mit Entsetzen in der Stimme hört er sich selbst sagen: „Am wahrscheinlichsten ist, dass inzwischen alle tot sind."

Dann erzählt er, was Margit Rosenberger, seine Tante väterlicherseits, von einem der ersten Luftangriffe auf Stuttgart berichtet hatte. Am 25. August 1940, am Anfang dieses Zweiten Weltkriegs, fielen die ersten Bomben auf die Stadtteile Gaisburg und Untertürkheim. Die Piloten hätten nicht richtig gezielt, ein paar Gebäude seien zwar getroffen worden, sogar schwer, aber es seien nur vier Deutsche getötet worden. Die Tante war sauer gewesen, dass es nicht mehr Nazis erwischt hatte. Denn die Margit war eine christliche Deutsche, die Jakobs Onkel Samuel Rosenberger noch vor den ersten Schickanen gegen die Juden Deutschlands geheiratet hatte, „weil sie ihn liebte". Die hat sich auch nicht vor den schlimmen Folgen dieses Entschlusses gedrückt. Sie hielten es lange aus in diesem tödlichen Heimatland. Die Eheleute wollten auf jeden Fall zusammenbleiben. Sie machten alles, was der Staat für die Ausreise gefordert hatte, beantragten Ausreisepapiere, fuhren damit an die Schweizer Grenze, zeigten ihre Ausweise, mit dem eingetragenen Stern darin. Man ließ sie an der Grenze stehen und warten, sie durften nicht rein ins Reich der Eidgenossen, die machten lieber gute Geschäfte mit den Deutschen. Dann weiß ich nichts mehr von ihnen, mir ist nur eingefallen, dass Margit und Samuel den Zug nach Marseille nehmen wollten, wenn sie keinen Einlass in die Schweiz bekämen. Von da aus sollte es weitergehen, irgendwohin, wo sie niemand umbringen will, ich kann nur hoffen, dass sie es geschafft haben in ein rettendes Exil, oh, vielleicht sogar nach Amerika, ins gelobte Land."

„Also gut, sehen wir mal, ob wir auch Stuttgart nehmen können", sagte Amalie.

Anschließend beschrieb Amalie dem Jakob, was für eine Geschichte sie sich für ihn ausgedacht hatte: wie er als Kind des unehelichen Sohnes der verstoßenen Tante aus Amalies und Arnolds Familie nach Deutschland gereist sei, noch bevor das mit den Nationalsozialisten so richtig angefangen hatte, wie er erst kurz nach Tübingen gereist sei, wie er seine Herkunft kennenlernen wollte, er habe das Land seiner Urväter nur aus Erzählungen gekannt.

Dass schon manche Zeichen zu erkennen waren, worauf es hinauslief, würde er schön verschweigen müssen, sagte Amalie. „Und dass du dich ja nicht verplapperst." Auch dass Dichter und Denker schon da nichts mehr zu sagen gehabt hätten, solle er besser nicht erwähnen.

Das „*Horst-Wessel-Lied*" hätte er zum ersten Mal ein kleines Mädchen lauthals singen hören, zwar ohne Sinn und Verstand, aber doch sehr animierend. Er habe im Stuttgarter Umfeld keine Bergers angetroffen. Da sei der junge Mann weitergezogen, nach Frankfurt. Jakob soll auf Fragen erzählen, es habe Hinweise gegeben, die nach Bad Orb führten.

Ach ja, man müsse eine Erklärung für seine Taubheit vorweisen. Bei der Explosion einer Gasleitung noch in Tübingen sei sein Ausweis verbrannt und er auf einem Ohr taub geworden, das andere beeinträchtigt, er habe einen andauernden Pfeifton in den Ohren, er hoffe, dass der eines Tages aufhöre und das Hören wiederkäme, jetzt war er auf jeden Fall nicht in der Lage, an der Front zu kämpfen, schließlich könne er keine Richtungen mehr erkennen, da können sie noch so viel schießen. Auch die Bescheinigung sei verloren gegangen. Daher sei er sehr froh, dass er als mittelloser Fremder endlich die Ursprünge und die Menschen seiner deutschen Familie kennenlernen darf. Er hoffe, dass Amerika und Deutschland eines Tages in Frieden vereint seien, schließlich waren beide Länder ohne Jakobs Verschulden seine Heimat. Natürlich würde er in Deutschland bleiben, müsste er wählen.

Amalie beendete ihren Vortrag mit einem aufmunternden Lächeln, sagte, mit dem aussichtslosen Versuch zu trösten im Herzen: „Was denkst du, das klingt doch alles recht glaubwürdig, mit ein bisschen Gottvertrauen werden wir dich damit durchbringen. Irgendwann ist auch das alles vorbei. Dann bist du wieder der Jude Jakob Rosenberger, und du darfst beten nach deiner Art oder es ganz sein lassen. Ob du den Arnold dann auch ,offiziell' lieben darfst, das kann ich dir allerdings nicht versprechen."

Jakob hat zugehört, aufmerksam, und still ist es in ihm geworden. Was macht das mit ihm? Wenn er nun wirklich ein ganz anderer wird? Wenn er seine eigenen Eltern ersetzt durch Leute, die er nie gesehen hat, weil es sie in Wirklichkeit ja gar nicht gibt, von denen er nicht einmal erzählen könnte, wie sie leben, da, wo sie sind. Es gelingt ihm nicht, Amalie, die es sichtlich und erkennbar gut mit ihm meint, ein weiteres Mal zu danken, es käme nicht echt aus ihm heraus. Das komplette Schaupielern würde er nicht können, weil's ihm nicht liegt. Zu viel Lüge wäre dabei, wenn er das in der Wirklichkeit machen müsste, die ganze Zeit.

Er käme sich vor wie der schlimmste Verräter, seine kluge, schöne Mutter verleugnen, die es verstanden hatte, auch in den schrecklichsten Tagen ihn selbst, den Bruder Michael, die

Schwester Katja, zusammenzuhalten, wie sie den Vater immer wieder ermutigt und angefleht hatte, mit allen ins Ausland zu gehen, bevor es nicht mehr möglich wäre. Und als es wirklich zu spät war, ist sie ihm gefolgt, sie hatte ihre Würde behalten, da war sich Jakob sicher. Nie würde er dieses letzte verstohlene In-die-Augen-Schauen vergessen, bevor sie ihn mit einem aufmunternden Blick in den hohlen Baum geschickt hatte, als sie an die Tür hämmerten. Er war der Glückliche, der in den morschen Stamm gepasst hatte.

Die Geschwister waren zwei Tage zuvor in den Zug zu einem unbekannten Ort gesetzt worden, die Eltern hatten den beiden eine Schweizer Adresse auf einen Pappkarton geschrieben, irgendeine Tante sollte dort wohnen, die wohl eher eine Schulfreundin der Mutter war. Mit der Adresse um den Hals, Proviant für zwei Tage und zwei gültigen Fahrkarten waren Katja und Michael in den Zug nach Zürich gesetzt worden, das war schon eine Reise ins Ungewisse gewesen. Nur zwei Tage später waren die Eltern abgeholt worden. Jakob hat es aus seinem Versteck im Baum beobachtet. Der Vater, ein gebrochener Mann, Jakob hatte nur mühsam einen Aufschrei unterdrücken können. Die Mutter aufrecht, ihren Mann stützend mit der einen Hand, in der anderen den kleinen Koffer für beide, keines Blickes würdigte sie ihre Peiniger, als würde alles an ihr abprallen. Dann war der Lastwagen davongefahren.

Erst da hatte Jakob losgelassen, hatte den Tränen freien Lauf gelassen, er hatte nur noch aus dem Augenwinkel gesehen, wie das große Auto losfuhr, die Menschen auf der Ladefläche konnten sich kaum festhalten, es gab keine Griffe, die sie standsicher machten. So fielen manche aufeinander, es gelang nicht allen, sich wieder aufzurichten.

Jakob konnte danach nur noch kurze Zeit unbeobachtet ins Haus zurück, um ein paar Sachen zu holen, etwas zum Anziehen, wenige Essensreste und seinen unter einer Bodenplatte versteckten Ausweis, wofür der wohl eines Tages gut sein sollte, konnte er nicht sagen. Vaters Wintermantel war weg, hoffentlich hatte er ihn noch selbst mitnehmen können. Von Mutters Sachen war fast alles noch da, bis auf die Unterwäsche und die dickste

Jacke, sie fror so schnell. Jakob traute sich nicht, viel von seinen eigenen Sachen mitzunehmen: einen warmen Pullover packte er in den Rucksack, feste Schuhe auch. Er musste beweglich bleiben, sodass er immer schnell genug rennen konnte.

Von all dem, was Jakob im Kopf herumgeistert, hat Amalie nur eine sehr ungenaue Vorstellung. Sie selbst war ja nie in einer so schrecklichen Situation gewesen. Aber sie fühlt, dass der junge Mann, der da vor ihr sitzt, gerade mit seinen Gedanken ganz weit weg ist, und da, wo er ist, wohnt das Grauen, eine Welt ohne Licht, ohne Hoffnung. Ein Ort, wo nicht einmal Hilfsbereitschaft weiterhilft, auch nicht Dankbarkeit und Solidarität.

Jakob scheint sich aus seiner Starre herauszukämpfen, endlich schaut er Amalie wieder an. „Entschuldige", sagt er, „ich musste gerade an den letzten Tag zu Hause denken. Ich weiß, du meinst es gut. Verzeih mir, aber ich kann das nicht, ich kann nicht ein völlig anderer werden, es wäre Verrat an denen, die ich geliebt habe. Lass mich einfach ein entfernter Verwandter sein, von dessen Existenz ihr nichts wusstet. Ein Zweig der Familie, der sich schon vor mehr als hundert Jahren in Sachsen, zum Beispiel in Adorf niedergelassen hatte, hier kennt bestimmt kein Mensch Adorf, zu dem nach all den Jahren kein Kontakt mehr bestand. Wir sagen, ich hätte mich hierher durchgeschlagen, das muss doch keiner so genau wissen. Ich sag, wenn ich gefragt werde, dass wir uns vorher nicht kannten und dass ich erst in Frankfurt bei deinem Sohn und deinem Mann gewesen wäre, die mich freundlich aufgenommen hätten, Gott sei Dank, bei uns daheim wäre nämlich alles abgebrannt. Dann ist meine Geschichte wenigstens nicht ganz erfunden. Was auch noch zu bedenken ist: Tübingen und Stuttgart sind viel zu nah, da wäre es zu einfach für die Gestapo oder die normale Polizei, Nachforschungen über mich anzustellen, wenn ich erwischt würde. Sachsen dauert viel länger, ich muss auch erst mal auf eine Karte gucken, was es da noch an kleineren Orten gibt."

Amalie widerstrebt es, die Geschichte so lose zu lassen, je präziser desto besser, denkt sie, stimmt aber trotzdem zu: „Also gut, versuchen wir es so, ich sag es den anderen, du dem Großvater,

worauf wir uns geeinigt haben, ich dem Arnold und Marie, der
nächste Schritt ist, dass die anderen in der Familie benachrichtigt werden über alles, was mit unserer ‚Verschwörung gegen
den Staat‘ zu tun hat, wir anderen müssen uns angewöhnen,
laut mit dir zu sprechen. Du darfst nachfragen, musst manchmal
so tun, als hättest du nichts gehört. Das mit der Taubheit, was
denkst du, kriegst du das hin?“

„Was? Was hast du gesagt? Ich hab dich nicht verstanden“,
sagt Jakob mit erhobener Stimme. Dann in normaler Lautstärke:
„Es wär fast lustig, wenn es wirlich ein Spiel wäre. Aber so, wie
es ist, hängt mein Leben davon ab, also muss ich es hinkriegen.
Darf ich dich mal in den Arm nehmen, Malchen? Ich bin euch
allen so dankbar, ich hab nicht gewusst, was für ein schönes Gefühl das ist, das Dankbarsein.“

*

Die nächsten Tage war Marie an Jakobs Seite. Das Zimmer unter
dem Dach diente als Probenraum.

„Wir stellen uns einfach vor, wir wären zwei Schauspieler
am Wiener Burgtheater und müssten eine Rolle erarbeiten: Du
spielst einen fast tauben Mann, und ich bin seine Frau, die sich
um ihn kümmert. Ich geb ja zu, dass ich, immer wenn ich im
Kino war, den Traum hab, auch in so einem Schmachtfetzen in
einem eleganten Kleid mit verschleiertem Blick in die Ferne zu
schauen, an die große Liebe zu denken, die unerreichbar in der
Fremde weilt. Wie Zarah Leander eben. Schauspielerin sein, das
wär schon fein, aber berühmt müsste man halt werden.“ Jakob
sieht Marie verwundert an. „Dass du noch die Kraft hast, ein
Spiel daraus zu machen, hast du denn gar keine Angst, dass sie
euch alle verhaften, weil es einer vielleicht nicht durchsteht? Du
glaubst gar nicht, wie’s in mir aussieht. Ich kann eigentlich nicht
mehr. Manchmal möcht ich mich stellen, aufgeben, damit endlich Ruhe ist. Und grad jetzt treff ich einen, der mich liebt und
den ich auch so gern hab. Ich will doch nicht, dass ihm wegen
mir was passiert, keinem von euch, ich weiß gar nicht, was ich
jetzt tun soll.“ Er schüttelt den Kopf, als wollte er ihn ausräumen.

Marie berührt Jakob an der Schulter, sie sagt gar nichts. So viele Sätze für all das, was ihr bei Jakobs Worten durch den Kopf geht, kann sie gar nicht in eine vernünftige und verständliche Reihenfolge bringen.

„Ich antworte dir jetzt durcheinander, denk dir deinen Teil. Weißt du, ich hab den Arnold lieb, und wenn ich ihn beim Helfen für dich unterstütze, dann tu ich doch auch was für ihn, denn dich liebt er aufrichtig, er hat's mir anvertraut. Ich hab natürlich auch Angst, dass alles rauskommt. Und ich bin's nicht gewöhnt, nicht die wichtigste Person für Arnold zu sein, so lang sind wir schon beieinander, aber ich weiß auch, so ist es richtig jetzt. Ich finde, du bist ein Guter. Ich hoffe, ich kriege auch irgendwann so jemanden, einen, der mich will. Als Frau, meine ich, der Arnold und ich, wir hatten ja nie was miteinander, haben uns nur ab und zu ein Küsschen gegeben, wenn einer geguckt hat. Als Freund und Freundin nehm ich ihn auch weiter in den Arm, das kann ich dir jetzt schon versprechen."

Marie hat das Dramatische überspielen wollen. Irrsinnig kommt ihr das Ganze aber auf einmal vor, gab es überhaupt eine Aussicht auf Erfolg, war das andere nicht in Wirklichkeit viel zu mächtig? Es würde alle zermahlen, ohne Rücksicht auf all die Liebe, die die kleine Widerstandsgruppe einander schenkt.

„Weißt du, was das Schlimmste wäre? Wenn einer von uns das Vertrauen ins Gelingen verlieren würde, wenn er dann alles verraten würde. Ich hab am meisten Angst davor, dass jemand aus Angst, aus Wut über den ganzen Schlamassel der Versuchung, bei den Falschen vorzusprechen, nicht widerstehen könnte. Ich wüsste im Moment aber Gott sei Dank niemanden in unserem Kreis, der so etwas tun würde. Aber ehrlich, wer kann schon voraussagen, was einer macht, wenn's ans eigene einzige Leben geht."

Jakob legt Marie die Hand auf die Schulter, jetzt kann er auch einmal trösten: „Beruhig dich, Marie, du hast mir grad so viel Vertrauen geschenkt, ich kann es dir nicht anders vergelten, als dass ich mich dessen als würdig erweise und mit dir und den anderen überlebe. Lass uns jetzt fleißig sein und üben, ich will dir – und mir – helfen, mein kleines Leben zu retten. Irgendwann wird der Spuk ein Ende haben, ich hab daheim gelernt, dass die Bösen mit Mann und Maus am Ende untergehen. Lass uns anfangen.“

*

Sie einigten sich darauf, den „Gehörlosen Jakob“ einzustudieren, sie beschlossen, dass das rechte Ohr taub sein sollte. Sie übten: Jakob hört nichts, wenn er von rechts, von rechts hinten, von rechts vorn angesprochen wird; Jakob schaut in die falsche Richtung, dreht sich um die eigene Achse, wenn er von weiter weg gerufen wird – wo ist die Stimme lauter, wo steht der Rufer? Jakob reagiert nicht auf Flüstern, überhört das Läuten an der Tür; Jakob schrickt zusammen, wenn er, ganz leise zwar, hört, dass es irgendwo knallt; er zeigt, dass das Klingeln im Hör-Ohr unerträglich laut wird, indem er die linke Hand vor die Ohrmuschel hält, scheinbar zum Schutz; Jakob dreht den Kopf leicht in die Richtung des Sprechenden, schiebt dafür das Kinn leicht nach rechts vorn, nimmt die Hand zu Hilfe, als Hörrohr – heute pfeift es wieder ganz schrecklich.

Marie tröstete Jakob, wenn er sich ungeschickt anstellte und Richtungen verwechselte, aber allmählich schien er sich in seine Rolle hineinzuspielen. Zwischendrin rief der Großvater hoch zu den beiden: „Kommt doch mal runter, die Luft ist rein, ich hätte gern einen Kamillentee, ihr kriegt auch was davon ab, ihr müsst ihn nur kochen!“ Marie sah aus der Dachluke auf die Straße hinunter, sie war menschenleer.

„Also gut, wir können es wagen und es geht doch nichts über einen guten Kamillentee, oder?“ Marie rief nach unten, dass sie gleich kämen. Jakob reagierte nicht. Er sagte stattdessen ein bisschen lauter als sonst: „Ich hätt jetzt gern was Warmes zu trinken, einen Kamillentee oder einen Pfefferminztee, ob der Josef so was hat und uns einlädt?“

13

Der Heinz muss fort

Amalie war völlig aufgelöst. In *Müllers Café* war aus Frankfurt angerufen worden, man solle sie schnell holen, hieß es, es ginge um ihren Sohn. In fünfzehn Minuten würde man sich wieder melden.

Der freundliche Cafébesitzer, der bereitwillig eines von den wenigen Telefonen im Ort allen Gästen, Bekannten, Nachbarn zur Verfügung stellte, selbst aber nur selten davon Gebrauch machte, weswegen ihm Arnold einmal mehr nicht über den Weg traute, hatte sich als zuverlässiger Bote entpuppt. Sogleich hatte er sein Lokal zugesperrt und war so geschwind, wie er konnte, zum Haus der Reinelts gelaufen, wo er die Amalie Döpfner vermutete. Als er dort ankam, steckten Malchens bemehlte Arme gerade in der Schüssel mit Hefeteig für den neuerdings sehr beliebten Hefezopf. Arnold könne auf einmal nicht genug davon bekommen, das hatte sie dem Bäcker lachend erzählt, als sie schon wieder Mehl dafür bei ihm kaufte.

Herr Müller war völlig außer Atem, trotzdem brachte er seine hastig hervorgestoßenen Sätze in Windeseile an die Frau: „Kommen Sie schnell mit, Ihre Leute haben aus Frankfurt bei mir angerufen. Es ist was mit dem Heinz, ich hab nicht gefragt. Die rufen gleich noch mal an."

Schürze abbinden, Hände am Handtuch notdürftig abwischen und losrennen, das war alles eins, Amalie fragte nicht weiter, sie rannte und rannte, Herr Müller hatte ihr schnell den Schlüssel in die Hand gedrückt, damit sie aufschließen konnte. Kaum war Amalie im Café angekommen, schrillte schon der Wandapparat. Amalie fühlte sich auf einmal ganz elend, schon bevor sie wusste, worum es ging. Als sie abnahm, ein kurzer Moment der Erleichterung. Ein Hauch von Freude war ihr gegönnt, ihr Mann war am anderen Ende, was für ein Glück, dass er noch immer beim Fernamt arbeiten konnte – und deshalb von dem Raum mit den verstöpselten Fernsprechern und den „Frolleins" vom Amt aus telefonieren durfte.

Dann spricht Heinrich die fatalen Worte aus: „Malchen, es hat keinen Zweck, jetzt musst du, glaub ich, kommen, du kannst die Kleine in Orb lassen. Der Heinz muss jetzt doch noch fort, es dauert ja nicht mehr lang, bis er achtzehn ist, in den paar Wochen bis dahin wollen sie ihn schnell ausbilden, und einen Tag nach seinem Geburtstag ist er dann unterwegs, er soll vielleicht nach Frankreich, als würde das jetzt dort noch was helfen, ach Gott, ach Gott, die Franzosen hassen die Deutschen, Erbfeind, weißt schon. Da haben wir doch sowieso schon so gut wie alles verloren. Du willst ihn vor der Abfahrt sicher sehen und ihm auch seine Sachen richten, oder? Drum ruf ich an."

„Ach Heinrich, wie furchtbar, der arme Bub. Aber wir müssen auch froh sein, dass ihr noch lebt, es wird immer schlimmer in letzter Zeit. Der Heinz wird bestimmt wieder heimkommen, versprich's mir, bitte. Was red ich denn, ich guck gleich, ob es einen Zug gibt, die werden ja auch manchmal beschossen, der Bub darf nicht fort, eh ich daheim bin. Wie geht's euch zwei jetzt, was macht der Garten, wächst noch genug für uns zum Essen? Bist du, seid ihr gesund?"

Sie konnten nicht lange sprechen, Heinrich musste die Leitung freigeben, und es knisterte so komisch, als würde die Verbindung gleich zusammenbrechen. Oder als würde jemand mithören. Amalie versprach, sich zu beeilen, so schnell wie möglich wolle sie losfahren, ganz aufgeregt wurde sie, wenn sie an die Bahnfahrt dachte. „Hoffentlich wird nicht auf den Zug geschossen, fährt überhaupt einer in die kaputtgebombte Stadt, was erwartet mich dort?"

Amalie hörte nur noch Bruchteile von den Sätzen, die Heinrich in die Sprechmuschel brüllte: „... nicht verrückt. Vertrau auf den lieben ... bin froh, wenn ..." Und dann, kurz bevor das Gespräch beendet war, hörte sie noch einen ganzen Satz: „Ich lieb dich doch." Amalie konnte gerade noch „Ich dich auch" zurückrufen, da war es schon vorbei. Sie drehte sich um zu Herrn Müller, der ihr den Hörer abnahm. Er guckte sie mitleidig an, ob alles in Ordnung ist mit dem Sohn, wollte er wissen. Amalie erzählte ihm in abgehackten Sätzen, was Heinrich berichtet hatte.

Danach ist Amalie als Erstes zum Bahnhof gelaufen, am Fahrplan war sie gleich vorbeigegangen, der galt sowieso nicht mehr, direkt zum Schalter. Die Frau hinter dem Glas mit dem Sprechfenster sagte, sie solle am nächsten Morgen um sechs wiederkommen, momentan sehe es gut aus, dass ein Zug abfahren würde nach Frankfurt, um ungefähr Viertel nach, vielleicht später. „Vielleicht gar nicht", hat Amalie betrübt gesagt und zwei Fahrkarten gekauft, für alle Fälle.

Erst war sie heimgegangen, ins Elternhaus ihrer Kindheitstage. Innen drin, ihr Herz, es hämmerte und hämmerte gegen die Brust. Sie wusste nicht, wo ihr der Kopf stand. Wo anfangen? Koffer packen, was Praktisches und Notwendiges. Emma zu sich rufen, ihr schonend sagen, dass ihr Bruder Soldat werden muss, das Mädchen soll nicht allzu erschrocken sein. Das fehlte gerade noch. Gleich davon anfangen, wie es wird, wenn der Heinz wieder zurück ist aus dem Krieg.

Sie sagte ihrer Mutter Bescheid, die ihre Tochter gleich an sich drückte, obwohl das Trösten nichts weiter brachte als ein bisschen Körperwärme. „Ach wie schrecklich, du tust mir wirklich leid. Verlier bloß den Mut nicht. Lass den armen Bub lieber nichts merken von deiner Angst. Das macht's nicht besser. Komm, überlass das mir, ich werde es meiner Enkelin verklickern. Die will ihren Bruder sicher auch noch mal sehen, bevor er einrücken muss." Amalie war einverstanden. Frieda erwies sich wieder einmal als liebevolle Helferin in der Not. „Malchen, noch was, Kopf hoch, und geh noch mal rüber zum Jakob, und verabschiede dich, ich glaub, der Arnold ist grad bei ihm, und der Großvater freut sich sicher auch, wenn du noch auf Wiedersehen sagst."

Nun steht Amalie mit hängenden Schultern und in sich zusammengesunken in Josefs Wohnzimmer. Als Erster im Zwei-bis-drei-Männer-Haushalt erfährt er die beängstigende Nachricht. Zunächst reagiert er nicht, weicht Amalies Blick aus, weiß nicht, wohin mit seinem bestürzenden Gedankenwust. Alles geht ihm im Kopf durcheinander, er weiß schon so nicht, wie er als alter Mann das mit den beiden jungen Männern da oben bewältigen soll, und dann die zusätzliche Sorge: der Heinz im Krieg, der zarte Bub! „Wie hast du's erfahren?" Amalie erzählt, wie Herr Müller vom Café so aufgeregt angerannt gekommen ist, wie er ihr den Schlüssel überlassen hat fürs Café, weil sie allein schneller laufen konnte als er und der Anruf schon bald erwartet wurde. Der Bahnhof, Frieda, Koffer packen. Nachher wolle sie noch mal beim Herrn Müller vorbei, das gehöre sich. „So richtig bedankt hab ich mich nicht, da hatte ich gar keinen Kopf dafür."

Arnold hat den letzten Satz mitgekriegt, er war ins Zimmer eingetreten, nachdem er angeklopft hatte, um Josef zu fragen, ob er ihm einen Tee kochen oder was anderes zum Trinken bringen soll.

„Wofür willst du dich denn beim Müller bedanken? Der ist ja nicht gerade unser bester Freund, oder?"

Amalie sieht keinen Grund, etwas gegen Herrn Müller zu sagen, er ist immer freundlich und nett und dass er das mit dem Telefon gestattet, das ist doch ein feiner Zug, oder nicht?

Arnold kann seine Vorbehalte gegen den gemütlichen Bäcker und Konditor nicht recht begründen. Er fühlt sich einfach immer beobachtet, wenn er ihm begegnet. Aber er kann nicht umhin, Amalie recht zu geben, der Herr Müller hat auch ihm bislang nichts getan, Arnold weiß von keiner Anzeige, keinem Hinterhalt, keinem Verrat von dessen Seite. Was hätte es auch hier in Orb zu verraten gegeben, es waren sowieso fast nur Frauen und alte – oder behinderte – Männer zu Hause geblieben.

Andererseits: Hatte der Müller sich nicht immer mit seinem Bruder zusammen rumgetrieben und mit dem Mann von der Schreibstube im Rathaus? Beide wackere Nazis? Frieda, die Lebenstüchtige, hatte mit den Schultern gezuckt, als er ihr gegenüber mal seinen Verdacht geäußert hat.

„Ach was, Nazi, der duckt sich genauso weg wie die anderen auch. Mit den beiden war der Müller in der Schule, daher kennt er die so gut. Und sie sind zwei von der Handvoll Männer unter siebzig im Ort." Arnold nimmt sich vor, genauer hinzusehen, seine Mutter hat eigentlich einen gewissen Scharfblick für die Menschen.

Amalie fragt, ob sie schnell hoch zu Jakob kann, sich verabschieden, seit fast zwei Wochen ist er nun da oben, lässt sich aber immer noch nicht auf der Straße blicken.

„Da musst du nicht fragen, du weißt, wo du ihn findest", sagt Josef, „aber erschreck die zwei nicht, deine Tochter ist nämlich oben bei dem jungen Mann. Ich weiß nicht, was Emma ihm zu erzählen hat, aber sie wollte ihn vorhin unbedingt sprechen, ihm was von der Schule erzählen, hat sie gesagt." Josef blitzt der Schalk in den Augen. „Vielleicht ist sie ein bisschen verliebt, das mit dem heimlichen Schwärmen fängt jetzt allmählich an." Amalie wundert sich ein wenig, muss aber auch schmunzeln, sie hatte gleich gemerkt, dass ihr Kind den Jakob von Anfang an nicht nur auf rein kindliche Art gemocht hat.

*

Derweilen saß Jakob mit seinem Besuch in der Dachkammer, und sie erzählten einander von ihrem Leben in der gemeinsamen Heimatstadt. Erst war Jakob zurückhaltend, das junge Mädchen war ihm trotz allem noch recht fremd. Er konnte nicht einschätzen, wie weit sie geistig schon in der Lage war, das große Geheimnis für sich zu behalten, würde das Kind wirklich niemandem etwas verraten, sich nie veplappern?

Einsilbig war er ihr gegenüber, wollte Emma auch nicht beunruhigen mit den furchtbaren Eindrücken und Erinnerungen, die er aus Frankfurt mit hergebracht hatte. Nur eines hat er sehr verkürzt zugegeben: „Ich weiß nicht, was mit meinen Leuten ist. Wir mussten uns verteilen, weil wir uns verstecken müssen. Wir sind Juden. Bitte behalte das für dich. Du weißt, was sonst passiert." Ernst hat ihn Emma angeschaut, verständig versichert, das sie schweigen würde wie ein Grab und dann ihrerseits von den Erlebnissen in der Schule erzählt, was Jakobs Misstrauen in die Flucht jagte.

Emma erzählte genau genommen nichts von der Schule, vielmehr von einem Zwischenfall auf dem Schulweg, von dem Tag, an dem sie zum ersten Mal hautnah erlebt hatte, was den jüdischen Menschen in ihrer Stadt in ihrer Straße widerfahren war.

124

„Weißt du, Jakob, ich hab schon viel gesehen, was ich lieber nicht gesehen hätte, andererseits wüsste ich dann jetzt auch nicht, wie es bei uns wirklich aussieht.

Ich bin immer ganz gern in die Stunden im BDM gegangen, ich geb das ja zu, dort wird einem viel über die hehren Frauen in deutschen Heldengeschichten erzählt und dass die deutsche Frau vor allem als Gattin und Mutter ‚ihren Mann stehen‘ soll. Ich hab darüber lachen müssen, so ein blöder Satz. Eine Frau soll doch sicher ihre Frau stehen, hab ich gefragt. Die Gruppenführerin hat mich bös angeguckt, nichts geantwortet, nur, dass ‚auch Mütter manchmal stark wie ein Mann‘ sein müssen, so hat die sich rausgeredet. Ansonsten spielen wir viel Schlagball beim BDM, machen auch Gymnastik mit Keulen und singen zusammen Lieder. Mit den anderen Mädchen hab ich mich immer gut verstanden, wir waren vierzehn, sicher wegen der Schule habe ich aber angefangen, über ein paar Sachen nachzudenken.“

An dem Tag, den Emma Jakob jetzt schildert, hat sie das mit den Leuten aus dem Laden mit ansehen müssen, es waren die, die immer so nett zu ihr gewesen sind und die inzwischen wie vom Erdboden verschluckt waren. Von einem Tag auf den anderen.

„Was ist passiert?“ Jakob hat der jungen Freundin aufmerksam zugehört und ahnt, was ihn erwartet. Emma erzählt von ihrem Erlebnis auf dem Heimweg von der Schule.

„Die Simons von dem großen Modeladen an der Frankenallee haben gedacht, dass sie spätestens nach zwei Wochen wieder zurück wären. Wahrscheinlich wolle man nur überprüfen, ob sie treue Deutsche waren, und das waren sie ja. Meine Mama hat gern dran geglaubt, dass sie wohlbehalten bald wieder zu Hause wären, doch in Wirklichkeit hat sie es auch geahnt, dass die in unserer Straße sehr beliebte Familie nicht wiederkommen wird. Bis jetzt sind sie jedenfalls nicht zurückgekehrt in ihren Laden. Inzwischen glaub ich auch nicht mehr daran.

Die waren so nett: Zu meinem dreizehnten Geburtstag am 28. September 1942 haben mir die Simons einen hübschen Wollschal geschenkt, weißt du, meine Eltern hatten mir in dem Geschäft zum Herbst endlich einen neuen Mantel bestellt. Den

Schal gab's dazu, und er passt fabelhaft zu meinen anderen Sachen. Als ich auf dem Heimweg von der Schule in den Laden ging, um ihn abzuholen, kamen so ein paar ‚dumme Buben‘ – so hat meine Mutter das ausgdrückt, als ich daheim alles erzählt hab – herein und fingen an, die Simons zu beschimpfen: ‚Ihr Saujuden, ihr gehört alle vergast‘, haben sie gerufen, stell dir das mal vor, und dabei richtig niederträchtig und gemein gelacht. Die Schals und Handschuhe, die ordentlich sortiert in den Schaukästen lagen, durchwühlt, einer hat einen dunkelblauen langen Merinoschal herausgezogen, ihn sich umgelegt und sich gebärdet wie ein Tanzmädchen, mit spitzen Lippen hatte er Kussmündchen in die Luft geschickt." Emma ahmte den hirnlosen Jungen nach. Jakob konnte nicht darüber lachen.

„Ich war furchtbar erschrocken, Herr Simon hat die blöden Jungen aus dem Laden gejagt und nicht weiter erwähnt. Nur zu mir hat er noch gesagt: ‚Daran werden wir uns jetzt gewöhnen müssen, hoffentlich steht uns der Himmel bei, und das alles geht bald vorüber.‘ Ein paar Tage später war der Laden geschlossen, und die Simons waren weg. Ein Nachbar hat Mama erzählt, dass er sie noch gesehen hat, als sie abgeholt wurden, jeder der beiden Söhne hätte einen kleinen, die Eltern jeweils einen größeren Koffer dabei gehabt, damit seien sie auf einen Lastwagen gestiegen. Er sagte, der Herr Simon sei sehr zuversichtlich gewesen, bald wieder im Geschäft zu stehen."

Emma hatte nach diesem Erlebnis nicht glauben wollen, dass sie die Familie nicht wiedersehen würde, und sie hatte angefangen, sich zu fragen, was dran war an den Geschichten, die sich die Mädchen beim BDM erzählten: Die Juden seien schuld am Krieg, hieß es da, sie würden das deutsche Blut verderben, eine, die aus keinem guten Haus stammte, sagte „versauen".

Auch das hat Emma Jakob erzählt. „Ich glaube kein Wort davon, ehrlich, ich verabscheue diese Reden. Jakob, bitte behalte das auch für dich."

Jakob nickt versonnen, was macht dieses Land aus seinen Kindern! Sie sind jung und müssen die große Wahl treffen, um die eigene Seele zu bewahren. „Komm mal kurz her, ich will dir was zuflüstern." Emma geniert sich ein bisschen und wird rot, aber sie beugt sich zu Jakob hinüber. Er wispert ihr ins Ohr: „Wie wäre es, kleine Kämpferin, wollen wir einen Pakt schließen? Nicht nur Freunde sein, sondern auch Verbündete? Ich schwöre, nichts, was du mir eben gesagt hast, wird über meine Lippen kommen, es sei denn, es muss ans Licht zu deiner Ehre, deinem Ruhm, wenn es vorbei ist." Emma ist ganz verwirrt, fühlt sich geehrt und ist – zugegeben – stolz. „Das schwöre ich auch dir", sagt sie.

*

Amalie hatte eine Idee gehabt, bevor sie sich für den Abschied vom Großvater und von Jakob die gute Jacke angezogen hat: Wenn sie Jakob schon keinen Hefezopf mehr backen kann, will sie ihm wenigstens eine Erinnerung hinterlassen, die er in Händen halten und ihm unter Umständen den Hals retten könnte. Amalie hat in ihrer weichen, gut lesbaren Handschrift eine Seite von Friedas Briefpapier vollgeschrieben: Zuoberst steht da in Druckschrift ihre Frankfurter Adresse, da findet Jakob zur Not immer einen Unterschlupf, wozu haben sie denn das Mansardenzimmerchen, das momentan mit altem Gerümpel zugepackt ist. Sofern das Dach noch da ist, wenn wir wieder daheim sind – Amalie kann den Gedanken nicht verdrängen. Dann hat sie den Mitgliedern der „entfernten Verwandtschaft im Sächsischen" komplett einen kurzen Stammbaum erfunden, falls er über seine Herkunft Auskunft geben musste: Alle möglichen Vornamen zum Nachnamen Berger mit Geburtstagen, Schulzeit und „verfrühten Todesdaten". Akribisch hat sie notiert, wann sich die Fantasieverwandten wo aufgehalten haben, die Umstände, unter denen manche von diesem Familienzweig ums Leben gekommen sind, und dass nun niemand mehr dort übrig war. Jakob war ganz allein zurückgeblieben.

Er würde nichts auswendig lernen müssen, das alles war natürlich vor seiner Zeit, nicht mal eine Oma hatte er noch kennengelernt, nur Vater und Mutter waren übrig geblieben und jetzt, im Krieg zu Tode gekommen, wie, das überließ Amalie Jakobs eigener Fantasie.

Amalie war zufrieden mit sich gewesen, es klang alles ganz vernünftig und glaubwürdig: Die Frauen waren im vorigen Jahrhundert an Schwindsucht oder im Kindbett früh gestorben, die Männer im Ersten Weltkrieg oder bei der Sauhatz zu Tode gekommen. Zum Schluss hat sie selbst den Inhalt des Schreibens auswendig gelernt, für den Fall der Fälle.

Außerdem hatte Amalie auf dem Dachboden ihrer Mutter herumgekramt, in den vielen Truhen und Kisten gewühlt und tatsächlich zu guter Letzt in der hintersten Ecke noch eine Eichenkiste mit dem polierten Hörrohr aus hellem Mahagoniholz gefunden. Es hatte ihrem Großvater gehört, dem Vater von Dominikus. Amalie hatte ihn nicht mehr erlebt, als Mädchen hatte sie über die Erzählungen über Hermann Reinelt und sein ständig verlegtes Hörrohr gelacht.

Nun würde das Hörgerät zu einem nützlichen Requisit bei der Rettung eines gut aussehenden jungen Mannes werden, Jakob würde ein bisschen mehr hören dürfen mit dem altmodischen Gerät, das erleichtert das Schauspielern. Amalie war fest davon überzeugt, dass sie alle zusammen, den freundlichen wie verzweifelten jungen Mann durch den Horror der Nazi-Herrschaft bringen würden. Sie betete, dass er ihren Bruder wirklich liebt. Liebe heilt alles Leid. Irgendwann.

Einen privaten Passierschein für Jakob hat sie noch verfasst, ob er was nützen könnte, da war sie nicht sicher, vielleicht mit dem „Stammbaum". Einen Versuch wäre es wert, es war sowieso nur für den Notfall, am besten, es kommt gar nicht erst so weit. Auf ein extra Blatt schrieb sie die wohl überlegten Worte:

„Hiermit bestätige ich, dass der Vorlegende Herr Jakob Reinelt ist und aus dem sächsischen Zweig der Bad Orber Familie Reinelt stammt (siehe beiliegende Aufstellung). Er ist der Letzte dieses Zweiges und hat bei einer Explosion Teile seines Gehörs und seine Papiere eingebüßt. Er wohnt derzeit bei der Familie seiner Cousine Amalie Döpfner.

Gezeichnet: Amalie Döpfner, geb. Reinelt, wohnhaft in Frankfurt am Main, Schloßborner Straße 18."

Unterschrieben hat Amalie erst, als sie alles dreimal gelesen und keinen Schreibfehler entdeckt hatte.

Amalie ist vorgewarnt, sie weiß ja nun, dass sie Jakob nicht allein antrifft. Sie klopft an, bevor sie die Tür zu Jakobs Zimmer nach seinem „Herein" öffnet. Er sitzt auf der Bettkannte, ihm gegenüber Emma an dem runden Tischchen auf einem der beiden Stühle. Das Mädchen fragt sich, was ihre Mama hier zu suchen hat, hält aber erst mal die Klappe. Jakob freut sich, dass Amalie den Weg zu ihm heraufgefunden hat, sie reden bei solchen Gelegenheiten gern ein bisschen, manchmal finden sie sogar etwas, worüber sie miteinander lachen können, ernste Dinge besprechen sie sowieso und schmieden Pläne für „danach". Amalie und Jakob verstehen sich gut, er ist ihr dankbar und mag die Schwester seines Geliebten sehr. Sie würde Jakob am liebsten mitnehmen nach Frankfurt, sie hat ihn auch sehr gern.

„Jakob, ich mach's kurz, sonst wird es zu schlimm, zumindest für mich. Ich muss heimfahren. Der Heinz muss doch noch in den Krieg, gerade zum achtzehnten Geburtstag wollen sie ihn holen. Er muss schon bald einrücken, ich muss ihn noch mal sehen, Emma, dich nehm ich morgen mit, wenn ich dich hier lassen würde, das würdest du mir nicht verzeihen, oder? Du hängst doch auch am Heinz?" Fragend schaut sie zu ihrer Tochter, die ganz unruhig wird, als ihr klar wird, dass sie schon wieder zurück müssen, dass sie nicht mehr beim Jakob sitzen und sich mit ihm unterhalten kann.

Amalie versucht es mit einem verunglückten Scherz, sagt mit lauter Stimme: „Hast du gehört, was ich gesagt habe? Alle müssen dauernd irgendwas. Der arme Bub, so kurz vor Schluss in den Krieg, der Heinz war immer ein bisschen zart. Es tut mir auch so leid, dass ich mich jetzt nicht mehr um dich kümmern kann, ich hab dir aber was mitgebracht, das dir eines Tages vielleicht eine Hilfe ist. Ist natürlich nicht garantiert. Aber ich versprech dir, ich steh dazu, wenn einer bei mir nach dir fragt."

Jakob ist vom Bett aufgestanden, wo er in einem Buch aus Josefs geheimer Bibliothek gelesen hatte, bevor die Erste der beiden Döpfner-„Mädchen" hereingeschneit war.

Er ist erschüttert, wieder verlässt ihn jemand, dem er nahesteht, aber sie kann ja nichts dafür. Fast mütterlich war die fremde Frau von Anfang an zu ihm gewesen, hatte gleich erkannt, wie es um Arnold und ihn stand. Sie hatte ihn ermutigt: „Hauptsache, ihr habt euch lieb und haltet zusammen." Und nun muss sie wieder in die Hölle von Frankfurt, wo so viel kaputt geschossen ist, wo es keine Juden mehr gibt, wenigstens keine, die man sehen kann. Und wo an jeder Ecke graue Männer mit tödlichem Auftrag warten.

Sie umarmen sich alle drei, sogar Jakob kann die Tränen kaum zurückhalten. Amalie überreicht ihm das Kästchen mit dem Hörrohr und ihren „Passierschein" mit dem fingierten Stammbaum, die grauen Papierblätter mit ihrer Adresse.

„Ich wünschte, wir würden uns bald wiedersehen, Amélie. Weißt du was, auch wenn wir inzwischen oft unsere Zweifel an seiner Existenz haben und wir unterschiedlichen oder auch gar keines Glaubens an Gott sind, lass uns zusammen zum Abschied einen Versuch mit dem Beten wagen." Jakob hat den Vorschlag gemacht: beten zu einem Gott, der sie alle vergessen hat? Die drei falten die Hände, schweigen für einen Moment der Konzentration. „Lieber Gott, wir flehen Dich an, lass uns alle gesund überleben, schicke die Teufel in die Hölle zurück, aus der sie kamen, setze dem Elend ein Ende und schenke allen Menschen Frieden", Jakobs Bitte an den Allmächtigen gilt für alle drei. Amalie hat mit Überzeugung mitgemacht.

„Na, schaden kann das Beten sicher nicht", sagt Jakob salopp, er bemüht sich um etwas Leichtigkeit, die Begleiterin der Zuversicht.

Amalie drückt ihn noch einmal fest. „Und pass mir gut auf meinen Bruder auf." Emma lässt sich gern von Jakob umarmen, das Lächeln aber hat der Kummer aus ihrem Gesicht verjagt.

Auf unabsehbare Zeit ein letztes Mal betritt Amalie mit Emma das Wohnzimmer, nimmt für ein paar Augenblicke Platz neben dem alten Mann und Arnold, was bliebe noch zu sagen? Die vier sitzen stumm, reichen sich zum Abschied ernst die Hände. Dann verlassen Emma und ihre Mutter Großvaters Haus, Josef schaut ihr sorgenvoll hinterher. Arnold wird später nachkommen.

14

Liebe in Zeiten des Krieges

„Nun, mein Liebster, da ich keine Jungfrau mehr bin, lehre mich die körperliche Liebe, bitte sag nicht Nein." Arnold spricht diesen Satz mit gespieltem Pathos aus, und er meint ihn trotzdem genau so, wie er ihn sagt. Arnold hat große Angst, dass das, was er selbst dem Freund zurückgeben kann, längst nicht reicht, um ihn glücklich zu machen. Doch es ist eine ganz andere Angst als die Furcht vor Krieg, Gewalt, vor Tod. Arnold bangt um die eigene Kraft, wenn er sich dem Geliebten hingibt, hat Angst vorm Kontrollverlust, wird Jakob ihn halten, ihn in die Lust hineintragen, an seiner Seite bleiben? Jakobs Erfahrung schüchtert ihn ein, Arnold hat sich bis jetzt darauf verlassen, dass er instinktiv alles richtig macht. Er spürt die Hemmschwelle, die Friedas gute katholische Erziehung vor ihn hingelegt hat, ohne dass er sich dessen bewusst geworden ist. Und außerdem wird es ein Manifest sein: Mit diesem letzten Schritt wird er die Welt der sogenannten Normalen verlassen, er wird ein 175er, einer vom anderen Ufer, ein warmer Bruder, eine Schwuchtel, einer von denen, die die richtigen Männer verachten, verspotten, verprügeln, einsperren, töten dürfen.

Der Mut, der nun vonnöten ist, lässt ihn erschauern, die Vorfreude auf das Leibliche der Liebe überragt die Furcht, er will eintreten in seine neue Welt, die er nach allem nicht mehr leugnen kann.

Schon beim ersten Mal, als sie sich umarmt hatten, hatte der ein wenig jüngere Liebhaber die Führung übernommen, er hatte das ängstliche Zaudern des mit natürlichen Muskeln ausgestatteten gut aussehenden, großen, starken Handwerkers gespürt, war sanft mit ihm gewesen. Er hatte ihn nicht überrollen wollen, obwohl Jakob zugleich deutlich Arnolds Drängen, seine Neugier, seine Lust erkannt hatte.

Jakob hatte das Hinauszögern, das Warten auf die Erlösung im höchsten Glück schon als halber Junge erlebt, der Freund damals war dem Siebzehnjährigen ein kompetenter Lehrmeister gewesen, der ihm beigebracht hatte, wie leidenschaftliche Küsse und die weichen und zarten Umarmungen mit einem Hauch von Männermacht, Männergewalt, spielerisch das Begehren hochspielen. Der drei Jahre Ältere war erfahren gewesen, Jakobs erster Mann hatte so manche Technik gekannt, die Lüste zu wecken und zu erfüllen.

Jakob presst Arnold an sich, drückt seinen Kopf an die starke Brust des Geliebten. Seine Hände wandern über den makellosen Körper, selbst der verkrüppelte Fuß macht eine unerklärliche Stimmigkeit. Es hatte etwas von einem Helden, der die Wunde als Zeichen des Triumphs über den Feind trägt. Arnold will erst nachgeben, sich einfach fallen lassen, doch dann lässt ihn ein Impuls zupacken, er schlingt seine Arme um Jakob. Er gibt ihm einen Kuss, der innig erwidert wird. Arnold ist schön, Arnold ist stark, Arnold ist der Liebende und der Geliebte. Heute wird er derjenige sein, der dem Mann in seinem Bett seine Liebe zeigt, der ihm das Einzige gibt, was Menschen nicht wirklich lernen müssen, was sie beherrschen, auch wenn niemand sie diese Seite der Liebe lehrt. Sie üben letztlich nur für die Feinheiten, die Varianten.

Die beiden Liebesforscher lassen sich Zeit. Jakob dreht sich von selbst auf den Bauch. Arnold flüstert ihm Zärtliches in den Nacken, fährt suchend, gierig auch über Jakobs Rücken, die rauen Arbeiterhände, sie werden ganz zärtlich und besitzergreifend und weich. Per aspera ad astra – durch Raues zu den Gestirnen, Jakob kennt den Satz aus dem Lateinunterricht, er war auf dem Gymnasium, er muss unwillkürlich daran denken, ganz kann er den Kopf nicht wegschalten.

Heute Nacht würde Arnold am liebsten in Jakobs Armen einschlafen, er will ihn nicht in der Dachkammer zurücklassen, will nicht über den Hinterausgang hinaus ins Dunkle, dann am Schlafzimmer seiner schlummernden Mutter vorbeischleichen. Ihm wäre danach, seine Freude in die Finsternis zu rufen, alle teilhaben zu lassen. Ein solcher siegesgewisser Übermut hat plötzlich von ihm Besitz ergriffen. Gibt es irgendwo ein Land, wo Menschen lieben dürfen, wen sie lieben? Dahin will er gehen, egal, wann, aber am liebsten sofort. Er hebt an, will seinen Liebsten mitziehen in die Euphorie. „Wir wandern aus“, sagt er, „dahin, wo wir sein dürfen, wie wir sind!“

Doch Jakob ist schon wieder auf dem traurigen Boden der Wirklichkeit angekommen. Nachsichtig streichelt er Arnold die Wange. „Weißt du, viele Juden auf der ganzen Welt, sie wollen nach Palästina, glauben an den Judenstaat, die Engländer haben die Herrschaft dort. Er liegt im Norden der arabischen Welt, dort wollen sich die Juden ein eigenes Land einrichten. Aber das Land gehört ihnen nicht, und die, die da leben, müssten umsiedeln, woandershin, irgendwo leben, wo keiner die Vertriebenen würde haben wollen. Ich hab gedacht, wenn ich das hier überlebe, werde ich versuchen, dorthin zu gelangen. Aber ich weiß nicht, wie sie da mit uns umgehen, vielleicht töten sie mich da auch, nicht weil ich Jude bin, sondern weil ich einen Mann liebe, zum Beispiel dich. Und außerdem: Ich will eigentlich niemanden vertreiben, die, die jetzt in dem Land leben, sind da daheim, so, wie ich hier daheim bin. Und dort versteh ich ja nicht mal, was sie sagen.“

„Ach Jakob, lass uns doch ein bisschen Zeit, lass uns einen Moment des Unbeschwertseins, des Glücks, du bist das Beste, was mir je passiert ist. Ich war noch nie so froh wie jetzt, auch wenn um uns herum alles Chaos ist.“ Jakob zieht Arnold voller Zärtlichkeit an sich. „Ja, mein Süßer, du hast ja recht, gönnen wir uns eine Pause, und hoffen wir, dass unsere Feinde uns so lange in Ruhe lassen.“

Die beiden Männer schweigen, hängen den eigenen Gedanken nach. Das Lächeln, das Sprechen, Blicke, Gesten, die Art wie einer ist, wie er spricht und lacht und Haare aus dem Gesicht streift, im Bett liegt, sitzt, sich kratzt, niest oder sich die Nase putzt, wie der Körper tut, das ist seltsam vertraut. Das ist das unvergessliche Eigenleben des anderen, das der Liebende in seinen Körper, sein Wahrnehmen aufnimmt, als würde sich die Netzhaut neu einstellen, den Anblick auf ewig speichern. Ein Seufzen kommt aus Arnold heraus, er wünscht sich so sehr, dass sie auch in guten Zeiten beisammen bleiben. Er fürchtet sich – das glaubt er aber fast selbst nicht –, dass die Angst vor Verrat, Tod und Verzweiflung in Wirklichkeit der Kleister zwischen ihnen ist. Was werden sie voneinander wollen, wenn sie keinen stummen Widerstand gegen den Krieg mehr führen, wenn im Außen Frieden herrscht?

„Jakob“, fragt er schließlich zaghaft, „was machen wir miteinander, wenn der Krieg vorbei ist?“ Jakob ist aus ähnlichen Gedanken aufgeschreckt. „Ganz ehrlich? Ich weiß es nicht, wie es dann mit uns weitergeht, können wir denn abschätzen, ob sie uns endlich in Ruhe lassen? Werden wir ein Deutsches Reich haben, in dem Juden und Schwule und was es sonst noch für ‚Abschaum‘ gibt, nach Lust und Laune sein können, wie sie nun mal sind, ohne Verschulden. Vielleicht suchen wir erst mal einen passenden Mann für Marie, damit wenigstens die ein glückliches Leben hat.“

Er sieht Arnold ernst an: „Und kannst du mit Sicherheit versprechen, dass du nicht noch andere Kerle ausprobieren willst? Ich bin nicht sicher, ob ich es könnte. Du darfst nicht vergessen, dass wir bei all der Liebe in gewisser Weise voneinander abhängig sind.“

Bestürzt ist Arnold, als er in Worte gefasst hört, was er selbst schon oft gedacht hat. Aber er muss Jakob recht geben, seinem über alles Geliebten. Diese Art zu lieben ist so unerprobt für ihn. „Ich liebe dich“, sagt Arnold. Und: „Wir müssen leben, um zu erfahren, ob es für die Ewigkeit ist.“ Jakob lacht, aber es ist kein fröhliches Lachen: „Die Ewigkeit geht leicht, das, was die Gegenwart zu bieten hat, das müssen wir auskosten und durchstehen, verstehst du. Und wenn ein Mann einen Mann liebt, soll er ihn lieben, wenn er ihn liebt.“ Das ist ihm grad eingefallen, das schenkt er seinem Freund für die Träume in der Nacht. Arnold bleibt liegen, morgen, ganz früh wird er heimschleichen.

*

In aller Herrgottsfrühe stehen Amalie und Emma startklar am Bahnsteig, bislang ist kein Zug annonciert, womöglich sind sie zu früh. Der Koffer ist schwer, Amalie hat alles eingepackt, was sie an Kleidung, Seife, Zahnpasta, Monatsbinden, Haarschampun aus Frankfurt mit nach Orb gebracht hatten; und einen Hefezopf, eingewickelt in ein altes Handtuch, hat Frieda den beiden auch noch aufgenötigt.

Es gibt heuer alles nur einmal, keine doppelte Ausstattung wie früher, als Orb der sichere Hafen gewesen war, wo sie immer hinkonnte, wenn es ihr in der Großstadt zu eng wurde. Damals hatte Amalie kaum was einpacken müssen, alles, außer der Garderobe, lag in Zweitausfertigung bei ihrer Mutter im Schrank. In diesen Tagen aber war auch bei ihr die Kernseife als Kopfwaschmittel im Einsatz.

*

Trotzdem fühlt Amalie sich im Elternhaus einfach geborgen. In Orb ist auch manches kaputt vom Krieg, aber es ist wenigstens einigermaßen ruhig dort. Wie gut erinnert sich ihre Mutter an die Wegscheide von ganz früher, als dort noch das Landerholungsheim für „arme Kinder" gewesen ist, das dieser reiche Frankfurter eingerichtet hatte, damit die Kleinen sich ausruhen durften vom kärglichen Leben daheim. Ein paar Wochen Freude erleben, spielen, keinen Hunger verspüren, dank Milch und Brot und Obst gesund werden, die Albträume von den Schlägen und dem ärmlichen Dasein vergessen, zu Kräften kommen. Und jetzt? Auch in Amalies heimeligem Kindheitsort hatte die raue Wirklichkeit den freundlich-harmlosen Geist hinweggefegt.

Aus dem Heim war eine Zeit lang eine Klinik für die Eingeschränkten und die Geisteskranken geworden. Nach und nach waren die mit einem Schaden im Kopf – die, die anders waren in ihren Körperbewegungen, in ihrer Art zu sprechen, nicht richtig sehen konnten oder nicht kapierten, was man ihnen sagte – dort untergekommen, auch Kinder mit einem Wasserkopf waren dabei gewesen.

Unter der neuen Klinikleitung sah man große Fahrzeuge vor dem seriös wirkenden Gebäude vorfahren, die neue Patienten herbrachten. Die Menschen wurden ins Haus geführt, es machte, von außen betrachtet, einen fürsorglichen Eindruck, manche der

Kranken mussten gestützt werden. Immer mehr von ihnen verstarben plötzlich und unerwartet, obwohl man sich aufopfernd um sie gekümmert haben soll. Man habe es nicht voraussehen können, dass der Patient offensichtlich unheilbar war. Es wurde gemunkelt, dass viele schon nach zwei oder drei Tagen wieder „entlassen" wurden. Und es gab Stimmen in Orb, die behaupteten, sie hätten die Lkws gesehen, die alle paar Tage am Hintereingang der Klinik hielten und die Toten wegbrachten. Zur Beerdigung wahrscheinlich. Andere Fahrzeuge, Lkws oder Busse, holten Patienten ab, die lebten.

Herr Müller hatte Frieda erzählt, dass er mal ein Gespräch vom leitenden Doktor mit einer hübschen, bescheiden wirkenden Schwester zufällig gehört hat, als er noch ab und zu das Brot vom Orber Brotbäcker dorthin geliefert hatte. Der Arzt hatte dem unbedarften Mädchen gerade was erklärt, von wegen „das deutsche Blut gesund erhalten" oder so ähnlich.

„Die kommen woandershin, in ein Krankenhaus oder in ein Heim, je nachdem, wo sie besser aufgehoben sind." Das hatte Herr Müller noch zu Frieda gesagt, das sei seine Vermutung.

„Und das glauben Sie wirklich?" Frieda hätte sich damals auf die Zunge beißen können, als ihr die Frage herausgerutscht ist. Herr Müller hatte komisch geguckt, mit den Schultern gezuckt. „Ich weiß nicht, was Sie meinen. Was sollen die denn mit denen sonst machen, außer sie in ein Heim bringen, die können ja nicht arbeiten gehen, als Soldaten kann man sie auch nicht einsetzen. Und die Frauen? Denen bliebe doch nur ein Schicksal als Straßenmädchen, oder? So eine heiratet doch keiner."

Frieda war nicht sicher gewesen, ob er tatsächlich meinte, was er sagte. War es Tarnung? Oder war er wirklich so naiv, an den guten Willen und die Fürsorge zu glauben? „Na ja, ich weiß es ja auch nicht, was weiß ich schon", hatte Frieda noch mal die Kurve gekriegt.

Am Rande des eskalierenden Krieges war das gewesen. Der Kuchenbäcker brachte nun schon lange nichts mehr dorthin. Nur von Ferne konnte er ab und zu einen Blick auf das StaLag IX-B werfen, wenn er mit seinem kleinen Transporter und den darauf geladenen Mehlsäcken vorbeifuhr. Es war oft merkwürdig still dort, auch die Gefangenen waren meist nicht zu sehen. Aus der menschenfreundlichen Wegscheide des Frankfurter Bankiers war unweit der Schreckensklinik eines der schlimmsten, unmenschlichsten Gefangenenlager des Deutschen Reichs geworden. Die Juden freilich starben an anderen Orten.

Die Einheimischen ahnten es lieber, als dass sie es als Gewissheit in ihr Gedächtnis ließen. Und sie schwiegen. Aus verständlichen Gründen, was hätten sie tun können …

*

Ihr Reisekostüm verleiht Amalie Würde, und die macht sie stark. Sie hat das Gefühl, dass sie mit ihrem Willen den Zug herbeifahren lassen kann. Und dann soll er ohne Halt bis zum Frankfurter Hauptbahnhof durchfahren. „Jetzt, so zeitig am Morgen, bombardieren die noch nicht", denkt Amalie, „schießen, das ja, vielleicht." Dann muss sie sich auf Emma legen und sie schützen. Das Herz klopft beiden. Sie beten, dass der Zug nicht nur heil ankommt, sondern sie auch sicher in die Stadt bringt. Amalie teilt ihre Ängste gleichmäßig auf, um den Jakob und ihren Lieblingsbruder muss sie sich fast genauso sorgen wie um den Sohn: Der Heinz braucht doch immer ein bisschen mehr Zuwendung als die anderen, gerade jetzt, wo ihn die Irma in die Wüste geschickt hat. Mit ihr hat sich der Bub verloben wollen, der Spinner, für so was war er wirklich noch zu jung. Aber der ebenfalls unreife Backfisch, die Irma, hatte – Gott sei Dank – sowieso Nein gesagt, aber ausgerechnet dann, wenn niemand weiß, ob der Junge je wiederkommt.

Amalie hat Angst, dass sie wieder zitternd im Bunker sitzen und Emma festhalten muss, die sich die Ohren zuhält und womöglich wieder mit dem Schreien anfängt, das sie erleichtert, aber die anderen Leute stört. Das Mädchen kann sich nicht beherrschen. Ihr Heinrich macht Amalie auch verrückt, er sitzt bei einem Angriff wieder lieber allein im Keller, das hat er vor ihr verheimlicht, als könnte er was aus der Wohnung retten, wenn

137

es kracht. Und das, obwohl ihm inzwischen auch schon mal die Glieder außer Kontrolle vibrieren. Sie darf gar nicht dran denken. Wenn sie wieder daheim sind, muss er mit in den Bunker, der Dickkopf. Hoffentlich überleben sie alle, hier wie dort.

Der Zug lässt auf sich warten. Es ist kurz nach sechs. Noch kein Grund, sich aufzuregen.

Amalie sieht zwei Männer auf sich und Emma zukommen, einen, den größeren der beiden erkennt sie gleich an seinem leicht humpelnden Gang: Arnold nähert sich von vorn, als käme er von zu Hause, um sich von der Schwester zu verabschieden.

Der andere, nur vier Fingerbreit größer, läuft ein Stück hinter ihm, hat das dunkle Haar unter einer schwarzen Ballonmütze versteckt, die Amalie an die ihres Vaters erinnert. Arnold dreht sich um, ruft Jakob etwas zu, er solle sich beeilen, der Zug, der fahre gleich ab. Jakob reagiert überhaupt nicht, weder hebt er den Kopf noch geht er schneller, noch antwortet er. Arnold geht ein paar Schritte zurück, um ihn anzufeuern. Das Schauspiel haben sie vorhin verabredet. Da sieht Jakob schließlich auf, winkt Amalie zu, als würde er sie gerade zum ersten Mal sehen, gibt sich scheu und zurückhaltend. Er geht auf sie und Emma zu, bis er mit Arnold vor Amalie steht. „Was machst du denn hier, wenn dich einer sieht . . .“, zischt sie ihm leise zu. Arnold spricht mit forcierter Stimme, damit Jakob hört, was er sagt. „Das ist der Jakob, der ist gestern bei unserem Großvater aufgetaucht, der kommt von den Reinelts in Sachsen, von den Verwandten, weißt du, von denen wir zwar Geschichten gehört haben, die wir selber aber gar nicht kennen. Stell dir vor, der Jakob ist fast zu Fuß hergelaufen, manchmal auf einem Laster vom Militär oder auf einem Traktor mitgefahren, wenn Platz war. Er will meine Schwester und ihre Tochter noch kennenlernen, wenigstens kurz, bevor ihr abreist.“

Amalie hat jetzt verstanden, was die zwei vorhaben. Sie wollen Jakob aus seiner Kammer befreien, er soll jetzt so was wie „offiziell“ eingeführt werden. Sie spielt mit. „Warum brüllst du denn so, ist er taub?“

Und so hat sie ihrem Bruder und dessen Liebsten den Boden bereitet. Nun kann Arnold so laut schreien, dass die Frau hinter dem Fahrkartenschalter, der Stationsvorsteher und auch die Frau aus der Schneiderei, die gerade angerannt kommt und fürchtet, der Zug könnte schon ohne sie abgefahren sein, dass sie alle hören: Der Jakob ist ein fast tauber Mann, der durch den Krieg schwer beschädigt worden und deshalb nicht an der Front ist. Auch dass sein Vaterhaus im sächsischen Adorf nicht mehr steht und dass die Mutter nicht mehr lebt, die Schwester weggeheiratet wurde und keinen Platz für ihn hatte mit ihren vier Kindern in der Dreizimmerwohnung im benachbarten Bad Triebel. Der Vater, ach Gott, war ja schon zu Beginn des Krieges gefallen. Arnold hat einen rauen Hals bekommen von der Brüllerei und hustet. Er hat seinen Plan mit Bravour ausgeführt. Jetzt wissen die Orber Bescheid. Solche Geschichten verbreiten sich schnell, sie bieten wenigstens für die anderen Leute ein wenig Unterhaltung.

Amalie stellt Emma vor, die auch so tut, als lerne sie Jakob gerade erst in diesem Moment kennen, kann sich aber nicht verkneifen, ihn gleich zu duzen. „Na, hast du dich schon ein bisschen eingelebt beim Großvater?", ruft sie. Jakobs Geisesgegenwart ist es zu verdanken, dass sie nicht gleich wieder auffliegen, er antwortet nicht, entschuldigt sich nur mit lauter Stimme, dass er nichts gehört habe. „Es ist sehr nett, und es ist schön, dass Familien sich helfen, auch wenn sie sich nicht wirklich kennen. Es freut mich, dich und deine Mutter kennenzulernen!" Er versucht sich am sächsischen Dialekt, den er von einem Freund noch im Ohr hat und den hier keiner kennt.

Der Zug fährt ein, Amalie ist erleichtert, sie fühlt sich unbehaglich in dieser Situation, während Emma anfängt, Spaß daran zu haben. Angesichts der Dampfwolke über der Lok und dem Quietschen des Metalls auf den Schienen beim Bremsen werden sich das Mädchen und die Frau ernüchtert ihrer Lage bewusst, sie wollen nur noch so schnell wie möglich weg. Sie haben getan, was ihnen an Möglichkeiten in diesen wenigen Tagen zur Verfügung gestanden hat. Sie haben geholfen, dass ein Fremder vorerst in Sicherheit ist, sie haben ihn versteckt und ihn vorbereitet auf sein neues Leben.

Emma steigt gleich in den Wagen, nachdem sie dem Onkel einen Kuss auf die Wange gedrückt hat, der soll die Tränchen nicht sehen, die ihr außer Sichtweite über die Backen rollen.

Sie hat dann gleich einen Platz am Fenster gefunden. Amalie umarmt den Bruder, streckt Jakob die Hand zum Abschied hin. „Auf ein Wiedersehen", sagt sie laut und deutlich, damit der taube neue Verwandte auch hört, was sie sagt. „Au revoir, Amélie", Jakobs geflüsterter, lächelnder, für Außenstehende unhörbare Abschied.

Arnold sagt, zuversichtliche Mannhaftigkeit mimend: „Tschüs, Schwesterherz, und grüß mir den Heinrich und ganz besonders den Heinz, sag ihm, dass ich sämtliche Daumen drück und in der Kirche eine Kerze ansteck, dass er bald heile zurück ist."

Die Dampflok macht sich zur Abfahrt bereit, der durch Mark und Bein gehende Pfiff scheucht die Abschiednehmenden wie die Fahrgäste nach Frankfurt auseinander. Zunächst geht es nach Wächtersbach, je nach Lage würden sie direkt weiterfahren in die Großstadt, in die Trümmer. In den guten Zeiten fuhr die Bahn am Wochenende durch, jetzt kann alles Mögliche dazwischenkommen, doch immerhin ist Samstag, die Chancen stehen gut. Der Stangenantrieb setzt sich in Bewegung, bringt die Räder ins Rollen, Wasserdampf quillt aus dem Schornstein, die Bahn fährt los.

Amalie sitzt auf dem von Emma für sie frei gehaltenen Fensterplatz in Fahrtrichtung. Sie versucht, sich adrett und gefasst zu geben. Doch innen wie außen ist sie kreidebleich. Sonst fährt sie ja gern mit dem Zug, wenn die Landschaft vorbeifliegt, das gleichmäßige Rattern, die fliehenden Bäume und Sträucher vorm Fenster, das unbewegliche Blau des Himmels, das hat sie immer gemocht, es war wie unendliche Freiheit, ewiger Sommer. Wie sehr sehnt sie sich danach. Den Korb mit den Butterbroten für die „lange" Fahrt hält sie umklammert, als hinge ihr Leben dran. Emma sieht ihre Mutter unverwandt an.

Der Anblick von Amalies Angst krallt sich fest in Emmas Zellen, da bleibt er, solange sie lebt. Emma wird einmal eine fröhliche, gebildete, intelligente und fast lebenslang etwas ängstliche

Frau werden. Die Leidenschaft, die sie mit ihrem Mann verbinden wird, wird sie eines Tages von der Angst erlösen.

*

Als die zwei zu Hause in der Schloßborner Straße ankamen, schlug ihnen die gedrückte Stimmung entgegen. Heinrich saß am Küchentisch vor einem mageren späten Frühstück. Niedergeschlagen sah er auf, als er das Geräusch im Flur hörte, wie Amalie den Schlüssel in der Schale auf dem Garderobentischchen ablegte.

Von Heinz war nichts zu hören. Emma rief seinen Namen. Da kam er aus dem „Kinderzimmer", das sie sich noch immer teilten. Er hat den Tornister aus der Kammer unterm Dach geholt. Er hat Socken hineingepackt und Unterwäsche, ein Stück Seife, den Waschlappen, ein Handtuch. Die Uniform kriegt er da, wo er am nächsten Morgen um fünf Uhr früh sein muss, auch die Schuhe, seine Halbschuhe zieht er nur für den Weg dorthin an. Emma fiel ihm um den Hals und fing an zu weinen, ihr Bruder nahm sich zusammen und kitzelte die kleine Schwester, komm schon, das ist doch gar nicht so schlimm, versuchte es mit einem schrägen Clownsgesicht. Emma war nicht mehr klein, ihm zuliebe lachte sie ein bisschen gekünstelt. Das ist ihr schwergefallen.

Heinz war ganz klar im Kopf. Es war sinnlos, jetzt noch in Richtung Frankreich zu ziehen. Die Deutschen waren am Verlieren, das hat der Kress gesagt, der hört heimlich Feindsender. Elsaß-Lothringen hieß das Ziel der Reise. Er wird sich zu seinen „Kameraden" in den Zug setzen. Was blieb ihm anderes übrig.

Amalie hat an diesem letzten Tag kaum mit ihrem Sohn gesprochen. Ihr war zu Ohren gekommen, dass die Wehrmacht den französischen Soldaten nichts Ernsthaftes entgegenzusetzen hatte, die Armee war ausgelaugt, hieß es.

Sie saß neben Heinz, der wie versteinert vor sich hin starrte. Einmal lächelte er. Fragend sah Amalie ihn an. „Weißt du noch, Mama, im Juni haben wir früher dauernd Fußball gespielt, die anderen Buben und ich, das war schön, morgen seh ich vielleicht einen von ihnen wieder. Wenn er nicht gefallen ist. Jetzt ist der Juni ein schwarzer Monat."

Amalie kochte ein Abendessen, das alle stumm verzehrten. Sie schmierte für Heinz die Brote für unterwegs. Was hätte sie sonst tun können?

Als Emma am nächsten Tag erwachte, war ihr Bruder schon unterwegs. Amalie hatte kein Auge zugetan und ihren Sohn an der Tür verabschiedet, mit einer innigen Umarmung, besänftigende Worte hatte sie sich erspart, sie wären sinnlos gewesen. Heinrich ging ein Stück mit. Dann wollte Heinz allein seinem Schicksal entgegengehen. Sein Vater nickte. „Mach's gut, mein Sohn. Und komm bald wieder, der Krieg ist bald vorbei, halte durch und bleib gesund."

Mehr als ein Jahr später sollte Heinz noch immer nicht zurück sein. Millionen von Wehrmachtssoldaten mussten nach der Kapitulation im Mai 1945 jahrelang in der Kriegsgefangenschaft ausharren, wo sie im Elsaß unter anderem als Minenräumer in Arbeitskompanien eingeteilt wurden. Heinz würde einer von ihnen sein.

15

Stadtansichten

Nun, da Jakob in Erscheinung getreten war, sollte er den Ort besser kennenlernen, der auf unabsehbare Zeit zu seiner zweiten Heimat werden würde. Ein paar Tage nach Amalies und Emmas Abreise führte Arnold bei schönstem Wetter seinen Freund durch den dem Neuling unbekannten Ort. Hier und da waren auch dem idyllischen Spessartort ein paar Schrammen vom Zweiten Weltkrieg zugefügt worden, aber im Großen und Ganzen standen die meisten Wohnhäuser und die Kirche, das Rathaus. Das Gebäude am Solplatz eins.

Als sie auf dem Platz standen, sah sich Arnold möglichst unauffällig um. Niemand schien den zwei Männern Beachtung zu schenken und die Frau mit dem Leiterwagen voller altem unbrauchbarem Gelumpe bog gerade ab in die Hauptstraße, die hätte eh nichts gehört bei dem Gerumpel der eisenbeschlagenen Holzräder.

Unbeirrt sangen die Vögel in den Wipfeln der Bäume, überspannt von einem allmählich gewittrig verfärbten Himmel. Noch war kein Windrauschen zu hören, es lag ein Vibrieren in der Luft.

Obwohl sie nun allein auf der Straße waren, senkte Arnold die Stimme: „Erschrick nicht, ich muss dir jetzt etwas zeigen, von dem ich glaube, dass es für dich wichtig ist: Hier am Solplatz eins war früher die Synagoge. 1938, als die Nazis angefangen haben, die Juden zu schikanieren und fortzuschaffen, ist das Haus an eine nicht jüdische deutsche Familie verkauft worden. Ich wundere mich im Nachhinein immer noch, dass trotzdem zu der Zeit ein jüdischer Arzt in Orb noch seine Praxis gehabt hat, Doktor Rudolf Weinberg hieß er. Er war sehr angesehen, er hat Juden wie die anderen Patienten behandelt und hat trotz der beginnenden Propaganda noch weiterarbeiten können, stell dir vor! Er hielt sich ein bisschen länger als die Jüdische Gemeinde, die 1938 aufgelöst wurde. Und da haben sie das Haus gleich an die Familie verkauft, die jetzt drin wohnt. Schau, hier war der Haupteingang der Synagoge", er zeigt auf die Tür des zum Wohnhaus umgebauten Gebäudes. „Dahinter war eine Treppe zur Empore und zur Lehrerwohnung, es gab unten einen Schulraum für die jungen Mitglieder der Gemeinde und einen Gebetssaal, im Keller war ein jüdisches Bad für mir unbekannte Rituale. Entschuldige, wenn ich die richtigen Worte nicht weiß. Ich durfte als Junge mal mit rein, als noch alles wie immer war. Ich weiß gar nicht mehr, wie das gekommen ist, ich war auf jeden Fall der Einzige in meiner Schule, der mal in die Synagoge hat gucken dürfen, ich war ganz schön stolz darauf, das weiß ich noch, und es hat mir da drin gut gefallen, es war so, entschuldige den Ausdruck, einfach und würdig dort."

Jakob war nachsichtig mit seinem auf seltsame Weise klugen, sensiblen wie angenehm unschuldigen Freund. Wie hätte Arnold als Kind von damals etwas davon wissen können, was dem freundlichen Rabbi, dessen Söhnen und Töchtern, der Mutter der Kinder bevorstand.

Der Blick, der ihm als Bub in das jüdische Haus gewährt worden war, war Arnold im Gedächtnis geblieben, er hatte viel Gutes sehen dürfen, sich an den hellen Räumen gefreut, viel lichter als in seiner Kirche war ihm alles vorgekommen. Er hatte das Erlebnis nie vergessen.

Jakob betrachtete verstohlen den netten, freundlichen und zweifellos ansehnlichen Mann, der neben ihm die Straße entlangschlenderte, und beneidete ihn um seinen Optimismus, seine Lebenskraft, der ihn an den Erfolg ihrer Mission glauben ließ.

Obwohl Jakob nie sonderlich viel auf die Religion seiner Ahnen gegeben hatte, wäre es ihm fast unterlaufen, ein Gebet in dem anheimelnden Ton der hebräischen Sprache aufzusagen, das Aramäische war ihm zu fern. Stattdessen erhob er, kaum sichtbar für andere, die rechte Hand, es sah so aus, als würde er mit einer kleinen Handbewegung das Haus segnen, das er nie betreten würde.

Ihm war auf einmal ganz eng um den Brustkorb zumute, wie eingeschnürt, er fühlte sich verlassen und verteufelt allein in dieser Welt. Nicht einer mehr in dieser kleinen Stadt, der war wie er, nicht einer, der ihm hätte ein Gefährte mit demselben Hintergrund sein können. Vor seinem inneren Auge tauchten die Bilder aus seiner Kindheit auf: wie er feierlich mit den Geschwistern am Familientisch saß, jeden Freitag vor dem Schabbat. Wie die Mutter die beiden Kerzen in der Mitte des Tisches anzündete und eine weitere für ihn, den ältesten Sohn. Die Gebetsformeln. Vor Sonnenuntergang. Das Licht hatten sie beschworen, auf dass es das Dunkel aus der Welt vertreibe.

Als Halbwüchsiger war der junge Jakob zwar noch mit am Tisch gesessen, der Glaube entschwand ihm aber mehr und mehr: In der Schule die Sticheleien, die Benachteiligungen, das alles tat seine Wirkung. Jakob hatte sich mehr und mehr verlassen gefühlt von seinem Gott, warum erlegte er den Seinen solche Bürde auf?

Das Geld der Eltern hatte ihn noch aufs Gymnasium gebracht, er lernte Latein, Französisch, rechnete zehnmal besser und schneller als sein Schulkamerad, der blonde, rotbackige Eugen. Jakob war klug und gut aussehend, gebildet und von ansprechendem Benehmen, und doch war er immer nur der „Judenjunge", der Minderwertige gewesen.

Heimlich hatte Jakob den Glauben seiner Väter manchmal verflucht, der ihm solche Demütigungen einbrachte, ihn so sehr in der Luft schweben ließ, dass er sich in der Zukunft nirgendwo sah. Schon früh hatte er keine Vorstellung, wie das alles mit ihm werden sollte. „Er hat so ein Gespür für alles, von wem er das wohl hat?", die Mutter hatte das oft kopfschüttelnd gesagt, als sie noch alle beieinander waren, sich aber bereits möglichst unauffällig benehmen mussten. Ziemlich früh wurde den Juden das Recht entzogen, an einer Universität zu lehren, die ersten „Judenkinder" wurden des Gymnasiums verwiesen, wehe, wenn sich ein Schuldirektor gegen solche Order „von oben" zur Wehr setzte.

Und schließlich kam das Ende für die Familien, Menschen wurden einander entrissen, auf Lager verteilt, wahllos, nur eine Puppe durfte das fünfjährige Mädchen der ebenfalls jüdischen Nachbarn mitnehmen, einen Kinderkoffer schaukelte das Kind in der rechten Hand, war gespannt auf den Ausflug. Seine Mutter umklammerte die Linke der Kleinen. Das Wichtigste: nicht loslassen, zusammenbleiben. Die Frage der Kleinen hatte Jakob gehört: „Wo ist der Vater?", sie klingt ihm noch immer im Ohr.

Arnold sieht seinem Freund an, was ihn bewegt, gern hätte er ihm jetzt die Hand gehalten, wenigstens legt er sie Jakob vorsichtig auf die Schulter, nachdem er nach allen Seiten gesichert hat. „Ich weiß, wie dir ums Herz ist, ich dachte nur, dass es dich bestimmt interessieren würde, wie es früher hier war, da haben alle mit den Juden gelebt und keiner hat einen Hass auf sie gehabt, viel zu viele haben sich blenden lassen von dem ganzen Weltherrschaftsgebrüll, der ist wahnsinnig, der Hitler, er wird untergehen, auf jeden Fall. Ich hoffe nur, er lässt sich damit nicht allzu viel Zeit."

Jakob ist durcheinander, seine Augen füllen sich mit Tränen, er kann sie nicht zurückhalten, doch er sagt: „Ich danke dir, es ist wichtig, dass ich auch ab und zu an das Schöne denke, das ich erlebt habe mit meiner Religion."

„Woran hast du denn gedacht?"

„An den Freitagabend vor dem Schabbat, an das Ritual mit den Kerzen, deren Licht die Gesichter der Menschen so sanft aussehen ließ, an die Gebetsformeln, das Friedvolle. Das war schön."

*

Der Streifzug war noch nicht zu Ende. Sie „besichtigten" die schmucken Häuser, machten einen Rundgang über den Quellenring, kamen am *Café Müller* vorbei, sie traten ein, bestellten sogenannten Kaffee, Jakob wurde dem Bäcker und Konditor „offiziell" vorgestellt.

Jakob, noch ganz versunken in Gedanken an das eben Erlebte, hätte fast seinen Einsatz als Fast-Tauber versäumt, doch tapfer brüllt er dem mutmaßlichen Nazi-Spitzel ein „Freut mich, Sie kennenzulernen, gern würde ich bei Ihnen einmal den Apfelkuchen probieren, den Fräulein Marie mir so ans Herz gelegt hat" entgegen. Herr Müller schüttelt Jakob die Hand, sein kurzer Blick auf die dargereichte Rechte registriert eine gepflegt wirkende Haut, frei von Schrunden und Rissen, elegant wie die Hände eines Klavierspielers. Ein paar Sekunden zu lang hält der Bäcker Jakobs Hand in seiner, schaut ihn dabei ernst, fast prüfend und dennoch nicht lauernd oder gar unfreundlich an. Arnold wird unruhig, er kann seine Unsicherheit in einem befreienden Satz verstecken, der ihm wie gerufen durch den wachen Geist hüpft. „Die Mutter hat, meine ich, noch Äpfel vom Winter im Keller, soll ich die mal für den Kuchen bringen? Frische gibt's ja noch nicht." Er hat sein Angebot ziemlich locker und in normaler Stimmlage ausgesprochen. Es geht ein unhörbares erleichtertes Ausatmen durch die Gaststube, Herr Müller lässt Jakobs Hand los, scheint aus irgendwelchen Gedankengängen aufzuschrecken.

Jakob steckt die wiedergewonnenen Finger in die Hosentasche und verkündet mit Überlautstärke: „Die sind gut, die Äpfel von deiner Mutter, Arnold, vielleicht hat sie noch welche übrig. Die könnten wir vielleicht herbringen, oder?" Arnold lacht, er entpuppt sich als ordentlicher Schauspieler, sein Liebster. Er selbst hätte es nicht besser gemacht. „Komm jetzt weiter, ich zeig dir den Rest von unserem Kaff", sagt Arnold überlaut und akzentuiert direkt in Jakobs linke Ohrmuschel.

Jakobs Antwort kommt laut und hastig: „Ich trink noch schnell den Kaffee aus, es wär doch schade drum, oder? Bad Orb läuft uns nicht weg." Arnold erkennt nicht gleich, was seinen Freund noch hier hält, doch Jakob gibt ihm mit einem kaum merklichen Wink zu verstehen, dass er vor der Tür etwas gesehen hat, das ihn nervös macht.

Jetzt erst bemerkt Arnold das ortsfremde Auto, das in Schrittgeschwindigkeit draußen vorbeifährt. Es hat sich erst langsam dem Café genähert, es ist ein großer schwarzer Wagen. Zwei Männer sitzen darin, sie tragen, so weit Arnold das erkennen kann, beide dieselben beigegrauen Staubmäntel, einer hat einen dazu passenden Hut auf. Sie scheinen ein bestimmtes Haus zu suchen.

Herr Müller dreht sich – mit Absicht? – weg vom Fenster. Die beiden im Auto gleiten langsam auf das Café zu, dann lassen sie den Wagen ausrollen, halten an, blicken in den Raum. Jakob spielt den Unbekümmerten, beachtet die Männer nicht, er sitzt im Halbprofil zur Fensterscheibe, Arnold ihm gegenüber, er hat die Fahrzeuginsassen gut im Blick. Sie schauen scheinbar gelangweilt auf die Gäste im Café, Arnold behält sie im Auge.

Herr Müller eilt dienstfertig hinaus vor die Tür. Der Beifahrer kurbelt das Fenster herunter. Herr Müller beugt sich zu ihm herab. Sagt etwas zu den Männern. Der am Fenster scheint etwas zu fragen.

Die zwei im Lokal sitzen erstarrt vor ihren fast leeren Tassen. Arnold fängt sich als Erster, setzt ein breites Grinsen auf, wendet sich Jakob zu, der sich endlich zu ihm umdreht, sodass er für die Männer im Auto nur von hinten zu sehen ist. Sie schnappen ein paar Wörter auf. Eins davon ist „Brot". Arnold beobachtet, wie Herr Müller die Schultern hochzieht, tut mir leid scheint er zu sagen. Sonst kann Arnold nichts verstehen.

Der Mann am Steuer sagt etwas zu seinem Partner. Daraufhin richtet sich Herr Müller auf, tritt vom Fenster zurück. Als sie das Auto vorm *Café Müller* wieder starten, tippen die Insassen zum Abschied mit den Fingern an die Hutkrempe. Sie fahren ein wenig schneller als vorhin davon. Erst dann leuchten die Scheinwerfer auf, am hellichten Tag, als ob es neblig wäre. Sie kennen ihren eigentlichen Zielort offensichtlich sehr genau.

Herr Müller ist inzwischen wieder in seinem Lokal. „Die wollten Brot bei mir kaufen", sagt er. Und: „Ich glaub das nicht. Wo gibt es denn Brot in einem Café?"

Arnold erwidert, auch um sich selbst zu beruhigen: „Vielleicht suchen die einfach eine Gaststätte oder einen Laden, wo sie etwas zu essen bekommen." Und zu Jakob: „Jetzt trink mal aus, wir wollen doch noch was sehen von unserem Orb, das uns hoffentlich erhalten bleibt." Lauter: „Die Kuranlage kennst du noch nicht, auf geht's!"

Herr Müller sieht den beiden jungen Männern nach, als sie nach dem recht kurzen Besuch sein Lokal verlassen, er wüsste zu gern, was sie nun miteinander bereden und ob sie über ihn herziehen. Aber wie sollte das denn gehen? Herr Müller schüttelt den Gedanken ab, der junge Verwandte vom Schreiner hört ja fast nichts. Aber irgendwas stimmte da nicht, er hatte so ein Gefühl. Er kam nicht drauf, was es sein könnte, sie sahen sich schließlich ähnlich mit den dunklen Haaren und den blauen Augen, die waren sicher wirklich miteinander verwandt.

Auch an der Sankt-Martin-Kirche kamen Arnold und Jakob bei ihrem Stadtrundgang vorbei, warfen einen Blick hinein. Die Kuranlagen sparten sie für heute aus. Beide waren zu nervös für einen lässigen Bummel und wollten lieber zurück in ihre Schutzzonen. Es ging alsbald zu Josefs Haus. Es wurde auch Zeit, Arnold wurde zum Mittagessen daheim erwartet, sollte dann bei irgendwelchen Gartenarbeiten helfen, Frieda war nicht sehr konkret gewesen. Spontan entschied Arnold, den Gast mit zu sich nach Hause zu nehmen: „Ach, weißt du was? Komm doch einfach mit zum Essen, die Mutter hat bestimmt wieder zu viele Bratkartoffeln gemacht. Danach kannst du ja zurück zu Josef und ihm ein bisschen Gesellschaft leisten. Gegessen hat der um die Zeit sowieso schon, die Mädchen sind meist um halb zwölf mit den Töpfen beim Großvater. Heute am Nachmittag geh ich mit meiner Verlobten spazieren, ich möchte Marie auch nicht allzu sehr vernachlässigen, sie ist schließlich meine beste Freundin."

Jakob nickte zustimmend, sprach wieder normal, seit sie außer Sicht- und Hörweite waren. Überschwänglich sagte er in Zimmerlautstärke: „Ich liebe die zu vielen Bratkartoffeln deiner Mutter, ich freu mich schon drauf, mit ordentlich Zwiebeln. Und natürlich ist Marie noch immer deine Verlobte, du musst dich um sie kümmern, sie hat niemanden sonst, dem sie von uns erzählen kann, sie ist diejenige, die jetzt allein dasteht, nicht ich. Du gehörst zur Hälfte ihr, ich hab wahrlich kein Recht auf den ganzen Arnold, also gewöhn dich dran: Du bist ein geteilter Mann. Und sie ist unser beider Schutzengel in dieser bösen Welt."

Jakob ist traurig, melancholisch und glücklich auf einmal, dankbar und wütend und unsicher. „Arnold, ich glaub, ich muss das Angesicht des Bösen sehen, ich muss es mit eigenen Augen sehen. Hier bei euch vergesse ich noch, wogegen wir anrennen, wovor wir uns fürchten, wir werden wohl herausfinden müssen, wie das wahre Gesicht der deutschen Herrenrasse aussieht, am besten im Schutz der Dämmerung. Im Dunkeln ist gut munkeln." Diesmal kann er sich nicht hinter der Ironie verstecken. Ihn schüttelt es richtig, so sehr unterdrückt er ein herzzerreißendes Schluchzen.

Aber es muss sein, wer den Feind bezwingen will, muss ihn kennen. An einem der folgenden Tage würden sie hinaufgehen, zur Wegscheide, die Wirklichkeit, das Lager, das will Jakob sehen.

Auf dem Rückweg zu Friedas Haus kreuzte die schwarze Limousine erneut ihren Weg. Sie fuhr stadtauswärts, vermutlich ins nächste Dorf, nach Wächtersbach.

Diesmal nahmen die grauen Männer Notiz von Jakob und Arnold. Mit unbewegtem Blick nickten die Herren den beiden zu, als wüssten sie, wen sie da vor sich hatten. Als wollten sie sagen: Wir haben euch im Visier!

Arnold trat die Flucht nach vorn an, ohne dass er wirklich darüber nachdachte: Er hob einfach die Hand und winkte den mutmaßlichen Feinden zu. Blitzartig wandte einer nach einem kurzen Nicken, das wohl freundlich wirken sollte, den Blick auf die Fahrbahn, nur schnell weg hier.

16

StaLag IX-B

Das Lager und seine Insassen waren im Zwielicht der untergehenden Sonne von ihrem Versteck aus nur schwer zu erkennen. Noch brannten die Überwachungsscheinwerfer für die Nacht nicht. Es war zu früh für die beiden Männer, um näher zu rücken.

Es war ein trüber Tag gewesen, trotz milder Temperaturen, ein wenig trug der düstere Gewitterhimmel dazu bei, dass sie unsichtbar blieben. Jakob und Arnold hatten sich abseits von Straßen und Fußwegen bis zum Wald an der Wegscheide bei Bad Orb durchgeschlagen, immer auf der Hut, dass niemand sie sehen oder hören konnte. Arnold hatte sein Versprechen gehalten: Er war mit dem Liebsten unterwegs, um ihm den einzigen Ort zu zeigen, der, soweit er wusste, in etwa dem ähnelte, was die zusammengetriebenen, geschundenen, gequälten Juden in den KZs erwartete, was Jakobs Eltern aller Wahrscheinlichkeit nach erleiden mussten und wo Hunderttausende Menschen, einfach Menschen, auch Männer wie Arnold und Jakob, ermordet wurden. Arnold hatte seinen Freund davor schützen wollen, er hatte wirklich Angst um ihn, Gott, wie sollte er diesen schrecklichen Anblick nur je verkraften können mit dem Wissen um das Schicksal seiner Lieben?

Aber Jakob hatte darauf bestanden. „Im Angesicht des Verbrechens, des Bösen, will ich meine Kraft zum Widerstand erstarken lassen. Ich weiß, das klingt sehr pathetisch. Aber es muss sein, ich muss den Feind erkennen. Obwohl mehr und mehr ans Tageslicht kommt, es bleibt für mich abstrakt, ich kann mir einfach nicht wirklich vorstellen, dass ganz normale Leute sich in mörderische Monster verwandeln und anderen solche Greuel antun, sie sogar töten. Du, Liebster, hast mir echte Liebe geschenkt, lass uns jetzt gemeinsam ein Quantum Hass dazutun, wenn wir uns im Stillen wehren. Wir sitzen in gewisser Hinsicht im selben Boot, vergiss das nicht, und das, obwohl wir so viele Schutzengel haben – die natürlich fast alle Frauen sind –, wir können uns dennoch nie sicher fühlen. Wenigstens nicht, ehe all das vorbei ist.“

Und so haben sie sich im Juni, als es die Witterung erlaubte und der Regen den halben Tag die Felder und Wiesen, die Blumen und Bäume gewässert und die Sicht in die Ferne verwehrt hat, auf leisen, uneinsehbaren Wegen an das Kriegsgefangenenlager StaLag IX-B herangeschlichen.

Jetzt liegen Arnold und Jakob flach auf dem Boden nebeneinander, versteckt hinter einem großen Haselnussstrauch, von den Seiten haben sie einen halbwegs guten Blick auf die Anlage, die einst das wunderbare Kindererholungsheim gewesen ist. Ein paar Männer mit Gewehren über der Schulter bewegen sich wie düstere Schemen auf dem flach getrampelten Erdboden. Sie scheinen sich zu langweilen. In der Dämmerung sind keine Kriegsgefangenen zu sehen.

Ein paar von den Holzbaracken sind im kalten Laternenlicht der Lagerlampen zu erkennen, das Gelände ist gesichert, ein Metallzaun mit Stacheldraht umgibt die Hütten und Gebäude, gelegentlich ist das Bellen der Hunde in ihrem Zwinger zu hören. Jetzt öffnet ein Aufseher die Tür zum zweiten Holzhaus auf der linken Seite. Nach Luft ringende Gefangene drängen nach draußen, viel zu viele sind es für die ohnehin nicht allzu großen Holzbauten. Doch es wartet kein Essen auf sie vor der Tür, die zerlumpten Gestalten mit den schmutzigen Gesichtern sind leise, wispernde Stimmen sind zu hören. Der Wachmann brüllt: „Füße vertreten, reden erlaubt." Sofort ist ein Gemurmel vernehmbar, einer fragt nach Zigaretten, zu diesem Schluss kommt Arnold, als er die Gesten des Bedauernswerten sieht, der andere Mann schüttelt den Kopf, er hat auch nichts zu rauchen. Auch der Nächste zieht die Schultern hoch, tut mir leid.

Dürr sind sie alle, sie sind bei magerer Kost zum Arbeitseinsatz verurteilt. Die Polen, die Franzosen, die Russen und die wenigen Briten, ein paar Belgier, die dem StaLag IX-B zugeteilt sind, sie alle unterscheiden sich in der Dunkelheit nicht voneinander, alle haben genug Staub im Haar und im Gesicht, sie sehen einander ähnlich.

Einige wenige müssen mit knurrendem Magen im Lager an der Wegscheide selbst den Frondienst ableisten. Die meisten der Gefangenen werden in kleinere Lager verfrachtet, die den Betrieben am Ort des Arbeitseinsatzes gehören. Dort schuften die Männer, mit wenig Nahrung im Bauch und ebenso wenig Schlaf, unter dauernder Androhung von Gewalt für große Konzerne und kleine Betriebe.

Die IG Farben bevorzugt die französischen Gefangenen. Wegen der eleganten Manieren? Achtzehntausend Franzosen sind diesen Monat schon durch das Lager zum Einsatz in der Industrie weitergeschoben worden oder mussten in der Landwirtschaft vor Ort Dienst tun. Viel zu wenig Platz für die Masse der Verzweifelten, Geschundenen. Viel zu wenige Essensrationen, viel zu viele, die sterben, weil sie nichts zu essen haben, weil sie nirgendwo schlafen können, es ist kein Ort für die Erholung des gequälten Körpers vorhanden in der Hölle des Lagers.

Mehr als zwanzigtausend werden im Kriegsgefangenenlager StaLag IX-B gefangen gehalten, die Russen geraten als Letzte in die Hände der Nazis, die Wärter lassen die gleich verhungern. Ganz am Schluss des Krieges werden auch noch ein paar Amerikaner und Italiener dazukommen. Die miserablen Lebensbedingungen bringen zahlreichen Männern den Tod. Französischen Ehemännern, russischen Vätern, polnischen Söhnen, englischen Jungen, belgischen Helden.

Aber davon wissen Arnold und Jakob nichts. Es genügt, was sie sehen: schier endloses Leid. Fast erstarrt sind die Gesichter der richtungslos umherwandernden überwiegend jungen Männer. Keiner traut sich, dem Bewacher ins Gesicht zu sehen. Gesenkte Blicke, einer wagt sich versehentlich zu dicht heran an den Uniformierten mit der Waffe in der Hand. Ein Fußtritt kickt den Franzosen zurück ins Scheinwerferlicht, im Fallen dessen Ruf: „Pardon!!! Bitte nicht. Non, nicht schießen. S'il vous plaît!" Der Wärter lässt mit einem Achselzucken ab von ihm, „Gnade vor Recht, meinetwegen", murmelt der stämmige Blonde.

Der hat noch die Worte des Kreisleiters Görner im Kopf, die erst beim Bürgermeister und von dem an die Mannschaft weitergegeben worden waren. Was 1939 Vorschrift gewesen war, musste schließlich auch jetzt gelten, nämlich dass *„die Reinerhaltung des deutschen Blutes ein nationalsozialistisches Gebot"* ist. Und eigentlich hätte er nun sogar *„ die Geheime Staatspolizei zum sofortigen Einschreiten veranlassen"* können. Ein Untermensch, ein Gefangener hatte, wenn er es sich recht überlegte, so etwas wie Widerständigkeit gezeigt. Vielleicht hätte er den Franzmann doch gleich erschießen müssen. In seinem Selbstgespräch zuckt er mit den Achseln: Ach, was soll's, da ergibt sich sicher noch eine Gelegenheit.

Mein Gott, wenn einer sie jetzt hier entdeckt! Arnold zittert am ganzen Körper, das Flattern kriegt er nicht in den Griff. Er hat Angst, Todesangst. Der Hund in dem Zwinger, der den beiden Beobachtern am nächsten ist, hört einfach nicht auf zu bellen. Womöglich hat er Witterung aufgenommen.

Jakob spürt die Unruhe seines Geliebten. Auf dem Bauch robbt er auf Arnolds Seite des Strauchs, legt ihm beruhigend die Hand auf den Rücken. Da überkommt es ihn selbst, er japst unkontrolliert nach Luft, dabei löst sich ein halb lautes Keuchen aus seiner Brust, erschrocken schnellt die Hand vor den Mund.

Unten geht eine Taschenlampe an. Der andere Wachsoldat nähert sich damit dem Tor, dem Ausgang. Hantiert ein Weilchen mit dem Schlüsselbund herum, bis er den richtigen Schlüssel gefunden hat. Er flucht dabei, klemmt sich die Lampe zwischen die Knie, damit er das passende Schloss in der Dunkelheit trifft. Er zögert, geht noch einmal die paar Schritte zurück, sagt etwas zum Kollegen, dann öffnet er die Pforte zum Zwinger, trennt den unermüdlichen Kläffer, der sich überhaupt nicht beruhigen lassen will, von den anderen Hunden, führt ihn am Halsband hinaus.

Arnold und Jakob sind wie gelähmt, trauen sich fast nicht, Luft zu holen. Wie das Kaninchen auf die Schlange starren sie auf den bewaffneten Wachmann, der in ihre Richtung blickt, aber nichts erkennen kann. „Halt die Klappe, du blöder Köter!", herrscht der Soldat den zerrenden und immer hysterischer bellenden Schäferhund an, der sofort mit einem Winseln verstummt und mit einem Streicheln belohnt wird. „Schau, da ist doch gar nichts, was hast du denn da gesehen, das war doch nur irgendein Viech. Mach nicht immer so ein Theater."

Er lässt den Hund los, der nun friedlich neben seinem Herrn hertrottet. Die beiden Männer hinter dem Haselstrauch sind wie erstarrt, keine Bewegung ist möglich. Der Wachmann verlässt das Lagergelände mit dem Gewehr über der Schulter, sperrt hinter sich das Tor wieder ab, geht mit seinem Hund spazieren, schlägt den Weg Richtung Wald ein. „Bin gleich wieder da", ruft er dem zweiten Wachmann zu, „der Hund soll im Wald sein Geschäft machen, es reicht schon, dass die Gefangenen da hinten alles vollkacken."

Jetzt wird es eng für die beiden am Waldrand, gleich werden sie entdeckt, daran führt kein Weg vorbei. Sie sind dunkel gekleidet, braune Jacken tragen sie über den Hemden, beide haben die schwarzen Zimmermannshosen an, die Arnold für den Fall, doch noch auf die Walz zu gehen, im Schrank liegen hat.

Rückwärts kriechen sie am Boden entlang, ziehen sich fast lautlos immer weiter ins Dunkel des Waldes zurück. Ein dicker Baumstamm bietet Blickschutz, einmal raschelt es im Laub, als Arnold versehentlich einen Ast streift. Der Hund merkt auf, spitzt die Ohren, wittert, ist auf dem Sprung. „Ruhig, mein Guter, das war eine Maus." Der Mann hält das Tier wieder am Halsband zurück. „Nun mach dein Häufchen, dann geht's wieder heim."

Unten im Lager flammt das Scheinwerferlicht auf. Die Türen der Steingebäude öffnen sich, und die nächste Gefangenenherde wird rausgelassen. Schneller sollen sie austreten, die grauen Verzweifelten beeilen sich, zur Latrine zu gelangen. Wieder ist nirgendwo ein Suppentopf zu sehen, kein Essen, kein Brot, kein Wasser. Kein Platz zum Schlafen, keine saubere Kleidung, der eigene stinkende Körper, die eigene tiefe Verzweiflung: Jeder weiß hier, dass er der Nächste sein kann, der stirbt, der nicht wieder heimkommt in die Auvergne, auf die Tatra, an die Wolga oder nach Brabant.

Der Gefangenenwärter ist schon ziemlich dicht bei den beiden auf dem Bauch liegenden Beobachtern, da hat der Hund ein Einsehen: In unmittelbarer Nähe zu Jakob bequemt er sich, in die so unwürdige Haltung zu gehen, die seine Rasse nun mal einnimmt, wenn sie dem Bedürfnis nach Entleerung nachkommt, fehlt noch, dass er die Augen schließt, so konzentriert ist das Tier auf das Herausdrücken der braunen Wurst aus seinem Hinterteil. Sein Herr raucht derweil entspannt eine Selbstgedrehte. Er hat Tabak! Er schaut dem Herumgelaufe auf dem Gelände zu, sieht nur graue Gestalten, die für nichts gut sind, warum die noch durchgefüttert werden, ist ihm schleierhaft. Wer will die denn noch zurücktauschen gegen deutsche Soldaten, die Pech gehabt hatten. Die sind zu nichts mehr zu gebrauchen, heimlich denkt er manchmal, er hätte die gleich an die Wand gestellt, man könnte sich die Lagerhaltung sparen, aber was kümmerte es ihn schon. Dann nimmt er seinen Hasso oder Bello oder Wolf wieder am Halsband und wendet sich zur Umkehr. Er hat ein reines Herz, er tut seine Pflicht. Gewissenhaft. Gewissen-Haft.

Die Noch-mal-Davongekommenen können endlich loslassen. Beide sind erschöpft vom Luftanhalten. Sie starren in den wolkenverhangenen Nachthimmel. Richtig dunkel ist es jetzt. Sie bleiben noch eine Zeit lang liegen, müssen sich ausruhen, den Rückzug langsam und still angehen. Die Worte fehlen, aber sie dürfen sich gegenseitig im Arm halten, wo es warm ist. Arnold rappelt sich als Erster auf. „Komm", flüstert er, „wir müssen zurück, es ist ein Stück zu laufen, das weißt du. Wir sollten nicht zu spät zurück sein, nicht, dass die Mutter es mit der Angst zu tun kriegt, die weiß ja nicht mal, wo wir sind. Und jetzt können wir vielleicht auf dem normalen Weg gehen, ich glaub nicht, dass sich da noch einer rumtreibt."

Jakob kriegt noch immer kein Wort heraus, die Verstörung findet keinen Ausgang, das Weinen hilft nicht, es kommen auch keine Tränen, er ist innen drin wie tot. Das Unmögliche, die Seinen zu retten, sie auszulösen oder zu befreien, die Erkenntnis der kompletten Aussichtslosigkeit trifft ihn wie ein Götterschlag, wie Odins Hammer. Es müsste ein Wunder geschehen.

Er will nicht mehr. Warum sich weiter quälen? Wozu kämpfen, wenn alles doch nur in Hoffnunglosigkeit und Trauer und Elend endet?

Arnold spürt genau, dass jedes Wort, besonders ein tröstendes in Jakobs Ohren wie Spott und sogar zynisch klingen würde. Darum hält er den Mund.

Nach einer Weile ergreift er Jakobs Hand, bedeutet Jakob stumm, dass sie sich geduckt nach hinten schieben müssen.

Dann hilft Arnold ihm auf die Beine, sagt: „Lass uns nach Hause gehen." Jakob hebt endlich die Augen: „Ja", sagt er nachdenklich und etwas ruhiger, „lass uns nach Hause gehen."

Lautlos fast schlagen sie sich zwischen jungen Bäumen, Sträuchern und Gestrüpp durch das Pflanzendickicht. Die Dunkelheit umhüllt und verbirgt die beiden Männer. Als sie schließlich an dem Sträßchen nach Orb aus dem Wald treten, ist es Jakob, der seinen Freund einen Moment zurückhält. Er zeigt nach oben, lenkt Arnolds auf den Boden gerichtete Augen in die entgegengesetzte Richtung. Eine Wolke hat sich leicht nach links verschoben und gibt den Weg frei für das Glitzern des Abendsterns, der Venus. „Ach, Arnold, es wär so schön, wenn das da am Himmel ein Zeichen wäre, wenn die Göttin der Liebe den Sieg davontragen würde. Meinst du, wir halten bis dahin durch? Ich bin so mutlos gerade, es war so schlimm, wenn ich an meine Leute denke . . . das ganze Elend erst, und du weißt nie, ob du lebend wieder rauskommst, jeden Tag weniger Hoffnung, immerzu Angst, immer hungrig, wie hält ein Mensch das aus?"

Arnold weiß keine Antwort. Aber er spürt, wie sich in ihm neben dem Zittern und der Ratlosigkeit, dem Wegducken vor lauter Todesfurcht, dem Stillschweigen über das, was gedacht wird im Geheimen, ein Widerspruchsgeist Bahn bricht: „Das will ich nicht, ich will nicht dem Schwachsinn, dem Irresein von solchen widerlichen hackenschlagenden, hirnlosen, herrschsüchtigen Teufeln mein Leben unterordnen, ich will meinen eigenen Willen zurück, meine persönliche Freiheit, zu denken und zu fühlen und zu lieben, was und wen ich will. Ich will meinen Lebensweg selbst bestimmen. Und dafür müssen wir auf jeden Fall durchhalten. Und fest dran glauben, dass das Gute letztlich gewinnt. Bei allen Unterdrückten der Geschichte, den Sklaven, den Dienern, den Geschundenen, gab es immer auch ein paar, die sich nicht beugten, immer war da ein Stachel im Fleisch, stand ein Spartakus im Weg. Ich hab zwar weitaus weniger Einfluss und Mut, ich hab manchmal richtig Schiss und will eigentlich überhaupt nicht kämpfen oder so etwas, aber irgendwo ist Schluss, da mach ich nicht mehr mit. Dann eben mit List und

Tücke. Wir werden jetzt die ganze Familie mit einbeziehen. Wir werden ihnen die Augen öffnen, auch über uns beide, das gehört dazu, damit sie verstehen, weshalb wir doppelt gefährdet sind, dann sehen wir weiter."

Jakob staunt, das hätte er nicht erwartet von seinem zärtlichen starken Mann. Sanft ist er sonst, der Arnold. Das Neue macht ihn noch männlicher, es macht Jakob stolz und flößt ihm Kraft ein, hoffentlich bleibt es dabei . . .

Auf dem nächtlichen Heimweg hatten sie nur wenige Worte gewechselt. Sie gingen nebeneinander her, zwei Männer, getrieben, wachsam, schwach und stark zugleich. Zwei Männer, die es beide intensiv wahrnahmen: Jetzt war zwischen ihnen eine echte Bindung, unverbrüchlich und mutig, zwischen ihnen entstanden. Sie hatten eine Beziehung. Sie würden zueinanderstehen. „So muss sich eine echte Verlobung anfühlen", dachte Arnold, behielt das Aussprechen für sich. Als könnte Jakob seine Gedanken lesen, sagte er unvermitelt: „Ich lieb dich, Arnold, ehrlich." Arnold antwortete mit dem gleichen Ernst: „Ich dich auch. Auch ehrlich."

Da durften sie beide trotz all der Schrecknisse dieser Nacht befriedet lächeln.

17

Der Weinkeller Gottes

In den folgenden Tagen ging das Leben ohne größere Aufregung
einfach weiter, sie benahmen sich, als wäre nichts gewesen. Das
Rumoren und das Rumpeln des Krieges verbannten sie nach
draußen.

Kein Wort ließen sie „zu Hause" über ihre Exkursion zur Wegscheide verlauten.

Arnold hämmerte, schraubte und schliff in seiner Werkstatt,
viel hatte er nicht zu tun, die Leute hatten kein Geld für neue
Möbel. Manche Hausfrau nutzte aber die Abwesenheit des Ehegatten, um längst fällige kleinere Reparaturen machen zu lassen,
am Leiterwagen eine kaputte Querleiste austauschen, eine Tür
abschleifen und mit Wachs einlassen, ein zersplittertes Stuhlbein
ersetzen.

Josef saß nun ab und zu draußen vor seinem Haus in der Früh-
sommersonne. Seine Tochter, die Katrin, hatte den Holztisch
aus dem Abstellverschlag geholt und mit Jakobs Hilfe heran-
geschleppt, die Bank war über den Winter an ihrem Platz vor
dem Eingang geblieben, eine große Plane hatte sie vor Schnee
geschützt. Jetzt stand der Tisch vor der Bank, die wieder ihren
Dienst als Lieblingsplatz des Großvaters angetreten hatte. Josef
rauchte seine Pfeife, freute sich, wenn sich die Enkelinnen zu
ihm setzten, dann erzählte er von früher, als er mit ihrer verstorbenen Großmutter gut war, wie sie sich schnell vertrugen, wenn
einer mal beleidigt war, wie die Katrin auf die Welt gekommen
war.

Und er erinnerte sich an so manche Anekdote aus dem Leben
der Reinelts, die er nun auch schon viele Jahrzehnte kannte, erzählte auch davon: „Als die Frieda den Dominikus geheiratet hat
– die Frieda hab ich ja bereits gekannt, die hat schon mit ihren
Eltern in dem Haus gewohnt, wo sie jetzt noch lebt –, da kam
mal was anderes nach Bad Orb. Friedas Mann, der war wirklich was Besonderes, der hat Fantasie gehabt, ich hab immer ge-

dacht, an dem ist so ein verträumter Künstler verloren gegangen, der Arnold hat das von ihm, die Freude am Malen und Gestalten von Postkarten und den Schildchen für die Weinflaschen. Dazu muss ich euch jetzt mal die Geschichte von der Schnapsidee mit dem Wein erzählen." Josef erzählt immer wieder gern von Minkus und seinem Weinkeller, in dem, wie er betont, „bis zum heutigen Tag keine einzige Flasche auch nur verrückt, geschweige denn geöffnet worden ist". Zu gern würden die Enkelinnen, die ja auch Friedas kleine Mädchen waren, einmal in diesen Keller gucken, der ja eigentlich ein Kuhstall war. Aber dass das verboten war, das hatten sie inzwischen auch gelernt.

Im *Café Müller* gab es neuerdings Streuselkuchen, und zwar „reinen" Streuselkuchen, selbst Friedas Apfelvorrat war aufgebraucht. Herr Müller hatte jetzt einen Hahn und Hühner, also hatte er auch Eier, Mehl gab es auch, Schmalz, Butter, irgendwo bekam er immer was für seinen Kuchen, und bald gab es ja wieder Beeren vom Feld, Biskuitboden war schnell gebacken. Arnold und Marie nahmen ihr Verlobtenspiel wieder auf, am Sonntag gingen sie ins Café und spazieren, ganz selten mal mit den Mädchen in eine der Wochenendvorstellungen im bislang noch vorhandenen Kino.

Jakob war nun offiziell und dauerhaft Gast im Hause Josefs. Im engeren Umfeld in Orb war er inzwischen bekannt als „der Taube". Jakob beherrschte seine Rolle aus dem Effeff. Er half auf dem Feld, kletterte auf Apfelbäume, um bei der Veredelung zu helfen. Es fiel ihm schwer, so zu tun, als würde er nichts merken, wenn die Flugzeuge mit den Geschossen und Bomben über das Städtchen hinwegrasten. Erst wenn die anderen auf dem Feld sich in Panik auf die Erde warfen, machte er es ihnen nach, obwohl er das bedrohliche Brummen Sekunden vor ihnen gehört hatte.

Er fütterte Friedas Hühnerschar, putzte Stall und Gehege, sammelte die Eier ein. Bei Beschuss von oben ist er einmal so erschrocken, dass er den Eierkorb fallen ließ. Er hatte danach beteuert, dass er nichts gehört und gedacht habe, dass eine fehlgeleitete Kugel auf das Weidengeflecht aufgeschlagen sei und ihm den Korb samt Inhalt aus der Hand geschlagen habe.

Allerdings hatte ausgerechnet in diesem Moment der Herr Müller gegenüber am Straßenrand gestanden, wie immer auffallend zufällig. Schnell hatte sich der Bäcker weggeduckt, er wollte nicht als neugieriger Nachbar dastehen, er war sich dessen bewusst, dass er als solcher nicht gerade den besten Ruf hatte.

Auch jetzt zog er seine eigenen Schlüsse aus dem, was er gesehen hatte, er war sich sicher: Er hatte gesehen, wie dieser Jakob vor Schreck zusammengezuckt war und ihm der Korb deshalb aus der Hand gerutscht war. Der Schwerhörige hatte den Eierkorb losgelassen, seine rechte Hand, die ihn gehalten hatte, war unwillkürlich hochgeschnellt, um das rechte Ohr zu schützen. Das Ohr, das angeblich völlig taub war.

Herr Müller hatte unwillkürlich aufgeschrien, er war von dem Knall genauso erschrocken gewesen wie der junge Mann da drüben. Über den hatte er sich, nachdem das Flugzeug am Horizont verschwunden war, erst gewundert, der Jakob Reinelt war ja taub, sich dann aber so seine Gedanken gemacht.

Er hatte es die ganze Zeit geahnt: Irgendwas war da faul. Die Neugier plagte ihn sehr. Aber Herr Müller hatte dennoch eine gute Theatervorstellung gegeben: Er hatte so getan, als hätte er natürlich nichts gemerkt, und er hat gleich woandershin geguckt.

Um mögliche Mutmaßungen über diese unverhoffte Begegnung der beiden Männer zu überspielen, hatte Herr Müller geistesgegenwärtig rübergewinkt zu Jakob und besonders laut gerufen. „Ist alles in Ordnung, haben Sie was abgekriegt von den Kugeln, geht's Ihnen gut?"

Jakob hatte sich gleich gefangen und wieder im Griff: „Hallo, Herr Müller, was haben Sie gesagt? Leider, ich hab Sie nicht verstanden. Ist Ihnen auch nichts passiert? Möchten Sie ein paar Eier, ach herrje, die sehen ja gar nicht mehr gut aus." Herr Müller war schnell über die schmale Straße zu Jakob geeilt. „Lassen Sie es gut sein, Herr Reinelt, ich hab doch jetzt selber die Hinkel und den Gockel dazu im Hof. Aber trotzdem, danke."

Zum Abschied zog Herr Müller den Hut, ohne den er jetzt gar nicht mehr aus dem Haus ging, der verdeckte die beginnende Glatze. Den Verlust seines Haupthaares empfand Herr Müller als entwürdigend.

Am Nachmittag desselben Tages sitzen die vier Verschwörer mit Josef vor dem Haus, es ist zwar noch nicht hochsommerwarm, aber die Kombination aus Sonnenschein und Strickjacke ergibt genug Wärme, sodass Arnold, Marie, Jakob und der Großvater draußen zusammen das Mittagessen teilen können, das Sophie und Maria mitten auf den Tisch gestellt haben: dicke Graupensuppe „mit ohne Fleisch", hatte die Jüngere gesagt, aber mit viel Sellerie, Petersilie, ersten Karotten aus dem Garten und dem restlichen Wirsing vom letzten Herbst, ein paar Kartoffeln waren noch drin zum Sattwerden. Vor zwei Wochen war ein älteres Tier aus Friedas Hühnerhof im Suppentopf gelandet und bis auf die Knochen verwertet worden, die Brühe hielt sich in verschlossenen Einmachgläsern recht lange und ist nun, noch einmal verdünnt und mit Salz und Pfeffer gewürzt, willkommene Grundlage für Suppen und den heutigen Eintopf.

Marie hat den Tisch gedeckt, tiefe Teller, Schöpfkelle und Suppenlöffel liegen bereit. „Ich bin ja mal gespannt, ob die Frauen eines Tages auch mal den Tisch gedeckt und was gekocht kriegen. Ich bin eigentlich gar nicht zum Dienen geboren", hatte sie lachend gesagt.

Jakob springt sofort auf, fragt galant. „Was kann ich für dich tun, Teuerste?"

„Du könntest jedem was auf den Teller schöpfen, du hast einfach längere Arme, das wär sehr nett von dir."

„Ich wüsste nicht, was ich lieber täte."

„Er kann so charmant sein, das werde ich nie lernen" – Arnold lächelt amüsiert und würde den „langen" Arm Jakobs jetzt gern festhalten und ihn zu sich ziehen, damit er ihn umarmen kann. Das Geplänkel seiner beiden liebsten jungen Menschen genehmigt Arnold einen Augenblick für träumerische Fantasien: wie er Jakob im Liebesspiel berührt, wie sie Verbotenes tun, sich umeinanderschlingen, knutschen – für Arnold ein neues Wort –, wenn Männerhaut auf Männerhaut trifft, wie sich ihre Hände erst langsam vortasten, dann entschlossen, entfesselt zugreifen.

Jakob ist mit dem Suppenverteilen bei Arnold angelangt. „So, mein Lieber, jetzt bist du dran, lass es dir schmecken, damit du groß und stark wirst." Alle am Tisch amüsieren sich, lachen ausnahmsweise miteinander, es ist ein Augenblick der Unbeschwertheit.

Gott sei Dank, es gibt sie noch, die Momente, in denen keiner daran denkt, wie dunkel der Himmel über ihnen sein kann.

Arnold schlägt sich schon seit einer Weile mit dem Gedanken an den Weinkeller seines Vaters herum. Die Reben gedeihen nicht mehr, im letzten Herbst gab es nur eine magere Ernte, die einen unattraktiven zu sauren Riesling erzeugt hätte, die Lagerung im geheimen Weinlager Gottes hätte nicht gelohnt. Dominikus hatte darauf bestanden, nur dem besten Riesling für seinen Herrn im Himmel die größte Sorgfalt angedeihen zu lassen. In den Kriegsjahren hatte Arnold den Weinanbau weitgehend aufgegeben, nur halbherzig an ein paar Weinstöcken herumgebastelt, aber es war nicht recht was geworden. Es war ja auch immer die Ungewissheit da, ob nicht irgendein überfliegender Bomber ausgerechnet die zarten Pflanzen abschießen würde, die Apfelbäume hatte einer, sicher unbeabsichtigt, schon mal getroffen, gottlob hatten die trotzdem überlebt.

Anders als der Bauer Gustav, der sogenannte Eiserne Gustav, benannt nach dem Berliner Droschkenkutscher, der 1928 in seiner Kutsche aus Protest gegen den Untergang des Droschkengewerbes von Berlin nach Potsdam gefahren ist. Der Orber Eiserne war genauso ein Sturkopf gewesen, Gustav hatte es sich nicht nehmen lassen, trotz seiner vierundsiebzig Jahre einen der Bäume an den richtigen Stellen zu schneiden. Als das kleine Flugzeug über die Schafswiese gedonnert war, ist der Gustav wie vom Blitz getroffen auf den Boden gefallen, wo er schon nichts mehr sagen konnte, er war gleich tot gewesen. Eine Kugel hatte man an seinem toten Leib nicht entdecken können. War vielleicht doch der Schreck für das alte Herz zu viel gewesen.

Arnold überlegt, ob er Jakob den Weinkeller zeigen soll. Er hat Skrupel. Sein geliebter Vater war so überzeugt gewesen von seiner Mission, hatte seinem Jüngsten das Lebenswerk anvertraut und den Schlüssel zum Allerheiligsten gleich dazu. Arnold hat ihn gut verwahrt, einen zweiten Schlüssel hat Frieda auf dem Dachboden, in Zellophan gewickelt, im Sauerkrautfässchen versteckt.

In Orb erinnerte sich wahrscheinlich kaum noch jemand daran, dass im Gewölbe des längst verwaisten Kuhstalls der Reinelts an die hundert Flaschen besten Weißweins lagerten. Es hatten schon immer nur die engsten Vertrauten davon gewusst und vielleicht der alte Magistrat, wo die Verfügungen von Arnolds Vater hinterlegt waren.

Arnold hatte sich vorgenommen, ein weiteres Versteck einzurichten, eines für den Notfall, wer weiß, was ihnen noch alles bevorstehen würde. Niemand konnte voraussagen, ob und wie lang ihr Schauspiel funktionieren würde. Keiner wusste, ob nicht doch die Gestapo – womöglich die Männer in dem ominösen Auto, das vor Kurzem in Bad Orb gesehen worden war – die Leute im Ort und im Umkreis im Auge hatte. Sich zu tarnen, andere heimlich zu beobachten und zu täuschen, dafür waren die Kerle schließlich ausgebildet.

*

Damals, vor sechs Jahren, hatte schließlich auch niemand etwas davon mitbekommen, als die Juden, die bis dahin noch in der kleinen Stadt gelebt und gearbeitet hatten, mitten in der Nacht zusammengetrieben worden waren. Sie waren zur Eisernen Hand gebracht worden, dem Wegepunkt, an dem der Orbbach in die Kinzig fließt. Unbekannte oder zumindest Unerkannte hatten die Menschen dort bespuckt, verhöhnt, in schlimmster Art gedemütigt. Die jüdischen Männer, Frauen, Kinder waren sich selbst überlassen worden, nachdem die böse Tat begangen war. Sie traten den langen Weg zurück in ihr Heimatstädtchen schließlich zu Fuß an.

Arnold war einer der wenigen gewesen, die mit angesehen hatten, wie sie am frühen Morgen verstört und zu Tode verängstigt heimkamen, er war der Einzige gewesen, der zufällig aus dem

Fenster geschaut hatte, so früh am Tag, um fünf oder halb sechs war das gewesen. Er hatte lange nicht verstanden, was er da gesehen hat, gewundert hat er sich nur. Am Tag hat ihm die Frau aus dem Schuhmacherladen die Augen geöffnet: „Irgendwer, niemand von hier, hat dafür gesorgt, dass unsere restlichen Dorfjuden zusammengetrieben worden, haben Sie das mitgekriegt? Was das soll – sie haben die Leute ja wieder laufen lassen?“ Wie ahnunglos er da noch gewesen ist.

Kurz darauf waren die Männer, Frauen, Kinder weggebracht worden, vermutlich in eins der Konzentrationslager, wo sie ums Überleben kämpften. Genauso wie die Kriegsgefangenen oben auf dem Hügel. Womöglich hatte man sie ebenfalls in eine Waffenfabrik gesteckt, zum Schuften für Hitlers Welteroberung, für ihren eigenen Untergang. „Mein Gott, wenn die Nazis tatsächlich die Herren der Welt würden …?“ Er verbot es sich, den Gedanken weiterzuverfolgen. Dass es für viele Deutsche keine Zukunft mehr gäbe, war auch so nicht zu leugnen. Und: Die Regierung beschäftigte am liebsten Arbeiter, die nichts kosteten und die allen Grund hatten, nicht aufzumucken.

Der Anblick der geschundenen in halber Nacht Heimkehrenden hatte Arnold nie verlassen.

Seither macht er sich Gedanken über sein Land, jetzt kommt die Sorge um den Einzigen dazu. Was, wenn Jakob doch noch von jemandem bei irgendeiner Stelle denunziert wird, wenn einer einen Juden zu erkennen glaubt, einen, der wegsoll, der hier kein Recht mehr hat, einen, der ins KZ gehört? Was, wenn sie ihn dann suchen kämen und er nicht mehr beim Großvater bleiben könnte, wenn er schnell woanders versteckt werden müsste? Ein zweites Versteck musste her, Arnold ist überzeugter denn je: Das ist seine Lebensaufgabe, er muss Jakob beschützen.

Noch immer kann sich Arnold nicht richtig vorstellen, dass es in dem Kurort Spitzel oder bezahlte Beobachter gibt. Wem sollen die denn Bericht erstatten? Der Magistrat ist doch harmlos, die Leute dort kennt man schließlich, seit man denken kann.

Die Reinelts hatten vom Magistrat der Gemeinde ihren Arier-Nachweis ohne Probleme bekommen, bis 1805 zurück

hatte die Frau im Rathaus handschriftlich alles aus den Kirchen-
büchern abgeschrieben, später war das abgetippte Blatt, unleser-
lich unterzeichnet und mit dem Reichsadler-Hakenkreuz-Stem-
pel versehen, ins Familienstammbuch eingelegt worden.

Mehr gibt es nicht zu wissen über die Reinelts. Ihre Frauen,
das hat Arnold an Geburts- und Todesjahr sehen können, waren nicht sehr alt geworden, die Männer dagegen hatten alle die
Achtzig und mehr erreicht. Und niemand war woanders hergekommen, alle waren in Bad Orb geboren und gestorben. Echte
Arier also. Die Frauen gingen sogar in die Kirche. Kein Grund
für eine Überwachung.

Genau betrachtet, verhielt sich nur Herr Müller auffällig. Plötzlich tauchte er irgendwo auf, wo keiner auf ihn gewartet hatte.
Er hatte seine Augen und Ohren überall, so schien es. Aber es
war zumindest nicht erkennbar, dass er seine Beobachtungen an
höherer Stelle weitergab, auch nicht, dass er selbst unter Beob-
achtung stand. Er bewegte sich sicher und frei in seiner Stadt,
obwohl er immer Bescheid wusste, wenn auf jemanden die Rede
kam. Wann hatte zum Beispiel die Frau Nachbarin, die Elisabeth Dippenschmied, einen Besuch bekommen, der sich nicht
als Liebhaber der Ehefrau des im Krieg kämpfenden Schusters,
sondern als ihr Bruder aus Mainz entpuppte. Herr Müller hatte
den Mann kennengelernt, als er sich auf einen Plausch zu der
Elisabeth gestellt und sie auf einen Kaffee – „natürlich Muckefuck" – in sein Café eingeladen hat, darum hätte der Bäcker
Auskunft geben können, wenn ihn einer danach gefragt hätte,
obwohl es ihn eigentlich gar nicht interessierte.

Marie vertraute trotz alledem darauf, dass der Bäcker harmlos
war, doch damit stand sie ziemlich allein auf weiter Flur, obwohl sie sonst ein sicheres Gespür für die Wahrheit hatte. Aber
Arnold war allgemein das Vertrauen abhandengekommen, er
sah sich lieber dreimal um, bevor er sich jemandem öffnete, mit
jemandem unzensiert redete. Er vergaß nie das Gerücht, dass ein
paar von den grauen Männern der Gestapo immer mal wieder
vorbeischauen würden, angeblich hätten sie im Magistrat Lis-

ten angelegt mit den Namen und Adressen von Verdächtigen: Vaterlandsverrätern, Drückebergern, Juden, Widerständlern, Schwarzmarkthändlern. Schwulen? Schwachsinnigen? Zigeunern?

Sie würden sich vermutlich nie richtig sicher fühlen. Das hatte Arnold mal mit einem sehr traurigen, schwermütigen Unterton zu Jakob gesagt. Sie hatten sich geliebt. Und sie hatten einander Mut gemacht. Irgendwo würden sie einen Platz finden, an dem sie leben konnten, irgendwann.

*

Bald, nächstes Jahr schon, wird Arnold neununddzwanzig Jahre alt sein, übernächstes Jahr ist er ein reifer Mann von dreißig Jahren. Ihm wird himmelangst, wenn er daran denkt, dass sein halbes Leben bald so einfach dahingerauscht ist. Nach froher Kindheit fast immer Krieg, mal fern, mal nah. Er hadert manchmal mit dem Gang seines Lebens. Noch nie, seit er überhaupt ein Bewusstsein hat, gab es so etwas wie ruhige Zufriedenheit mit dem, was ihm geschah.

Als er merkte, dass er die Marie zwar von Herzen liebte, genauso wie seine Mutter, aber gar keine Neugier auf ihren Körper hatte, hatte er sich daran erinnert, wann sich das erste Mal das Begehren bei ihm geregt hat: Es war bei einem Mitschüler, Gerhard hieß er. Auf ihn war es gerichtet gewesen, mit dem Jungen hatte Arnold bis dahin noch kein einziges Wort gewechselt. Er hatte sich nicht getraut. Der Bub hatte sich über Arnold lustig gemacht. Weil er immer mit einem Mädchen herummachte, lieber mit ihr Federball spielte, als mit den anderen Jungen auf dem Schulhof zu bolzen. „Mädsche, Schoklädsche", hat Gerhard dem Knaben Arnold hinterhergerufen und „Der ist ja sooo verlibbt". Arnold war rot geworden, als Bub schon, und er hatte dasselbe ungute Gefühl, wie wenn er beim Klauen erwischt worden wäre: ertappt. Ja, er war „verlibbt", aber nicht in das Mädchen.

Arnold hatte sich bei dessen Spottgeplärre wutentbrannt auf den beunruhigenden Kontrahenten gestürzt. Und so waren sich

die zwei in einer handfesten Keilerei auf dem Schulhof nähergekommen, die sie beide zusammen in den Schulkarzer geführt
hatte. Dort versöhnten sie sich. Gerhard hat nach längerem
Grummelschweigen den ersten Schritt gemacht: Unter den Augen des Schuldirektors mussten sie sich die Hände reichen, Arnold hat widerwillig vor sich hin geguckt. Gerhard ergriff die
Initiative und die verweigerte Hand, sagte „Entschuldigung, ich
mach's nicht wieder" und gleich danach: „Wir gehen nachher
zum Räuber-und-Gendarm-Spielen raus. Kommste mit?" Sie
machten danach manchmal was zusammen, rumstromern, fi-
schen im Flüsschen und so. Sie wurden Kumpel. Arnold hatte
noch keine rechte Vorstellung davon, was Jungen, Männer miteinander machen, wenn sie ganz besonders gute Freunde sind.
Es war bei der Kameradschaft geblieben.

Gerhard war inzwischen verheiratet und mit seiner Frau nach
Wächtersbach gezogen. Sie hatten sich zum Schluss gänzlich
aus den Augen verloren.

*

Mit Marie, das war anders. Sie war zwei Jahre jünger als Arnold,
und weil sie denselben Schulweg hatten, hatten sie etwa 1922 in
der Winterdunkelheit angefangen, zusammen zu gehen, zu zweit
fürchteten sie sich nicht so. Sie waren einander sehr vertraut geworden, hatten sich all ihre Geheimnisse erzählt, auch die Geschichte mit dem Ärzteheft hatte Marie damals ihrem besten
Freund anvertraut, aber erst später. Arnold war noch unsicher
gewesen, wohin die Lebensreise geht. Er hatte einfach keine Gelegenheit, die Sache mit den Jungen zu testen.

Bei Marie hatte er sich sicher und wohl gefühlt, und wenn er
sie als Halbwüchsiger damals sogar pflichtbewusst und doch
auch heimlich geküsst hat, war das zwar nicht direkt unange-
nehm gewesen, aber es war wie Brüderlein und Schwesterlein,
es hatte einfach nichts entfacht.

Marie hatte das schnell gemerkt, und sie war es auch, die wusste, dass es so etwas häufiger gab, als man dachte: Männer, die
andere Männer lieben und „begehren", und auch Frauen, die mit

Frauen, die sich auf diese Weise liebten, etwas miteinander machen und sich vor dem Geschlecht der Männer grausen.

Marie hatte Arnold ihre geheimste Mädchengeschichte anvertraut: Als sie etwa fünfzehn war und schon ein bisschen ein Auge für die Buben hatte, hatte sie Bilder von solchen Männern in einem bebilderten Heft gesehen und darüber gelesen, das ihre Schulfreundin Erna hinter dem Universallexikon in ihres Vaters verschlossenem Bücherschrank gefunden hatte. Das Heft sollte anscheinend der Aufklärung für Ärzte dienen, es war irgendwie medizinisch aufgemacht. Die Mediziner sollten Merkmale erkennen, wie man solche Perversen erkennen – und dingfest – machen konnte. Das Heft hatte Erna heimlich Marie gezeigt, als der Vater einen Tag in Frankfurt war, auf einem Amt. Auf welchem? Marie hatte Arnold freimütig davon erzählt, auch dass sie das ein bisschen seltsam gefunden hatte, ein medizinisches Fachmagazin, versteckt hinter einem Lexikon.

Und wie man diese „Kranken" behandelt, das hatte auch nicht drin gestanden.

Marie war auf ein neues, unbekanntes Empfinden gestoßen, da war „ihr" erster nackter Mann zu sehen, sie hatte ihn genau studiert, wusste nicht so recht, ob ihr gefiel, was sie sah. Aber es machte etwas mit ihr: erst ungläubiges Gruseln, ein schamhaftes Genieren darüber, dass sie ungebremst auf das Schwarz-Weiß-Foto starrte, auf den nackten Mann, der ein gestiefeltes Bein auf einem Stuhl abgestellt hatte, das andere gestreckt und wie festgeschraubt auf dem Boden. Kerzengerade aufgerichtet, in der Hand eine Peitsche, steht er da, sein stolzer Heldenblick geht in die Ferne. Zwischen seinen muskulösen Beinen das große Geschlecht, das herabhängt, herunterbaumelt. Marie hat auch erzählt, dass sie sich so geschämt hat, dass sie sich deswegen in praktische Überlegungen gerettet hatte: „Das muss den Ärmsten doch stören, wenn er herumläuft, so was Langes da unten." Halb aus Unsicherheit, halb aus Angst vor Entdeckung hatten die beiden Mädchen das Heft unter nervösem Herumgealber schnell wieder hinter das Familienlexikon gesteckt und den entwendeten Schlüssel unter dem Schreibtisch, genauer gesagt unter der Schublade, festgeklebt.

Arnold hatte damals bei Maries Erzählung ein unbekanntes Seelenflattern nicht bremsen können, die Wangen brannten heiß, als wären sie zu dicht am Feuer, Scham war dabei gewesen und eine unbestimmte Sehnsucht.

Sie waren nur noch halbe Kinder gewesen.

*

Und noch immer war das Band der Kindheit und Jugend fest und stark, Marie und Arnold und jetzt auch Jakob hielten zusammen wie Pech und Schwefel, vertrauten einander, theatralisch hatte Marie als ganz junges Mädchen einmal zu Arnold gesagt: „Wir sind Freunde bis in den Tod!" Wenn sie damals gewusst hätte, dass ihre erwachsene Freundschaft wirklich eine auf Leben und Tod werden würde . . .

Marie wird sich eines Tages einem anderen Mann zuwenden, einem zum Heiraten, noch kannte sie ihn nicht, aber sie wird einen finden, der zu ihr passt und der sie will. Arnold ist fest davon überzeugt, das gönnt er seiner Freundin und sagt es ihr auch.

Leicht wird der Mann es nicht haben, solange Arnold-und-Marie eine Festung sind.

Arnold steht vom Tisch auf. Vor lauter Herumdenken über den Pakt, den Marie und er geschlossen hatten – gegen den unerwünschten, von ihren Eltern gewünschten Bräutigam, gegen die Verfolgung der Männer, die sich lieben, gegen den Judenhass und die Nationalsozialisten, darüber, dass das alles schon damals, als sie Kinder waren, begonnen hat –, ist er von seinem eigentlichen Vorhaben für den heutigen Tag abgekommen: Er will gegen Abend mit Jakob in den Weinkeller gehen. Er plant, ihm erst danach seinen Schlüssel zu übergeben. Jetzt muss er in die Gänge kommen. Die anderen am Tisch unterbrechen ihr Geplauder, fragen, was los ist. „Musst du in die Werkstatt?" Arnold antwortet zerstreut: „Ja, später, Jakob, kommst du auf einen Sprung mit, ich möchte dir was zeigen."

Jakob zuckt mit den Achseln, keine Ahnung, was er mir zeigen will, sagt sein Blick in die Runde, entschuldigende Gesten, an

Josef und Marie gerichtet, er hört sich sagen: „Entschuldigung, ich geh mal mit, ich weiß nicht, was er mir zeigen will." Ein kaum spürbares unbehagliches Gefühl, das reflexhafte Erschrecken vor Unbekanntem, beschleicht ihn: Nein, das kann nicht sein, hat sein liebster Schreiner schlimme Neuigkeiten? Sind sie etwa aufgeflogen? Hat der Müller die Männer in dem großen Auto benachrichtigt? Wird er wieder weiterziehen müsssen? Jakob hat Angst. Er kann sich selbst nicht erklären, woher so plötzlich das mit Furcht gepaarte Misstrauen kommt.

Wir können uns niemals sicher sein – hatte Arnold es nicht genau so gesagt? –, hat er am Ende auch von sich selbst gesprochen, wie verlässlich ist sein Freund wirklich? Schließlich hat Arnold einen Hang zur Traumtänzerei, stellt sich gern sein Paradies mit lauter glücklichen Männern vor – und natürlich auch mit fröhlichen Frauen. Wie ernst ist es dem Schreiner mit seinen Lebensrettungsplänen?

An Panik grenzende Furcht ergreift Besitz von Jakob, die scheinbar aus dem Nichts kommt und ihm die Schweißperlen auf die Stirn treibt. Wann immer er in der Vergangenheit an einen guten Ausgang geglaubt oder wenigstens darauf zu hoffen gewagt hatte, war er enttäuscht worden, hatte er wieder untertauchen, weglaufen, sich verstecken und lügen müssen. Bitte nicht schon wieder! Nur seine Frankfurter Freundin war stark genug gewesen, natürlich eine Frau.

Aber Arnold hat schließlich als Erster das Unsagbare ausgesprochen: „Ich liebe dich."

Mit aller Gewalt kämpft Jakob gegen seine Mutlosigkeit und seinen Mangel an Vertrauen an, sein Herz muss zur Ruhe kommen, er verscheucht diese Irrsinnsängste, die absurden Gedanken aus seinem Kopf – wer hätte ihnen denn etwas nachweisen können in diesem Ort?

Er atmet verhalten ein und aus, oh Gott, wenn der Arnold bloß nichts von dem bemerkt, was ihn im Griff hat, diese Todesfurcht, die unerwartet kommt und geht, die ihn nicht loslässt. Trotz der Fürsorge, die er hier Tag für Tag erlebt und die die anderen ihm schenken. Arnold wäre zutiefst gekränkt, wenn er von seinem Innen-Chaos wüsste, das hat der Geliebte nicht verdient.

Mit einem unscheinbaren Lächeln folgt Jakob Arnold, sagt als fadenscheinige Erklärung: „Ich weiß auch nicht, was grad war, mir war kurz ein bisschen schwindlig, ich bin bestimmt käseweiß, das passiert mir derzeit ab und zu." Arnold fasst seinen Freund am Ellbogen. „Geht's jetzt wieder? Sollen wir später zu dem speziellen Ort, den ich dir zeigen will?"

Da kommt Jakob wieder zu sich, er beruhigt sich und er hat einen leisen Verdacht: Vielleicht will Arnold ihm das geheimnisvolle Gemäuer mit den besonderen Flaschen zeigen. Das wäre ein riesiger Vertrauensbeweis von Arnold, der Jakobs letzte Bedenken verjagen würde. Über den Weinkeller weiß Jakob nur so viel, dass der Vater seines Geliebten den Zutritt Fremder im Weinkeller Gottes untersagt hatte.

Arnold hatte, als er Jakob ein wenig davon erzählte, hinzugefügt: „Es sei denn, es ist aus Liebe, hat mein Vater gesagt, alles, was aus Liebe getan wird, geschieht jenseits von Gut und Böse." Einen Philosophen habe der Vater zitiert, welchen, das wusste Arnold nicht mehr so genau, glaubte, sich an Nietzsche zu erinnern. Das kann Jakob sich fast nicht vorstellen, den nutzen doch die Nazis angeblich so gern, die „Herrenmenschen" sollen sie von ihm abgeguckt haben, und so einer sollte von Liebe reden?

*

Nachdem Arnold und Jakob sich von der frühsommerlichen Mittagstafelrunde verabschiedet haben, gehen sie zu dem Haus, in dem Arnold aufgewachsen ist und in dem er noch immer mit seiner Mutter lebt.

Er hat zwei Zimmer im ersten Stock zur Verfügung, Ottos Kinderzimmer und sein eigenes. Amalies Mädchenzimmer wird seit ihrem Umzug nach Frankfurt von Frieda als Näh- und Bügelstube genutzt, das Bett steht noch in der Ecke, damit Amalie in ihrer gewohnten Umgebung in dem jahrzehntealten Möbel schlafen kann, wenn sie auf Besuch ist. Wenn die anderen Döpfners mit aufs Land kommen, die Kleine – die inzwischen auch kein Kind mehr war –, Heinz, der Enkelsohn, und Amalies heißgeliebter Heinrich, quartiert Frieda ihre Tochter und deren Mann in ihrem

172

einstigen ehelichen Schlafgemach ein, sie selbst zieht dann in das
leer stehende Jungenzimmer Ottos um oder schläft auf der Couch
im Erdgeschoss, der Heinz passt da inzwischen nicht mehr drauf.
Als Emma unlängst mit ihrer Mutter allein in Bad Orb gewesen
ist, hätte Frieda den beiden beinahe ihr Ehebett „geliehen“, damit
sie morgens niemanden wecken musste, wenn sie aufstand.

Alte Leute wie sie brauchen nicht so viel Schlaf, sie ist immer
schon früh in der Küche oder im Garten. Heinz hatte seine Oma
früher manchmal auf den Arm genommen: „Du glaubst wohl
immer noch an den frühen Vogel mit dem dicken Wurm?“

Als Arnold und Jakob auf dem Weg nach oben sind, ruft Arnold
kurz: „Wir sind gleich wieder da, Jakob ist mitgekommen, wir
gehen nur kurz rauf.“ Frieda kommt aus dem Wohnzimmer. „Du
brauchst nicht so zu brüllen, ich wollte mich grad ein bisschen
hinlegen, nach der Bürsterei und dem Geschlepp mit dem Wä-
schekorb und den nassen Sachen zum Aufhängen, ich brauch
eine Pause.“

„’tschuldigung, Mama, ich geh mal eben mit Jakob nach oben,
wir wollen gucken, ob im Schrank auf dem Dachboden noch
was Brauchbares vom Vater ist, eine Jacke oder so was Ähnli-
ches. Passen muss es halt.“ Frieda ist einverstanden. „Ist gut, ich
ruh mich noch ein bisschen aus.“

Jetzt kann Jakob entspannt aufatmen.

Zuerst ein Abstecher in Arnolds Reich, wo der Schlüssel für
den Dachboden deponiert ist – er hängt innen an der Rückwand
des kleinen Badeschränkchens über der Waschschüssel mit der
passenden Kanne. Beide werden nicht mehr benutzt, seit es im
Erdgeschoss ein Bad gibt, mit Badeofen und Zinkwanne. Höchstens als Blumenvase.

Der große Metallschlüssel öffnet die Tür zur „Lagerhalle“, wie
sie den zwar aufgeräumten, aber trotzdem übervollen Dachboden nennen. Der große Sauerkrauttopf mit dem schweren Holz-
deckel ist zu dieser Jahreszeit fast schon geleert, das restliche
Kraut steht gerade noch hoch genug, um einen Zellophanbeutel
zu bedecken, den Arnold in der dünnen Bodenschicht ertastet.

„Das Kraut will sowieso keiner mehr essen, das ist hinüber, es riecht auch nicht mehr gut, aber es hat seinen Dienst getan. Das, mein Geliebter, ist der Schlüssel zum Weinkeller Gottes! Und den brauchen wir gleich noch. Jetzt suchen wir erst mal im Schrank nach ein paar Klamotten, die du anziehen kannst.“ Jakob hebt abwehrend die Hände, gibt Zeichen, er braucht nicht so viel. Er hat doch schon genug bekommen.

Als sie vor dem geöffneten alten Kleiderschrank stehen, einigen sie sich dennoch schnell, Jakob bekommt ein kariertes Flanellhemd, das ist nicht übel für den Herbst. „Darin siehst du schon fast aus wie ein echter Bauer, wie ein schöner Bauer natürlich.“ Jakob fühlt sich endlich richtig wohl, sein Freund meint es gut mit ihm, Arnold bekommt einen Kuss zum Dank. Jakob drückt Arnold an sein Herz: „Danke schon wieder.“ Glücklich und verzagt zugleich sind sie, optimistisch und furchtsam auch, sie stehen in diesem Augenblick nicht nur dicht beieinander, sie stehen einander bei, das wird Jakob bewusst, er ist sich dessen gewiss.

„Was so ein altes Hemd alles machen kann!“, sagt Arnold, er verbirgt mit einem Blinzeln ein Tränenglitzern in den Augen, räuspert sich, vertreibt die Rührung. „Lass uns noch die gefütterte Cordsamtjacke vom Vater mitnehmen, lass sehen, doch, die passt ganz gut, könnte länger sein, aber es geht.“

Das Naheliegende, das, was zu tun ist, das rettet so oft aus der Verlegenheit, aus der Angst, der Unsicherheit, sogar aus dem Schmerz.

*

Frieda hatte inzwischen ein Gebräu gekocht, das stark an Kaffee erinnerte. Muckefuck aus Malzkaffee mit Zichorie und zwei Teelöffeln echtem Bohnenkaffee, schmeckt nicht schlecht, hatte sie behauptet. Die beiden jungen Männer setzten sich zu ihr an den großen, blanken Esstisch in der Küche. Sie schenkte ihren beiden Jungen und sich selbst eine große Tasse ihrer Kaffeekreation ein, ein kleiner Krug mit warmer Milch wurde herumgereicht. Frieda stand noch mal auf, schnitt drei dicke Scheiben vom Weißbrotlaib ab, stellte die selbst gemachte Erdbeermarmelade dazu auf den Holztisch, ein großes Messer zum Schmieren für alle drei. Nacheinander bedienten sie sich, reichten das Messer mit der breiten Schneide an den nächsten weiter. Teller brauchten sie nicht, das Geschirr wurde gespart. Jakob lobte die guten Gaben, indem er voller Inbrunst mit geschlossenen Augen lustvoll in sein Marmeladenbrot biss und die Augen zum Himmel richtete. „Herrlich!!! So erdbeerig und gut", er machte „mmmh" und sah richtig selig aus. Beim Essen war er schnell begeistert, das machte der lange Verzicht.

Es war heimelig, freundlich, das Schwätzen ging um kleine Dinge: wer morgen im Garten beim Umgraben hilft, was der Herr Müller wieder für Geschichten erzählt hat, von seinen Nöten mit dem Gockel, Frieda hatte was Schlimmes geträumt – der Otto wäre angeschossen worden, aber es war ja nur ein Traum, Gott sei Dank. Über dem unbeschwerten Beisammensein hatten alle drei die Zeit vergessen.

Arnold hat absichtlich nichts gesagt, ihm ist es recht, dass es schon bald anfängt zu dämmern. Da ziehen sich dann auch die paar Kurgäste – Herrschaften aus der Großstadt – bald in ihre Unterkünfte zurück, zum Ausruhen von den Kuranwendungen. Manche von ihnen sind auch gegen Abend noch unterwegs auf den Straßen von Orb, sie gehen zum Essen in ein Speiselokal, sofern sie eines finden, oder machen noch einen kleinen Spaziergang im Kurpark. Der Krieg scheint manchmal woanders stattzufinden. Da fallen zwei Männer zwischen den raren Gästen nicht besonders auf, die kennen ja nur ihre Ärzte. Sie sind in den Augen der Fremden zwei Einheimische auf dem Heimweg.

„Jakob und ich gehen noch mal vor die Tür, brauchst du noch was, Mama, soll ich noch schnell was erledigen?" Arnold ist schon auf den Beinen, wendet sich zum Gehen. Jakob bedankt sich für die Jacke, das Bauernhemd von Friedas Ehemann, die Jacke zieht er gleich an, ihn friert sehr schnell. „Oh, die ist angenehm zu tragen, vielen Dank, ich bin wirklich sehr froh, dass ich die haben darf. Wenn dein Sohn, der Otto, wiederkommt, will er sie sicher gern zurück, und sag Bescheid, wenn du sie brauchst."

Frieda gibt sich empört, schließlich „gehört sich das nicht, einfach was zurückhaben zu wollen, was man mal geschenkt hat. Schenken und wieder holen ist gestohlen!" Sie lacht und Jakob ist zwar schüchtern, stimmt aber doch ein in das großzügige Lachen der älteren Frau, die ihm jeden Tag ein bisschen das Leben verschönert.

Weit haben sie es nicht, der alte Kuhstall steht, leicht nach hinten versetzt, auf der Wiese, davor ist der Zaun, der Friedas Hühnerhof eingrenzt. Sie gehen nicht direkt über die Straße, drehen eine „kleine Spazierrunde" bis die Schatten länger werden. An der ehemaligen Synagoge gehen sie vorbei, wie von selbst hatte es Jakob zum Solplatz gezogen, er war sich nicht wirklich dessen bewusst geworden. Ohne sich gegenseitig darauf hinzuweisen, gehen sie beide schweigend mit gesenktem Kopf an dem Schicksalshaus vorbei.

Ein Stück die Straße hinunter beobachtet der allgegenwärtige Café-Besitzer die beiden jungen Männer aus den Augenwinkeln, während er sich mit einem fremden Mann unterhält, einem, der nicht ortsansässig ist, jedenfalls kennt Arnold den eleganten kantigen Kerl nicht. Gut möglich, dass es einer der düsteren Herren aus dem schwarzen Auto ist, er hatte im Café deren Gesichter von seinem Platz aus nicht sehen können. Der hier trägt keinen beigegrauen Mantel, sieht recht leger aus, trotzdem ist Zurückhaltung angesagt.

Arnold hat den Fremden und Herrn Müller erst wahrgenommen, als sie schon fast bei ihm sind. Nun muss Arnold ihn begrüßen, ihm wenigstens zuwinken. „Jakob, Achtung", kann er noch leise loswerden, dann sind sie auf derselben Höhe wie die beiden Männer.

Man begrüßt sich mit höflichen Floskeln, nur die Namen werden genannt, kein Beruf, kein soldatischer Rang, keine Fragen, auch kein Lauern. Es scheint eine gelöste Situation, Jakob vergisst nicht, betont laut und deutlich seinen Namen zu sagen, ab und zu hebt er die Hand an sein linkes Ohr, klappt die Muschel nach vorn, erklärt: „Ich höre nicht gut, wegen einer Explosion."

Der fremde Mann, den Herr Müller schon recht gut zu kennen scheint, stellt dazu keine Fragen. Der Bäcker sagt: „Herr Kessler wurde aus Frankfurt hierher beordert, er arbeitet für die Verwaltung, im Rathaus und freut sich sicher, die Ureinwohner Bad Orbs kennenzulernen. Das ist Herr Reinelt, seines Zeichens der Schreiner im Ort, und ebenfalls Herr Reinelt, sein Verwandter." Kessler ist nicht sehr interessiert, freut mich, freut mich, das kommt trotzdem. Jakob hält lieber ganz den Mund. Erklären und sich winden, das liegt ihm nicht. Den Fremden so wenig wie möglich wissen lassen, der könnte auf die Idee kommen, mithilfe des nach dem Juden Samuel Morse benannten Zeichen-Codes ein Telegramm an die Behörden in Adorf zu schicken, wo keiner jemals einen Herrn Reinelt registriert hat. Wieder ist das so ein Moment, in dem die fragile Stimmigkeit des Augenblicks beim geringsten Fehler zugrunde gehen kann und mit ihr die Menschen, die sie geschaffen haben.

Wieder einmal kommen sie ungeschoren davon. Herr Müller scheint mit sich zufrieden, er hält sich mit Geplauder und weiteren Erklärungen zurück. Arnold wundert sich darüber, der Mann ist sonst recht mitteilsam, wenn es um die Geschichten über andere Leute geht, wer mit wem was zu tun hatte, wer wen schon mal übers Ohr gehauen hat, welche Frau nicht den besten Ruf hat, „aber darauf soll man auch nicht immer was geben". Heute behält er all sein Wissen, seine Vermutungen, seinen Tratsch für sich, zumindest solange die zwei Spaziergänger hier noch herumstehen.

„„Man sieht sich", Arnolds Abschied ist kurz und knapp, aber nicht unfreundlich, „bis Sonntag, da komm ich sicher mit Marie zum Kuchenessen." Jakob hebt kurz die Hand zum Gruß, nickt verbindlich und zugewandt. Dann drehen sie sich um und gehen die Straße hinab, die sie gekommen sind. Jakob bildet sich ein, die Blicke der wenig älteren Männer würden ihnen folgen, tödliche Blicke, er spürt, wie sie sich zwischen seine Schultern bohren. Er kann es nicht lassen: Unvermittelt dreht er sich um, will sehen, ob er recht hat.

Die beiden Herren haben Jakob und Arnold längst den Rücken zugewandt, unterhalten sich, Herr Müller deutet in die Richtung des Gefangenenlagers, aber er könnte auch auf eine ganz normale Wiese zeigen oder auf den Wald, wo ein Hochsitz steht, wo er vielleicht den letzten prächtigen Hirsch gesehen hat. Vielleicht erklärt er dem Neuen im Rathaus nur, dass er das Wild nur beobachtet, dass er niemals einen Hirsch oder ein Reh schießt, nicht mal einen Hasen. Er ist schließlich Vegetarier. Wie der Führer.

Die Männer sehen nicht, wie Jakob erleichtert seinen Geliebten anstrahlt. Sie interessieren sich nicht für einen unbescholtenen Schreiner mit einem irreparablen Fuß und seinen fast tauben Cousin oder was der ist.

Der Umweg durch den Ort hat sie nun doch noch zurück zum ehemaligen Kuhstall geführt. Von hinten haben sie sich dem uralten Gemäuer genähert, das schon auf ein paar Meter Distanz ein klein wenig mehr Kühle abstrahlt als die umliegenden Häuser. Meterdick sehen die Wände aus, enorm stabil die schwere, dicke Tür aus Holz und Eisen. Uneinnehmbar wie eine Festung ist dieser seit vielen Jahren zweckentfremdete Bau.

Arnold öffnet die Druckknöpfe der Innentasche von Jakobs Jacke, Minkus hatte darin ein Geheimfach gehabt, hinten in dem Teil, der das Gesäß bedeckt. Arnold zieht den Schlüssel heraus, steckt ihn in das eisenummantelte Schloss und bewegt ihn schwerfällig gegen die übliche Linksdrehung nach rechts. Die Tür springt auf. Im Innern stehen links und rechts vom Eingang zwei Petroleumlampen, daneben liegt ein Sturmfeuerzeug, dazu lange Streichhölzer, im Winter kann es zu feucht werden, um sie zum Brennen zu bringen. Arnold entzündet die Lampen, sagt: „Du musst schwören, dass du das niemandem erzählst, hörst du. Ich verstoße gerade gegen sämtliche Vorgaben meines Vaters und damit gegen die Regeln, die im Rathaus beim Magistrat liegen.“

Es geht drei ausladende, flache, kuhgerechte Stufen nach unten, Arnold geht voran. „Hier ist also meines Vaters ganzer Stolz, sein Weinkeller Gottes. Hier in dem Dunkel und in der Kühle lagert der Wein, den er dem lieben Gott gewidmet hat, den er ihm am Jüngsten Tag mitbringen will. Ich schau mir gleich die Flaschen an, ob alles in Ordnung ist. Gott sei Dank ist es hier drin zwar halbwegs kühl, aber nicht feucht. Dir zeige ich diesen großen Raum, weil hier in Orb die meisten keine Erinnerung mehr daran haben, manche, die davon gewusst haben, sind schon tot. Ich denke, wenn es hart auf hart kommen sollte, irgendwie, dass einer uns oder dich oder uns alle verraten will, sodass sich jemand von uns verstecken muss, dann ist das hier ein relativ sicherer Ort. Die Tür lässt sich nicht so ohne Weiteres aufbrechen, wenn sie von innen verriegelt ist, da ist viel Eisen verarbeitet worden. Gemütlich ist es nicht gerade, aber es ist ein Schutzwall. Wie ein Bunker. Ewig kann man hier sowieso nicht hocken. Aber es ist gut, wenn man jederzeit etwas hat, wo man sich verstecken kann. Du weißt jetzt, wo du den Schlüssel findest und wie es hier aussieht. Ich hab schon zwei Feldbetten da hinten hingestellt. Decken würden hier vielleicht doch schimmeln, das weiß ich nicht, wir können uns da noch was überlegen, derzeit brauchen wir den Stall ja nicht. Aber wer weiß, was kommt. Und es ist wirklich für den Notfall gedacht, der hoffentlich nie eintritt. Meiner Mutter hab ich noch nichts gesagt, vielleicht ist das besser so. Dann macht sie sich weniger Gedanken."

Jakob breitet die Arme aus. „Schau, es ist viel breiter hier als ich mit ausgestreckten Armen, ich spür einen leichten Lufthauch, ich müsste nicht ersticken, das ist wenigstens ein bisschen beruhigend. Das Licht sieht man nicht von außen, oder? Und nach meiner Erfahrung mit den Brücken kommt mir das hier vor wie eine recht ordentliche Pension in den hinteren Schweizer Bergen." Er lacht über seinen eigenen Sarkasmus, der jenen Kern Humor in sich trägt, der das Überleben-Wollen aufrechterhält.

„Ich möchte nicht schon wieder danke sagen. Viel lieber will ich dir zeigen, was es mir bedeutet. Ich meine, wie sehr es mich rührt, wie du alles für mich arrangierst, damit mir nur ja nichts geschieht. Wie du dich kümmerst um mich. Ich will für dich da sein und weiß nicht, wie ich das anstellen könnte. Wie kann ich dir etwas zurückgeben, ich weiß nichts anderes als dich zu lieben, solange es geht. Von Ewigkeit zu reden, das wär mir zu vermessen."

„Was soll ich sagen, mir geht es doch nicht so viel anders, ich hab am meisten Angst davor, dich nicht mehr bei mir zu haben.

Das wär für mich das Allerschlimmste. Auch deshalb mach ich alles, was mir einfällt, damit du nicht von mir getrennt wirst. Aber weißt du, mir ist auch klar, dass du mich vielleicht eines Tages hinter dir lässt, weil du in diesem Land nicht mehr leben willst, auch wenn die Nazis Geschichte sind. Was wird dann aus mir?"

„Ach, Liebster, mach dir nicht so viele Gedanken über eine Zukunft, von der wir gar nicht wissen, ob wir sie erleben werden. Wie hat Horaz, der alte Römer, gesagt? Carpe diem, pflücke den Tag. Ich glaube, ich möchte gleich damit anfangen. Gib mir den Schlüssel, ich sperr zu, damit uns niemand stört."

„Wer soll uns denn hier stören? Wir sind im Dunkel, die im Dunkeln sieht man nicht, so was hat die Marie doch gleich am Anfang gesagt, oder? Komm her. Ich muss nichts bekennen, du weißt es eh. Wir sollten das Feldbett ausprobieren, wenn es zu kalt wird, wärm ich dich. Und die Lust findet doch fast immer ihren Weg oder etwa nicht?" Arnold grinst seinen Freund ganz unverhohlen an.

„Küss mich!", sagt Jakob. Und dann: „Wieso hast du denn noch immer diese unglaublich robuste Arbeitshose an?" Nach einer Weile: „Und jetzt das karierte Hemd, und zieh um Himmels willen die Socken aus, wie sieht das denn sonst aus."

Arnold friert ein wenig trotz der hitzigen Gefühle, die sich seiner bemächtigen. „Du hast gut reden, in deiner dicken Jacke." Die fällt gerade zu Boden. Kurz danach umspielt die heruntergefallene Hose Jakobs Knöchel, er löst schnell die Schuhbänder, streift die festen Schnürschuhe von den Füßen, stellt sich auf den Hosensaum, damit er keine kalten Füße bekommt. Arnold will ihn, ihn ganz allein.

Jakob flüstert: „Ich wärm dich, mein Schöner, komm her zu mir, damit ich dich besser sehen kann. Damit ich dich besser umarmen, besser wärmen, besser lieben kann."

Das warme Licht der Petroleumlampen bescheint die nackten Körper, Wärme ummantelt die beiden Menschen, die in der Stille den Atem ihres eigenen Lebens spüren, immer schneller wird er, immer eifriger. Der sich in einem erleichterten Aufstöhnen beruhigt, der tief und friedlich die Seele des anderen streift.

Der Odem der Liebe, himmlisches Begehren. Pflücke den Tag!

18

Bekenntnisse & Wahrheiten

Das Vertrauen ist – anders als die Vertraulichkeit, die versteckt hinter vorgehaltener Hand mitgeteilt wird – in Wahrheit der Grund für die Liebe, nicht das Begehren, das ist nur ihr Anfang. Das Vertrauen ist das, was alles ermöglicht, alles erlaubt, kein Bekennen einfordert, nicht fragt, was falsch, was richtig, erlaubt oder verboten ist. In finsterer Zeit haben Jakob und Arnold eine unantastbare Insel geschaffen, dort dürfen sie alles sagen ohne Strafe, ohne Verfolgung, ohne Angst. Arnold ist der Träumer, Jakob manchmal sarkastisch, dabei aber auch zugewandt und liebevoll.

Arnold kreiierte unermüdlich goldene Utopien für die Zukunft: In Freiheit würden sie leben, ohne Uniformen und gebrüllte Reden. Sie würden ununterbrochen glücklich sein, er, Arnold würde mit seiner Schreinerei genug für sie beide verdienen, weil seine Arbeiten immer hochwertiger und ausgefuchster aussehen würden, er würde alle versorgen, auch Marie und seine Mutter.

Jakob war weit weniger optimistisch, noch schien kein Ende in Sicht, und wer hätte sagen können, wie es dann einem schwulen Juden in dem neuen Deutschen Reich ergehen würde, einem Land, das im Judenverfolgen auf ein halbes Jahrhundert – mindestens – zurückblickt? Was wäre, wenn er tatsächlich auswanderte? Nach Amerika, in das Land des unbegrenzten Glücksversprechens? Ein bisschen Englisch hatte Jakob sich selbst beigebracht. Auch nach Palästina könnte er gehen, den Judenstaat aufbauen. Auch da war die Liebe unter Männern ein Tabu, er sah sich schon in einem kargen Kerker mit kalkweißen Wänden darben, ein Mann ohne Frau und Kinder, da war es in dem Völkergewimmel dort sicher auch nicht einfach. Außerdem hatte Jakob keinen Beruf, was sollte er in der exotischen Fremde tun? Studieren hatte Jakob als Bub wollen, wenn er mal groß wäre, Medizin, ein Arzt wollte er sein, das wäre was, das würde er gern tun. Oder Schriftsteller und Denker, so etwas würde ihm auch liegen. Er könnte dann an einer Universität über Hegel, Kant und Fichte reden. Vielleicht würde er doch noch ein paar Brocken Wahrheit bei Friedrich Nietzsche finden, dem Denker, dem er derzeit nicht recht trauen mochte. Auch mit dem Theater hatte er früher geliebäugelt. Die *„Dreigroschenoper"* auf der Bühne, ob das jemals wieder geschehen würde?

Und was würde aus ihm und Arnold werden? In der Seele standen sie sich so nahe, die Körper wollten auch zueinander, aber kannten sie sich wirklich? Keiner von beiden wusste, wie der andere ist, wenn die Welt wieder ihren normalen Gang ging. Keiner kannte ihre Schattenseiten, ihre tiefsten Ängste, die Winkel, in denen sie sich selbst oder andere belügen, Ränke schmieden, verheimlichen, planen, manipulieren, verschweigen. Wie würde es sein, wenn keine Bedrohung da ist, die sie zusammenhält im Widerstand dagegen? Wenn jeder machen kann, was er will. Würde er, Jakob, mit Arnold zusammenleben wollen? Und, so hart die Frage war, brauchte er ihn dann noch? Und wenn nicht, würde er ihn trotzdem so innig lieben wie jetzt?

Jakob sind seine eigenen Gedanken zuwider, so etwas auch nur zu denken, ist unmoralisch und gemein. Es kommt ihm selbst brutal und berechnend vor, als würde er seinen Freund nur ausnutzen.

Dabei liegt ihm nichts ferner. Er will Arnold auf gar keinen Fall verletzen, er liebt ihn wirklich, das kann er reinen Gewissens von sich behaupten. Woher kommen dann diese finsteren Abgründe in seinem Herzen?

Der Mensch wird zum Wolf in diesen Zeiten, denkt nur noch daran, wie er am besten aus dem Schlamassel lebend herauskommt. Das wird es sein, das sitzt ihm fest im Nacken.

Jakob schiebt die Düsternis beiseite, er hat auch andere Seiten, solche, die kreativ, zärtlich, liebevoll und froh sind. Auf die will er sich verlassen, sie sollen ihn leiten, nicht das Gift des Misstrauens.

Jakobs Lebensgeschichte hat viele schlimme und verstörende Kapitel gespeichert, so einfach mitmachen in dem behüteten Leben, das Arnold kennt, kann er einfach noch nicht. Es fällt ihm manchmal sehr schwer. Aber er wird sich Mühe geben, es zu lernen, es wäre Balsam für sein Herz.

*

Jakob hatte, obwohl der Jüngere von beiden, zu oft in seinem Leben gesehen, wie schnelllebig so manche Liebe zwischen Männern ist, auch wie rücksichtslos mitunter von einem zum anderen geflattert wird. Und dass viele Begegnungen flüchtig, in dunklen Häuserecken, in speziellen gut getarnten Lokalitäten stattfinden. Auch, wie oft für ein bisschen vorgetäuschte Zuneigung, für zügige Befriedigung im Stehen in der Nacht bei der Herrentoilette ein paar Münzen oder Scheine den Besitzer wechseln können. Kann sein, dass ihn das alles viel zu früh ernüchtert hat, mit Arnold erlebte auch er zum ersten Mal die Stimmigkeit, die aus der Verbindung aus Begehren und Berührung und Liebe entsteht.

Er hatte schon sehr früh am eigenen Leib erleben müssen, wie demütigend, gewalttätig und gnadenlos ein älterer Mann einen Jungen von fünfzehn Jahren mehr als einmal gezwungen hatte, ihm Befriedigung zu verschaffen, wie er den Jungen unter sich gezwungen hatte, ihm während des Aktes den Kopf nach unten gedrückt, ihn geschlagen hatte, wenn er sich nicht fügte.

Jakob hatte versucht, sich zu wehren, aber der Onkel hatte ihn getreten, ihn angeschrien, wehe, wenn du was verrätst, du wirst keine Zeit haben, es zu bereuen. Zitternd war Jakob nach solcher Attacke in sein Ferienzimmer bei „Onkel" Frieder und „Tante" Becka in Kronberg geschlichen. Er hatte kein Wort gesprochen, auf Fragen seiner Tante nur genickt oder den Kopf geschüttelt, er hatte während der zwei Wochen seiner Sommerferien fast nur auf den Fußboden geguckt, damit er nicht den Augen seines Peinigers begegnete, die ihm oft lauernd folgten.

Wegen der gesunden sogenannten Landluft musste Jakob manchmal mehrere Tage zu den Bekannten der Eltern fahren, weil Jakobs Vater den Frieder aus der Schulzeit kannte, sagten Jakob und seine Geschwister Onkel und Tante zu dem gastfreundlichen, kinderlosen Ehepaar.

Jakob hatte sich schuldig gefühlt, er wusste, dass er selbst es war, der den Onkel so weit gebracht hatte, weil er, in dessen Worten, „ein wirklich hübscher Junge" war. Jakob war selbst schuld, obwohl er ja nichts für die blauen Augen konnte. Im Religionsunterricht hatte er gelernt, dass Frauen die Männer einfach dadurch verführen, dass sie schön sind und zu bezaubern vermögen, dass sich dahinter aber der Teufel verbirgt. Der Verführer hatte also das Recht, den Teufel in ihrem Leib zu bestrafen, indem er den Leib misshandelte. So war es wohl gedacht, das, was der Onkel mit ihm machte.

Jakob war erwachsen, als er endlich erkannte, dass er sich selbst vergeben musste, ihn selbst traf keine Schuld. Doch seine Welt war da längst nicht mehr heil, sie hatte einen Knacks. Schließlich war er älter geworden, während die Nazis immer stärker wurden.

Da hatte Jakob seinen Glauben an die Kraft des Guten und an einen Gott verloren.

*

Jakob will sich endlich vollständig lösen von den Schuldgefühlen, manchmal beneidet er die Katholiken. Die gehen zur Beichte, und alles ist gut. Es ist für Jakob an der Zeit, sich wirklich zu öffnen, nichts mehr zu vertuschen, vor allem nicht vor dem Menschen, der ihm am nächsten ist.

Jakob nimmt sämtlichen Mut zusammen und sagt zu Arnold: „Ich bitte dich schon im Voraus um Vergebung . . . ich fang bestimmt an, mich zu verhaspeln, weil es mir schwerfällt, du weißt, dass ich dich von Herzen gernhabe, und weil ich dich so liebe, muss ich dir was aus meinem Leben erzählen oder, besser gesagt, beichten. Es ist was Unangenehmes. Ich komm mir sonst vor, als würde ich dir etwas verheimlichen, und das will ich nicht. Es ist für mich wichtig. Wenn du und ich eine Lebenschance nach dem Krieg, nach den Nazis haben wollen, musst du von mir alles wissen. Es wird nicht leicht sein. Für mich nicht, weil es harte Dinge sind, die ich dir berichten will, und für dich auch nicht, vielleicht willst du mich danach nicht mehr.

Nun ja, dass ich keine Jungfrau mehr war, als wir uns begegneten, weißt du sowieso. Dass ich dich trotzdem ernsthaft lieb hab, das glaubst du mir hoffentlich. Nun will ich dir die Wahrheit über mich erzählen. Sag mir, wenn ich das gleich tun soll, ich kann auch später beichten, wenn du davon jetzt nichts hören willst. Aber dann hätten wir es hinter uns."

Arnold ist erst mal still. Er fürchtet sich vor Jakobs Bekenntnissen, er kann sich, unerfahren wie er ist, nicht vorstellen, was Jakob zu beichten hätte.

Er sagt schnell und unüberlegt: „Tu noch ein kleines r in das ‚beichten‘, hinters erste e, dann wird daraus ‚berichten‘, das macht mir weniger Angst." Am meisten Furcht hat er vor einem anderen Mann, einem früheren Geliebten, den Jakob vor ihm hatte und den er möglicherweise noch lieber gehabt hat als ihn. Will Jakob diesen Mann suchen, später mit *ihm* sein Leben teilen? Oder ist er in Gedanken bereits in Palästina, wo der andere auf Jakob wartet, ist er schöner als Arnold und ist er einer, der mit seinem Freund durch Wiesen und Auen rennen kann, der nicht auf einen Kerl mit einem Hinkefuß warten muss. Der Unbekannte baut vielleicht fern von Krieg und Tod und Verfolgung bereits an einem sicheren Nest für beide. Arnolds wilde Fantasien wirbeln in seinem Hirn herum, er muss ein paar Mal tief durchatmen, ehe er sich wieder entspannt.

Ernst hebt Arnold den Kopf, schaut seinen Freund direkt an, als könnte er die Worte bereits in dessen Gesicht lesen. Er kann keine Falschheit darin entdecken. Er ergreift Jakobs Hand. „Solange du mich nicht verlassen willst, ist für mich alles auszuhalten. Das würde ich nicht gut wegstecken, ich hätte Marie, das ja, aber mein Leben wär leer ohne dich. Also schieß los", sagt Arnold.

Und dann erzählt Jakob von seiner Schande, die angefangen hat mit den Erlebnissen in Kronberg, wie der Onkel sich an ihm vergangen hat, wie er schon als Bub gelernt hat, bei ungewollter Berührung, bei Übergriff und Schmerz die Augen und Ohren mit seinem Geist zu verstöpseln. Wie er es über sich ergehen ließ, ohne innerlich beteiligt zu sein. Augen zu und durch hat er sich vorgesagt und dass es ihm hinterher keiner ansehen würde.

So hat er es auch gemacht, als er im vorigen Jahr einem von früher begegnet ist.

Als die Judenbuben noch mit im Klassenzimmer lernen durften, da hat ein paar Reihen hinter Jakob ein kräftiger blonder Hans gesessen, der ihm nicht ins Gymnasium gefolgt war. Es war einer, der Jakob im Schulhof mit dummen Sprüchen über die von Natur aus blöden Juden gepiesackt hatte. Der ein eifriger Hitlerjunge geworden war, als Jakob schon nicht mehr an ihn dachte. Als Jakob aus der Klasse ins Gymnasium wechselte, war er nur froh gewesen, dass er den Blödmann los war.

Bis zum August vergangenen Jahres, da musste Jakob sich erneut mit ihm beschäftigen. Jakob hatte sich bei seiner lieben Freundin Marianne auf dem Dachboden halbwegs eingerichtet. Nur in später Nacht ging er vor die Tür, die Knochen bewegen, laufen, Luft schnappen, wo er auch ging, er hatte immer die Augen nach hinten gerichtet, ob ihm jemand folgte, schießlich war nächtliche Ausgangssperre verhängt worden.

Als er eines Nachts durch die zertrümmerte Frankfurter Altstadt wanderte, wo in der Nähe des Viertels um den Hauptbahnhof ein paar Damen dem horizontalen Gewerbe nachgingen, traf Jakob auf einen Mann, der, wie er selbst, trotz der Ausgangssperre auf der Straße war. Der Blonde bemerkte Jakob nicht gleich, erst als er die Bewegung im Augenwinkel registrierte, wurde er aufmerksam. Jakob hatte sich schnell in einen Hauseingang gezwängt, war aber von dem Mann bemerkt worden, der sich ihm gleich näherte.

Er sprach Jakob an, sagte etwas wie „Was haben wir beide denn hier um die Zeit zu suchen, das ist v-e-r-b-o-t-e-n." Er sprach die Buchstaben einzeln aus und kicherte dabei albern. War wahrscheinlich angesäuselt.

Doch dann wandelte sich der Ton schlagartig, als er sich Jakob im dünnen Schein der eher finsteren Hauslaterne ein bisschen näher betrachtete. „Dich kenn ich", sagte der Kerl unvermittelt. „Du warst in der Volksschul in meiner Klass. Du bist der Jud mit den schönen blauen Augen." Jakob hatte versucht, davonzukommen, hatte das vehement geleugnet, nein, in der Schule sei er gar nicht gewesen, das müsse eine Verwechslung sein. Und Jude sei er auch nicht.

Hans Bayer wurde nun immer herrischer, machte Jakob absolut unmissverständlich klar, dass er ihn in der Hand hatte, ein Tipp an der richtigen Stelle, und schon wäre Jakob im Büro der Gestapo oder gleich ganz woanders, da, wo sie Schluss machten mit den Parasiten, die den Deutschen alles wegnehmen wollten. Dann schien er sich wieder zu beruhigen, nachdem er seine Platitüden von sich gegeben hatte. Jakob wollte sich abwenden und gehen, aber der andere hielt ihn fest. „Glaub nicht, dass du mir jetzt davonkommst. Du musst mir zu Willen sein, und ich will von dir nur das eine, du weißt schon. Wenn du mir nicht gehorchst, meld ich dich, ich hätt gesehn, wie du einen Mann anbaggerst. Dass du ein Jud bist, merken die schnell. Die müssen dir nur die Hos ausziehn. Und vergiss es, wenn du denen erzählst, ich sei der Schwule, was glaubst du, wem die glauben, einem großen, starken Blonden oder einem, der schwarzes Haar, blaue Augen und eine Bildung hat? Aber du hast auch ein bisschen Glück, ich bin nur noch zwei Wochen da, auf Urlaub, dann geht's zurück an die Front, also sei schön brav so lang. Und jetzt lass die Hosen runter, ich will dich benutzen, dauert nicht lang."

„Ich hab die Augen zugemacht, während er in mich eindrang, ich musste in den zwei Wochen jeden Tag um Mitternacht irgendwo sein, immer an verschiedenen dunklen Orten, wo er mich fantasielos immer auf dieselbe Weise genommen hat. Glück im Unglück, er hatte wenig Ausdauer, es kam ihm schon nach wenigen Sekunden. Dann versetzte er mir ein paar Tritte, weil ich auch daran schuld war. Leider hatte er herausgefunden, wo ich mich versteckte, und gedroht, meine Freundin und mich anzuzeigen, wenn ich ihm nicht gehorchen würde. Es war noch schlimmer als mit dem Onkel, Hans hat mich zur männlichen Hure gemacht, er hat mir manchmal Geld gegeben oder auch mal was zu essen. Ich hatte ja gar nichts, ich hab's genommen. Ich habe es überlebt, ich schäme mich dafür, aber ich sag mir auch, dass ich keine andere Wahl hatte, wenn ich weiter auf der Welt sein wollte. Ich hielt durch, bis der letzte Tag seines Heimaturlaubs kam. Als er sich zum letzten Mal an mir vergriffen hat, hat er versucht, mir einen Abschiedskuss zu geben. ‚Jetzt sind wir doch Freunde geworden, oder?‘, das hat er allen Ernstes gesagt und dabei irgendwie treuherzig geguckt. Ich hab gesagt: ‚Freunde achten einander und wünschen einander Gutes. Ich bin nicht dein Freund, ich bin von dir abhängig gewesen. Geh nun, geh in den Krieg, wenn ihr gewinnt, siehst du mich sowieso nie wieder, dann spielt es keine Rolle mehr, was hier geschehen ist. Und wenn ihr verliert auch nicht.‘ Da hat er mir ins Gesicht gespuckt, mich Bastard und Hure genannt, er hat geheult, als er abgezogen ist. Ich hab ihm einen stummen Fluch hinterhergeschickt, ihm den Soldatentod zu wünschen, das hab ich mich nicht getraut, die Religion sitzt tief in mir drin, den Tod darf man nicht mal seinem schlimmsten Feind wünschen.

Ist dir jetzt eklig vor mir, verabscheust du mich jetzt? Ich könnt’s verstehen, ich hab das Fähnlein in den Wind gehängt, war nicht tapfer im Widerstand, keine Spur von Heldenhaftigkeit, oh bitte, verzeih mir. Wenn ich dich damals schon gekannt hätte . . .“

Spontan umarmt Arnold seinen Freund, zeigt ihm, wie nahe er ihm ist. „Lass gut sein, mein Herz. Du hast alles richtig gemacht, was hättest du denn sonst tun sollen? Und vergiss nicht, was mir entgangen wäre, wenn ich dich nie zu Gesicht bekommen hätte? Du wärst vielleicht tot und hättest nie erfahren, wie es ist, wenn sich zwei Männer wirklich lieben, nicht nur mit dem Unterleib, auch mit dem Hirn und mit dem Herzen.

Ich hätte das wohl auch nie genießen können, ich hätte Marie geheiratet und sie unglücklich gemacht, stattdessen sind wir drei Freunde und wir zwei Liebende geworden. Du kannst mich ruhig Träumer nennen, aber die Träume erschaffen auch andere und bessere Welten oder zumindest das Wissen darum. Mach dir keine Vorwürfe, du bist mir als Nicht-Jungfrau lebendig wesentlich lieber als wenn du als großer Held für die sogenannte Moral dein Leben gegeben hättest. Guck dir doch an, was heut aus der Moral geworden ist: Die ohne Gewissen haben die Macht. Wer noch eins hat, muss aufpassen, dass er nicht erwischt wird, wenn er sich wie ein normaler Mensch verhält.“

Dann lässt Arnold seinen Liebsten noch ein bisschen weinen
an seiner Schulter, er selbst muss die Tränen auch nicht für sich
behalten, zwei männliche Heulsusen sind sie beide gerade, und
das ist schön, friedlich, befreit; beide haben in diesem Augenblick das intensive Gefühl, dass sie einander haben und sich aufeinander verlassen dürfen. Es herrscht Einvernehmen, wie sie
miteinander sein wollen: offen, wahrhaftig, verständnisvoll. Es
wird gut werden, kein Zweifel. Ein schöner Zustand, eine solche Gewissheit, selbst dann, wenn sie manchmal ins Schwanken
geraten kann.

19

Der blinde Sohn

Bad Orb blieb weitgehend von Zerstörungen verschont. Das tägliche Leben ging schweigsam weiter. Die meisten versuchten, so zu tun, als wären der Krieg, die Kämpfe, die Toten ganz weit weg, als stünden sie alle auf der Sonnenseite, hätten ausnahmsweise mal Glück und wären dieses Mal nicht bei den Verlierern. Ein Kirchturm hatte eine Schramme abbekommen, das ja. Ein früherer Mitschüler Maries, so erzählte man, habe seit einem halben Jahr nicht mehr nach Hause geschrieben, die Post war sicher nur verloren gegangen in dieser Zeit. Keiner sprach den Verdacht aus: Der junge Soldat war schon längst tot. Wer will so was wahrhaben?

Aber es waren noch immer ein paar Kurgäste da, gehobene verdienstvolle Beamte mit Herzleiden nebst Gattinnen. Die Staatsdiener versuchten es mit entspanntem Flanieren. Unbeeinflusst von den Weltläuften, sprudelte das salzige Wasser aus dem Heilbrunnen, die Gäste zählten teilweise auch zum spärlichen Rest der Wohlhabenden, die den Großstädten, wichtigen Zielen der englischen und amerikanischen Luftwaffe, entfliehen wollten und sich das auch leisten konnten. Nicht ohne die wertvollen Besitztümer in stabilen Kellern, Banktresoren, unterirdischen Lagern zurückzulassen. Ihre Spazierwege konzentrierten sich auf den Kurpark und die nächsten Gassen und Straßen, die Konfrontation mit den Gefangenen im StaLag IX-B wussten sie, durch die Hotelangestellten vorgewarnt, zu umgehen: „Den Weg sollten Sie besser vermeiden, da könnte was passieren, wissen Sie, manchmal versucht einer abzuhauen, und dann könnt geschossen werden."

Es ging das Gerücht, dass Bad Orb eine weitere Bürgerin weniger hatte. Rosa Schmidt hieß sie, sie sei irgendwann nachts verschwunden. Kein gutes Zeichen. Die Orber wussten, dass die Juden oft in der Nacht spurlos verschwanden, und sie wussten auch, dass es Lager gab, in denen die Leute starben. Die Rosa, war die Jüdin gewesen? Keine Ahnung hatte man davon

angeblich gehabt. Der Volkskörper sollte rein bleiben, Misch-
ehen waren nicht erlaubt, die zwischen Katholiken und Protes-
tanten schon, das war was anderes. Das Wort „Endlösung" war
noch nicht im allgemeinen Wortschatz angekommen, doch in
bestimmten Kreisen konnten sich zumindest die Männer etwas
darunter vorstellen.

Sonntags ging man nach der Kirche in die Wirtschaft, am Nachmittag, selten, Kaffeetrinken mit Kuchen, man musste auch mal
raus. Sonntags gab es Rabatt im *Café Müller*.

*

Der blinde Sohn der Marie damals unbekannten Frau im Milchladen, Hannes hieß er, daran erinnerte sich Marie noch, war tatsächlich lebend, wenn auch versehrt, nach Hause zurückgekehrt.
Er ging bereits recht sicher mit einem Stock zum Ertasten des
Weges durch den Ort, trug eine dunkle Brille. Seine Mutter war
wieder stolz auf ihn: Er machte so gute Fortschritte, er fand sich
doch schon ganz ordentlich zurecht mit seinen toten Augen, die
vielleicht, so Gott will, doch wieder heilen würden. Ganz ausgeschlossen war das nicht, der Arzt im Feldlazarett hatte nicht
die Mittel gehabt, Hannes sonderlich gut zu versorgen, nachdem Staub und etwas Flüssiges, das dem Soldaten in die Augen
gespritzt war und das teuflisch wehtat, so gut es ging, entfernt
worden waren. Wie Feuer hatte das gebrannt. Im Bruchteil von
Sekunden hatte sich die Augäpfel knallrot verfärbt, die Augen
tränten, es blieb dunkel. Auf einen Schlag war Hannes geblendet
worden, konnte nichts mehr sehen. Was der Grund war, wusste
der junge Soldat nicht, jammerte nur „Ich kann nichts sehen,
das war Feuer und flüssig, Blut?" Der Arzt tat, was er konnte,
nach Augenmaß musste er ganz wenig Salz, nicht viel mehr als
eine Prise, und abgekochtes Wasser mischen, bis das Kochsalz
aufgelöst war, einen halben Liter ließ er durch die Augen seines
Patienten laufen, der nur immer lauter „Es brennt, es brennt so!"
schrie, aber tapfer stillhielt. Dann legte er eine schwarze Augen-
binde mit kaltem Wasser auf. Das Kühlen nahm ein wenig den
Schmerz. Eine Schwester legte alle Stunde einen neuen kalten

Umschlag drauf und sprach aufmunternde Worte, Hannes stellte sich vor, dass sie blond, rosig-hübsch und propper war, das lenkte ihn ein bisschen ab.

Der Arzt bereitete Hannes' Abtransport vor und schrieb einen Brief: Der Soldat Johannes Gutleut liege nahe Riga im Feldlazarett, demnächst erfolge nach Möglichkeit Transport ins große Lazarett in Riga, der Mann habe im Gefecht eine Verbrennung oder Verätzung beider Augen erlitten, unklare Flüssigkeit, es habe voraussichtlich dauerhafte Erblindung zur Folge. Er empfehle die Entlassung aus dem Militärdienst und Verleihung des Verwundetenabzeichens in Gold. Man würde versuchen, ihn mit dem immer noch verkehrenden Lazarettzug in die Heimat zu befördern. Man solle die Mutter informieren, wohnhaft in Bad Orb, Agathe Gutleut.

Jetzt geht Hannes, die Beschädigung hinter den braunen Gläsern seiner Sonnenbrille verborgen, allein ins *Café Müller*, wo er sich darin übt, die Tasse, wenn er getrunken hat, wieder an den richtigen Platz zurückzustellen, ohne etwas zu verschütten. Es gelingt von Mal zu Mal besser. Hannes schöpft jedes Mal ein kleines bisschen mehr Mut.

Und daran hindert ihn auch der verfluchte Krieg nicht. Er weiß: Deutsche Soldaten verloren an der Front, jetzt ist es ein Verteidigungskrieg – zerstörte Träume, bröckelnder Größenwahn. Hannes fürchtet sich nicht mehr vor dem Feind, sieht in ihm eher den Befreier. Die Alliierten sind auf dem Vormarsch. Gott sei Dank. Bei Hannes im Kopf liegt die weiße Fahne schon lange bereit.

Der Hannes hatte es in seiner Dunkelheit fertiggebracht, den Volksempfänger so einzustellen, dass er den englischen Sender ab und zu hören kann, das Hören ist sein Weg in die Welt geworden. Er hat ein englisches Wörterbuch, buchstabiert der Mutter die Wörter, die er heimlich aus dem Äther vernimmt, sie muss dann nachgucken und ihm sagen, was das Wort auf Deutsch bedeutet, er lernt schnell neue Wörter. So hat er inzwischen spitzgekriegt, was wirklich passiert in der Welt. Er zweifelt nicht im Geringsten daran, dass Hitlers Radiosender mit dem heroischen Getöse, das von Siegen, Eroberungen, Vormarsch berichtet, nur

Lügen verbreitet, in Wahrheit zum Durchhalten auf dem Weg ins
Verderben auffordert. Sie wollen keine Zeugen, wenn alles vorbei ist, denkt Hannes, da soll lieber das ganze Volk dran glauben.

Kein Mensch würde ihn dazu bringen, jemals wieder eine Waffe auf einen Menschen zu richten, und wenn er hundertmal besser sehen könnte als vorher.

*

Arnold und seine Mitverschwörer, Jakob, der geliebte Freund,
sie verhalten sich ruhig und zurückhaltend, machen, was sie immer getan haben, bleiben unscheinbar freundlich. Jakob fällt am
meisten auf, er ist schließlich der Größte und, Arnold musste es
zugeben, der Schönste in der Reinelt-und-Döpfner-Familie.

An diesem arglosen, nach Heu duftenden Augusttag hat Arnold sich mit Marie gleich im *Café Müller* verabredet. Um zwei
Uhr wollen sie sich dort treffen, für eine Stunde oder länger
verliebt, verlobt und heiter sein, ein bisschen vom ersten Pflau-
menkuchen naschen und Malzkaffee und Schwarztee trinken.
Vielleicht gönnt sich Arnold heute sogar eine „Fluppe", Zigaretten, selbstgedrehte, hat er vor fünf Wochen heimlich gegen
fünf Pfund Zwetschgen getauscht, wenn das die Mutter wüsste.
Jakob würde später nachkommen und die beiden zum Baden am
Weiher abholen, wenn das Wetter hielt.

Marie hat sich heute besonders hübsch gemacht, das macht ihr
Gott sei Dank immer noch Spaß. Obwohl das für die deutsche
Frau schon fast als anrüchig angesehen wird, hatte sie einen Lip-
penstift benutzt, beim Auftragen aber nicht so fest aufgedrückt,
zu dunkel durfte es auch nicht sein. Einen Hauch von dem
leuchtenden Rot hatte sie dann mit den Fingerspitzen auf ihren
zarten Wangen verteilt, die mittelblonden gewellten Haare kopf-
über in Fülle gebürstet, einen Linksscheitel gezogen und auf der
Seite, die weniger von der Haarpracht abbekommen hatte, einen
hübschen Kamm eingesteckt, auf der anderen Seite fällt ihr nun
das üppige Haar ins Gesicht, ziemlich verwegen sieht das aus,
dennoch nicht so sehr, dass es ordinär wirkt.

Maries Mutter hofft inzwischen wieder mehr auf einen Sinneswandel ihrer Tochter, vielleicht lässt sie das mit dem Arnold doch noch bleiben, immer nur Kaffeetrinken und Spazierengehen, welche junge Frau macht so was lang mit? Ob der ihrer Marie jemals den Ring an den Finger stecken würde? Das bezweifelt sie langsam, dem Arnold ist das anscheinend ganz recht so, wie es ist, daheim wird er ja noch von seiner Mama versorgt.

„Mach doch nicht so viel Farbe ins Gesicht, wenn dich einer so bemalt sieht, der denkt sich auch sein Teil. Ob der Reinelt so eine heiratet, das denken die Leut, so sieht's aus." Marie lacht. „Gut so, Mama, nur zu. Du weißt doch: Ist der Ruf erst ruiniert, lebt sich's gänzlich ungeniert. Dem Arnold gefällt's, der weiß, was er an mir hat."

Und schon ist sie weggeflutscht, die Einkaufstasche mit Badeanzug, dem großen Handtuch zum Draufsitzen, dem Haargummi und der Schutzkappe für die Frisur über die Schulter gehängt. Ein paar Groschen hat sie noch schnell eingesteckt, falls irgendwo ein Eismann aufkreuzt.

Sie ist überpünktlich in Herrn Müllers Café, kein Wunder, sie war auf der Flucht vor Mutters Vorwürfen und Ermahnungen und vor der kleinkarierten Geldgier, die sich dahinter verbirgt, nur deshalb soll sie diesen Wunschschwiegersohn ihrer Eltern heiraten – den Sohn des reichsten Bauern am Ort, des Mannes mit dem dicksten Portemonnaie, ein grobschlächtiger Stoffel, für den wohl kaum eine Frau spontan zarte Gefühle entwickeln würde. „Aber er hat so ein gutes Herz", hatte die Mutter gefleht. Herzlos hatte Marie protestiert: „Aber der Arnold sieht aus wie ein Mann. Und außerdem ist er schon fast mein ganzes Leben mein Freund, da weiß ich, wen ich krieg. Und woher weißt du überhaupt, wie gut dem anderen sein Herz ist?"

Marie sieht sich um, nur ein Tisch ist besetzt. Hannes sitzt erst seit ein paar Minuten an dem kleineren runden Tisch, der nur fünf Schritte vom Eingang entfernt ist. Er hat eine Tasse in der Hand, die er gerade zum Mund führt. Er trinkt, er spürt eine Bewegung neben der Hand, die die Tasse hält, als Marie an ihm vorbeigehen will zum hinteren Ecktisch. „Herr Müller, der Tee ist ausgezeichnet. Ich hätte gern noch eine Tasse." Dabei dreht er den Kopf leicht in die Richtung, in der er den Bäckermeister vermutet. Die dunkle Brille verbirgt, dass seine Augen nicht mitwandern, nicht sehen, dass da eine hübsche junge Frau steht. Inzwischen kann Hannes bei günstigem Licht Hell und Dunkel unterscheiden, hin und wieder bildet er sich Personenumrisse ein, ist sich aber selten dessen sicher, was er zu sehen glaubt.

„Herr Müller ist gerade nicht im Raum, er wird sicher in der Küche sein und gleich kommen. Soll ich ihn holen?" Marie hat gemerkt, dass der attraktive und, wie es im Sitzen aussieht, auch ziemlich große Mann sie nicht sehen kann. In aller Ruhe betrachtet sie den Blinden mit der ziemlich modischen Sonnenbrille. Der hat was, denkt sie, und schüttelt die Wahrnehmung aus dem Kopf.

„Sehr freundlich von Ihnen, ich kann warten, ich hab Zeit." Hannes macht eine andeutende Bewegung, als wolle er aufstehen und sich vor der Dame verbeugen. Er hält dabei die Untertasse fest, greift nach der Stuhllehne, um sich zu orientieren und um beim Platznehmen nicht auf dem Boden zu landen. Er lächelt und versucht, die Richtung zu treffen, in der er das Rascheln von Stoff hört. „Darf ich Sie nach Ihrem Namen fragen? Und dürfte ich Sie vielleicht sogar zu einer Tasse Tee einladen, den müssen Sie versuchen." Marie fühlt sich ertappt, gerade ist sie ganz froh, dass der Mann nicht sieht, wie sie rot wird. Der würde sie auch einladen, wenn sie ein riesige Zahnlücke hätte und schielen würde. Sie ist hin und her gerissen, irgendetwas reizt sie an dem Fremden, aber sie ist mit Arnold verabredet. Sie ist nur viel zu früh dran.

„Gern nehme ich Ihre Einladung an, ich bin zwar um zwei verabredet, aber bis dahin ist es noch eine Viertelstunde. Ich heiße übrigens Marie, Marie Baumann."

„Und Sie sind in etwa in meinem Alter, sie dürften so ungefähr zwischen vierundzwanzig und siebenundzwanzig sein. Hab ich recht?"

Marie nickt, da fällt ihr ein, dass er sie nicht sieht. „Ja", sagt sie schnell, „fast siebenundzwanzig. Wie können Sie das wissen?"

„Das höre ich an der Stimme, so lang ist es nicht her, dass ich den Klang einer Stimme und die äußere Erscheinung durch Sehen zusammenbringen konnte. Die Erinnerung daran ist noch gespeichert in meinem Gedächtnis. Sie haben eine junge freundliche Stimme und eine beruhigende, sanfte Aussprache, Sie müssen sehr schön sein, die Hässlichen und die, die vom Leben hart geworden sind, die vor lauter Armut, Verzicht und Zu-kurz-Kommen keine Freude empfinden können, die klingen rau und zermürbt, auch die alten Menschen sprechen anders, langsamer, ein bisschen gebrochen. Ach, was red ich denn für Zeug, seit ich nicht mehr zuschauen kann, mach ich mir einfach Gedanken zu dem, was ich höre. Verzeihen Sie bitte mein Gerede." Hannes tastet nach seiner Tasse, prüft mit dem Zeigefinger, ob sie ganz leer ist.

Herr Müller, der die Unterhaltung der beiden von der Küchentür aus verfolgt hat, betritt nun den Gastraum, lächelt Marie freundlich zu. „Entschuldigung, ich hab gerade ein paar Sätze mitbekommen, so viel ich verstanden habe, darf ich Ihnen beiden eine gute Tasse Tee bringen. Marie, möchten Sie den Tee hier am Tisch einnehmen?"

„Ja, das möchte ich. Ich hab ja noch Zeit, die zwei Reinelts kommen später."

Die Zeit verging wie im Flug. Hannes hatte sich vorgestellt, wobei er einen imaginären Hut zog und sich leicht verbeugte. „Johannes Gutleut, von meiner Mutter und in der Schule Hannes genannt, wobei es blieb." Kurz und knapp fasste er seine Erlebnisse während des Dienstes am Vaterland zusammen, wie es zu der folgenschweren Verletzung gekommen war, Verbrennung der Augen, erst der Verdacht auf eine ätzende Brühe, dann die Diagnose „durch Blendung und indirekte Hitze, vermutlich von einem Flammenwerfer". Der habe, Glück im Unglück, nicht direkt das Auge getroffen, wohl aber einen Trinkbecher mit hocherhitztem Wasser frontal in Hannes' Gesicht geschleudert. Genau habe man es nicht rekonstruieren können. Der Lazarettarzt habe sein Bestes getan, erst auf eine Säure getippt, das wieder verworfen, weil chemische und giftige Flüssigkeiten als

Kampfstoffe weltweit verboten waren, „was heutzutage nichts heißt". Bis jetzt gebe es wenig Anlass zu allzu großer Hoffnung auf vollständige Heilung. „Zu gern würde ich Sie sehen", sagte Hannes zum Schluss. Und Marie wurde wieder rot.

Als Arnold etwas zu spät ins Café trat und Marie und Hannes im Gespräch vorfand, zog er sich gleich einen Stuhl vom Nachbartisch heran und setzte sich neben Marie, begrüßte sie mit einem sanften Küsschen auf die Wange. Marie erklärte. Sie sei zu früh da gewesen. Sie seien ins Gespräch gekommen, das sei übrigens Johannes Gutleut, er sei im Krieg verwundet worden an den Augen. „Ja", sagte sie an Hannes gerichtet, „und das ist Arnold Reinelt, seit Kindertagen mein bester Freund und mein Verlobter. Gleich kommt noch ein Verwandter von Arnold, er heißt Jakob, er ist seit einer Gasexplosion sehr schwerhörig. Er ist ein Netter, Sie werden ihn mögen."

Fast hätte sie „Den wirst du mögen" gesagt, so vertraut war Hannes ihr geworden in den fünfzehn Minuten. Arnold betrachtet den blinden Mann, der ihn so freundlich anzulächeln versucht, die Sonnenbrille ist auf die Wand gegenüber gerichtet, Arnold sitzt fast neben ihm. Er berührt Hannes leicht am Arm: „Freut mich, Sie jetzt richtig kennenzulernen, vom Sehen hab ich Sie von früher in Erinnerung." Und an Marie gewandt, sagt er: „Weißt, du noch, ich hab dir das erzählt, als du erzählt hast, was im Milchladen geredet wurde, über den jungen Mann, der so schwer verletzt wurde." Sie kamen in ein lockeres Gespräch, Marie war ganz aufgedreht, was Arnold amüsierte.

Der Herr Müller brachte der munteren Runde noch zweimal Getränke, dazu für jeden ein Stück Kuchen. Der inzwischen dazugekommene Jakob bekam als Extrawurst einen sogenannten Melange-Kaffee, mit Milch und Zucker. „Erstaunlich, die Melange", hatte Jakob gelacht, „und zwar nicht nur der Kaffee, auch die menschliche Melange, jetzt haben wir nicht nur einen fast ganz tauben, sondern auch noch einen blinden Freund. Wir sind ein wahrhaft munteres Trüppchen."

Die Gäste hatten sich ohnehin recht lautstark miteinander unterhalten, nur Herrn Müller war aufgefallen, dass Jakobs Stimme nur wenig lauter war als die der anderen. Und er hatte sich lebhaft an der munteren Unterhaltung beteiligt. Seltsam für einen, der kaum was hört. Oder nicht?

Tatsächlich hat Jakob erst wieder in seine Rolle zurückgefunden, als er einen leichten Ellenbogenstupser von Marie bekam. Sie hat ihn unmerklich auf das scheinbar teilnahmslose Gesicht des Bäckers aufmerksam gemacht, der Interesselosigkeit vorgaukelte.

Das Trio aus Marie, Jakob und Arnold begleitete Hannes nach Hause, erst hatte er protestiert. Er kenne den Weg gut, habe die Schritte gezählt, und der Stock verhindere, dass er über Steine oder gegen Mauern stolpere. Aber er hatte sich innendrin gefreut, dass er, so wie er war, tatsächlich doch noch Chancen hatte, Freunde zu finden, womöglich sogar eine Frau. Die Marie, die war verlobt, aber irgendwie hatte er so ein Gefühl . . . Papperlapapp dachte er sich, das bildest du dir nur ein, weil du so was wie eine Liebesbeziehung genau genommen noch nie erlebt hast, und da geht einem die Fantasie schon mal durch. Gerade, wenn der Wunsch der Vater des Gedankens ist.

Herr Müller hat ihnen von der Eingangstür aus nachgewinkt. Arnold und Marie verließen das Café Arm in Arm. Sie ließen einander erst los, als sie außer Sichtweite waren.

20

Was passiert, wenn Otto heimkommt?

Als Jakob an diesem Sonntag „nach Hause" zu Josef kam, fand er den alten Mann in seinem Sessel am Fenster vor. Die Pfeife im Mundwinkel, blickte er auf, als er hörte, wie Jakob im Flur die Haustür öffnete und dann anklopfte.

Als er das Zimmer betrat, spürte Jakob, dass etwas anders war, noch bevor er die Enkelinnen Josefs, die fleißigen Mädchen Sophie und Maria, wahrgenommen hat. Die beiden hätten ihm auch keinen Schrecken eingejagt, wenn Josef ihm nicht ein fast unsichtbares Zeichen gegeben hätte: ein verstecktes Kopfschütteln, das ihm bedeuten sollte: Pass auf, was du sagst!

Jakob hatte ein munteres „Hallo, allerseits!" in den Raum gestellt. „Was gibt's Neues? Josef, hast du schon dein Abendbrot gegessen? Oder soll ich schnell den Tisch decken?" Er wunderte sich, dass die beiden Mädchen so still waren, keine ging auf seine nicht ganz glaubwürdige Heiterkeit ein. Die Stimmung war gedrückt.

Josef sieht seinen Untermieter ernst an und hebt die Stimme, damit der „taube" Jakob alles versteht: „Wir haben Nachricht, dass Sophies und Marias Vater es in einen Lazarettzug in Pleskau geschafft hat. Das ist noch weiter in Russland als Riga, weißt du, da, wo Amalies Heinrich als junger Mann mit dem Zweiten Husarenregiment stationiert war. Das war natürlich im Ersten Weltkrieg. Wie Otto – falls der Mann im Zug überhaupt Otto ist – sich von den Kämpfen entfernen konnte, wer ihn dorthin gebracht hat oder ob er ein Fahnenflüchtiger ist oder einer, der den Verwundeten markiert, das wissen wir nicht. Auch nicht, ob er tatsächlich schwer verwundet ist oder sogar inzwischen . . ."

Mit einem Blick auf Ottos Töchter hält Josef mitten im Satz inne. Er atmet tief ein, ein Seufzer, der alle Last beinhaltet, gelangt aus seiner Brust nach oben. Dann fährt er fort, ein bisschen leiser, Jakob schiebt die Ohrmuschel nach vorn, er zeigt, er will alles hören, was der alte Mann sagt: „Die Russen sollen auf jeden Fall schon im Juni versucht haben, Minsk zurückzuerobern, angeblich haben die von vier Fronten aus unser Heer angegriffen, aber die deutschen Truppen konnten mit Mühe und Not den Aufmarsch der Roten Armee bei Riga stoppen, so heißt es. Sie tönen auch wieder mal im Radio, dass die Deutschen wie immer gewonnen hätten. Aber die Ostfront ist trotzdem verloren, wenn du mich fragst. Die armen jungen Kerle, was die durchmachen müssen, viele sind sicher tot oder in russischer Gefangenschaft. Oder erfroren."

Wo die Katrin sei, will Jakob wissen: „Sie muss doch in so einer Unsicherheit, wo sie nicht weiß, was mit ihrem Mann los ist, hier sein, bei den Töchtern, oder?"

„Die zwei hat sie, wie du siehst, für eine Stunde oder so hier abgegeben", sagt Josef, er ist sichtlich nervös. „Sie wollte hoch in unser Rathaus, sehen, ob sie was erfährt, was genau passiert ist. Das war ja nur ein Brief. *Wir teilen Ihnen mit, dass Ihr Mann, Otto Reinelt, geboren am 2.7.1911, wohnhaft in Bad Orb, an der Ostfront verwundet wurde. Da er nicht transportfähig schien, musste er zurückgelassen werden, um sein Regiment nicht aufzuhalten. Wir bedauern es, dass wir Ihnen keine bessere Nachricht zukommen lassen können.*'"

So ähnlich heißt es in dem Brief, der sei aus Berlin gekommen. Und wieder einmal hat unser lieber Herr Müller vom Café etwas mehr gewusst als unsere eigene Familie. Er ist angelaufen gekommen und hat zur Katrin gesagt, dass in dem Amt im Rathaus von dem Lazarettzug 606 ein Zugführer von Riga aus eine Liste mit den Verwundeten an Bord durchtelegrafiert hat." Josef verhaspelt sich fast beim Weitererzählen. Der Nachname Reinelt habe draufgestanden, vielleicht auch Reinalt oder Reinhart, ganz sicher sei das nicht. „Woher der bloß immer so was weiß. Für meinen Geschmack hat der ein paar gute Kontakte zu viel. Die Katrin will oben im Amt fragen, ob vielleicht wirklich ihr Otto dieser Reinelt oder Reinalt oder wie auch immer unter den verwundeten Soldaten ist."

Josef, der sich immer schon für Erdkunde, für Entfernungen, Wegstrecken interessiert hat, weiß auch, dass Katrins Mann, sollte er tatsächlich so ein großes Glück gehabt haben, noch lange nicht zurück in Bad Orb sein würde. Der Zug müsse weit über tausend Kilometer hinter sich bringen, bis er erst im Deutschen Reich sei, sicher würde es Zwischenhalte geben, um Lebensmittel aufzuladen. Und Klopapier. Und Verbandszeug natürlich – wenn die Versorgung mit dem Überlebensnotwendigen überhaupt noch funktioniert. An jedem Haltebahnhof kommen sicher neue verwundete Soldaten hinzu, die medizinisch versorgt werden müssen, bis das fahrende Lazarett endlich in Berlin, der Hauptstadt des Reiches, auf den Bahnsteig rollt.

Jakob hat in zunehmender Bedrängnis Josefs Ausführungen zugehört. Er lässt sich nichts anmerken, bemüht sich trotz seiner Ängste, den Mädchen Mut zu machen. Obwohl ihm das Herz in die Kniekehlen gerutscht ist, im Stillen hat er gehofft, Otto nie begegnen zu müssen. Nun würde Arnolds Bruder, der begeisterte Nazi, in absehbarer Zeit hier auftauchen, er ist sich dessen sicher, warum soll der Reinelt von der Liste nicht der Otto sein, wo er doch an der Ostfront im Einsatz gewesen ist?

Der Müller wird bestimmt wieder mit seinem alten Kumpel die Fahne hochhalten, wird er auch mit ihm auf Judenjagd gehen? Otto würde ein gern gesehener Gast im Rathaus werden, wie früher schon, als er dort ein und aus ging, Eifer zeigte, zackig tat, gehorsam war und glühend für die Sache eintrat.

Raffiniert waren die Nationalsozialisten am Anfang durchaus gewesen, das konnte auch Jakob nicht leugnen. Erst hatten die Sozialdemokraten viele Anhänger unter den Arbeitern gehabt. Dann hatten die Nazis dem Sozialismus das National vorangestellt, und schon bald rannten ihnen die Massen hinterher, vor allem die ärmeren Leute, die keine Arbeit hatten, und die, die was werden wollten.

Es war dann ein Weniges, das diese „Machtübernahme" rechtfertigte – endlich waren Arbeitskräfte gefragt: beim Bau der Autobahn für die Panzer, die bald im Krieg gebraucht wurden. Für die Errichtung monumentaler Herrschaftsgebäude. Für die Arbeit in der Fabrik, die die Kanonen herstellte, und die Panzer, die ganze Mordgerätschaft.

Die Juden und die Gefangenen produzierten die Kugeln, denen sie selbst nach und nach zum Opfer fallen.

Derselben fiesen Mittel müssen sich nun auch die Verschwörer, die mit Sicherheit zu ihren Schützlingen halten werden, bedienen.

Sie werden es lernen müssen, das Verstellen und Lügen, das Tarnen und Täuschen. Eines ist nun wirklich unumgänglich: Als Erstes muss allen aus der Familie reiner Wein eingeschenkt werden, auch den unsicheren Kandidaten. Ohne das Wissen um die Wahrheit wird es nicht gehen.

Wie aber die erste Hürde nehmen? Wer soll Katrin, Josefs Tochter, einweihen? Wie wird sie sich entscheiden? Es geht nicht anders, sie muss endlich Bescheid wissen, über Jakobs wahre Herkunft und seine jüdischen Wurzeln, und ihre Mädchen auch. Es wird hart für alle drei werden: Ihre Mutter muss sich ja dafür entscheiden, ihren Ehemann, den Vater ihrer Kinder zu belügen, damit der nicht zum Verräter werden kann, es hilft nichts, auch die Töchter müssen wenigstens ein bisschen eingeweiht werden. Gott sei Dank mögen Katrin und ihre Töchter Jakob, das macht es vielleicht leichter, den Mädchen alles zu erklären, ohne ihnen die Freude zu verderben, ihren Vater wieder bei sich zu haben.

Sophie fragt den Opa ängstlich: „Wird der Vati wiederkommen? Gell, er ist nicht totgeschossen? Sonst wär doch nicht das Telegramm gekommen."

Josef antwortet bedächtig: „Ich will dir nichts vormachen, meine Kleine. Ich weiß es nicht. Es ist nicht ausgeschlossen, dass ihm etwas Schlimmes passiert ist. Es kann aber auch sein, dass das alles Fehlalarm ist und der Mann im Zug gar nicht euer Vater ist. Wir wollen jetzt erst mal zuversichtlich sein und überhaupt klingt es so, als habe er sich ganz gut durchgemogelt, du weißt ja, dein Vater ist ein raffinierter Kerl, der weiß sich bestimmt zu helfen." Sophie nickt, schaut traurig zu Boden: „Wenn er es nur schon geschafft hätte."

Maria bleibt stumm. Sie ist völlig aufgewühlt, versucht dies hinter einem versteinerten Gesicht zu verstecken, sie wiegt den Oberkörper hin und her, wie bei einem aufgeschreckten Beutetier irrlichtert ihr Blick zwischen den Anwesenden, bis es aus ihr herausplatzt.

„Das hat er nun davon. Was musste er auch den Nazis hinterherlaufen wie ein dummer Hund. Und was redet ihr denn da?
Wer kann schon was wissen, wo doch andauernd überall gelogen wird? Ich will ja nicht, dass mein Vater tot ist, aber bald
ist sowieso alles aus. Ob wir das überleben, ist doch auch nicht
sicher. Meint ihr vielleicht, die Sieger lassen uns einfach so weitermachen? Dann wird es erst richtig brenzlig für unseren Vater,
dann, wenn er Rechenschaft ablegen muss.“

Die Runde bleibt stumm im Kreis sitzen, alle starren Maria
überrascht an. Wer hätte das gedacht! Der Großvater verbirgt
seinen Stolz auf das Kind der Tochter, ihr rebellischer Geist war
bisher nicht in Erscheinung getreten. Und dass sie Ottos Irrweg
– als er an den Hacken der NSDAP hing, deren „goldene“ Worte
wie einen Schwamm aufgesaugt und brav nachgeplappert hatte – erkannt hat, dass sie im Angesicht der Möglichkeit, ihren
Vater nicht mehr lebend wiederzusehen, trotzig ausgesprochen
hat, was die Erwachsenen im Raum insgeheim denken, das ist
beachtlich.

Josef nimmt vorsorglich die Kleine in den Arm, tröstet, sagt:
„Jetzt beruhigen wir uns erst mal wieder, ich glaub schon, dass
dein Papa wiederkommt, selbst wenn er nicht im Sanitätszug ist.
Und dann werden wir sehen, vielleicht ist er ja schon vom Glauben abgefallen. Bei allem, was er erleben musste. Aber Maria
hat schon recht, Otto hat nicht erkannt, dass der Weg, den er eingeschlagen hat, ein gefährlicher, ein mörderischer ist. Vielleicht
wollte er es auch nicht sehen. Er war wie ein Kind, hat sich
gefreut, dass er endlich was gefunden hat, wo er dazugehören
konnte. Ihr wisst ja, er tat sich manchmal schwer mit dem Gut-
Freund-Sein mit anderen. Wir normalen Leute wussten doch
auch nicht, was wirklich hinter all dem Krieg und dem Ideolo-
gischen genau steckt. Auch wir sind gescheiter geworden. Und
spätestens jetzt muss man eigentlich sehen, was los ist: Zurzeit
sieht es so aus, als wolle der Führer, dass sein Volk eher stirbt
als dass es in die Hände des Feindes fällt. Das ist nicht gut und
es ist nicht fair.“ Er hat sich in Rage geredet, ganz wie seine
große Enkelin. Die andere, die Kleine, guckt verstört, Josef entschuldigt sich bei ihr. „Bitte nimm das nicht so ernst, ich hab

einfach eine Stinkwut auf unseren selbst ernannten Führer und
seine Helfer, ins Verderben wird er uns führen, so sieht's aus!
Dein Vater kommt trotzdem bald heim, du wirst sehen."

Was sie nicht wussten, weil es nirgendwo zu hören oder zu lesen war: Bereits am sechsten Juni waren alliierte Truppen, Amerikaner und Briten, übers Meer gekommen, bis an die Zähne
bewaffnet. Sie waren an einem Strand an der nordwestfranzö-
sischen Küste an Land gegangen. Sie hatten, im Verbund mit
den Franzosen, die Deutschen zurückgetrieben, waren dabei, die
Truppen des Deutschen Reichs aus Frankreich rauszuschmei-
ßen. Die Kämpfe waren blutig, aber letztendlich gelang es,
die Schlachten forderten Tausende Todesopfer auf allen Seiten.
Zum Schluss hatten die Deutschen verloren und waren auf dem
Rückzug.

*

Jakobs Welt gerät aus den Fugen bei der Aussicht, die ihm droht.
Alles ist für ihn fokussiert auf den kleinen Ort im Spessart. Die
Geschichte um den fast tauben schönen jungen Mann funktioniert bis jetzt reibungslos. Jakob ist ganz gut integriert in die
Gemeinschaft in dem Städtchen, es gibt sogar Tage, an denen er
nur kurz daran denkt, dass Frankfurt nicht wirklich weit weg ist,
dass Amalie dort die schlimmsten Ängste durchleben muss, die
Frau, der er viel zu verdanken hat.
    Er erledigt inzwischen für mehrere Leute verschiedene Auf-
gaben, hilft beim Gemüseanpflanzen und -ernten, kann inzwischen Bretter in Arnolds Werkstatt hobeln, er fährt schwungvoll
in Herrn Müllers kleinem Lastwagen durch die Gassen Orbs,
sofern Treibstoff verfügbar ist, wenn der Cafébesitzer eine Lie-
ferung vom Bahnhof abgeholt haben will. Er unterstützt Frieda
bei der Hausarbeit, versorgt seinen Gastgeber immer abends und
sammelt auf dem Feld vergessene Frühkartoffeln ein. Er lernt
das neue Wort dafür: „stoppeln", er fährt auch mal mit Marie im
Zug mit dem Rucksack auf dem Rücken in die Wetterau oder
zu den Bauern in der Umgebung zum Tauschen, Speck gegen

Minkus' Grammophon, Blumenkohlköpfe aus Friedas Garten
gegen ein halbes Pfund Butter, Gemüse gegen Milch. Die beiden
sind ziemlich erfolgreich im Handeln, die Bauersleute haben die
jungen Leute gern, die entgegenkommend und mit einem dankbaren „Mögen die Tiere weiter so gute Milch liefern, vergelte es
Ihnen Gott" zufrieden den Heimweg antreten. Marie geht tief
gebeugt unter dem Gewicht der Köstlichkeiten im Rucksack, Jakob
stolz aufgerichtet, er ist stark, er hievt sich einen Rucksack
mit Kartoffeln mühelos auf die Schultern, der ist noch schwerer
als Maries Frauen-Modell, an dem sie genug zu schleppen hat.
Er fühlt sich in solchen Momenten wie ein Teil eines Ganzen, er
ist nun auch einer, der versorgt, einer, der nicht länger nur der
Nehmende ist. Es befriedigt Jakob, zu sorgen und beizutragen
zum Leben, zum Überleben. Er betete neuerdings, dass es so
bliebe.

Oh Gott, wo soll er denn hin, wenn er wirklich untertauchen
muss? Das wird er nicht zustande bringen, hier ist seine zweite
Heimat, er fühlt sich bei seiner neuen „Familie" geborgen, soweit das eben möglich ist.

Die Düsternis der Gedanken lässt sich nicht so leicht weg-
schieben, seine Eltern, seine Schwester, der Bruder, wie könnte
er sie aus seinem Herzen verbannen. Die Zeit heilt alle Wunden?
Nicht alle, diese niemals. Er will nicht vergessen, aber er will
auch nicht weg von hier, mitten im Grauen hat er so viel Gutes erlebt, ein seltenes Geschenk bekommen, für das er rundum
dankbar sein muss.

Jakob hat Angst vor dem Verlust. Einen weiteren kann er sich
nicht einmal vorstellen. Seine Seele macht dicht, will davon
nichts wissen. Er fleht mal wieder zu dem gut getarnten Herrn
im Himmel, hilf mir, lass mich hierbleiben, wenigstens das, bitte, wo warst du die ganze Zeit?

Jakob muss Arnold unbedingt danach fragen: Wie steht er zu
seinem Bruder, weiß Otto Bescheid über den Jüngsten in der
Familie Reinelt, dass die Verlobte immer „nur" beste Freundin
sein wird?

„Josef, könnt ihr mich noch eine Weile entbehren? Ich hab vergessen, den Arnold etwas zu fragen, ich würde gern noch auf einen Sprung rüber zu ihm. Wissen die denn schon von der hoffnungsvollen Nachricht, ich meine, dass Friedas Ältester vielleicht bald wieder zu Hause ist? Nicht, dass ich was ausplaudere, was noch unter uns bleiben soll. Vielleicht ist es besser, wenn sie sich erst dann Hoffnungen machen, wenn es sicher ist, dass die sich auch erfüllen, oder was meint ihr?"

Josef durchschaut Jakobs Ängste, die der arme Junge nicht offen aussprechen kann, Jakob will einfach wissen, ob er nun wieder untertauchen und unsichtbar werden muss. Er fürchtet sich vor dem neuen „Verwandten", dem Nazi, dass der den Juden verpfeift. Josef ist klug, er drechselt in Gedanken an einem Satz, den die Mädchen eher nicht, Jakob aber sofort verstehen wird. Er scheint zu überlegen, was am besten wäre. Als er seinen Kopf mit dem schütteren weißen Lockenhaar hebt, lächelt er listig, freundlich und verständnisinnig, alles in einem einzigen Augenblick. Dann spricht er sehr bedacht zu den Dreien: „Nach zwar kurzer, aber reiflicher Überlegung bin ich zu einem Ergebnis gekommmen." Die beiden Töchter Katrins sind alt genug, um das Ironische an den würdevollen Worten ihres Großvaters zu erkennen, sie kichern verunsichert, wissen nicht, ob man in so einem wichtigen Augenblick überhaupt lachen darf.

Josef richtet sich an Jakob, den Fragenden: „Ich bin mir nicht ganz sicher. Ich denke aber, wir sollten auf jeden Fall Frieda gegenüber noch nichts sagen, wir kennen die Umstände nicht, unter denen der Otto, so er es wirklich ist, von der Front in diesen Lazarettwagen gekommen ist. Ob er wirklich verwundet wurde, und wenn ja, wie schwer, oder ob er sich selbst aus der Schusslinie geflüchtet hat. Das könnte ihm Probleme machen. Es gibt mit Sicherheit Leute, die vielleicht denken, dass das nicht mit rechten Dingen zugegangen ist. Dass euer Vater geschummelt hat" – den letzten Satz richtet der Großvater an Ottos Mädchen und hebt entschuldigend die Schultern. „Schummeln ist nicht so schlimm, Betrügen schon. Das wird aber alles seine Richtigkeit haben, nur wenn einer daherkommt und ihm was anhängen will, könnte so jemand auch behaupten, der Otto hätte einem anderen Verletzten den rettenden Platz im Zug weggenommen, einem, der viel ärger dran gewesen ist. Es gibt ja bei den Soldaten auch welche, die nicht gern in der Armee sind und viel lieber daheim wären . . . Also sag lieber erst mal nichts zu Frieda, Jakob, den Arnold kannst du vielleicht schon einweihen, das überlass ich dir. Ich finde, wir sollten warten, bis die Katrin wieder da ist, ich möchte gern wissen, ob sie was erfahren hat, bevor wir's in die Welt lassen."

Jakob hat verstanden. Sollte sich Otto unerlaubt von der Front entfernt haben, hätte auch er, der Nazi-Anhänger, einen guten Grund, sich zu verstecken und sich von Gestapo und Konsorten fernzuhalten. Katrins Mann würde dann selbst zum Kreis jener gehören, die ein gefährliches Geheimnis teilen.

Der Großvater hält nicht sehr viel von Otto, ein schwacher Charakter ist der in seinen Augen, einer der sich mit dem Wind in die vorgegebene Richtung dreht, weil er gar nicht in der Lage ist, sich Gedanken zu machen. Nicht weil er zu dumm wäre, das ganz bestimmt nicht. Aber er ist zu faul für große Auseinandersetzungen, so, wie es ist, soll es immer sein, er hat es gern bequem. Und wenn der Nächste was anderes erzählt, ist das auch in Ordnung, Hauptsache, er kann vor sich hin leben, ohne sich allzu sehr aufregen zu müssen, bloß nicht dran rühren, die da oben wissen schon, was sie tun. Was seine viel gescheitere Tochter an dem Mann gemocht hatte, hat Josef nie so richtig verstanden. Er musste aber zugeben, dass der Otto optisch was hermachte. Katrin hatte sich zuerst in seine Erscheinung, die Körpergröße, die breiten Schultern, die großen Augen, das dichte dunkle Haar, und in seinen speziellen Charme verguckt.

Der Minkus hatte mit seiner Frieda ausnehmend schöne Kinder gezeugt, das lag an der irren Liebe der beiden. Josef war fest davon überzeugt. Die waren richtiggehend verrückt nacheinander, das hatte man auf den ersten Blick gesehen.

Inzwischen ist Katrin klüger geworden, sie schaut nicht mehr so zu ihrem Mann auf, aber sie schätzt seine Zuverlässigkeit und seine Qualitäten als Liebhaber, jedenfalls vor dem Politischen war das so gewesen, irgendwann war es aber zwischen sie getreten. Katrin hatte dann vor ihrem fast zwei Meter großen, braun gebrannten, schwarz gelockten männlich wirkenden Gatten geschickt verborgen, dass ihr die Männer mit den seltsam an den Oberschenkeln aufgeblähten Hosen, den vorgetäuschten Muskeln in ihren Generaluniformen und dem Getöse, dem ausgestreckten Arm, vorkamen wie lächerliche kleine Buben, die im Sandkasten so taten, als seien sie groß und stark und Furcht einflößend. Katrins Arroganz und ihre geheime Verachtung gegenüber den Generälen und Adlaten Hitlers war gefährlich und sie bewirkten rein gar nichts, weder Josefs Tochter noch deren Familie war mit Hochmut in der tödlichen realen Gefahr zu helfen. Gott sei Dank, dass sie das doch inzwischen eingesehen hatte, sie hielt den Mund, äußerte nichts Abfälliges mehr, die Mädchen sollten in Sicherheit leben. Und je desinteressierter sie sich gab, desto eher würde vielleicht auch Otto seine heißblütigen Schwärmereien hinter sich lassen.

Josef ist sich in einem Punkt ziemlich sicher: Jetzt wird der Mann seiner Tochter gründlich geheilt sein, wo immer er steckt, wahrscheinlich ist er ja wirklich abgehauen von der Front, nicht, weil er wirklich hatte desertieren wollen, daran mochte Josef nicht glauben, das hätte ja eine Haltung erfordert. Er vermutete, dass Otto Angst um sein Leben bekommen und eine Gelegenheit ergriffen hat, abzuhauen und sich dann nach Riga durchzuschlagen: dort ein bisschen Blut lassen und verletzt sein, irgendwas war ihm eingefallen. Josef hätte das seinem Schwiegersohn nicht einmal verdenken können, wer hätte keine Angst vorm Sterben, vor der gnadenlosen Einsamkeit des Todesmoments in Eis und Schnee, frierend und mit Hunger in Leib und Seele. Otto hatte bestimmt unter den Krämpfen des Nahrungsmangels, unter der beißenden Kälte gelitten. Um ihn herum waren womöglich alle Kameraden tot. Was hätte er anderes tun sollen? Sich allein gegen die Russen stellen, mit einem Gewehr in der Hand, das er vor lauter Schwäche kaum noch halten konnte, den Heldentod vor Augen? Nur damit sie zu Hause stolz auf ihn sein durften, sein Foto an die Wand hängen würden: unser Sohn und Bruder Otto, gekämmt, rasiert, in der Uniform mit dem Hakenkreuz. Wenn sie ihn jetzt sehen könnten, in der blutverschmierten Hose, den abgerissenen Abzeichen, schmutzig, todmüde, halb tot.

Nein, vorwerfen wird man ihm nichts können. Nur seine Verblendung, mit der er es befördert hatte, dahin zu kommen, wo er jetzt war. Josef würde ihn wieder aufnehmen in die Familie, schließlich bewahrheitete sich das alte Sprichwort „Aus Schaden wird man klug" in diesen Endzeittagen immer häufiger, in der Nachbarschaft schimpften die Leute von Tag zu Tag vernehmbarer hinter ihren vorgehaltenen Händen.

Jakob ist inzwischen aufgestanden, trotz der warmen Sommernacht zieht er sich die geerbte Jacke über und sagt zum Abschied: „Macht euch keine Sorgen oder versucht es wenigstens. Euer Vater scheint im Moment einigermaßen in Sicherheit zu sein. Ich sag drüben erst mal nichts. Kommt Zeit, kommt Rat. Ich denk schon, dass irgendwann alles wieder gut ist."

Sophie und Maria sind dankbar für den Trost. Als Jakob sich mit einem „Bis später, Josef!" verabschiedet, ruft die Kleine: „Gute Nacht, Onkel Jakob!"

Jakob ist gerührt. „Gute Nacht, mein Mädchen, schlaf schön."

*

Jakob wollte nur noch auf einen Sprung bei seinem Freund vorbeischauen, er hoffte darauf, dass sie beide zu einer Lösung kämen. Er hatte sich überlegt, dass sie zuerst Ottos Frau einbeziehen müssten. Die Katrin hatte er zwar schon vor einiger Zeit kennengelernt, richtig nahegekommen waren sie sich aber nicht. Jakob hatte den Eindruck gewonnen, dass sie eine sehr vernünftige, pragmatische Person war, hinter deren enormer weiblicher Attraktivität sich ein wacher und mutiger, manchmal rebellischer Geist verbarg, er hatte ihre aufrechte Körperhaltung bewundert. Dass sie zwei hübsche Töchter zur Welt gebracht hatte, sah man ihrer schlanken Gestalt nicht an. Eine schöne Frau war sie, mit langem rötlich braunem Haar, mal lose im Nacken zusammengefasst, mal zum Dutt hochgezwirbelt, damit die Haare beim Arbeiten nicht im Gesicht rumhingen, immer ein bisschen rassig-lässig. So nannte man solche Frauen mit dem Hauch von Unabhängigkeit, die Unbezähmbaren, die sich nichts sagen ließen, von selbst wussten, wo's langgeht. Wäre Jakob ein Frauenmann, sie würde ihm vermutlich gefallen.

Wenn Jakob trotz Ottos Anwesenheit bei seiner Orber „Familie" bleiben wollte, mussten sie Katrin für ihre Ziele gewinnen. Vielleicht half es, dass sie ihn wirklich sympathisch fand und Katrins Töchter ihn auch mochten. „Onkel Jakob" hatte die Jüngere ihn genannt, das hatte was in ihm angerührt.

Als er bei Arnold zu Hause läutet, öffnet ihm Frieda die Tür. Jakob hat Arnolds Mutter eigentlich schon in ihrem Schlafzimmer vermutet. Sie wirkt irritiert, so, als hätte sie Sorgen oder sich über irgendetwas aufgeregt. Das sieht er ihr an, sie kann sehr schlecht verbergen, was in ihr vorgeht.

„Was ist los?", ihre erste Frage. Die zweite: „Was ist passiert?" Jakob hebt spaßig abwehrend die Hände. „Gott sei Dank, es ist heute nichts passiert, ich hab vorhin nur vergessen, Arnold um einen Hammer zu bitten, dass er mir einen leiht, mir ist ein Bild vom lockeren Haken gefallen, der vom Josef ist unauffindbar." Er wundert sich über sich selbst, dass ihm so schnell eine gefälschte Ausrede einfällt, die erklärt, warum er zu Friedas Schlafenszeit noch vorbeikommt.

„Ach, na ja, dann geh nach oben, du weißt ja, wo du hinmusst." Jakob fragt nach. „Und was ist mit dir? Verzeih, aber du kommst mir ein bisschen aufgeregt vor."

„Lass nur, ich werd schon wieder, es gibt Gerüchte, der Müller hat was gesagt, als er vorhin am Garten vorbeigelaufen ist, ich hab grad Salat geholt. Der Otto soll verwundet sein und in irgendeinem Zug nach Berlin ins Lazarett unterwegs sein. Nichts Genaues hat er gewusst. Ich hab mit ihm geschimpft. Der soll so was doch nicht rumerzählen, das macht die Leute nur narrisch. Guck mich an. Ich bin ganz durcheinander. Wenn das alles gar nicht stimmt. Das wär noch schlimmer, als wenn man gar nichts weiß, da hat man wenigstens noch Hoffnung." Jakob schafft es, ein paar beruhigende Worte zu finden, obwohl ihm dieselben Ängste zu schaffen machen. Was wäre, wenn Otto, Friedas Sohn, Arnolds Bruder, Katrins Mann, schon bald wieder zu Hause in Bad Orb vor seiner eigenen Haustür stünde und Einlass begehrte?

Die wenigen Treppen nach oben hat Jakob schnell genommen. Als er bei seinem Freund auf dem Bett sitzt, erzählt er ihm fast atemlos von dem Gerücht, das durch Bad Orb streift und bis zum Großvater und dank Erich Müller auch zu Frieda durchgedrungen ist. Er verschweigt auch seine Ängste nicht, ein Nazi ist er immerhin, Arnolds gefürchteter Bruder.

Arnold versucht, mit vernünftig klingenden Argumenten den Liebsten wieder in die Spur zu bringen, ihn aufzufangen, zu beruhigen, obwohl ihm insgeheim selbst nicht ganz wohl dabei ist. Otto stellt eine Gefahr dar, daran ist nicht zu rütteln.

Trotzdem findet Arnold die „richtigen" Worte: „Eigentlich glaube ich, dass wir keine Angst vor Otto haben müssen, wenn er wirklich wiederkommt. Zuerst einmal ist er mein Bruder und der vom Malchen und wenn wir zwei und unsere Mutter für dich einstehen, dann wird der nicht was anderes machen. Der Otto ist kein Querkopp, wenn sich alle einig sind, das ist dem am liebsten. Ich bring ihm schon bei, dass wir die Geschichte von den Reinelts in Sachsen erzählt haben, damit du nicht wieder fortmusst, und dass du über ein paar Ecken mehr als die drei, die wir ,offiziell' erzählt haben, mit uns verwandt bist. Deine Taubheit müssen wir natürlich auch ihm gegenüber durchhalten. Ich werde, sobald er leibhaftig vor mir steht, sofort die verblüffende Ähnlichkeit zwischen euch beiden feststellen. Der Otto ist tatsächlich zwar noch ein paar Zentimeter größer als du, nicht viele, keine Sorge. Und er sieht auch nicht schlecht aus. Genauso wie du." Den letzten Satz hat er mit Schalk im Nacken ausgesprochen, Jakob zieht die Augenbrauen hoch: „Du immer, nur das eine im Kopf!" Es klingt ein bisschen erleichtert.

Arnold hört auf mit dem gespielten Optimismus, als er wahrnimmt, dass Jakob seine Mutmach-Euphorie nicht so richtig teilen kann. Genau genommen weiß ja niemand, wie Otto reagieren wird, überhaupt hat keiner auch nur die geringste Ahnung, in welchem Zustand der versprengte Soldat in seiner Heimat ankommen wird.

„Vielleicht ist der ja stumm, dann hätten wir noch einen Krüppel in unserer Runde." Jakob mag es eigentlich selbst nicht, wenn er so sarkastisch daherredet, doch er kann sich diesmal nicht zügeln. Die Bitterkeit in seinem Herzen lässt sich nicht einfach runterschlucken, er will nie wieder in eine unterlegene Situation gedrängt werden, nie wieder bei fremden Leuten heimlich Essen klauen, in einem schmutzigen Schuppen oder unter einer einsamen Brücke schlafen ohne Aussicht, dass eines Tages alles wieder gut wird, vor allem aber würde er das Vertrauen ins Leben vermissen, das er dank Arnold und den anderen Freunden endlich wiedergefunden hat.

„Entschuldige, mein Liebster, ich weiß, du meinst es gut und willst mich beruhigen." Jakob steht schnell auf und drückt den Geliebten für einen kurzen Moment. „Ich glaube, jetzt ist der Zeitpunkt gekommen, dass wir Katrin ganz einweihen müssen und sie von unserer ‚Mission' überzeugen können, sonst klappt das nicht. Du weißt so gut wie ich, dass sie selbst entscheidet, was sie dann tun wird und was sie ihren Töchtern sagt. Deshalb wäre es mir am liebsten, wenn wir ihr gegenüber vorerst verschweigen würden, dass ich nicht nur taub, durch den Brand nach der Bombe allein auf der Welt und ohne Papiere vogelfrei bin, sondern außerdem auch noch Jude. Das mit uns beiden sowieso." Er scheint nachzudenken. „Nimm's mir nicht übel, ich will nicht wirklich, dass das im Zug dein Bruder ist, was ich aber glaube. Er ist es bestimmt. Ach, wenn ich Glück habe, ist dein Bruder desertiert. Dann wäre er sicher eher geneigt, mir keine Schwierigkeiten zu machen. Irgendwie säßen wir dann im selben Boot. Er müsste nur den Mund halten. Und die Katrin käme nicht in Bedrängnis zu lügen." Nach einer nachdenklichen Pause, setzt er noch hinzu: „Das müsste er nur kapieren. Schweigen ist Gold." Aufmerksam hat Arnold seinem Liebsten zugehört, so viel anders als seine eigenen Überlegungen und Gefühle sind dessen Gedankenspiele nicht.

„Du kannst dich da ganz auf mich verlassen und auf die anderen auch, da bin ich mir sicher. Ich hoffe nur, dass es nie zu einer Zwickmühle kommt, dass niemand der Versuchung, uns oder dich zu verpfeifen, ausgesetzt wird. Es ist viel verlangt, da zu bestehen, wenn der Gegner dich vor die Frage Tod oder Leben stellt.“

Sie besprechen noch, dass es am besten wäre, wenn sie die Ältere von Katrins Töchtern als Jakobs Fürsprecherin gewinnen könnten. Ihr muss man allerdings einen Teil der Wahrheit vorenthalten: den Teil, der für die gesamte Sippe mit Verhaftung, Verschleppung, Tod enden kann. Noch ist die Gestapo auf Verräterjagd, sucht die versteckten Juden unter den Deutschen. Der Ton in der Kino-*Wochenschau* wird immer drängender, die Parolen sind härter, die Nachrichten verlogener, der Sprecher verkündet Siege, doch jeder hat inzwischen eine Ahnung davon, wie es wirklich ist: Die Wehrmacht ist zerschlagen, zurückgeworfen, versprengt.

In Arnolds Zimmer muss jetzt das Licht angeknipst werden. Draußen steht der halbe Mond am sternenklaren Himmel, die Sommernacht ist lau, draußen ist es inzwischen dunkel. Straßenlaternen bleiben ausgeschaltet, der Feind könnte die Lichter sehen. Wenn er nur endlich käme, der Feind!

Die zwei Männer hören keinen Laut von unten, Frieda scheint inzwischen zu Bett gegangen zu sein. Es ist still. Arnold öffnet das Fenster, beugt sich hinaus, um zu sehen, ob im Schlafzimmer seiner Mutter Licht brennt, es ist alles dunkel. Die wohlig warme frische Luft kommt durchs Fenster, die Vögel schlafen auch schon. Ein paar Raschelgeräusche von Blättern an Bäumen, Grillenzirpen, ein Käfer brummt in Arnolds Zimmer, der keine Augen für das Tierchen hat.

Er betrachet wohlwollend seinen Freund, der hat sein Hemd ausgezogen, mit den Augen folgt Arnold dem Anspannen der Muskeln bei dieser alltäglichen Bewegung. Jakob streift die Hosen herunter, steht nackt vor dem Geliebten.

„Komm“, sagt er nur, „lass uns einander Liebe schenken, wir wollen uns betasten und kneifen und streicheln und was uns sonst noch so alles einfällt, solange es noch geht." Arnold folgt dem Begehr seines Liebhabers nur zu gern, nicht ohne erst das Fenster, dann den Vorhang zu schließen, das Licht zu löschen. Er zieht die Tagesdecke von seinem Bett, lässt sich in die Kissen sinken. Eine Hand streicht ihm über den Po, tastet sich nach vorn. Arme schlingen sich von hinten um ihn. Er spürt die Küsse in seinem Nacken, diese herrliche Gier, er erwidert die geliebte Zudringlichkeit. „Auf eine gute Nacht", wispert Arnold, „mit dir als Traum meiner schlaflosen Nächte." Was sich neckt, das liebt sich.

Jakob verlässt Arnold erst im Morgengrauen. Alle schlafen noch, Frieda in ihrem, Josef in seinem Haus.

Es ist still und friedlich.

Herr Müller, ein paar Straßen weiter, ist gerade aufgestanden. Nur widerwillig fügt sich sein Körper in die Pflicht, zu so früher Stunde an die Arbeit zu gehen. Das warme Bett ist zu verlockend. In der morgendlichen Dunkelheit schlurft er in seinem blau-weiß-gestreiften Schlafanzug und dem passenden blauen Bademantel zur Toilette auf der anderen Seite des Ganges im ersten Stock über dem Café. Als er vor der Kloschüssel steht und die Schlafanzughose runterschiebt, um seine volle Blase zu leeren, fällt sein Blick auf die Straße.

Jakob geht unten vorbei. Um die Zeit! Was will er denn um fünf Uhr morgens auf der Straße? Er kommt aus der Richtung, wo der Schreiner wohnt.

Herr Müller hegt schon länger einen leisen Verdacht. Er hat nicht vor, diesem Verdacht nachzugehen. Er hebt ihn sich lieber auf, für den Fall, dass er davon Gebrauch machen muss.

Herr Müller erschrickt bei dem Gedanken, will an so etwas gar nicht denken, ist es mit ihm schon so weit gekommen? Er schämt sich für sich selbst.

Morgen muss Jakob für den Cafébesitzer zum Mehlholen fahren, darum hat Herr Müller den jungen Mann gebeten. Er bekommt einen kleinen Lohn dafür. Der ist wirklich zuverlässig, der neue Reinelt, das muss man ihm lassen. Und außerdem: Nichts Genaues weiß Herr Müller.

21

Katrins Mut

Zum ersten Mal betrat Jakob Katrins Haus, das nur ein paar
Schritte von dem seines Retters, Gastgebers und nun auch Freundes entfernt war. Rechts von ihm die Jüngere, die Sophie. Sie
führte Jakob an der Hand, zog ihn ein Stückchen hinter sich her,
als würde er sich sträuben, ihr nachzugehen. Maria, die Ältere,
lief neben ihm her, sie konzentrierte sich, sie würden zusammen
ihrer Mutter die „Wahrheit" über Jakob sagen, jetzt gleich, in
wenigen Augenblicken war er da, der Moment dieser Wahrheit.
Maria sollte Jakob noch mal richtig vorstellen, dann Jakob das
Wort erteilen und ihm die Enthüllung der Wahrheit überlassen.

Dass es nicht die ganze war, wusste Maria nicht. Sie hatten nur
ihr die neuere Version von Jakobs Lebensgeschichte mehrmals
erzählt und sie dann „abgefragt": dass Jakob in Wirklichkeit direkt von Frankfurt aus nach Orb geflüchtet ist. Das Haus seiner
Familie am Frankfurter Stadtrand sei ausgebombt worden.

Er sei auch nicht in Adorf in Sachsen aufgewachsen, „offiziell" müsse der Ort im fernen Sachsen als Jakobs Heimatort
aber bleiben, das soll Maria sich auf jeden Fall merken, wenn
sie gefragt würde. Arnold hatte ihr den Grund erklärt: Wenn die
Polizei oder jemand anderes vom Staat einen Brief nach Adorf
schicken würde, weil er zum Beispiel eine Kopie von Jakobs
Ariernachweis anfordern will, bliebe genug Zeit für Jakob, sich
eine andere Bleibe zu suchen. „Jakob hat keinen Beweis dafür,
dass er fast nichts mehr hört. Er ist eigentlich noch schwerer be-
hindert als ich. Aber der Befund vom Arzt, der das bestätigt hat,
ist mit allen anderen Papieren verbrannt. Ob man Jakob einfach
so glaubt, dass er deswegen vom Wehrdienst befreit ist, ist äußerst unwahrscheinlich, zumal sie jetzt immer weniger Kampf-
fähige haben. Außerdem: Er hört inzwischen wieder besser, das
darf aber keiner wissen, also musst auch du das für dich behalten." Maria nickte verständig. Jakobs Vater und Mutter hätten
buchstäblich nur noch das gehabt, was sie am Leib trugen. Die
jüngeren Geschwister seien bei Verwandten untergekommen,

die zu wenig Geld und Platz hatten, um alle zu versorgen. Jakob habe seine Eltern verloren. Wie genau, das hat Maria nicht erfahren, sie hat auch nicht nachgefragt, sie ahnte sowieso, was hinter dem Ganzen steckte.

Jakob habe dann bei einer Freundin der Familie in Frankfurt Unterschlupf gefunden, sie sei eine überzeugte Christin, habe ihn bei sich aufgenommen. Jakob habe schon bald gar nichts mehr von seinen Eltern gehört, keine Briefe hätten ihn erreicht. Jakob habe sich an dem Gedanken festgehalten, dass sie sich irgendwo aufs Land gerettet hätten, vielleicht weiter weg, in den Schwarzwald oder auf die Schwäbische Alb.

In Frankfurt habe Jakob den im wahrsten Sinne des Wortes ohrenbetäubenden Lärm und die Brandfunken des explodierten Gasherds überlebt, davon sei er fast taub geworden, seine ganzen Papiere, die immer in seiner Brusttasche steckten, seien verbrannt oder angekokelt, als er mit seiner Jacke das Feuer ersticken wollte. Und prompt habe ihn die Polizei verhaftet, weil er abends zu Fuß auf der Straße war, ohne Ausweis. All seine Beteuerungen hätten nichts genützt, man habe ihn einsperren wollen, sie hielten ihn für einen Drückeberger, die Beamten hatten kein Pardon gekannt.

Jakob sei kopflos geworden. Er sei entkommen, als die Männer zum Rauchen aus dem Auto stiegen, ab da gab es kein Zurück mehr, kein Heim, keine Familie, keine Zeugen seiner Existenz, keine Identität, nur seine Taubheit war damals nicht zu leugnen. Ebensowenig wie sie als Lüge entlarvt werden konnte. Er war zum Abschuss freigegeben worden.

Jakob sei unverschuldet – das hatte sich Maria ausgedacht und sie war stolz auf die treffliche Formulierung – zum „Flüchtling im eigenen Land" geworden.

Einer, so ging die Geschichte weiter, habe dem Jakob bei seinem Herumziehen irgendwann den „Saujud" hinterhergerufen, das habe er nicht hören, aber von den wutverzerrten Lippen, dem stieren Blick seines Verfolgers ablesen können.

Diese Episode entsprach sogar der Wahrheit. Jakob hatte das Schimpfwort wirklich nicht gehört, nur die Fratze des Angreifers gesehen, weil gerade ein Lkw vorbeigerauscht war.

Es sei Zufall gewesen, dass er in Bad Orb gelandet war, und es sei Arnolds freundlicher Natur zu verdanken gewesen, dass er ihn nicht hinauswarf, als Jakob nach Arbeit und eventuell Unterkunft gefragt hatte.

Katrin hat für ihre Töchter den Tisch gedeckt, das Abendessen steht bereit, Pellkartoffeln und Quark. Sie erkennt den ungebetenen, jedoch willkommenen Gast, den ihre Jüngste im Schlepptau hinter sich herzieht. „Darf der Jakob mitessen? Der Opa hat gesagt, Jakob soll mitkommen zu uns. Dass ihr euch mal kennenlernt, so richtig, schließlich sind wir verwandt."

„Natürlich kann er mitessen", lacht Katrin, „wenn es nicht reicht, musst du ihm halt eine Kartoffel abgeben.

Jakob sagt höflich und nicht ohne seinen Charme spielen zu lassen: „Ich will mich nicht aufdrängen, wenn es dir im Moment nicht recht ist, gehe ich auch wieder, ich will dir nicht zur Last fallen. Maria und ich haben dir etwas zu erzählen, da wäre ein gemeinsames Abendmahl ein guter Rahmen dafür. Aber wie gesagt, wenn es gerade nicht passt . . ."

Im Moment ist Jakob in der besseren Position, er weiß alles, sie weiß gar nichts. Maria fasst ihre verdutzte Mutter an der Schulter und meint: „Schön hast du den Tisch gedeckt, da schmeckt das einfache Essen gleich noch mal so gut." Katrin lässt sich von ihrer Großen zum Platz geleiten, alle setzen sich auf die angestammten Plätze, also kommt Jakob offensichtlich auf Ottos Platz zum Sitzen. Katrin holt noch Teller, Messer und Gabel und ein Wasserglas für ihn.

Dann reichen sich alle die Hände, das Tischgebet sprechen sie gemeinsam: „Alle guten Gaben, alles was wir haben, kommt oh Gott von dir, wir danken dir dafür. Lass uns Herr, beim Trinken und Essen, deine Güte nicht vergessen. Teil uns deine Gaben aus, füll auch mit Frieden jedes Herz in unserm Haus!" Jakob kennt den Text nicht ganz, er schaut schweigend zu Boden, das muss genügen.

Das Essen wird ausgeteilt, sie plaudern über dies und das, bis Katrin verlangt, dass sie endlich mit der Sprache herausrücken.

Da legt Maria die Gabel neben den Teller.

Das, was sie auswendig gelernt hat, trägt Maria schießlich wortwörtlich vor, dass Jakob nicht ganz so taub ist, erwähnt sie nicht. Sophie hält derweil die Hand von Jakob, damit die Mutter sieht: Der Jakob ist ein Guter und ein Netter, der niemandem etwas tut, Onkel Arnolds Marie hat ihn schließlich auch sehr gern.

Jakob sieht betreten zur Decke. Das mit der Wahrheit ist gar nicht so einfach. „Ja, so ist es gewesen, ich kann dich nur bitten, die Geschichte so zu behalten, auch gegenüber deinem Mann. In Orb kennen mich die Leute längst und wissen, dass ich nicht beim Militär sein kann, ich hör ja nichts oder nur wenig. Der arme Bursche, sagen sie hinter meinem Rücken. Ich weiß das."

Jetzt mischt sich auch die Kleine ein. Sophie will Jakob helfen: „Onkel Arnold hat halt nur gesehen, was für ein armer Kerl der Mann war, der da vor ihm gestanden ist. Er hat ihm erst mal ein Butterbrot gemacht und dann hat der Onkel deinen Vater gefragt, Mama, ob er bei ihm unterkommen könnte, und Großvater hat gleich Ja gesagt, außerdem hat er auch gemeint, dass er sich doch auch viel besser fühlt, wenn er weiß, dass jemand im Haus ist, nachts, grad jetzt, wo so viele Leute aufs Klauen angewiesen sind. Da muss nur einer spitzkriegen, dass in dem Haus ein alter Mann ganz allein lebt, der wäre doch schnell überwältigt. Was da alles passieren kann."

Als Maria ihre vorbereitete Rede endlich pochenden Herzens losgeworden war, fiel ihr noch was ein, was wichtig war: „Bitte, Mama, sag niemandem, dass Jakob nicht richtig mit uns verwandt ist, lass einfach alles so, wie es jetzt ist, und dem Papa darfst du außerdem eins unter keinen Umständen sagen: dass der Jakob gegen den Hitler ist und gegen den Krieg und alles. Wenn du's ihm trotzdem sagst, kannst du auch dazusagen, dass deine Tochter die Nazis ebenfalls hasst. Dann können sie uns gleich zusammen verhaften."

Niemandem ist es aufgefallen: Jakob hatte nicht besonders laut gesprochen und anscheinend alles verstanden.

Katrin saß mit versteinertem Gesichtsausdruck auf der Küchenbank. Regungslos hat sie Marias Plädoyer angehört. Sie schwankte zwischen Neugier, Angst vor Entdeckung, vor dem Wissen, das ihr zum Verhängnis werden könnte, vor dem Lügen, das zwangsläufig dazugehören würde. Sie hatte so eine Ahnung, was es sein könnte, was ihr der junge Mann antragen könnte, den Josef seit einer Weile bei sich wohnen hat und mit dem sie bisher nicht viel zu tun hatte. Die Töchter mochten ihn, alle beide, und was Katrin von ihnen erzählt bekam, klang recht sympathisch.

Jakob steht von seinem Stuhl auf, reicht Katrin die Hand. „Ich freue mich, dich nun näher kennenzulernen. Wenigstens können wir uns schon duzen, wir sind ja immerhin ‚verschwägert'. Ich habe kein Recht darauf und ich bin so reich beschenkt worden von deinem Vater, ich wollte mich nicht länger mit der Wahrheit dir gegenüber zurückhalten, wo du doch die Mutter dieser beiden großartigen Mädchen bist und Arnolds Schwägerin, der mir so geholfen, mir sogar Arbeit gegeben hat. Ich wollte nicht, dass zwischen uns Misstrauen herrscht. Also ich komme ursprünglich nicht aus Adorf, sondern aus Frankfurt, das weißt du nun schon. Ich habe vermutlich keine Familie mehr, Ausweise, Geburtsurkunde, Kleidung, unser Haus sind in diesem Krieg zerstört worden, ich war an dem Tag nicht daheim, an dem es passiert ist. Ich bin quasi vogelfrei, nicht mal die Befreiung vom Wehrdienst wegen meiner Ohren könnte ich beweisen, ich hör auch wieder ein wenig besser inzwischen. Trotzdem, ich bin noch recht jung, ich hab die Hoffnung auf eine Zukunft erst wieder hier bei den guten Leuten zurückbekommen. Mit Nachnamen heiß ich übrigens nicht Reinelt, sondern Berger, Jakob Berger. Nein, auch das ist nicht ganz richtig." Spontan entscheidet sich Jakob für die Flucht nach vorn: „Ich heiße in Wahrheit Jakob Rosenberger. Du weißt, was das bedeutet, oder?"

Jetzt erst sieht Katrin Jakob richtig an. Sie nickt nur, sagt kein Wort, keine Beteuerung, keine Ablehnung, kein Versprechen, keine Regung. Sie sieht ihn nur an. Sie streicht ihm mit der linken Hand über die Wange, ganz zart. Sie betastet sein Haar, fast schwarz wie das ihres Mannes. Sie ergreift seine beiden Hände, dreht das Innere seiner Handflächen nach außen. Sie betrachtet seine langen schmalen Finger.

Dann hebt sie den Kopf. Sie beugt sich leicht nach vorn. Sie berührt seine linke Wange mit ihrer rauen Hand, langsam, bedacht.

„Du bist ein schöner Mann, Jakob. Du siehst meinem Mann auf den ersten Blick sogar ein bisschen ähnlich. Ich hab ihn immer noch klar vor Augen. So schöne Locken hat er allerdings nicht, eher Wellen. Wie ich eben von Maria gehört habe, bist du kein Freund der Nazis. Da geht's dir wie mir. Otto, mein Mann, war immer sehr für die NSDAP. Ich würde ihm gewiss nicht erzählen, dass wir beide ganz anderer Meinung sind als er, dass wir die Nazis lieber heute als morgen los wären. Noch etwas, ich finde es schön, dass wir uns jetzt duzen." Sie hat sich nichts anmerken lassen. Aber sie hatte verstanden, der Name klingt jüdisch. Ein Grund mehr, den Mund zu halten.

Die Mädchen kuscheln sich an ihre Mutter. „Danke, Mama, der Jakob ist wirklich lieb", sagt die Kleine. Maria in stoischer Ruhe: „Gott sei Dank, wenigstens wir sind vernünftig."

„Ich weiß nicht, wie ich dir danken kann, Katrin. Für dein Verständnis und für deinen Mut und überhaupt. Es ist ein riesiges Geschenk, dass auch du mich als einen Reinelt adoptierst, ich will dir ein guter Freund sein. Also: Wenn ich etwas für dich tun kann, dann sag was. Ich helf auch beim Wäschewaschen und Kartoffelschälen. Du hast doch ganz schön zu tun mit Josef und euch dreien, dann könntest du ja auch mal die Füße hochlegen."

„Die Füße hochlegen? Viel lieber würd ich sie in die Hand nehmen und aus diesem schrecklichen Land fliehen, mit meinen Mädchen natürlich. Ich halt das bald nicht mehr aus, am liebsten würd ich beten, wenn ich's noch könnt." Sie erwähnt nichts von dem Gespräch im Rathaus.

*

Ein Mann hatte sie dort empfangen. Er hatte Katrin an die Gestapo-Männer erinnert, die sie sich so vorstellte, in Wirklichkeit hatte sie noch nie einen gesehen, jedenfalls nicht bewusst.

Der Mann verhielt sich zuvorkommend, fragte nach, wie sie über die Runden käme mit den Töchtern, als Frau, so ganz allein. Wie er ihr behilflich sein könne, hatte er wissen wollen. Katrin hatte gefragt, ob sie irgendwo erfahren könne, was mit ihrem Mann sei, sehr lange Wochen und Monate sei keine Feldpost mehr bei ihr angekommen. Auch keine Neuigkeiten von der Wehrmacht, von einer ihrer Dienststellen, was vielleicht ein gutes Zeichen sei, vielleicht aber auch das Gegenteil.

Ein Nachbar habe erzählt, er habe erfahren, dass ihr Otto an der Ostfront verwundet worden sei und nun auf den Transport nach Hause warte. Ob er schon unterwegs nach Berlin sei, das habe der Nachbar nicht sagen können. Aber er nehme das an. „Die Armee sorgt doch für ihre Soldaten, die haben ihn sicher schon nach Hause geschickt. Wenn das überhaupt geht." Das hat der Nachbar noch gesagt. Mehr wisse sie nicht.

„Ach der Herr Müller, da hat er Ihnen Mut machen wollen, der ist doch der besagte Nachbar, oder? Er schaut ab und zu hier vorbei und fragt nach Freunden, die im Krieg sind, meist können wir aber nicht weiterhelfen." Der Mann hatte sofort weitergeredet. Katrin war erleichtert um eine Antwort herumgekommen. „Wissen Sie, über den Verbleib Ihres Herrn Gemahls habe ich leider auch keine konkreten Erkenntnisse. Irgendwo an der russisch-deutschen Grenze sei ein deutscher Soldat aufgegriffen worden, der verwundet war und vernehmungsunfähig. Er habe einen verschmutzten Ausweis bei sich gehabt, der Name sei schlecht zu lesen gewesen, Wasserschaden eben, möglich, dass der Name Reinelt sei, aber nicht sicher. Man hat den Mann wohl schon eine Weile vermisst und wusste nicht, wo er sich zu dem Zeitpunkt aufhielt, das stand jedenfalls nicht in dem Papier, das an unser Büro telegrafiert wurde. Vielleicht ist er bereits aus dem Lazarett raus und hierher unterwegs, wer weiß?"

Die bis jetzt durchgehaltene Höflichkeit des Mannes hatte sich verflüchtigt, an ihre Stelle war etwas Lauerndes getreten, das ihn augenblicklich in einen hässlichen Deutschen, eine böse Ratte verwandelte. Katrin hatte angefangen zu weinen, obwohl sie tapfer hatte sein wollen. Die bohrende Stimme ihres Gesprächspartners forderte nun Aufklärung von ihr: „Wie steht Ihr Mann zur Partei, zum Führer, zum Vaterland? Könnten Sie sich vorstellen, dass er der deutschen Armee unerlaubt ferngeblieben ist?"

„Sie meinen, ob ich denke, dass er ein Deserteur ist?" Katrin war entsetzt, würde der Kerl sie jetzt gleich in den Kerker stecken? Panik, Schmerz, der Impuls zum Wegrennen, mein Gott, was wird aus den Kindern? „Wie können Sie so etwas denken, der Otto war als Erster in Orb in Uniform, er hat sie voller Stolz getragen, er war sich des Sieges der Deutschen vollständig sicher. Otto verehrt den Führer wie kein anderer, Otto ist überzeugt von den Zielen, die er für unser Vaterland verkündet hat. Und mein Mann war einer von denen, die sich gleich gemeldet haben, als es hieß, dass der Krieg zum Ruhm und zur Ehre Deutschlands unumgänglich sei. Er wollte unbedingt dabei sein. Warum sollte er da einen solchen Verrat begehen? Nein, ich bin sicher, dass er kein Deserteur ist." Die Wörter klangen wie unbedacht und aus dem Augenblick der Empörung hervorgestoßen. Tatsächlich hatte Katrin am selben Tag eine Stunde vor dem Spiegel geübt. So lange, bis die Sätze glaubwürdig aus ihr herausstürzten, ein Funke Verzweiflung war jetzt dabei. Und Wut.

„Oh, Verzeihung, ich wollte Sie nicht aufregen. Ich musste das fragen, aber ich sehe ja, dass Sie auf der Seite des Deutschen Reiches stehen und zu Ihrem Mann halten. Wenn wir etwas hören, werden wir Sie umgehend informieren. Ich bitte nochmals um Vergebung, dass ich Sie erschreckt habe." Der Gestapo-Mann – Katrin war sich inzwischen sicher, dass er einer war – machte eine bedeutungsschwangere Pause, die Katrin in Schach halten sollte. Entschlossen spielte sie sein perfides Katz-und-Maus-Spiel mit. Sie rappelte sich zusammen, gab sich gefasst, tapfer, stolz. „Ich musste Sie das fragen", sagte der Mann, der seinen Namen Katrin gegenüber noch immer nicht genannt hatte. „Wissen Sie, nach den bedauerlichen schweren Verlusten, die unsere tapferen Soldaten an der Ostfront erlitten haben, gibt es in unserem Land Personen, die nicht mehr hinter dem Führer stehen, wir müssen diese Elemente zur Räson bringen, wir müssen uns vor ihnen schützen, sie sind volkszersetzend."

Es kam Katrin auf einmal so vor, als machte sich der Namenlose selbst Mut. Sie nickte ihm zu: „Da haben Sie sicher recht." Sie schwieg, selbstbewusst und mit kühnem Gesichtsausdruck, auch sie beherrschte die Technik der Sprechpause mit dem gerade ausgerichteten Blick. Zehn Sekunden lang schien es, als würde sie den Atem anhalten. Dann blickte sie dem Mann geradlinig-versonnen in die Augen, senkte dann schnell den Kopf. Sie entschied selbst, wann sie gehen würde. „Ich muss jetzt nach Hause zu meinen Mädchen. Ich danke Ihnen, dass Sie mir wenigstens ein bisschen Hoffnung machen konnten, dass ich meinen Mann eines Tages wiedersehe." Und dann konnte sie sich die Ironie, die ihr nur schwer nachzuweisen wäre, nicht verkneifen. „Spätestens, wenn wir den Krieg gewonnen haben, werde ich meinen Otto wieder bei mir haben. Ich warte auf ihn. Auf Wiedersehen, danke, dass Sie mir Bescheid geben werden, sollten Sie Nachricht bekommen. Ach, ich habe Ihre Frage gar nicht beantwortet, wir kommen gut zurecht, wir haben Verwandtschaft im Ort und wir helfen zusammen."

Kaum war es gesagt, da erschrak sie, ließ sich aber nichts anmerken.

Der Beamte wusste doch gar nichts von ihrem neuen „Verwandten". Oder doch?

Katrin hatte sich von dem harten Verhörstuhl erhoben, die Handtasche ein bisschen fester an die Brust gedrückt und das ehemals so freundliche Gebäude verlassen.

Als sie vor dem Rathaus auf der Straße stand, hat sie angefangen zu zittern.

22

Amalies Brief

Katrin und Jakob redeten, arbeiteten und lachten jetzt öfter miteinander. Katrin fühlte sich als Frau, der junge Kerl war charmant mit ihr, trat ihr dennoch nie zu nah. Sie brachte manchmal das Mittagessen für Josef selbst hinüber. Es war angenehm für alle im Haus, dass man nichts mehr verstecken, keine Heimlichkeiten durchhalten musste. Josef war überglücklich. Seine stolze Tochter hatte sich auf seine Seite geschlagen, ganz ohne dass er sie je dazu hatte drängen müssen. Ganz von selbst war sein „Mädchen" darauf gekommen, dass die Nazis die Bösen waren, nicht der sogenannte Feind, und dass Jakob Jude war.

Katrin empfand eine seltsame Art von Befriedigung, endlich tat sie etwas Gutes und zugleich Verbotenes, und es lief dem Feind im Inneren zuwider. Sie liebte den Geheimbund, dem sie nun mit ihren Töchtern angehörte, wie diskrete, gewaltlose, aber intelligente und mutige Spione kamen die drei sich vor, die auf der gerechten, auf der richtigen Seite standen. Das war ein beglückendes Gefühl für die junge Frau, auch weil sie dem Vater wieder nähergekommen war, er hatte ihren Otto nie richtig akzeptiert, jetzt war der alte Mann wieder ganz bei ihr.

Nach außen hin waren sie wie immer, die Kleine ging zur Schule, Maria absolvierte ihr Pflichtjahr in der Küche der Küppersmühle. Das ehemalige Sanatorium hatte jetzt verwundete Soldaten zu versorgen. Glück gehabt hatte Maria, andere Mädchen mussten in einem fremden Dorf zu ebenfalls fremden Leuten auf einen Bauernhof, erst beim Füttern der Tiere helfen und dann beim Schlachten die Blutschüssel halten. So konnten beide Schwestern ihrer Mutter im Haushalt und bei der Gartenarbeit helfen.

Katrin schien unaufhörlich am Werkeln, Putzen, Kochen zu sein, hielt aber offenbar ihrem Mann die Treue, obwohl der attraktive neue Urgroßcousin – oder welcher Verwandtschaftsgrad auch immer – häufig für sie schwere Sachen herumtrug, ihr beim Pflanzen oder jetzt beim Gießen und Ernten half. Er verdiente

sich ein paar Groschen bei ihr. Otto hatte ein kleines Guthaben
für seine Familie auf einem Sparbuch liegen. Er war ein Für-
sorglicher, das musste ihm angerechnet werden. Ehre, wem Ehre
gebührt.

Die Nachbarn behielten Katrin, die alleinstehende Frau, im
Blick, wenngleich nur aus den Augenwinkeln. Ein paar wollten sie im Visier behalten, wussten ihre Neugier schwerlich zu
verbergen. Manchmal schellte jemand untertags, um unter einem Vorwand – ein fehlendes Ei, etwas von dem Schnittlauch,
ob man etwas leihen könnte – der Hausfrau über die Schulter
zu gucken, war da etwas durcheinander in der Küche, etwa ein
Schatten im Hintergrund, ein Mann vielleicht? Aber allmählich
gaben die Wissbegierigen, die Katrin allesamt für Spitzel hielt,
Ruhe, es ließ sich absolut gar nichts vermelden, die Frau war
dem fernen Ehemann treu und versorgte vorbildlich so gut sie
konnte ihren Vater, den Josef Liebig, und ihre zwei Töchter.

Katrin hatte längst auf alte Schulfreundinnen verzichtet, als die
sich vollständig in ihre Hauswirtschaft und die Versorgung von
Ehemann und Kindern zurückgezogen hatten, angeblich war
niemals Zeit für ein Kaffeekränzchen mit „Frauengesprächen"
zu Haus oder im Café geblieben. Nur für das Konkurrenz-Ge-
spreize hatten ihre Kinderfreundinnen manchmal auf der Straße
angehalten in ihrem Gerenne, ihrem Wichtigtun und von den
Heldentaten ihrer außergewöhnlichen Ehegatten erzählt, in der
Hoffnung, die Klassenkameradin neidisch zu machen. Katrin
war diskret geblieben, sie erwähnte bei solchen Begegnungen
nicht, dass es für sie selbst schon eines anderen Kalibers von
Ehemann bedurfte. Wenn die dummen Weibsbilder wüssten,
was für ein wildes Leben sie abends in der Dunkelheit, nach Ein-
bruch der Nacht in ihrem Schlafzimmer führte . . . Sie hätte sehr
wohl so manches zu erzählen gehabt, womit sie ihre sogenannten Freundinnen nagenden Neid hätte spüren lassen können. Mit
der Aussicht auf ein elektrisches Bügeleisen, das es in Städten
wie Frankfurt schon gab und die das vorbildliche Ehegespons
seiner stolzen Gemahlin versprach, wäre Katrin jedenfalls nicht
zu ködern.

Irgendwann hatte sie von den dummen Gänsen die Nase voll gehabt und den heuchlerischen Kontakt abgebrochen. Ab diesem Zeitpunkt hatte sie wirklich nur noch die Familie, ihre eigene und die von Otto und Arnold, ihrem Schwager.

*

Dieser Schwager hält gerade in seinem Zimmer im Elternhaus einen erschütternden Brief seiner Schwester in der Hand. Obwohl deren Mann zu den höheren Beamten bei der Deutschen Reichspost gehört, hatte der Brief vier Tage für die dreißig oder vierzig Kilometer von Frankfurt hierher gebraucht. Inwischen konnte schon wieder alles anders sein. Amalie berichtet in dem Brief, was in Frankfurt los ist, wie kaputt die Stadt ist, dass in ihrer Straße nur noch ihr Haus voll und ganz da steht, ein Wunder, wirklich, bei dem, was Nacht für Nacht los ist. Arnold liest:

Lieber Arnold,
ich schreib absichtlich nur Dir, die Mutter macht sich sonst zu viel Gedanken. Ich hätte schon längst einmal angerufen, aber hier bei uns im Viertel ist die Leitung tot, so wie bei Euch, als der Herr Müller mich in sein Café geholt hat, vor ein paar Wochen, als ich gerannt bin, um zu hören, dass der Heinz in den Krieg muss. Es ist furchtbar hier. Jede Nacht müssen wir raus aus dem Bett, wenn wieder der Fliegeralarm losgeht. Es kommt ja nicht immer was, aber das weißt du vorher nicht. Dann hocken wir wieder im Keller, wenn wir es nicht rechtzeitig in den Bunker schaffen, manchmal bis zum Morgen, wenn's hell wird. Am schlimmsten ist es im Bunker, wenn die Einschläge in der Nähe sind, da denkst du, das Haus fällt um, so wackelt es. Eigentlich haben wir immer Angst, dass wir die Nächsten sind, die ausgebombt sind oder tot. Die Emma lass ich nicht mehr in die Schule. Da hätte ich keine Ruhe. Und um Heinz mach ich mir auch so viele Sorgen, die mich ordentlich wachhalten. Gott sei Dank ist es jetzt noch etwas sommerlich, da ist es wenigstens warm. Aber was soll das im Winter werden? Wenn die Kohlen ausgehen, viele Häuser haben keine Dächer mehr, bei manchen

fehlt eine Wand, die Leute bleiben trotzdem da, denen kannst du beim Wohnen zugucken, aber wo sollen sie denn hin? Da hängen sie halt Bettlaken auf, da, wo die Mauer weg ist. Auf der Straße wühlen die Leute in den Trümmern rum, ob sie was finden, was sie noch gebrauchen oder verkaufen können. Manche laufen sogar barfuß rum, die ganz Armen.

Ehrlich Arnold, ich hab manchmal das Gefühl, ich werd verrückt. Ich halt das bald nicht mehr aus. Vom Heinz hören wir überhaupt nichts, wir wissen nicht, wo er im Einsatz ist, ob er überhaupt noch lebt. Heinrich gibt sich zuversichtlich, dass wir das überleben, aber zur Arbeit ist er nicht mehr jeden Tag eingeteilt, zu gefährlich. Ab und zu muss er wieder ran, wenn eine Telefonleitung gestört oder ein Mast getroffen worden ist. Es sitzen immer noch die jungen Frauen an den Stöpselsteckern im Fernamt, man kann sich vorstellen, wie denen zumute ist.

Wie geht es Euch denn? Ich denk immer, auf dem Land ist es nicht so schlimm, Ihr habt halt das Lager in der Nähe, das könnte die Amis auch interessieren. Wenn es möglich ist, versuch doch bitte, mich mal anzurufen, vielleicht geht es ja in ein paar Tagen doch wieder. Und frag mal unsere Mutter, ob sie die Emma bei sich unterbringen könnte, ich tät sie dann bringen und selber ein paar Tage zum Ausruhen bleiben. Du verstehst sicher, dass ich den Heinrich nicht so lang allein lassen möchte, der braucht mich doch auch, nicht nur fürs Kochen, auch fürs Herz.

Es tut mir leid, dass ich keine besseren Nachrichten habe, aber ich hab manchmal das Gefühl, das mit dem Krieg dauert nicht mehr so lang, was sollen die denn noch kaputtbomben, es steht ja so schon kaum noch was. Und unser „Führer" ist verhältnismäßig ruhig in letzter Zeit, das kann einen auch „verunsichern".

Sag bitte dem Jakob und dem Großvater liebe Grüße, mach der Mutter keine Angst, überleg genau, wie Du ihr alles aus Frankfurt erzählst, sag jedenfalls, dass uns nichts fehlt, gesund sind wir schließlich alle drei noch.

Ich drück Dich, Bruderherz, herzliche Grüße, auch an Jakob und Marie und die Schwägerin mit unseren Nichten, und vergiss den Großvater nicht!

Dein Malchen

Arnold legt den Brief auf den quadratischen kleinen Tisch in seinem Zimmer, den er selbst getischlert hatte, es war sein erstes von eigener Hand hergestelltes Möbelstück. Was so schlicht aussieht, hatte ihn damals mehrere Tage beschäftigt, das Sägen der Platte und der Tischbeine aus dem Baumholz, das Glätten erst mit dem Hobel, dann die Feinarbeit mit Schleifpapier, das langwierige Rundschleifen der Beine mit immer feinerem Sandpapier, das Lasieren des hellen Fichtenholzes, es war sein privates Meisterstück – ohne Lehrbrief, er hatte sein Wissen und sein Können im wahrsten Sinne des Wortes aus dem Lehrbuch.

Fast zärtlich streicht er mit der Hand über das atmende Holz. Damals schien die Welt noch heil zu sein. Keiner hatte sich Gedanken gemacht über das Wort „Machtergreifung". Schon oft war ihm das durch den Kopf gegangen. Wenn jemand die beiden Wörter „Macht" und „ergreifen" zusammenpackt, hätte ein normaler Mensch da nicht hellhörig werden müssen? So viel Gewalt, genug Herrschsucht allein im Klang.

Im Ermächtigungsgesetz vom 24.3.1933 hatte der Deutsche Reichstag Hitler und der NSDAP uneingeschränkte Entscheidungskompetenz zugesprochen, alle gesetzgebende Gewalt war voll und ganz auf Hitler und die neue Reichsregierung übertragen worden, eine demokratische Staatsordnung mit einer konstituierenden Gewaltenteilung war somit aufgehoben. Heute kann Arnold nur den Kopf schütteln, wie blind waren die gewesen.

Jetzt, da alles verloren ist – dass es so ist, daran zweifelt Arnold nicht, und es macht ihn ein bisschen zuversichtlicher –, tut man sich leicht mit dem Freispruch für sich selbst. Wie hätte man als Laie ahnen können, dass so etwas geschehen würde? Das Mörderische in den Lagern, das war nicht in der *Wochenschau* und nicht in der Zeitung gewesen und trotzdem war es allmählich durchgesickert.

Gott sei Dank, manche sind entsetzt über das, was hervorgekrochen war, das Morden in den KZs, die Folterungen in den Gefangenenlagern. Es ist Zeit für das Entsetzen darüber, das ist gut.

Schluss mit der Grübelei, lasst uns Taten sehen! Arnold geht runter, seine Mutter ist weder in der Küche noch im Wohnzimmer. Er schaut aus dem Fenster, irgendwas pusselt sie an den Johannisbeeren herum, die noch immer nicht alle schön rot sind. Er will ihr gleich von dem Brief berichten, Frieda hat bestimmt nichts dagegen, wenn ihre Tochter ein paar Tage herkommt und die Emma dann da lässt, damit das junge Mädchen ihre Jugend nicht nur im Bunker verbringt.

Um die Mutter nicht unnötig zu beunruhigen, gibt er sich entspannt, Frieda fragt, ob er meint, dass sie die Beeren trotzdem schon pflücken soll für die Marmelade. „Lass sie noch ein paar Tage dran, was essen wir denn heute Abend, kann der Jakob mitkommen, es reicht doch für uns drei, oder?" So geht es hin und her. Beiläufig kommt Arnold endlich zum Punkt: „Malchen hat geschrieben, ich hab den Brief oben, es geht ihnen allen so weit gut, aber sie möchte Emma bringen, damit das Kind mal was anderes sieht. Sie selber möchte uns einfach auch gern mal wiedersehen. Wäre dir das recht? Wir können dann anrufen, wenn das Telefon wieder geht, ich hab's noch gar nicht probiert." Friedas prüfender Blick hat erkannt, dass er nicht den ganzen Brief zitiert hat. „Was steht wirklich drin in dem Brief? Meinst du, ich merk das nicht, wenn du mir was verheimlichst?"

„Mutter, dir kann man halt nichts vormachen, also gut, ich sag's dir, kannst den Brief ja dann selber lesen. Ich geh jetzt zu Jakob, ich bring ihn später mit zum Essen."

Arnold gibt kurz den Inhalt des Briefes wieder, erst über das kaputtgeschossene Frankfurt, die umgefallenen Telefonmasten, den nächtlichen Bombenalarm, die 3-Wände-Häuser. Die Aussichtslosigkeit, die er aus Amalies Brief herausgelesen hat, verschweigt er zwar nicht, aber er hält sich da zurück, die Mutter soll sich nicht zu sehr aufregen. Gott sei Dank ist der Heinrich als „unersetzlicher Mitarbeiter" vom Dienst an der Waffe befreit.

Frieda hört ihrem Sohn zu. Sie sagt: „Dann ist es noch schlimmer als im letzten Krieg. Das war der Erste, jetzt sind wir, so wenige Jahre später, im Zweiten Weltkrieg, ich bete, dass es der letzte ist. Wir müssen mutig sein und die Zuversicht dürfen wir nicht loslassen, den verfluchten Krieg hier überstehen wir auch noch."

23

Vom Suchen und Heimfinden

Und dann kam es ganz anders als gedacht.

Allmählich herbstelt es. Die Temperaturen sind noch sommerlich warm, an die dreißig Grad zeigt das Quecksilber im Thermometer manchmal noch an Katrins Küchenfenster an, auch wenn die Holzläden geschlossen sind. Die ersten gelben Blättchen an den Obstbäumen, von Apfel-, Birnen-, vor allem Kirschbäumen, lassen sich vom erst nur sanft auffrischenden Wind davontragen, die Kirschen stehen längst in Gläsern konserviert im Kellerregal, Äpfel und Birnen brauchen noch. Eine sanfte Rötung ist dem Wald allmählich auch anzusehen, und am Abend kühlt es stärker ab.

Amalie ist überraschend sogar mit Mann und Tochter am Samstag bei Frieda eingezogen. Zu dritt sind sie in Friedas Schlafzimmer einquartiert, Malchen und ihr Heinrich im ehelichen Doppelbett von Amalies Eltern, Emma auf einer Matratze, die quer davor liegt. Nur wenige Tage werden sie zusammen genießen können.

Vor einer Woche schon wollte Amalie mit Emma aus Frankfurt mit dem Zug hierher kommen, nach Bad Orb, wo Emmas Eltern ihre Kindheit, die Jugend, Heinrichs Ausbildung bei der Post, die Verlobungszeit und schließlich die Hochzeit durchlebt hatten, bevor sie 1920 nach Frankfurt umgezogen waren. Die Aussicht auf mehr Arbeit, aber auch auf mehr Lohn und eine geräumige Dienstwohnung hatte den Ausschlag gegeben: Heinrich hatte als Telegraphen-Vorarbeiter im Fernmeldeamt von Frankfurt angefangen zu arbeiten.

Nur ein Tag mehr als der Wochenendsonntag ist Heinrich gewährt worden, um Frau und Tochter aufs Land zu begleiten, wo sie sich sicherer fühlen. Wie gern würde er jetzt, da es immer brenzliger wird, in der Nähe seiner Familie bleiben.

Schon lang will er herausfinden, ob es eine Möglichkeit gibt, sich hierher versetzen zu lassen, wenigstens so lang, bis der

Krieg zu Ende ist, dann wird er gern dabei helfen, Frankfurt wieder herzurichten, die Telefonleitungen zu erneuern, den Schutt beiseite zu räumen. Bisher ist sein Ansinnen nicht erhört worden. Frankfurt sei wichtiger, war ihm mitgeteilt worden.

Vorerst muss er sich fügen. Amalie wird wohl mit ihrem Mann zurückfahren müssen.

Die Situation war wahrhaft gespenstisch. Hier draußen auf dem Land schien zumindest zeitweise alles im normalen Trott zu laufen. Auf den Wiesen und Feldern merkten sie von dem humpelnden Krieg wenig, der, das dachten die meisten, sowieso bald verloren sei.

Sicher, wenn man sich im Freien aufhielt und die breiteren und längeren Orber Straßen entlangging oder gelegentlich in die Nähe das Bahnhofs kam, wurden dem Spaziergänger die Augen geöffnet: Es war keineswegs nur friedlich in der kleinen Stadt, es war längst nicht so ruhig, wie es auf den ersten Blick schien. Oft fuhren Sanitätsfahrzeuge mit „Nachschub" vorbei, die wieder Verwundete vom Bahnhof abgeholt hatten, die, auf einer Trage liegend, weiß Gott woher in eine der hiesigen Krankenstationen gebracht wurden. Aus der Kurstadt war seit 1939 auch eine Lazarettstadt geworden. In den einstigen Heil- und Sanatoriumskliniken – die der Kinderheilanstalt, dazu die in den Kurheimen Kuppelsmühle und St. Elisabeth, dem Heilig-Geist-Hospital sowie in ehemaligen Kurhotels und -pensionen – wurden verwundete Frontsoldaten medizinisch versorgt. Es hatte nicht lange gedauert, bis die Säle mit den Verletzten überfüllt, die Ärzte und Schwestern am Ende ihrer Kräfte waren.

Auch das Kriegsgefangenenlager StaLag IX-B, das Jakob und Arnold vom Wald aus beobachtet hatten und dessen Anblick Jakob einen unsichtbaren Dolch ins Herz gejagt hatte, war mehr und mehr im Hinterkopf der Bürger der Stadt präsent, auch wenn sie sich noch so viel Mühe gaben, das Ganze nicht wahrhaben zu wollen. Es ließ sich nicht vermeiden: Zu oft bekam man inzwischen den Strom neuer Gefangener mit. Die Toten aus dem Lager sah man freilich nie, die wurden im Dunkeln verscharrt oder sonst wie entfernt.

Bad Orb war bislang nicht ernsthaft bombardiert worden, bei
Weitem nicht so wie Frankfurt. Manchmal hatte es Beschuss aus
der Luft gegeben. Der hatte genügt, um die Menschen in Angst
und Schrecken zu versetzen, die meisten Häuser standen aber
noch unbeschädigt an ihrem Platz.

*

„Bizarr ist gar kein Ausdruck", sagt Hannes, der mit Marie einen Spaziergang durch die Würzburger Straße macht. Sie hat
ihm gerade von ihren Gefühlen erzählt, die sie überkommen,
wenn sie durch die Gassen ihrer Heimatstadt geht. Sie ist nicht
gerade eine fromme Katholikin, aber sie hat einen individuellen
Glauben an eine höhere Macht, der Marie alles zuordnet, was
schicksalhaft und gut ist.

Das Göttliche vermisst sie, in keinem Winkel des Städtchens
kann sie noch etwas davon entdecken, alles erscheint ihr grau
und aussichtslos, die vielen verletzten Soldaten, die Gefangenen, die einsamen Soldatenfrauen, der Mangel an allen Ecken
und Enden.

„Wo in dem riesigen Weltall duckt Er sich weg? Es kommt
mir alles so bizarr vor, es ist ruhig in der Stadt, und nicht mal
fünfzig Kilometer entfernt geht alles unter unerträglichem Lärm
zu Bruch." Das hatte sie Hannes gerade anvertraut. Er hatte ihr
beigepflichtet und ergänzt: „Ich vermute, es sieht auch immer
noch ganz proper aus hier. Ich möchte nicht wissen, was sich
alles unter dem bestimmt sauber gefegten Pflaster, der gepflegten Kurparkwiese, den gewaschenen, im Wind flatternden reinen
Kleidern auf den Wäscheleinen und hinter unserem ländlichen
Spätsommeridyll versteckt."

„Die Stille ist beklemmend", sagt Marie, „wo doch draußen die
Gewalt lärmt und tobt."

Hannes legt ihr den Arm um die Schultern, nur kurz, er kann
sich nicht zurückhalten, aber es hat niemand gesehen. Marie
hebt den Blick und sieht ihm in die hinter der dunklen Brille
verborgenen Augen. Ihr liebevolles Lächeln kann Hannes genau
spüren, aber nur schemenhaft sehen, immerhin. Wohl aber die

Konturen ihres Gesichts, die Nase, die Ohren, zumindest in groben Zügen. Wenn sie unter sich sind, streichelt er ihre Wangen, fährt mit dem Zeigefinger über ihren Mund, zieht sie zärtlich an den Ohren, streicht über ihr Haar, von dessen Farbe er eine Vorstellung hat. Er hat Maries Gesicht im Kopf. Er hat zu Marie gesagt: „Ich liebe dich."

Da hat sie ihm fast alles erzählt. Dass sie mit Arnold verlobt sei, damit sie den Wahlschwiegersohn ihrer Eltern nicht heiraten muss. Dass Arnold und sie allerbeste Freunde sind, seit sie zusammen den Schulweg gegangen sind. Dass sie ihm blind vertrauen kann.

Hannes hat darauf geantwortet: „Ich weiß, Marie, ihr seid euch nah. Seit ich nicht mehr viel sehe, fühle ich eher, was die Leute so umtreibt. Ich hör auch, wie sich Arnolds Stimme verändert, wenn er mit Jakob spricht. Das ist anders, als wenn er mit dir oder mir spricht. Das klingt tiefer, es hat was Anziehendes." Marie war das nie aufgefallen, sie stimmt ihm dennoch freimütig zu.

„Keine Angst, das Geheimnis der beiden ist bei mir sicher verwahrt, glaub mir, ich würde nie jemandem davon erzählen. Und mich würde sowieso keiner fragen, ob ich etwas beobachtet hätte, oder?" Hannes lacht über seinen Witz, Marie ist erleichtert, nimmt sich vor, Arnold zu warnen: Er soll drauf achten, dass er nicht so raunend spricht, wenn Uneingeweihte dabei sind und er mit Jakob redet, das fällt vielleicht auch anderen Leuten auf.

„Du wirst eines Tages wieder sehen, vielleicht nicht so gut wie früher, aber ich glaub fest daran. Wenn es jetzt schon besser geht, warum sollte es jetzt aufhören, das Bessergehen, meine ich. Dann kannst du dich selbst überzeugen, wie hübsch mein Verlobter ist. Und sein Liebster auch. Ich verrate dir noch etwas: Der Schönste von euch dreien, das bist du, zumindest für mich. Du solltest dich mal sehen. Du bist der Einzige, mit dem ich frei auch über meine ‚philosophischen' Ideen sprechen kann. Ich denk zu viel nach, sagt meine Mutter immer, auch über das Leben, den Tod, den Sinn. Ich hab sogar schon mal ein Buch über Philosophie gelesen, eine Einführung, es war eins von vor den Nazis. Es liegt immer noch in meiner Nachttischschublade, es gehört Josef."

Hannes sagt: „Guckst du mal, ob einer guckt? Ich möchte dich küssen. Komm her, meine Seelenfreundin, wann werden wir endlich auch mit unseren schönen deutschen Körpern zueinanderfinden." Er seufzt theatralisch.

Marie antwortet: „Wie wäre es mit übermorgen? Und: Es guckt gerade keiner."

Hannes lernte den Rest der Verschwörergruppe näher kennen, war bald mit seiner freundlichen und klugen Art beliebter Neuzugang, er wusste viel, hatte originelle Ideen, war zugewandt und kümmerte sich, so gut, wie es ihm möglich war, um die Sorgen und Freuden seiner neuen Freunde. Er akzeptierte ohne viel Getue die Liebesgeschichte zwischen Arnold und Jakob, was in diesen Zeiten nicht nur gefährlich, sondern auch ungewöhnlich war. Er verhielt sich ihnen gegenüber nicht anders als vor der Kenntnis der Dinge. Nun gingen sie manchmal zu viert in Herrn Müllers Café, der die Viergruppe genau beobachtete.

An die Verlobung das Schreiners mit Fräulein Marie konnte der Bäcker nicht mehr recht glauben, so, wie die junge Frau den Blinden anstrahlte … Die Begrüßungsküsschen, die sie ihrem Zukünftigen auf die Wange gab, hatten etwas von einem uralten Ehepaar. Viel zu vertraulich, viel zu wenig kaum gezügelte Leidenschaft. Herr Müller hatte sich immer auf seine Beobachtungsgabe verlassen. Die spielten Theater, die zwei. Den Grund dafür vermochte er aber nicht zu erkennen.

Das ging ihn ja auch nichts an. Das redete sich Herr Müller konsequent ein und verhielt sich unverändert zuvorkommend gegenüber seinen Gästen. Er versprach sich selbst dranzubleiben. Vielleicht brauchte er diese Ahnung, die an Gewissheit grenzte, irgenwann noch mal.

Wenn es sich ergab, hatten die Freunde in diesem Sommer die Sonntage auch am kleinen Badesee verbracht.

Den Himmel über ihnen behielten die, die ihn sehen konnten, immer im Auge, auf dass sie sich, wenn unerwartet doch eine Propellermaschine im Anflug sein sollte, rechtzeitig ins Dickicht des Waldes flüchten konnten.

Einmal, als es so richtig heiß war und sie wieder einmal zu viert unterwegs waren, zogen sich bei passender Gelegenheit zwei Paare – nachdem sie entschlossen in entgegengesetzten Richtungen auseinandergegangen waren und als jede Menge Abstand zwischen ihnen war – in die schattige Dunkelheit des angrenzenden Waldes zurück.

Dort wurde es wunderbar lauschig, mit Küssen, Streicheln, Berühren, Ausziehen, Sich-Lieben. Nur das Gezwitscher der Waldvögel war zu hören gewesen und ein leise freudiges Seufzen.

Auch Katrin hatte sich selbst eingestanden, dass sie Hannes hinreißend fand. Gott sei Dank konnte er nicht sehen, wenn sie gelegentlich rot wurde, wenn er nett zu ihr war. Sie begegneten sich nicht oft, meist per Zufall, wenn sie bei ihrem Vater war und das Quartett auftauchte. Hannes hatte trotz seines Schicksals so viel Lebenskraft, einen brillanten Humor, und gescheit war er obendrein. Er hatte sein Ingenieursstudium fast abgeschlossen, und würde gern noch etwas dazu studieren, wenn alles vorbei war. „Etwas, bei dem man nicht durch Mikroskope gucken muss", hatte er, übers ganze Gesicht strahlend, gesagt, „nur denken muss ich dürfen, vielleicht Philosophie, da kann mir ja einer von euch die komplizierten Sachen vorlesen."

Die Haltung des jungen Mannes zu seiner Behinderung flößte Katrin Respekt und sogar Bewunderung ein.

Und sie war noch nicht so alt, als dass ihr ein attraktiver Mann nicht mehr auffallen würde. Es war ihr aber bei all dem Geschäker durchaus bewusst, dass ihr in Wahrheit ihr eigener Mann fehlte. Auch für das, was Eheleute so gern miteinander machen, in der Nacht, wenn niemand zugucken kann.

Jakob fasste wieder ein bisschen mehr Lebensmut, das StaLag wurde allmählich ein düsterer Schatten auf seiner Seele, aber die Hoffnung, das Dunkle ganz zu vertreiben, überwog. Immerhin: Jetzt wussten alle Bescheid über alles. Niemand würde ohne Not etwas verraten. Da war er sich sicher. Jakob hatte Menschen gefunden, die ihn beschützen würden, sogar vor Otto, dem Sohn, dem Bruder, dem Ehemann. Sollte Otto nur kommen. Es würde ihnen etwas einfallen.

*

Und dann kam er wirklich. Ganz normal mit dem Zug. Aus Frankfurt. Er hielt einen kleinen, braunen Lederkoffer in der Hand.

Der Erste, der ihm begegnete, war, wie sollte es anders sein, sein alter Kumpel, Erich Müller, mit dem er früher mit Nazi-Parolen aufgetrumpft hat, Erich, der erst gar nicht mitmachen wollte, wenn Otto schwärmte, wie großartig die Rede des Führers gewesen ist, und dabei vor dem Gebrüll aus dem Volksempfänger auf und ab marschierte in seiner neuen Uniform.

Otto zuliebe hat der Erich damals nachgegeben, bei den „Heil, Heil"-Rufen aber nur die Lippen bewegt. In der *Wochenschau* zuckte Erich immer zusammen, wenn in den Filmberichten aus dem Krieg auch nur Salut geschossen wurde. Er hatte angesichts der Menschenmasse vor der Rednertribüne gestaunt. „Wollt ihr den totalen Krieg?" Die Woge der entfesselten „Ja!"-Rufer hatte Ottos Freund zutiefst erschreckt. Instinktiv hatte Erich die Gewalt, die enorme Macht, den unbedingten Herrschaftsanspruch erkannt, war davor zurückgezuckt, es hatte ihm schlaflose Nächte bereitet. Die nackte Angst hatte ihn überkommen.

Am nächsten Tag hatte er sich entschlossen stillzuhalten und wenn nötig zu kooperieren, die Absicht aber für sich zu behalten. Die Augen offen halten, Informationen sammeln, nur für den Notfall. Herr Müller hatte Asthma und ein leichtes Herzleiden. Er musste nicht zum Militär, der Doktor in der Klinik hatte eine Bescheinigung geschrieben. Erich hatte einen Geldschein auf dem Tisch liegen lassen. Erich würde sich anderweitig nützlich machen, hatte er gesagt. Aber bis jetzt hatte er nichts Relevantes zu melden gehabt. Gott sei Dank. Angenehm war er nicht, der Verrat, auch nicht für den Verräter.

Seinem besten Freund hatte er nichts davon erzählt, nur das mit dem Asthma.

Otto war umso überzeugter und besonders heldenhaft in den Dienst der Wehrmacht eingetreten. Oft hatte sich der Erich gefragt, ob er seinen Kumpel je wiedersehen würde.

Herr Müller hatte nun, da das Kriegsende anscheinend nicht mehr fern war, deutlich weniger Gäste in seinem Café, nur am Sonntag kamen ein paar, die Abwechslung brauchten vom Angsthaben und Sich-Sorgen.

Er war auf dem Weg vom Magistrat im Rathaus zurück nach Hause gewesen. Er hatte bei dem namenlosen Mann, der Katrin in die Mangel hatte nehmen wollen, vorgesprochen. Herr Müller hatte dort mal hören wollen, ob es Neues gab vom Otto Reinelt, ob das der Mann war, der im Sanitätszug nach Berlin saß oder lag, von wo er dann irgendwie weiterreisen sollte. Man hatte ihn beschieden, er habe kein Recht, Nachricht zu bekommen, man dürfe nichts sagen, er sei kein Verwandter.

Da hatte Herr Müller seinen ganzen Charme ausgepackt und die hübsche Sekretärin des mutmaßlichen Gestapo-Manns gewinnend angelächelt: „Der Otto Reinelt ist mein bester Freund, Sie können mir doch wenigstens sagen, ob das wirklich der Otto ist oder jemand anderes? Oder können wir es so machen: Ich stelle Ihnen ein Frage und Sie machen den Daumen hoch oder runter, je nachdem? Nur ein Frage, bitte!“ Das Fräulein hatte lachen müssen über das Gespreize des mittelgroßen, leicht pummeligen Mannes, der ein liebenswertes Gesicht und eigentlich freundliche Augen hatte. „Also gut, machen wir es so. Eine Frage!“ Herr Müller hatte überlegt, was am wichtigsten war. Dann: „War der Mann im Sanitätszug 606 Otto Reinelt aus Bad Orb?“ Die junge Frau hatte die Hand gehoben, der Daumen zeigte unentschieden nach unten. Herr Müller hatte vor sich hin gemurmelt: „Ist das nun gut oder schlecht?“ Fräulein Schmitt lächelte und hob die Schultern, dann hatte sie die Hand noch einmal angehoben, der Daumen war diesmal gen Himmel gerichtet.

Abrupt blieb Herr Müller stehen, als er vom Rathaus die Burgstraße entlangging. Der große Dunkelhaarige mit dem gebeugten Gang, abgerissen sah der Mann von hinten aus, aber die verstrubbelten schwarzen Haarwellen, das könnte der Otto sein. „Das gibt's doch nicht!“, rief er aus, „Otto, bist du das?“ Der Mann drehte sich langsam um, aus tiefen Gedanken schien er aufzuschrecken. Zu düster waren die Eindrücke, denen er eben noch im Zug aus Frankfurt ausgesetzt gewesen war: zwei Waggons mit zu Tode Verletzten für die Lazarette, die aus den schmucken Sanatorien der einst so adretten Kurstadt entstanden waren. Stöhnende, jammernde, bewusstlose Männer, zum Teil notdürftig versorgt, mit blutigen Verbänden am Kopf und am Körper. Nichts Heldenhaftes, wirklich nicht der kleinste Rest davon war ihnen geblieben. Das Ende schien näher als das Leben, so jung waren die meisten noch gewesen.

*

Ottos Trauermiene hellt sich auf. Humpelnd geht er auf den Freund zu, immer hastiger will er zu ihm, dann liegen sie sich in den Armen, und Otto schluchzt einfach los. Der ganze Schmodder kommt aus ihm raus, er heult Rotz und Wasser. Und sein Freund Erich hält ihn fest im Arm, mitten auf der Straße, Passanten machen einen Bogen, wollen nicht stören, gucken woanders hin. Otto darf die Tränen laufen lassen, Erich murmelt Unverständliches, er tröstet. „Ist schon gut, alles ist gut, lass nur, ich bin ja bei dir." Langsam löst sich Otto aus der Umarmung, schaut Erich richtig an, sagt noch immer nichts, die Rührung hat ihn überwältigt. Stockend kommt es dann heraus: „Du siehst so gut aus, mein lieber guter Freund. Dass du jetzt ausgerechnet hier vorbeikommst, hab ich ein Glück. Ach, ich kann gar nicht sagen, wie froh ich bin, endlich wieder daheim zu sein."

Erich hat sich gefangen, er nimmt seinen Kumpel am Arm und führt ihn weiter. „Komm mit zu mir, mein Lieber, komm, da kannst du dich ein wenig schön machen und dich ausruhen, ich mach dir was zu essen, halt nur eine Kleinigkeit, bei uns ist es jetzt auch nicht mehr so dicke, aber einen Bohnenkaffee hab ich trotzdem noch für dich. Die Katrin erschrickt ja, wenn du so bei ihr ankommst, das willste doch auch net." Erich schwätzt auf Otto ein, verfällt in den Dialekt ihrer Kindheit. Otto kriegt ein verhaktes Lächeln zustande: „Nö, des will isch wirklisch net." Sie humpeln zusammen zu Erichs Café, stolpern hintenrum die Treppe hoch zur Wohnung. Dort setzt Erich Otto auf einen seiner beiden Stühle. „Was zuerst: waschen, neu anziehen, essen?

Oder lieber zuerst essen?" Otto fühlt sich in den stinkenden Überresten seiner Uniform nicht wohl.

„Da hinten ist das Bad, da kannst du dich waschen, bis ich den Badeofen angeheizt und das Wasser warm ist, das dauert zu lang. Ich mach dir Wasser im großen Topf auf dem Gasherd warm, das wird schon reichen." Zehn Minuten später steht Otto vor dem Waschbecken, das nun mit halb Koch-, halb Kaltwasser gefüllt ist. Erich hilft ihm beim Ausziehen, Ottos rechtes Bein ist am Knie so dick geschwollen, dass es sich nicht beugen lässt. Erich bemerkt jetzt erst, dass der linken Hand die zwei Finger in der Mitte fehlen, die rechte hat „nur" den Mittelfinger eingebüßt.

„Ich hab eine Weile im Zeltlazarett gelegen, bis ich nach Riga geflogen worden bin mit 'ner Junkers. Da haben sie schön der Reihe nach die Finger abgeschnitten, nicht zu retten, haben sie gesagt, die Granate war zu früh losgegangen, der, der sie festgehalten hat, war zu dicht an mir dran. Der arme junge Mann hat es nicht überlebt. Mein Bein hat auch was abgekriegt. Als sie dann mit dem ganz großen Messer kamen und auch noch mein Bein absägen wollten, überm Knie, hab ich mich mit Händen und Füßen gewehrt, die hätten mich gar nicht betäuben können, so hab ich um mich gehauen. Da haben sie mir in Gottes Namen einen Verband drumgewickelt. Für den Krieg war ich sowieso nichts mehr. Also bin ich teilweise mit Armee-Lastern, teilweise per Bimmelbahn von Bahnhof zu Bahnhof gefahren, die Wehrmacht ist ja schon längst auf dem Rückzug, die gehen grad mit dem Rücken zuerst in Richtung Heimat, die Rote Armee rückt schon dicht ran, Ostpreußen sag ich nur. Ich war immer nur ein paar Meter vor den Russen da. Ich hab's schließlich mit der Bescheinigung vom Stabsarzt für meine Untauglichkeit in Berlin geschafft, Genehmigung und Fahrkarte für die Heimreise zu bekommen, mein letztes Geld hab ich den Beamten gegeben." Ottos kurze Beschreibung einer Irrfahrt, die fast drei Monate gedauert hatte, die seine Ängste, seine körperlichen wie seelischen Schmerzen ausspart, lässt Erich nur ahnen, was sein Freund durchgemacht hat, zumal dessen verwahrlostes Aussehen und die ramponierte Bekleidung die Geschichte auf glaubhafte Weise vervollständigen.

Der kleine, braune Koffer enthält ein weiteres Paar löchriger Wollsocken, die wenigstens sauber aussehen, und ein frisch gewaschenes Armeehemd, eine Zahnbürste und eine Unterhose. Als Otto darin wieder in Erichs Wohnzimmer auftritt, meint der Kumpel: „Na ja, so geht's schon, perfekt ist was anderes, egal, so kannst du zu deiner Frau und deinen Mädchen. Wenn du willst, geh ich mit."

Otto ist wieder verstummt, Erich sieht es ihm an: Der Freund ist völlig aus dem Tritt, er hat Angst vor der bevorstehenden Begegnung, viele Monate hat Otto seine Frau nicht gesehen, eine andere, eine aus besetztem Feindesland mit Namen Marija hatte er berührt und doch zurückgelassen. Wunden, die spurlos verheilt, andere, die geblieben sind, bringt er mit heim. Alle Illusionen sind Vergangenheit, die Scham ist groß, dem falschen Führer ist er gefolgt, hat sinnlos getötet, mit falschem Glauben ist er in den Krieg gezogen.

Die Abzeichen hat er sich selbst von der Uniform gerissen, nie wieder will er mit denen zu tun haben. Vorgesetzte hatten nachgefragt, wo die Abzeichen sind. Er hatte nur mit den Schultern gezuckt, es war ihm egal gewesen, was sie mit ihm tun würden, er hatte keine Kraft mehr, sich etwas Glaubwürdiges einfallen zu lassen. Er hat was von „ohnmächtig" und von „nichts mitgekriegt" gestammelt, sie ließen von dem „Schwächling" ab.

Otto, der Praktische, ist ins Grübeln gekommen. Was wäre, wenn sie den Krieg gewännen, trotz der Verluste? Würde er sich ihnen wieder zur Verfügung stellen, ihre Parolen wiederholen, ihnen nachplappern, sich ihnen unterwerfen, auf Vorteile hoffend? Wo hatte es angefangen, dass er den Mördern ihres eigenen Landes geglaubt hat, einfach blind begeistert gewesen ist. Er war zu blöd gewesen, um zu erkennen, dass er einem Haufen Größenwahnsinniger aufgesessen ist.

Und jetzt? Jetzt steht er da, ganz ohne Ehre, ohne Würde, einsam, wer soll so einen noch lieben? Noch nie in seinem Leben hat er solch bittere Reue empfunden.

In diesem Moment, da er bei seinem besten Freund mitten im Zimmer in seinen kaputten Socken und dem braunen Hemd wie

ein Häufchen Elend ratlos herumstand, überrollte sie Otto, und
er knickte unter ihrer Last zusammen, er kam nicht mal mehr
zum Heulen.

Er fiel in Ohnmacht.

Als er wieder zu sich kommt, sieht er als Erstes nicht, wie erwartet, seinem Freund Erich in die Augen, es ist das hübsche,
frische Gesicht Katrins, die sich über ihn gebeugt hat und ihm
noch immer sanft auf die Backen klopft. „Na komm schon, ich
bin's, red mit mir", sagt sie.

Erich war schrecklich unsicher gewesen, was er mit dem Be-
wusstlosen machen sollte, sodass er in seiner Aufregung auf die
Straße raus ist, einem Bub einen Groschen in die Hand gedrückt
und ihm aufgetragen hat, schnell zu den jungen Reinelts die Straße runterzulaufen und die Frau Reinelt und/oder die Mädchen
zu holen. Der Junge hatte die 10-Pfennig-Münze eingesteckt,
noch schnell nach der Hausnummer gefragt und seinen Auftrag
in Rekordzeit erfüllt. Katrin war schon gerannt wie der Teufel,
noch bevor sie kapiert hatte, was eigentlich los war. „Sie sollen
schnell zum Herrn Müller", hatte der Bub nur hervorgestoßen
und einen weiteren, hastig aus Katrins Schürze hervorgezauber-
ten Groschen in der Hosentasche verschwinden lassen. Sein arti-
ges „Danke" hatte die losstürzende Spenderin nicht mehr gehört.

Als Katrin ihren so lang entbehrten Mann auf dem Boden liegen sah, hat sie gedacht, er wäre tot.

Doch jetzt macht er die Augen auf, und als er Katrin mit wirrem
Blick, in den sich zögerlich Erkennen und Freude mischen, kann
sie nicht anders, sie muss ihn herzen und drücken und mit Küssen überziehen, dabei lacht sie und weint sie zugleich, Otto lässt
sie machen, obwohl sie vor lauter Begeisterung ein bisschen zu
fest zupackt, er kriegt kaum Luft. „Dass du lebst! Ach, ich weiß
nicht, was ich sagen soll, endlich hab ich dich wieder!!!" Otto
löst Katrins Arme ein wenig, sie will gar nicht loslassen. Er setzt
sich auf, noch hat er nichts gesagt. Er schiebt seine Frau nur so
weit von sich, dass er sie genau anschauen kann.

Wie schön sie ist. Wie dankbar er ist, sie ist da, sie übersieht seine Scham, sie ist seine Frau. Als er sie richtig küsst, hat er zum ersten Mal ein leises Gefühl von Hoffnung, dass er noch eine Chance hat auf ein ganz anderes, ein viel besseres, ein unabhängiges Leben voller Liebe.

Als er wieder auf seinen beiden Beinen steht, bedankt Otto sich bei Erich, dass er ihn nicht nur aufgefangen hat, sondern ihn auch noch hat ankommen lassen. Auch Katrin ist ihm unter den gegebenen Umständen wohlgesinnt, sie kommt aus dem Freudestrahlen gar nicht mehr raus. Sie hängt sich bei Otto ein, sagt, wie gut es gewesen sei, dass der Junge gerade vorbeigekommen sei und auch noch so flinke Füße gehabt habe. Erich lacht: „So schlecht bist du aber auch nicht im Sprinten. Nun geht aber schnell heim und verkündet euren Töchtern die frohe Botschaft.“

Als sie Hand in Hand nach Hause gehen, erst da, wird Katrin bewusst, dass Ottos Gang dem ihres Schwagers ähnelt. Arnold zieht seinen kriegsuntauglichen Fuß zwar nur noch selten hinterher, meistens merkt man ihm nur wenig an, wenn er das Gesicht verzieht und die Luft scharf durch die Zähne zieht. „Das Wetter schlägt um, das spür ich“, sagt er dann.
  Die Hand, die sie hält, ist locker und offen, erst im Zugreifen fühlt es sich anders an als früher, die zwei Finger fehlen, da ist nur Luft, nichts zum Drücken und liebkosen. Katrin sagt nichts, er wird ihr alles erzählen, sie wird jetzt hier sein, die Freude genießen, wer weiß, wie lang. Einfach froh sein, dass er lebt.

Katrin hatte in diesem glücklichen Moment vollkommen ausgeblendet, dass ein junger Mann bei ihrem Vater lebte, einer, der ein Verfolgter war, einer, der vielleicht sogar tot wäre, gäbe es nicht die ganze Sippe, der Reinelts, der Döpfners und des Josef Liebig, die das bis jetzt verhindert hatten. Dieser Mann war ein Jude.
  Kommt Zeit. Kommt Rat?

24

Flucht vor dem Ende?

Der junge Mann saß derweil mit Josef auf der Bank vor dessen Haus. Die letzen Sonnenstrahlen in diesem Jahr genießen, bald würde man abends schon frühzeitig das Licht anmachen müssen. Die beiden Männer hatten sich jeder eine Scheibe Schwarzbrot mit dem frischen Johannisbeergelee geschmiert, eine Tasse Pfefferminztee dazu. Perfekt. Der Großvater gönnte sich seine Zigarre. „Dann stinkt es nicht so im Haus."

Auf dem Tisch steht ein Korb mit ungepalten Erbsen, das ist heute Jakobs Aufgabe. Für den Erbseneintopf mit Speck und Kartoffeln muss er „die grünen Kügelchen aus ihrem grünen Mäntelchen holen", mit diesen Worten hatte ihn Katrin in ihren Garten geschickt, um zuerst die Schoten vom Strauch abzuernten. Josef will nachher helfen beim Palen, aber erst noch die Zigarre rauchen. Trotz seines Alters ist der Großvater allzeit bereit, sich den kleinen sinnlichen Genüssen hinzugeben. „Was hab ich denn sonst noch, wenn die Frau nicht mehr lebt", sagt er manchmal zwinkernd.

Er will Jakob gerade eine Episode aus seinem Leben erzählen, als ihm schier das Herz aus dem Rhythmus ruckelt. Katrin kommt von vorne die Straße herunter, Hand in Hand mit einem Mann. Selten benutzt Josef das eitle Ding, aber jetzt setzt er sich das Pincenez auf die Nase, damit er besser gucken kann. Arnold hätte es sein können, von der Größe und dem Humpelgang her, aber seine Katrin käme nicht auf die Idee, in der Öffentlichkeit mit ihrem Schwager Händchen zu halten.

Außerdem ist das sowieso Quatsch. Dann dämmert es ihm, der dünne lange Lulatsch, das ist Katrins Mann, der Otto. Himmel, wo kommt der jetzt her?

Josefs erster Impuls: Oh Gott, jetzt muss der Jakob wieder untertauchen, Otto war doch so ein Hundertfuffzigprozentiger. Was der Otto dem Jungen alles antun kann!

„Guck mal unauffällig über deine Erbsen nach vorn, Jakob! Da kommt die Katrin, und sie führt ihren Mann an der Hand. Das ist Otto, jetzt erkenn ich ihn, der ist dünn geworden. Mein lieber Mann. Hat ihm das Kämpfen nicht so gut getan, wie er gedacht hat." Josef muss zugeben, dass seine Gedanken gehässig sind, er hat sich zu oft über das militärische Geschwafel und die Hymnen auf den Führer aufgeregt, die sein Schwiegersohn so gern zum Besten gegeben hatte.

„Bleib jetzt ganz ruhig, wie wenn nichts wäre, ich muss ihn jetzt begrüßen, das musst du verstehen. Das ist am unauffälligsten."

Jakob hält es fast nicht auf der Bank, die bis gerade eben ein Hort der Ruhe und Entspannung gewesen ist. Am liebsten wäre er nach oben gestürzt, hätte sein Hab und Gut zusammengepackt und wäre ohne Abschied fortgerannt, kopflos, ratlos, nur weg. Er kriegt die irrlichternden Augen nicht unter Kontrolle, er wird ganz hektisch, der Fluchtreflex will ihn davontreiben.

Der Mann, der da auf ihn zukommt, ist vielleicht der Mörder seiner Mutter.

Josefs strenger Blick, stark vergrößert durch den Zwickel in seinem Gesicht, fesselt Jakob auf seinem Platz. Bleib bloß sitzen, scheint er zu sagen. Mechanisch greift seine Hand nach der nächsten Schote, er schlitzt sie mit dem Daumennagel auf, drückt die Seiten rechts und links nach unten, streicht mit der rechten Hand die grünen Bällchen aus der Hülse.

„Na, wen bringst du uns denn da, Katrin? Otto, du lebst! Wir haben uns solche Sorgen gemacht." Josef gibt sein Bestes. Katrins strahlendes Gesicht stimmt ihn milder. „Ich will euch nicht aufhalten, so lang habt ihr euch nicht gesehen. Ruh dich erst mal aus, Junge, dann kommst du mal rüber und erzählst mir alles, hörst du! Warst du schon bei deiner Mutter? Die wartet ja auch schon lang auf Nachricht. Nun aber lass ich euch in Ruhe. Komm erst mal richtig an. Ihr habt jetzt viel zu bereden."

Josef zeigt auf Jakob, der sich kaum traut, den fremden Mann anzuschauen. „Das ist der Jakob. Er kann dich, glaube ich, gar nicht hören, wenn du jetzt was zu ihm sagst. Er wohnt für eine

Weile bei mir. Dem haben sie nämlich das Dach überm Kopf weggeschossen."

Es kostet Jakob allerhöchste Anspannung, nicht die Nerven zu verlieren. Ein wenig gelingt es ihm, Otto flüchtig anzusehen. Mit einem verunglückten Lächeln, scheu und unsicher, nickt er dem unbekannten Mann, der Bedrohung, die der verkörpert, unbeholfen zu.

Er kann nur hoffen, dass der andere nichts von seiner Todesangst mitkriegt. Immerhin sieht er sehr erschöpft aus, als könne er sich kaum noch auf den Beinen halten.

Der hat gerade andere Probleme, als sich um mich zu kümmern, der ist verwundet, er humpelt ja schlimmer als sein kleiner Bruder. Jakob überredet sich selbst zur gespielten Gelassenheit. Die fehlenden Finger hat Jakob gleich entdeckt.

Mens sana in corpore sano? Wenn das wirklich stimmt, soll der Mann von der Katrin genesen, dann ist vielleicht das Glück auch auf Jakobs Seite. Katrin ist schließlich inzwischen gut Freund mit ihm.

*

Ottos Frau, Jakobs Freundin, war während der kurzen Begegnung still geblieben. Das innere Leuchten spiegelte sich in ihrem Gesicht. Bei aller Fürsorge für den jungen Juden, den sie auch weiterhin unterstützen würde, ihr Mann war wieder zu Hause! Es jubelte ihr Herz, und ihr Körper sehnte sich nach seinem.

Jakob hatte gedrängelt, sobald das wieder vereinte Ehepaar im Nachbarhaus verschwunden war. So schnell wie möglich musste er Arnold berichten und ihn um Rat fragen. Josef mahnte zur Ruhe. „Lass uns die Erbsen fertig machen, du musst dich beruhigen, nichts überstürzen, die Katrin hat jetzt anderes im Kopf als ihrem Mann als Erstes zu erzählen, dass du ein reizender Jude bist, der leider auf der Flucht vor seinen Häschern ist. Die müssen sich jetzt erst mal wieder kennenlernen. Dass du mir jetzt ja nicht durchdrehst, hörst du, du kommst gefälligst nachher wieder hierher. Verstanden? Meinst du, ich lass dich jetzt einfach so abhauen? Du bist doch auch mein Freund." Jakob hatte es versprochen, wohin hätte er auch abhauen sollen? Hier war er doch inzwischen fast daheim.

Als die Erbsen endlich in der Schüssel für den Eintopf bereitlagen, hatte Jakob Josef nach drinnen in sein Wohnzimmer gebracht. Dann stürmte er los, Josefs Ermahnungen im Herzen.

Zur Werkstatt war er gerannt, er erzählte seinem Liebsten von der Begegnung mit Arnolds Bruder, von seiner eigenen Verstörung. „Bitte lass nicht zu, dass ich jetzt wieder in den Untergrund muss. Lieber bleib ich für immer in dem alten Kuhstall, meinst du, ich soll schon mal dahin umziehen? Der Müller wird sich freuen, da können die zwei wieder miteinander ‚Sieg Heil‘ schreien und sich als Helden aufspielen. Oh Gott, wo soll ich denn jetzt hin? Ich hab solche Angst.“

Arnold hatte zu trösten, zu beruhigen versucht. Sorgfältig ging er mit dem Freund um, führte Vernünftiges ins Feld: Sicher habe Otto erst einmal keinen Sinn dafür, sich mit Jakob zu beschäftigen. Er müsse zu Hause ankommen, seine Frau habe er fast zwei Jahre nicht mehr gesehen, da sei gewiss eine Entfremdung entstanden. Die Töchter seien bald erwachsen, als er ging, waren sie fast noch Kinder gewesen. Von Erich Müller, den er vorhin getroffen hat, habe er erfahren, dass Otto wieder da und schwer verwundet worden sei. Auch das werde Vorrang haben.

„Mach dir keine allzu großen Sorgen. Du bist hier in der Stadt angenommen worden. Niemand hat Verdacht geschöpft. Du hast doch mich, meine Mutter auch und den Josef und Amalie mit Emma und Marie mit ihrem Hannes. Die Katrin weiß weitgehend Bescheid über dich, dass du Jude bist auf jeden Fall, das spür ich, du hast es ihr gegenüber ja auch bei deinem ersten Besuch bei ihr durchsickern lassen. Sie sagt halt nichts dazu, weil’s besser so ist. Und vergiss nicht, wir sind mit Maria und Sophie immerhin neun gegen einen beziehungsweise zwei, wenn man den Müller dazunimmt. Was meinst du, wer da gewinnt?“

25

Vergebung

Das Heimkehren steht vor Otto wie ein Berg, er kommt nicht als strahlender Held zurück, er ist selber schuld, ein gebrochener Mann ist er nun. Das Bewusstsein seines Irrwegs drückt ihn nieder, die Sehnsucht nach Erleichterung, nach Befreiung von all den Schuldgefühlen und der Schmach scheint unerfüllbar.

Die, die ihm nahestehen, sind per Zufall in Bad Orb versammelt, sogar die Frankfurter: seine liebe, gute Schwester Amalie mit ihrem Heinrich und der Emma, sein „kleiner" Bruder, der Arnold, der sieht viel männlicher aus, als Otto ihn in Erinnerung hat. Mutter geht es dem Augenschein nach gut, sie hat sich die Freudentränen nicht weggewischt, ihren Sohn herzlich umarmt und trotzdem den Kopf geschüttelt: „Wie siehst du nur aus?! Wir werden dich ein bisschen füttern müssen, dass du wieder zu Kräften kommst, ach Gott, deine Hände, das sehe ich ja jetzt erst. Zeig mal, das ist ganz gut verheilt, wenigstens kannst du die anderen Finger bewegen, da musst du dich dran gewöhnen, wirst sehen, das Leben geht auch mit sieben Fingern weiter. Und das Bein wird auch wieder, ganz bestimmt." So sind Mütter, immer am Sorgen und Trösten. Otto hat Trost bitter nötig und schmiegt sich bereitwillig in Friedas Obhut.

Den Schwiegervater hat er noch nicht besucht, er fürchtet dessen scharfen Blick, er würde sofort erkennen, dass Otto von seiner einstigen Großsprecherei von vor dem Krieg nichts mehr wissen will. Otto trägt schwer an der Last seiner Schande.

Seine Überheblichkeit, die die Zweifler, auch seinen eigenen Bruder, am liebsten in die Kommunistenecke gestellt hätte und nur durch einen Rest Verantwortungsgefühl gegenüber den familiären Bindungen gebremst worden war, bereitet Otto jetzt ein quälendes Unbehagen, er war so dumm gewesen. Arnold hatte, und das war Otto nicht entgangen, oft mit wachen Augen die strammen Kerle in ihren imposanten Uniformen auf der Leinwand in der Kino-*Wochenschau* begutachtet. Nur selten hatte er

einen UFA-Film mit deutschen Schauspielern gesehen, war in
Begleitung der Töchter und Katrins in einen Schmachtfetzen mit
Willy Fritsch, Marika Rökk, einer verkleideten Ungarin, oder
mit der Schwedin Zarah Leander, dem Theater-Mephisto Gustav
Gründgens gegangen.

Arnold hatte ihm einmal nach der *Wochenschau* anvertraut,
dass er heilfroh sei, dass ihm damals das Pferd den Fuß ruiniert
hat. „Mit den Männern ist nicht gut Kirschen essen", hatte Arnold einmal zu Otto gesagt, „die strahlen Tod aus. Halt dich von
denen fern, da ist nichts Gutes." Otto hatte nicht hören wollen,
war so stolz gewesen, dass er nicht nur gleich in die NSDAP
eintreten wollte, sondern auch bald in die Wehrmacht zur Ausbildung durfte. An die Weltherrschaft des Führers hatte er glauben wollen.

„Gott verhüte", war damals Friedas knapper, aber entschiede-
ner Kommentar gewese, als ihr Sohn vom Reichskanzler und
dessen globalen Plänen geschwärmt hatte. Sein Bruder, der so
viel jüngere Arnold, war damals schon klüger als Otto selbst,
der Jüngste hatte auf den Ältesten eingeredet, und Malchen hatte
ihn mit einer Mischung aus Mitleid und Verachtung angesehen,
als sie ihm ins Gewissen redete: „Dass du dich da mal nicht ver-
rennst. Gib acht auf dich und guck dir lieber zweimal an, was die
wirklich wollen. Ich hab kein gutes Gefühl. Wenn jemand schon
gleich von Anfang an einen große n Feind hat, was soll daraus
Gutes werden? Meine Freundin, die wollen sie jetzt schon am
liebsten aus dem Land haben, warum? Weil sie eine Halbjüdin
ist. Findest du das etwa richtig?" Otto hatte entschuldigend die
Schultern hochgezogen. „Davon weiß ich nichts, aber der Führer wird seine Gründe haben." Gleich hatte er das Ganze wieder
„vergessen". So hatte er sich immer davongestohlen, wenn er
etwas den anderen überlassen wollte. Verantwortung übernehmen, wie hätte er das können, die da oben hatten die Macht, als
kleines Rad konnte er nur dienen, nur so war er mehr wert als
die, die nicht dienen wollten.

Otto war geschlagen, auf der ganzen Linie. Das ließ ihn stumm
bleiben, eingeschüchtert war er von seiner eigenen Tochter.

Und seine Frau verheimlichte etwas vor ihm, obwohl sie ihn am liebsten den ganzen Tag ins Bett gezerrt hätte, wo er auch noch längst nicht wieder daheim war. Das spürte er und sah keinen Weg hinaus aus dem Brennen in seinem Herzen. Er hatte zu viel Wirklichkeit abbekommen, hatte Soldaten sterben sehen und normale Menschen, Deutsche und Fremde, Frauen, Kinder, Kranke, Verletzte, solche, die nicht verstanden, warum sie fortmussten, weil sie arm im Geiste waren, andere, weil sie Juden waren. Dabei hatten sie ausgesehen wie ihre nicht jüdischen Nachbarn. Wann war man ein Jude? Wenn man am Samstag nicht zur Arbeit ging? Otto dachte erst jetzt darüber nach.

Würde ihm jemand Absolution erteilen? Seine Verblendung, seine Reue, was davon war wirlich er selbst? Wenn die Nazis doch noch gewinnen würden, was dann? Würde er dennoch abschwören oder sich denen wieder anschließen? Er schwor es sich selbst: Auch wenn es ihn das Leben kosten würde, niemals würde er sich wieder mit den Nazis einlassen, niemals!

*

Seit einer Woche ist Otto nun zurück. Allmählich findet er sich in seiner Heimat wieder etwas besser zurecht, sie geben ihm alle eine Schonfrist, das spürt er. Seine Mutter strengt sich an mit ihm, tröstet, verwöhnt ihn mit spärlichen Leckereien, Erich müht sich, ihn mit seinen Geschichten aus dem Café zu unterhalten. Otto ist dennoch niedergeschlagen, nicht wegen seines verwundeten Körpers, es ist sein verstörtes Herz, das ihm oft heimlich geweinte Tränen in die Augen treibt. Ein nutzloses Individuum ist er und ein Dummkopf, wie hat er sich nur so blenden lassen.

Wenigstens Katrin freut sich so richtig, dass er wieder daheim ist, die Sophie hat ihn schnell wieder in die Familie aufgenommen, benimmt sich genau wie früher ihm gegenüber, die Große ist zurückhaltend, wartet sie auf seine ersten Schritte in Richtung Buße? Noch ist er schwach von den Strapazen der Heimkehr, doch er hat den festen Willen, sein Versprechen, das er Maria gegeben hat, zu erfüllen. Mehr Kraft braucht er noch, dann wird er es in Angriff nehmen.

Otto schaudert noch immer leicht bei dem Gedanken an die erste Begegnung mit seiner Familie nach Monaten der Funkstille, für die er nicht verantwortlich gewesen ist.

Als er mit der jubelnden Katrin zum ersten Mal seit all den zerbombten Monaten sein Zuhause wieder betrat, fiel ihm die Jüngere sofort um den Hals. Sophie war immer die impulsivere der beiden Schwestern gewesen. Den traurigen Abend beim Großvater hatte sie weggesteckt, die Gegenwart war auf einmal voller Sonnenschein, der geliebte Papa war wieder da. Da lächelte Otto, auf einmal ging das leicht, als er seine Tochter ganz fest drückte. Wie groß sie inzwischen war! Sie standen zu dritt mitten im Wohnzimmer, Katrin links von ihrem Mann, der den Arm um sie legte, Sophie rechts, sie ließ ihn nicht mehr los, klammerte sich an seinen Arm. Sie lachten, sahen froh aus. Leider würde es kein Foto davon geben. Der Kasten-Photoapparat, die Box, war gegen Schinken und Dauerwurst eingetauscht worden.

Maria stand als Vierte im Bunde hinter dem Sofa, das seit Ottos Abwesenheit zum Zentrum des großen Raumes geworden war, obwohl es nicht exakt in der Mitte stand, eher leicht gedreht zum Fenster hin. Maria konnte nichts sagen, als hätte es ihr die Sprache verschlagen. Sie schaute nur zu, wie sie sich alle freuten, sie wusste einfach nicht, wie sie sich verhalten sollte. Am liebsten hätte sie sich dazugestellt, aber ihr Stolz hielt sie hinter der Couch fest und verhinderte, dass sie der Liebe der Tochter zum Vater Ausdruck verleihen konnte, obwohl sie das im tiefsten Innern gern gemacht hätte. Es wäre aber nichts bereinigt gewesen.

„Das hat er nun davon", hatte sie voller Bitterkeit gesagt, als sie von den Vorstößen der Russen im Osten erfahren hatte. Das war noch nicht lang her, dass sie sich fest vorgenommen hat, nicht von ihrer Verachtung zu lassen. Sie sah ernst aus, wusste sich nicht zu helfen, endlose Distanz lag zwischen ihnen. Drei gegen einen, schoss es Maria durch den Kopf, wer ist hier der Feind? Fast war sie eine junge Frau, das Kind in ihr wollte den Vater als Fels in der Brandung, als verlässliche Quelle von Wahrheit und Aufrichtigkeit. Maria, die Frau, verlangte Abbitte von ihm, Rache nicht, aber den Ausgleich, einen Grund für ihr Verzeihen. War er immer noch ein Nazi?

Otto war erschrocken, als er Maria so hinter dem Wohnzim-
mermöbel stehen sah. Wie eine Mauer zog die alte Biedermeier-
Couch eine Grenze zwischen Vater und Tochter. Seine Große
starrte ihn an, als sähe sie ein Monstrum, ein Ungeheuer von
unfassbarer Größe. Er ahnte, was in ihr vorging. Sie hatte ihn
bereits abgeurteilt, für seine Tochter war er verloren, er war ein
Täter.

Ein hilfloser Versuch folgte: Otto wollte auf Maria zugehen. Er
streckte ihr seine verstümmelte Hand entgegen, als er sich seiner
Tochter näherte. Er hob die Hände, als würde er sich ergeben.
Er weinte, verfiel in ein jämmerliches Gebettel: „Bitte, lass uns
reden, ich weiß, dass ich alles verbockt habe, ich war total ver-
blendet, ich schäme mich. Ich hab so viel erlebt, das hat mich
wirklich erschüttert, mein Gott, was die mit den Leuten gemacht
haben. Was soll ich sagen? Ich hab dich doch lieb.“
Maria, das Kind, kam hinter dem Sofa hervor. Sie ging auf Otto
zu und umarmte ihn unbeholfen, steif. Maria, die Frau, reichte
ihrem Vater förmlich die Hand, sagte dabei ernst: „Ich will versuchen, dich zu verstehen, zu gern wär ich wieder dein Kind,
das den Vater achtet und bewundert. Wenn es wieder so werden
soll, musst du mir eines versprechen: Lass die Mörder nie wieder in unser Leben. Sag dich los von Führer, Partei und Nazis.
Fall nicht drauf rein, wenn sie wieder loslegen. Irgendwie ist
es absurd und ich kann dich nicht zwingen, aber ich will, dass
du dafür irgendwie Buße tust, weißt du, ich meine, so, wie in
der Kirche nach der Beichte, da muss man viele ‚Ave Marias‘
und ‚Vater unser‘ aufsagen, als Reinigung und als Ausgleich, du
musst selbst entscheiden, ob und wie du das machst. Was denkst
du, kannst du das?“
Otto atmete erleichtert auf, er spürte eine unendliche Befreiung: Seine große, gescheite, mutige Tochter reichte ihm nicht
nur die Hand, sie bot ihm eine Tür an, sie gab ihm die Gelegenheit, seine Schuld abzutragen, er durfte etwas tun, was ihm
vielleicht Befriedung brachte, sie hat gesagt, es gibt Vergebung.
Und einen Weg zurück in eine Zeit, in der er sich nichts vorzu-
werfen gehabt hat.

„Ach, Maria, ja, jederzeit will ich Buße tun, ich würd gern alles noch mal neu machen, du hast recht, das muss sein. Nur zum Pfarrer in die Kirche gehen und im Beichtstuhl sitzen, das reicht mir nicht. Dass du so eine Idee hast, dafür danke. Was kann, was soll ich denn machen?

Maria hatte ihren Vater daraufhin etwas freundlicher angesehen. „Ich will nicht vorgreifen. Ich hätte aber schon etwas im Kopf, was du machen könntest. Deine Buße hat einen Namen. Es gibt jemanden, der jede Hilfe brauchen kann, die sich ihm bietet. Lass dir das von deinem Bruder oder von Tante Malchen erklären. Oder frag deine Frau. Ich sag's dir gleich, wenn du das verbockst, bist du mich ein für alle Mal los. Nur so viel vorab. Dein künftiger Schützling heißt Jakob, ich schätze ihn so ein, dass er dir vergeben wird, und alle, die hier und nebenan rumstehen, werden seinem Vorbild folgen, glaub mir, das wird uns allen helfen weiterzuleben."

*

Amalie hat sich gegenüber von Otto an den Küchentisch ihrer Mutter auf den alten Holzstuhl gesetzt, sie kann die Augen nicht von ihrem Bruder lösen, betrachtet ihn eindringlich. Was mag in ihm vorgehen?

Heinrich hat sich nach einer herzlichen Begrüßung seines Schwagers auf die Bitte Amalies hin zurückgezogen: „Lass uns besser mal eine Stunde allein", hatte sie gesagt, „ich will ihm sagen, was ich auch dir offenbart habe, das war von mir ein riesiger Vertrauensbeweis, und ich bin so glücklich, dass du mir so viel Verständnis entgegenbringst. Ich weiß wohl, dass das Ganze für dich brenzlig werden könnte, wenn es jemand erfährt, der noch immer zu den Nazis hält, sind ja nicht alle so gescheit wie du. Ich hoffe, mein Bruder kann mich verstehen, wie du, mein Liebster. Wärst du so lieb und lernst derweilen ein bisschen mit Emma, hilfst ihr bei den Hausaufgaben, die zwar keiner mehr überprüfen wird, aber sie verpasst sonst so viel." Heinrich, der ansehnliche Mann mit dem verschmitzten Lächeln, der immer einen Scherz auf den Lippen hat und ein großer Charmeur vor

252

dem Herrn ist, wollte dem Schwager die Bloßstellung nicht schwerer machen als nötig, dazubleiben hieße, sich wie ein Voyeur vorzukommen. Das wollte er Otto ersparen. Also hatte er die Ehefrau entschlossen um die Taille gefasst, ihr einen deftigen Kuss auf den Mund gedrückt und gewitzelt: „Du weißt doch, dein Wunsch ist mir stets Befehl, Teuerste." Sofort ließ sich ein Hauch von Leichtigkeit im Raum nieder.

Daraufhin hat er mit ernster Miene seiner Frau gut zugeredet: „Ich hoffe inständig, dass dein Bruder ein Einsehen hat. Ich denke schon, dass das so ist. Er wirkt auf mich ziemlich erledigt, er hat bestimmt viel durchgemacht, er sieht aus, als hätte man ihm allen Glauben an Gott und den Führer geraubt, Letzteres kann man nur hoffen und ihm wünschen. Der Großvater wäre sonst bestimmt nicht so nett zu ihm gewesen. Du erinnerst dich doch noch, wie sehr der Josef versucht hat, Otto von dem Ganzen abzubringen, bis er ihn einfach abgeschrieben hat. Der hätte ihn vorhin bestimmt nicht so ohne Weiteres in sein Haus gelassen zum Guten-Tag-Sagen. Der Josef hat schließlich den Jakob im Haus. Der Krieg hat Spuren hinterlassen und manchem Erleuchtung gebracht, glaub mir. Bis später, Liebchen."

Dann ist er hoch zu Emma zum Lernen und zum Miteinanderreden.

Frieda nimmt extra die Schürze ab, rückt ein bisschen am Kragen ihres dunkelblauen Leinenkleids herum, es wird ernst. Sie setzt sich mit Absicht neben Otto, ihren Sohn. Er soll spüren, dass er nicht im Stich gelassen wird. Er soll auch einen Beistand haben, nicht nur Jakob.

Amalie ist nervös, Arnold ist noch nicht eingetroffen. „Wir warten noch fünf Minuten, dann fangen wir an. Und es kommt noch jemand", kündigt sie an. Amalie will die Anspannung lösen: „Wer nicht kommt zur rechten Zeit, der muss warten in Ewigkeit." Keiner lacht. Keiner spricht. Konzentration auf das Kommende, keiner hat jetzt einen Sinn für loses Geplauder.

Schließlich wird die Küchentür zaghaft geöffnet, es ist nicht Arnold, es ist Marie, sie begrüßt die Wartenden am Tisch, sagt: „Ich weiß ja nicht, was ihr bereits besprochen habt, aber weil ich sozusagen dazugehöre, dachte ich, ich könnte vielleicht was beitragen, Arnold hat gesagt, er fände es nicht schlecht." Frieda bietet ihr Tee an, für die Anwesenden trägt sie mit beiden Händen die Riesenkanne mit Pfefferminztee zum Tisch und stellt sie in die Mitte, sie holt Porzellantassen, ein Glas Honig zum Süßen. „Bedient euch bitte selbst, die Kanne ist mir zum Einschenken zu schwer."

Von draußen sind nun Männerstimmen zu hören. Otto fühlt sich augenblicklich völlig verkrampft, es läuft ihm kalt über den Rücken herunter, er hat Angst, er, vor dem sich noch vor nicht allzu langer Zeit andere Menschen zu Tode gefürchtet haben. Die eine Stimme kann er Arnold zuordnen, die andere ist ihm unbekannt. Was für ein Tribunal ertwartet ihn hier? Er fühlt sich richtig schwach, hoffentlich fällt er nicht wieder um. Er erkennt auch an der Art, wie Arnold bestimmte Wörter ausspricht, seinen Bruder. Wen bringt er da mit?

Arnold ist ein kluger junger Mann, er glaubt fest daran, dass er weiß, wie Versöhnung geht, er muss an seinen Vater denken, der einmal einen Satz gesagt hat, den Arnold nie vergessen hat: „Wer verzeihen kann, der hat gleich zweimal gesiegt, der hat nicht nur Frieden, er hat auch einen Freund gewonnen." Arnold öffnet von außen die Tür einen Spalt und hält eine grüne Glasflasche mit ausgestrecktem Arm in den Raum. Die anderen verstehen nicht gleich, Amalie erkennt als Erste das handgemalte Bildchen auf der Flasche, das Etikett. Die Flasche ist mit Riesling gefüllt. Aus „Gottes Weinkeller".

Arnold tritt nun ein, hinter ihm folgt ein schüchterner junger Mann. Auch er hat schwarzes, gewelltes Haar. Wie Otto.

Nachdem er den Wein neben Friedas Teekanne abgestellt hat, macht Arnold nicht viel Federlesens, sondern geht direkt auf seinen so viele Jahre älteren Bruder zu, der gleich unsicher-freundlich lächelnd aufgestanden ist, er schüttelt ihm erst betont entschieden die Hand, um ihn noch schnell in eine Männerumarmung zu befördern, eine kurze zwar, aber mit Auf-die-Schulter-Klopfen. Otto wird es sofort leichter ums Herz, ein bisschen jedenfalls.

Alle im Raum können das Entweichen der Anspannung förmlich fühlen. Die Wellen schweben unsichtbar aus dem Fenster. Unhörbar und unsichtbar ist das kollektive Aufatmen.

„Noch einmal willkommen zu Hause, Otto. Du hast es überlebt. Ich hab schon gehört, wie sie dich behandelt haben und wie du's hergeschafft hast."

Arnold hat einen guten Einstieg hingelegt, er hat ohne viele Wort klargemacht, dass in diesem Haus niemand so schnell aufgegeben wird, auch Otto nicht. Er ist auf seinen Bruder zugegangen, freundlich, verständig, zugewandt. „Weil das die ,besondere Gelegenheit' ist, von der unser Vater immer gesprochen hat, habe ich uns was mitgebracht aus seinem Weinkeller. Ausnahmsweise. Der liebe Gott wird ein Einsehen haben und uns vergeben. Lasst uns den Gottestrank zusammen in Erinnerung an den Mann trinken, den wir bis heute vermissen und der uns den Wein geschenkt hat. Aber jetzt sollten wir zuerst reden und Klarheit und Licht in das Dunkel zurückbringen."

Daraufhin schiebt Arnold seinen Geliebten nach vorn. Er zieht Jakob vor sich selbst wie einen Schulknaben, der ein Gedicht aufsagen soll. „Otto, das ist unser Adoptivvetter. Er heißt neuerdings so wie wir mit Nachnamen, zumindest offiziell. Setzen wir uns wieder, dann erzählen wir dir, wie es dazu kam."

*

Otto sagte höflich guten Tag zu dem fremden Mann. Wie aufs Stichwort stand Marie auf: „Lieber Otto, es ist schön, dass du wieder bei uns bist, wenngleich nicht ohne sichtbare Blessuren. Katrin und deine Töchter sind jetzt nicht hier dabei, aber sie wissen Bescheid, dass du heute vielleicht ein bisschen später heimkommst, weil wir etwas zu besprechen haben. Wir haben lange darüber geredet, wie wir mit dem, was du heute von uns erfahren wirst, umgehen sollen, denn es ist nicht ohne Gefahr für uns alle. Katrin und die Mädchen sind ja auch dabei, das weißt du vielleicht schon. Deine Maria hat uns erzählt, dass du auf den Nationalsozialismus und seine Anführer nicht mehr so gut zu sprechen bist, und das nicht nur weil sie dich in den Krieg geschickt haben, sondern weil sie dich und die anderen Männer ausgenutzt haben für ihren Irrsinn und euch haben fallen lassen, als ihr gemerkt habt, dass sie in Wiklichkeit eine bösartige Mörderbande sind, die der Welt ihren Willen aufzwingen will. Gott sei Dank sind hier keine Mikrofone, wenn das jetzt einer gehört hätte. Dann wären wir alle dran."

Frieda schüttelt den Kopf: „Ach Marie, was redste denn, wer soll von mir und meinen Leuten denn was abhören wollen, wir haben's doch immer nur vom Kochen, vom Essen, vom Helfen und so Frauenkram. Sind wir doch froh, dass der Bub wieder bei Frau und Kindern ist."

Arnold spricht jetzt seinen Bruder direkt an: „Also gut, damit wir bald anstoßen können. Mit dem, was Maria uns erzählt hat, haben wir zusammen, wir alle hier und die drüben bei euch, entschieden, dir – wie deiner Katrin sowieso – zu vertrauen. Weil wir alle nur heil davonkommen, wenn jeder genau weiß, was er zu tun hat und wie er sich verhalten muss. Bitte hab Verständnis dafür, dass wir nicht gleich rausgerückt sind mit der Sprache, schließlich waren du und der Erich Müller nicht nur beste Freunde, sondern regelrecht fanatische Anhänger vom Hitler, da konnte man sagen, was man wollte. Soweit ich verstanden habe, bist du das jetzt nicht mehr. Und damit du weißt, warum und wie du dich verhalten sollst, wollen wir dir jetzt alles genau erklären. Eins vornweg, es hat niemand von uns ein Verbrechen begangen. Sachlich wollen wir bleiben, die Tatsachen schildern, einfach, worum es geht, damit du entsprechend handeln kannst beziehungsweise den Mund hältst, wenn es die Verhältnisse erfordern. Das kann man nur dann, wenn man sich genau auskennt: wer der Feind ist oder sein könnte, warum man etwas tun oder unterlassen muss, manchmal auch, wann man lügen, wann die Wahrheit sagen muss. Und noch was sollst du wissen: Du musst in Zukunft vorsichtig sein mit dem, was du sagst und zu wem, der Erich ist dein Freund, sei bitte auch bei ihm achtsam."

Arnold hatte nach einer Pause, in der alle Anwesenden vor sich hin schauten und nicht recht wussten, wie es nun weitergehen sollte, noch einmal das Wort ergriffen. Otto blickte voller Bewunderung und mit einer Mischung aus Ängstlichkeit und unausgesprochenem und undefinierbarem Schuldgefühl, mit Hoffnung auf seinen „kleinen" Bruder, ein richtiger Mann war er geworden, viel mutiger als Otto selbst. Trotzdem gelang es Otto, aufmerksam Arnolds Ausführungen zuzuhören.

Sehr emotional hatte Arnold nach seiner Ansprache seinem verwirrten Bruder die erste Begegnung mit Jakob geschildert. Wie der zerzauste, blasse, magere Mann vor seiner Werkstatt gestanden und nach einem Stück Brot, vielleicht Arbeit, gefragt hatte. Wie Arnold Mitleid empfunden hatte, ihn reingelassen hatte, wie der Großvater das Dachzimmer für Jakob frei gemacht hatte, dass er dort Unterschlupf gefunden hatte. Dass Jakob nach dem großen Verlust, den er erlebt hat – sein Zuhause zerstört, Eltern und Geschwister in alle Winde zerstreut –, komplett mittellos gewesen war, nur das besessen hatte, was er bei sich tragen konnte. Wie Malchen und Frieda ab da immer eine Portion mehr gekocht hatten, die unauffällig ihren Weg in den letzten Stock des Nachbarhauses gefunden hatte, wie der junge Mann nach ein paar Tagen einen neuen Namen bekommen hatte und allmählich auch auf der Straße aus der Unsichtbarkeit heraustreten konnte. Niemand hatte glücklicherweise genauer nachgefragt, woher plötzlich der fast taube, angeblich aus dem Thüringischen stammende Verwandte der Reinelts gekommen war und was ihm zugestoßen war.

Den Reinelts glaubten die Nachbarn immer alles, was sie erzählten, daran waren die Leute gewöhnt, die Reinelts waren ehrliche Menschen, hatten nie Anlass zu Zweifeln gegeben.

Dass er und Jakob Liebende waren, das behielt Arnold für sich, auch dass Marie einen anderen Mann liebte und sie nur noch für das lebensnotwendige Lügenspiel an der Verlobung festhielten.

Otto hatte stumm zugehört. Selten hob er den Blick und schaute verunsichert und nachdenklich zu seiner Mutter, die es nicht lassen konnte, ihm ermutigend die Hand zu streicheln. Einmal hatte sie Arnold kurz unterbrochen, und zu ihrem „großen" Sohn gesagt: „Weißt du, das hat ja erst mal keiner wissen dürfen, dass wir den Jakob hier haben." Zu der Frage, warum das keiner wissen durfte, war Otto nicht mehr gekommen. Arnold hatte weiter berichtet:

„Später, Mama, lass mich erst fertig erzählen. Jakob ist zwar hier angekommen, die Leute haben ihn akzeptiert, aber nur weil sie uns, das heißt unserer Familie vertrauen. Ich muss dich nun um ein Versprechen bitten. Du darfst wirklich niemandem erzählen, was ich dir gerade offenbart habe. Willst du das tun und unser ‚Werk‘ mittragen? Es könnte auch dir schaden, je nachdem, was du vorhast."

Otto lag die ganze Zeit eine Frage auf der Zunge: Warum durfte niemand wissen, wer Jakob wirklich war, woher er wirklich kam. Was war los mit dem Mann?

Da gab es viele Möglichkeiten: Jakob könnte ein Deserteur sein, ein Fahnenflüchtiger, ihm würde mit Gewissheit die Todesstrafe drohen. Ein Kommunist war er möglicherweise, die sahen meistens ziemlich gut aus, das liefe dann auf denselben Tod hinaus, oder hatte er einen Verrat auf seine Seele geladen? Jemanden denunziert, Juden vielleicht? Aber wer sollte ihn dafür bestrafen wollen in diesem Deutschland?

Beim Stichwort Jude kam ihm ein Gedanke. Der junge hübsche Mann, der in Ottos Augen etwas Sanftes und Geduldiges, aber auch viel Waches und Lebenshungriges hatte, war womöglich selbst Jude? Otto hatte gleich gemerkt, dass es eine zufällige Gemeinsamkeit mit ihm gab: Sie hatten beide fast schwarzes lockiges Haar, sie machten sich gut als Verwandte. Der Mann vom Malchen war ja auch nicht blutsverwandt und hatte so einen Lockenkopf. Otto konnte im Moment des Erkennens die Schuld loslassen. Eine übertriebene Euphorie überkam ihn. Erleichterung und, ja wirklich, Hoffnung. Er würde seine Schuld abtragen dürfen. Wer einen Menschen rettet, rettet die ganze Welt. Er, Otto, der Nazi, würde etwas tun, um einem Juden das Leben zu retten.

Maria hatte den Namen des Mannes erwähnt, ihn wollte Otto bewahren, beschützen, verstecken, ihm ein Leben schenken, das wäre der Ausgleich, den seine Tochter ihm als Buße auferlegt hatte.

Otto muss in diesem Moment auch an das Erlebnis denken, das sein gesamtes Weltbild mit schwarzer Farbe übermalt hatte.

Einmal hatte er in Polen das KZ betreten. In Begleitung seines Vorgesetzten, auf Inspektion hatte es geheißen, Otto sollte einmal einen Blick werfen auf die „elenden Juden", hatte der Oberst gesagt. Was Otto gesehen hatte, waren alles normale frühere Mitbürger.

Die gestreifte Lagerkleidung an den ausgemergelten Hungergestalten, die verloren schauenden Augen in ihren tiefen Höhlen, die Schädel kahl rasiert. Beim besten Willen hatte der zu diesem Zeitpunkt noch vom hehren Ziel des Führers Überzeugte diese armen Menschen nicht hassen und verachten können. Jeden Einzelnen hatte Otto angesehen, als würde er um Verzeihung bitten. Er hatte Haltung bewahrt, solange es ging. Otto hatte heftig darum kämpfen müssen, nicht ohnmächtig zu werden, der Kommandant hätte ihn gleich dabehalten. Judenfreund hätte der ihn geschimpft und Jammerlappen, reißen Sie sich zusammen, Herrgott noch mal!

Als sie auf den Ausgang zugegangen waren, hatte sein Vorgesetzter dem Lagerkommandanten auf die Schulter geklopft: „Alle Achtung, mein Lieber, es gibt nichts zu beanstanden." Otto hatte es nicht mehr ausgehalten, die Beherrschung verloren. Er kotzte sich vor aller Augen die Seele aus dem Leib, es war nicht aufzuhalten.

Der Kommandant hatte nur gelacht: „Ja, ja, die sind wirklich zum Kotzen, diese Juden, diese Schmarotzer."

Otto lässt nichts von dem heraus, was ihm durch den Kopf gegangen ist. Stattdessen sagt er: „Du kannst dich auf mich verlassen, Bruder. Ich bin auf deiner oder besser auf eurer Seite. Ich schwöre es, ich bin dabei. Die Nazis, das ist endgültig vorbei für mich, ich hab nicht nur den Krieg erlebt, auch das andere hab ich gesehen, es war unmenschlich, es war des Menschen nicht würdig."

Und dann erzählt er doch noch von dem augenöffnenden Erlebnis, die Erinnerung daran, das Aussprechen des Unsäglichen, lässt ihn den Blick senken. Sie sollen seine Tränen, seine Schande nicht sehen.

Jakob kommt jetzt aus der Deckung, spürt, dass der Neue es ernst meint, er streckt Otto die Hand zum Gruß hin. „Ich heiße Jakob. Ich danke dir, ich bin froh, dass ihr, du und Arnold, euch nicht entzweit meinetwegen. Und ich will auch nicht vor dir verbergen, weshalb wir alle so gefährdet sind: Es ist meinetwegen. Wahrscheinlich bist du schon selber drauf gekommen: Ich bin Jude. Hältst du auch das noch aus? Ich bin glücklich, dass ich bei euch bleiben darf, und hoffe auf den Tag, an dem ich euch etwas zurückgeben kann."

Otto ergreift die Hand, die Jakob ihm entgegenhält, schniefend sagt er: „Glaub mir, lieber Jakob, was mich betrifft, hast du das bereits getan. Und ja, das will ich nicht nur aushalten, es soll mir Ansporn sein. Ich will da sein, wenn du mich brauchst. Ich danke dir für dein Vertrauen und für dein Geschenk: So darf ich Buße tun, wenigstens ein klein wenig, die Schuld unseres Heimatlandes werden spätere Generationen ausgleichen müssen, wenn es überhaupt noch möglich ist."

26

Wie das Leben so ist

An diesem denkwürdigen Abend hatte sich die ganze Familie in Friedas Küche zusammengesetzt und so etwas wie eine kleine Feier zustande gebracht. Weil nun auch Heinrich und Emma, Katrin und die Schwestern Maria – die überglücklich und befreit ihren Vater umarmt hatte – und Sophie dazugekommen waren, gab es für jeden nur ein, zwei Schluck vom Ewigen Wein, aber alle tranken nach dem Anstoßen davon, als sei es ein wahrer Göttertrunk, sie erhoben die Gläschen, als enthielten sie geweihtes Wasser, prosteten einander zu, gedachten Friedas verstorbenen Ehemanns, der diese liebenswerte, ehrfürchtige und ein bisschen verrückte Idee mit dem Weinberg Gottes gehabt hatte. Frieda freute sich darüber: „Der Minkus hat immer genau gewusst, was er tat", sagte sie. „Er wäre furchtbar stolz auf euch, auf uns alle. Auch auf dich, Emma, ganz bestimmt. Ich bin's auch, ihr seid einfach großartige Leute, jetzt muss ich gleich heulen, ich hol mal Brot und Butter aus der Kammer, stellt schon mal die Teller auf den Tisch, ein bisschen Wurst ist noch da und Eier, da machen wir Rührei draus, für unser Fest." „Ja, Mutter", sagte Otto, nahm Frieda in den Arm und drückte seine Mama ganz fest.

*

Ottos Verwundung, die ihn drei Finger gekostet hatte und ihn noch lange das Bein hinterherziehen ließ, erwies sich als wahrer Segen. Nicht nur für ihn selbst, sondern auch für den Rest der Familie: Keiner musste sich rechtfertigen, was der Mann in Orb zu suchen hatte, wo es doch hart auf hart kam mit dem Krieg, der Heimaturlaub nach der Verwundung war doch längst vorbei.

Jetzt fehlte nur noch, dass Emmas Bruder, ihr Vorbild und einstiger Spielgefährte, wieder heil aus dem Krieg kam, hoffentlich hatten sie ihn in Frankreich noch nicht gefangen, die letzte Kriegspost von Heinz war ein paar Wochen her, da war er in der Nähe von Straßburg gewesen, das war nah am Rhein, hatte er geschrieben. Und dass er nicht besonders gut schlafen könne, dass aber noch alles an ihm dran sei, dass ihm eine blonde Mademoiselle Florine ein wenig half, Heimweh und Angst zu unterdrücken, und dass er jeden Tag bete, damit der Krieg bald vorbei sei.

Obwohl die Bewohner Bad Orbs nur wenig von den vielen verhungernden oder an Tuberkulose sterbenden überwiegend russischen Kriegsgefangenen auf der Wegscheide mitbekamen, machten sich die Folgen des Krieges auch in der bislang weitgehend verschonten Stadt mehr und mehr bemerkbar. Es kamen viele unbekannte Menschen in Zügen angefahren und mussten untergebracht werden: Um sie in Sicherheit zu bringen, hatte die Kinderlandverschickung Hunderte von Kindern aus den zerbombten Städten aufs Land gebracht, wo sie auch in Bad Orb in extra errichteten Baracken untergebracht wurden, der Schulunterricht ging teilweise in passenden Räumen weiter. Zwangsarbeiter aus dem Osten sah man auf den Straßen und die vier Lazarette schafften es kaum, all die vielen verwundeten Soldaten zu versorgen, obwohl die Ärzte, Schwestern, Verpflichteten und Freiwilligen um das Leben jedes Einzelnen von ihnen kämpften. Es wurden immer mehr, je näher die Armee aus dem Osten kam.

Viele Bad Orber litten unter dem Mangel an Lebensmitteln, besonders wenn sie weder Landwirtschaft mit Hühnern und Vieh noch Gemüseanbau betrieben. Es gab zwar die Lebensmittelmarken, aber man bekam nicht viel dafür: pro Woche pro Erwachsenem drei Pfund Brot, ein Viertelpfund Fleisch, 125 Gramm Fett.

Frieda und ihre Angehörigen hatten genug zu essen dank des Gemüsegartens, in dem die Hühner mit Salatblättern, Eierschalen, Sonnenblumenkernen prächtig gediehen und tapfer Eier legten. Selten kam eine Henne ums Leben, lebendig brachte sie mehr Ertrag.

Herr Müller hatte es Katrin und Frieda nachgemacht, inzwischen hatte sich sein neu angeschaffter Hahn mit dem inzwischen ausgewachsenen Hühnerküken-Nachwuchs Friedas angefreundet,

Eier hatte er genug und das Mehl … irgendwas aus seinem Fundus aus Büchern, Tischdecken von der verstorbenen Oma, Zweit-Volksempfänger, Tassen – was brauchte er zwölf Tassen-Untertassen-Kaffeeteller – konnten die zwei Getreidebauern aus der Gegend immer gebrauchen. Von seinen Schaumtörtchen und Kuchen bekamen sie auch was ab.

Erich Müller und Otto hatten den Kontakt wieder in vollem Umfang aufgenommen. Sie trafen sich auf ein Glas Wasser, einen Muckefuck oder auf einen Plausch ganz ohne Getränk. Sie spielten Karten, dazu ein Schnapsgläschen voll Selbstgebranntem. Sie waren noch immer gute Freunde, Otto vertraute seinem Kumpel vieles an von dem, was er an der Front gesehen hatte, auch die Erlebnisse, die ihn zutiefst verstört hatten, die Gewalttaten, die er hatte mitansehen müssen, auch die Geschichte aus dem KZ.

Aber er behielt es lieber vorerst für sich, dass er kein Nazi mehr war und dass er im Gegenteil sogar im Verborgenen gegen sie kämpfte.

Auch Erich hatte ein Geheimnis, eines, das er nicht mal gegenüber dem besten Freund preisgeben wollte. Das mit dem Vertrauen, das war so eine Sache in diesen Tagen.

Arnold hielt seine Werkstatt nur der Form halber immer noch geöffnet. Es gab für ihn inzwischen gar keine Aufträge mehr, woher sollten die Leute jetzt auch das Geld nehmen für neue Möbel, für einen neuen Dachstuhl, eine kaputte Tür. Er ging gelegentlich zu den nahen und auch zu den etwas weiter entfernten Nachbarn und Bekannten, wenn einer von ihnen anfragte, ob vielleicht Ausbessern oder Reparieren noch möglich sei und ob er einverstanden wäre, dass sie die Schulden erst dann abbezahlten, wenn wieder mehr Geld ins Haus käme. Er rückte dann an mit den Dübeln, den Schrauben und Nägeln, die ihm geblieben waren, sägte manchmal Nut-und-Feder-Verbindungen für eine alte Schublade neu aus, tauschte, falls vorhanden, ein altes Scharnier gegen ein neues beziehungsweise gut erhaltenes gebrauchtes aus.

Amalies Mann hatte vor ein paar Tagen noch in Frankfurt schriftlich bei der Oberpostdirektion angefragt, ob er seinen Dienst beim Fernmeldeamt eventuell auf dem neuen Postamt in der Nähe des Bahnhofs ausüben könne statt in Frankfurt, da seine Familie in Bad Orb, seinem Heimatort und dem seiner Frau, sicherer sei. Die Antwort kam per Telegramm: Die Familie dürfe dort bleiben, doch Heinrich müsse zurück. Amalie brachte es nicht übers Herz, ihren Mann allein in die kaputtgebombte Stadt zurückfahren zu lassen.

Er wollte es nicht zulassen, dass seine Frau sich ihm zuliebe in solche Gefahr brachte, er wusste doch, wie sehr sie allein schon unter den Sirenen gelitten hatte. Amalie funkelte den Gemahl mit ihren blauen Augen entschieden an: „Kommt nicht infrage. Nachher sitzt du wieder allein im Keller. Das lass ich nicht zu." Dann sagte sie ein bisschen versöhnlicher: „Also gut, ich gebe ein wenig nach. Wir lassen Emma bei meiner Mutter. Ich komm erst mal für ein paar Tage mit, dann sehen wir weiter, vielleicht ist es ja inzwischen vorbei mit dem Bombardieren. Hoffentlich steht unser Haus." Sie einigten sich darauf.

Heinrich war telefonieren gegangen. Er hatte die Nummer vom Kress erreicht, dem er vor ein paar Jahren als Erstem im Haus einen Fernsprecher eingebaut hatte, dessen Frau, das Käthchen, war drangegangen. Das Haus sei immer noch das einzige, das in der Schloßborner Straße an seinem Platz stand und weitgehend unbeschädigt war, die Erschütterung durch Einschläge hatte in einer Wohnung den Putz von der Wand rieseln lassen.

„Die Amis hätten aber wirklich besser zielen müssen, wenn sie ausgerechnet unseres hätten treffen wollen, da hätte die Bombe ein Zielfernrohr gebraucht." Käthchen ließ sich nicht so leicht einschüchtern. Ihnen allen ginge es so weit gut, es wären halt das Essen und auch andere Sachen knapp und man müsse sich einschränken.

Die Frau hatte nichts ahnend Heinrich ein weiteres Argument für seine einsame Rückkehr geliefert: Es gibt nicht viel zu kaufen in der Stadt. „Hör mal, Liebchen, Käthchen hat am Telefon gesagt, dass kaum Sachen zum Kaufen zu haben sind. Die Marken werden knapp, aber auch mit ist es nicht sicher, dass man genug Lebensmittel dafür kriegt. Willst du nicht doch lieber hier bei den Hühnern und dem Gemüse bleiben? Das wär doch vernünftig, ich komm schon zurecht."

Amalie hatte die besseren Argumente: „Und wer soll sich bitte um das Gemüse in unserem Schrebergarten kümmern, die Kartoffeln sind bald so weit. Und wenn der Heinz überraschend heimkommt, ob der seine Schlüssel nicht längst verloren hat, dann steht er blöd vor der Tür."

Als sich die beiden auf den Weg machten, zurück in die große Stadt, um die sie Arnold früher oft beneidet und die er sich als ein Paradies der Freiheit vorgestellt hatte, wurden sie begleitet von einem großen Gefolge. Auf dem Bahnsteig des kleinen Bahnhofs umarmte Frieda Tochter und Schwiegersohn zum Abschied, verdrückte die Tränen und die Angst um ihre Lieben, immer war die Sorge gegenwärtig, ob man sich noch mal wiedersah. Arnold zog seine mutige Schwester an die breite Brust, klopfte dem Schwager freundlich auf die Schulter. „Macht's gut und kommt bald zurück." Otto ließ sich hinreißen und umarmte Heinrich genauso wie Amalie, dann großes Händeschütteln mit den anderen. Alle waren mitgekommen, Marie wurde von den beiden Frankfurtern geherzt und gedrückt, Maria, Sophie, Katrin und Jakob. Der ließ es sich nicht nehmen, mit Amalie noch einmal zu schäkern. „Du wirst immer schöner, Amélie, danke für alles, bleibt gesund, schreibt oder ruft an. Merci et au revoir." Und dann gibt er ihr einen kleinen Kuss auf die Wange. „So verabschiedet man sich in Frankreich von schönen Frauen", lacht er, als Heinrich irritiert guckt.

Nur der Großvater war nicht dabei, er hatte durch Katrin liebste Grüße bestellen lassen, sie hätten sich ja schon ausgiebig am Abend zuvor verabschiedet. Das schaffe er nicht, so weit zu gehen.

Das Leben ging karg, aber Gott sei Dank einigermaßen ereignislos seinen Gang, die Orber hatten sich eingerichtet im Helfen bei den Transporten mit den verwundeten Soldaten, sie kümmerten sich um die verstörten Männer und um ihre Tomaten, die ersten

Kohlköpfe, die Hühner und die Kaninchen in den Käfigen, die die meisten doch zu niedlich fanden, um sie zu essen. Nur in der größten Not, hieß es immer. Es wurde viel getauscht untereinander, mal wechselte ein übriges Stück Stoff die Besitzerin für etwas Selbstgenähtes zum Anziehen gegen ein Dutzend Eier vom eigenen Hühnerhof, mal zwei Stunden Hilfe bei Gartenarbeit, Apfelernte gegen eine Flasche selbst gemachten Saft.

Frieda ließ manche Tradition aus ihrer Kindheit wieder aufleben, schickte die Enkelkinder in die Wälder zum Bucheckern- und Pilzesammeln. Die kleinen nussartig aussehenden Früchte der Buchen brachten sie, wenn genug beisammen war, in die Ölmühle und hatten dann wieder ein etwas bitteres Öl, aber besser als nichts. Die Pilze wurden entweder gleich gegessen oder getrocknet, aber erst nachdem der kundige Großvater alle genau betrachtet hatte. Frieda verstand sich inzwischen darauf, aus den Wurzeln der auf den Wiesen in Massen wuchernden Gemeinen Wegwarte durch Trocknen und Rösten einen annehmbaren Zichorien-Ersatzkaffee herzustellen, den sie mitunter auch zum Tauschen verwendete. Sie schickte „ihre Buben" oft los, um für Nachschub der so hübsch blau blühenden Pflanzen zu sorgen, Jakob war einer von ihnen. Bei einem dieser Märsche über die Wiesen und Felder in der Umgebung waren sie eines Tages auch den Hang hinaufgelaufen, den mit der Apfelwiese. Die sich selbst überlassenen Bäume und Reben boten ein eher trauriges Bild.

Arnold und Jakob waren diesmal ohne Otto auf „Nahrungssuche", wie Arnold derlei Unternehmungen immer nannte. Oben angekommen, setzten sie sich trotz der leicht kühlen Brise auf die Wiese und machten Pause. „Der Herbst ist nicht mehr weit, spürst du das?" Arnold fröstelte. „Aber es kann noch mal ganz schön heiß werden, der Hochsommer ist aber vorbei, glaub ich." Jakob lehnte sich an seinen Freund, legte den Kopf auf dessen Schulter. „Dann muss ich dich ein bisschen wärmen, ich hab genug Hitze im Leib, das reicht für uns zwei." Sie saßen nur einfach da und hielten einander im Arm und schauten über die unschuldige Landschaft, unberührt von Verwüstung und Tod.

Es ist still, die Vögel haben aufgehört mit den Balzgesängen, die Kleinen sind längst flügge. Die Sonne steht ein wenig tiefer, es würde früher dunkel werden als noch vor zwei Wochen. Der leise rauschende sanfte Wind trägt erste Kühle mit sich, die Stille, das gleichmäßige Säuseln des Spätsommerwindes, die Einsamkeit auf diesem Hügel, die von hier aus nicht sichtbare Stadt mit ihren Menschen, allein zu zweit, die Einzigen weit und breit sind sie.

Es ist ein Gefühl zwischen Geborgenheit und maßloser Verlorenheit, das Jakob erfüllt, jetzt legt er die Arme um den Geliebten, um sich selbst festzuhalten an ihm.

Die Bilder aus dem Lager auf der anderen Seite vom Apfelhügel haben sich eingebrannt in seine Seele, oft tauchen sie aus der Tiefe auf, ohne Vorwarnung, ohne konkreten Anlass. Besonders wenn er an Ottos Bericht über sein Erweckungserlebnis denkt. So wie jetzt gerade. Seine Mutter, der Vater, die Sehnsucht nach ihnen überwältigt ihn, die Gesichter der Geschwister sind weg, er hat sie verloren, er kann nichts dagegen machen, die nackte Angst lässt sich nicht mit dem Verstand bekämpfen. Dabei ist sie im Moment ganz abstrakt. Hier ist es friedlich. Er weiß nicht, warum gerade jetzt das Dunkel nach ihm greift, nicht, was er sagen soll, als Arnold seine Unruhe bemerkt und ihn trösten will: „Du musst dich doch hier nicht fürchten, hier sind keine Nazis." Arnold streichelt Jakob wie eine Mutter ihr Kind, flüstert beruhigende Worte, spricht von Mut, den sie beide doch bisher bewiesen haben, dass sie es schaffen werden, nur nicht verzweifeln, nur nie den Glauben verlieren. „Ver-zweifeln, hörst du, das kommt daher, dass man sich *ver*-zweifelt, so, wie wenn man sich *ver*-tut. Du darfst nicht daran zweifeln, dass wir da rauskommen. Ich bin bei dir, du hast doch noch mich und meine Mutter und meine Schwester und den Großvater, du bist nicht allein. Ich weiß, wir sind nur Ersatz, aber kein schlechter, wir meinen es gut mit dir." Jakob beruhigt sich allmählich. „Du bist doch kein Ersatz, du bist mein Liebster, sag das nie mehr." Sie halten sich fest, Jakob darf sich ausruhen an Arnolds Schulter.

Arnold hat die Augen geschlossen, er konzentriert sich auf das stumme Geschehen zwischen ihnen beiden, versucht, den eigenen Atem an den seines Freundes anzupassen. Jakob fühlt, wie Arnolds Wärme mit den gleichmäßigen ruhigen Atemzügen auf ihn übergeht, die kalte Hand lässt ihn los. Jakob sieht sich um, ohne dass Arnold etwas davon merkt.

Die Bäume haben, obwohl sie nicht besonders viel Beachtung gefunden hatten, selbstständig zumindest kleine Äpfelchen hervorgebracht, die einen guten Saft ergeben könnten. Die Reben sehen erbärmlich aus, aber sie stehen und tragen Blätter und vereinzelte kümmerliche Fruchtstände, die nicht reif sind. Es ist höchste Zeit: Die fruchttragenden Ranken müssen auf wenige Blätter hinter dem letzten Fruchtansatz abgeschnitten werden. Und die langen Geiztriebe in den Blattachseln müssen auch weg. Dann könnte es mit unverschämt viel Glück wieder was werden mit den Trauben.

Jakob behält seine Überlegungen für sich. Vorsichtig löst er sich aus Arnolds Umarmung. „Komm, lass uns mal einen von den Äpfeln probieren, womöglich schmecken sie trotz mangelnder Pflege." Von den tief hängenden Ästen pflücken sie die reifen kleinen Äpfel, tatsächlich hat der erste, in den Arnold beißt, eine angenehme Süße. Jakob trifft auf einen Wurm, spuckt aus, und lacht. „Süß war der auch, aber mit Fleisch drin." Sie haben nur einen Korb dabei, sie packen ihn voll mit den Äpfeln, an die sie ohne die Leiter rankommen. „Heute keine Zirkusnummer mehr auf wackeligen Leitern. Die, die da hinten an dem alten Baum stehen, sehen nicht gerade vertrauenerweckend aus, die sind noch vom Vater." Arnold hat genug für heute, schwingt sich den kleinen Kartoffelsack mit den blauen Blumen samt deren Wurzeln über die Schulter und drückt Jakob den Apfelkorb in die Hand. „Geteilte Last ist halbe Last. Geteiltes Leid ist doppeltes Leid. Seltsam, nicht?"

*

Marie half jetzt auch im Lazarett mit, dafür gab es das Mittagessen umsonst. Mitunter arbeitete sie mit Maria zusammen, die dort immer noch im Pflichtjahr war. Sie hatten auch ein bisschen Spaß miteinander, fühlten sich wie Schwägerinnen. Die

Soldaten, denen es besser ging, witzelten manchmal, dass sie sich so wohl fühlten in der „Marienklause". Und sie lächelten ausnahmslos, wenn Marie sich über einen von ihnen beugte, ihm beim Trinken oder Aufstehen half. Alle wollten vom Fräulein Marie versorgt werden oder von der jungen Maria. Die Ältere hatte innerlich trotzdem beschlossen, keine Krankenschwester zu werden.

Das Fräulein Marie traf sich heimlich mit ihrem Hannes, der die dunkle Brille noch immer trug, weil er lichtempfindlich geworden war, ein gutes Zeichen, befand er. Arnold hatte den beiden erlaubt, für die Zeiten der Zärtlichkeit den Weinkeller zu nutzen. „Mein Vater war ein Freund der Liebenden", hat er gesagt, als er Marie den Schlüssel überreichte. Sie tat ein bisschen genierlich, sie waren doch noch verlobt und sie „so rein". Arnold hatte die linke Augenbraue hochgezogen und gesagt: „Nun tu nicht so, ich hab dich schließlich auch nicht gefragt, vorher, meine ich."
Hannes hatte viel Geschick entwickelt, viele Wege gefunden, Marie aus ihren Kleidern zu holen, er hatte ihren Jungfrauenkörper ertastet, errochen, erobert. Er verstand es, ihn zu befreien, Marie fasste Vertrauen, ja, das war es, was sie sich ausgemalt hat, als sie erkannt hatte, dass sie es mit Arnold nie würde haben können. Dem hat sie das alles erzählt, er war ihr bester Freund. Er hatte nur geantwortet: „Ich weiß, Marie, das ist unglaublich schön, so geht's mir doch auch. Eines Tages werden wir uns mit denen zeigen können, die wir wirklich lieben, mit der Seele und dem Leib. Bis dahin müssen wir durchhalten und Verlobte bleiben. Abgesehen davon, ich lieb dich ja wirklich, aber eben ohne das Du-weißt-Schon."
Wenn Marie und Hannes sich liebten im Dunkel des alten Kuhstalls, erleuchtet von zwei, drei Kerzen und gewärmt von dicken Wolldecken auf heimlich des Nachts in Säcken hierher transportiertem Heu, da fühlten sie sich so wahnwitzig geborgen, als wäre draußen kein Krieg, keine Gestapo, nichts Böses. Und sie waren achtsam bei all der Leidenschaft, dem Küssen und Streicheln und Verzücktsein. Ein Kind würden sie später kriegen, jetzt war nicht die Zeit dafür.

*

Otto durchlebte eine gewaltige Lebensphase. Es schien, als würde er größer und größer, nachdem er in den ersten schweren, Angst machenden Tagen nach seiner Rückkehr ziemlich zurechtgestutzt dahergekommen war. Die Schatten der Kriegsbilder kamen im Schlaf, schreiend und zähneklappernd war er nachts aufgeschreckt, hatte die Katrin aus ihren Träumen gerissen, doch sie verzieh ihm das alles, war reines Verständnis. Die Katharsis, durch die er ging, ließ ihn wachsen. Zum ersten Mal in seinem Leben hatte er auf niemandes Einflüsterungen gehört, Otto hatte den Ehrgeiz, der Beste sein zu wollen, hinter sich geschmissen. Der Eifer, es den falschen Herren gleichzutun und ihre Anerkennung zu gewinnen, hatten ihn dazu verführt, nach Ehre und Ruhm zu greifen, alles Lug und Trug, Tod, Verderben.

Jetzt folgte Otto seiner inneren Stimme. Er tat das Richtige, er war bereit, den Juden zu verteidigen, zu verstecken, was auch immer nötig war, dafür würde er einstehen. Obwohl die unsichtbare, nichtsdestotrotz drohende Lebensgefahr jederzeit gegenwärtig war, fühlte sich Otto stark wie nie zuvor. Weil er seiner Verzweiflung Raum ließ, erkannte er, was richtig war. Lieber kotzen als lügen und morden und sich selbst abtöten, lieber sich selbst zu Tode fürchten als Angst und Schrecken verbreiten.

Otto erlebte zum ersten Mal, wie befreiend und seligmachend es war, Teil eines Ganzen zu sein, eines Ganzen, in dem die Einzelnen am selben Strang ziehen, zueinanderhalten, sich aufeinander verlassen können, einander beistehen, niemanden fallen lassen.

Er war sich zum ersten Mal bewusst, dass die von oben gelogen hatten, indem sie einem erzählten, bei den Soldaten seien das die höchsten Tugenden. Nun erkannte er den Unterschied: Dies hier war freiwillig, niemand zwang sie zu irgendwas, sie waren Gleichgesinnte, es ging um Menschen, um Freunde.

Obwohl, auch hier warf die Gefahr ihre Schatten. Dann fiel es ihm ein, als er noch mal genauer überlegte, was es wirklich war, das ihm die Hoffnung zurückgegeben hat. Es war die Solidarität unter der kleinen familiären Widerstandsgruppe, deren Mitglied Otto geworden war.

Sie arbeitet nicht für, sondern gegen den „Führer". Einen Führer brauchen sie nicht.

Katrin kam sich vor wie ein frisch verliebter Backfisch, zum ersten Mal, das musste sie sich heimlich eingestehen, nahm sie ihren Otto aufrichtig und ehrlich für voll. Sie hatte das Gespreize mit den Uniformen und den schwarzen, glänzenden Stiefeln, den Formeln und den Parolen eigentlich albern gefunden, wäre es doch nur nicht so gefährlich gewesen. Sie begegnete Otto viel freier als früher und sie ließ sich lustvoll von ihm lieben, er hatte einfach einen tollen Körper, den hatte er von seinem Vater. Der Minkus hatte wirklich was Piratenhaftes gehabt, schön und draufgängerisch hatte der ausgesehen. Kein Wunder, dass Frieda nach eigener Aussage total „narrisch auf ihn" gewesen war. Und jetzt der Otto, am liebsten hätte Katrin manchmal „Korsar" zu ihm gesagt, die Hände mit den fehlenden Fingern passten irgendwie zu ihm, und wenn er Katrin liebte, wusste Otto auch, was er mit den restlichen alles anstellen konnte.

Trotzdem dauerte es seine Zeit, bis Otto wenigstens ein bisschen herauswachsen konnte aus den Gräueln des Krieges, aus den Schrecken in den Schützengräben, dem Anblick ausgemergelter Gesichter. Sie zu vergessen, das wünschte er sich gar nicht. Sie aushalten, darum ging es Otto, damit ihn niemand mehr auf die falsche Seite ziehen kann.

Damit er zu Hause sein Lebtag lang geachtet, geliebt und gebraucht wird.

Herr Müller, Erich, beobachtete mit Freude, dass es seinem besten Freund von Tag zu Tag besser ging, obwohl er noch ordentlich humpelte. Er empfahl ihm kalte Umschläge gegen die Schwellung und sachte beginnende Kniebeugen.

Herr Müller unterhielt sich ab und zu mit Jakob, wenn er ihn zufällig auf der Straße traf, es war ihm manchmal mühsam, dass er dann so laut reden musste. Der Mann hörte so schlecht, wo er doch so ansehnlich war. So leicht würde der keine Frau finden, die ihr Leben mit ihm verbringen will, wer will sich schon immerzu schreiend unterhalten.

Obwohl? Erich Müller war sich nicht sicher, ob da nicht noch was anderes war. Etwas, das nur er sehen konnte.

Einmal war er im Quellenring ein paar Meter hinter Jakob gegangen. Er hatte ihn so laut wie möglich beim Namen gerufen. Jakob hatte sich sofort umgeschaut, wer ihn da rief. Herr Müller hatte nicht damit gerechnet, dass der junge Mann ihn gehört hätte.

Jakob hatte sich zu Tode erschrocken in dem Moment, in dem er sich spontan umgedreht und den unermüdlichen Beobachter gesehen hatte. Diesmal war ihm keine passende Ausrede eingefallen.

27

Apfel- und Weißwein

Jakob war seither dauernd zittrig gewesen und er hatte sich gern von Arnolds besänftigenden Worten beruhigen lassen: „Der Erich, so nett er ist, er ist nicht gerade der Schnellmerker, das hat der bestimmt nicht mitgekriegt", hatte sein Freund beschwichtigt. Als nichts weiter passierte, beruhigte sich Jakob wieder.

Und er hatte eine Idee, die ihn Gott sei Dank ablenkte und an deren Umsetzung in die Realität er baldmöglichst gehen wollte. Es sollte eine Überraschung werden, aber er brauchte einen verschwiegenen Helfer, einen, der kein Sterbenswörtchen über Jakobs Plan verlauten ließe. Niemand sonst durfte eingeweiht werden.

Nur einer noch: der Großvater. Jakob hatte in den Wochen, die er nun schon bei dem alten Mann unterm Dach wohnte, eine enge Verbindung zu Josef aufgebaut. Er hatte ihm so manches anvertraut aus seiner Kindheit, als die Familie Rosenberger ihre Kinder noch ganz normal zur Schule schicken konnte, als der Vater unbehelligt in der Bank arbeitete und gutes Geld verdiente, als die Jungen, Michael und Jakob selbst, auf die Gymnasiums- und Universitätslaufbahn und Katja, die Schwester, auf spätere Repräsentationspflichten eingeschworen wurden. Als sie noch klein war, hatte das Mädchen gefragt: „Krieg ich dann eine Krone, wenn ich reprissantiere?" Die Prinzessin war sie immer gewesen, alles hatte sich um das hübsche Kind gedreht. Wo sie jetzt wohl war? Jakob hatte Josef nicht beunruhigen wollen, aber es kam vor, dass er nicht hinterm Berg halten konnte, dann musste er seine Ängste, seine schwachen Momente, seine Hilf- und seine Hoffnungslosigkeit rauslassen, dann sprach er über seine Ratlosigkeit und die Trauer, darüber, dass er nicht mal wusste, wo er sie hätte suchen sollen, wenn er könnte. Er musste vor sich selbst zugeben, dass er manchmal den finsteren Gedanken nicht verscheuchen konnte: dass es leichter wäre, wenn er wüsste, dass sie tot wären. Dann wüsste er auch, dass sie es hinter sich hhätten, nicht mehr leiden müssten. Jedes Mal erschrak er, wenn ihn solche trostlosen Überlegungen streiften.

Der Großvater hat ihm immer zugehört. Er hat nie einen Versuch unternommen, Jakob zu trösten. Einmal nur hat er zu Jakob gesagt: „Es tut mir so unbeschreiblich leid. Und du tust mir auch ganz furchtbar leid. Ich wünschte so sehr, ich könnte etwas tun, etwas ändern, ich wünschte, deine Leute hätten das alles gut überstanden und wären heil nach Weiß-Gott-Wohin ausgewandert, wo sie zufrieden leben können. Ach Jakob, dann wären sie es, die dieselben Ängste um dich hätten. Weißt du, wenn ich versuchen würde, dich zu trösten, das käme mir wie Hohn vor. Ich kann dir nur mein Mitgefühl geben und dir so gut zur Seite sein, wie ich es kann.“

Jakob hatte verstanden, was der alte Mann meinte. Danach hatten die beiden eine Weile nicht mehr gesprochen und gewartet, bis es Zeit war, wieder mitzumachen beim Leben.

Jakob half dem Großvater bei den täglichen Verrichtungen. Er übernahm die „Essensausgabe“ mittags, wenn Sophie, neuerdings mal mit Katrin, mal mit Maria, das Mittagessen brachte. Die gespülten Töpfe trug er dann eigenhändig zurück ins Nachbarhaus. Jakob übernahm in Josefs Heim die Hausfrauenpflichten, putzte Küche und Bad, spülte Geschirr, fegte den Boden in der Diele und bürstete den Teppich im Wohnzimmer mit dem Schrubber, wischte den Staub von Kommode und Fensterbank. Sein eigenes Zimmer räumte er sorglich auf und hielt es sauber. Morgens und am Abend deckte er den Tisch für zwei, dann setzten sie sich zusammen und aßen und tranken. Und oft kamen sie ins Plaudern und vergaßen darüber die böse Welt. Jakob bedankte sich für die spannende Lektüre, warum Heinrich Manns Henri-quatre-Romane dem Goebbels nicht gefielen, hatte sich ihm gleich erschlossen. „Das zu lesen ist ein Akt des Widerstands“, hatte er großspurig zu Josef gesagt. Der lachte, stimmte ihm aber voll und ganz zu. „Ja, der war ein kluger, vernünftiger König, ein Haudegen und Weiberheld, ein Freidenker und ein weiser Mann zugleich, der nichts als Freiheit, vorerst vor allem Religionsfreiheit, und Frieden wollte und dass es den Leuten in seinem

Königreich Frankreich gut ging. Nicht so wie unsere Herren, die ihr dummes Volk verheizen." Wieder mal waren sich Jakob und Josef einig. Sie bildeten eine eingespielte Männerwirtschaft.

Der Großvater ist inzwischen in Jakobs Plan eingeweiht, jetzt überlegen der Ältere und sein junger Gast, wie sie das Vorhaben umsetzen, das sie besprochen haben, ohne dass Arnold was spitzkriegt.

Josef hat Jakob ganz genau erklärt, wie das geht, das Beschneiden der Reben. Zuerst mal alle störenden Triebe, die keine Fruchtansätze haben, wegschneiden. Wenn Trauben erkennbar sind, aber zu viel Blattwerk vorhanden ist, muss Jakob „entlauben", darf aber nicht alle Blätter entfernen, damit die Pflanzen keinen Sonnenbrand bekommen. Das soll er auch ab und zu wiederholen, so reifen die Trauben gleichmäßig. Jetzt sei es schon recht spät, hat Josef noch gemeint, aber einen Versuch sei es allemal wert, vielleicht wird es noch was, und wenn nicht, kann Jakob damit schon mal üben, dann halt erst fürs nächste Jahr. Und außerdem: Die gute Absicht wird ja manchmal belohnt. Die Frage der Bewässerung war noch nicht geklärt.

Jakob hat Arnold gefragt, ob er etwas dagegen hätte, wenn er sich um die Leitern auf der Schafswiese kümmern würde. Er hat behauptet, dass er die Standfestigkeit prüfen will, vorsichtshalber will er feste Seile, Werkzeug und stabile Nägel, Hammer und Zange mitnehmen, falls etwas zu reparieren ist, das würde er schon hinkriegen. „Du kannst mir doch sicher zeigen, wie ich einen Nagel ordentlich reinhaue, du bist doch mein Lieblingsschreiner. Du musst auch nicht mit auf den Hang." Dafür hat Jakob eine zärtliche Kopfnuss geerntet. Arnold wollte seinen Freund erst begleiten, um zu helfen, Jakob hatte abgewehrt, der Otto habe schon zugesagt, er wolle ihn unterstützen. Arnold hatte verdutzt geguckt: „Wie kommt das denn zustande?"

Jakob reagierte mit einer schnellen Ausflucht, die durchaus schlüssig war: „Weißt du, ich glaube, so wird das immer natürlicher zwischen uns, wenn wir was zusammen machen, so, als ob nie etwas gewesen wäre. Ehrlich gesagt, das fällt mir nicht gerade leicht. Obwohl es mich sehr berührt und auch überzeugt hat, als dein Bruder erzählte, wie es für ihn war bei dem Besuch im KZ." Es läuft Jakob eiskalt über den Rücken, als er daran denkt. „Aber irgendwo muss man ja mit dem Versöhnen beginnen, nicht wahr? Ist doch gut, oder? Das Einzige, was wir Juden werden lernen müssen, ist das Verzeihen. Nach allem, was immer noch passiert. Ich fürchte mich davor, dass wir das Vergeben nicht schaffen werden, aber nur dann gibt es für alle Deutschen eine Zukunft. Im Moment kann ich mir nicht vorstellen, dass überhaupt irgendeiner von uns im Deutschen Reich wird leben wollen, falls es hier irgendwann mal keine Nazis mehr gibt. Dabei war es ja auch unsere Heimat. Und ihr habt sie mir ein wenig wiedergegeben, und dein Bruder gehört da jetzt halt dazu."

Arnold war skeptisch, aber er packte das gewünschte Handwerkszeug in einen kleinen Rucksack, überreichte ihn seinem Freund mit großer Geste und erinnerte Jakob daran, den Korb mitzunehmen. Wenn er mithilfe der Leiter an die oberen Äpfel rankommt, kann er den doch sicher damit füllen.

„Und heut Abend, wie wär's, die Mutter ist nicht da, sie geht auf einen Geburtstag, da gibt's bestimmt Kartoffelsalat und Würstchen, hat sie gesagt. Eine Bekannte aus der Kirche, ich kenne sie nicht weiter. Wir wären eine Weile ungestört, da dürftest du auch mal mit in mein Bett, in dem kann ich sonst immer nur von dir träumen." Jakob zeigt sein freundlichstes und sein frechstes Lächeln. „Oh ja, lass uns heute Nacht dein Lotterbett teilen. Ich freu mich drauf, mein Schatz."

Jakob fühlte sich ganz beschwingt, als er den Weg zu Katrins Haus einschlug. Es war ein Tag des Gelingens, das spürte er genau. Nun nur noch eine kleine Hürde. In Wirklichkeit hatte er Otto nämlich noch nicht einmal gefragt, ob er mitmachen würde. Jakob kannte Katrins Mann längst nicht gut genug, um ihn richtig einzuschätzen. Er wünschte sich, dass sie beide Vertrauen zueinander fassen würden. Es wäre nebenbei auch noch das Vernünftigste, was sie füreinander tun konnten.

Es war glaubhaft gewesen, als Otto so vor ihm gestanden und Jakob seiner Unterstützung und Solidarität versichert hatte. Arnolds Bruder hatte danach noch, als sie zufällig einen Moment abseits von den anderen standen, die gerade das Festtagsweinglas erhoben hatten, mehr zu sich selbst flüsternd das Wort „Erlösung" ausgesprochen. Otto schien ein ehrlicher Mann zu sein. Einer, der sich verirrt hatte in den Gespinsten aus Großmannssucht, Heldengetöse und Vaterlandsstolz. Ein richtiger Mann war er erst jetzt, diesen Eindruck hatte Jakob gewonnen bei den wenigen Malen, an denen er bisher mit ihm allein geredet hatte. Otto sprach jedes Mal davon, dass er „innerlich" endlich frei sei, im Außen würde er insgeheim voller Sehnsucht auf die Befreier warten, die Deutschland besetzen werden. Das dürfe man natürlich nicht laut sagen. „Schlimmer kann es doch nicht mehr werden, oder? Die Besatzer werden uns doch nicht alle erschießen, was hätten sie denn davon?"

Jakob läutet, Sophie linst durch den Türspalt, öffnet die Tür mit einem freudigen „Onkel Jakob, komm rein!" und rennt ins Wohnzimmer, um Bescheid zu sagen, dass er da ist. Katrin ruft: „Komm rein!" Otto geht Jakob entgegen, geleitet ihn in die gute Stube, wo er vor nicht allzu langer Zeit vor dem Sofa gestanden hatte, Marias Widerstand und – es war ihm schier unerträglich gewesen – vor allem ihre Verachtung hatte hinnehmen müssen.

Jakob muss lachen angesichts der „Aufregung", die sein Besuch auslöst. Katrin wischt sich gerade noch die Hände am Sommerkleid, ab. „Nur Wasser, keine Sorge", sagt sie. „Viel kann ich dir nicht anbieten, aber wie wär's denn mit einem Kakao, mit Wasser und Milch gemischt, schmeckt gar nicht schlecht." Ein bisschen rote Wangen bekommt sie, wenn Jakob sie so anguckt, er ist ein Charmeur, ohne dass er selbst das merkt. Da dreht sie sich lieber um zur Küche, wartet die Antwort nicht ab und macht sich gleich ans Werk. Jakob kommt nicht dazu, sie aufzuhalten, er will doch nur …

„Setz dich doch, schön dich zu sehen, wie geht's?" Otto versucht, mit den kleinen Belanglosigkeiten, der Frage, die schnell beantwortet sein will, die Scheu zu überspielen, die sie beide einander trotz Ottos Bekenntnissen und der Bitte um Vergebung entgegenbringen.

„Mir geht es gut und euch auch, wie ich sehe. Macht euch jetzt nicht verrückt mit Kakao und so. Ich wollt dich nur was fragen", sagt Jakob. Sie setzen sich beide aufs Sofa. Otto stopft sich ein Kissen unter das auf dem Stuhl abgelegte Bein.

„Was macht deine Verletzung, geht es denn besser?" Otto hebt den Daumen hoch. „Viel besser. Ab und zu ablegen, das tut trotzdem gut. Aber das war jetzt nicht das Einzige, was du mich fragen wolltest, oder?"

„Nein, also ich brauch Hilfe bei einer kleinen Überraschung für Arnold. Und ich fände es schön, wenn du mit mir zusammen da was machen könntest. Erst die Vorarbeit, dann die Geheimhaltung."

„Du machst es spannend. Was soll ich tun?"

„Ich will hinter Arnolds Rücken den Weinberg wieder herrichten, wenn mir der Himmel zur Seite steht, wird das noch was für die Spätlese. Und damit dein Bruder nichts merkt, hab ich gedacht, könnten wir zusammen da oben die mickrigen, aber süßen Äpfel ernten und mit heimbringen. Dann gäb's im Winter Äbbelwoi und vielleicht Weißweinmost. Nach dem Lagern gerade noch richtigen Riesling oder sogar Eiswein, na ja, da muss der Himmel viel für uns tun. Ich hab gehört, dass du auch mal ein bisschen mit dem Weinberg deines Vaters rumgemacht hast, aber keine Lust aufs Winzern hattest. Es wär ja erst mal nur dieses Jahr und du weißt sicher besser Bescheid als ich, vom Großvater hab ich zwar eine theoretische Anleitung, aber ich hab's halt noch nie gemacht. Und würdest du das überhaupt mit deiner Verletzung schaffen? Das wollt ich auch noch fragen."

Keine Frage, Otto erklärt sich sofort bereit, er freut sich, dass sich eine Gelegenheit bietet, sein Versprechen gegenüber Maria einzulösen, und auch darüber, dass er mal wieder da hoch auf die Wiese kommt.

Es ist immer so heil oben auf der Anhöhe.

Katrin hatte die Kanne mit heißem Wasser-und-Milch-Kakao gebracht, setzte sich zu den beiden, holte aus dem Büfett noch ein paar Haselnussmakronen dazu. Die ließen sich leicht backen, Haselnüsse wuchsen wild, Eiweiß spendeten die Hühner und Herr Müller spendierte mal ein paar Löffel Zuckerrübenzucker. Sophie saß neben Jakob, den sie genau beobachtete und unentwegt anstrahlte, sie hatte ihn einfach zu gern. Die „Frauen" übernahmen das Ruder, die Jüngere rannte irgendwann nach draußen, sie hatte Emma gesehen, die offensichtlich Gesellschaft suchte, sie vermisste Mutter und Vater und die Schloßborner Straße. Die Mädchen zogen ab zum Rumstromern.

Otto und Jakob wechselten das Thema, was sie besprochen hatten, sollte ihr Geheimnis bleiben. Vorerst würden sie ihr Interesse an dem vernachlässigten Hang damit begründen, dass sie Ottos Mutter eine Freude machen und ihr die Äpfel von dort bringen würden, für Apfelmus und Saft und vielleicht sogar zum So-Essen waren die gut genug.

Sie verabredeten sich für den nächsten Tag. Als Jakob Ottos Haus verließ, kam ihm Erich Müller entgegen. Jakob grüßte freundlich und schickte sich an, auf einen kurzen Plausch stehen zu bleiben. Herr Müller bremste seinen schnellen Schritt, sah Jakob einen Moment länger an als sonst, sagte artig „Geht's gut?" und „Ist er zu Hause?" Jakob wunderte sich, meist war der andere so gesprächig, immer bereit für ein Schwätzchen. Gerade noch rechtzeitig brüllte Jakob. „Wie bitte?" und „Gehen Sie nur rein, die sind beim Kakaotrinken." Erich sah noch einmal prüfend hin. Er entdeckte keine Arglist, Jakob schien kein bisschen verhuscht. Herr Müller war trotzdem neugierig, was genau sich hinter dem arglosen Schein verbarg. Er hatte so eine Ahnung.

*

Sein Tag des Gelingens neigte sich dem Ende zu. Zum ersten Mal seit Langem fühlte Jakob so etwas wie Unbeschwertheit. Der Krieg war zwar im Kopf ständig gegenwärtig, doch schien er im Moment viel weiter weg zu sein, als es wirklich der Fall war. Nur indirekt war Bad Orb von ihm betroffen, durch die eintreffenden verwundeten Soldaten, durch das Gefangenenlager auf der Wegscheide. Wie Jakob von Arnold erfahren hatte, hatte es schon 1940 einen Appell oder einen Befehl an die Orber Bürger gegeben, als die meisten Gefangenen auf den Bauernhöfen in der Umgebung als Arbeiter eingesetzt waren. Arnold hatte Jakob ein paar Regeln für die Dienstherren aufgezählt, einer von ihnen hatte sie Arnold einmal verraten, der die meisten wieder vergessen hat, nur so viel war ihm noch im Gedächtnis:

„Grundsatz: stets Abstand halten von Kriegsgefangenen! Also:
a) keine Tischgemeinschaft: Gefangene essen, wenn gleichzeitig, in anderem Raum; sonst vor- oder nachher.
b) kein gemeinsamer Besuch von Kirchen, Veranstaltungen, Wirtschaften!
c) kein Briefschmuggel zugunsten von Kriegsgefangenen: alle Kriegsgefangenenpost (ein- wie ausgehende) muss bestimmungsgemäß zwecks Prüfung über das Lager geleitet werden. "

Aber Jakobs und Arnolds Altagsleben nahm wenig davon wahr, das Wissen blieb im Kopf versteckt. Jakob fröstelte immer bei dem Gedanken an sein Erlebnis, als er mit seinem Freund und Geliebten auf dem Bauch gelegen hatte und die erbarmungswürdigen Gestalten vor den Baracken in dem ehemaligen Kindererholungsheim beobachtet hatte.

Aber sie waren bisher von Bomben und stärkerem Beschuss verschont geblieben. Sie bekamen zwar die Lebensmittelknappheit zu spüren, aber viele Orber kamen einigermaßen durch mit dem, was sie selbst anbauten. Der Winter, das würde wahrscheinlich eine Herausforderung werden. Frieda sagte immer: „Hauptsache, wir haben Kartoffeln, die halten lang und sind sehr vielseitig verwendbar."

Jakob mochte seine Wahlverwandtschaft, er fühlte sich, soweit das möglich war, geborgen. Heute war ihm leicht ums Herz.

Warum muss Jakob ausgerechnet jetzt an die schrecklichen Bilder denken? Nach so einem wunderschönen Tag, an dem sich alles zum Guten, zu seinen Gunsten zu entwickeln scheint.

Und die verheißungsvolle Nacht im Haus bei seinem Liebsten hat er sogar noch vor sich, etwas, worauf er sich inniglich freut.

Erich läuft ihm schon wieder über den Weg, allerdings sind diesmal zehn Meter Abstand zwischen ihnen, also winkt Jakob dem Bäcker nur zu und biegt ab in Richtung Friedas Haus. Herr Müller sieht Jakob noch eine Weile hinterher. Dann ändert er seine Richtung und folgt dem jungen Mann. Bleibt zurück, um nicht entdeckt zu werden. Er sieht, wie Arnold die Tür öffnet, wie er erst nach rechts, dann nach links guckt, sich versichert, dass niemand in Sichtweite ist? Wie der Schreiner im Glauben, unbeobachtet zu sein, Jakob einen Kuss auf den Mund gibt. Das geht dem Erich durch Mark und Bein.

Als Frieda an diesem Abend von ihrer Geburtstagsfeier zurückkommt, ist es still im Haus, sie hat sich total verquatscht, lustig war es gewesen. Sie hatten viel gelacht und einen Schwips hat sie auch mit heimgebracht – und das mitten im Krieg. Ausnahmsweise lässt sie nicht zu, dass das schlechte Gewissen ihr den Spaß verdirbt, da hätte weder der Jakob noch ihr Malchen was davon.

Sie putzt sich die Zähne, zieht sich ihr Nachthemd an und schaut auf den Wecker auf dem Nachttisch. Er steht auf einem Häkeldeckchen ihrer Großmutter. Es ist doch wirklich nicht zu fassen. Schon halb elf.

Im Stockwerk über ihr machen sich auch Arnold und Jakob ans Schlafen, das kleine Nachtlicht ist noch an. Sie können den Blick nicht lösen von der Schönheit des anderen. Eben noch haben sie sich umarmt, geküsst, geleckt, gestreichelt und einander Liebe geschenkt, bis sie erschöpft und glücklich nebeneinander liegen, der selige Blick geht weit über die Zimmerdecke hinaus in Richtung Himmel.

Jetzt kuscheln sie sich zusammen, sehen einander auch in die Augen, die so seltsam glänzen. Nur noch ein langer, langer Kuss und dann: „Schlaf wohl, mein Herz." Jakobs letzte Worte für heute. Arnold löscht das kleine Licht, das die Haut so schön schimmern lässt.

28

Eine kurze Reise in die Trümmerstadt

Unter den pflegenden Händen Jakobs und Ottos erwachten die vernachlässigten Reben in kurzer Zeit zu neuer Kraft, als hätten sie nur auf ihre Wiedererweckung gewartet. So neu „frisiert", wie Otto das Schneiden und Aufrichten an Halterungen und Querleisten, gespannten Schnüren und Drähten nannte, lebten sie unerwartet schnell wieder auf, als wollten sie etwas nachholen. Der Spätsommer und der Frühherbst waren den Pflanzen geneigt, steuerten im richtigen Maß Sonne und Regen bei.

Frieda war erfreut gewesen, dass einer die guten Äpfel, die „nur für die Vögel eigentlich zu schade sind", von den Bäumen auf der Schafswiese geholt hatte. Sie sagte oft, dass die früher besonders süß gewesen waren. „Aber in meinem Alter und mit dem Ischias steig ich auf keine Leiter mehr, und der Arnold mit seinem Fuß bleibt mir auch besser weg davon." An einem Tag kochte sie Apfelmus aus den Äpfeln, die schon angedetscht waren, dann gab's dazu Kartoffelpuffer.

Zum Nachtisch leisteten sie sich jetzt manchmal karamellisierte Äpfel, fein tranchiert, mit einem Klacks Dickmilch und einem Kaffeelöffel Zucker oder Marmelade drüber.

Aus Frankfurt kam eines Tages die Nachricht, die alle erschütterte und sie aus der gerade erwachten Zuversicht wieder herausriss: Heinz war in Gefangenschaft geraten. Das Gute, so die Hoffnung, er war in Frankreich, im Elsaß, da reden sie französisch und außerdem in einem seltsamen Dialekt, der aber irgendwie auch Deutsch ist. Amalie und Heinrich hatten erst gedacht, das sei bestimmt besser als in Russland oder England, der Bub hatte ja mal von der Mademoiselle geschrieben, die ihn vom Heimweh erlöst.

Aber dann hatte Herr Müller in Bad Orb eine Karte aus dem Gefangenenlager erhalten, mit einer französischen Aufschrift und einem französischen Genehmigungsstempel, die sie wieder bangen ließ. Heinz hatte mit Bleistift auf die Feldpostkarte eine kurze herzzerreißende Nachricht geschrieben, Angst und Verzweiflung sprachen aus der vorsichtig formulierten Bitte an den Bäcker und Konditor:

Sehr geehrter Herr Müller,
von meinem Onkel Otto weiß ich, dass Sie mit ihm befreundet sind. Darum wage ich es, mit einer großen Bitte an Sie heranzutreten: Könnten Sie mir an die umstehende Adresse in Bischwiller vielleicht ein Brot schicken? Nur, wenn es Ihnen möglich ist? Uns Gefangenen steht hier nur wenig Essen zu. Ich darf nicht mehr schreiben, ich wäre Ihnen sehr dankbar.
Ihr Heinz Döpfner

Erich hatte sich sofort in die Backstube gestellt und zwei Brote gebacken, was er sonst fast nie machte. Dann ist er mit den fertigen Laiben zu Otto gegangen und hat ihm die Karte und die zwei Brote gezeigt. „Was meinst du? Soll ich beide schicken oder eines du, eins ich. Vielleicht sind zwei zu viel und die Franzmänner beschlagnahmen eines." Otto war geschockt gewesen. Du lieber Himmel, was sollte er jetzt machen. Dem Malchen schreiben, sie in Angst um ihr Kind versetzen? Es für sich behalten? Wenigstens seiner Mutter was sagen? Die blieb meistens auf dem Teppich.

„Lass uns jeder ein Brot nach Frankreich schicken. Das ist sicherer. Ach Gott, mir tut der arme Heinz so leid. Der hat immer gar nicht so den Eindruck gemacht, hat sich immer so keck gegeben, aber er ist ein empfindlicher, wenig robust ist er. War als Bub ein bisschen kränklich."

Otto entschied sich, seine Schwester nicht im Unklaren zu lassen. Er schrieb Amalie einen umfangreichen Brief, dabei wuchs er über sich selbst hinaus, so kam es ihm jedenfalls vor. Offenherzig machte er sich daran, schriftlich festzuhalten, was ihn umtrieb. Er schilderte in einem langen Brief nach Frankfurt, was er auf verschlungenen Wegen erfahren hatte: dass die Russen im Osten ab dem Sommer 1944 nur noch siegten, schon im Juni waren 28 Divisionen der deutschen Wehrmacht zerschlagen worden und es gab keinen Glauben mehr an einen Sieg der Deutschen, auch bei den ganz strammen Nazis nicht. Zu viele Soldaten waren in Stalingrad geblieben, tot, gefangen, verwundet, spurlos verschwunden. Was mit ihnen geschehen war, die Frage blieb unbeantwortet. Otto schrieb, dass seines Wissens in Frankreich eine zweite Front eröffnet worden war. Kanadier, Franzosen, Amerikaner, die vor allem. Und mit Großbritannien an ihrer Seite waren sie bereits im Juni vom Meer gekommen und an der normannischen Küste gelandet, es hieß, sie würden die deutschen Truppen immer weiter zurück in Richtung Deutschland treiben, es gab viele Tote, auf beiden Seiten, die Deutschen aber waren jetzt vor den Angreifern auf der Flucht, die jetzt „Rückzug" genannt wurde.

Otto fand aber auch Worte des Trostes: Er, Otto, wisse ja nun, dass der Heinz jetzt leider in Gefangenschaft im Elsässischen sei, was sicher sehr schlimm für den Jungen war.

Die Sache mit der Karte und der Bitte um Brot hob er sich für den Schluss auf.

Andererseits, so schrieb er, müssten Amalie und auch er selbst als sein Onkel bedenken, dass der Junge möglicherweise dort sogar sicherer sei, als wenn er jetzt aktiv kämpfen würde. Otto versicherte, dass er besonders auf eines vertraue: Die jüngeren Männer würde man am Leben lassen, die eigneten sich am besten für den Gefangenenaustausch, der am Ende jedes Krieges stattfindet. Und: Bis dahin seien die Jungen für die Arbeit belastbarer und die Franzosen wollten auch bestimmt beweisen, dass sie bessere Menschen sind als die Deutschen, die Nazis. Sie würden die einfachen Soldaten bestimmt nicht quälen, die Franzosen hätten schließlich eine hohe Kultur und seien keine Barbaren.

Zum Schluss hängte er nur eine kleine Bemerkung an: „Noch was, der Erich hat zwei Brote gebacken, eines schickt er dem Heinz, das andere übernehme ich. Wird schon ankommen."

Dann hatte Otto sich mit den besten Grüßen an die Familie und einem „Dein Bruder Otto" verabschiedet.

Ihm kam, als er seinen Brief schrieb, das Stammlager StaLag IX-B in den Sinn. Heimlich hatte er sich umgesehen, als er vor ein, zwei Wochen mit Erich im Laster dorthin gefahren war. Erich war seit Langem überraschend mal wieder beordert worden, einen Sack Mehl zu bringen. Wofür?

Otto war erschüttert, als er ein paar der abgemagerten, halb toten Gefangenen wie leblos vor ihrer Baracke hatte sitzen sehen, zu kraftlos, um sich zu erheben, geschweige denn, um als Arbeiter bei irgendeinem Bauern auszuhelfen. Er hatte das Würgen im Hals unterdrücken müssen. Noch immer hätte Otto nicht sagen können, ob Erich noch immer aufseiten der Mörder war.

Jetzt musste es raus, Otto hielt sich nicht zurück, Farbe zu bekennen, der andere war sein Freund! „Eine Schande ist das, wie die mit den Leuten umgehen. Wir waren schließlich mal das Volk der Dichter und Denker, Goethes und Schillers und der vielen Philosophen, die ich alle nicht kenne. Ich finde, wir sollten uns schämen, das ist unserer nicht würdig, was denkst du?" Erich hatte zu seinem Erstaunen genickt. „In der Haut der Gefangenen möchte ich nicht stecken, weiß Gott nicht, die sind zu bedauern. Aber auch nicht in der ihrer Bewacher, die dürfen kein Gefühl haben oder gar zeigen, das macht doch niemandem Freude. Da müsste man völlig eiskalt sein, wenn man aus so einem Ort, so einer Arbeit ohne Knacks rauskäme."

Otto wollte auch das in seinem Brief schildern, ließ es aber sein, wenn das in fremde Hände käme, das würde heikel werden. Er erwähnte in seinem Brief in einer Fußnote aber noch, dass Erich und er seinem Neffen auch weiter „Lebensmittel" schicken würden, damit er es ein wenig leichter hatte. Amalie müsse sich bestimmt keine allzu großen Sorgen um ihn machen, bekräftigte er ein letztes Mal.

Die Karte von Heinz aus dem Gefangenenlager hat er lieber komplett verschwiegen. Was hätte es genützt, sie zu erwähnen? Mut machen, das war das Einzige, was er tun konnte. Keine Zeit für Tränen.

Er zögerte, das Schreiben, auf das er irgendwie stolz war, weil er sich endlich zu seinem neuen Ich bekannt hatte, als Brief abzuschicken. Was, wenn er tatsächlich in falsche Hände geriet? Seine Neuigkeiten von den Fronten in Ost und West standen nicht in den offiziellen Zeitungen, der Volksempfänger schwieg dazu, plärrte unverdrossen von den Siegen der deutschen Helden, die auf dem Feld der Ehre blieben. Otto hatte mit Erich und dessen siebzigjährigem Elektrikerkumpel Walter am alten Radio rumgebastelt, damit sie die BBC hören konnten, die News, das war verboten. Emma, die Aufbauschülerin, hatte immerhin schon zwei Jahre Englisch gelernt, sie saß vor dem Gerät mit Kopfhörern auf den Ohren. Die Männer warteten zappelig, was sie sagte, sie verstand nicht alles, aber das Gröbste konnte sie sich zusammenreimen und den Ungeduldigen übersetzen. Sie musste jedes Mal schwören, dass sie den Onkel und dessen Freund nicht verraten würde. Und sie versprach, dass sie niemandem sagen würde, dass sie ein wenig Englisch konnte, wenn einer auf die Idee käme, sie zu fragen. In Orb gingen die meisten Mädchen nach der Volksschule ab, machten höchstens eine Lehre. Die Männer hatten ein schlechtes Gewissen, dass sie die Jüngste für so was „missbrauchten". Aber was sollten sie machen?

Angst hatten sie auch. Man konnte dafür erschossen werden.

Erich, der gute, liebe Freund erbot sich, den Kurier für Ottos Schreiben zu spielen. Emma wollte inzwischen sowieso partout zurück zu den Eltern. Das Kind, das schon fast eine junge Frau war, allein in den Zug zu setzen, kam nicht infrage, der Onkel wie dessen bester Freund durften dem jungen Mädchen auf keinen Fall die ganze Verantwortung überlassen.

Man fasste den Entschluss: Erich würde mit der „Nichte" nach Frankfurt fahren. Er witzelte noch, um seine eigene Furcht zu überspielen, am meisten gruselte ihm vor sich selbst. „Womöglich läuft mir da eins von den hübschen Frankfurter Mädchen über den Weg, ich müsste ja schon längst eine Braut haben, oder?"

Erich plante, sich in Frankfurt umzutun, er dachte an Schwarzmarkteinkäufe und Barbesuche, aber womöglich gab es gar nichts mehr davon. Vielleicht fand er, mit etwas Glück, irgendwo einen Kanister mit Diesel für seinen Traktor. Wenn er schon mal da war, konnte er auch noch schauen, ob er dort eine Extraportion Butter oder Margarine bekäme. Ohne Marken.

So fuhren die beiden zwei Tage später mit dem kleinen Transporter des Bäckers in die große, zerbombte Stadt. Immer hatten Emma und ihr Chauffeur den Himmel im Auge. Während der Fahrt beruhigten sie sich gegenseitig. Die Bombenangriffe waren nachts, wenn verdunkelt war, das jedenfalls hielten sie für gesichert.

Sie kamen beide unbeschadet in der Schloßborner Straße an, auf dem Weg durch die Straßen rechts und links viele Trümmer, eingestürzte Häuser, schwarz verbrannte Mauern.

In dieser Nacht, die Erich auf spontane Einladung Amalies in ihrer Wohnung auf der Couch verbrachte, gab es keinen Fliegeralarm. Am nächsten Tag erst übergab Erich Amalie Ottos Brief. Sie fing an zu weinen, als sie ihn las. Erich tröstete, versuchte, Zuversicht auszustrahlen, sagte auch nichts über die vermaledeite Postkarte, über das Elend, das in so wenigen leicht durchschaubaren Sätzen festgehalten war.

Erich blieb nur noch einen Tag. Er begleitete Emma zu ihrer ramponierten Schule, durch Ruinen gingen sie, begegneten Frauen in Kittelschürzen und mit Kopftüchern, die Kleidung und Haar vor dem Staub schützen sollten, der beim Durchsuchen der Trümmer nach Brauchbarem in die Luft stob. Sie kamen an kleinen Ständen vorbei mit Nippes und drei, vier Äpfeln, Streichhölzern, ein paar Kerzen – Fundsachen, die so mancher zu versilbern versuchte. Aus den Gesichtern sprachen Gram und Kummer um Verlorenes, die Angst vorm nächsten Bombenhagel.

Nichts Heiles war mehr in der Geburtsstadt Goethes. Der Römer angeschlagen, die Front ein trauriges steinernes Gerüst. Sie standen am Ufer des Mains, schauten trübsinnig aufs Wasser. Emma sagte: „Das Wasser, das wir jetzt grad sehen, das ist morgen schon im Meer. Wie schön wäre es, wenn wir mit ihm mitfließen könnten, ganz weit weg." Erich war baff, das Mädchen war erstaunlich, so viel selbst erdachte Poesie inmitten der Zerstörung.

Emmas Natur war einfach so. Sie hatte schon früh den „Drang zu Höherem" gespürt, diese Umschreibung entsprang ihrer eigenen Fantasie, wenn sie selbst ihre Liebe zu Theaterstücken und Büchern beschrieb. Nach vielem Weh und Ach und mit der Aussicht auf schulgeldfreie Zeiten hatte Vater Heinrich die Erlaubnis erteilt, dass seine Tochter eine Aufbauschule besuchte, der Abschluss entsprach der mittleren Reife.

Emma hatte sich voller Eifer auf die Literatur gestürzt. Sie liebte es, Gedichte auswendig zu lernen und sie vor der gesamten Klasse mit großem Pathos vorzutragen. Damals glaubte sie auch, Talent fürs Theater zu haben – und hatte vorerst nach langwierigen, von viel verschämtem Gekicher begleiteten Proben im Krippenspiel den Erzengel Gabriel gespielt.

Als er das junge Mädchen an der Eichendorffschule verließ, hatte Erich ein mulmiges Gefühl. Als würde er ahnen, dass Emmas Hoffnung, hier bald wieder täglich in den Unterricht zu gehen und besser Englisch zu lernen, bald zunichte gemacht werden würde. Erichs Befürchtungen wurden bestätigt: Die meisten Schulen wurden im Bombenhagel im März 1945 vernichtet. Wie der Rest von Frankfurt.

Erich hatte keine Kraft mehr, sich nach Diesel umzuschauen, er wusste nicht mal, wo er suchen sollte. Den Schwarzmarkt zu finden in der fremden Welt, das war gar nicht so einfach. Das hatte er sich leichter vorgestellt. Offiziell gab es sowieso nirgends Treibstoff. Die Döpfners wollte er nicht fragen, ob sie eine Quelle hätten, das wäre ihm doch zu unverschämt vorgekommen.

Zudem fürchtete Erich sich zwischen all den kaputten Häusern, ihm war nicht nach einem Streifzug durch die Lokale zumute, die er sonst immer aufsuchte, wenn er in der Großstadt war. Die dunklen Kneipen mit den schönen Damen und den entsprechenden Herren. Wo getrunken und geraucht wurde, wo sich Paare aller Art für eine Nacht und einen Tag fanden, selten für ein ganzes Leben. Diese Bars waren wahrscheinlich Geschichte. Verboten oder längst kaputtgebombt, die Damen und Herren trafen sich wohl eher des Nachts in der Dunkelheit der laternenlosen Straßen.

Er nahm einen kleinen Umweg, als er noch einmal in die Schloßborner Straße zurückkehrte, um zu Hause berichten zu können, wie groß das Ausmaß der Zerstörung in Frankfurt war. Erich ging am Luftschutzbunker vorbei, in den sich Amalie und endlich auch der zur Vernunft gekommene Heinrich in der Nacht flüchteten, wenn die „Christbäume" am Himmel standen, die Sirenen heulten, die Sachen zusammengerafft wurden, das Herz wie wild zu pochen anfing, verzweifelte Schreie durch die Straßen drangen und die Lichter hinter den abgedunkelten Fenstern vollends erloschen.

Emma blieb dabei, sie würde nicht mit zurückfahren nach Bad Orb, lieber bei den Eltern bleiben. Gut, sie bekam ihren Willen.

Erich hatte Trost und Zuversicht mit zurücknehmen wollen. Er hatte nichts dergleichen gefunden an diesem einen Tag. Zum Abschied schaute er noch bei Emmas Familie vorbei.

Amalie bittet ihn noch einmal ins Wohnzimmer. Sie serviert ihm noch Schwarztee und Marmeladenbrot für die Heimfahrt. Erichs Betroffenheit ist nicht zu übersehen. „Ich hätte so gern zu Hause erzählt, dass es gar nicht so schlimm ist. Dass es euch gut geht und ihr auch guter Dinge seid. Aber ich müsste ja lügen." Amalie setzt sich zum Freund ihres Bruders, nimmt seine Hand. „Ich danke dir, dass du mir den Brief gebracht hast. Otto schreibt, dass ihr zwei meinem Sohn was zu essen ins Gefangenenlager schickt und dass er dort sicherer wäre als an der Front. Gehst du noch mit mir schnell rüber zum Garten? Es ist nicht weit. Ich könnte dir noch was für euch mitgeben, wir haben sehr viele Kartoffeln und sogar Tomaten und Mangold. Das kann man sicher nicht nach Frankreich schicken, aber ihr könnt es vielleicht verkaufen und eine Dauerwurst dafür kaufen, beim Bauern. Oder auch selber essen. Dass der Bub lebt, ist erst mal die Hauptsache. Der liebe Gott wird ihn beschützen, er ist ein guter Junge. Wir haben es besser als viele andere. Der Bunker ist ja nicht weit, da haben wir Glück." Sie gibt sich alle Mühe, ihr bisschen Hoffnung auszustrahlen, die Stimme, mit der sie die Worte ausspricht, verraten sie. Amalie hat Todesangst. Sie gehen in den Garten. Sie packen zwei Kilo Kartoffeln in einen Sack, die Tomaten lassen sie stehen. Die kennt keiner in Orb. Amalie sagt: „Wir kannten sie hier auch nicht. Wir schneiden sie immer auf und tunken sie in Zucker, das schmeckt ganz gut.“ Drei Stauden Mangold nimmt Erich noch mit. „Die kannst du kochen wie Spinat.“

Dann macht er sich auf den Heimweg, nachdem er sich mit einer freundschaftlichen Umarmung von Amalie verabschiedet hat, die ihm die allerbesten Grüße mitgegeben hat. Und: „Pass mir auf meine Brüder und den Jakob auf.“

Als er losfährt, schaut er zum Himmel. Erich schickt ein Stoßgebet: Bitte mach, dass er so blau und leer bleibt, bis ich heil wieder daheim bin.

29

Evas Apfel und das Ende der Täuschungen

Erich war seit seinem „Ausflug" nach Frankfurt in Bad Orb geblieben. Er öffnete sein Café nicht mehr jeden Tag. Immer häufiger musste er ein Schild an die Glastür hängen: „Wegen Mangels an Backzutaten geschlossen".

Am Sonntag gelang es ihm immerhin mit einiger Improvisation und der Unterstützung Friedas, die Kartoffelmehl „zum Verlängern" und Früchte für die Obstkuchen beisteuerte, Arnolds und Maries Sonntagstreffen aufrechtzuerhalten. Die Verlobten saßen immer noch gern bei ihm. Jetzt tranken sie statt echtem den Zichorienkaffee, bei dem sie, wie Marie versicherte, kaum einen Unterschied schmeckten. „Alles Gewohnheit", sagte Arnold oft, und er lobte die Improvisationstörtchen aus Eischnee-Baiser mit den zwischen zwei Teile gelegten gezuckerten „Früchten der Saisong".

Erich sah Arnold seit dem vermeintlich unbemerkten Kuss mit anderen Augen an. Also der schöne Jakob, das hätte er nicht vermutet, der war doch so ein lässiger Bursche, echt männlich und obendrein charmant zu den Damen. Der Bäcker erkannte nun, dass die beiden Gäste, die am Sonntag wie gehabt in seinem Lokal aufkreuzten, wahrscheinlich schon immer ein Spiel gespielt hatten, dass sie allen was vormachten. Keine Frage, sie verstanden sich blendend. Sie passten auch äußerlich sehr gut zusammen. Das mädchenhafte wie energische Selbstbewusstsein Maries, der starke attraktive Mann – ein Fels für jede Frau, er könnte sogar die Möbel selber bauen, fürs künftige traute Heim.

Aber Erich konnte den Kuss nicht vergessen, den er beobachtet hatte. Es gelang ihm einfach nicht, den Blick des jungen muskulösen Schreiners aus seinem Gedächtnis zu löschen, mit dem der den Jakob angesehen hatte. Und der ihn. Die waren einander mehr als Freund und Verwandter. Solch ein Blick war eine einzige Aufforderung. Erich hatte einen Stich im Herzen gespürt. Er musste es akzeptieren, aber er war neidisch. Neid ist kein guter Ratgeber. Besser nicht dran rühren.

*

Nur siebzig Kilometer entfernt von Bad Orb, auf dem Gut Ziegenberg bei Bad Nauheim, geschah zur gleichen Zeit Ungeheuerliches: Im September 1944 wurden streng geheime Vorbereitungen getroffen – von denen nichts an die Öffentlichkeit dringen durfte – für eine militärische Operation: Aus dem von der Organisation Todt auf Befehl der Regierung 1939/40 von Tausenden Arbeitern erbauten vier Kilometer langen unterirdischen Bunkersystem mit einem Bunkerkomplex, der fast tausend Räume umfasste, wurde das Hauptquartier Generalfeldmarschall von Rundstedts, des Oberbefehlshabers West. Der „Adlerhorst" wurde reaktiviert.

Und Adolf Hitler sollte mitsamt seinem Führungsstab im Dezember im Sonderzug von Berlin aus in den „Adlerhorst" reisen. Das vorübergehende „Führerhauptquartier" würde Hitler dazu dienen, von dort aus die Ardennen-Offensive zu befehligen. Hermann Göring würde Quartier im Schloss Kransberg beziehen, der restliche Führungsstab in einer Kaserne bei Friedberg.

Es sollte jedoch ganz anders kommen: Geschlossen würden sie etwas mehr als vier Wochen danach klammheimlich nach Berlin zurückkehren, unverrichteter Dinge, die Wehrmacht sollte scheitern in der Ardennen-Schlacht, die unter dem stolzen Namen „Die Wacht am Rhein" das Reich hätte sichern sollen. Als die Geheimaktion tatsächlichlich stattfand, merkten die Menschen in den Ortschaften, die in der Nähe lagen, nichts davon, es passierte alles ohne Wissen der Bevölkerung. Auch die Aufgabe und der Rückzug nach Berlin verliefen unbemerkt im Geheimen.

Bad Orb blieb unberührt.

Als der Herbst begann, stand die Kurstadt noch immer halbwegs unbeschadet an Ort und Stelle. Das Grauen des Krieges, die Niederlagen, die Tausenden von toten Soldaten, das Heulen und Zähneklappern waren nur wenige Kilometer entfernt. Aber es blieb weitgehend still, trotz allem, was in unmittelbarer Nähe passierte.

Der Mangel an Lebensmitteln machte inzwischen manchen Bewohnern Bad Orbs mehr und mehr zu schaffen. Marie und Hannes trafen sich nicht länger in dem dunklen und jetzt auch zu kalten Weinkeller.

Marie war eingeweiht in Jakobs Plan mit Otto und sie half dabei, ihren besten Freund von der Schafswiese fernzuhalten und ihn umzulenken, falls es ihm in den Sinn kam, mit ihr den Sonntagsspaziergang dorthin zu unternehmen.

War sie dagegen mit ihrem Hannes auf den vielen Wegen rund um Orb unterwegs, fanden die Verliebten von Zeit zu Zeit den Weg zur Schafswiese, guckten nach den Weinstöcken, die inzwischen kleine Beeren trugen. Aber sie würden vermutlich nicht mehr reif werden in diesem Jahr. Im nächsten Jahr würde die neuerliche gute Pflege aber sicher einen guten Tropfen hervorbringen. Die Weinstöcke standen üppig da, sahen kräftig aus, die würden im Frühjahr wiederkommen. Mit anhaltend guter Versorgung würde es wieder Wein geben von diesem Hügel!

Wenn die Sonne sie gelegentlich noch streichelte und das Thermometer ab und zu in der Sonne auf 25 Grad stieg, nahmen Hannes und Marie einen Picknickkorb mit zwei hart gekochten Eiern, je einem Margarinebrot für jeden und zwei Äpfeln mit. Auch die Wasserflasche kam hinein. Der Korb war sehr üppig gefüllt.

Als Frieda den beiden auf dem Heimweg von der Kirche begegnet war, hatte sie noch einen Witz darüber gemacht: „Ihr wollt wohl auswandern, was habt ihr denn da alles drin?" Dann hatte sie das Ganze wieder vergessen.

Bis sie sich so ihren Reim darauf machte. Unter den Eiern hatte Marie vielleicht eine Wolldecke versteckt. Frieda hatte durchaus bemerkt, dass ihr Jüngster öfter mit Jakob draußen rumlief als mit seiner Verlobten. Gern hatte sie das auf Arnolds Hilfsbereitschaft gegenüber dem armen Jungen geschoben. Doch sie hatte allmählich den Eindruck, dass was anderes dahintersteckte. Wie Schuppen fiel es ihr von den Augen: Sie lag richtig mit ihren Vermutungen. Die Marie hat sich in den anderen, den Blinden, verguckt und die Decke war für die Liebe gedacht. Frieda sorgte sich sogleich um die Verlobte ihres Sohnes, die ihr sehr ans Herz gewachsen war in den vielen Jahren, seit die beiden so dicke waren. Wenn das nur gut geht mit dem Hannes, nicht, dass da was passierte, gemacht war ein Kind schnell, auf der Welt war es ein Leben lang. Der Arnold stünde dann ohne Verlobte da oder er „müsste" sie schnell heiraten, damit das Kind ihn als „Vater" hat.

Es ist fast sommerlich warm, obwohl der erste Herbstmonat bald vorbei ist, der Untergrund ist schon ein bisschen kühl. „Ich werde dafür sorgen, dass uns nicht kalt wird." Hannes nimmt die Sonnenbrille ab. Wenn er ganz nah rangeht, kann er Maries Gesicht inzwischen erkennen. Und er geht auch gern ganz nah ran an die Knöpfe ihrer Bluse. Marie hilft ihm beim Öffnen. Sie zieht ihm das wärmende Flanellhemd über den Kopf, unter dem er nichts anhat. Sie streichelt seinen Rücken, während Hannes ihren Rock anhebt und zwischen ihren aufgestellten Beinen zu ihrem Allerheiligsten abtaucht. „Ich will dich sehen, auch an diesem geheimen Ort." Es wird ihm gewährt. Hannes kann nicht genug bekommen, alles an Marie will er sich anschauen, obwohl er nur Umrisse und Schemen sieht. Wenigstens das. Sie küssen sich, lang und leidenschaftlich, erhitzte Herzen, heißes Blut, Berührung, das Pochen in der Ader am Kopf, die durch die Haut schimmert.

Eine Amsel fliegt hoch mit aufgeregtem Gesang. Das Summen der Insekten, das Flattern der Meisen und Spatzen. Das Licht, das die Liebenden zum Strahlen bringt.

Sie liegen noch eine Weile Arm in Arm, bis es wirklich von unten zu kühl wird.

Marie zaubert aus dem Korb Haarbürste und Kamm hervor. Die Bluse wird wieder ordentlich zugeknöpft, der Rock glatt gestrichen. Hannes ist noch verstrubbelt. Sie kämmt ihn, zieht einen ordentlichen Scheitel. Die Hose zieht er sich ohne hinzugucken an.

„Ich wünschte, ich wüsste, woher man jetzt Kondome bekommt. Wahrscheinlich in der Apotheke. Aber die würden sich Fragen stellen, hier kennen einen einfach zu viele Leute." Nicht Hannes stellt diese Frage, Marie wünscht sich so sehr, „richtig" mit ihrem Liebsten zusammenzusein. Sie würden warten müssen. Auf keinen Fall ein Kind jetzt.

„Evas Apfel", sagt sie lachend, als sie Hannes die rote Frucht aus dem Korb vor die Nase hält. Er nimmt ihn seiner Freundin mit einem tiefen Blick aus der Hand, beißt in die saftige Süße, schließt genussvoll die Augen, zieht Marie noch einmal an sich, küsst sie auf den Mund. „Siehst du, so süß schmecke ich jetzt, so süß wie die Liebe."

Am Abend geht Marie bei Arnold vorbei.

Jetzt wird es schon merklich früher dunkel, und in Bad Orb zieht man auch die Vorhänge zu. Niemand weiß, aus welcher Richtung die Flugzeuge kommen, den von vielen ersehnten „Feinden" die Richtung nach Frankfurt weisen, das will dann doch niemand.

Es gibt auch Leute, die Angst vor den Amerikanern haben. Wer weiß, wie die uns behandeln, das sagen die, die sich wünschen, dass alles bleibt, wie es ist.

Marie klopft an der Tür zur Werkstatt, das ist seit ein paar Wochen für sie normal geworden. Jakob und Arnold ist es im Weinkeller inzwischen auch zu kalt. Und immer über dem Kopf des Großvaters, das wäre nicht gerade diskret gewesen.

Es war zum Haareraufen, manchmal verfluchte Marie das ganze Versteckspielen genauso wie Arnold und Jakob, es gab aber einen entscheidenden Unterschied: Marie wusste, irgendwo, irgendwann werden sie und Hannes ohne Geheimnistuerei ihre Liebe verwirklichen können, sie würden, wenn alles mit rechten Dingen zuging, heiraten und ein Kind oder mehrere haben. Sie würde, wenn möglich für Frauen, an die Goethe-Universität in Frankfurt bzw. in deren Notunterkünfte gehen, studieren, vielleicht Lehrerin werden, Oberstudienrätin am besten. Hannes war nur noch zwei Semester vom Abschluss entfernt. Hoffentlich konnte er bald weitermachen. Er würde demnächst sicher gebraucht werden, der angehende Ingenieur, wenn es ans Wiederaufbauen geht. Marie betet jeden Abend, dass er dann wieder sehen kann.

Jetzt muss sie mit Arnold reden. Es wird ihr schwerfallen. Marie ist entschlossen, die „Verlobung" zu lösen. Sie will endlich die Karten auf den Tisch legen, natürlich nur in puncto Hannes-und-Marie. Ihren Eltern offenbaren, dass sie Arnold nun doch nicht heiraten wird, sondern den Sohn von Frau Gutleut.

Manchmal dachte Marie daran zurück, was sie vor einigen Monaten mitangehört hatte, als sich die zwei Frauen im Laden über ihre Söhne und deren Tapferkeitsabzeichen unterhalten hatten, wie die damals noch Unbekannte unter Tränen gestammelt hatte: „Dann ist meiner blind."

Ohne diesen Mann zu kennen, hatte Marie damals sofort Mitleid empfunden, mit dem Jungen und mit seiner Mutter, Marie hatte sich das Mitgefühl selbst nicht recht erklären können. Schließlich kannte sie die Leute gar nicht. Manchmal schafft das Leben Verbindungen, die auf den ersten Moment keinen Sinn ergeben, als würde etwas verknüpft, das vorher einzeln war und plötzlich zugehörig, doch erst am Anfang von etwas Großem dank einer schicksalhaften Fügung.

Auch wegen dieser Begegnung mit seiner Mutter ist Marie sich so sicher mit Hannes, obwohl er es mit dem Sehen noch immer schwerer hat als andere und auch wenn sie manchmal denkt, dass es auch zu schwer werden könnte, wenn Hannes sein Augenlicht nicht ganz wiedererlangt. Sie hat manchmal Angst, dass er darüber eines Tages verbittert wäre, dass er sie deshalb von sich stoßen würde. Wer will schon sein Leben mit einem Blinden verbringen, den man immer an die Hand nehmen muss, das würde er sagen, seine Wut und seine Liebe zu ihr dahinter verbergen. Solche negativen Gedanken befallen sie manchmal, Marie muss sich dann daran erinnern, dass es Hannes gewesen war, der sie angesprochen hatte, dass er den ersten Schritt getan hatte, dass er viel zuversichtlicher und mutiger ist als sie selbst.

Hannes, das hat Marie sofort gespürt, ist ein geliebter Mensch. Seine Mutter hatte ihn freudig empfangen, voller Inbrunst genährt und erzogen, seine kindlichen, halbwüchsigen und seine erwachsenen Bewegungen mitgemacht, wenig Tadel, keine Schläge oder harte Strafen, nur ein Mantel aus Liebe hatte ihn zeit seines jungen Lebens umgeben. Hannes' Vater hatte das wahrhaft traute Zuhause genossen, bis er zu früh gestorben war. So hatte es Hannes erzählt.

Als Junge hatte er daheim erfahren, wie Liebe ist und auf die Liebe zu bauen, aus ihr würde kein Misston erzeugt, daran zu glauben, fällt ihm leicht. Marie will diese Gabe lernen.

Arnold macht endlich die Tür auf. Kein Jakob zu sehen. „Du hast wohl schon gewartet. Ich bin tatsächlich an der Werkbank auf dem Hocker im Sitzen eingeschlafen, heut Nacht hab ich zu wenig Schlaf abgekriegt, du verstehst? Entschuldige, dass ich dich warten ließ."

Marie zieht eine Schnute und meint: „So genau muss ich's jetzt auch nicht wissen."

„Was gibt's? Ist was passiert? Wird was passieren?", Arnold ist neugierig, was Marie jetzt, um diese Zeit in die Werkstatt treibt.

Marie ist nicht nach Scherzen, was sie ihrem allerbesten Freund sagen will, ist heikel. Sie sagt schließlich mit einer gewissen Hast: „Arnold, ganz ehrlich, ich muss es jetzt schnell loswerden, sonst trau ich mich nicht mehr: Ich finde, nein, ich möchte nicht mehr mit dir verlobt sein. Ich will sagen dürfen, dass ich den Hannes will, ich weiß, der Krieg ist noch nicht vorbei, noch lauert überall Gefahr. Ich nehm auch alle Schuld auf mich und sag jedem, den es interessiert, dass nicht du mich, sondern ich dich verlassen habe, weil ich einen anderen lieb gewonnen hab. Und du weißt, dass ich selbstverständlich weiterhin alles mach, was den Jakob und natürlich dich beschützt. Du darfst auch so tun, als hätte ich dich zutiefst verletzt, aber wir müssen ganz beste Freunde bleiben, hörst du? Du bist mein allerbester Freund, schon immer und für immer, das weißt du … Ich will dich behalten, halt anders." Sie kann sich kaum bremsen, es quillt nur so aus ihr heraus. Sie hatten immer Verständnis füreinander gehabt, das darf einfach nicht vorbei sein, sie will ihn auf keinen Fall verlieren.

Arnold schlingt die Arme um die Freundin: „Marie, Marie, halt ein, es ist ja gut. Ich finde, wir haben es bis jetzt ganz gut hingekriegt, Jakob in unsere Familie einzubauen. Inzwischen guckt ihn doch keiner mehr komisch an oder ist gar neugierig, wo er herkommt. Ich hab schon mal mitgekriegt, wie er mal gefragt wurde, ich glaub von der Frau vom Metzger, wo er denn daheim wäre. Da hat er auf das Haus vom Großvater gezeigt. Ich werde, versprochen, auch weiterhin dazu schweigen, und dass ich schon lang weiß, dass du den Hannes liebst. Das geht die Leut doch auch nichts an. Kopf hoch, trete erhobenen Hauptes im weißen Kleid vor den Altar und heirate ihn, der ist ja wirklich ein ganz toller Mann, wenn Jakob nicht wär, der könnt mir auch gefallen, eine Chance hätte ich natürlich nicht. Du brauchst gar nicht so zu gucken, das weiß ich auch so. Und meine Mutter hat das mit uns beiden genauso wie das Malchen schon länger aufgegeben, meine Schwester hat den Jakob und mich mal so angeguckt. Da wusste ich, dass die alles weiß, die ist ja gescheit, meine liebe Schwester. Und die hat jetzt wirklich andere Sorgen. Frankfurt ist eines der Hauptziele für unsere – offiziellen – Feinde." Er malt Gänsefüßchen in die Luft.

Marie schmiegt sich in Arnolds Arme. „Du bist so groß und stark", sagt sie erleichtert. „Ich will dich immer in meinem Leben haben, mein allerliebster Freund. Wir bringen euch zwei schon auch noch durch den Scheißkrieg. Danke dir, dass Hannes und ich mit euch beiden und mit eurer gesamten Mischpoke – gell, so sagen die Juden zur Verwandtschaft? – so eng vertraut sein können. Wir haben es doch, trotz allem, ganz schön gut. Stell dir mal vor, man wär ganz allein in so einem fürchterlichen Deutschland in so einer beschissenen Zeit."

*

Es ist der 11. September 1944. Draußen ist es dunkel. Arnold liegt in dieser Nacht allein in seinem Bett. Bis vor einer Stunde hatte er mit Jakob bei Josef im Wohnzimmer gesessen. Sie hatten jeder ein Glas Äbbelwoi vor sich gehabt, sie hatten einander von früher erzählt, als sie jung waren, der Großvater von der Schule, von den Spielen, die sich teilweise bis in die jetzige Generation gehalten haben: *„Kaiser, wie viele Schritte gibst du mir?"* und *„Hans, guck um"*.

Jakob hatte von seinen Besuchen in der Frankfurter Oper erzählt, ausführlich hat er geschwärmt, auch nicht verschwiegen,
dass die Erinnerung jedes Mal sein Herz klopfen ließ und ihm
die Trauer in die Seele zurückholte, es war immer ein Familie-
nerlebnis gewesen, für ihn selbst, für Katja, Mutter und Vater,
der kleine Michael wurde bei seiner Oma abgeliefert. Jakobs
Schwester, damals zwölf oder dreizehn, habe in wirklich jeder Oper geweint, aus Rührung, wenn es um Liebe ging – *„La
Bohème“* – oder aus Kummer, wenn der Held durch Beschluss
der Götter sterben musste – *„Siegfried“*.

Zu Jakobs Lieblingsopern zählte schwerer Stoff: die *„Götterdämmerung“*, Richard Wagner. Wie kommt Arnold jetzt gerade
darauf? Jakob hatte den Titel der Oper genannt, der bei Arnold
an irgendetwas angerührt und ihn ein wenig unruhig gemacht
hatte. Jakob liebte diese *„Götterdämmerung“*.

Das passte heute und in diesen Tagen, in denen sich eine seltsame Stimmung aus Endzeitgefühl, Vergangenheitsmelancholie
und Hoffnung auf den Neuanfang ausbreitete.

Arnold sah Hitlers Götterdämmerung mit Hochgefühl entgegen, über dessen Untergang, über das Ende des Deutschen Reiches, da würden die Götter jubeln!

30

Das Wunderhaus in der Schloßborner Straße

Am 12. September 1944 flog die Royal Air Force ihren letzten Großangriff auf Frankfurt.

In der Nacht fielen in einer halben Stunde 2000 Sprengbomben und 240.000 Brandbomben auf die Stadt, im Industriegebiet an der Mainzer Landstraße unweit der Schloßborner Straße wurden Gebäude getroffen, mehr als 400 Frankfurter verloren ihr Leben, das Krankenhaus Sachsenhausen wurde zerstört und das Bockenheimer Elisabeth-Krankenhaus. Nach dem Voralarm um 22.20 Uhr hatten sich die meisten Anwohner in einen der Luftschutzkeller und Bunker geflüchtet, konnten sich dort aber nicht hundertprozentig sicher fühlen. Die Nachricht hatte sich schnell verbreitet: Bei manchen Bunkern hatte die Regierung die Eisenarmierung weggelassen, da es für Eisen kein Kontingent mehr gegeben hatte.

Angesichts der zahlreichen Toten und Verletzten kam es zu Protesten. Die Leute riefen „Nieder mit dem Krieg, Schluss mit dem Krieg!", aber die Polizei kam nicht und niemand schritt ein, auch nicht die Partei.

Beim ersten Fliegeralarm kurz nach zehn Uhr abends waren sie hastig aus den Betten gesprungen, wieder aus den Träumen gerissen, wieder keine Zeit, richtig wach zu werden, obgleich der Schlaf kein ruhiger gewesen ist. Schnell in die jeden Abend vorsorglich neben dem Bett bereitgelegten Kleider geschlüpft, noch im Halbschlaf das Köfferchen gegriffen mit dem Nötigsten an Wäsche, warmen Socken und den Papieren, Ausweisen und von jedem ein mit Namen versehenes Foto, auch vom Heinz, Gott weiß, wie es dem erging, da, wo er jetzt war. Ja nicht die Blechbüchse mit dem Proviant vergessen! Und den Beutel mit den Reichsmark, der in Amalies Büstenhalter versteckt wurde. Sie haben an Streichhölzer gedacht und an Kerzen und auch an die Taschenlampe, die ihnen den Weg durch die unbeleuchteten Straßen weist. So schnell wie möglich in den Bunker im Gallusviertel, damit sie noch einen halbwegs guten Platz bekommen, wo Heinrich, Amalie und Emma beisammensitzen können.

Abgehetzt wie immer, erreichen sie das finstere Gebäude rechtzeitig. Sie versuchen, nicht zu drängeln, was schwerfällt, die ganze Nachbarschaft will hinein. Zum Glück treffen sie, kaum dass sie eingetreten sind, den Kress und sein Käthchen, die haben schon Plätze freigehalten, so gut es ging. Die drei Döpfners kauern sich neben die Freunde auf die Decke, die Emma sich geistesgegenwärtig noch schnell um den Leib geschlungen hatte, ein Reflex, weil sie immer fror in den dicken Mauern. Sie reden nicht viel, Käthe hat ihre großen Thermosflaschen dabei, mit Hagebuttentee. „Ohne die geh ich doch nicht in den Bunker, wer weiß, wann die Entwarnung kommt. Nicht dass wir verdursten." Amalie hatte vorsorglich Reste vom Abendbrot in belegte Brote verwandelt und, in der „Blechbüchs" eingepackt, im Kühlschrank bereitgestellt, die werden jetzt auch mit den Nachbarn geteilt.

Heinrich jammert ein bisschen, er hat immer Angst, dass sie ihm das Haus abfackeln, dass die Wohnung kaputt ist mit all den Sachen drin, die ihm am Herzen liegen. Seine Uniform von damals, als er bei den Husaren gewesen war, in Riga. Das Programmheft vom einzigen Theaterbesuch seines Lebens: in Riga hatte er, was er immer gern zum Besten gab, ein Stück gesehen mit seinen Kameraden. Wenn Heinrich schließlich den Titel verkündete, hob er stets den rechten Zeigefinger in die Höhe und sagte, jede Silbe höchst hochdeutsch betonend: *„Der müde Theodor"*. Ein unvergessliches Erlebnis. Er bangte auch um die bestickten Tischdecken, die zwar auf keinen Tisch passten, aber von Heinrichs Mutter, die schon lang nicht mehr lebte, von Hand mit den schönsten Blumen und Dekors versehen worden waren. Auch ein Familienschatz.

Und dann die hübsche Puppenküche, die er für die dreijährige Emma mithilfe seines Schreinerschwagers gebaut hatte, nach dem Vorbild der eigenen Küche in Frankfurt. Ein befreundeter Spengler hatte Griffe und Scharniere für die beiden kleinen Fenster gefertigt und einen Wasserhahn. An die rechte Außenwand der Puppenstube hatte Heinrich eine eckige Metalldose gehängt, die mit Wasser gefüllt wurde. Das spielende Kind konnte dann den kleinen Hahn am Puppenstubenwaschbecken aufdrehen, durch das winzige Abflussrohr lief es wieder ab in einen Spielzeugblecheimer, der an einem Haken unter dem Küchenboden hing. Die kleinen Stühlchen, den Küchentisch und das Büfett mit den Glasscheiben und den Holzschnitzereien hatten Arnold und Heinrich gemeinsam gesägt, geschnitzt und bemalt, exakt nach dem Vorbild von Amalies Frankfurter Küche.

Die kleine Emma hatte jedes Jahr an Weihnachten bis weit in den Januar damit spielen dürfen. Sie war dann immer stundenlang nicht ansprechbar gewesen, hatte sämtliche Dialoge ihrer Puppenakteure selbst gesprochen, wenn keine Spielkameradin zur Verfügung stand, und auf dem originalgetreuen Spiritusherd Suppe aus den heruntergefallenen Tannennadeln gekocht, die „Spinatsuppe" sei köstlich, hatte sie ihrer Mutter erklärt, die sich daraufhin den Bauch gehalten, gestöhnt und gesagt hatte, sie sei so satt vom Mittagessen, sie könne jetzt nur probieren. Und dann hatte Amalie sich aus dem kleinen Küchenbüfett einen der winzigen Löffel genommen und ihn ins Kochwasser getunkt und so getan, als würde sie probieren. Sie machte „Mmmh, gut" und ihre Tochter damit glücklich. Im Februar wurde die Puppenküche sorgfältig in ihre Kiste gepackt und im Keller verwahrt. Bis es wieder so weit war.

Heinrich träumt sich in die vergangene heile Zeit, wie heimelig solche Tage immer gewesen waren. Sie sind keine reichen Leute, aber sie haben ihr Auskommen und sie sind zufrieden und froh miteinander und gehen sich fast nie auf die Nerven.

Er betet, dass sie alle wieder zusammenkommen würden, der Heinz, der fehlt ihm wirklich, der liebe, gute Bub, auch er bald ein richtiger Mann. Er muss unbedingt wiederkommen und möglichst bald und unversehrt.

„Die Puppenstube müsste eigentlich sicher sein im Keller", sagt Heinrich, als er aus seinen melancholischen Rückblicken in die Realität zurückkehrt.

„Ja, Heinrich, ich glaub schon, die ist ja unten im Keller. Viel mehr zählt doch, dass unser Dach überm Kopf an Ort und Stelle bleibt, das wär mir, ehrlich gesagt, das Wichtigste", sagt Amalie, als die ersten lauten Einschläge draußen zu hören sind, noch ein Stück entfernt, so klingt es.

Amalie kommt nicht dagegen an, sie fängt an zu zittern, zieht unwillkürlich den Kopf ein, murmelt mit zugepressten Augen unverständliche Gebete, der Lärm nimmt zu, die Bomben rücken näher, sie können nichts tun, sind ausgeliefert dem unsichtbaren Geschehen. Es vibriert. Hinten in der Ecke wird einer ganz panisch, will auf einmal raus. „Ich krieg keine Luft hier drin. Lasst mich raus!" Hände greifen nach dem Mann, halten ihn am Boden, als er aufspringen und zu der Stahltür mit dem Hebel will.

Käthchen bleibt stoisch auf ihrem Platz sitzen, verteilt aus Thermosflasche Nummer zwei Hagebuttentee, bietet Heinrich einen Becher an. „Wenn dir das zu laut ist, musste einfach die Ohren zuhalten. Ich hab keine Angst, was meinste, was der Karl und ich schon erlebt haben, der Erste Weltkrieg war auch kein Zuckerschlecken." Käthes unerschrockenes Gehabe tut seine Wirkung, Amalie löst sich aus ihrer Erstarrung, dankt der Nachbarin für die zuversichtliche Rede. „Wahrscheinlich hast du recht, Käthchen, es nutzt ja nichts, wenn man die ganze Zeit nur Angst hat, da überlebst du auch nicht besser." Karl ergänzt: „Heinrich, denk dran, unser Haus hat einen Zauberring um sich, das geht nicht kaputt, da könnt ich wetten. Und außerdem: Wer weiß, für was es gut ist. Vielleicht müssen wir, wenn wir von hier wieder auftauchen und rauskönnen, endlich keine Nazis mehr sein, das wär doch auch was." Es sagt es ziemlich laut, er hat keine Angst mehr zu sagen, was er denkt. Einer fängt damit an: Er klatscht mit seinen beiden Händen drei-, viermal, eine Frau stimmt ein, fast die Hälfte der Eingeschlossenen macht schließlich mit, sogar ein junger Mann in Uniform.

Die wenigen, die nicht mitklatschen, sehen die anderen mit großen Augen an, verstehen nicht, warum die applaudieren.

Nach einer halben Stunde wurde es draußen still. Keine Flieger waren mehr zu hören. Allmählich trauten sich die Insassen der Bunker nach draußen. Dort ein Bild der Verwüstung, die Stadt brannte. Die Feuerwehr kam nicht zum Löschen. Sie war nach Darmstadt beordert worden, das tags zuvor durch die Bomben in Brand geraten war. Viele waren gestorben, viele verwundet worden. Die Menschen trauerten, hatten keine Kraft mehr aufzuräumen. Sie gingen nach Hause, sie hofften, dass es ihr Zuhause noch gab.

Heinrich, Amalie, Emma, Käthe und der Kress halfen vor dem Bunker anderen Leuten, Unbekannten, beim Aufrichten, beim Einsammeln von Habseligkeiten, beim Beruhigen, beim Mutmachen.

Heinrich, Amalie, Emma, Käthe und der Kress hielten einander an den Händen, als sie sich in den frühen Morgenstunden auf den Rückweg in die Schloßborner machten. Ihr Haus stand wie ein Fels in der Brandung. Keine Flammen, die aus den Fenstern schlugen, keine von Hitze zersprungene Fensterscheibe. Das Wunderhaus. Alles war in diesem winzigen Winkel der Welt so, wie es sein sollte.

Da bildeten sie einen Ring, ergriffen noch einmal die Hand der/ des am nächsten Stehenden und drehten sich im Kreis, warfen den Kopf nach hinten vor Freude, dass sie lebten, sie sangen und lachten und waren erleichtert. *Ringel, Ringel, Reihe.* Bald, ganz bald würden sie frei sein.

Es war aber noch nicht zu Ende. Bis 1945 würden die Alliierten die Stadt aus der Luft angreifen. Am schlimmsten sollte es am 9. März 1945 werden, als etwa 300 Flugzeuge einen Bombenteppich über Teile der Stadt legten. Die Mainzer Landstraße war darunter. Erst zwei Wochen später gelang es der 7. US-Armee, die Kriegshandlungen durch Besetzung und Übernahme Frankfurts zu beenden.

31

Die Raben sind verschwunden

„Weißt du, was mir heute morgen aufgefallen ist?" Arnold zieht die Schultern in die Höhe, guckt mit einem leicht spöttischen Grinsen auf den Mann in seinem Bett. „Nein, woher soll ich das denn wissen?"

Seit er nicht mehr verlobt ist, lässt er Jakob auch mal über Nacht bei sich schlafen, obwohl das ja immer noch vor Frieda diskret verborgen wird, das mit ihnen beiden. Arnold fühlt sich trotzdem unbelastet und sicherer seither, erklären hätte er das nicht können. Die Bedrohung kam ja noch immer von draußen.

Jakob bleibt ernst, er steigt nicht auf das Geflachse ein. „Es gibt keine Krähen in diesem Sommer oder besser in diesem Frühherbst, die Raben sind verschwunden", sagt er.

Er stößt auf Kopfschütteln. „Wie kommst du denn jetzt darauf, nach so einer Nacht?", Arnold schaut verständnislos. Also wird Jakob konkreter. „Der Rabe ist ein mythologisches Tier, ganz früher galt er als Symbol von Weisheit, bei den Christen wandelte sich die mystische Bedeutung. Der schwarze Vogel, also auch eine Krähe, wurde zum sogenannten Wotansvogel, dann zum Dämon, der Aas frist statt Körner, der dem Teufel ergeben dient, das haben sich die Pfaffen ausgedacht. Den Menschen verkündeten die Raben angeblich drohendes Unheil, magische, natürlich teuflische Kräfte wurden ihnen nachgesagt. Wusstest du, dass das Wort Galgenvogel daher kommt? Die Rabenvögel sollen bei den Gehängten auf dem oberen Balken gesessen und darauf gewartet haben, dass der Tote ‚reif' wurde für den Verzehr, du verstehst, was ich meine, man will sich's lieber nicht vorstellen."

„Ideen hast du, so früh am Tag. Schau aus dem Fenster, es ist friedlich, und wenn die Vögel gar nicht da sind, kann doch eigentlich erst recht nichts Schlimmes auf dich warten da draußen." Manchmal war Arnold irritiert von seinem Liebsten, der Knabe war eben einfach zu gebildet, kannte die Welten von Literatur, Philosophie, jüdischer Gelehrsamkeit. In der Synagoge hatte Jakob als Junge das Diskutieren gelernt, auf dem Gymnasium waren ihm Schiller und Goethe begegnet. Schiller war dem Schüler Jakob Rosenberger lieber gewesen, der war ein Revolutionär. Dass die Nazis das nicht bemerkt hatten, ein ewiges Mysterium. Der Dichter hatte so oft in seinem Werk das Hohelied auf den freien Geist gesungen. Jakob hatte in Josefs Bücherschrank ein paar Reclam-Heftchen gefunden und noch mal „*Die Räuber*" gelesen.

Davon hatte er seinem Lieblingsschreiner erzählt. Der freute sich zwar, dass er was dazulernte, aber es gelang ihm selten, es nur als Jakobs Liebesgeste zu betrachten, es machte ihn auch unsicher: Wenn eines Tages das Dunkel hinter ihnen liegt, wird Arnold dann den über alles Geliebten noch zufriedenstellen? Würde er sich nicht nach einem umsehen, der eine Schulbildung hat, der gescheiter ist, der seine Interessen teilt? Einen, mit dem er über all so was reden kann?

Arnold fasste den Entschluss, mit Josefs Geheimbüchern anzufangen, warum sollte er nicht selbst so ein Mann werden können, der würde Augen machen, der Jakob, wenn er erst mal antworten könnte.

Jakob hat sich inzwischen halb aus dem Bett erhoben, jetzt sitzt er auf der Bettkante, nackt, streckt die Arme in die Luft, rekelt sich in den Tag. Er wendet Arnold den Rücken zu, die Vorhänge sind geschlossen, dahinter scheint der Tag trübe zu werden, es ist aber noch früh, alles ist offen, womöglich kommt doch noch Sonnenschein.

Am liebsten hätte Arnold seinen Freund noch einmal in die Federn gepresst, dessen Adoniskörper mit seinen „Herkulesarmen" – Jakobs Wort – umgarnt, umschlungen, mit ihm Haut an Haut gelegen, aber für heute musste es genügen. Er will auf Jakobs Geschichte mit den Raben eingehen.

Arnold erzählt von einem Jungen in seiner Klasse, Marie hatte sich auch ein bisschen mit ihm angefreundet. Der Günther war ein schmächtiges Kind gewesen, jedoch mächtig interessant für die Schulkameraden, weil er eine zahme Krähe hatte. Morgens sei der Vogel so lange auf dem Fensterbrett der ebenerdigen Küche rumgehopst, bis Günther die sich nach innen öffnenden Flügel aufmachte und die Krähe gelassen in den Raum hüpfte, um sich ihr Frühstück abzuholen. Mal ein Stückchen Brot, in Milch getunkt, mal ein bisschen Abfall vom Fleisch oder ein halbes hart gekochtes Ei. Sie war Günthers Attraktion, aber er respektierte auch deren Eigenart. Nie fasste er seine tierische Freundin an, obwohl sie ihrem Futterspender gelegentlich auf die Schulter flog und sich ein wenig herumtragen ließ, ihr „Beitrag zur Freundschaft", so hatte Günther das damals genannt. „Die wusste genau, wie man die Menschen rumkriegt", sagt Arnold.

Jakob lächelt nachsichtig. „Eine schöne Geschichte. Trotzdem: Wo sind die Krähen jetzt geblieben? Früher haben wir immer gesagt, dass sie den Tod bringen. Was bedeutet es, wenn sie jetzt nicht mehr da sind? Ist der Tod dann auch auf dem Rückzug? Kann das sein? Ach, Arnold, wenn doch endlich wieder heile Welt wäre. Ich fühl mich manchmal so mutlos, wenn du nicht wärst, ich weiß nicht, ob ich ewig so weitermachen könnte. Es ist ja nicht so, dass ich gar keine Freude mehr hab, ich lach auch oft mit deiner Mutter, dem Josef, Marie, aber so ganz drinnen in mir, da weiß ich manchmal nicht weiter." Dann, nach einer Schweigepause: „Ich lieb dich, weißt du, du bist mein Halt und meine Freude. Wenn die Raben wiederkommen, dann scheuch sie weg, versprich's mir, sie machen mir Angst. Heute aber will ich es als ein gutes Omen sehen, dass weit und breit kein schwarzer Schatten an der Wand auftaucht, kein Krächzen und Gekreische zu hören ist. Und wie findest du das? Die Raben werden den Singvögeln zugeordnet, ein Irrsin bei dem Gezeter."

Arnold hat sich neben seinen Freund gesetzt. Er umarmt ihn und drückt ihn an sich, versucht, ihm ein anheimelndes Gefühl zu geben. „Ich schick sie alle zum Teufel, die sollen nur kommen, versprochen. Wir zwei, wir sind unbesiegbar, wenn wir nur wollen." Jetzt stehen sie beide auf, Arnold „hilft" Jakob beim Anziehen, wie Frieda früher ihm, als er noch ein Kind war. Arnold lässt Jakob die Arme ausstrecken, damit er ihm das Hemd darüberstreifen kann. Sorgfältig umschließt er mit der Stoffleiste einen Knopf nach dem anderen, rückt den Kragen zurecht. Jakob schlüpft in die Unterhose, dann in die „geerbte" Manchester, lässt Arnold auch da die Knöpfe zumachen.

Arnold hat plötzlich ein flaues Gefühl im Magen. Als würde ihm die ganze Lage, in der sie sich befinden, auf einen Schlag über den Kopf wachsen. Ihm wird fast übel, so kotzelig ist ihm zumute. „Ich hab auf einmal so Angst, es ist doch gar nichts passiert, oh Gott, was ist nur los mit mir?", stöhnt er heraus. Er muss sich setzen. Ihm ist ein bisschen schwindelig, als käme gleich einer vorbei, der ihm den Geliebten wegholt. Wie Todesangst, so fühlt sich das an.

Jakob sieht besorgt aus. Fragt: „Was ist dir? Ist dir nicht gut?" Arnold holt ein paarmal tief Luft, bevor er antwortet. Beruhigt sich selbst, so gut es geht, sagt nicht, was ihn umtreibt, das wird bald vorbei sein, den Glauben nicht verlieren, die sind geschlagen, in Russland sowieso, es gibt KZs, das weiß inzwischen jeder, die wird es bald nicht mehr geben, alle werden rauskommen, er wird sich um sie kümmern, die Feinde werden die Befreier sein, kein Grund, daran zu zweifeln. Verflucht, das Herz soll sich wieder einkriegen, alles wird gut.

Die Krähen sind fort.

„Es geht gleich wieder. Ich hab schon lang nichts mehr gegessen, lass uns frühstücken, das wird helfen. Ich brauch Zucker. Weißt du was, komm gleich mit runter, meine Mutter denkt sich sowieso ihr Teil, ich kenn sie doch. Sie hat uns längst durchschaut. Sie hat „die Wahrheit erkannt" – in meiner Bibel steht der Satz: „... und die Wahrheit wird euch frei machen'.

Ich hab vor, meiner Mutter endlich zu sagen, warum die Marie und ich uns getrennt haben, es war ja nicht nur die Schuld vom Hannes. Es war sowieso nie seine Schuld." Arnold lacht. „Das untreue Weib hat mich sitzen lassen." Da stimmt Jakob in das Lachen ein. Er ist davon überzeugt, dass Arnold das Richtige tun wird.

*

Im Haus war es noch still, aus Friedas Schlafzimmer war kein Mucks zu hören, und zu sehen war sie auch nicht. Vielleicht war sie wieder bis früh wachgelegen und hatte sich in den Morgenstunden noch mal umgedreht, war wieder eingeschlafen.

„Ältere Frauen schlafen nie durch. Früher, als der Minkus noch
bei mir war, da hab ich ewig schlafen können, da war man halt
noch jung – und zufrieden von der Nacht, du weißt schon“, sagt
sie manchmal. Ab und zu war sie ganz schön offenherzig, aus ihr
sprachen der Stolz und die Freude, dass ihr das Glück gegönnt
gewesen ist, einen so tollen Mann zu haben, ein Schöner war er
gewesen, männlich, zupackend, hart arbeitend auf dem Feld, zu
Hause ein Poet mit all seinen Ideen, den Geschichten, die er den
Kindern aus dem Stegreif erzählt hat. Sie bekam noch immer
rote Backen, wenn sie an die wilden Nächte mit ihrem Ehemann
dachte, der nun schon so lange im Paradies auf sie wartete. Sie
hatte sich eins von ihm abgegguckt: genau hinschauen. Wenn
zwei sich liebten, das erkannte Frieda spätestens auf den zweiten Blick.

„Ich möchte wissen, wo meine Mutter steckt. Die ist doch sonst
immer schon fertig mit Kaffeetrinken, wenn ich runterkomme.“
Arnold ist beunruhigt. Jakob füllt den Aluminium-Wasserkessel
mit der gebogenen Schnauze mit Wasser und legt Holz in den
Kohleherd, das fast sofort die glimmende Glut entfacht. „Kaf-
fee oder Tee?“ Arnold kriegt sich heute nicht richtig ins Lot.
Der Schreck sitzt ihm in den Knochen, zum ersten Mal hat sein
Körper Signal gegeben, was das nur gewesen ist? Er entscheidet
sich für Pfefferminztee. Jakob fragt artig, ob er was von dem
Malzkaffee nehmen darf. „Natürlich, nimm, was du magst.“ Ja-
kob kümmert sich. Schneidet Brotscheiben ab, stellt den Topf
mit Pflaumenmus dazu, nimmt für jeden einen Apfel aus dem
Korb hinter der Tür.
Draußen dreht sich ein Schlüssel in der Tür, Frieda kommt herein, ist erstaunt, Jakob so früh an ihrem Küchentisch vorzufinden.
„Ich war drüben beim Josef, die Mädchen konnten ihm heute
Morgen nichts bringen, die sitzen alle wie gebannt vorm Volksempfänger. Aber man erfährt nicht, was wirklich passiert ist. In
Frankfurt ist wohl die Hölle los. Es brennt, heut Nacht sind anscheinend die Amerikaner gekommen. Katrin probiert dauernd,
ob sie Malchens Mann erreichen kann. Jetzt haben sie beim Otto
grad noch einen Fernsprecher gekriegt, den der Heinrich höchst-

selbst installiert hat, und es hilft auch nichts. Die Leitungen sind gestört. Der Josef hat übrigens nach dir gefragt, Jakob. Er hätte dich gerufen, als Maria und Sophie um acht noch nicht da waren, ob was los sei, wollte er wissen, und Hunger hatte er auch. Aber du hast ihn wohl nicht gehört." Sie zieht die Augenbraue hoch. „Ein Glück, dass unser lieber Herr Müller, der Erich, wieder mal zur Stelle war, er hat seinen Morgenrundgang gemacht und den Josef rufen gehört. Der muss aber auch alles wissen, was hier passiert. ‚Neugierig Dippe‘ tät man ihn nennen, wenn er eine Frau wäre, oder?" Frieda amüsiert sich über den allgegenwärtigen Bäcker, der früh am Morgen und am frühen Abend, manchmal auch nachts in den Orber Straßen nach dem Rechten sieht. „Na ja, dieses Mal hat es ja nicht geschadet, er hat vorhin bei mir geklingelt und mir Bescheid gegeben, dass der Großvater es heut allein nicht in die Küche schafft, sonst tätest du ihm helfen und Frühstück machen, aber er wollte dich nicht wecken."

Arnold ist ein bisschen grau geworden. Dieser verdammte Erich. Der Kerl spionierte ihnen nach, daran gab es keinen Zweifel. Die Nachstellungen hatten sich verdoppelt, seit er wusste, dass Marie ihn für den schönen Blinden verlassen hatte, was Erich, wie Arnold wusste, keineswegs guthieß. „Ihr wart doch immer so nett miteinander, wenn ihr am Sonntag im Café bei mir wart." Das hatte er gesagt, als Jakob neben Arnold stand. Er hatte Jakob dabei fest in die Augen geguckt, dann geflissentlich Thema und Blickrichtung gewechselt. Arnold war das Aufblitzen nicht entgangen. Jakob auch nicht.

Da hilft nur die Flucht nach vorn. Und zwar sofort. Arnold wirft Jakob, der gerade dabei ist, auch für Frieda einen Malzkaffee aufzubrühen, einen vielsagenden Blick zu. „Jetzt?", fragt er knapp. Jakob sieht ihn ernst an. Dann stimmt er mit einem stummen, zaghaften Nicken zu, sagt dann: „Wie war das? Die Wahrheit macht uns frei?"

Und dann bitten sie Frieda, Platz zu nehmen. Sie spürt, dass es um eine Lebensentscheidung geht, dass es den zwei jungen Männern ernst ist. Jakob versucht, dem Ganzen die Spitze zu nehmen, reicht ihr die Tasse mit dem Muckefuck und dem Zucker und der Milch. „Nun trink erst mal. Heute stirbt hier keiner, es ist auch nichts Schlimmes, und es ist nicht den geringsten Hauch von Angst wert, solange es nicht in alle Welt hinausposaunt wird."

Es ist so weit: Hochoffiziell gesteht Arnold seiner Mutter, dass er ein Mann ist, der einen Mann liebt. Dass er Jakob liebt. So, wie sie ihren Mann, seinen Vater, geliebt hat. Er erzählt, wie er es damals auf dem Schulhof bei der Rauferei zum ersten Mal gespürt hat, dass er lieber einen Jungen umarmen würde als ein Mädchen. Er sei einfach so, sagt er. Dafür könne er nichts und sie, die ihn zur Welt gebracht hat, auch nicht. „Ich bitte dich um Verzeihung, dass ich dir nicht früher etwas davon gesagt hab. Der Vater hat es gewusst. Er hat mal zu mir gesagt: ‚Du kannst so bleiben, wie du bist, Bub. Du bist schon recht so. Schau dich um, die Welt ist bunt. Da hat jede Farbe ihr Plätzchen.'"

Frieda stehen die Tränen in den Augen, als Arnold ihren geliebten Minkus erwähnt. Er war ein Freigeist gewesen, das auch noch, leben und leben lassen, das war sein Motto gewesen – neben mehreren anderen.

„Komm mal her, mein Kleiner", sagt sie zu dem großen Sohn. „Du bist und bleibst mein Kind, wen oder was du lieb hast, das ist deine Sache. Ich hab mir das schon länger gedacht. Weil ihr auch nie Anstalten gemacht habt zu heiraten, du und die Marie. Und weil du lieber mit Jakob, den ich übrigens auch ins Herz geschlossen hab" – sie bedenkt den Genannten mit einem liebevollen Blick –, „herumgestromert bist als mit deiner Braut. Vor mir braucht ihr euch nicht zu verstecken, wirklich nicht, ich halt sowieso viel aus. Denk doch nur dran, sogar das mit deinem Bruder hab ich ohne zu klagen mitgemacht – als der Otto noch ein Nazi war, und das bei dem Vater. Ich hab gedacht, ich krieg sie nicht mehr alle. Ich muss euch zwei aber trotzdem warnen: Lasst euch bei dem Erich nichts anmerken, ich trau dem nicht recht, aber vielleicht bild ich mir auch nur was ein."

„Mama, da sind wir uns einig, auch wenn Marie was anderes sagt. Sie hält ihn für einen freundlichen Kerl. Mir kommt es komisch vor, dass der alles als Erster weiß. Also, Augen auf."

Jakob ist nun mutiger geworden, er steht vom Tisch auf, geht zu Frieda, die am steinernen Spülbecken herumhantiert, die Frau hat einfach keine Ruhe im Leib. „Frieda, wir sind schon per Du, ich bin heute so froh, weil du das eben zu Arnold gesagt hast. Darf ich?" Er öffnet die Arme.

„Auf jeden Fall, man kann sich gar nicht genug drücken lassen, grad jetzt. Und wann umarmt mich denn schon mal ein junger Mann?" Und dann sind sie alle drei ganz gefühlig, erleichtert sind die Männer, weil sie endlich nicht mehr heucheln müssen. Erleichtert ist aber auch Frieda. Sie muss nicht länger das naive, treu sorgende Hausmütterchen sein, die liebe Mama, die gut kocht.

Sie würde ihnen von jetzt an ihre andere Seite zeigen: Die war kämpferisch, die war mutig, und sie war leidenschaftlich. Ihr Mann hatte das immer an ihr gemocht.

32

Orber Winternächte

Das Jahr 1944 neigte sich dem Ende zu. Arnolds Familie verbrachte die Tage zwar in einer Art Habachtstellung, niemand hätte mit Gewissheit voraussagen können, ob nicht doch noch ein gigantisches Bombardement die kleine Stadt treffen würde. Doch die Nächte waren ruhig, es gab keine Sirenen wie in Frankfurt, in Ermangelung solcher Alarmeinrichtungen und, Gott sei Dank, auch derartiger Angriffe.

Allerdings hatte die kleine Kurstadt immer mehr Einwohner: Menschen, deren Zuhause anderswo zerstört war, flohen aus ihren Heimatorten hierher, auch Evakuierte aus Frankfurt, Hanau, Gelnhausen suchten Obdach in Orb.

Frieda betätigte sich mächtig bei der Hilfe für die, die kein Dach mehr über dem Kopf hatten, sie bequatschte Josef. Was er denn davon hielte, noch ein oder zwei Zimmer in seinem großen Haus für die Obdachlosen, über denen das Haus zusammengestürzt war, zur Verfügung zu stellen. Der Großvater hatte gezögert. „Ich hab vor allem keine Lust, irgendwelche Nazis, Judenhasser, Homosexuellenfeinde in meinem Haus zu haben, da müsste ich ja in meinem eigenen Haus dauernd aufpassen, dass die mir nicht in meinem Bücherregal rumspionieren und mich am Ende noch verpfeifen. So einen wie den Jakob – jederzeit würde ich den nehmen, solch einer hätte bloß kein Schild um den Hals, der wäre schnell verschwunden."

Frieda hat lange hin und her überlegt, an dem, was der Josef befürchtete, war schon was dran. Schließlich hat sie das klägliche Restchen von Mut zusammengekratzt. Sie ist in die Kirche gegangen, hat dort ein anderes Schild, eher einen Zettel, ans Schwarze Brett gehängt: „1 großes Zimmer zu vergeben, für Mutter mit Kind(ern). Parteimitglieder werden nicht bevorzugt. Bitte melden bei …" Sie hoffte, dass das deutlich genug war.

Bald schon stand die erste Bewerberin vor ihrer Tür. Frieda quartierte eine verstörte junge Frau, Helene Meier, in dem Zimmer ein, das Amalie früher oft im Sommer mit ihrer Tochter, mit Emma, bewohnt hatte. Auch die Untermieterin brachte eine Tochter mit, Maja, die viel hustete und kränklich wirkte, klein war sie für ihr Alter, sie war zehn Jahre alt, sah aber aus wie höchstens sieben. Das kleine Mädchen redete nicht, lachte selten. „Sie hat einen Schaden abbekommen. Seit den Bomben hat sie kaum ein Wort gesagt." Ihre Mutter war auch nicht sehr mitteilsam.

Frieda kochte verschiedene Gemüsesuppen für die beiden mit. Allmählich röteten sich die Wangen des Kindes, Mutter und Tochter fassten einen Hauch von Vertrauen. Als es ihnen besser ging, fragte die scheue Frau Meier auf dem Rathaus um finanzielle Hilfe an.

Frieda hat nicht mehr erfahren, ob sie tatsächlich ein wenig Geld als Unterstützung bekommen haben. In ihrer zurückhaltenden Art stand die Frau an einem Spätnachmittag Mitte Dezember vor Frieda, sagte herzlich Danke, sie sei gekommen, um Adieu zu sagen. Sie habe Post von einer lieben Verwandten. Eine Tante aus Wiesbaden, der Helene Meier geschrieben habe, als sie in ihrer Verzweiflung nicht wusste, wohin, werde sie bei sich aufnehmen. Sie sprach auch aus, was alle hofften: dass es „die letzten Kriegstage" waren, dass sie die noch überstehen würden. Sie versprach, sich, wenn es möglich sei, in „besseren Tagen" bei Frieda zu melden, dann würde sie gern auch etwas zurückgeben, schließlich habe sie hier viel bekommen. Nun müsse sie sehen, wie sie sich nach Wiesbaden durchschlagen könnten. „Wird schon schiefgehen", sagte sie noch, lachte zum ersten Mal in der kurzen Zeitspanne, die sie nun in Friedas Haus gelebt hatte.

Jahre später musste Frieda wieder an diese Zeit zurückdenken, so viele unvorhergesehene Begegnungen, so viele Fremde, die Freunde wurden, all das Bangen, die Mutlosigkeit, die Kraft auch. Ihre Söhne, Jakob und die anderen.

Von Frau Meier hat Frieda nie wieder etwas gehört.

Josef hatte keinen weiteren Logiergast neben Jakob aufgenommen. Frieda hatte zwar mögliche Bewerber eingehend befragt, ob sie denn treue Parteifreunde seien und immer noch an den Sieg Hitlers glaubten. Die Leute hatten irritiert ausgesehen, wussten sie doch nicht, was Frieda hören wollte: dass sie Hitler verehrten? Dass sie ihn hassten? Dass sie Nazi-Freunde oder -Feinde waren? Fast alle hatten rumgedruckst. „Ja, früher mal, da hab ich gedacht, dass der Hitler ein Famoser ist. Das mit dem Krieg, ich weiß nicht, was ich sagen soll … der gefällt ja wohl niemandem." Mehr war nicht rauszukriegen, die hatten alle Angst zu sagen, was sie wirklich dachten.

Josef hatte Frieda schließlich beiseite genommen und ihr sein Verhalten erklärt: „Weißt du, es ist ja nicht nur das mit den Nazis. Wir müssen auch an den Jakob denken. Jeder, wirklich jeder, ist für den Bub eine mögliche Gefahr, egal, ob er Nazis hasst oder Juden. Unsere guten deutschen Männer, allesamt sind sie sich doch einig, dass die – wie sagt man? Die vom anderen Ufer? – nichts taugen, dass die sehr wohl was dafür können, sie müssten sich eben zusammenreißen. Das sind doch keine richtigen Männer und abseitig sind sie obendrein, das behaupten unsere sogenannten echten Männer, die nichts anderes zustande bringen als andere sogenannte echte Männer und Frauen und Kinder totzuschießen. Ich denke natürlich nicht so."
Frieda fühlte sich ertappt. Der alte Mann hatte offensichtlich schon längst richtig hingeguckt und kommentarlos angenommen, was er sah: Ihre beiden Jungs waren mehr als nur gute Freunde. „Mädchen, guck nicht so verdattert, das weißte doch auch, dass die zwei was miteinander haben. Oder hast du das nicht sehen wollen?"
„Ganz ehrlich, Josef, eine Schwiegertochter wär mir schon lieber, und die Marie sowieso, einfach weil der Arnold es einfacher hätte im Leben. Aber da kannste nichts machen, jeder ist, wie er ist."
Frieda hatte ein ganz betroffenes Gesicht gemacht. „Außerdem hast du völlig recht, mein Lieber, daran hab ich überhaupt nicht gedacht, für uns ist der liebe Jakob ja ganz selbstverständlich geworden." Sie war ehrlich erschüttert über sich selbst, wie hatte sie in ihrem neuen Überschwang nur so kurzsichtig sein können? Gott sei Dank gab es hier kluge, weißhaarige alte Männer.

Josef hatte versöhnlich gesagt: „Mach dich nicht verrückt, Frieda, im Garten vom lieben Gott gibt's alle möglichen Lebewesen, eine bunte Mischung sozusagen."

Marie und Hannes gaben ihre Verlobung in diesem Winter bekannt. Hannes' Mutter, Hedwig Gutleut, strahlte übers ganze Gesicht, als sie endlich einmal eine frohe Botschaft vernahm. Maries Mutter war diesmal ebenfalls zufrieden mit der Wahl ihrer Tochter, der junge Mann brachte immerhin ein dereinst zu erbendes Haus mit in die Ehe. Ihr früherer Wunsch-Schwiegersohn wäre wirklich nicht der Richtige für das Mädchen gewesen, das sah sie nun ein.

Marie hatte frohgemut in kleiner Runde in *Müllers Café* verkündet: „Wenn die Irren endlich geschlagen und vertrieben sind und der Krieg vorbei ist, dann ist schon bald Sommer und dann wird geheiratet. Im weißen Kleid mit Schleier!" Vor lauter Glücksgefühl hatte sie vergessen, dass es immer noch Leute gab, die den Hitler gern behalten würden. Leute, die Marie nicht kannte. Über ihre Unbekümmertheit war sie selbst zusammengezuckt, noch war es nicht so weit.

Der Einzige, der sie mit einem warnenden Blick wieder vom Glücksthron heruntergeholt hatte, war Ottos bester Kumpel gewesen. Erich hatte Marie ein Handzeichen gegeben. Er hatte den gestreckten Zeigefinger auf die geschlossenen Lippen gelegt. Pssst!

Hannes zog seine Verlobte zu sich auf den Schoß, gab ihr vor allen Leuten einen Kuss auf den Mund, sah sich dabei gewissenhaft vor, dass er nicht unanständig lang dauerte. Dann hatte er Marie liebevoll runtergeschubst und sich mitsamt seinem Glas erhoben: „Ich trinke auf uns, auf Marie und mich. Möges es gelingen, unser großes Projekt: Liebe, Glück und sieben Kinder! Und mögen wir alle die schlimme Zeit, den Tod, den Schmerz, das Leid vertreiben mit unserem guten Mut, unserem Lachen und unserer Kraft. Wir alle leben hoch, hoch, hoch!"

Die kleine Gästeschar hatte eingestimmt, sich selbst gefeiert. Seit Langem endlich ein wenig Kerzenschein im Schatten der Welt. Arnold und Jakob hatten Marie im Glück mit Zuneigung in

ihrem Jubel zugeschaut. Verstohlene Blicke gingen zwischen ihnen hin und her, aus denen die Sehnsucht nach Erfüllung sprach.
Wie lange noch?

Draußen fing es an zu schneien. Leise rieselte der Schnee.

Erich, der Wächter, sah Arnolds Blick auf Jakob ruhen. Erich,
der Aufmerksame, erkannte etwas darin, das ihm bekannt vor-
kam. Das Gefühl hinter diesem Blick, es war dasselbe wie das,
was er selbst empfand, wenn er dem neuen Reinelt hinterher-
schaute. Erich konnte es benennen. Es war eine Sehnsucht, die
ihn erschauern ließ.

33

Kriegsweihnacht

Weihnachten war vorüber. Friedas Familie hatte ein bescheidenes Fest gefeiert. Sie hatten zusammengeholfen. Gläser und Geschirr gewienert, die weißen Tischdecken aus dem Wäscheschrank geholt. Jakob war mit einer Axt unter dem Mantel in den Wald gegangen und hatte einen kleinen Tannenbaum, „was mit Nadeln, hörst du", gefällt, der in Friedas Küche mit bemalten Walnüssen, frischen Äpfeln aus dem Lagerregal im Keller und, in Ermangelung von Lametta, mit roten Schleifen geschmückt wurde.

Ein Huhn wurde geopfert, das übernahm Otto. Frieda konnte nicht hingucken. Er hat es sanft gemacht. „Ich hab das Huhn erst schlafen gelegt, das hat nichts gespürt", beruhigte er nach vollbrachter Tat. Die fette Brühe mit Gemüse und Suppennudeln gab's vorher. Dann schwelgten sie im deutlich gestreckten Frikassee, mit reichlich Erbsen, getrockneten Pilzen, Suppengrün in heller Sauce, mit Milch und einem Löffel Rahm. „Hauptsache, es ist gut gewürzt und man wird satt."

Josef genoss das gute Essen und die Gesellschaft, sie waren wirklich zusammengewachsen, seine Tochter Katrin hat es doch nicht so schlecht getroffen mit ihrem Gemahl. „Seit der zu Verstand gekommen ist und mit dem Nazi-Kram aufgehört hat, ist er ein richtiger Mann geworden", das hatte Katrin ihren Vater sagen gehört, als er mit Frieda in der Küche war und im Sitzen beim Kartoffelklößemachen half. Katrin war gleich zu ihm gelaufen und hatte ihm ins Ohr geflüstert: „Und du solltest mal sehen, was für einer… Aber so was darf ich ja gar nicht sagen, das ist nicht anständig, gell?" Josef hat so getan, als wäre er etwas pikiert, konnte sich das Lachen aber nicht verbeißen, er gönnt es seiner Tochter, und er schwor sich, nichts Negatives mehr über ihren Ehemann zu sagen. Was auch? Der Otto entwickelte sich!

Als schließlich noch der Nachtisch, der beliebte Vanillepudding mit Himbeersoße, auf dem Tisch stand, ließ sich Frieda mit einem erleichterten Seufzer auf den Stuhl am Kopfende der Tafel nieder. Geschafft. Sie sah in die Runde: ihre Familie. Otto, Arnold, Katrin, Jakob – die nächste Generation nach ihr. Die Kinder: Maria, Sophie. Vor ihr: Josef, der Älteste am Tisch, der liebe Großvater, der furchtbar kluge alte Mann.

Sie vermisste die Frankfurter schmerzlich, aber sie machte sich keine Sorgen um sie an diesem Heiligen Abend. In ihrer Schürze hatte sie einen Brief verborgen. Sie stand noch einmal von der Tafel auf. Band sich ihre „Arbeitskleidung“ ab, die sie über dem Sonntagsgewand getragen hatte, „solange noch Soße im Spiel ist“, und nestelte den Umschlag mit der Adresse in Amalies Handschrift aus der Tasche der karierten Schürze.

„Hört mal kurz auf mit eurer Unterhaltung. Ich möcht euch was vorlesen. Gestern Morgen ist ein Brief aus Frankfurt gekommen.“ Das Gemurmel erstarb, die Familie blickte auf Frieda, die das Schreiben Amalies aus dem Umschlag nestelte. Sie räusperte sich, dann las sie vor. Die anderen hörten aufmerksam zu, Arnold griff nach Jakobs Hand, ganz automatisch, ganz selbstverständlich.

Liebe Mama, liebe Brüder, lieber Josef, liebe Katrin und Maria und Sophie, liebe Freunde,
wir wünschen Euch von Herzen alles Gute zu Weihnachten. Wir wünschen Euch und uns genauso, dass wir bald erleben, was der Engel über dem Stall mit der Krippe verkündet hat: Friede auf Erden und den Menschen ein Wohlgefallen.

So gern würden wir mit Euch feiern, wie schön wäre es, wenn wir alle zusammen bei Dir, Mama, am Tisch sitzen könnten und das Festmahl miteinander teilen könnten, auch wenn es noch so bescheiden wäre.

Aber ich will nicht darüber jammern, denn es gibt auch etwas zu berichten, wofür wir dankbar sein müssen. Ich weiß nicht, ob Ihr was davon gehört habt, aber Frankfurt ist furchtbar kaputt, wir hatten schwere Luftangriffe, die ganze Stadt hat gebrannt, es war sehr schlimm, aber wir hatten einen Schutzengel, wir waren rechtzeitig im Bunker, der ordentlich gewackelt, aber standgehalten hat. Das Ehepaar Kress war dabei, wir zwei mit Emma und Leuten aus der Nachbarschaft, uns ist nichts passiert, Gott sei Dank, man ist halt aufgeregt die ganze Zeit, so richtig stille Nacht ist dieses Jahr nicht.

Vor zwei Tagen kam doch tatsächlich eine Postkarte aus Frankreich. Leider ist Heinz immer noch in Gefangenschaft in einem elsäßischen Dorf, von dem ich noch nie gehört habe – wahrscheinlich muss der Krieg erst vorbei sein, bis überhaupt Gefangene ausgetauscht werden, denk ich. Aber er lebt, was er zum Überleben braucht, hat er, das schreibt er zumindest. Ich hab Angst, dass er nicht alles schreibt, wie es ihm wirklich geht, damit will er uns sicher nicht belasten. Wahrscheinlich wird das auch kontrolliert, es steht nicht viel auf der Karte. Aber immerhin ein kleiner Trost und ein Hoffnungsschimmer war das doch. Bei uns ist so weit alles in Ordnung, wie es eben jetzt möglich ist. Emmas Schule ist geschlossen. Gerade kann sie keine Mittlere Reife machen, erst wenn sie einen Ersatzraum für den Unterricht finden. Heinrich ist noch immer jeden Tag im Dienst, obwohl kaum noch Leitungen intakt sind, aber ihr kennt ihn ja: Dienst ist Dienst.

Wir sind gesund und unverletzt und sehnen uns wie alle nach dem Ende des Krieges. Ich kann nur sagen. Wir haben schon mehr gelacht und uns besser amüsiert. Die Kleine tut mir auch leid, ihre Kindheit und Jugend ist alles andere als unbeschwert, obwohl wir unser Bestes tun.

Nun beende ich meinen diesjährigen Weihnachtsbrief, wir denken an Euch, wie wär's, wollen wir nicht am Heiligabend um acht Uhr abends zusammen das Lied von der „Stillen Nacht" singen, ihr an Eurem Ort, wir hier an unserem, dabei aneinander und an die denken, die nicht bei uns sein können? Ich fände das schön: zu wissen, dass die, denen wir uns verbunden fühlen, im selben Moment an uns denken und etwas mit uns teilen.

Macht es gut. Seid voller Zuversicht und haltet zusammen, bis wir uns wiedersehen.

Euer Malchen mit Emma und Heinrich

Als Frieda endete, war sie nicht die Einzige, die schwieg, keiner wollte das Andächtige durchbrechen, alle würden das „heilige Lied" mitsingen. In Jakobs Augen glitzerte es verdächtig.

34

Die Amis kommen

Und endlich schien sich das schier endlose Bangen und Hoffen, das Beten und Mutmachen in Wirklichkeit zu verwandeln.

Frankfurt war befreit. „Eine strahlende Frühlingssonne lag über einer tiefen Stille", notierte Pfarrer Franz Petzold von der Emmausgemeinde in Eschersheim. „Als ob über dem Chaos der Trümmer alles Leben stillstünde."

Angefangen hatte der Sturm auf Frankfurt am Montag vor Ostern 1945, es war der 26. März. Die Eroberung der Stadt dauerte drei Tage bis zum Mittwoch. Am Gründonnerstag kam die Nachricht über einen amerikanischen Sender: Frankfurt ist eingenommen.

Generalmajor Friedrich Stemmermann wie sein Nachfolger Oberstleutnant Löffler hatten auf Gegenangriffe verzichtet, beide hatten ein Einsehen gehabt: Mit den wenigen Männern, dem bisschen Munition würde man Frankfurt nicht gegen die US-Armee verteidigen können. Sie hatten aufgegeben, waren selbst zu dem Ergebnis gekommen, dass alles Weitere sinnlos wäre.

Zum Schluss war Löfflers Befehl gekommen: „Geschütze unbrauchbar machen, bei amerikanischem Angriff in Gefangenschaft gehen." Dem sogenannten Volkssturm, Hitlers letztem Aufgebot, ersparte Löffler einen sicheren wie nutzlosen Tod, indem er die Männer einfach nach Hause schickte. Er selbst überlebte den Krieg nicht.

Am letzten Tag, dem Mittwoch, wurde er bei einem Artilleriebeschuss tödlich getroffen.

Emma hat es nicht in der Stube gehalten, als sie die Ruhe nach dem Sturm bemerkte.

Karl Kress hatte, was nach wie vor gefährlich war, den amerikanischen Sender abgehört. Er hatte es kaum glauben können, so schnell war es den Amis gelungen, sein geliebtes Frankfurt zu befreien, freilich nicht ohne großen Schaden anzurichten. Es gab zu viele Tote. Dennoch freute er sich, obwohl sie einiges dazu beigetragen hatten, dass nur noch Häuserskelette von den einstigen Wohn- und historischen Prunkgebäuden übrig waren. Am liebsten wäre er ihnen entgegengerannt, aber er wusste nicht, in welche Richtung er laufen sollte, um sie jubelnd zu begrüßen. Stattdessen war er zwei Stockwerke nach oben gerannt und hatte wie wild bei Amalie geklingelt. „Sie sind da, endlich, der Krieg ist vorbei!!" Emma war dazugesprungen, Heinrich aus dem Wohnzimmer gekommen. Sie hatten sich vor lauter Begeisterung in den Armen gelegen, und das Käthchen hatte sich inzwischen auch nach oben geschnauft, sie wollte einfach mitmachen beim Freuen und Lachen, sie war nicht mehr die Jüngste, vor ein paar Jahren hatte sie noch nicht so schwer atmen müssen wegen der paar Treppen.

Als ihr Gatte wie von der Tarantel gestochen erst in ihrer Küche herumgehopst und dann vor lauter Ungestüm nach oben gestürzt ist, um die gute Nachricht loszuwerden, hatte sie schnell die Kittelschürze ausgezogen und war ihm gefolgt, um die Ursache seines Glücks zu erfahren. Ihr die zu nennen, hatte er in seinem Überschwang glatt verschwitzt.

*

Käthchen Kress würde ihr Leben lang an diese schwere Zeit des Krieges denken Was haben sie alles zusammen durchgemacht, die Familien Döpfner und Kress, die ganze Hausgemeinschaft!

Käthchens Tochter Hedy war schon ein halbes Jahr nach ihrer Hochzeit Witwe geworden, nur die Gedanken und ein Foto in Uniform auf dem Büfett im Wohnzimmer erinnerte an ihren Helmut. Käthchen hatte nicht trösten können.

„Er ist aber wenigstens in dem Wissen gestorben, dass es jemanden gibt, der ihn wirklich von Herzen liebt", hatte sie es versucht. Hedy hat daraufhin noch mehr geweint. Und Käthchen gleich mit ihr. Traurig haben die Mutter und Tochter dann bei Amalie in der Küche gesessen, bei der sie ihr Elend abladen dürfen.

Oder die Sache mit dem Abzeichen, das war auch so was: Als der Krieg schon begonnen hatte und den Beamten, zu denen Emmas Vater als Angehöriger der Deutschen Post gehörte, dringend nahegelegt worden war, in die NSDAP einzutreten, hatte Heinrich bei der Registratur Aufnahme und Parteiabzeichen beantragt. Käthchens Mann Karl, den alle im Haus nur „Kress" nannten, saß damals im Amtsbüro der entsprechenden Dienststelle der Ortsgruppenleitung. Wie das zugegangen war, hat niemand so richtig verstanden: denn sämtliche Bewohner in dem Doppelhaus, auch der SS-Mann Weindl von gegenüber, wussten, dass der Kress ein überzeugter Sozi, wenn nicht gar ein Kommunist war. Die Hausbewohner fragten nicht weiter, ein netter Mann war er trotzdem und sehr beliebt. Es hatte bestimmt seine Ordnung. Man einigte sich darauf: Der Kress war schon ziemlich alt, taugte vielleicht selbst nicht mehr für den Krieg, für die Front. Also kümmerte sich keine Behörde mehr um ihn, er saß ja nur am Schreibtisch, was sollte der da schon groß anrichten.

Auch Amalie, Heinrich und Emma glaubten lange an diese Geschichte.

Emmas Vater und die in ihrer Haltung gegenüber dem Führer auf konträren Seiten stehenden Bewohner des Nachbarhauses waren lange Jahre befreundet. Die Kinder hatten früher zusammen im Gemeinschaftshof gespielt.

In den ärmlichen Zeiten, die der Krieg mit sich gebracht hatte, fuhren die Döpfners ab und zu, wenn es knapp wurde mit dem Essen, mit dem Kress in den Spessart zum Kartoffelstoppeln, der Freund vom ersten Stock bekam auch Gemüse aus dem Schrebergarten, den Emmas Eltern seit vielen Jahren mit Karotten, Bohnen, sämtlichen Kohlsorten, Tomaten, Johannis-, Stachel-, und Erdbeeren bepflanzten, die Äpfel lieferte ein alter, gut gehegter Baum, der schon „vor ihrer Zeit" dort gestanden hatte. Die Ernte war Gott sei Dank reichlich. So kamen sie mit dem Essen einigermaßen zurecht, auch noch, als die Bomben auf Frankfurt fielen wie Felsbrocken aus brennendem Eisen.

Der Kress hatte sich als wahrer Freund erwiesen: Ohne ein Wort darüber zu verlieren, hatte er Heinrichs Antragsformular auf Aufnahme in die Partei verschwinden lassen, seinen Kumpel und Nachbarn ließ er im guten Glauben an die baldige Aufnahme in die Partei. Heinrich war eigentlich gar nicht so richtig für die Nazis, das hatte Karl Kress durchschaut, aber den Hitler, den bewunderte Amalies Ehemann trotzdem, ein bisschen jedenfalls. „Dem kann so leicht keiner das Wasser reichen", hatte Heinrich mal geäußert, Karl hatte sich seinen Teil gedacht und nichts dazu gesagt. Wenn Heinrich sich manchmal erstaunt fragte, warum das Parteiabzeichen und -buch noch nicht da waren – „Komisch, ich warte dauernd auf den Aufnahmebescheid, dass da so gar nichts kommt" – und bei seinem vertrauten Hausgefährten nachfragte, hatte der nur mit den Achseln gezuckt und geantwortet: „Das kann dauern, wer weiß, wofür's gut ist."

*

Am Tag der Befreiung durch die Amis hat Emma als Erste die Schuhe angezogen und ist nach draußen gestürmt.

Hier steht sie nun auf Posten und hält Ausschau, guckt in Richtung Frankenallee, das ist die größte Straße, da passen Panzer drauf, falls sie damit kommen. Die Fantasie geht mit ihr durch, erschafft bunte wie schreckliche Bilder in ihrem jugendlichen Kopf, wie das sein wird, wenn die Amerikaner kommen. Sie ist gespannt, wie die fremden Soldaten aussehen.

Es sind noch mehr von den etwa 270.000 in der Stadt gebliebenen Frankfurter Bürgern auf den Straßen unterwegs. Es herrscht an diesem sonnigen Frühlingstag eine heilvolle Ruhe, und zugleich ist da eine mit Neugier und auch Furcht geladene Spannung, die Amerikaner nähern sich den Deutschen zurückhaltend, fast respektvoll, obwohl neben vielen deutschen Soldaten auch 150 Männer der US-Armee ihr Leben verloren hatten.

Ein paar Leute aus der Schloßborner Straße 18 haben sich inzwischen zu Emma gestellt. Sie gratulieren einander. Als hätten sie dazu beigetragen, dass endlich Schluss ist mit den Bomben in der Nacht. Emma fragt naseweis: „Wozu gratuliert ihr euch denn? Hat einer Geburtstag?" Ihr Vater ist jetzt auch neben ihr, macht eine ratlose Geste: „Ich weiß auch nicht. Ich glaub, weil

324

wir es geschafft haben, das zu überleben. Weil noch alles dran ist an unseren Knochen. Für so was Großes wie den Frieden gibt es keine Geste, wenn der Krieg vorbei ist."

„Oh doch", sagt Emma sehr ernst. „Doch es gibt eine: Du musst einfach nur die Hände zum Himmel strecken und das Licht in dein Herz lassen." Heinrich drückt seine Tochter: „Ach Emma, du bist wirklich ein ganz besonderes Mädchen."

Heinrich geht die wenigen Schritte zurück zum Haus. „Bin gleich wieder da." Er steigt die steilen, kurzen Stufen in den Keller hinunter, der ihm Obhut und Schutz gewährt hatte, auch wenn es manchmal gar nicht danach aussah.

Es wird ganz still in ihm, er muss an die wenigen – Gott sei Dank nicht an viele – denken, die ihm der Krieg genommen hat. Kollegen, ein entfernter Cousin, der an der Nordseeküste gelebt hatte. Wie leicht hätte einer von denen, die sich hier auf der Straße versammelt haben, bei ihnen sein können.

Heinz, was jetzt wohl mit seinem Sohn ist? Heinz, die Hoffnung seines Lebens, sein wohlgeratener und auch noch gut aussehender Sohn. Die kalte Hand greift nach Heinrichs Herz. Oh Gott, verhüte, dass sich die Franzosen an den Gefangenen rächen, jetzt taugen sie ja vielleicht nicht mal mehr zum Austausch gegen die eigenen Soldaten.

Heinrich verscheucht die trübsinnigen Gedanken aus seinem Kopf, genug gegrübelt. Warum wollte er jetzt in den Keller? Er legt die Hand an die Wand, er spürt das Feste, Sandige, Erdige, Natürliche der Steine. Unverrückbar waren sie gewesen.

Dann nimmt er aus dem hölzernen Kellerregal die einzige Flasche Sekt, die er je in seinem Leben geschenkt bekommen hat, zu seinem 20-jährigen Jubiläum bei der Post.

Als er wieder zu den anderen zurückkommt, zu Emma, Amalie, dem Kress und seinem Käthchen, spürt er auf einmal eine unfassbare Erleichterung, auch der zweite große Krieg war überstanden, die Schutzengel hatten sie nicht verlassen. Einen Herzschlag lang wird ihm ganz komisch zumute, es fühlt sich beinahe an wie ohnmächtig werden, es ist so viel passiert, es überwältigt ihn fast, dass sie nun alle so entspannt herumstehen.

Heftig sind die Bewegungen im Innern von Heinrichs Seele: als würde das Grauen seine letzten Zuckungen in ihm bündeln, ihn taumeln lassen.

Aber er bleibt standhaft. Heinrich ist wieder da. Das ist die Wirklichkeit, das andere ist Geschichte. Ganz der Alte ist er, Amalies Mann. „Lasst uns etwas Frivoles tun, es ist schließlich ein Freudentag", jetzt wird er übermütig: „Ich mach jetzt den Sekt auf und wir trinken statt aus Gläsern alle aus der Flasch, wir ham was zu feiern!" „Kommt nicht in Frage. Emma, komm und hilf mir, ich hab genug Gläser in meiner Küche, die tragen wir zusammen." Käthchen ist schon auf dem Weg. Emma will nichts verpassen, aber es ist auch noch nichts zu sehen, also rennt sie der Nachbarin hinterher, die diesmal nicht so viele Treppen vor sich hat und die wenigen zügig nimmt.

Es dauert keine fünf Minuten, da sind die zwei zurück, mit einem Korb voller verschiedener Gläser, auch einfache Wassergläser sind dabei. Käthchen sagt: „Die guten Sektgläser waren mir jetzt doch zu schad für auf der Gass. Man weiß nie, ob nicht doch noch einer auf die Idee kommt, auf irgendwen zu schießen." Sie hält ihren Mann zurück, der die kostbare Flasche schütteln will. „Bist du jetzt ganz narrisch geworden? Da läuft doch die Hälfte über, wenn der Korken rausknallt." Gesittet wird der Korken nun freigelassen, es zischt und schäumt ein bisschen, die Gläser werden gefüllt, für jeden ein paar Schluck zum Anstoßen.

Die Leute aus der Schloßborner Straße 18 stehen mitten auf der Straße. Ein paar Männer in fremden Uniformen gehen vorn an der Frankenallee vorbei. Emma sieht zum ersten Mal einen Menschen mit schwarzer Haut. Sie flüstert Amalie heimlich zu: „Schau nur, Mama, das ist der Schönste, oder?"

Übermütig, wie sie gerade ist, hebt Emma ihr Glas in die Höhe und prostet dem Soldaten zu. Der tut so, als hielte auch er ein Sektglas in der Hand. Lachend formen seine Lippen das Wort „Cheers". Dann winkt er dem jungen deutschen „Frollein" zu und zieht mit seiner Truppe weiter, gleich sind sie um die Ecke.

Die Frankfurter trauten sich allmählich alle vor die Tür. Nicht nur aus Neugier, sie genossen auch den unbeschwerten Freigang. Wo sie auf Amerikaner trafen, begrüßten sie sie zum Teil mit Ap-

plaus oder mit einem dankbaren Lächeln. Besonders die wenigen
Juden, die sich hatten verstecken können, die sich selbst als andere
ausgegeben hatten, die in Vororten untergekrochen waren, in Ver-
schlägen, Kellern oder sonstwo, sahen endlich wieder Tageslicht,
sie genossen die Befreiung, niemand war sich ihrer so bewusst,
niemand sonst hatte sie so herbeigesehnt wie die Verborgenen, die
Verfolgten, die Bespitzelten, die jüdischen Bürger.

*

Als der Krieg vorbei war, die Amerikaner die Stadt übernommen hatten und die Menschen allmählich ein bisschen zur Ruhe
gekommen waren, hatte Karl Kress seinem Freund Heinrich
Döpfner den Umschlag mit den Papieren zurückgegeben, die er
in seinem Schreibtisch „vergessen" hatte, damit sein Nachbar
nicht in die NSDAP eintreten konnte. Er hatte genau gewusst,
dass das nur so eine Schnapsidee seines alten Kumpels war, der
Heinrich war doch kein Nazi!

Nachdem die Amerikaner endgültig den Zusammenbruch des
Deutschens Reiches manifestiert hatten, machte Karl reinen
Tisch: Als Heinrich ratlos mit dem Umschlag in der Hand vor
ihm im Treppenhaus stand, sagte er in seiner brummigen, kurz
angebundenen Art: „Die Anträge hab ich versteckt, du bist mir
sicher nicht böse, am besten, du verbrennst den Kram, müssen
die Amis ja nicht wissen, da haste dich einfach mal kurz ver-
rant, nicht wahr." Heinrich wusste nicht, was er sagen sollte, der
Kress hatte ja recht, er wusste jetzt wirklich selbst, „wozu es gut
war". Es blieb ihm nichts weiter zu sagen, er bedankte sich aufs
Herzlichste bei seinem treuen, stillschweigenden Freund. Er legte ihm die Hand auf die Schulter, mit gesenktem Blick stand er
vor dem einen halben Kopf größeren weißhaarigen Mann, war
sichtlich gerührt von so viel Mut und der tiefen, lautlosen Verbundenheit. „Danke, danke für das, was du für mich gemacht
hast, du weißt schon, ich hab wirklich nichts davon gewusst, ich
wär auch nie auf die Idee gekommen."

„Schon gut", wortkarg war er immer gewesen, der Kress. Dessen Frau, das Käthchen, stand in einer ihrer geliebten blumen-

327

gemusterten Kittelschürzen im Türrahmen und beobachtete die Szene zwischen den beiden Männern, musste nun ihrerseits ein paar Tränchen verdrücken. Sie war stolz auf ihren Mann und freute sich, dass ihr Karl so ein guter Kerl war.

Er hatte seinem Freund Heinrich gleich noch etwas gestanden, das der besser für sich behalten sollte. Er wusste von ein paar Leuten aus der Nachbarschaft, die den Gestapo-Mann Weindl am Kriegsende, als die Jeeps und die Militärfahrzeuge der Amis durch die Straßen Frankfurts streiften, bei sich hatten übernachten lassen. Tagsüber trieb sich der Verfolgte in menschenleeren Gegenden rum, versteckte sich in den Hauseingängen kaputtgebombter Wohngebäude, die kein Dach mehr hatten, dafür eine offene Wand.

Der Weindl hatte bei den Bewohnern in seiner Straße immer als netter, umgänglicher Mann gegolten.

Karl sagte zu Heinrich: „Weißt du, in den letzten Jahren ist das mit dem Gut und Böse ziemlich durcheinandergekommen. Ich selbst hab ja auch einen Grund, dankbar zu sein, und das einem Mann von der Gestapo. Schließlich hat mich der Weindl die ganze Zeit nicht angezeigt, das hätte der nie gemacht, wir mochten uns ja. Und der hat genau gewusst, dass ich die Nazis gehasst hab und dass ich vorher immer die Sozis gewählt hab. Auch so was hat's gegeben."

All die Jahre von Krieg und Verfolgung über hatte der Weindl das durchgehalten. Jetzt war aus Gustav Weindl, dem nicht ganz so treuen Staatsdiener, ein Schwerverbrecher geworden. Mitgegangen, mitgefangen, mitgehangen. Keine Gnade für die Männer in den grauen Mänteln.

Ob sich nach all den Jahren einer fand, der für den Weindl sprechen würde?

*

Amalie war gerade aus ihrem Schrebergarten zurück, wo sie schon wieder gepflanzt, gesät und umgegraben hatte, als es eine Woche danach bei ihr klingelte. Emmas Mama war allein zu Hause. Sie erschrak immer, wenn es schellte.

Sie ging zur Tür, sah durch die Milchglasscheiben die Umrisse einer Frau, die ihr bekannt vorkamen. Ein dunkler Mantel, blondes Haar, soweit sie es durch die unscharfe Milchglas-Trennscheibe erkennen konnte. Sie war ganz aufgeregt, sie kannte die Wartende, bestimmt. Die klopfte schließlich vorsichtig an die Tür. „Ich bin's, Amalie, du bist doch zu Hause, musst dich nicht fürchten."

Da erwachte Amalie aus ihrer Erstarrung. Jetzt wusste sie, wer da draußen stand. Sie riss die Tür auf – und da war sie. Ihre alte Freundin Margarete Zylla, die sie längst für tot gehalten hatte, die Halbjüdin, die Mutter von Emmas guter Freundin Erika. „Gretel", war das Einzige, was aus ihr hervordrängte. Sie fielen sich in die Arme, die Freundinnen lachten und heulten gleichzeitig, sie konnten sich gar nicht trennen, mussten sich wieder und wieder in den Arm nehmen.

„Ich wusste nicht, dass du lebst, sonst hätt ich doch … ", Amalie kam nicht weiter. „Amalie, ich hab dich extra nicht da mit reingezogen, du hast schließlich Familie, ich wollt euch nicht in Schwierigkeiten bringen. Ich hab auf dem Land gute Leute gefunden, die haben mich als Magd genommen. Ich hab überall ausgeholfen, beim Kochen und Putzen sowieso, und stell dir vor, das Melken hab ich sogar gelernt. Die Euter anfassen, das hätt mich früher geekelt. Gefragt hat Gott sei Dank keiner, woher ich komm. Ich hab es überlebt, das ist die Hauptsache."

Gretel sieht unerwartet doch sehr traurig aus. Amalie führt sie in ihre Küche: „Setz dich, ich mach uns einen Tee."

Gretel nickt, lächelt reichlich schief und erzählt stockend weiter: „Sag Emma vorläufig nichts. Mit meiner Erika. Da ist etwas Schlimmes passiert. Sie hat Diphtherie gekriegt, da waren wir grad bei den Bauern gestrandet. Es gab weder hier noch dort Penizillin und auch keinen Arzt. Erika ist gestorben mit grad mal vierzehn, das Fieber hat sie getötet."

Amalie ist entsetzt, als sie das hört. „Um Gottes willen, das ist ja furchtbar. Ich weiß nicht, was ich dir als Trost sagen könnt. Es tut mir so leid, so ein nettes Mädchen. Und so früh." Beide schauen bekümmert zu Boden, ein unvorhergesehenes Gedenken. Amalie versucht es noch mal mit ein wenig Zuspruch: „Wie gut, dass du jetzt wieder da bist, hast du schon nachgesehen, ob deine Wohnung noch vorhanden ist?" Gretel zuckt mit den Schultern. „Nein, bis jetzt nicht, nachher schau ich vorbei, vielleicht sind noch ein paar Kleidungsstücke vorhanden, vorausgesetzt das Haus ist nicht völlig zerstört. Aber ich bleib nicht hier. Ich werd weggehen, Amalie, ich halt's hier nicht mehr aus. Vielleicht geh ich sogar nach Amerika oder nach Palästina, wo es für uns Juden vielleicht einen besseren Staat gibt. Obwohl ich nicht mal eine richtige Jüdin bin, da wär ich wahrscheinlich eine verhasste Deutsche. Ich arbeite erst mal noch eine Weile bei den Bauern, zum Geldverdienen, dann seh ich weiter." Die Freundin ist erschrocken und guckt betroffen, obwohl sie Gretels Überlegungen nachvollziehen kann.

„Ich bin gekommen, um mich zu verabschieden, Amalie. Ich wollt dir sagen, dass es mich nach allem, was war, noch immer gibt und dass ich dankbar bin für unsere Freundschaft. Wir können einander viele Briefe schreiben. Das wär doch auch schön. Ich meld mich, sobald ich irgendwo angekommen bin, vielleicht geh ich auch nur in die Schweiz. Da kommst du mich besuchen, gell?"

Amalie verspricht, eifrig zu schreiben, und Gretel soll in die Schweiz gehen, dann kommt sie zu ihrer Freundin und kann sich die Berge anschauen, wo die Heidi aus Emmas Lieblingskinderbuch wohnt. Die Geschichte fängt ja auch in Frankfurt an und endet so gut in den Schweizer Bergen.

Als Gretel ihren Mantel nach einem melancholischen, manchmal heiteren, manchmal, albernen Nachmittag vom Haken nimmt und sich auf den Weg machen will, zieht auch Amalie ihren Frühjahrsmantel über und begleitet die Freundin noch bis zur Straßenbahn an der Ecke. So wie früher, als sie beide noch jung, gerade erst Ehefrauen, dann junge Mütter waren.

Gretel hatte das Überleben auch so ausgedrückt: Ich bin noch da. Genauso wie Jakob, der nicht weiß, ob seine Leute noch da sind auf der Welt, das war Amalie aufgefallen.

Vom Totsein war schwer reden.

35

Da musste er sich auf den Panzer setzen

Die Sonne stand am Himmel, Frühling, bald ist wieder Ostern, ein Jahr ist vergangen seit Jakobs Ankunft. So viel hatten sie miteinander durchgemacht, Arnold und Jakob, Marie, Hannes, Amalie und Heinrich, der Großvater und die Frankfurter. Die ganze Mischpoke.

Die Vogelmännchen sangen sich die Seele aus dem Leib, um ihre Weibchen zum Nestbau, zum Eierlegen zu verführen. Sie waren in aller Herrgottsfrühe auf Brautschau. Sie interessierten sich kein bisschen für das, was unter den Ästen ihres Hochzeitsbaums passierte.

Die Armee der Amerikaner machte sich bereit, Bad Orb zu übernehmen. Es wurde noch nicht geschossen.

Am Ostersonntag abends um sechs hatten sich die amerikanischen Panzer bei der Aumühle vor Orb gesammelt.

Maria, die nach Abschluss ihres Pflichtjahrdienstes weiterhin an manchen Tagen freiwilig in einem der Lazarette aushalf, war kurz nach ihrer Ankunft im Einsatzkrankenhaus sofort verängstigt wieder von dort weggelaufen. Schwester Martha hatte sie gewarnt: „Die Amis kommen, die stehen vor der Stadt. Mach dich heim, das könnte gefährlich werden."

Der diensthabende Arzt rief ihr nach: „Wo wollen Sie denn hin? Wir könnten Sie vielleicht gebrauchen. Die Amerikaner stehen vor der Tür!"

Maria hörte nicht, rannte und rannte, nach Hause. Um Gottes willen, sie musste alle warnen!

Außer Atem kam sie daheim an, niemand da. Sie lief weiter nach nebenan zu Josef, dort waren sie versammelt, Otto und Katrin, Sophie. Frieda mit „ihren beiden Jungen", sogar Marie und Hannes und dessen Mutter. Sie waren nervös. Einerseits. Was würden die amerikanischen Soldaten mit ihnen machen? Sich rächen, sie alle umbringen? Oder würden sie einfach einmarschieren, die Häuser übernehmen, die Zivilbevölkerung in Ruhe lassen, die konnten ja nicht alle gefangen nehmen oder sogar erschießen. Oder doch?

Andererseits glimmte da auch ein freudiger Funken im Herzen: dass sie den Nazis damit endgültig den Garaus machen.

Jakob klammert sich an diese beiden Hoffnungsschimmer: ohne Kampf soll es abgehen und dass die Amerikaner, kultivierte Leute, ihm endlich wieder zu einem Menschenrecht verhelfen. Vielleicht ist er als Jude ausnahmsweise mal im Vorteil. Er wird auf jeden Fall Zeugnis ablegen für seine Ersatzfamilie: dass die Reinelts und die Döpfners ihn versteckt haben, ihn vor den alten Machthabern gerettet haben. Aber erst mal müssen sie das alles überstehen, möglichst in unbeschadetem Zustand.

Das große Haus kommt ihm gerade vor wie eine Festung. „Josefs Keller ist ziemlich groß. Da passen wir alle gut rein. Wir müssen gerade jetzt zusammenhalten und auch alle an einem Ort sein. Wir werden auch diesen letzten Schritt gemeinsam gehen, wir werden es schaffen. Weil wir füreinander da sind, das ist versprochen, auch ohne Worte."

Jakob hat gar nicht gemerkt, dass er die letzten Sätze vor sich hin gemurmelt hat, Arnold ist der Einzige gewesen, der sie gehört hat.

Er sagt in die Runde: „Jakob hat recht, der Keller ist groß, wenn sie näher anrücken, gehen wir alle nach unten. Wir werden das schon hinkriegen, Hauptsache, wir bleiben beieinander."

Ein mutiger und entschlossener Mann, den niemand von den Reinelts und den Döpfners und auch keiner aus Hannes' Familie kannte, geriet an diesem Schicksalstag, dem ersten Osterfeiertag und dem letzten der Nazi-Herrschaft in Bad Orb, in Bedrängnis. Es war der 1. April 1945. Götterdämmerung!

Reinhold Koch, der Oberstabsarzt, wollte sich in Begleitung eines französischen und eines englischen Kriegsgefangenen in Richtung Aumühle begeben, wo die amerikanischen Panzer vor Bad Orb standen. Er plante, mit einer weißen Fahne dem Kriegsgegner entgegenzugehen, das Friedenssymbol zu übergeben und die gesamte Lazarettstadt Bad Orb dazu, um die seiner Ansicht nach sinnlosen Kämpfe zu verhindern – und weil er die Soldaten der US-Armee angemessen begrüßen wollte. Nur so, hatte er sich überlegt, könne er mit den Amerikanern über das Schicksal Bad Orbs verhandeln.

Die deutsche Wehrmacht vereitelte seinen Plan. Vor der Gastwirtschaft mit Namen *Fell* wurde Koch vom Kommandierenden der Wehrmacht festgenommen, die kampflose Übergabe der Stadt fand vorerst nicht statt.

Nicht weit von der Panzeraufstellung der Amerikaner an der Aumühle hatte sich die Wehrmachtstruppe am Langen Acker und auf der Ziegelhütte in Stellung gebracht. Von dort aus eröffnete sie das Feuer auf die Panzer, die wiederum die Beschießung Orbs um 18.30 Uhr starteten. Einige Häuser wurden beschädigt, die am Langen Acker und der Ziegelhütte waren besonders betroffen, aber auch zwei Scheunen und ein Wohnhaus in der Faulhaberstraße brannten ab.

Als es dunkel wurde, schwiegen die Waffen, es kehrte eine ungute Ruhe ein. Ab und zu, so wird es später die handschriftliche Chronik der Martinus-Schule verzeichnen, wurde sie „durch einen Kanonenschuss unterbrochen".

Die Bewohner Orbs saßen in dieser Nacht zwischen den beiden Osterfeiertagen in ihren Kellern, sie fürchteten den kommenden Morgen und das, was ihnen bevorstand. Wer da vor ihren Toren stand, war schließlich der Feind!

Währenddessen hat sich die deutsche Wehrmachtstruppe auf Befehl von oben zum Rückzug abgesetzt, sie zog sich zurück in Richtung Mernes, ein Ortskundiger wies den Weg.

Erst am Ostermontag, dem 2. April, nach einer bangen Nacht für die Einwohner, wurde die Kurstadt um sechs Uhr morgens übergeben. Die ersten Panzer der US-Armee rollten ein.

Der 24-jährige Bad Orber Alfred Heim, der aus dem Kriegsdienst entlassen worden war, nachdem er einen Arm verloren hatte, war schon am Karfreitag, ohne dass ihn jemand dazu aufgefordert hätte, den Amerikanern entgegengefahren. In Wirthheim war er auf die US-Truppe getroffen, die auf dem Vormarsch in Richtung Bad Orb war. Der Plan sah so aus, dass die amerikanische Armee am Ostersonntag Bad Orb übernehmen und die Gefangenen im StaLag IX-B auf der Wegscheide befreien würde.

Heim hatte versucht, die Amerikaner zu überzeugen: Es würde keinen Widerstand geben, bestimmt nicht.

Doch damit hatte er falsch gelegen, auch wenn er selbst fest davon überzeugt war. Parlamentäre, Unterhändler mit völkerrechtlich gesichertem Schutz, machten sich auf den Weg. Drei Kriegsgefangene aus dem Lager an der Wegscheide begleiteten die Männer mit weißen Fahnen. Sie sollten den Amerikanern entgegengehen oder -fahren, sie hatten ein Ziel: Bad Orb sollte keinen Schaden nehmen, seine Bewohner am Leben bleiben. Kein Fahrzeug stand zur Verfügung. Die Gruppe folgte schließlich einem Krankenwagen des Roten Kreuzes. Weil zu wenig Benzin im Tank war, kam es zu einem Halt an der Drogerie, die Reinigungsbenzin auf Lager hatte. Mit dem Ersatztreibstoff im Tank wollte die Abordnung den feindlichen Autos und Panzern entgegenrollen. Als die Fahrzeuge in der Frankfurter Straße aufeinandertrafen, wurde erneut zugesichert, dass sich die Stadt ergeben werde.

Die Chronik Bad Orbs sollte später verzeichnen:
„Die Parlamentäre und ihre Begleiter wurden von versprengten Truppenteilen (der Wehrmacht) festgenommen. Die vereinbarte Waffenruhe wurde noch einmal gebrochen, als die Amerikaner vorgerückt waren und das Feuer gegen sie eröffnet wurde. Erst am Sonntagabend gelingt es Heim, die Wehrmachtstruppe zu überzeugen, dass es sinnlos sei, Bad Orb zu verteidigen. Der ortskundige Karl Reis übernahm die Aufgabe, die deutschen Truppen aus der Stadt in Richtung Mernes zu führen."

*

Das alles geschah am Ostersonntag, dem Tag, an dem die Übergabe Bad Orbs an die US Army hätte stattfinden sollen.

Am Morgen danach, am 2. April 1945, marschierten sie dann wirklich ein, die Amerikaner. Noch immer lag eine angespannte

Ruhe über der Stadt. Die Truppen der US-Soldaten verhielten sich vorsichtig, auch sie fürchteten sich, eine Gegenwehr war nicht auszuschließen.

Es ist der Ostermontag, der Schicksalstag für die Orber. Der zweite Tag nach Jesu Auferstehung. Auferstehung – möge sie auch der Stadt und ihren Menschen gewährt werden.

Die kleine Reminiszenz an den wirklichen Hintergrund dieses Feiertags wollen Frieda und Marie nicht ganz vergessen, obwohl sie keine besonders eifrigen Kirchgänger sind.

Arnolds Familie hat sich aus dem Keller wieder nach oben begeben. Trennen will sich die Gruppe vorerst nicht, zunächst abwarten, ob wieder geschossen wird.

Die Frauen improvisieren ein Frühstück für alle. Es fällt bescheiden aus, trockenes Brot, in warme gesüßte Milch getunkt und aus großen Schalen gelöffelt. Zichorienkaffee, dicke Hafersuppe mit ein, zwei Esslöffeln vom eingemachten Obst. „Man muss sich nur zu helfen wissen", lautet eine von Friedas bewährten Weisheiten.

Marie hat eine Idee, bevor sie sich zu den anderen an den Tisch setzt, macht sie einen Vorschlag: „Leute, es ist ja eigentlich Ostern. Wollen wir nicht trotz allem dem Herrgott ein Dankgebet schicken, dass wir noch alle am Leben sind, mit der Bitte, uns von den Bösen endgültig zu erlösen." Und Frieda unterstützt sie eifrig: „Denkt nur, was wir alles überstanden haben, schade nur, dass das Malchen mit ihren Leuten nicht hier ist. Aber ich hab so das Gefühl, die sind gut rausgekommen. Es schadet aber sicher nicht, wenn wir auch ein Wort für sie beim lieben Gott einlegen." Der Großvater bleibt sitzen, die anderen erheben sich, zusammen sprechen sie ein *Vaterunser*, dann senkt jeder noch eine Minute den Kopf und ist bei sich im Zwiegespräch mit der himmlischen Macht. Jakob hält mit, das Beten hat auch er gelernt, mach, dass meine Eltern noch da sind und meine Schwester. Und mein kleiner Bruder Michael auch. Oh Gott, den hätte er fast vergessen. Himmel vergib mir, es ist lang her.

Marie verteilt Kaffee, Brot nimmt sich jeder selbst, Arnold löffelt lustlos die dicke Hafersuppe, die er mit Marmelade verrührt hat. Ein Schinkenbrot wäre ihm lieber. Spielt keine Rolle. Wirklich Hunger hat eh keiner. Der kann einem angesichts dessen, was ihnen möglicherweise bevorsteht, vergehen.

Nur Jakob langt ordentlich zu, noch immer nimmt er freudig alles an Essen, was er kriegen kann. Dabei ist er von allen der Nervöseste. Ein Spalt hat sich geöffnet in der Tür, die in eine Zukunft führen könnte. Immer diese Hoffnung, beim kleinsten Strohhalm immer bereit, danach zu greifen. Jakob fühlt sich völlig aufgedreht, da mischen sich sämtliche Wahnsinnsgefühle: Siegesgewissheit mit verzweifelter Unsicherheit, Übermut, Neugier, Ungeduld, Wissbegier, nur weg aus all dem Schlamassel, frei sein, verliebt sein, keine Angst mehr und – bei dem Gedanken grinst er übers ganze Gesicht: Ich würde wieder alles hören dürfen, ich müsste mich nicht mehr verstellen.

Sein Freund, sein Liebster, hat ihn beobachtet. „Na, du scheinst der Einzige hier zu sein, dem nicht die Muffe saust. Jetzt wird es ernst, die Nazis hauen ab. Ich bin mir noch nicht sicher, ob die Befreier uns jetzt Frieden bringen oder uns Scheißdeutsche einfach abknallen. Ich würd's verstehen, das Deutsche Reich hat die ganze Welt in Brand gesteckt und viel zu viele Tote gefordert, überall Elend, überall verbrannte Erde. Sicher hat da der eine oder andere einfach Mordgelüste."

Jakob bremst seinen Freund und steht auf, sagt kurz zu Arnold: „Komm mal mit raus" und zieht ihn mit vor die Tür. In dem schmalen Flur mit der Garderobe drückt er, als sei er in großer Eile, den Geliebten an die weiß gekalkte Wand, küsst ihn verzweifelt, lange und leidenschaftlich auf den Mund, klammert sich an Arnolds Holzfällerhemd. Der weiß im ersten Moment nicht, wie ihm geschieht, wehrt seinen Geliebten ab: „Hör auf, hier geht es jetzt wirklich nicht, sosehr ich das bedaure."

Jakob lässt ab von seinem Geliebten. „Arnold, wir wissen nicht, was genau los ist, ich muss es aber wissen, ich muss hier raus und es mit meinen eigenen Augen sehen, auch wenn es furchtbar endet. Stell dir vor: Wenn selbst die Nazi-Freunde fliehen, dann ist es aus mit SS, Gestapo und dem ganzen Gesocks, wenn die Wehrmacht abhaut, obwohl ihnen vielleicht die Todesstrafe droht, von wegen Kampf bis zum letzten Mann, dann ist das vorbei! Die machen das, weil sie genau wissen, dass es vorbei ist. Kommst du mit? Wir verstecken uns und gucken uns alles an. So wie damals, als wir auf der Wegscheide waren."

Frieda ist gerade aus Josefs Wohnzimmer am Ende des Flurs mit dem Arm voller Frühstücksgeschirr gekommen. Jakob geht auf sie zu: „Du sollst doch nicht das ganze Porzellan hier rumschleppen, ich bin in diesem Haus schließlich Josefs Butler. Setz dich nur wieder rein zu den anderen, ich kümmere mich später ums Spülen", beteuert er.

Frieda gibt gern nach, es ist für sie auch mal schön, dass sie nicht alles allein machen muss. Sie merkt aber auch, dass sie in eine Situation geplatzt ist Wahrscheinlich haben sie ein bisschen geknutscht, denkt sie, behält ihre Vermutung jedoch für sich.

Sie sagt stattdessen: „Ich seh es euch an, ihr wollt da raus, gucken, was draußen vor sich geht. Stimmt doch, oder?"

Aber da sind die beiden schon fast vor der Tür, mit den Schuhen in der Hand. Eilig ziehen sie auf der Bank Socken und Halbschuhe an. Nur: wohin jetzt? „Ins Zentrum!" Jakob rennt los, Arnold humpelt, so schnell es geht, hinterher.

Die Sonne am Himmel, die zwitschernden Vögel, das Plätschern des kleinen Flüsschens nehmen sie nur als Stimmung wahr. Die frohe Erwartung, gepaart mit fliehendem Pulsschlag, beschleunigt den Schritt, das helle Licht dieses Tages macht zuversichtlich.

*

Sie rennen am Café vorbei. Erich steht davor und lauscht, ob er etwas hören kann, das Hämmern der Kettenfahrzeuge auf dem Boden. Das muss doch laut sein auf dem Kopfsteinpflaster. Das rattert doch.

Unaufgefordert will er den jungen Männern hinterherlaufen. Sie bleiben nicht stehen. „Wohin?", ruft er von hinten. Die Antwort im schnellen Lauf: „Zu den Amerikanern, was sonst, sei still, bitte."

Erich sieht ihnen nach, er wird ganz traurig an diesem sonnigen Morgen, an dem eine neue Zeit beginnt. Dann geht der junge Reinelt bestimmt wieder zurück. In sein wirkliches Zuhause. Wo immer das ist. Erich wünschte sich so sehr, dass der hübsche Kerl einmal ein gutes Wort für ihn gehabt hätte. Wenn der wüsste . . .

Die jungen Männer kamen gerade rechtzeitig, verbargen sich schnell in einem Hauseingang. Von den Bad Orbern waren nur wenige auf den Straßen zu sehen, sie misstrauten dem Frieden.

Nur fünf amerikanische Panzer rückten in die Kurstadt ein. Es war unheimlich. Die Amerikaner schienen unsicher, blieben in Habachtstellung, die Gewehre feuerbereit, schließlich waren sie tags zuvor auf Widerstand gestoßen.

Alfred Heim, der tapfere junge Mann, der schon am Karfreitag sein Leben riskiert hatte für Frieden ohne Verluste, schrieb ein zweites Mal Geschichte: Arnold und Jakob beobachteten aus geringer Entfernung, wie der Einarmige den US-Soldaten entgegenrannte und mit dem verbliebenen Arm herumfuchtelte, um zu zeigen, dass keiner auf die Amerikaner schießen würde. Dass Bad Orb sich ihnen ergeben wollte. Um die Befreier gänzlich zu überzeugen, dass der Ort sich widerstandslos ergeben würde, folgte der junge Mann seinem Instinkt und stürzte sich, ohne nachzudenken, in eine tollkühne Tat.

Aus ihrem Versteck sahen Arnold und Jakob etwas, das ihnen den Atem stocken ließ. Scheinbar ohne einen Gedanken an Gefahr sprang Alfred Heim auf das erste der Kettenfahrzeuge. Er machte sich selbst zum menschlichen Schutzschild. Er blieb mit seiner weißen Fahne dort sitzen, als sich die Panzerkolonne in Richtung Wegscheide drehte.

Sie wollten dem Zug nun offen folgen, obwohl sie nicht wussten, wohin es ging. Auf die Idee, dass sich jemand ihren Befreiern in den Weg stellen könnte, kamen sie nicht. Alfred Heim war sich die ganze Zeit der Gefahr bewusst, die auf der Fahrt zur Wegscheide lauerte. Später sprach er kaum darüber: Er hatte wahnsinnige Angst, in den Wäldern versteckten sich einzelne versprengte deutsche Soldaten, er war sich dessen bewusst, er konnte von einem erschossen werden, noch auf den letzten Metern.

Seine Befürchtungen verflogen, als er zusehen konnte, wie sich die Tore des StaLags öffneten.

Alfred Heim sollte sich Jahrzehnte später in einer Zeitung an seinen Todessprung und die Befreiung der Wegscheide-Gefangenen erinnern: „Da musste ich auf den Panzer springen", sagte er. Und: „Ich hatte große Angst, unterwegs erschossen zu werden. Sehr diszipliniert wurden wir dort empfangen. Deutsche Wachmannschaften waren nicht mehr zu sehen."

So schnell ist er ihr Held geworden, Arnold und Jakob eifern ihm nach. Sie verlassen mit erhobenen Händen ihren Beobachtungsposten, nähern sich den amerikanischen Soldaten, die sie mit einem knappen Kopfnicken grüßen und dann links liegen lassen. Jakob und Arnold gehen einfach mit. Laufen neben den Panzern her. Winken den fremden Soldaten zu. Heben den Daumen in die Höhe. Okay so, endlich seid ihr da. Willkommen!

Jakob probiert es mit zwei englischen Wörtern: „Happy Welcome", ruft er.

Die Männer nicken noch einmal mit einer Andeutung von Lächeln, sehen dann wieder auf den Weg. Keine Verbrüderung vorläufig.

Alfred Heim ist auf seinem Sonderplatz der Erste, der das Tor des StaLag IX-B durchfährt. Ganz vorn ist er.

Die Gefangenen stehen im Hof, vor den Baracken und lachen ihren Befreiern entgegen. Zigaretten werden verteilt, Lebensmittel an die Verhungernden ausgegeben, es ist unfassbar: lachende Gesichter an so einem Ort, der nur Qual, Hass, Hunger, Demütigung, Verwahrlosung, Angst gekannt hatte.

Jakob umarmt Arnold, als sie einen Blick auf die Szene erhaschen können, der Eintritt ins Lager war ihnen verwehrt worden. Jakob war ganz froh darum gewesen, er hätte es nicht ausgehalten, ein flaues Gefühl ist sogar jetzt noch da.

Das schier Ungeheuerliche ist dennoch wahr, die Gesichter der zerlumpten, abgemagerten Männer erzählen die ganze Geschichte dieses Augenblicks.

„Arnold, sieh nur, ist das nicht fantastisch! Sie sind bald frei, sie sind noch da, sie leben. Ich möcht so gern daran glauben, dass diese guten Amerikaner auch die KZs aufgemacht haben, bestimmt haben sie den Häftlingen dort auch zu essen gegeben, vielleicht sind sogar Katja und Michael unter ihnen, ob die überhaupt in die Schweiz konnten, ich hab es nie geglaubt, meine Eltern auch, stell dir vor, das wäre wahr!"

Arnold würde seinen Geliebten am liebsten ganz fest im Arm halten. Aber er streicht nur über seine Schulter, klopft ihm beruhigend auf den Rücken, wie heldische Männer das machen, mit gespielter Unbeholfenheit. Er traut sich nicht, Jakob zu küssen vor den ehemaligen Kriegsgefangenen, vor den Befreiern. Sein Schulterklopfen hat diese Männernote, mit Absicht lässt Arnold es nicht in ein Streicheln übergehen. Echte Kerle umarmen kameradschaftlich, mit In-die-Rippen-Boxen, dem Klaps auf die Schultern und dem gesenkten Blick, falls Tränen der Rührung den Blick trüben.

Bei aller Freude, bei aller Euphorie, die er seinem Liebsten von Herzen gönnt – Arnold macht sich keine Illusionen. Eins würde bleiben: die Angst vor Entdeckung ihrer Männerliebe. Den Paragrafen würde es weiterhin geben. Sie mussten doch noch auf eine einsame Insel mitten im Ozean. Unwillkürlich muss er lachen: Vor seinem geistigen Auge sieht er sie beide mit langen Haaren und knielangem Vollbart unter einer einsamen Palme sitzen.

„Warum lachst du?", will Jakob wissen. „Ach nichts, ich freu mich nur so. Siehst du, wir haben es geschafft, und die da auch. Lass uns heimgehen."

Jakob nickt, diesmal strahlt er dabei übers ganze Gesicht: „Ja, lass uns heimgehen." Das hatte er schon einmal gesagt. Damals, als sie an diesem Ort des Elends der Entdeckung durch den aufgeregten Köter nur knapp entkommen waren.

36

Ende gut, alles gut?

Anfang des Jahres hatten schließlich doch noch Luftangriffe die Bevölkerung dieser bis dahin weitgehend unbeschadeten Kleinstadt in Angst und Schrecken versetzt. Es waren Tote zu betrauern gewesen.

Bei den Attacken vom Himmel auf Bad Orb im Februar 1945 waren in der Ziegelhüttensiedlung sechs Menschen gestorben und der getroffene Turmhelm der evangelischen Martin-Luther-Kirche hatte die Glocke zum Schmelzen gebracht. Erst jetzt hatten die Orber ernsthaft eine Ahnung davon bekommen, wie es sich anfühlte, wenn keiner sich seines Lebens sicher fühlen konnte. Der Zweite Weltkrieg war auf einmal in unmittelbare Nähe gerückt: Am 1. Februar 1945 waren um Mitternacht die ersten Bomben auf die Kurstadt gefallen, allerdings hatten sie nur die Wiesen des Haseltals getroffen.

Die Bahnanlagen waren inzwischen ebenfalls häufiger unter Beschuss geraten. Das war mit ein Grund, weshalb Amalie trotz ihrer übermächtigen Angst vor Fliegeralarm und Bunkern in Frankfurt geblieben war.

Im März war abzusehen gewesen, dass sich der Krieg dem Ende näherte. Die Royal Airforce und die US-Armee hatten auf verschiedene Orte, mit denen Bad Orb durch eine jahrhundertealte Geschichte verbunden war, schwere Luftangriffe geflogen, bei denen die Städte zerstört wurden. Würzburg machte den Anfang, war nach nur 20 Minuten fast vollständig kaputtgebombt, das war noch am 27. Februar geschehen. Am 19. März war Hanau gefallen, es blieb kaum ein Stein auf dem anderen. Aschaffenburg und sein ausgebranntes Schloss Johannisburg — ein Trümmerhaufen.

*

Jetzt, an diesem himmlischen Ostermontag am 2. April 1945, war es so weit: Für die Orber war der Zweite Weltkrieg aus und vorbei. Die siegreichen Amerikaner übernahmen das Kurhaus, um das sich niemand mehr gekümmert hatte. Dort installierten sie ihre Kommandantur.

Noch am Tag der Befreiung eigneten sie sich das Postamt in der Bahnhofstraße an. Vorläufig würde es als Wäschelager dienen, später zur Militär-Fernvermittlung.

Die Bewohner der Kurstadt mussten dann eine Zeit lang ihre Briefe in den Luftschutzkeller des Postamts tragen: Dort und in der Volksbank sowie am Paketschalter des Bahnhofs würde der Postbetrieb bald weitergehen.

Der große Flüchtlingsstrom stand noch aus und würde annähernd zehn Jahre dauern: von Ende 1945 bis 1955 würde aus dem jetzt ehemaligen Gefangenenlager auf der Wegscheide ein riesiges Flüchtlingslager werden. Sudetendeutsche, Flüchtlinge aus dem Osten, schlesische Heimatvertriebene sollten vorübergehend in den Lagerbaracken untergebracht werden. Irgendwann sollte es in den Wochen und Monaten nach Kriegsende sogar zu einem eklatanten Mangel an Wohnungen in der kleinen Stadt kommen. Immer mehr Menschen auf der Suche nach Obdach würden durch die Straßen ziehen.

Am Tag, an dem die Amis kamen, hätten die Bürger der Stadt, auch wenn sie in diese Zukunft hätten schauen können, alles mit Freuden in Kauf genommen. Frieden, endlich Frieden! Das allein zählte jetzt.

*

Arnold und Jakob hatten sich nach den aufwühlenden Vormittagsstunden auf den Heimweg gemacht. Es war ihnen so vorgekommen, als würden die Blaumeisen, die Amseln, die Rotkehlchen noch mehr tirilieren als am Morgen. Es war, als würde die Schönheit der Welt endlich wieder zum Vorschein kommen, alles war viel grüner und blumiger und duftender. Und wenn sie sich gänzlich unbeobachtet wussten, küssten sich die beiden strahlenden, schönen jungen Männer voller Leidenschaft, auch das eine unendliche Befreiung.

Nach dem 4-Kilometer-Fußmarsch wurden sie von Frieda in ihrem Wohnzimmer empfangen. Arnold hatte nur schnell zu Hause reinschauen wollen, weil sie nicht wussten, ob sich die Runde bei Josef aufgelöst hatte oder ob das Grüppchen vom Vormittag noch immer bei dem alten Mann auf die beiden Abenteurer wartete.

Seine Mutter sieht erschöpft aus, als sie durch die Tür treten. Auf dem ovalen einbeinigen Tisch liegt die gute Spitzentischdecke, die für besondere Gelegenheiten. Anstelle von Blumen, von denen die ersten im Garten die Köpfchen rausstrecken, aber noch nicht bereit für einen Strauß sind, hatte sie knospende Zweige von Kirsch- und Apfelbaum, zarte Weidenkätzchen und Birkengrün in einem Bembel arrangiert und auf die blütenweiße Decke gestellt. Sie hat seit sehr langer Zeit keinen Gedanken mehr an die Gestaltung ihres Heims verschwendet. Früher war das anders gewesen, als ihr Mann noch lebte, er mochte das, wenn alles farblich passte, wenn sie sich Mühe gab, dass es nicht nur gemütlich, sondern auch auf eigene Art ansprechend war. Er selbst hatte auch darauf geachtet, dass er immer „adrett" aussah, nicht so verschlampt wie manchmal die müden Bauern, wenn sie sich in der dreckigen Arbeitshose an den Esstisch setzten.

Jetzt blickt sie auf, ihre Augen kriegen gleich einen ganz besonderen Glanz, einen glücklichen. Ihre Buben sind wieder daheim. Gott sei Dank. Einfach verschwunden waren sie gewesen. Ohne richtig Bescheid zu sagen. Frieda könnte jetzt schimpfen. „Was habt ihr euch nur gedacht, uns hier einfach so hocken zu lassen?" Das liegt ihr auf der Zunge. Aber sie ist so erleichtert, einfach darüber, dass sie heil und gesund zurück sind, dass Bad Orb noch immer steht, zumindest das, was um sie herum ist. Dass sie alle leben.

Und auch darüber, dass die Amerikaner anscheinend recht freundliche Leute sind. Sie hat zwar noch keinen gesehen, aber Erich Müller hat natürlich auch da Augen und Ohren offen gehabt, war seinerseits draußen rumgelaufen, um zu gucken, was passiert.

Er hat Frieda erzählt, dass die fremden Männer aussahen, als
wären sie anständige Kerle. „Die scheinen mir genauso froh zu
sein wie wir, dass sie jetzt niemanden mehr abschießen müssen.
Freiwillig haben die das sicher auch nicht gemacht. Die meisten sehen noch sehr jung aus. Ich glaub, ich lern jetzt Englisch,
die bleiben sicher noch ein bisschen, dann kommen sie in mein
Café."

Frieda hatte ihren Nachbarn erstaunt angesehen. Dass der auf
einmal so fröhlich auf den „Feind" reagierte. Sie hat bis jetzt gedacht, der wäre ein Hundertfünfzigprozentiger gewesen, wie er
früher manchmal so vom Führer geschwärmt hat. Frieda hat sich
lang vor Erich in Acht genommen, dass ihr nicht mal was gegen
die Nazis rausrutscht. So oft, wie sich der Bäcker im Rathaus
aufgehalten hat, wo die Katrin hat hinmüssen. Da haben sie resi-
diert, die Ortsoberen der NS-Regierung, jetzt sind sie alle nicht
mehr aufzufinden, haben sich aus dem Staub gemacht. Vielleicht
hat sie sich im Erich getäuscht.

Manchmal schwirrt ihr der Kopf, grad heut besonders, wo der
Feind buchstäblich über Nacht zum Freund geworden ist.

Die Gedanken sausen blitzschnell in Friedas Kopf hin und her,
sie schüttelt sie heraus. „Ich weiß gar nicht, was jetzt richtig und
was falsch ist, ich bin einfach nur noch müde."

Arnold geht gleich auf seine Mutter zu. „Es tut mir leid, haste
dir Sorgen gemacht, oder? Wir sind so kopflos davongerannt. Ich
hoffe, du bist nicht bös." Jakob nickt eifrig dazu. „Stell dir vor,
wir haben gesehen, wie sie aus dem StaLag raus sind. Die Gefangenen mein ich, einfach nur kurz sind die rausgegangen, die
wollten wohl spüren, dass sie das dürfen. Du hättest das sehen
sollen, die haben sich so gefreut, die haben gestrahlt, obwohl es
ja immer noch grausam da aussieht. Dann sind sie aber schnell
wieder zurück, drinnen, hinter dem Zaun haben die Amerikaner
bald Essen verteilt. Die waren ja fast verhungert, die armen Kerle, Zigaretten gab's und ich glaub auch Schnaps. Wir durften ja
nicht mit rein, wir haben nur von weiter weg zugeschaut."

Frieda hat große Lust, die Euphorie der jungen Männer zu teilen, aber sie ist todmüde. Einem Gähnen folgt ein strahlendes

Lächeln. „Kinder, es scheint, als hätten wir es wirklich geschafft. Die Amis sind vielleicht irgendwann sogar unsere Freunde, wer weiß? Wir haben es jedenfalls überstanden." Jakob hält Frieda noch einen Moment fest: „Nur kurz. Das mit den Amis, was du grad gesagt hast, ich wollt nur sagen: Wenn du das Wort langsam aussprichst und am Schluss das s weglässt, ist es Französisch, dann werden aus den Ammis, den Amerikanern, die Amih, les amis, so spricht man es aus, das heißt auf Deutsch: Freunde. Ist das nicht lustig?"

Frieda kennt die Sprache des französischen Nachbarlandes nicht. Sie schaut ihr „Adoptivkind" ein wenig zerstreut an, bis sie dieses Ammis-Amih durchschaut hat: „Oh, das ist wirklich nett, du kannst so gut mit den Wörtern spielen. Am besten schreibst du mir das mal auf ein Blatt Papier. Seid mir nicht bös, aber ich muss jetzt trotzdem ins Bett, ich hab die ganze Nacht nicht geschlafen. Ihr auch nicht, ich weiß, aber ihr seid fast ein ganzes Leben jünger als ich." Sie will sich nach oben zurückziehen.

Da fällt ihr noch was ein: „Jakob, ich bete jeden Abend, dass deine Leute noch da sind auf der Welt, vielleicht sind sie gerade auch so froh wie wir. Wie sinnlos das alles war. Denkt später einmal an mich, ich glaube, die Leute in anderen Ländern, die werden uns Deutsche noch lang nicht mögen, ihr werdet es erleben. Jakob, noch was, gell du gehst doch jetzt nicht für immer fort?"

Jakob bleibt eine Sekunde zu lang die Antwort schuldig. Frieda ist beunruhigt, Arnold auch. Aber er sagt dann: „Ich glaub nicht. Ich werde, wenn es möglich ist, nach meiner Familie suchen, das versteht ihr sicher, viel Hoffnung hab ich nicht, ich träum nur davon. Was dann ist, ich weiß es nicht. So blöd das klingt, aber ich muss mich erst wieder dran gewöhnen, dass mich jetzt keiner mehr verfolgen oder töten darf, weil ich Jude bin, nach Palästina schicken werden mich die Amerikaner wahrscheinlich auch nicht. Aber bei allem, was kommt, ihr seid für mich auch Familie geworden. Ich hab euch und eure ganze Sippe – und die gute Suppe – wirklich lieben gelernt."

Arnold ist zugleich erleichtert wie durcheinander. Wie sieht der Weg aus, der vor ihnen liegt?

Er ergreift die Initiative zu den verschiedenen Aufbrüchen. „Leg dich ein bisschen hin, Mama. Ich glaub, der Jakob und ich, wir sind jetzt zu aufgedreht, um die Nacht nachzuholen. Was meinst du, Jakob, sollen wir noch auf einen Sprung rüber zu dir und Josef erzählen, was wir gesehen haben? Der Josef kann ja nicht so einfach losrennen und selber nachschauen wie wir." Als Jakob Zustimmung signalisiert, fügt Arnold hinzu: „Ich geh nur schnell hoch und hol mir meine Jacke, es könnt gegen später kühler werden. Noch ist nicht Sommer."

Er eilt sich, schnell rennt er die zwei Treppen hoch, öffnet den Kleiderschrank und holt die dunkelblaue Strickjacke raus, die Frieda vor vielen Jahren für seinen Vater gestrickt hatte.

Marie hatte sie an ihrem früheren Verlobten nicht so gern gesehen, sie hatte immer gesagt: „Das ist keine Farbe für einen Mann." Arnold mag die Jacke sehr, gerade das nicht ganz dunkle Blau und die weiche Wolle, die nicht durchs Hemd kratzt, empfindet er als äußerst angenehm. Und die Größe passt wie für ihn gemacht. Frieda hatte oft gemeint, dass er noch ein kleines Stückchen größer gewachsen sei als ihr geliebter Minkus. Arnold bildet sich ein, dass er manchmal noch den Geruch seines Vaters an dem Strickärmel wahrnehmen kann, wenn er den Ellbogen unter seine Nase hält und daran riecht. Heu und Apfel, gemischt mit einem Hauch Pfeifenrauch. Aber das ist sicher nur Einbildung.

Er will gerade die Tür schließen, da fällt sein Blick auf die Schublade, in der er seit einiger Zeit den Schlüssel zu Minkus' Weinkeller in einer Socke verborgen hat. Das Versteck mit dem Sauerkraut war ihm lästig geworden.

Er nimmt den Schlüssel in die Hand, wiegt ihn mit der Linken, ganz schön schwer ist der. Vielleicht sollten sie noch einmal an diesem geheimen Ort einander begegnen, als freie Menschen, alle beide?

Wie frei würden sie sein in der neuen Weltordnung?

*

Ostermontag, die Abenddämmerung ließ noch auf sich warten, aber die kommende Nacht warf erste Schatten, als Jakob mit

Arnold Josefs Haus nach dem Abstecher bei Jakobs Gastgeber heute zum zweiten Mal verließ.

Marie war nicht mehr unter Josefs Gästen gewesen, sie war gegen Mittag nach Hause gegangen. Auch die beiden Enkelinnen hatten sich davongemacht, zum „Amerikaner-Gucken". Katrin stand längst wieder am heimischen Herd und kochte fürs Abendessen, eine kräftige Kartoffelsuppe, für die sie tatsächlich zwei Frankfurter Würstchen ergattert hatte.

Ausgerechnet Otto saß beim Großvater und unterhielt sich mit ihm. Es war zum ersten Mal, dass die Männer zu zweit allein waren. Otto erzählte aufrichtig, wie es ihm an der Front ergangen war, wie viel Angst er oft gehabt hatte, das aufrüttelnde Erlebnis in dem KZ, als sich seine Zweifel an der Richtigkeit seiner bisherigen „Mission" nicht nur geregt, sondern ihn gleich ins andere Extrem hatten fallen lassen.

„Es war wie eine Erleuchtung. Mein Körper hat von sich aus gesprochen, als mir das Essen wieder hochkam, als ich die armen Menschen gesehen hab. Sie hatten blaue Augen wie ich, braunes, blondes, manche schwarzes Haar, sie waren wie du und ich, aber abgemagert, ausgemergelt, hatten den sicheren Tod vor Augen, die Hoffnungslosigkeit darin. Das war nicht recht, ich wusste es von da an." Und er setzte hinzu: „Glaubst du, dass man das je überwinden kann, die schrecklichen Albträume, das schlechte Gewissen? Es tut mir so leid. Ich war so dumm gewesen, dumm wie ein eitler Gockel."

Josef hatte ihn erzählen lassen, er kannte die Kraft der Beichte. Josef wusste auch, dass nur Otto selbst sich vergeben konnte. Josef empfand zum ersten Mal tiefe Sympathie für den Mann seiner Tochter, für dessen Ehrlichkeit, seinen guten Willen. Er sagte: „Weißt du, du musst das nicht vergessen, du kannst das alles zum Anlass nehmen, mitzuhelfen in der Zukunft, dass so was nie mehr passiert, nicht mitzumachen, wenn wieder nach dem Wunsch von ein paar Irren an der Macht ganz normale Leute verfolgt werden und auch solche, die nicht ins Raster passen. Schau genau hin, wenn dir einer sagt, was gut und richtig ist. Lass den Hass nie wieder in dein Herz und merk dir vor allem:

Jeder Mensch ist anders als du selbst, sei er gelb, schwarz, grün oder weiß. Ich finde es großartig, dass du dich mit Jakob angefreundet hast, du siehst, wie gut du über deinen alten Schatten springen konntest. Das ist der Weg."

Als die beiden jungen Männer auf einmal in der Tür gestanden hatten, spürten sie sofort, dass sie in ein intensives Beieinandersein geplatzt waren. „Wir wollen nicht stören. Nur kurz vorbeischauen, ob alles in Ordnung ist. Falls es euch interessiert: Wir haben alles gesehen, wie die Amis, unsere neuen Amihs, das heißt ‚Freunde' in Französisch, die Wegscheide befreit haben und so Sachen."

Josef hatte geschmunzelt und gemeint, das würde morgen auch noch reichen, er gehe davon aus, auch noch den nächsten Tag zu erleben, da würde er dann aufmerksam zuhören, er würde sich freuen, wenn sie beide am nächsten Tag zusammen haarklein berichten würden.

Jakob stapfte die Treppen hoch in sein Zimmer, um den Pullover zu holen, während Arnold sich zum Warten auf die Holzbank vor der Tür setzte, er hing seinen Gedanken nach, das war längst nicht verdaut, was sie heute erlebt und gesehen hatten. Das pure Glücksgefühl kauerte noch in einem Eckchen seiner Seele, es war ein Pochen und Sehnen wie nach einem heftigen Schock, er bibberte innerlich vor sich hin. Befreites Aufatmen ließ sich Zeit, er musste etwas tun, sobald er zur Ruhe kam, weiteten sich seine Augen: Er sah vor sich, wie alles hätte anders ausgehen können.

Da kommt der Geliebte endlich wieder runter, den braunen Strickpullover lässig um die Schultern gelegt. Gerade bescheint die tiefer stehende Sonne die Bank mit vollem Licht. Er setzt sich zu Arnold, ziemlich dicht, obwohl rechts und links viel Platz ist. Arnold dreht den Kopf zu Jakob, lächelt ein bisschen schief, aber glücklich. Es ist rührend, wie liebevoll und still Jakob seinem Freund seine Zuneigung zeigt. Trotzdem rückt er ein par Zentimeter nach links, einen kleinen Abstand schafft er, damit er ihn besser anschauen kann. Dann zieht er, sich leicht verschämt gebend, den alten Schlüssel aus seiner Hosentasche, hält ihn Jakob hin.

„Willst du heute ein letztes Mal an diesem Ort mein Schlüsselmeister sein? Ich würde dich gern noch einmal in unserem verschwiegenen geheimnisvollen Liebesnest in meine Arme schließen. Zum Abschied von der Zeit des Versteckens, der Verfolgung, der Angst. Danach soll der Weinkeller Gottes wieder verschlossen werden und wir suchen uns einen anderen, einen total lichten Platz für unser unmoralisches Treiben. Was meinst du, mein Schöner?“

Jakob hat den Anflug von Pathos in Arnolds Werben gehört, große Gefühle machen sich manchmal Luft in solch hehren Worten. Jakob spürt auch, dass sie trotzdem echt sind. Arnold will ihm seine Liebe zeigen und er will sie manifestieren, ein Romantiker ist er. So ist er eben, sein Schreiner mit den starken Schultern.

„Na, los, lass uns gehen. Hast du Streichhölzer für die Petroleumlampen? Damit ich dich besser sehen kann, wenn du mir im Glanz des schummrigen Lichtes deinen vollendeten Körper präsentierst, wie deine Haut dann glatt und makellos zu schimmern anfängt. Deine Männerhände, groß und zupackend, mein Hinterteil umfassen, bis ich es nicht mehr aushalte, so getrennt von dir zu sein, und wir endlich eins werden.“

Arnold ist überrascht, Jakob hat manchmal ein loses Mundwerk, und nun so was, fast eine neue Form von Literatur – unmoralische Poesie oder etwas in der Art.

„Du kannst ja auch ganz schön pathetisch sein, und ziemlich, wie soll ich sagen, direkt. Gleich sind wir da, mein Herz klopft schon recht heftig.“

Sie schaffen es noch in die Gruft, sie legen die Wolldecken auf den Boden, es ist kühl, die Lampen spenden wenig Licht, romantisch sieht es aus, noch eine Decke für zwei zum Zudecken. Berührung, Küsse überall, Haut an Haut, verknoten, streicheln, zupacken, nie ist es genug, lösen, Befreiung, der „kleine Tod“, Erschöpfung, Frösteln. Die Melancholie, wenn aus einem wieder zwei werden, wenn einer dem anderen zusieht beim Anlegen der Kleider.

Die Decken werden jetzt zum Mitnehmen zusammengelegt, sie werden hier nicht mehr gebraucht, die Lampen werden bis auf eine gelöscht und an den Seitenwänden gelagert.

Die Männer treten ins Freie. Es ist dunkel geworden inzwischen. Jakob hält die Lampe, damit Arnold das Schloss findet. Arnold schließt zweimal ab.

Der Himmel ist sternenklar. In tiefem Einverständnis gehen sie Arm in Arm. Arnold und Jakob, das ist Liebe.

37

Wonnemonat

Am 8. Mai 1945 hatte ganz Deutschland den Krieg verloren, die bedingungslose Kapitulation beendete überall sämtliche Kampfhandlungen. Adolf Hitler, der „Führer", war tot.

Marie war glücklich, sie plante unverzüglich ihre Hochzeit mit Hannes, das Brautkleid war bereits in Arbeit. Das junge Paar hielt sich an den Vorsatz: Sie hatten geschworen, dass sie den Bund der Ehe eingehen würden, sobald keine SS und keine Gestapo mehr hinter unbescholtenen Bürgern herspionierten, keine Bedrohung mehr durch den Staat zu befürchten war, niemand mehr ermordet wurde, weil er Jude war. Weil ein Mann einen Mann liebte, eine Frau eine Frau? Das blieb fraglich.

Marie freute sich unbändig auf den großen Tag, die Erfüllung all ihrer Kleinmädchenträume. Und sie war wahnsinnig verliebt in ihren Hannes, konnte es kaum erwarten, bis sie endlich in einem „legalen" Bett all die imaginierten Sachen machen durften, die bislang fast immer kurz vor Schluss zurückgehalten worden waren.

Eine Jungfrau war sie nicht mehr, einmal hatten sie nun doch schon „richtig" miteinander geschlafen, das war eben passiert. Passiert ist ihnen aber nichts, keine vorzeitige Schwangerschaft, nur zwei Wochen Zittern. Glück gehabt!

Sie wollten auch nicht gleich ein Kind, eine Zeit nur für sie zwei, das wäre schön. Hannes hatte Kondome besorgt, für die Hochzeitsnacht, hatte er gesagt. „Wir müssen ja nicht gleich zeugen", hatte er gelacht. Mit ihm war Marie sich immer einig, ohne dass sie solche weitreichenden Dinge besprechen mussten. Das Einigsein geschah so nebenbei.

Die Wahl der Trauzeugen war ein großes Thema. Marie hatte Jakob vorgeschlagen, Hannes Arnold, obwohl er zugeben musste, dass der Ex-Verlobte seiner Braut vielleicht nicht gerade ideal war. Da hatte Marie die Schultern gestrafft und zum Großvater gesagt: „Jetzt haben wir die zwei durch die Nazi-Zeit gebracht, haben uns lang genug verstellt, damit niemand was merkt, da werden wir das Getuschel der Leute auch überleben. Die zwei werden unsere Trauzeugen, Punkt."

Und so sitzen Marie und Arnold eines Tages wie in alten Zeiten in Herrn Müllers Café und bestellen einen frischen Streuselkuchen mit Sahne – Letztere hat Erich aufgetrieben bei dem Bauern in Wächtersbach, der jetzt sehr gern seine alten Schellackplatten auf dem noch älteren Grammophon hört. Der Kaffee ist zwar immer noch mit Zichorie verlängert, aber das trübt die Laune nicht. Sie lachen viel miteinander, erinnern sich gegenseitig an die Geschichten aus ihrer Schulzeit und daran, wie es bis vor Kurzem war, wie sie einander geholfen hatten. Und das noch immer tun.

Schließlich waren die Orber zwar, was die Wunden anbelangte, einigermaßen glimpflich davongekommen, von der alten Normalität war die Bürgerschaft dennoch Lichtjahre entfernt. Es wurde aufgeräumt, repariert, Arbeit gesucht, die knappen Lebensmittel auf dem Markt verkauft, das Tafelsilber verscheuert für Öl zum Braten, Mehl zum Backen. Gemeinschaftlich wurden die Straßen gefegt, der Müll verbrannt, gemauert, in brauchbar/ nutzlos sortiert, geräumt, geliehen und was sonst noch dazugehört zum Aufbau eines neuen Landes, eines neuen Lebens. Erst mal ausmisten, dann in die Hände spucken, und los geht es in einer Welt ohne Krieg.

Marie erzählt, wie die Hochzeit ablaufen soll. „Es wird ein eher bescheidenes Fest. Wir haben's ja noch lang nicht gerade dicke, das weißt du ja. Deshalb haben wir die Trauung erst um zwei angesetzt, damit alle schon zu Mittag gegessen haben. Es wird sicher schön. Feiern kann man auch in kleinem Rahmen. Hauptsache: Kaffee und Kuchen, selbst gebacken, und eine gespendete Torte von meiner Schwiegermama und eine von unserem Erich hier, ist das nicht toll? Abends dann noch ein Umtrunk, natürlich mit unserem Äbbelwoi, zum Abschluss gibt es kalte

Platte und Brot. Mal sehen, vielleicht sogar Bier. Mehr können wir uns nicht leisten. Der Hannes spielt uns bestimmt was Schönes auf der Gitarre vor, er kann das, ohne hinzugucken, das ist dann unsere Unterhaltung. Und unser Grammophon existiert ja auch noch." Sie legt Wert darauf, das „unser" zu betonen.

*

Arnold kann sich nicht mal in dieser vorfreudigen Stimmung von dem Verdacht lösen, dass Erich Müller dem Jakob und ihm in den schlimmen Zeiten unentwegt hinterhergeschlichen war. Jetzt gerade war der Bäcker wieder so nett und zugänglich, als hätte es in Deutschland nie die Dunkelheit gegeben. Arnold hat ihm nicht über den Weg getraut, kann ihm auch jetzt nicht unbefangen begegnen. Er hat keine Beweise gehabt, dass die ständigen Begegnungen kein Zufall gewesen waren, aber bis heute glaubt er dem Herrn Müller sein anscheinend sonniges, unverdorbenes Wesen nicht so richtig, dabei ist der immer nett, immer zur Stelle. Auch die Fahrt mit Emma nach Frankfurt, das hat er einfach gemacht und den Brief tatsächlich beim Malchen abgegeben.

Andererseits: Weder Jakob noch er selbst sind jemals so richtig direkt von Polizei oder Militär bedroht worden. Wenn Erich an entsprechender Stelle etwas verraten hätte, zum Beispiel dass ein Jakob Reinelt so aus dem Nichts als Verwandter aufgetaucht war, da hätte sicher ein Eifriger da oben nachgehakt. Aber nichts dergleichen war geschehen, obwohl Erich dort ein und aus gegangen war, das hatten auch andere Leute erzählt. Was er da wohl gewollt hat, wenn er schon den Verrat ausgespart hatte.

„Wenn man den Teufel nennt, kommt er gerennt", das sagt Arnold laut, obwohl er es eigentlich nur denken wollte.

„Was meinst du?" Marie ist irritiert. Erich steht mit den beiden Kuchentellern und dem dicken Klacks Sahne darauf vor dem Tisch der beiden. Er lacht. „Wieso hast du mich denn ‚Teufel' genannt, Arnold? Komm sag schon, das will ich jetzt wissen? Darf ich?", die Gaststube ist leer, er setzt sich auf den freien Stuhl am Tisch. Arnold weiß sich nicht anders zu helfen und stottert heraus: „Wir überlegen gerade, wer Trauzeuge werden soll, und da fiel dein Name, weil du ja Kuchen backen willst. Was sehr nett von dir ist. Da hab ich gesagt, dass das vielleicht ein bisschen knapp wird, Backen und Trauzeuge sein." Bravo, gut gelogen.

Marie springt ihm zur Seite: „Wie unpassend, aber Arnold wird mein Trauzeuge, Jakob wahrscheinlich der von Hannes, wie findest du das, vielleicht lieber andersrum, Arnold für Hannes, Jakob für mich?

Als Jakobs Name fällt, schwindet das Lächeln aus Erichs Gesicht. Er wird ganz ernst, traurig flüstert er den Namen: „Jakob."

Schweigen, die Ex-Verlobten sind ratlos, halten das Schweigen aber aus, essen eine Gabel voll Kuchen mit Sahne, nehmen einen Schluck Kaffee. Sie lassen Erich Zeit, Arnold spürt, dass der andere etwas loswerden will.

Erich blickt auf, dann betrachtet er eingehend seine gepflegten Hände mit den gefeilten Fingernägeln. Er schaut sich um. Sie sind unter sich. Er nimmt allen Mut zusammen. Endlich fasst er sich ein Herz und rückt heraus mit dem, was ihn langsam fertigmacht: „Es fällt mir furchtbar schwer zu sagen, was ich irgendwann mal sowieso nicht mehr verbergen kann." Pause, er zögert das Weiterreden hinaus. „Scheiße, warum ist das so schwer? Arnold, tät es dir was ausmachen, wenn ich dich bitte, mich für einen Augenblick mit Marie allein zu lassen, ich glaub, es würd mir leichter fallen. Nur fünf Minuten, danach sag ich es auch dir, dann ist es wenigstens einmal raus, beim zweiten Mal geht es besser, bestimmt." Wortlos akzeptiert Arnold, nimmt seine Tasse, geht nach draußen, vor dem Café steht ein „Aussichtshocker".

„Also, was willst du uns sagen, Erich? Nur Mut, ich fress dich nicht." Der Bäcker ist nervös, das merkt man ihm an. Marie ist zugewandt, aufmerksam betrachtet sie das verwackelte Mienenspiel ihres Gegenübers. Erich, der sich in jüngster Vergangenheit fast lautlos und ohne viel Gedöns zumindest im äußeren Kreis der Freunde integriert hat, seit Otto wieder im Lande und nun auch auf der richtigen Seite ist. Was hat er nur für sich behalten, was dürfen nur wenige Auserwählte über ihn wissen? Marie soll nun also seine Beichtmutter sein, war er am Ende doch ein Nazi-Spitzel, das kann nicht sein, dass sie sich so in ihm getäuscht hat.

Erich hat es in Wirklichkeit schon lange satt, immer den fröhlichen Wendehals zu spielen. Auf jetzt, mach schon, gestehe endlich, ermutigt er sich selbst, die junge Frau ist doch sonst auch nicht vernagelt oder spießig, sie war immer freundlich.

Er ringt seine inneren Kämpfe nieder, entschlossen offenbart er schließlich sein Innerstes, die Stimme ist zittrig, aber der Drang, das tief Verborgene endlich loszuwerden, ist herauszuhören: „Marie, ich spüre, dass Arnold denkt, ich hätte ihn bespitzelt. Und auch den Jakob." Er macht wieder eine Pause. Aber jetzt muss er zu Ende bringen, was er angefangen hat: „Er hat recht, ich hab die beiden beobachtet, ich habe auch kleine Berichte verfasst für die Männer im Rathaus. Ich hab sie aber nicht verraten, im Gegenteil. Ich hab das alles gemacht, damit ich irgendwie die Hand über sie halten konnte. Denen da oben hab ich erzählt, wie ich die beiden näher kennengelernt habe, dass mir der Arnold Reinelt ja schon lang bekannt ist über seinen Bruder, der ein glühender Anhänger des Führers sei und ein schneidiger, linientreuer Soldat, dass es nichts Verdächtiges zu beobachen gäbe. Dass Arnold wie immer aus seinen Brettern kleine Möbel baut, dass der ‚Waisenjunge' aus der fernen Verwandtschaft der Familie Reinelt sich gut eingelebt hat, lauter verschiedene Hilfsarbeiten erledigt, nichts Außergewöhnliches, außer dass er fast ganz taub ist und deshalb nicht an der Front, so viel hätte ich rausgekriegt, hab ich gesagt. Sie haben irgendwann das Interesse daran verloren. Ich hab ihnen nie erzählt, was ich über Jakob vermute, und auch Arnolds Geheimnis war bei mir immer in sicherer Verwahrung." Marie will was darauf antworten, sich ahnungslos geben, Arnold in Schutz nehmen, lässt es aber sein, sie merkt, dass es zwecklos wäre, so zu tun, als wüsste sie nichts.

„Die Wahrheit ist: Ich hab die zwei beschützen wollen, den Jakob noch ein bisschen mehr." Wieder zögert Erich, wirklich alle Karten auf den Tisch jetzt? Oh Gott, bisher hat keiner was gemerkt. Er holt tief Luft. „Also gut, hier ist der Rest: Ich hab einen Grund, warum ich das gemacht hab. Es ist nämlich so: Ich bin wie die beiden. Ich hatte Angst vor Entdeckung, genauso wie sie. Da gab ich mich wie ein ‚richtiger‘ Mann, mit Holz hacken, Fluchen, mit den Damen im Rathaus schäkern, ich hab sogar mal eine ausgeführt und zum Schluss geküsst. Sie wollte aber nichts weiter von mir, zum Glück.“ Er blickt zu Boden, der härteste Teil jetzt, los! „Und noch was: Ich hab mich hoffnungslos in Jakob verliebt, träumte davon, wie schön es wäre, mit ihm interessante Gespräche zu führen und ihn zu berühren. Ich weiß, das ist ohne Hoffnung, aber, mein Gott, ich kann nichts dafür, ich hab ihn gesehen und hätt ihn am liebsten an Ort und Stelle mit heimgenommen.“ Er schaut nachdenklich. „Entschuldige, dass ich zuletzt so offen war, aber einmal wollte ich es aussprechen. Ich liebe Jakob. So, Marie, jetzt kannst du deinen besten Freund wieder reinholen und wir erzählen ihm alles noch einmal.“

Marie legt dem etwas Älteren die Hand auf den Arm. Sie schaut ihm offen ins Gesicht. „Ich hatte also immer recht, ich hab nie geglaubt, dass du ein Nazi-Spitzel bist, ich hab dich manchmal verteidigt, das muss ich zugeben, es gibt Leute, die vertrauen dir nicht voll und ganz, die Frieda zum Beispiel. Für mich warst du immer viel zu lebensfroh und zugewandt und hilfsbereit, als dass du anderen würdest schaden wollen. Du hast uns ja auch immer Sachen besorgt und so und warst diskret. Du bist ein Guter, ehrlich.“

Dann hatte Marie Arnold ins Café zurückgeholt. Mit ihrer Unterstützung wiederholte Erich seine Geschichte noch einmal, ging dieses Mal aber mehr ins Detail. Er beschrieb zum Beispiel, wie er es hingekriegt hatte, dass er ihm und Jakob so oft über den Weg gelaufen war: Wenn er einen von beiden von Weitem gesehen hatte, war er einfach stehen geblieben und hatte die „Verfolgung“ erst wieder aufgenommen, wenn sie schon fast außer Sichtweite waren – er hätte nicht gedacht, dass sie bemerkt haben, wie zufällig das hatte aussehen sollen. Es war ihm jetzt auch äußerst peinlich, fand für sich selbst im Nachhinein keine echte Entschuldigung, er hätte den beiden Männern auch auf andere Weise zur Seite stehen können, oder?

Erich druckste noch mal ganz schön rum, ehe er seine heimliche Liebe gestand, fuchtelte mit den Händen in der Luft herum. „Nein, nein, ich will dir den Jakob nicht wegnehmen, das würde ich auch gar nicht schaffen, das weißt du selber. Dein Freund ist dir treu, er hat nur dich im Sinn."

Arnold fiel ein Stein vom Herzen, obwohl er sich normalerweise schwertat, wenn er einen Irrtum eingestehen musste. Diesmal hat er sich ganz schön verhauen, dem guten Erich sehr unrecht getan.

Arnold wurde bewusst, dass es doch viel mehr Männer gab, die Männer liebten, als er gedacht hatte. Er hatte sich mit seiner Homosexualität allein auf weiter Flur gefühlt.

Er schmunzelte bei dem Gedanken: In dem kleinen Bad Orb waren sie nun schon zu dritt.

Arnold nahm Erichs Hand, ergriff sie, als wolle er sich verabschieden. Stattdessen sagte er: „Danke, dass du mir so viel Vertrauen schenkst, ich bin richtig erleichtert. Jetzt sind wir schon drei. Und weißt du, Misstrauen ist kein schönes Gefühl, auch nicht für den, der es empfindet. Es tötet das Kennenlernen, verhindert die Begegnung und dass man mit jemandem echt reden kann. Danke auch, dass du unser Schutzengel warst, und ich hoffe, dass wir jetzt richtig Freunde sein können, solche, die alles bequatschen können und sich nicht verbiegen müssen. Weiß der Otto auch Bescheid?"

Arnold wartete nicht auf die Antwort. Er genierte sich ein bisschen, warum hatte er nicht auf Marie gehört. Die hat so eine gute Menschenkenntnis. „Bitte verzeih mir, ich war dumm, ich hätte dich besser fragen sollen, ob du für die arbeitest, was wär dabei gewesen? Nun ja, ich hab sicher zu viel Schiss gehabt, ist eigentlich auch kein Wunder, bei dem, was wir erlebt haben, wer hat da noch jemandem wirklich vertraut. Jeder hätte einer von denen sein können. Jedem hätte jeder was anhängen können. Und wir, die Männer ,vom anderen Ufer', werden es vermutlich auch in Zukunft nicht ganz einfach haben, aber erwähn das bitte nicht gegenüber Jakob, ich meine, dass ich das jetzt gesagt hab. Sonst kriegt er es gleich wieder mit der Angst. Übrigens: Der ist gar nicht taub, aber das hast du sicher auch schon spitzgekriegt."

Erich machte eine vage Geste, zog die Schultern dabei hoch, ich weiß nicht recht, sollte das sagen. „Das freut mich, da muss ich nicht mehr so brüllen, wenn ich mich mit ihm unterhalte, natürlich nur wenn niemand dabei ist, auch der Otto nicht, der Krieg ist zwar vorbei, aber die Leute müssen trotzdem nicht alles wissen. Du hast schon recht mit deiner Vorsicht. Und um deine Frage zu beantworten: Otto ahnt wohl etwas, er guckt mich manchmal so komisch an, ich würde es gern dabei belassen. In diesem Schwebezustand ist er unbefangen, ich weiß nicht, ob wir noch so offen miteinander wären, wenn er das Gefühl hätte, dass ich noch was anderes als einen guten Kumpel in ihm sähe. Für mich ist er ja auch wirklich ein guter Kumpel, ich will ihn nicht verführen.“

38

Alles neu macht der Juni

Am Sonntag, dem 10. Juni 1945, war es so weit. Marie und Hannes traten vor den Altar der St.-Martins-Kirche, um einander ewige Liebe und Treue zu schwören, in guten wie in schlechten Tagen, auf alle Zeit, bis dass der Tod sie scheidet. Marie schritt am Arm ihres versöhnten Vaters mit einem leuchtenden Lächeln im Gesicht auf ihren Hannes zu, der dort auf sie wartete. Er hatte die dunkle Brille abgelegt, und sah ihr mit zusammengekniffenen Augen entgegen, er sah ihr Gesicht, das schöne Kleid und den Schleier, die Maries verstorbene Großmutter als Erste getragen hatte und nun an Maries schmale Taille und an ihren Kopf angepasst worden waren. Er sah, dass das Kleid weiß war, dass es aus Spitzenstoff gefertigt war, das konnte er mit den Händen erfühlen. Den Ehering, einen hübschen schmalen Goldreif, übergab Jakob, der neben Hannes am Alter stand, an den zukünftigen Ehemann, dann zog sich der Trauzeuge eine Stufe tiefer zurück. Nachdem Hannes das dezente kleine Schmuckstück entgegengenommen hatte und Marie mit einem Meter Abstand neben ihm stand, sprach der Priester die Trauungsformel: „Willst du, Johannes Hermann Paul Gutleut, die hier anwesende . . .“ Hannes sah Marie unverwandt an, obwohl er sie auf die Entfernung nicht ganz so deutlich sehen konnte wie zu Hause, wenn er sie küsste. Er sagte im richtigen Moment mit freudiger Stimme „Ja, ich will!“ und steckte nach Gefühl seiner ungeduldigen Braut den Ring an den Finger der rechten Hand, lächelte sie dabei so zweideutig an, dass sie ihn am liebsten sofort geküsst hätte.

An Maries Seite stand nun doch Frieda, die durchgesetzt hatte, dass Arnold auf das Ehrenamt verzichtete. Friedas Argument: „Am Sonntag haben die Leute frei und es gibt nicht viel Unterhaltung. Da kommt so eine Hochzeit grad recht. Und sind wir doch mal ehrlich, was haben wir davon, wenn wir die Orber so provozieren, die wissen doch, dass Marie vorher schon mit Arnold verlobt gewesen ist. Das muss doch nicht sein."

Frieda sah sehr würdevoll aus, sie trug ein fliederfarbenes Kostüm, das sie schon ewig hatte. „Seht ihr, das passt mir immer noch", hatte sie kokett in die kleine Runde aus Schwiegertochter und den beiden Söhnen in ihrer guten Stube gesagt. Sie trug wie immer ihr Haar zu einem strengen Nackenknoten gewunden, doch heute hatte sie sich eine weiße Rose hineingesteckt, eine der ersten in ihrem Garten, passend zu Maries Brautstrauß.

Als sie Marie das kleine Kästchen offen entgegenhielt, konnte sie die winzige Träne, die ihr die Wange runterlief doch nicht aufhalten, sie hatte sich solche Mühe gegeben, nicht zu heulen. Sie hätte nicht genauer erklären können, warum sie so gerührt war. Ob sie darüber trauerte, dass nicht Arnold an Hannes' Stelle dort vorm Priester stand, war es die festliche Stimmung, das Phänomen Hochzeit als solches, die Erinnerung an ihre eigene? Damals, als sie nur einen Moment daran gedacht hatte, dass es nach geltendem Kirchenrecht nicht erlaubt war, einen geschiedenen Mann zu ehelichen, einen evangelischen erst recht nicht. Sie war eine Ehebrecherin im Sinn der Kirche. Bereut hatte sie nie, wie kann so etwas Wunderbares wie ihre Liebe zu Minkus etwas Böses sein und dem lieben Gott nicht gefallen?

Marie hat gerade „Ja, ich will" gehaucht und Hannes, ihrem Mann, den zweiten Ring angesteckt. Sie strahlt, ist die schönste junge Frau in der ganzen Stadt. Der Priester segnet die Frischvermählten, gibt das Signal zum Kuss. Mann und Frau, sie liegen sich in den Armen und wollen einander nie wieder loslassen.

Da setzt die Orgel ein und mahnt zum Aufbruch. Das Ehepaar durchschreitet den Mittelgang nach draußen, Eltern, Verwandte, Freunde aus Maries Familie folgen als Erste, dann Hannes' Mutter, Frau Gutleut, deren Schwester, erst dann darf die Wahlverwandtschaft – Otto und Katrin mit den Töchtern Sophie und Maria, Arnold, Jakob, Frieda und, zu guter Letzt, Erich – dem Hochzeitstross folgen.

Amalie ist mit Emma und ihrem Heinrich erst kurz vor knapp aus Frankfurt mit dem Zug angekommen, sie hatten sich still in den hinteren Reihen dazugestellt, das Jawort miterlebt und den langen Kuss und sich dann hinter Erich Müller und den anderen eingereiht.

Die Zaungäste aus der Orber Nachbarschaft zerstreuen sich in verschiedene Richtungen.

In Friedas Haus können die Gäste kommen. Der Tisch ist gedeckt, die Kuchen stehen bereit. Erich ist vorausgerannt und kümmert sich um den Rest, setzt Kaffeewasser auf, stellt die Schlagsahne (!) auf den Tisch, trotz des strahlenden Wetters könnte es draußen zu kühl sein. Da sieht er durchs Fenster den alten Mann mit seinen Trippelschritten anwackeln.

*

Josef hatte sich wirklich sehr viel Zeit genommen, der Weg war nicht weit, aber es ging aufwärts. Fein herausgeputzt in Anzug und Weste, hat er sich Schritt für Schritt vorwärtsbewegt, durfte hier und da auf einer der Hausbänke vor den Türen unterwegs Rast machen. Stolz wie Oskar war er, als er die paar Meter weiter oben endlich, bereit für alles Weitere, auf der Bank vor Friedas Haus saß. Womöglich wurde ja hier draußen der Kaffeetisch gedeckt, dann würde er ganz umsonst die fünf Stufen ins Haus hinaufkraxeln.

Erich rennt nach unten. Als er Josef da sitzen sieht, begrüßt der ihn gleich mit den Worten: „Lass uns doch alles draußen herrichten, es ist so wunderbar sonnig heut." Erich gibt zögerlich nach, es ist wirklich zu schön zum Drinsitzen, auch im Garten sind für alle Fälle zwei lange Tische aufgestellt, mit Stühlen. Erich erweist sich als echter Könner seines Fachs: Es geht ihm alles leichtfüßig, leichtherzig, leichthin von der Hand. Seit dem Tag, an dem er den Ort, den sie im Gottesdienst Seele nannten, geöffnet hatte, für Freunde, für echte Freunde, für die Freundin: nichts als Erleichterung.

In Windeseile schafft er es, die Tafel, die Tischdekoration, die Blumen von oben, Friedas gesamtes Arrangement, hier unten im Freien zu rekonstruieren und neu aufzubauen, es sieht sehr festlich aus. Die Tischkärtchen hat er ein bisschen durcheinandergebracht, aber so viele waren es ja nicht, die würden schon alle ein Plätzchen in angenehmer Gesellschaft finden.

Um kurz vor drei trafen die Kaffeegäste endlich alle ein, und zwar alle auf einmal. Die Sonne stand hoch genug am Himmel und wärmte den Garten, keine Wolke trübte ihren Schein, angenehm warm war es, wie gut, dass Erich Josefs Wunsch erfüllt hatte. Der Weg von der Kirche bis zu Friedas Haus dauerte unter normalen Bedingungen allenfalls eine halbe Stunde, aber die Hochzeiter und ihre Gäste hatten erst mal auf den Priester warten müssen, der jedem die Hand zum Abschied gab, dann hatten sie sich Zeit gelassen, unterwegs auch mal angehalten. Marie hatte das recht gut im Griff, sie hatte Erich versprochen, dass sie nicht zu früh ankommen würden, damit auf der Kaffeetafel auch schon der fertige Kaffee stand.

Auf die Platzkärtchen achtete keiner mehr, aber jeder war mit dem Stuhl, auf dem er saß, zufrieden, zum Reden und Lachen war immer jemand in der Nähe, der passte. Josef hatte sich, bevor die Hochzeitsgesellschaft auftauchte, schon mal ans obere Ende der Tafel gesetzt, damit er alle gut im Blick hatte. Seine Mädchen, die Maria und die Sophie, eilten gleich auf ihn zu und belegten die Plätze rechts und links von ihrem Großvater, schnatterten los: wie schön die Braut aussieht, dass noch schöner das Küssen war, zumindest die Jüngere kriegte sich gar nicht mehr zusammen, das war so aufregend. Mit vielen Ahs und Ohs wurde die Kuchen- und Tortenpracht bewundert.

„Fast zu schad zum Aufessen, diese Schwarzwälder ist ja wie gemalt", befand Jakob. Erich errötete bei so viel Lob. „Aber zum Essen ist sie doch gemacht, das ist ihre Bestimmung. Otto, du kannst sie ja zu Hause nachmalen", er war zu Scherzen aufgelegt, als würde er selbst heut heiraten, den Jakob, das wär was, aber den musste er sich aus dem Herz reißen, Männer wie er heiraten eh nicht …

Otto hatte nämlich eine neue Liebhaberei: Er malte mit den Buntstiften seiner Töchter Blumen und Essen, einfach so, weil es ihm Freude machte – und weil es die restlichen Finger trainierte. Lesen mochte er nicht, arbeiten konnte er noch nicht so richtig vollwertig, und er fand auch nicht immer jemanden, der mit ihm Karten spielte oder sich mit ihm unterhielt. Also zeichnete er postkartengroße Stillleben aus Essen und Blumen, es sah gar nicht schlecht aus, eine ungewöhnliche, aber originelle Idee. Essen und Blumen, zwei Sachen, die Sehnsüchte wecken, davon genug zu haben, war längst nicht selbstverständlich. Insgeheim dachte er schon darüber nach, ins Gratulations-Postkarten-Geschäft einzusteigen, sobald das wieder anlief, war aber unsicher, ob er gut genug war.

Arnold neckte ihn nun manchmal mit seinem neuen Zeitvertreib: „Was hast du mich früher immer ausgelacht, wenn ich die Schildchen für die Weinflaschen vom Vater gepinselt hab. Jetzt siehst du mal, wie viel Spaß das machen kann.“

Es war ein Tag voller Licht. Von der gelungenen Hochzeitsfeier würden die Gäste noch lange erzählen. Es wurde gelacht, mangels Kapelle ein bisschen zur Musik vom Grammophon getanzt, geplaudert, erzählt von guten alten Zeiten, es wurden Pläne geschmiedet für die hoffnungsvolle wie ungewisse Zukunft, die für sie alle, da waren sich die Gäste in dieser freudigen Stimmung sicher, gewiss nur blühend, reich und glücklich sein würde.

Amalie, Emma und Heinrich hatten erst das wenige Gepäck für die Übernachtung in Friedas Schlafzimmer gebracht. Amalie hatte die Baumwollbluse, die sie auf der Bahnfahrt anhatte, ausgezogen und stattdessen ihre einzige gute Bluse aus dem Koffer geholt, noch mal in der Küche drübergebügelt, vorsichtig, die hellblaue Seide mit den aufgedruckten an Margeriten und roséfarbene Rosen erinnernden Fantasieblumen war empfindlich. Als sie sich darin vor dem Spiegel kritisch gemustert hatte, war sie zufrieden gewesen. Sie hatte ausnahmsweise ihren festgedrehten Knoten im Nacken gelöst, den taillenlangen Zopf neu geflochten, sodass er seitlich über ihrer Schulter lag. Das gebe ihr etwas „Italienisches“, sagte Heinrich immer, wenn sie ihr Haar so trug. Sie lachte, wenn er das wieder einmal bemerkte, er war noch nie in Italien gewesen, woher wusste er denn, was italienisch war. Amalie gefiel ihm jedenfalls mit der Frisur.

Als sie heruntergekommen war, hatte Jakob sie auf seine charmante Art aufs Herzlichste begrüßt. Kurz nach der Trauung war zu viel Trubel gewesen, die Frankfurter waren zurückhaltend geblieben. Jakob hatte trotzdem die Grußhand seiner Freundin ergriffen und einen galanten Handkuss darauf platziert. „Amélie. Wie schön, dich so schön zu sehen, es steht dir gut, das Haar, dein Hochzeitsgewand, deine Zufriedenheit." Sie bedankte sich artig für das – in ihren Augen – leicht übertriebene Kompliment, dann nahm sie ihn spontan in den Arm, das war die mütterliche Amalie. „Jakob, Jakob, ich bin ja so froh, dass wir es geschafft haben, ich kann nicht vergessen, wie das war, vor einem Jahr, als wir uns kennengelernt haben. So ein Glück! Und stell dir vor, wir haben auch noch gute Nachricht aus Frankreich. Heinz lebt, es kam wieder eine kleine Postkarte, wieder nur fünf Zeilen erlaubt, aber das Wichtigste stand drauf: ‚Vielleicht bald Gefangenenaustausch?'" Jakob hatte alles Gute gewünscht, dass es bald wahr würde, und er hatte ernst ausgesehen. Wenn er doch nur auch einen solchen glimmenden Hoffnungsschimmer hätte.

Emma hing wie immer an Arnold fest, ihr Lieblingsonkel hatte nur heute kaum Zeit für seine Nichte und ihre Erzählungen. Also spannte er Emma ein beim Servieren, beim Kaffeeausschank, Wünscheerfüllen, Serviettenausteilen. Das Mädchen war beschäftigt und hatte Spaß daran, alle lobten ihre Geschicklichkeit, sie kleckerte nicht mal beim Einschenken. Heinrich hatte sich neben Frieda gesetzt, die am anderen Ende des langen Tisches gegenüber Josef Platz genommen hatte.

Schwiegersohn und Schwiegermutter verstanden sich prächtig, Frieda vertraute Heinrich an, dass sie manchmal das Gefühl hatte, Marie sei ihr genauso nah wie eine Tochter oder eigentlich wie eine Nichte. „Ich kenn sie halt auch schon ihr ganzes Leben lang, die war so niedlich als kleines Kind, immer hat sie mit Arnold gespielt, wirklich goldig waren die zwei damals. Und jetzt sieh sie dir an: eine verheiratete Frau. Ich werd so was mit Arnold nicht erleben, schad ist das schon, aber es ist, wie es ist, und es ist in Ordnung."

Heinrich sagte nichts dazu. Heinrich wusste also Bescheid, das war Frieda in dem Moment klar geworden. Das hatte ihr auf

der Seele gelegen, sie war erleichtert gewesen, keine Heimlichkeiten mehr. Amalies Mann hatte dann doch noch einen kurzen
Kommentar zum Thema Arnold/Hochzeit gegeben. „Weißt du,
daran lässt sich nichts ändern, so wird einer geboren, Hauptsache ist doch, dass er glücklich ist und bleibt, oder?" Am liebsten hätte Frieda ihrem Schwiegersohn einen Kuss gegeben. Sie
beließ es bei jenem seligen Lächeln, das zeigte, dass sie sich
verstanden fühlte.

*

Kaum einer nimmt wahr, dass der Trauzeuge, dass Jakob sich
einen Stuhl gegriffen und ihn ein wenig abseits der Gesellschaft
unter den Kirschbaum gestellt hat. Er will einen Augenblick für
sich sein, er beobachtet, wie Arnold sich seit langer Zeit wieder
mal mit seinem Bruder unterhält. Die beiden waren sich fremd
geworden, als Otto noch auf der anderen Seite gestanden hatte.
Jakob spürt, dass er Anteil an der Versöhnung der beiden hat,
er war zwischen ihnen gestanden, ohne sich dessen bewusst zu
sein, und er war schließlich zum Katalysator geworden. Weil
es ihn noch gibt, weil einer der Brüder Leute wie ihn verfolgt
hat. Weil einer von ihnen zu sehen gelernt hat. Der Arnold kann
seinen großen Bruder endlich wieder annehmen.

Und so sitzt Jakob auf seinem Stuhl und es wird ihm in all dem
Glücksrausch schwer ums Herz. Er sieht in die Zukunft: Gewiss,
weil er Jude ist, wird er nicht mehr in gefährliche Bedrängnis geraten, da ist er sich sicher. Vielleicht würden noch ein paar Übriggebliebene ihre Vorbehalte pflegen, aber das geht ihn nichts
mehr an.

Aber was ist mit dem anderen, mit dem, was ihn von den „normalen" Männern unterscheidet? Jakob kann nicht wissen, nur
ahnen, dass Arnold sich mit derselben Frage herumquält.

Am elendsten fühlt sich Jakob aber bei dem Gedanken, dass er
letztendlich keine eigene Familie mehr hat, kein eigenes Haus,
keine eigene Wohnung, nicht mal eigene Kleider, bis auf die
paar Lumpen, die er am Leib gehabt hatte. Gibt es jetzt, da der

365

Krieg gerade mal vorbei ist, schon Aussicht, dass er sein Studium fortsetzen kann? Weit war er bislang nicht gekommen. Eher schlecht sieht es damit aus. Er hat keine Ahnung, ob überhaupt noch irgendwo in Deutschland eine Universität steht. Hannes ist beneidenswert, der ist fast fertig gewesen mit seinem Ingenieursstudium, den kann man gleich hernehmen beim Wiederaufbau.

Arnolds Geliebter fragt sich, warum er dieses Gefühl nicht loswird: dass er am Ende eines Weges steht, nicht am Anfang.

Er ist so, wie er jetzt ist, nur hier, bei seinem geliebten Arnold, bei dessen Familie. Was ihn früher ausgemacht hat, das gibt es nicht mehr oder nur noch in der Erinnerung. Er hatte sich selbst gern als gebildeter, weltgewandter Jude aus gutem Frankfurter Bürgerhaus gesehen, hatte früh schon ein Medizinstudium vor Augen gehabt, als er mit seinem Vater über eine Berufswahl gesprochen hatte.

Da waren allerdings die Schikanen im Gymnasium schon losgegangen. Jakobs Familie war fest davon überzeugt gewesen, dass sie nicht gemeint waren, als es hieß, die Juden würden den Deutschen alles rauben. Sie hatten sich an ihr Haus, ihren Besitz, ihren Stand geklammert und auf ihn vertraut. Sie hatten sich nichts zuschulden kommen lassen. Was konnte ihnen da passieren? An solchen Traumwelten hatten sie festgehalten. Auch noch, als der Stern an die Brust kam. Auch noch, als die Lastwagen vor der Tür standen nur drei, vier Straßen weiter. So lange, bis es zu spät gewesen war.

Jakob möchte einerseits hier bleiben, bei seinem Liebsten und den Freunden, die ihn alle beschützt hatten. Wenn er aber ganz genau in sich hineinhört, muss er sich eingestehen, dass es ihm auf Dauer vielleicht doch nicht ausreichen würde: Die Feldarbeit, die Hausarbeit, sogar der Weinbau, das machte eine Zeit lang Freude, aber es beschäftigte nicht seinen Geist. Die Gespräche mit Josef über Bücher, über den guten König von Frankreich, der die Toleranz gelehrt hatte, die waren die Ausnahme. Josef wusste viel, auch über Voltaire und andere Aufklärer. „Wer das liest und natürlich auch versteht, der kann kein Nationalso-

zialist werden. Ganz ausgeschlossen, wer aufgeklärt ist, erkennt
die Intoleranz und die Dummheit in dem ganzen Geschwätz",
Josefs eindeutige Worte sind Jakob im Gedächtnis geblieben.

Auch mit seinem Liebsten waren die Themen alles andere als
banal, warum der Mensch dem Menschen ein Wolf sein kann,
warum Liebe immer wieder einen Ort findet trotz allem, warum einer so handelt, ein anderer gerade andersrum, sie hatten
eigentlich viel zu besprechen. Und sie konnten klug miteinander
schweigen. Damals am Hang, hinter dem Lager, als sie auf dem
Bauch gelegen hatten und die Leiden der Gefangenen mit eigenen Augen gesehen hatten, da hatten beide instinktiv gewusst,
dass sich jedes Wort dazu erübrigte.

Ihm fehlt das Städtische, die verqualmten Wirtshäuser, die strahlenden Kinos, das Theater, die Frankfurter Oper, Wagner, Schiller, das Tanzen mit den Frauen – das Jungsein, seine ganze Arroganz und Siegesgewissheit und sein Selbstbewusstsein, er weiß,
dass ihn das attraktiv gemacht hat für die Frauen, er hatte das
durchaus genossen. Die Anziehungskraft, die er auf die Männer
in den dunklen, versteckten Lokalen voller Zigarettenrauch und
Bierwolken ausstrahlte, das war wie ein Rausch gewesen.

Alles weg – wahrscheinlich. Arnold kann er sich in so einer
Welt gar nicht vorstellen, obwohl der mal gesagt hat, dass ihm
der „Orber Mief" manchmal auf die Nerven geht und er gern
mal richtig was von der Welt sehen würde, nicht nur in der
Wochenschau im Kino.

Jakob spürt einen Druck auf dem Herzen, ihm wird bang. Wie
wird ihr Weg aussehen? Es ändert aber alles nichts daran, dass
es Liebe ist, Nähe, Leidenschaft, das, was da läuft, zwischen
Jakob und Arnold. Was das ist, weiß Jakob genau. Gemeinsam
mit Arnold will er in die Zukunft, egal, wie sie aussieht. Aus
Liebe zu ihm.

Jakob hat nicht bemerkt, dass Otto sich seinem „Exil" genähert,
einen weiteren Stuhl konfisziert hat und sich nun neben ihn setzt.
„Was ist los mit dir, mein Freund? Warum hast du dich denn so
ganz allein hierher geflüchtet? Man ist es nicht mehr gewöhnt,

so viele Leute auf einem Haufen, die auch noch überwiegend fröhlich sind. Ist es das?" Jakobs Lächeln sieht ziemlich aufgesetzt aus, als er den viel älteren Bruder seines Liebsten ansieht. Wie ein Film im Zeitraffer sausen die imaginierten Bilder durch seinen Kopf: Otto, der Soldat in Uniform, der Judenfeind, der Grobschlächtige. Otto, der Verletzte, der Reumütige, der Geläuterte, der zum Mitverschwörer geworden war. Die zwei Seiten, vereint in einer Person.

Myriaden von Gegenwarten, Veränderungen, Bewegungen, gesammelt in jedem einzelnen Menschen, so ist es in Wahrheit.

Jakob ist froh um die Ablenkung. Die Stimmen, die von der Kaffeetafel herüberfliegen, einzelne Wörter, alles ist viel lauter jetzt. Die gedachten Szenerien aus seinem Leben, die Jugendschimären, die Grübelabstecher – er schiebt sie weg, alles zu seiner Zeit.

Zu Otto sagt er: „Entschuldige bitte, ich hab grad ein kleine Pause gebraucht. Ich hatte eben meinen Tiefsinnigen. Weißt du, es ist alles erst ein paar Wochen her, seit ich wieder unter den Menschen sein kann, ohne mich in Gefahr zu begeben, da muss ich mich auch dran gewöhnen. Und ich weiß nicht, wie es jetzt weitergeht. Wir alle hängen ja in der Luft. Die Bauern haben es da leichter, die machen, was sie sonst auch machen, Kühe melken und schlachten, Hühner züchten, Bäume schneiden, Sachen anpflanzen und so. Ich bin kein Bauer und auch kein begabter Schreiner, glaub ich. Ich kann doch nicht ewig bei Josef hausen und bei Frieda mit am Tisch sitzen. Meine leibliche Familie – ihre Situation, keine Ahnung, ich weiß nicht, ob jemand von ihnen noch da ist. Wer kann mir dazu Auskunft geben?"

Jakob sagt nie, dass jemand vielleicht tot ist, er umschreibt das Totsein immer mit Nicht-mehr-da-Sein. Tot, das ist zu endgültig, verschollen ist besser als tot, wegen der Hoffnung, die darin steckt und die ein Suchen in sich trägt.

„Apropos pflanzen. Ich war heute Morgen oben am Berg bei den Weinstöcken. Sie wachsen und sie sehen gut aus. Kräftige Pflanzen sind es und die ersten Knospen sind zu sehen, ich glaub, das wird was mit dem Riesling dieses Jahr", Otto klingt zufrieden mit ihrer beider Leistung. „Was meinst du, sollen wir unseren Arnold entführen und ihm die Überraschung schon jetzt präsentieren oder lieber noch ein paar Wochen warten?" Jakob ist unschlüssig. „Wie hoch sind sie denn?" Otto zeigt mit der Hand: „Vom Boden hoch etwa so, etwas über eineinhalb Meter, wie gesagt, kleine Knospen, das werden die Trauben. Sattes Grün. Wir können vielleicht die Kletterstangen erhöhen, mal sehen, das weiß der Arnold besser als ich oder du. Er freut sich bestimmt. Das war eine prima Idee von dir."

„Wenn ich es mir so recht überlege: Es würde ganz gut passen, wenn wir jetzt unser Geschenk präsentieren. Die einen heiraten, du hast Pläne für deine Kunstwerke. Oder? Hast du doch? Die sind hübsch, deine kleinen Postkarten. Und ich? Irgendwas fällt mir auch noch ein, ich könnte ein Halbtags- oder Sonntagswinzer werden und ... na ja, ich wollt früher Arzt werden. Mal sehen. Du kannst dir sicher denken, dass ich auch noch andere Sorgen hab."

Otto schaut betreten zu Boden, die heitere Laune ist verflogen, aber verderben will er auch nichts. „Ich helf dir, so gut ich kann, versprochen." Den Blick hebt er nicht, er traut sich nicht, so sieht er auch nicht, wie Jakob vom Stuhl aufsteht, ein zärtliches Lächeln im Gesicht. „Komm mit, bevor er sich wieder woanders dazusetzt", sagt er aufmunternd. „Der muss jetzt mit uns mit in die Höh steigen. Vergiss nicht, von oben hat man den besseren Überblick. Geh du vor und sag ihm, dass wir eine Überraschung für ihn haben."

Otto klopfte seinem Bruder auf die Schulter. Arnold hatte das Festjackett schon längst über die Lehne des Stuhls gehängt. Seit Monaten hatte er keinen Äbbelwoi mehr getrunken, und jetzt war ihm schon nach einem halben Glas so warm geworden. Er hätte mal besser Wasser gegen den Durst getrunken.

Otto sagte: „Dein Freund Jakob schickt mich. Ich soll dir sagen, dass du jetzt mit hoch sollst auf die Wiese mit den Apfelbäumen. Er will dir was zeigen. Eine neue Sorte hat er, glaub ich, aufgepfropft oder so. Davon versteh ich nichts. Und ein kleiner Spaziergang tät auch gut nach der Kuchenvöllerei, das hat er auch noch gesagt." Arnold hob bedauernd die Schultern, leider, er muss sich verabschieden von seiner Tischnachbarin, sein „Geselle" erfordere seine Anwesenheit. Hannes' Mutter hatte Verständnis, die jungen Leute wollten sicher auch mal unter sich sein.

Otto folgte seinem Bruder und Jakob mit zwei, drei Schritten Abstand. Als er den Gleichschritt der beiden vor sich sah, wie sich die Schultern fast synchron nach vorn und zurück schoben beim Aufstieg, das wortlose und doch spürbare Einvernehmen zwischen den beiden, die doch so verschieden waren, da verstand Otto. Arnold war nicht einsam. Deshalb hatte er ohne Anzeichen von Liebeskummer Maries Verlobung und Hochzeit mit einem anderen Mann nicht nur hingenommen, er hatte auf Otto nahezu befreit gewirkt. Arnold hatte zwar gesagt, es läge daran, dass sie sich so lang schon kannten, da gäb's in der Ehe nichts mehr zu entdecken, und er würde ihr das Glück auch gönnen, Maries bester Freund sei er trotzdem noch.

Otto war auch froh, dass er nicht hundertprozentig wusste, was zwei Männer miteinander machten, er konnte es sich nicht recht vorstellen. Höchstens … er verschloss lieber seinen Geist gegen solche Ideen. Von ihm aus konnten sie sich küssen, so viel sie wollten. Amüsiert machte er die Erfahrung, wie einfach das Leben war, wenn einem niemand mehr erklärte, wer warum leben und wer weshalb sterben sollte. Toleranz war viel einfacher und sie half einem, klar zu sein im Kopf. Leben und leben lassen, eine feine Sache!

*

Jakob ist als Erster oben angekommen. Auch er sieht zum ersten Mal die Pracht: Es hat funktioniert, reif sind die kleinen Trauben noch nicht, aber deutlich erkennbar: winzige Knöpfchen, zukünftige Rieslingfrüchte. Und gleich so viele.

„Voilà", Arnold versteht das französische Wort anhand der großen Geste Jakobs, der den rechten Arm in die Höhe streckt und in der Luft einen Halbkreis beschreibt, als wolle er ihm riesige Ländereien zeigen, die alle ihm gehören. So wie Moses, als er den Israeliten einen ersten Blick aufs Gelobte Land gewährte.

Es dauert einen Moment, bis Arnold durchschaut, was er sich ansehen soll. Er hatte nach oben geguckt, nach der neuen Apfelsorte, genauer gesagt, nach deren Blüten.

Die Reben! Das ist es. Du meine Güte, an die hatte er gar nicht mehr gedacht. Der Krieg hatte ihm so manches aus dem Bewusstsein gelöscht.

Und jetzt stehen sie da, als hätte er sich im März wie früher jedes Jahr daran gemacht, die Stützen zu reparieren und zu erneuern, wenn nötig. Jemand hatte die jungen Pflanzen sorgfältig an den Stäben festgebunden, altes Holz rausgeschnitten, tote Triebe entfernt, welke Blätter abgeknipst, die satt grünen hängen lassen, damit die Pflanzen die Lichtnahrung aufnehmen konnten. Er ist sprachlos. Der Weinberg würde leben.

Ungläubig sieht er seinem Freund in seine blauen Augen. „Das ist für mich? Ich weiß gar nicht, was ich sagen soll, ich freu mich so. Danke, danke." Und: „Woher weißt du so viel? Wie es gemacht werden muss? Wie man Wein anbaut?"

Jakob dreht sich um und zeigt auf Otto. „Bedank dich bei dem da. Dein Bruder hat das alles gelernt, von eurem Vater. Josef hat mir bei der Theorie geholfen, Otto hat's mir gezeigt, wir haben zusammengearbeitet und sind ab und zu hergekommen und haben gezupft und gegossen. Da, guck, sogar eine Regentonne haben wir aufgestellt. Gott sei Dank steht sie noch, als sie die Bomben auf unsere Äcker geschmissen haben, das hier haben sie nicht getroffen. Wenn das kein Zeichen ist."

Otto hat sich bescheiden zurückgehalten. Jetzt kommt er ein wenig aus der Deckung. „Wisst ihr, wovon die Pflanzen leben? Und zwar nicht nur die Trauben?"

Arnold fängt an: „Von der Erde, von Wasser", er lacht, „und von Pferdeäpfeln." Otto lacht auch, Jakob grinst.

Jakob wird wieder ein wenig ernster. Er hat keine Scheu, vor Otto zu zeigen, was ihm Arnold bedeutet. Jakob will nie wieder etwas verstecken, eine Illusion, das weiß er, aber hier ist er sicher. Er legt seinem Geliebten die Hand auf die rechte Wange, bemerkt das leichte Zusammenzucken Arnolds, der sich im ersten Moment davonmachen will, dann aber standhält: den Blicken Jakobs und denen seines Bruders.

Jakob sagt so, dass es auch Otto hört: „Du hast die wichtigste Zutat vergessen, mein geliebter Freund: Einmal darfst du noch raten." Arnold lässt die Albernheiten.

„Du hast recht", sagt er. „Das Wichtigste habe ich vergessen: Es ist das Licht."

Otto hatte die beiden betrachtet, er konnte nichts Falsches sehen. Es war gut, so, wie es war.

Als sie sich zu dritt auf den Rückweg machten, warf die Dämmerung ihre ersten Schatten voraus. Die Sonne stand tiefer, am Horizont erschien ihr Licht im Abendrot. Die Männer waren verzaubert von dem stimmungsvollen Anblick, bei dem sie sich mit sich selbst im Reinen fühlten. Es war ein schweigsamer Gang, jeder hing seinen Gedanken nach. Was für ein Tag!

Auf halber Höhe blieb Arnold stehen, um zu schauen, zu genießen. „So ein wunder-, wunderschöner Tag. Eine Hochzeit, ein Fest. Ein fruchtbarer Weinberg. Sind der Weinberg und seine üppigen Früchte nicht wirklich ein Zeichen? Es soll mir alles ein Symbol sein. Jetzt werde ich pathetisch, es ist wie die Geburt eines neuen Zeitalters. Schaut nur: Alles blüht und gedeiht, wird geboren, ist frisch und noch nie da gewesen. Jetzt beginnt eine neue Epoche, ein brandneues Leben, für uns und die Menschen, die zu uns gehören. Ich weiß es, jetzt erst recht: Es wird uns gelingen, und wir alle werden das Glück, auf der Welt zu sein, erleben."

Später, in der Nacht, als es dunkel war und die Hochzeitsgäste, die noch durchhielten, auf ein letztes Glas in Friedas Küche gelandet waren, nahm Jakob den Geliebten beiseite. „Nun ist deine Marie unter der Haube. Du bist kein geteilter Mann mehr, du gehörst jetzt zu mir, ganz", sagte er zu Arnold. „Ja, ich will", antwortete Arnold. Und: „Wohin auch immer der Weg uns führen mag."

Ende

INHALT

DANKE

Ich möchte mich vorab für den geliehenen Satz auf Seite 134 („Und wenn ein Mann einen Mann liebt, soll er ihn lieben, wenn er ihn liebt") bei André Heller bedanken. Ich habe das Zitat seinem 1973 entstandenen und heute noch hochaktuellen Chanson „Denn ich will" entnommen. Ich hoffe, der Autor sieht es mir nach.

Dank auch an den mir persönlich nicht bekannten Autor Peter Georg Brenner, dessen „Orb-Chronik – Die Geschichte der Stadt Bad Orb und unserer Familie" eine hilfreiche Quelle für die Lebensumstände der Bad Orber in den Kriegsjahren war.

Und natürlich würde ich mich gern bei meinen Bad Orber Familien bedanken, die mir so viel „von früher" erzählt haben. „Früher", das ist lange her, sie alle wären inzwischen über hundert Jahre alt …

QUELLEN

• S. 243–247, 253–258: Gelnhäuser Neue Zeitung, 6.5.95 und 1.4.2020 anlässlich des 75. Jahrestags der Befreiung der Kriegsgefangenen des StaLag IX-B in Bad Orb durch die U.S. Army, siehe Absatz „Der Mann, der sich auf den Panzer setzte"

• Wikipedia-Eintrag: Operation „Bagration" zur Heeresgruppe Mitte und der „Agonie der deutschen Kriegsführung im Osten" (Militärhistoriker Hermann Gackenholz)

• Zur Kapitulation Frankfurts und Besetzung durch die Amerikaner in der Woche vor Ostern 1945:
   https:/www.faz.net/aktuell/rhein.main/ende-des-zweiten-weltkriegs-als-der-main-zur-front-wurde-16696940/der-nach-bombenangriffen-in-16270067.html;
aktualisiert am 26.3.2020; Autor: Manfred Köhler

• Wikipedia-Eintrag „Bombenangriffe auf Frankfurt"

• Synagoge Bad Orb: http://www.alemannia-judaica

• Für Daten, die historische Fakten betreffen, zum Beispiel Tag der ersten Bombardierung Frankfurts aus der Luft durch die Royal Navy, das Datum der Befreiung Bad Orbs durch die U.S. Army und andere Einträge im Internet unter den betreffenden Orten bzw. in Wikipedia

• Peter Brenner: „Orb-Chronik – Die Geschichte der Stadt Bad Orb und unserer Familie von 1888 bis 1979", Bad Orb, Juni 2001

• S. 225: Historisches Museum Frankfurt/Main, OS-Object-154196

• mdr.de/geschichte/ns-zeit/zweiter-weltkrieg/1945/selbstmord-so-starb-adolf-hitler

Von Angelika Loos bisher bei BoD 2023 erschienen:

„Herzbrecher"
Roman
290 Seiten, 12,99 Euro
ISBN: 9 783734 758324

Presse:
„Dieser Roman schildert die ein Leben lang immer wieder aufflackernde Beziehung zweier Menschen mit all ihrem Glück und ihren Verletzungen. Nebenbei ist das stilistisch brillante Buch ein Spiegel der Zeitgeschichte bis in die Gegenwart, in dem sich jeder wiederfindet."

National Geographic History 11/2023